GEBRANNTE KINDER

GEBRANNTE KINDER

PSYCHOTHRILLER

INCA VOGT

Deutsche Erstveröffentlichung, Dezember 2014

Lektorat: Ines Paliege
Titelgestaltung: www.ebooklaunch.com, Kanada

ISBN-13: 9781505514025

INHALTSVERZEICHNIS

Buch

Die junge Journalistin Toni Amato stößt zufällig auf eine Verbindung zwischen einer grausigen Mordserie, die ganz Frankfurt in Aufregung versetzt, und Missbrauchsfällen in den Achtzigern. Alle Spuren führen zu einem Aussiedlerhof mit düsterer Vergangenheit. Mehr instinktiv als bedacht jagt Toni den gefährlichen Killer mit dem Spitznamen Racheengel und scheint der Kripo immer einen Schritt voraus zu sein.

Zur gleichen Zeit wird der Kindertherapeut David Frensen von verstörenden Flashbacks heimgesucht, nicht ahnend, dass sein Leben eine Lüge ist. Die Suche nach Erklärungen führt ihn zu den Tatorten – und dem Hof, wo alles anfing.

Ist David der kaltblütig folternde und mordende Rächer, dem Toni bei ihren Nachforschungen gefährlich nahe kommt? Oder treibt jemand ein perfides Spiel mit ihnen?

Autorin

Inca Vogt lebt auf den Hügeln über der Mosel, fernab vom früheren Leben als Werbetexterin in Frankfurt und Hamburg. Hier findet Katze Shanti Mäuse satt, und sie selbst die Ruhe, zu schreiben, was sie am liebsten liest: Psychothriller, die wach halten, unterhalten und nachhalten.

www.inca-vogt-autorin.com

1

IN DEN ACHTZIGERN

Richard schnappte sich eine Bierflasche, die er sich im Lager ‚besorgt', hatte, legte sich aufs Stroh und belauerte seinen unfreiwilligen Gehilfen.

»Jetzt hol ihn schon aus der Kiste!«

»Dein Ernst?«

Der hochaufgeschossene ältere Junge grinste boshaft. »Frag' nicht so blöd. Zeig, was ich dir beigebracht habe.« Er wies mit der Bierflasche auf die Feuerstelle vor der Scheune.

»Nicht das Eisen«, flehte Jonas tonlos. Er starrte Richard nach, der laut rülpsend nach draußen stapfte, und das Feuer mit dem Schüreisen anfachte. Der beißende Rauch trieb Tränen in seine Augen, die ihr Leuchten verloren hatten, bevor Richard ihm das Zeichen eingebrannt hatte. An seinem achten Geburtstag, vor knapp einem Jahr.

»Ich zeig's dir nochmal, hast ja noch einen Arm frei.« Richard lachte dröhnend, während er die zwei Eisen im Feuer begutachtete. »Er? Oder ihr beide? Entscheide dich.«

Wie in Trance zerrte Jonas den Jungen aus der Kiste. Dass er sich wie ein nasser Sack hängen ließ, machte es ihm schwer. Alle Muskeln des Kleinen versagten, auch sein Schließmuskel.

Wie kann ein winziger Mensch so scheußlich muffeln?

Jonas hielt den Atem an. Dann schleifte er den Vierjährigen über den verdreckten Scheunenboden ins Freie.

Richard pfiff schrill vor sich hin, als er auf das kleinere der Brandeisen wies. »Mach schon ... zeig, dass du keine Memme bist.«

Nein, eine Memme wollte er nicht sein.

2

HEUTE

2. Mai

Mühsam riss sich David Frensen von dem Schriftstück los und konzentrierte sich auf die Worte seines Teamkollegen Dr. Kleinmann.

»Wir können beweisen, dass man den Kleinen manipuliert und missbraucht hat«, fasste der Mediziner die Ergebnisse ihrer Untersuchungen zusammen. »Man hat ihm gedroht, seinem Hund weh zu tun, falls er sich wehrt.«

»Vorausgesetzt, das Gutachten von Professor Doktor Karl Kinnert macht uns keinen Strich durch die Rechnung«, gab David zu bedenken und breitete die Blätter des Dokuments aus.

Zunehmend besorgt studierte Suse Kunz, die Leiterin des Kindertherapiezentrums, das amtlich wirkende Schreiben. »Das ist doch ein schlechter Witz ...«

»Über den ich nicht lachen kann«, fiel Dr. Petermann ein und wies auf eine Passage. »Er benutzt den Begriff Autismus, um Claudios Glaubwürdigkeit infrage zu stellen. Claudio sei derzeit nicht in der Lage, Wahrheit und Lügen, wahre Begebenheiten und Fantasiegebilde voneinander zu unterschieden. Wer ist dieser Kinnert überhaupt?«

David räusperte sich und versuchte das Bild vor seinen Augen abzudrängen. Das Bild eines fretchenartigen Mannes, der ihn höhnisch auslachte. Er zuckte mit den Schultern. »Claudios Adoptiveltern behaupten, dass er den Kleinen seit geraumer Zeit betreue. Sein Institut fördert Kinder, heißt es in der Beschreibung seines Werbeprospekts.«

»Dann hätte ihm der Zustand des Jungen ins Auge fallen müssen.« Petermann schüttelte ungläubig den Kopf. »Fesselspuren und körperliche Symptome von sexueller Gewalt sind keinesfalls Auswüchse kindlicher Fantasie.«

»Ebenso wenig wie Davids psychologische Untersuchungsergebnisse«, ergänzte Suse. »Die von uns aufgezeichneten Rollenspiele kann sich kein vierjähriger Junge ausdenken.«

David nickte, auch wenn es ihn innerlich schüttelte. »Es sei denn, sie beruhen auf Erlebtem. Ich habe während der Gespräche nur einen kleinen traumatisierten Jungen kennengelernt, der seinem aufgezwungenen Schicksal entkommen will.«

»Zeitlich können wir den Missbrauch auch eingrenzen. Er begann erst, nachdem die Richters ihn adoptiert hatten«, setzte Suse nach. »Vermutlich haben sie das Kinnert-Gutachten in Auftrag gegeben. Das erkennt kein Gericht an.«

»Die Frage ist«, gab David zu bedenken, »haben wir wirklich genug, um den Jungen aus dieser Familie zu nehmen?«

»Ja, eindeutig.« Suse fasste beruhigend nach Davids Arm. »Ob Claudios Adoptiveltern den Missbrauch aktiv gefördert oder geduldet haben, müssen die ermittelnden Behörden in einem separaten Verfahren klären.«

David nickte zustimmend. Er konnte den Blick nicht von dem Deckblatt des Gutachtens mit dem Emblem des Kinnert- Instituts abwenden, das sich die Förderung von kindlichen Begabungen auf die Fahne schrieb. Sein leichtes Frösteln wurde heftiger. Er räusperte sich und befürchtete, dass seine Stimme versagte. Dezent zog er seinen Arm zurück und versuchte, seine zitternden Hände zu verbergen. Als er Suses Blick bemerkte, schob er sie hastig unter den Tisch.

Suse krauste besorgt die Stirn. »Alles in Ordnung mit dir?«

»Ja, ...«, er zögerte. »Ich habe nur zu wenig geschlafen.«

»Sicher?«

David nickte, versuchte ein Lächeln und überspielte seine Angst vor dem nächsten drohenden Flashback. Seit er mit Claudios Fall betraut war, überkamen sie ihn aus dem Nichts. In der letzten Nacht war er mehrfach aus Alpträumen hochgeschreckt, für die er keine Erklärung hatte. Dass er wie ein alter Mann zitterte, war neu.

Seufzend wandte sich Suse wieder den Unterlagen zu. »Alles Weitere koordiniere ich mit dem Jugendamt. Speziell die Unterbringung bei liebevollen Pflegeeltern liegt mir am Herzen.«

Sie raffte ihre Kopien zusammen, bedankte sich und wollte sich erheben. Dabei fiel ihr Blick erneut auf David.

»Was ist los mit dir? Du bist ja leichenblass.« Besorgt befühlte sie seine heiße Stirn. »Hast du Fieber?«

»Nichts, alles Okay«, wehrte er ab. Inzwischen schlotterten seine Knie und schlugen gegen die Tischkante.

Suse warf einen hilfesuchenden Blick zu Dr. Kleinmann, der bereits nach Davids Puls fasste.

Wuchtige Schläge lassen die Stäbe des Zwingers erzittern. Er fühlt das Stochern mit der Stange, als träfe sie ihn; nicht die winselnde Kreatur, die ihn eben noch abgeschleckt hat. Dann der Schmerz in seinem Gesicht, bevor die Schwärze ihn aufsaugt.

3

BÖSES ERWACHEN

2. - 4. Mai

»... You're just a small bump unborn, in four months you're brought to life ...« Die Beine auf dem Schreibtisch überkreuzt, den Oberkörper lässig zurückgelehnt, sang Toni mit geschlossenen Augen den Chorus: ... »I'll give you nothing but truth ...«

Ihr Klingelton mit Ed Sheerans Song war jeden Cent wert. Halbherzig wühlte sie in ihrer knallroten King Size Tasche nach dem Handy und bewegte die Schultern im Schmusetakt: »You are my one and only ...«

»I'll whisper quietly ... Amato«, hauchte sie der Schmusestimme nachhorchend in das Gerät.

»Spreche ich mit Frau Amato? Antonia Riccarda Amato?«

Toni runzelte die Stirn. *Schon wieder jemand, der ihr am Telefon was verkaufen wollte.* »Nein, Sie sprechen mit Goldfisch Emma nach erfolgreichem Abschluss an der maritimen Sprachschule. Wer soll sich sonst auf meinem Handy melden?«

»Entschuldigen Sie, aus Datenschutzgründen müssen wir nachfragen, wenn wir Kunden zu Kontobewegungen anrufen. Sie sind Antonia Amato?«

»Ja. Wer will das wissen?«

Was für Kontobewegungen?

Hastig nahm sie die Beine vom Tisch.

»Frau Meier von der Deutschen Bank, Frankfurt Ost.«

»Ja?« Toni richtete sich kerzengerade auf.

»Ihr Konto ist überzogen. Die fälligen Abbuchungsaufträge mussten wir mangels Deckung stornieren und Ihnen die Gebühren berechnen.«

»Moment, Frau Meier von der Deutschen Bank, Frankfurt Ost. Sie verweigern eine Leistung, weil ich zu wenig Geld habe, und berechnen dafür Gebühren?«

»Nicht ganz, die Leistung kann nur erbracht werden, wenn Ihr Konto gedeckt ist, andernfalls entstehen Stornogebühren.«

»... ja und? Ich habe doch ein Limit ...«

»Das derzeit voll ausgeschöpft ist, Frau Amato.«

»Erhöhen Sie es.«

»Wenn Sie uns entsprechende Sicherheiten geben, sehr gerne. Reichen Sie einfach einen Verdienstbescheid Ihres Arbeitgebers ein.«

»Verdienstbescheid? Den Job in der Werbeagentur habe ich gekündigt, ich arbeite jetzt freiberuflich als Journalistin.«

»Das verändert die Lage natürlich ...«

»... sage ich doch.« Toni lehnte sich erleichtert zurück.

»... nicht zum Besseren Frau Amato. In dem Fall brauchen wir eine betriebswirtschaftliche Auswertung, um den ausgeschöpften Kreditrahmen zu rechtfertigen.«

»Was bitte?«

»Eine betriebswirtschaftliche Auswertung. Am besten fragen Sie Ihren Steuerberater danach.«

Toni schluckte. »Mache ich.« *Ihren Steuerberater?*

»Und bitte benutzen Sie Ihre Karte nicht, sie ist vorerst gesperrt.«

»Dannazione!«

»Wie bitte?«

»Ich melde mich, danke sehr.« *Mist!*

Fünf Minuten später betrachtete Toni ihre verschmierten Finger, die Schlieren auf dem Smartphone hinterlassen hatten. Sie schnupperte daran. Schokolade?

Vorsichtig fasste sie in ihre Tasche und fingerte Reste eines Schokoladenriegels heraus, den vermutlich ihr Neffe für sie versteckt hatte.

Mario, der zehnjährige Spross ihres Bruders Luca, war heute früh mit Rucksack und seinem Parson Russell Terrier aufgetaucht. Von hier aus sei es näher zur Schule.

Als habe er ihre Gedanken gehört, klapperte die Katzenklappe und Marios tierischer Gefährte trottete hinter Main Coon Kater Emil herein. Wie Brüder derselben Gattung fielen Hund und Katze über die Trockenfutterreste her.

Toni registrierte das Schauspiel nur am Rande. Die Schokolade war interessanter und leckerer. Versonnen knabberte sie darauf herum und betrachtete ihr Notebook. »Wir müssen mehr Kohle verdienen.«

Sie leckte das schmierige Schokoladenpapier ab, knüllte es zu einer Kugel und warf es treffsicher neben den Papierkorb. Emil belauerte das Papierknäuel, hechtete darauf zu und kickte es quer durch den Raum.

Toni bemerkte auch davon nichts.

Ihre Gedanken liefen Amok, während sie das angeknackste Gelenk der Notebook-Klappe in seiner ursprünglichen

Lage fixierte. Das Scharnier war gebrochen, seit Emil es vor Tagen bei einem Katz und Mausspiel vom Tisch gefegt hatte. Gebannt lauschte sie dem surrenden Geräusch und wunderte sich, dass der Bildschirm schwarz blieb.

»Ich verspreche, dass ich dich bis zur letzten Akkuladung mit Samtpfötchen anfasse«, besprach sie das verdächtig bildlose Gerät. »Verdammt, lass mich nicht im Stich.«

»Seit wann säuselst du mit deinem Klapprechner?«, tönte es hinter ihrem Rücken, bevor zwei behaarte Männerarme sie umarmten.

»Lass das, oder bist du plötzlich Hetero?« Toni klopfte ihrem Mitbewohner auf die beringten Hände. Eine Marotte, die Pietro seltener auslebte, seit er als Assistenzarzt in der Frankfurter Uniklinik arbeitete. Auf Tonis Ausruf schwänzelte der gleichnamige ‚Lassdas' herbei. Der Parson Russell Terrier reagierte am besten auf das meistgehörte Wort in seinen Prägewochen.

»Aha, wir haben Pensionsgäste«, feixte Pietro und streichelte abwechselnd den buntgescheckten Hundekopf und Kater Emils bepelzten Nacken. Als Pietro auch über ihren kurzen Lockenkopf wuschelte, ließ Toni vor Schreck los. Die Justierung löste sich erneut.

»Rühr dich nicht vom Fleck und lass mich los.«

»Was denn? Nicht rühren oder loslassen?«, lachte Pietro. »Hast du das Teil wieder in die Ecke geschmettert?«

Tonis Temperament hatte er kennengelernt, seit sie mit ihrer Tiermeute vor zwei Jahren nach einer geplatzten Liebe bei ihm ‚vorübergehend' eingezogen war. Sein Loft erstreckt sich über zwei Etagen mit je rund neunzig Quadratmeter Wohnfläche. Sie blieb; als Freundin und Pseudogeliebte, mit der er seine Homosexualität verschleierte.

»Komm, ich richte es dir«, bot er arglos an.

Toni räumte ihren Platz und sah Pietro misstrauisch über die Schulter. »Mach nichts kaputt.«

»Ich doch nicht«, grummelte er, stützte die Klappe mit Tonis Tasche ab, spreizte die Finger wie ein Virtuose und drückte eine Reihe von Tasten. Der Rechner krächzte ... und verstummte.

Toni schluckte. »Halb so schlimm, Mario kriegt das wieder hin.«

»Sorry, ich hab's versucht«, entschuldigte sich Pietro mit den Schultern zuckend. »Soll ich dir Geld für einen neuen Rechner leihen? Ich habe ein cooles Ultrabook entdeckt mit ...«

»Lass mal. Es genügt, dass du mich umsonst hier wohnen lässt.«

»Kein Ding. Bin eh meistens bei Cicero und gleich wieder weg. Wir feiern heute Nacht unser Einjähriges.«

»Verschon mich mit Einzelheiten«, bat Toni grinsend. »Dein Sexleben möchte ich nicht auch noch teilen.«

Das Fanfarengeräusch schreckte zuerst Kater Emil auf.

Dann fuhr Toni senkrecht im Bett hoch.

Zu hell, zu grell, zu laut. Sie gähnte, sah sich um und sortierte: Die Fanfare schien real zu sein. Die Geldeintreiber und Schlägertypen verflüchtigten sich ins Alptraumland. Bis sie das Fanfarengeräusch einem Anruf der Redaktion MainLife zuordnete, verging eine weitere Minute.

Sie sprang aus dem Bett und hechtete barfuß quer durch den Raum. »Maremma maiala ...«

... schlagartig erinnerte sie sich an das Telefonat mit der Bank. »Scheißtag«, beschimpfte sie die Sonnenstrahlen, wühlte auf dem Schreibtisch nach dem Handy und drückte die Kurzwahltaste für die Redaktion.

»MainLife, Anna Brand, was kann ich für Sie tun?«, meldete sich eine beflissene Stimme.

»Hi Anna, was gibt es?«

»Toni, endlich. Wir warten auf dich?«

»Wer ist wir?«

»Basti, das Team. Redaktionskonferenz, Termin, um 9.00 Uhr. Hast du die Einladung nicht bekommen?«

»Nö?«

»Ich habe sie dir gestern um 17.00 Uhr geschickt.« Anna war Empfangsdame, Telefonistin und Redaktions-Assistentin in einer Person. Dass ihr jeglicher Ehrgeiz für mehr abging, interessierte die Blondine wenig, solange ihr Gehalt für das nächste Paar Schuhe reichte. Mit Toni hatte sie sich trotz aller Unterschiede angefreundet. Doch bei verpatzten Terminen hörte ihre Freundschaft auf. »Hey, schaust du auch mal in deine Post? Du hast die Mail noch nicht abgerufen.«

»Madonna! Gestern hatte ich einen technischen Super-GAU. Mein Notebook ...«

»Ist eh zu spät, Schulz kocht vor Wut.«

»Kannst du mich mit ihm verbinden?«

»Kann ich, darf ich nicht, ich soll keine Anrufe durchstellen. Überleg dir besser eine glaubhafte Ausrede.«

»Danke Anna.«

Was jetzt? Wütend fußelte Toni nach ihren Bärchen-Puschen. Quer durch den Raum schlurfend, stibitzte sie aus Pietros Vorräten einen biologisch angebauten Apfel und biss hinein. Der Apfel schmeckte nach etwas Undefinierbarem.

Angeekelt starrte sie auf das angebissene Wurmloch und spuckte die Apfelreste in ihre Hand. *Der war garantiert ungespritzt.* Sie hastete ins Bad, duschte, putzte sich die Zähne und grübelte darüber nach, womit sie auf die Schnelle ein paar Euro verdienen konnte. Als sie bei der Nachreinigung mit Zahnseide ankam, sah sie sich als Putzfrau Fußböden scheuern und bucklig werden.

Mit der Drahtbürste versuchte sie, ihren Schopf in Form zu bürsten. Zwecklos. Resigniert stülpte sie ihre geliebte olivfarbene Mütze über die dunklen Locken und gönnte ihrem Spiegelbild einen zornigen Blick in Alternativen.

Sie stellte sich vor, wie sie das Lieferantenkäppi mit dem Emblem des elterlichen Pizzabetriebes aufsetzte, mit einem roten Lieferwagen auf drei Rädern von Haus zu Haus tuckerte und um Trinkgelder bettelte. Dass sie dieses Gefährt nur in einem Werbespot gesehen hatte und weder Bruder Luca, noch Vater Carlo so ein Auto besaßen, spielte keine Rolle.

‚Pizzen ausfahren', notierte sie als potentielle Möglichkeit, während ihr Blick durchs Loft schweifte.

Ihr Handy brachte sie auf die nächste Idee: *Telefonsex?* Mit eingezogenen Pobacken schlurfte sie durch den Raum. Laut ‚fit-for-fun' verwandelte das jeden Birnenpo in einen apfelförmigen Knackarsch. Im Büro-Erker ließ sie locker, plumpste auf ihren Stuhl und öffnete ihr Notebook. Wenn sie es wie ein rohes Ei tätschelte, schnurrte es wieder.

Mit ihrem Nick ‚Italogirl' loggte sie sich auf ‚Schreibendes-Volk.com' ein, wo sie sich mit Kollegen über Jobs und Gagen austauschte und postete ihre Anfrage.

Italogirl: »Hey, Mädels. Hat eine von euch schon mal Telefonsex gemacht?«

CarlsSchlampe: »Telefonsex? Klar. Wenn Carl auf Dienstreise ist.«

Macho-for-President: »Brauchst du Nachhilfe?«

CarlsSchlampe: »Mach es dir selbst, Macho. Italo, was willst du wissen? Wie man es macht oder was es bringt?«

Das Knarzen der Bodendielen ließ Toni herumfahren.

»Cool, was geht ab«. Mario beugte sich über Tonis Schulter und las mit.

»Recherchen«, flunkerte Toni, bedeckte mit der Linken den Bildschirm und beendete das Programm. »Du bist früh dran. Schwänzt du den Sport?«

»Ausgefallen«, brummelte Mario und machte sich am Kühlschrank zu schaffen. Solange er seine Tante besuchte, gab es Frisches aus dem italienischen Familienrestaurant.

»Auch eine Pizza?«

»Ja, die Vegetarische«, antwortete Toni und sah schmunzelnd zu, wie Mario im Küchenblock werkelte.

Minuten später hielt er ihr die duftende Pizza unter die Nase. »Na, bin ich ein Super Pizza Bäcker?«

»Du bist Super Mario, egal was du in der Mikrowelle aufheizt«, grinste sie. »Was ist mit Messer und Gabel?«

»Nimm die Hände.« Mario räumte Papiere zur Seite und platzierte sich neben dem Teller. »Ich zeig dir was.«

»Okay.« Toni rollte ihren Drehstuhl zurück, um Abstand zu Marios gestikulierenden Armen zu gewinnen.

»Pass auf …«

»Was soll ich sonst machen, wenn du dich vor mein Arbeitsgerät setzt.«

Mario wirkte wie eine kleinere Ausgabe von Toni, er hatte ihre dunklen Locken und ungewöhnlich lange Wimpern für einen Jungen. Toni hätte ihn am liebsten bei sich einquartiert. Längst hatte er einen Schlüssel zum Loft und durfte kommen und gehen, wie es ihm passte. Dass er binnen von Minuten alles durcheinanderbrachte, sah sie dem kleinen Charmeur nach. Selbst als er die restlichen Papiere vom Tisch fegte, grinste sie nachsichtig und wartete, bis er mit seiner Neuigkeit rausrückte.

»Du weißt ja, dass Lassdas auf den Cent voraussagt, wie viel Trinkgeld einer gibt?«, fing er an.

Toni grinste noch mehr. »Du meinst, auf den Euro. Das mit den Cent ist neu.«

»Ist doch egal.« Mario schüttete den Inhalt seines Rucksacks auf die Schreibtischplatte.

»Was suchst du?«

»Mein Handy.« Er wühlte zwischen Büchern und Computerzeitschriften, die nichts mit dem Unterricht zu tun hatten. »Ah, Moment,« er öffnete die Videodateien und hielt es Toni hin. »Guck mal, ich hab einen Knauser erwischt.«

»Woran erkennst du das?«

»Schau selbst.« Lassdas verharrte vor einem fetten Mann im schwarzen Zwirn, zuckte mit dem Schwanz und schlich geduckt davon. »Rate, wie viel Trinkgeld der gibt?«

»Weniger als einen Euro?«

»62 Cent, abgezählt.«

»Und wie kommst du an die Aufnahmen?«

»Ich saß bei Papa am Tresen und hab so getan, als ob ich auf dem Handy zocke.«

Toni bemühte sich, ernst zu bleiben. »Hast du noch nicht genug Studien?«

Mario träumte davon, Profiler zu werden, im Stil von Criminal Minds. Eine seiner Theorien war, dass Lassdas Bösewichte erkannte. Schwanzwedelnd zeigte er erstaunlich oft, wie viel Trinkgeld ein Gast gab. Knauser waren verdächtig. Für seine gesammelten Videobeweise interessierte sich aber bislang nur Toni.

»Stoff kann man nie genug haben«, belehrte er sie mit wichtigem Kopfnicken.

»Und was machst du damit, Bücher schreiben?«

»Nee, aber du. Schreib über deinen genialen Neffen.«

»Wovon soll ich leben, du Genie?«

»Essen kriegst du von Papa aus dem Restaurant.«

»Und der liebe Gott bezahlt meine Rechnungen.«

»Gott brauchst du nicht. Schreib als Kostreier.«

»Als was? Ghostwriter?«

»Ja, sag ich doch.«

»Mach ich, sowie du meinen Schreibtisch räumst.«

»Bist du ungemütlich.«

Toni versuchte, streng zu gucken. »Was ist mit Schulaufgaben?«

»Spaßbremse. Komm Lassdas, Gassi gehen.«

Toni sah lachend hinterher. »Kluges Kind.«

Zwei Minuten später loggte sie sich auf einer Autoren-Jobbörse ein. Schon früher hatte sie unter dem Nick ‚SCHREIBEREI' Jobs ergattert.

Sie ergänzte ihr Profil:

Ghostwriter für Ihre Texte, Ihr Buch, Ihre Memoiren.

Dann rief sie Luca an. »Ich kann ein paar Schichten Lieferdienst fürs Amato übernehmen.«

4

SCHATTENBILDER

3. *Mai*

Am folgenden Morgen fühlte sich David wie ausgewechselt. Er hatte heute seinen freien Tag und blickte vorfreudig nach draußen, der strahlende Maitag passte zu seiner Stimmung. In der Küche holte er zwei duftende Croissants aus dem Ofen und schäumte sich einen Milchkaffee auf. Mit einem Shake aus Möhren, Kiwis und Orangensaft ergänzte er sein Frühstück und arrangierte alles auf einem Tablett.

Über die Wendeltreppe stieg er hinauf zur Dachterrasse und stellte sein Frühstück auf einem Tisch neben der Hängematte ab. Dann kehrte er noch einmal um. Er hatte sein iPad vergessen.

Schreiben war für ihn schon immer eine reinigende Therapie gewesen. Er verarbeitete so, was man ihm anvertraute und klärte seine Gedanken. *Das scheint bitter nötig zu sein*, bemerkte er, kaum dass er sich in der Hängematte niedergelassen hatte.

Der Schatten auf seinem Gemüt kehrte zurück. Unwillig schweifte sein Blick zum Himmel und blieb auf einer kleinen Wolke am Horizont kleben. Das unschuldige Gebilde schien ihn zu verhöhnen, schob sich vor die Sonne und plusterte sich auf. Er leerte den Shake ohne etwas zu schmecken, und öffnete das Schreibprogramm seines iPads.

Ihn fröstelte, als er Stunden später das iPad weglegte. Seine eigene Pandora-Büchse. Als er die Dachterrasse über die Wendeltreppe verließ, die zu seinem Penthouse führte, musste er sich am Geländer festhalten. Ihm war schwindelig. Das Tablett mit dem abgestandenen Milchkaffee stellte er achtlos ab. Nur das iPad legte er vorsichtig auf den Küchentresen und starrte es wie einen Feind an. Ihm war, als würde das Gerät alles Dunkle in ihm herausfordern und aufsaugen. Dunkel waren auch die Fußspuren auf dem hellen Boden, die er aus dem Augenwinkel wahrnahm.

War er das gewesen?

Irritiert wischte er über seine Stirn. *Wo waren die letzten Stunden?* Er nahm sich eine Flasche Wasser aus dem Kühlschrank und leerte sie in einem Zug. Das Surren des Smartphones nahm er kaum wahr. Erst als sich die Mailbox einschaltete, hörte er zu.

»David«, die Stimme seiner Mutter Marissa. »Hier will jemand mit dir sprechen, bist du da?«

Er tastete nach dem Gerät und nahm das Gespräch an. »Ja ...«, er räusperte sich, »... Mama?«

»Hallo David, Gregor ist zurück. Moment, ich gebe dich weiter.«

Die Stimme seines Bruders klang weit entfernt.

»Hallo Großer, ich soll dich überreden mit uns in die Toskana zu reisen. Kannst du dir frei nehmen von deinem Kinderverein?«

»Gregor? ... Ich dachte, du bist auf Weltreise.«

»Hat sich erledigt. Bin wieder in Frankfurt«

»He, ich freu mich, aber wieso ...?«

»Unwichtig«, unterbrach Gregor. »Was ist? Kommst du mit?«

»Ist dir vorzeitig das Geld ausgegangen?«

»Na und? Hast du dich mit Mutter verschworen? Die verhört mich auch schon.«

Vor drei Monaten hatte Davids jüngerer Bruder Gregor sein Erbe verlangt. Er wolle reisend die Welt entdecken. Am Ende einigte man sich auf sechs Monate Auszeit. Danach solle er studieren oder im Familienbetrieb noch einmal von unten anfangen.

Neben Gebäude- und Personenschutz gehörten Ermittlungen zum Repertoire der Firma. Das diskrete Geschäft boomte, die Frensen Gruppe verfügte über Niederlassungen in deutschen Städten und der Schweiz. Gregor wäre gerne eingestiegen. Nach der Grundausbildung bei der Kripo hatte er ein Praktikum im Unternehmen begonnen. Es schien, als habe er seine Bestimmung gefunden, bis er sich unglücklich in eine Kollegin verliebte und alles hinwarf. Alkohol, Drogen, Spielen - er hatte die Palette durch, bevor er sich entschlossen hatte, in die Welt zu ziehen.

David überschlug, dass Gregor die 40.000 Euro, die er anstelle des Erbes erhalten hatte, in weniger als drei Monaten durchgebracht haben musste. Weiter kam er nicht. Andere, raue Stimmen überlagerten die Worte seines Bruders.

Mach hin. Trödel nicht rum, unsere Gäste warten auf dich.

Er wischte sich über die Stirn, versuchte sich auf seinen Bruder zu konzentrieren. »Was, was hast du gesagt?«

»Mann David, träumst du? Ich fragte, kommst du nun mit in die Toskana, oder musst du wieder fremde Kinder retten?«

»Ich weiß nicht, ob ich frei bekomme. Wann fahrt ihr?«

»Heute Abend.«

»Vielleicht komme ich nach.«

»Mutter rechnet fest mit dir. Ich gebe sie dir nochmal.«

»Dein Blutbild ist unauffällig«, teilte ihm sein Kollege und Freund Dr. Peter Kleinmann wenige Stunden später mit.

David war erleichtert.

Nach seinem Zusammenbruch hatte Kleinmann ihn gründlich untersucht und unter anderem Blutproben genommen. Körperlich habe er nichts gefunden. David sei vermutlich erschöpft, er solle ein paar Tage ausspannen.

David überlegte.

Claudios Fall war so gut wie abgeschlossen. *Ob er die Einladung zum Familienurlaub annehmen sollte?*

Zögernd wählte er Suses Nummer.

»Endlich«, meldete sie sich. »Ich habe schon ein paarmal versucht, dich zu erreichen.«

»Ist was Dringendes?«

»Nein, ich mach mir Sorgen um dich.«

»Brauchst du nicht, mir geht es gut. Auch Peter hat nichts gefunden, ich sei nur urlaubsreif.«

»Dann nimm dir frei.«

»Deshalb rufe ich an, ich möchte paar Tage verreisen.«

»Gute Idee.«

»Du hast nichts dagegen?«

»Im Gegenteil, ich will dich die nächsten zwei Wochen nicht im Dropout sehen. Erhol dich bitte.«

»Aber wenn ihr mich braucht ...«

»Gibt es einen Kollegen, der für dich einspringt. Und jetzt genieß deinen Urlaub.«

Mit halbgeschlossenen Lidern sah David die Landschaft des Chianti Classico Gebiets an sich vorbeiziehen. Kurz vor Castellina, bog sein Taxi Richtung Radda ab. Er wollte seine Familie überraschen und hatte den nächsten Flug nach Florenz gebucht. Seine Eltern und Gregor waren mit dem Jeep und Gregors Motorrad auf dem Anhänger schon gestern aufgebrochen.

Nach wenigen Kilometern bog der Fahrer auf die kiesbestreute Einfahrt zur Villa Frensen ab. David bat ihn anzuhalten, zahlte und stieg aus. Dann sah er sich um und berauschte sich an dem herben Duft der Weinregion. Sorgen und Anspannung der letzten Tage fielen von ihm ab, während er die gewundene Zufahrt durch den parkähnlich angelegten Garten hochschlenderte.

Das Anwesen wurde von Alfonso und Rosa gepflegt. Die Köchin und der Gärtner hatten bereits hier gelebt, als die Frensens es gekauft und saniert hatten. Auf halbem Weg schaute David in ihrer Dependance vorbei, in der sie kostenlos wohnten. Sie war leer, wahrscheinlich waren sie oben im Haupthaus.

Über einen Seitenweg näherte er sich der Villa. Alles war auf Hochglanz poliert und mit Blumen geschmückt. Die Türen waren weit geöffnet und boten ihm einen atemberaubenden Panorama-Durchblick über die mit Natursteinen belegte

Terrasse auf die Hügel des Chiantigebiets. Ein Effekt, der durch die gläsernen Flügeltüren zustande kam, die Haus und Garten zu einer optischen Einheit verschmelzen ließen.

David hatte kaum einen Blick dafür. Mehrere Stufen auf einmal nehmend, eilte er in den zweiten Stock, stellte seine Tasche in einem der Schlafräume ab und lief weiter ins Dachgeschoss. Vielleicht konnte er seine Mutter Marissa vor allen anderen überraschen. Die ausgebaute ‚Colombaia', das ehemalige Taubenschlagzimmer, war ihr Reich.

Leise öffnete er die Tür und sah sich enttäuscht in dem leeren Raum um, den seine Mutter mit liebevoll zusammengewürfelten Antiquitäten der Region eingerichtet hatte. Auch in der gegenüberliegenden Bibliothek war niemand. Im Zentrum befand sich der gemauerte Kamin. Raumhohe Regale voller Erstausgaben verbargen den Safe; eine Spezialanfertigung der Firma Frensen.

Er erinnerte sich noch an die Umbauarbeiten. Fast vier Wochen hatte es gedauert, bis Techniker und Handwerker seinen Lieblingsraum wieder freigaben.

Sanft strich er über die polierten Buchregale, die einen feinen Pinienduft verströmten. Es tat gut, hier zu sein. Er öffnete die Fensterflügel und sah auf die mit Weinranken bewachsene Pergola, wo seine Familie beim Abendbrot saß. Ohne ihn.

Den leichten Schauer in seinem Nacken ignorierte er. Nur das inzwischen bekannte Zittern seiner Hände musste aufhören, bevor er sie begrüßte.

Minuten später hatte er sich wieder gefangen und eilte nach draußen.

»Ich wusste es«, rief Marissa, sprang vom Tisch auf und lief ihm entgegen. »Habe ich nicht gesagt, er nimmt den nächsten Flug?«

»Ja, das hast du«, fiel Ralf ein und begrüßte seinen Ältesten mit einer Umarmung. »Schön, dass du da bist, lass uns mit einem Glas Wein anstoßen.«

David schüttelte schmunzelnd den Kopf. »Du weißt doch Papa, ich mache mir nichts aus Alkohol.«

»Das ist ein Brunello, den magst du«, mischte sich Rosa, in gebrochenem Deutsch ein und schenkte David ein Glas ein. »Trink, Bambino und lang zu, du bist zu dünn.« Die Portion, die sie ihm auf den Teller häufte, reichte, um eine Familie satt zu bekommen.

Gregor grinste schief. »So ein Getue macht die um mich nicht.«

5

FAMILIENGEHEIMNISSE

7. Mai

Kopfschüttelnd blickte Marissa ihrem jüngeren Sohn Gregor nach, wie er von Furien gehetzt, mit seiner Maschine davonstob. Dabei hatte der Urlaub so verheißungsvoll angefangen.

Wehmütig erinnerte sie sich an den Abend von Davids Ankunft.

War das wirklich erst vor zwei Tagen gewesen?

David hatte ein wenig abwesend gewirkt. Aber das kannte sie von ihm. Immer wenn er einen anstrengenden Fall abgeschlossen hatte, brauchte er Zeit, um runterzukommen. Auch Gregors Verhalten war typisch. Als er sich den dritten Nachschlag des selbstgemachten Tiramisu auf den Teller häufte, hatte sie gelacht. So war er eben, Gregor nahm sich, was er wollte. Ihr Sorgenkind.

Bisher hatte sie noch niemandem von dem Schuldschein über 25.000 Dollar erzählt, den sie in seinem Rucksack entdeckt hatte und überlegt, ihm das Geld unter einem Vorwand zu geben.

Unschlüssig, ob sie ihren Mann Ralf einweihen sollte, hatte sie ihre Söhne beobachtet. Den hochgewachsenen, dunkelhaarigen David mit seinem eher ernsten Wesen. Den mittelgroßen blonden Gregor, der seinem Vater glich und hinter seiner charmanten Fassade schwer durchschaubare Facetten verbarg. Sie gäbe ihr Leben dafür, dass ihnen nie Böses widerfuhr.

Nie mehr!

Noch in der folgenden Nacht war es dann passiert. Ein ungewöhnliches Geräusch hatte sie aufgeschreckt.

Ralf schlief weiter, und sie beneidete ihn um seinen tiefen Schlaf. Sie lauschte in die Stille. Nichts. Nur dieses Surren.

Grillen?

Nein, es hörte sich an, wie etwas Elektronisches und schien von oben zu kommen.

Gregor oder David spielte wahrscheinlich am Computer. Sie beruhigte sich.

Barfuß ging sie in die Küche, bereitete zwei Cappuccini zu, legte einige Cantuccini mit Schokolade auf einen Teller und stellte alles auf ein Tablett. Auf dem Weg nach oben freute sie sich auf einen Plausch mit einem ihrer Söhne. Leise drückte sie die Türklinke zur Bibliothek herunter, um den nächtlichen Unruhegeist zu überraschen.

In der offenstehenden Tür verweilte sie einen Moment. Ihre Augen gewöhnten sich nur langsam an das diffuse Licht, das die indirekte Beleuchtung der Regalwandtür verbreitete.

Wieso war sie geöffnet?

Verzögert realisierte sie, dass der Safe offen stand, dass das Zimmer verwüstet war. Dass vor dem beleuchteten Safe eine dunkle Silhouette kauerte und in Papieren wühlte.

Ein Einbrecher?

Leise wich sie einen Schritt zurück und erkannte die Gestalt.

»Gregor?«

Instinktiv griff sie zum Lichtschalter für die Deckenbeleuchtung, trat in den Raum und zog die schwere Eichentüre hinter sich zu.

Erst jetzt bemerkte sie die Geldbündel, die in dem geöffneten Rucksack lagen. Im gleichen Rucksack, in dem sie die Schuldscheine entdeckt hatte. »Gregor, was machst du da? Warum sagst du nicht, dass du Geld brauchst?«

»Geld?« Gregor fuhr hoch, griff nach einem Stapel gehefteter Akten und hielt sie ihr anklagend hin. Wütend wedelte er mit den Papieren. »Wann wolltest du mir das sagen?«

»Gregor, lass es mich erklären«, flehte Marissa. Diese Papiere hätte er niemals entdecken dürfen. Sie sackte auf den nächstgelegenen Sessel. Ihre Beine trugen sie nicht mehr.

»Ja, erklär mir das.« Gregor knallte die Papiere vor Marissa auf den Tisch. Sein Gesicht war wutverzerrt.

»Gregor, nimm das Geld aus dem Safe. Ich decke dich. Behaupte, dass ein Einbrecher hier war. Leg nur die Papiere zurück. Bitte, versprich mir, dass du niemandem etwas davon sagst. Überlass das mir. Lass mich selbst mit Ralf und David darüber sprechen. Bitte.«

Gregor sah sie an. Schweigend. Lauernd. Dann nickte er. »Mach das. Und das hier ist nie geschehen.«

Er wies auf die Geldbündel.

Marissa nickte, ohne den Blick von ihm abzuwenden: »Benutz das Geld, für was du es auch brauchst.«

Langsam, wie eine alte Frau, stützte sie sich auf und verließ die Bibliothek. Im Türrahmen drehte sie sich um: »Lass alles offen stehen, nur bitte gib mir die Papiere.«

»Wenn du Wort gehalten hast.«

Marissa schlich zurück ins Schlafzimmer und betrachtete den friedlich schlafenden Ralf. Sie liebte ihn immer noch von Herzen. Aber sie hatte auch ihn viele Male belogen und benutzt. Vorsichtig kuschelte sie sich an ihn. Sie wollte seine tröstliche Nähe genießen. Womöglich zum letzten Mal.

Nach ihrem Streit war Gregor noch in der Nacht verschwunden, zusammen mit dem Familienauto und seinem Motorrad. Später hatte sie seinen Notizzettel auf der Anrichte entdeckt. Seine Maschine sei nicht angesprungen, er ließe sie in Florenz reparieren.

Das Auto hatte er heute früh zurückgebracht. Als sie das Motorengeräusch hörte, hatte sie sich hastig was übergeworfen und war nach draußen geeilt.

Zu spät.

Gregor war erneut geflüchtet, diesmal mit seinem Motorrad.

Sie fröstelte, zog den Morgenmantel enger um ihre schlanke Gestalt und nahm dankbar die Tasse Espresso entgegen, die ihr Rosa zusammen mit einem Frühstück servierte.

»David hat schon gefrühstückt«, erklärte die Köchin. »Ist mit dem Rad gefahren, ganz früh. Hab Proviant gepackt. Muss tüchtig essen der Bambino.«

Marissa schmunzelte. »Rosa, du bist ein Schatz. Kannst du auch für mich und meinen Mann einen Picknickkorb packen?«

»Si si, kann ich packen«, strahlte Rosa und umsorgte auch Ralf, der hinzugekommen war und ihrer Unterhaltung zuhörte.

Ralf wartete, bis Rosa außer Hörweite war. »Was ist eigentlich mit Gregor? Ist er inzwischen wieder aufgetaucht? Ich hab den Wagen gesehen.«

Marissa schüttelte den Kopf und berichtete von Gregors endgültiger Abreise.

Ralf schüttelte ungehalten den Kopf. »Was ist nur in den Jungen gefahren? Den knöpfe ich mir vor ...«

»Vielleicht kann ich es dir erklären«, unterbrach Marissa ihn.

»Da bin ich aber gespannt.«

»Nicht hier, nicht vor Rosas Ohren.« Zaghaft lächelte sie. »Lass uns doch einen Ausflug machen. Nur wir beide.«

Ralf grummelte ein wenig, bevor er versöhnlich nickte und sie auf ihre Kopfschmerzen ansprach, mit denen sie sich am Vortag entschuldigt hatte.

»Ich habe eine Tablette genommen«, schwindelte Marissa. »Rosa packt uns paar Leckereien ein, dann können wir irgendwo in der Wildnis Rast machen.«

»Wildnis ist gut«, wies Ralf Richtung Himmel. »Ich fürchte, da zieht sich auch was Wildes zusammen.«

»Ach was. In einer Stunde scheint wieder die Sonne.« Marissa stockte. »Wir müssen reden, es gibt da noch mehr.«

Ralf betrachtete sie forschend. »Bist du krank, ist was mit den Jungs?«

»Nein, es geht um früher.«

»Und dafür sollen wir uns in das Gewitter stürzen?«

Marissa sah ihn flehend an. »Ja, lass uns zum Monte San Michele fahren. Dahin, wo du mich um meine Hand gebeten hast. Bitte, Ralf.«

»Mm, das klingt ernst. Ist mit dir wirklich alles in Ordnung?«

Marissa nickte.

»Na gut, aber ich hole uns Regensachen und Gummistiefel.«

Als er mit Capes und Stiefeln zurückkam, regnete es die ersten dicken Tropfen. Besorgt blickte er nach oben. »Hoffentlich sucht sich Gregor einen Unterschlupf. Und dass David ausgerechnet heute mit dem Bike raus muss.«

»Wir lieben halt die Herausforderungen«, entgegnete Marissa und wollte am Steuer Platz nehmen.

»Lass mich fahren«, schlug Ralf vor. »Nach einem Migräneanfall solltest du nicht ans Steuer.«

Marissa stimmte zu und war froh, dass Ralf ihre flatternden Hände nicht bemerkte, als sie sich anschnallte. Wehmütig sah sie ihm zu, wie er Blätter von der Windschutzscheibe fegte.

Ein aufgeweichter Zettel landete mit dem Laub auf der feuchten Erde.

Ralf stieg ein, drehte die Musik laut und stellte den Sitz auf seine Größe ein.

»Fahr bitte vorsichtig«, mahnte Marissa. »Vielleicht ist es ja wirklich eine verrückte Idee bei dem Wetter ...«

»Was sagtest du?«, Ralf drosselte kurz die Lautstärke.

»Ach nichts, fahr los.«

»Na denn«, Ralf drehte die Audioanlage wieder auf und bog auf die Landstraße ab. Er lachte, als einer seiner Lieblingssongs gespielt wurde, aus der Zeit, als sie sich kennen gelernt hatten:

»I want to break free ...«

Dann gab er Gas und kurvte schnittig die Serpentinen herunter. Übermütig wandte er sich Marissa zu. »Das nenne ich Leben.«

Den entgegenkommenden Lastwagen sahen sie beide nicht.

6

BILDERRÄTSEL

8. - 11. Mai

»Basti fragt nach dir. Der rennt im Kreis und braucht demnächst eine Dreifachportion Botox.«

»Basti und Botox?« Toni stellte die Lautsprecherfunktion ab und nahm das Handy ans Ohr. Sie hatte nur den letzten Teil des Satzes mitbekommen, weil sie über ein Geschenk für Marios Geburtstag gegrübelt hatte.

»Hörst du mir überhaupt zu?«

»Ja, klar ... hast du vielleicht zufällig ein Computerspiel für einen zockenden Elfjährigen in der Schublade?«

»Wozu brauchst du das?«

»Ach vergiss es, was ist mit Basti?«

»Wenn du mich fragst ...«

»Mache ich gerade, also was hat er?«

»Dich auf dem Kieker. Er schwenkt einen Stapel Manuskriptblätter und faselt was von schlampig recherchiert.«

Sebastian Schulz war bisher mit ihren Artikeln hochzufrieden gewesen. Entsprechend unerwartet traf sie Annas Warnruf. Erst gestern hatte er ihre aktuelle Reportage gelobt. Sie war überschrieben mit: »Wegwerfwelpen. Geboren, um zu sterben.«

»Guter Aufhänger«, hatte er genickt. »Behalte den Tenor in den Bildunterschriften bei.«

Luft holend wappnete sich Toni für einen Anpfiff. »Kann ich ihn sprechen?«

»Sekunde, er kommt gerade.«

Schulz legte ohne Begrüßung los. »Toni, unser Jurist hat alle Zitate in deinem Artikel abgeschmettert. Wo ist deine Vereinbarung mit dem Informanten?«

»Was für eine Vereinbarung?«

»Ein Dokument, mit dem dein Informant bezeugt, dass seine Angaben der Wahrheit entsprechen, dass wir ihn zitieren und seinen Namen nutzen dürfen.«

»Moment, ich habe versprochen, dass wir seine Identität geheim halten ...«

»... eine Freigabe brauchen wir trotzdem. Toni, wir müssen uns unterhalten.«

»Bin unterwegs«, versprach sie und schlurfte ins Bad.

56 Minuten später stand Toni mit herabhängenden Schultern und einem Kaffeepott, gefüllt mit einem dreifachen Espresso, vor Schulzes Schreibtisch.

»Setz dich«, forderte er sie auf.

Sie stellte ihre Tasse auf der äußersten Ecke seines Tischs ab und setzte sich kerzengerade auf die Stuhlkante.

Schulz grinste nachsichtig. Tief ausatmend wies er auf das Getränk. »Stärk dich erst mal.«

Vorsichtig nippte Toni an der Tasse, rückte ihren Hintern auf dem Stuhl zurecht und verzog das Gesicht.

»Zu bitter?«

Sie nickte.

Er musterte sie mit streng hochgezogenen Augenbrauen. »Das Gesöff ist zuckersüß gegen das, was ich dir sage ...«

»Hm?«

»... entweder du hältst dich an unsere Vorschriften, oder das war es mit der freien Mitarbeit.«

Toni suchte nach Worten. Und schwieg lieber.

»Wenn man die Zitate des Informanten in deinem Artikel streicht, bleibt nicht viel übrig. Wenigstens intern brauchen wir seinen Namen, sonst wandert dein Text in die Tonne und du kannst hier allenfalls noch als Springer arbeiten.«

»Ich rufe ihn an«, versprach Toni.

»Hol dir einen Vertragsentwurf und lass ihn unterzeichnen. Entweder du hast den Wisch oder ...«

»Ich versuch es.«

»Machs einfach.«

Toni stand auf.

Schulz war noch nicht fertig. »Wie bist du an die Fotos gekommen?«

»Gleiche Quelle.« Sie biss sich auf die Lippen.

»Mädel, bring das in Ordnung, oder das war es.«

Toni machte, dass sie davonkam. Unterwegs zu ihrem Arbeitsplatz griff sie nach dem Handy.

Das »Hallo« am anderen Ende klang unwirsch.

»Ich bin es, Toni. Hast du einen Moment?«

»Die neugierige Pressemaus?«

»Genau. Können wir uns kurzfristig treffen?«

»In einer Stunde«, antwortete der Mann, den sie als Erich kannte. »Sag vorne, dass du dich für einen Welpen interessierst. Dann schicken sie dich zu mir. Und verrat nicht, dass du für die Presse arbeitest.«

»Okay«, bestätigte Toni, legte auf und brummelte: »Paranoid!«

»Wer, du?«, fragte Viktor.

Viktor Krösen war ein freier Mitarbeiter, mit dem Toni ihre Büroecke im Großraum teilte. Damit hörten die Gemeinsamkeiten auf. Viktor blickte auf Generationen privatschulgeformter Ahnen zurück, die ihren renommierten Buchverlag jeweils an den Ältesten weitergaben. Viktor war der Nächste. Schamfrei gab er zu, dass er nur aus einem Grund bei MainLife ‚rumsaß.' Sein Vater verlangte, dass er praktische Erfahrungen in einem ‚Schreibbetrieb' sammelte. Bisher hatte Viktor noch keine Zeile verfasst, wenn man von den Telefonnotizen absah, die er am Lesertelefon entgegennahm.

Ein Job, den jede Hilfskraft nebenher schaffte. Genau wie Viktor, der hauptsächlich im Internet surfte und zockte, seine scheinbar einzige Leidenschaft, der er so geschickt nachging, dass nur Toni ihn bislang dabei ertappt hatte. Mit gerunzelter Stirn sah er zu, wie sie Utensilien in ihre Riesentasche stopfte. »Haben sie dich gefeuert?«

»Doofkopp«, erwiderte sie, griff nach der Tasche, stürmte Richtung Fahrstuhl und drückte den Knopf für die oberste Etage.

Redaktionsjurist Doktor Haus überreichte ihr eine Klarsichtmappe mit vorgedruckten Formularen. »Schulz hat mich informiert.«

Toni überflog den Inhalt. »Scheint in Ordnung zu sein.«

Das nachsichtige Schmunzeln, mit dem der Jurist ihren Kommentar quittierte, nahm sie kaum wahr. Sie schob die Mappe in die Tasche und stürzte davon.

Sie war spät dran, als sie den Empfang des Tierheims Fellnasen betrat. Eine Katze döste auf dem Schreibtisch einer älteren Dame, ein Dobermann gab ihr die Pfote. Toni kraulte seine Ohren. »Hallo, wer bist du denn?«

Winkend beendete die Mitarbeiterin ihr Telefonat und reichte Toni eine schwielige Hand. »Das ist unser Tom und ich bin Juliane Köster, was darf ich für Sie tun?«

»Guten Tag, ich bin Toni Amato und möchte einen jungen Hund zu mir nehmen. Rasse ist egal, Hauptsache wir passen zusammen«, schwindelte sie.

»Wir haben momentan Welpen aus einem Tierschutzfall. Ich kann Sie leider nicht begleiten, bin im Augenblick alleine. Gehen Sie geradeaus und dann rechts. Jo und Erich wechseln sich in der Welpen-Stube ab.«

»Vielen Dank.« Toni steuerte auf den nächstliegenden Gang zu. Die Tür stand offen und führte sie an einer Reihe von Gittertüren vorbei, die sie an einen Knast erinnerten. Die eingesperrten Hunde kläfften aufgeregt oder verzogen sich in die hinteren Ecken kerkerähnlicher Kammern. Sie zwang sich, nicht bei jedem Tier stehen zu bleiben. Am Ende des Ganges entdeckte sie eine Tür mit dem handgemalten Schild ‚Welpen-Stube'. Sie öffnete sie und atmete auf.

Der Raum war größer als die Zellen und glich einem Spielplatz. Überall lagen Bällchen. Schlafkörbe und weiche Matten vervollständigten die Einrichtung. Mittendrin saß ein Bär von Mann, der mit seinen zahlreichen Tätowierungen eher wie ein Rocker als wie ein Tierpfleger wirkte. Sanft drückte er einem schwarz-weißen Fellbündel eine Nährpaste ins Mäulchen.

»Fein machst du das. Dich bekommen wir auch noch rund.« Unwillig blickte er zu Toni hinauf. »Du bist spät.«

»Tut mir leid, die Hanauer Landstraße war dicht.«

»Schon gut«. Er deutete auf den Boden. »Du kannst helfen. Die Racker brauchen jede Streicheleinheit, die sie kriegen können, damit sie sich an Menschen gewöhnen.«

Toni setzte sich im Schneidersitz neben den massigen Mann und streckte vorsichtig eine Hand aus, bis sich einer der Welpen ihr schnüffelnd näherte.

»Genau, lass sie kommen«, kommentierte Erich. »Also, was gibt‘s?«

»Ich benötige eine Unterschrift«, platzte sie heraus und streichelte den zweiten Welpen, der sich dem Wollknäuel auf ihrem Schoß hinzugesellte.

»Wofür?«

»Damit ich deine Aussagen und Fotos für meinen Artikel nutzen darf.«

Erich musterte sie verärgert. »Du hast versprochen, meinen Namen rauszuhalten.«

»Es bleibt dabei. Jedenfalls nach außen.«

»Genügen drei X?«, fragte Erich trocken. »Oder wie soll ich unterschreiben?«

»Mit deinem Namen«, fügte Toni kleinlaut hinzu.

»Das gefällt mir nicht.«

»Bitte Erich. Ich verspreche dir beim Leben meines Katers Emil, dass dein Name nicht veröffentlicht wird. Ich schwör‘s bei meinen Ahnen. Und glaub mir, Itaker-Ahnen sind übel drauf, wenn man sie verschaukelt.«

Erich beobachtete sie prüfend, bevor er ein Grinsen freiließ. »Mir reicht der Schwur auf Emil. Mit deinem italienischen Mafia-Clan lege ich mich nicht an.«

Toni stieß den angehaltenen Atem aus. »Danke. Ich verspreche, dass dein Name nirgendwo auftaucht.«

»Außer in euren Akten.«

»Nur im Schriftstück, das beim Juristen hinterlegt wird.«

»Hast du es dabei?«

»Ja.«

»Zeig mal her.«

Während der Tierpfleger Zeile für Zeile studierte, spielte sie mit den Hunden und glaubte, den einen oder anderen an seiner Fellzeichnung zu erkennen. »Sind das die Welpen, die ihr auf dem Briecherthof beschlagnahmt habt?«

»Ja, einige davon.«

Erich grummelte etwas in seinen Bart und setzte seine Unterschrift unter das Dokument.

Toni überreichte ihm ein zweites Exemplar, das von dem Juristen gegengezeichnet war und die Anonymität des Informanten zusicherte. »Das ist für dich.«

Unsicher zählte sie indessen die Hunde durch. »Wie viele ...«

»Wie viele es nicht geschafft haben?«

»Ja.«

Erich faltete seine Kopie und verstaute sie in der Brusttasche seiner Latzhose. »Von den dreißig Welpen haben zwanzig überlebt.« Er wischte sich über die Augen. »Acht sind noch in Quarantäne, vielleicht schaffen sie es.«

Toni schluckte und nahm eines der Hundebabys auf den Arm. »Was ist mit ihren Müttern?«

Erich schüttelte den Kopf, »wir fanden nur zwei von ihnen lebend, sie waren in einem erbärmlichen Zustand. Deshalb mussten wir die Kleinsten mit der Flasche aufziehen.«

»Sie sind tot?«

»Ja, der Tierarzt hat alles versucht.«

»Was sind das für Menschen, die mit Lebewesen solche gräulichen Geschäfte machen?«

Erich nickte schwerfällig: »Die Drahtzieher kommen immer davon und da geht es nicht nur um Hundewelpen ...«

Toni sah ihn fragend an. »Was meinst du damit?«

»Nichts«, wehrte er erschrocken ab. »Vergiss es.«

»Um was geht es? Tierversuche, Hundekämpfe oder was?«

»Nicht hier«, murmelte er gereizt.

»Okay, was läuft da noch für eine Scheiße?«

»Du gibst nie auf, was?«

»Bist du da irgendwie involviert?«

»Nein, lass mich in Ruhe. Ich will damit nichts mehr zu tun haben. Nie mehr.«

»Womit?«, bohrte Toni nach.

»Denk mal darüber nach, wozu Menschen fähig sind, wenn sie schon diese Hundebabys wie Dreck behandeln.«

Toni blickte zu Erich hoch, der aufstand und in Richtung Flur lauschte. Sie hörte Stimmen.

»Geh besser«, bat er sie. »Sag vorne, dass du wiederkommst.«

»Danke Erich, wenn ich mal was für dich tun kann?«

»Tust du schon«, gab Erich zu. »Mit deinem Artikel.«

Toni verabschiedete sich und küsste den zutraulichsten der Welpen auf die Schnauze. »Werde glücklich, Fellchen.«

Die Stimmen näherten sich.

Auf dem Gang kam ihr Juliane Köster mit einem jungen Paar entgegen. »Konnte Erich Ihnen helfen?«

»Ja, vielen Dank, ich melde mich nochmal«, antwortete Toni in Gedanken. *Was hatte Erich ihr verschwiegen?*

Im Büro empfing sie erneut die gemischte Tiergruppe. Anstelle von Juliane Köster saß ein Mann im Muskelshirt am Schreibtisch. »Sahneschnittchen« formte der Teil ihres Verstandes, der auf Sparflamme schaltete, wenn es um Männer ging. Er war blond, mittelgroß, extrem austrainiert, und wie Erich auffällig tätowiert, mit kunstvollen, geflügelten Wesen und Drachenmotiven, die sich um ein plumpes Unendlichkeitsmotiv am Oberarm rankten.

Als er Tonis forschenden Blick bemerkte, griff er nach seiner Jeansjacke und zog sie über die Tattoos.

Sie war enttäuscht. »Mir gefallen deine Drachen.«

Er grinste unbehaglich, stand wortlos auf und verschwand hinter einer Tür mit der Aufschrift Quarantäne.

Komischer Kauz, dachte Toni. Was ging hier vor?

Sie hatte keinen Dunst und das ärgerte sie.

Zwei Tage später war Tonis Artikel online. Die enorme Leserresonanz rehabilitierte sie bei Schulz. Er beauftragte sie, eine Strecke von PR-Artikeln zu texten, mit denen man Top-Anzeigen-Kunden belohnte. Geplant war eine Sonderbeilage mit dem Titel ‚Umweltfreundlich bauen und leben'. Ein unverdächtiges Umfeld für die Eigen-PR eines mächtigen Fisches der Baubranche.

So schmachvoll diese Aufgabe war, so hilfreich waren die Gefälligkeits-Artikel für Tonis Finanzebbe. Journalistenehre konnte sie sich ebenso wenig leisten wie die nächste Tankfüllung für ihren alten Honda.

Weil die Routinearbeit sie langweilte, zog sie nebenbei ihren Kollegen Viktor mit seiner Zockerei auf.

Viktor steckte mitten in einer Browserspiel-Schlacht. Es ging um eine Ehrensache für seine Gilde, die er verteidigte. »Hab für deinen Kleinmädchenkram keine Zeit«, grummelte er. »Verdammt! Wo kommen diese gepanzerten Monsterechsen her?«

»Oh, der große Krieger kommt in Bedrängnis«, feixte Toni und staunte, als der sonst blasse Viktor eine rote Birne bekam und mit offenem Mund auf seinen Bildschirm stierte.

»Schaut wohl nicht gut aus«, lästerte sie weiter und sinnierte darüber, ob man einen geschlagenen Anführer besser tröstete oder in Ruhe ließ. Sein finsterer Blick erleichterte ihr die Entscheidung. »Schon gut«, gab sie klein bei und vertiefte sich erneut in ihre Fleißaufgabe.

Nach einer Stunde hatte sie den ersten Artikel fertig. Mangels Gesprächspartner redete sie mit sich selbst und lebte ihre Schrulle für Grimms und andere Märchen aus. »Ach wie gut, dass niemand weiß, dass ich Münchhausen heiß. ... Blödsinn, das war ja Rumpelstilzchen. Egal. Schwindler waren beide, genau wie ich.«

Das eindeutige Vogelzeichen von Viktor übersah sie. Sie war mit dem Runterkürzen auf die geforderte Zeilenanzahl beschäftigt. »Fertig ist der erste Streich«, freute sie sich anschließend, streckte sich und düste in die Kaffeeküche, um sich einen schwarzen Muntermacher zu holen.

Im Weggehen sah sie aus dem Augenwinkel, wie Schulz sich über Viktors Bildschirm beugte, wo eine extraterrestrische Browserschlacht ihren Höhepunkt erreichte. Sein irdisches Donnerwetter beendete das Spektakel.

Toni bereitete auch dem abgewatschten Kollegen einen Espresso zu, stellte ihm die Tasse hin und blieb verblüfft stehen. Viktor tat etwas für sein Taschengeld. Er erklärte einem Anrufer, wie er mit seinem Nachbarschaftsstreit in die Schlagzeilen kommen könne.

Geschäftig wies er auf eine Notiz, legte eine Hand auf den Hörer und flüsterte: »Dein Typ wird verlangt, dringend.«

Sie sah auf den Zettel. »Wer ist Marian? Oder Marianne?«

Bevor Viktor den nächsten Anrufer entgegennehmen konnte, drückte sie das Gespräch auf Warteschleife. »Da steht kein Nachname? Kein Grund des Anrufs, nichts? Wer ist das?«

»He, das kannst du nicht machen.«

»Doch. Wenn du mir einen Anrufer nicht korrekt notierst«, erwiderte Toni und suchte in seinem bleichen Gesicht nach Entzugserscheinungen. Er sah aus wie immer, und sie war drauf wie immer. Notfalls blieb sie dran an ihm wie eine Zecke. »Also, wer will mich sprechen?«

»Keine Ahnung. Irgendwas mit dem Briecherthof?«

»Briecherthof? Bist du sicher?«

»Ja.«

»Was sonst noch?«

»Dass er Marian heißt. Steht da«, wies Viktor auf den Zettel und meldete sich beim nächsten Anrufer.

Briecherthof? Toni wählte die Nummer mit der Hamburger Vorwahl, trommelte mit ihren Fingern auf die Tischplatte und fluchte, als sich eine Automatenstimme einschaltete. »Hallo, wenn ihr mich nicht erreicht, hinterlasst eure Nummer. Ich rufe zurück.«

»Guten Tag, ich bin Toni Amato von MainLife, Sie wollten angerufen werden ...«

Es klickte in der Leitung. »Toni Amato?«, unterbrach sie eine heisere, gehetzte Stimme.

»Ja, die bin ich. Und Sie sind Marian?«

»Ja.«

»Wie darf ich Sie ansprechen, Herr ...?«

»Marian reicht.«

»Also Marian, wie kann ich helfen? Sie sagten meinem Kollegen, Sie wüssten etwas vom Briecherthof.«

»Ja, das Foto. Ich habe das Foto mit den Welpen vor dem Briecherthof erkannt. Das ist nix. Das ist überhaupt nix gegen das, was da sonst noch läuft.«

»Was läuft da sonst noch? Sagen Sie es mir, Marian.«

»Die haben uns Kinder verkauft. An jedes Dreckschwein, das bezahlt hat.«

»Marian, können Sie das beweisen?« In Toni arbeitete es. *Hatte Erich nicht auch so eine Andeutung gemacht?*

Der Anrufer schwieg, atmete hörbar aus, es klang wie ein Schnaufen.

»Marian? Haben Sie auf dem Briecherthof gelebt?«

Erneut hörte sie ihn schnaufen. »Ich war noch ein Kind, ein Pflegekind ...«

Im Hintergrund vernahm Toni eine zweite Stimme: »Leg auf, du bist doch wieder randvoll ...«, Stille.

Toni fixierte den Telefonhörer. Er blieb stumm. Mit nervösen Fingern trommelte sie erneut auf die Tischplatte und kramte in ihrem Gedächtnis nach der genauen Formulierung, die Erich benutzt hatte. Sie notierte sie.

Denk mal darüber nach, wozu Menschen fähig sind, wenn sie schon diese Hundebabys wie Dreck behandeln.

Allmählich ergab alles einen Sinn, aber das musste Erich bestätigen. Sie schrieb ihm eine SMS mit Marians Stichworten als Köder:

Was hast du damit gemeint? Kinderschänder, Pädophile?

Nach zwei Minuten kam eine kryptische Antwort.

Ja! Aber unternimm nichts.

Fahre auf keinen Fall raus zum Briecherthof. E.

Toni interpretierte die Antwort auf ihre Weise. Zerstreut öffnete sie die Wetter-App auf dem Smartphone und betrachtete das Sonnensymbol für morgen, den 11. Mai. *Perfekt.* Jetzt musste sie nur noch die Artikelserie vor der Zeit fertig stellen. Dabei half Schneewittchens Strategie fürs Grobe. Und ihr Zwerg saß gegenüber.

Viktor war rückfällig und stierte mit glasigen Augen auf den Bildschirm. Zeit, ihn da rauszuholen.

»Viktor, hast du Lust auf solide Journalistenarbeit?«

»Hä?« Ertappt blickte er hoch und fummelte an der Maus.

»He, ich verrate dich nicht«, beruhigte sie ihn. »Aber mach den Kinderkram aus, ich habe was Besseres für dich.«

»Das wäre?«

»Wenn du möchtest, beherrschst du in wenigen Stunden, wozu normale Journalisten Jahre brauchen. Professionell schreiben.«

»Ich kann das nicht«, gab er schamfrei zu.

»Willst du es lernen?«

»Etwa von dir?«

»Ja«, bestätigte Toni. »Am ehesten lernt man Schreiben mit klaren Vorgaben, die man wie eine Matheformel befolgt.«

»Du nimmst mich auf den Arm?«

»Ich doch nicht.« Toni zog eine Unschuldsmiene und fuhr eifrig fort: »Ich gebe dir ein Gerüst, was wo stehen muss.«

»Wie Malen nach Zahlen? Verarsch mich nicht.«

»Versuch's wenigstens.«

Mit einem Blick über die Schulter, wo Schulz vorbeieilte, der ihn eben noch zusammengefaltet hatte, stimmte Viktor zu. »Und das Telefon?«

»Schalten wir auf Annas Apparat.«

Toni drückte ein paar Tasten der Anlage und platzierte sich auf Viktors Schreibtisch, der puterrot anlief, während er ihrem Crash-Kurs lauschte. »In der Überschrift fasst du die Kernaussage zusammen. Untermauert durch eine knappe Einleitung mit allem Wesentlichen. Den Folgetext gewichtest du so, dass jeder faule Journalist von hinten wegstreichen kann, was ihm unwichtig erscheint. Kapiert?«

»Ich glaub' ja. Das Wichtigste zuerst, Details, unten.« Viktor biss sich wie ein kleiner Junge auf die Lippen, der zum ersten Mal das ABC aufmalt.

Gegen 22.30 Uhr hatte Toni fünf Artikel fertiggestellt. Nur Viktors Textentwürfe brauchten noch etwas Feinschliff.

»Gut gemacht«, lobte sie ihn.

Viktor strahlte und ging um einiges strammer von dannen.

In fieberhafter Eile schrieb Toni alles ins Reine, ließ das Dudenprogramm darüber laufen und schickte die Artikel an den für Public Relations zuständigen Redakteur.

Am nächsten Morgen steuerte sie Pietros Fahrrad auf den Mainuferweg, stöpselte die Kopfhörer mit Musikprogramm in die Ohren und folgte der Wegbeschreibung ihrer GoogleMap, die sie irgendwann vom Ufer weg auf unbefestigte Feldwege leitete.

Der holperige Weg dehnte sich endlos dahin und mit jedem Kilometer mehr verloren die gelbblühenden Rapsfelder ihren Reiz. Als Toni nach über zwei Stunden den verlassen wirkenden Briecherthof aus der Ferne sah, war sie jenseits von Wadenkrämpfen und klarem Verstand. Sie entfernte die Stöpsel aus den Ohren, kniff die Augen zusammen und begutachtete weiter in die Pedale tretend die heruntergekommenen Gemäuer. Die Sonne schien ihr direkt ins Gesicht. Irgendwann sah sie nur noch flirrende Lichter …

… und eine hünenhafte Gestalt in der Einfahrt. Breitbeinig stand sie da und fuchtelte mit Händen wie Schaufeln herum.

Wo kam dieser Rübezahl her?

Allen Mut zusammennehmend, strampelte sie auf ihn zu. »Hi, grüß dich.« Sie hangelte nach der Wasserflasche und gönnte sich den letzten Schluck, um zu sich zu kommen. »Coole Hütte. Deine?«

Keine Antwort. Der Riese starrte in Richtung Wald, der sich hinter den baufälligen Scheunen erstreckte. Zwischen den Bäumen erkannte Toni eine Gestalt in dunkler Kleidung.

Mit erhobener Faust boxte Rübezahl in die Luft. »Wenn ich dich Arschgesicht nochmal sehe.«

Toni folgte seinem Blick und sah, wie der dunkel Gekleidete eine Kameraausrüstung zusammenpackte und damit zu einem Auto hastete.

Was fotografierte der hier?

Entschlossen folgte sie Rübezahl, der sich dem Fotografen auf einem schmalen Trampelpfad näherte. Auf halber Strecke überholte sie ihn.

»Scheißtusse«, polterte er hinter ihr her.

»Testo di cazzo«, erwiderte sie und legte einen Zahn zu, um vor ihm anzukommen.

Statt sich zu freuen, dass in der Einöde gleich zwei Exemplare seiner Spezies auf ihn scharf waren, packte der Fotograf seine Ausrüstung in den Kofferraum und eilte um den Wagen herum. Dahin, wo Toni soeben das Rad abbremste.

»Puh«, keuchte sie. »Dich schickt der Himmel.«

Irritiert musterte der Fotograf sie. »Ich möchte gerne einsteigen.«

»Ich auch«, japste Toni. Im Seitenspiegel sah sie Rübezahl näherkommen und ihre Chance. Offenbar wollte der Fremde ebenso wenig wie sie von dem unwirschen Zeitgenossen gestellt werden. Sie strahlte ihn an, als wäre er Brad Pitt und George Clooney in einer Person: »Ich habe mich verfahren. Kannst du mich und mein Rad bis zur Straße mitnehmen?«

»Mach dich vom Acker, ich nehme keine Anhalterinnen mit«, antwortete das falsche Brad-Clooney-Modell, schwang sich auf den Fahrersitz, knallte ihr die Autotür vor der Nase zu und gab Gas.

Toni blieb zurück mit dem schnaubenden Rübezahl, der mit geballter Faust den Rücklichtern drohte. Ersatzweise wandte er sich Toni zu: »Hier gibt‘s nichts, hau ab.«

»Schon gut«, beschwichtigte sie ihn, griff nach der Wasserflasche und schüttelte sie in seine Richtung. »Ich brauch nur bisschen Wasser, gibt es hier einen Brunnen?«

Rübezahl folgte ihren Bewegungen und merkte nicht, wie sie mit der anderen Hand das Smartphone auf ihn richtete und Fotos machte.

»Mach dich vom Acker«, drohte auch er jetzt. »Sonst ...«

Toni verstaute Wasserflasche und Handy im Rucksack und verschwendete kostbare Sekunden mit der Frage, »Was habt ihr nur alle mit dem Acker?«

Sie wendete hastig ihr Rad.

Nicht schnell genug.

Er kam bedrohlich näher.

Toni strampelte los.

Dass sie über Rübezahls Füße rollte, war Pech. Für ihn.

Mit einem Schmerzensschrei, wie ihn künftige Eunuchen ausstoßen würden, wenn man vergaß, ihnen ein Beißholz zwischen die Kiemen zu schieben, stürzte er sich auf sie.

Toni hatte als italienische, kleine Schwester gelernt, wenn man die Großen ärgerte, musste man flotter sein als sie. Das war sie. Aber um keinen Deut klüger.

Sie musste wiederkommen. Wenn der Muskelkater geheilt war und sie eine Ahnung hatte, was hier verbuddelt war.

***

Was war das denn? Er verzog verblüfft das Gesicht.

Dass ein winziges Mädchen ihn über den Haufen gefahren hatte, kratzte an seinem Ego.

Aber Sorgen machte ihm der Fotograf. *Wahrscheinlich wieder so ein Parasit von der Presse.*

Nach der Tierschutzaktion hatte er bereits frische Zuchthunde organisiert. Dann das.

Ein zweites Mal konnte er keinen Strohmann vorschieben, der für ihn den Kopf hinhielt. Halbherzig rief er einen Kumpel an. »Komm rüber. Schaff mir die frischen Tölen aus dem Kriechkeller vom Hals. Morgen muss das Gelände sauber sein.«

7

FAMILIENBANDE

12. - 13. Mai

Einladungen zum Dinner waren in der Familie Amato eine Pflichtveranstaltung, wenn man im Clan mitreden wollte. An Marios elftem Geburtstag redeten sie vor allem über Toni. Ihre vegetarische Lebensweise konnte nicht gesund sein.

Toni blendete bereits beim Hauptgang die von italienischen Phrasen durchsetzten Tiraden aus. In Gedanken war sie auf dem Aussiedlerhof. Anstelle von Antworten hatte sie mehr Fragen als zuvor. *Wer war dieser Rübezahl und was machte der fotografierende Brad-Clooney-Verschnitt da draußen?*

»Hey, hörst du mir überhaupt zu?«

Luca sah Toni fragend an, während sich Mario beim Rest des Clans für seine Tante einsetzte.

»Boah, lasst Toni endlich in Ruhe«, verteidigte er sie und stocherte in seinem Fleischgericht. »Ich mag auch keine Tiere essen.«

»Was faselst du, Mario?« Mama Amato richtete ihre Gabel anklagend auf Toni. »Antonia-Riccarda, du hast einen schlechten Einfluss auf den Jungen.«

Mario kicherte und hielt sich die rechte Hand vor den Mund. Mit links verfütterte er ein Stück Fleisch an Lassdas, der unterm Tisch lauerte.

»Mario, das habe ich gesehen«, mahnte Vater Luca. Er wusste, dass der Elfjährige Toni vergötterte. Marios Mutter hatte gleich nach der Geburt entdeckt, dass sie zu jung sei, für das Familienleben. Sie plünderte die Kasse und verschwand. Ab und zu schickte sie aus irgendeinem Winkel der Welt eine Ansichtskarte an ihren Sohn.

Mario kannte es nicht anders und Luca war froh, dass er in seiner Schwester eine weibliche Bezugsperson hatte. Im Gegensatz zur restlichen Familie fand er Tonis und Marios Protesthaltung eher amüsant und gab nach: »Willst du was anderes essen, Mario?«

»Tofu Burger«, grinste Mario und zwinkerte Toni zu. »Oder eine Pizza, ohne Tier drauf.«

Luca winkte nach dem Kellner. »Bring ihm eine Pizza Vegetariana.«

»Madonna mia, Luca! Unterstütz nur seine Flausen«, mischte sich Mama Amato ein und richtete erneut ihr Besteck auf Toni, diesmal das Steakmesser. »Und du meine liebe Antonia-Riccarda, du isst jetzt was Vernünftiges. Männer wollen eine Frau, die was auf den Rippen hat. Nicht so ein fades Ding, wie du es bist, seit du diese komische Diät machst.«

»Moment mal«, unterbrach Toni den Redeschwall ihrer Mutter. »Das ist keine Diät ...«

»Schau dich nur mal an«, fiel Vater Carlo ihr ins Wort. »An dir ist nichts mehr dran, keine Titten, kein Hintern und kein Freund in Sicht. Oder hat sich da was getan?«

»Klar. Und nichts auf dem Konto, das hast du vergessen«, stellte sich Toni der Meute. Dabei riss sie ihren Teller nebst

Fleischauflage mit. Lassdas kümmerte sich unterm Tisch um die Verwertung.

Das Klingeln ihres Handys rettete sie. »Entschuldigt bitte«, sagte sie in die unwillig blickenden Gesichter, überflog die SMS und blickte zerknirscht, während sie innerlich aufatmete. Da war sie, ihre Fluchtmöglichkeit: »Verzeiht, was ganz Dringendes in der Redaktion.«

»Aber wir haben noch keine Geschenke ausgepackt«, maulte Mario.

»Komm morgen nach der Schule ins Loft, ich habe was für dich.« In letzter Sekunde hatte Anna ein ‚PC Game' organisiert. Eine Testversion, die mangels passender Redaktionssparte ins Archiv gewandert war.

»Au ja, was ist es?«, fragte Mario begeistert.

»Erfährst du morgen«, versprach sie und stürzte mit einem Schwall von enttäuschten Verabschiedungen im Nacken davon.

Draußen empfing sie ein warmer Gewitterregen. Sie kratzte ihre letzten Cents zusammen für den Fahrschein. Einmal schwarzfahren am Tag war Nervenkitzel genug. Gemächlich trödelte sie Richtung Fressgass. Zwecklos, vor dem Regen zu fliehen. Sie war bereits nass und zuhause wartete nur eine mies bezahlte Auftragsarbeit. »Mist, Mist, Mist …«, schimpfte sie vor sich hin.

Die aufgedonnerte Passantin, die ihr entgegenkam, bemerkte sie nicht.

»Spinner. Mann, dich sollte man einsperren, läuft rum und führt Selbstgespräche.«

»Brutta stupida«, entgegnete Toni halbherzig und trottete weiter, etwas mehr auf den Rest der Welt achtend.

An der Haltestelle begrüßten sie die Rücklichter der Bahn. Sie nahm es ungewohnt philosophisch: »Alles ist für irgendwas gut.« *Nur für was?* Mit krauser Stirn las sie die eingegangene SMS ein zweites Mal.

Schau in deine Mails. Bitte die Agentur-Meldung vom Unfall der Frankfurter Promifamilie für die Morgenausgabe in einen Artikel wandeln. Du hast zwanzig Zeilen.

S. Schulz,

PS. Zeilenhonorar für Tarif ‚Sonstiges/Reportagen'

Im Kopf überschlug sie: Pro Zeile gab es für die angegebene Tarifsparte 1,50 Euro. Das machte gerade mal dreißig Euro plus Mehrwertsteuer.

Kurz vor 2.00 Uhr dachte sie nicht mehr an die karge Gage, sie saß am Schreibtisch und studierte die Agenturmeldung.

dpa. 9. 05. ***Tödlicher Unfall eines Frankfurter Promipaares in der Toskana.***

Marissa und Ralf Frensen verunglückten mit dem Auto, in der Nähe von Radda in Chianti/Toskana. Bei regennasser Straße kam ihr Jeep von der Straße ab und stürzte die Böschung hinunter.

Ralf Frensen verstarb noch am Unfallort. Marissa Frensen liegt im Koma. Bisher ungeklärt ist, ob es sich um einen Fahrfehler oder technisches Versagen handelte. Ein Augenzeuge beobachtete, wie der Jeep ungebremst in die Kurve raste und in den Abgrund stürzte.

Ralf Frensen war Inhaber der bekannten Frensen Security & Investigation Gruppe.

Es gab nur eine Familie, die zur Beschreibung passte. Sie kannte sie als Gäste des Amato.

Toni unterdrückte die aufsteigenden Tränen und durchsuchte das Material nach Informationen über die Söhne der Familie. Doch weder im Internet noch im Online-Archiv der Redaktion fand sie etwas über die ungleichen Brüder.

Der Jüngere hatte sie nie sonderlich interessiert, aber sobald sie dem verträumten Blick des Älteren begegnete, hatte sie sich alles Mögliche ausgemalt.

Wie David wohl heute aussah? Ob er seine dunklen Locken immer noch schulterlang trug?

Wahrscheinlich hatte er das einst dicke italienische Mädchen, das ihn vor einem halben Leben angehimmelt hatte, nicht mal bemerkt.

Es war fast 3.00 Uhr, als sie den sanften Nachruf auf den Vater und Ehemann, mit Genesungswünschen für die im Koma liegende Marissa Frensen, an die Redaktion mailte.

Dann blickte sie aus dem Fenster.

Das morgendliche Zwielicht irritierte sie.

»Morgengrauen«, murmelte sie und notierte das Wort in ihrem Ideenordner für Buchprojekte, die sie irgendwann realisieren wollte, bevor sie einnickte.

8

TOD UND WEITERLEBEN

13. - 17. Mai

»Natürlich kommt für Ihren Herrn Vater nur ein Premium-Begräbnis mit ausgewählten Gesängen, vorgetragen von einem Kirchenchor, infrage. Inbegriffen ist eine Predigt, verfasst nach Angaben, die Sie mir auf das Band sprechen können.« Benno Kohl fingerte in seiner Aktentasche nach einem altmodischen Aufzeichnungsgerät.

Angewidert musterte David den Bestattungsunternehmer, der ohne Einladung vorbeigekommen war, um seine Dienste anzubieten. Selbst der Kingsize-Sessel, den er ihm vorsorglich angeboten hatte, konnte seine überbordende Körperfülle nicht fassen. Assoziationen eines Leichenfledderers vor Augen, öffnete er eines der raumhohen Flügelfenster um frische Luft einzulassen und protestierte. »Wir möchten keine vorgefertigte Abschiedsrede.«

»Aber die Kosten sind im Premiumangebot unseres Hauses enthalten. Ein Angebot, das vor allem von Prominenten geschätzt wird ... wenn Sie verstehen, was ich meine ...«

David unterbrach ihn abrupt: »Ich verstehe nur, dass Sie mir ein Standardprogramm verkaufen wollen.«

»Ich versteh' nicht ...«

»Ganz Ihrer Meinung. Wir kommen nicht zusammen.«

Zu Davids Ärger war der Bestattungsunternehmer so feinfühlig wie eine Abrissbirne. Er machte weiter.

»Selbstverständlich können wir auch einen Gospelchor engagieren. Wie heißt es in der Bibel: Wie man sich im Grabe bettet, so wird man im Himmel empfangen.«

»Es langt. Nicht mal Ihr Bibelzitat ist echt. Halten Sie endlich die Klappe.«

Kohl räusperte sich, setzte erneut an.

David beachtete ihn nicht, rang nach Luft, riss die Krawatte herunter, stürzte aus dem Raum und hastete den Flur entlang, Richtung Badezimmer.

Er spürte nichts mehr. Da war nur noch ein Zerren, das ihn ungebremst in eine andere Dimension schleuderte.

Er friert, als er sich in seiner Not einnässt. Die hageren Knie hat er sich auf der harten Bank wund gerieben. Sein Magen zieht sich vor Durst zusammen. Gierig schlürft er das abgestandene Weihwasser aus dem Becken, obwohl er weiß, was drin ist. Hier stecken alle ihre Hände hinein und bekreuzigen sich mit dem Spuckegemisch, das die Kinder heimlich anreichern, um ihre Abscheu loszuwerden.

Es ist ihm gleichgültig.

Er greift nach dem säulenbefestigten Rand des Weihwasserbeckens, bevor er zusammenbricht. Übergangslos findet er sich in einer morgendlichen Dämmerung wieder. Sein Blick erfasst fahle Buntglasfenster, die dem hereinbrechenden

Licht jede Kraft nehmen. Er ist alleine in einem trostlosen Vakuum, jenseits der Schwärze, in die er sich immer häufiger flüchtet.

Manchmal hilft das Einatmen von Weihrauch, wenn sie am frühen Morgen während der Messe stehen und knien müssen, obwohl der Körper nach Schlaf schreit. Er hat gelernt, seinen Körper zurückzulassen, bevor sie ihn hinaustragen an die frische Luft, damit er aus seiner Ohnmacht erwacht. Das ist erträglicher als eingesperrt zu sein, für etwas, was außerhalb seiner Möglichkeiten ist. Egal wie er sich anstrengt, er kann die Bibelverse, die ihm die Schwarze Frau vorgibt, nicht aufsagen.

Er möchte nie mehr in diesen Körper zurückkehren, nie mehr aufwachen ...

... Sie wecken ihn, klopfen, klopfen, klopfen. Das Klopfen in seinem Kopf will nicht aufhören. So wenig wie das Hämmern gegen die Tür.

»David? Was ist los? Geht es Ihnen gut?«

David brachte nur ein heiseres Nuscheln zustande.

»David, Jungchen, antworte doch.« Die alte Haushälterin klopfte weiter gegen die Tür und benutzte in ihrer Sorge die vertraute Anrede. »Der Herr Kohl wartet im Salon. Was soll ich ihm sagen?«

Minuten später öffnete David die Tür des Badezimmers. »Bitte Lina tu mir einen Gefallen.«

»Was denn mein Junge? Herrgottchen, Sie sehen schrecklich aus.« Lina half ihm, sich auf den Badewannenrand zu setzen. »Soll ich einen Arzt rufen?«

»Nein, Lina, ich brauche keinen Arzt. Richte Herrn Kohl aus, dass wir seine Dienste nicht benötigen.«

»Da wird er aber enttäuscht sein, der Herr Kohl. Wo er doch erzählt hat, dass er die Bestattung vom Herrn Frensen übernimmt.«

»Hat er das?«

»Ja, ich hab mitgehört. Er hat telefoniert. Mit einem Mann von der Presse.«

»Sicher? Was genau hat er gesagt?«

»Mal überlegen ..., ›ich hab einen Tipp, der alte Frensen wird am 17. Mai auf dem Südfriedhof beerdigt.‹ Mehr hab ich nicht gehört, er hat mir die Tür vor der Nase zugehauen. Dieser Rüpel.«

»Danke Lina.« Schlagartig fühlte sich David besser und lief zurück, Richtung Salon. »Komm mit Lina, und lass endlich das blöde Siezen.«

Er drückte die Klinke der Salontür herunter und wies Kohl, der hastig sein Handy wegsteckte, die Tür. »Herr Kohl, gehen Sie. Wir beauftragen niemanden, der die Presse auf uns hetzt. Lina wird Sie hinausbegleiten.«

David fühlte sich erschöpft und leer, als er wie jeden Tag zur Uniklinik fuhr, um seine Mutter zu besuchen.

Doch etwas schien heute verändert. Zum ersten Mal bewegte sich Marissas Gesicht, als er sie küsste und leise mit ihr sprach. Nach einer Stunde kam der behandelnde Arzt, Doktor Lorenz und bestätigte, »es geht ihr körperlich besser.«

»Was bedeutet das?«

»Ihre geschädigten Hirnzellen regenerieren sich und wir kontrollieren den Heilungsprozess, indem wir Hirnströme ableiten, während wir Ihre Mutter mit Reizen konfrontieren. Sie bekommt hohe und tiefe Töne vorgespielt. Unsere

Therapeutin drückt Ihrer Mutter einen vibrierenden Ball in die Hand und trägt Sätze und Sprichwörter vor, falsche und richtige. Zum Beispiel ‚Die Tomate ist blau.' Darauf reagieren gesunde Menschen irritiert. Die Elektroden messen die ereigniskorrelierten Potentiale. Zeigt Ihre Mutter eine Reaktion, wissen wir, dass ihr Gehirn mehr bewältigt, als wir sehen.«

»Sie ist demnach auf dem Weg ...«, David suchte nach Worten, »... aufzuwachen?«

»Wir Neuropsychologen sprechen von ‚covert behavior'. Die eingehenden Reize werden verarbeitet, aber vom Körper noch nicht in motorische Reaktionen umgesetzt.«

»Was spürt sie, versteht sie mich?«

Doktor Lorenz sah ihn nachdenklich an: »Komapatienten verstehen oft mehr, als sie uns zeigen. Vertraute Stimmen und Töne nimmt sie vermutlich wahr.«

David wartete ab, bis der Arzt nach einer Pause weitersprach.

»Lassen Sie doch ihre Lieblingsmusik da, wir speisen sie in das Audioprogramm im Krankenzimmer ein.«

David war hin und hergerissen zwischen seiner Angst um Marissa und seinen eigenen düsteren Gedanken, als er mit dem Wagen in den ‚Hasenpfad' abbog.

Über den Namen hatten seine Kumpels oft gescherzt. Wie vielen Hasen er seinen Bau bereits gezeigt habe? Er lachte bitter auf. Die wenigen Frauen, die ihn im Penthouse besucht hatten, kamen allzu gerne in seinen ‚Bau.' Dass sie nie länger blieben, lag an ihm. Selbst das war eine Weile her.

Im Penthouse angekommen, wühlte er in der Reisetasche aus Italien nach dem iPad. Er klickte die letzte Datei an und wunderte sich, dass sie über 4000 Wörter zählte.

Zögernd öffnete er sie und überflog die ersten Seiten. Mittendrin veränderte sich das Geschriebene. Es enthielt Fehler, war in einer kindlichen Sprache verfasst. Aber er konnte den Text mühelos lesen - und erschrak bis ins Mark.

Ein schrilles Klingeln störte ihn. Unwillig schaltete er die Überwachungskamera ein und sah Gregor, der mit den Händen in den Jeanstaschen von einem Fuß auf den anderen drippelte.

»Verdammt!« David unterdrückte den Rest des Fluches, *was wollte der denn*? Er schluckte und streckte den Nacken, um die Spuren seines Ausflugs ins Nichts zu tilgen und war wieder er selbst; der große Bruder mit einer lockeren Phrase: »Hey Kleiner musst du auf die Toilette oder joggst du nur auf der Stelle herum?«

»Blödmann, mach auf.«

David gab den Freigabecode ein.

Im offenen Küchentrakt nahm er zwei Bier aus dem Kühlschrank und holte die Ritzenhoff Biergläser aus dem Schrank. Gregors Einweihungsgeschenk. Das Glas mit dem Löwendesign sei seins. Das mit dem Froschmotiv passe perfekt zu David, der vom Leben und einer vollbusigen Eva wachgeküsst werden müsse, um zu checken, worauf es ankäme.

Der elektronische Summton kündigte die Aufzugskabine an. Die Fahrstuhltür öffnete sich.

»Mann, wird aber auch Zeit«, motzte Gregor. »Hast du unter der Dusche gestanden oder was?«

»Sorry, ich habe das erste Klingeln überhört.« Er zeigte auf die Biergläser und schenkte seinem Bruder gekonnt ein, so dass die Schaumkrone das Löwenmotiv plastisch ergänzte. »Bedien dich.«

Dann schenkte er sich selbst ein, weit weniger sorgsam.

Gregor prostete ihm zu, nahm einen kräftigen Schluck und blickte sich um. »War lange nicht hier. Cooles Nest, das dir unsere ...«, er zögerte, suchte nach Worten, brach ab, als er das iPad entdeckte. »He, du hast schon das Neue?«

»Keine Ahnung«, antwortete David und stand von seinem Barhocker auf, um es wegzuräumen. Er hatte wenig Lust auf eines der typischen Technikgespräche mit seinem Bruder.

Gregor war schneller. Wie ein pawlowscher Hund auf alles Technische reagierend, hielt er das kleine Tablet bereits in der Hand. »Was schreibst du da?«

»Sind nur Notizen von der Arbeit«, log David und streckte fordernd seine Hand aus.

»Und das ist geheim?« Gregor scrollte ungeniert durch die geöffnete Datei, ehe er David das Pad zurückgab. Seine Schwierigkeiten mit komplizierten oder in dem Fall, fragmentarischen Texten, spiegelten sich in einem unwilligen Stirnrunzeln. Er war Legastheniker, hatte aber mit fachlicher Hilfe gelernt, das Handicap zu kompensieren.

»Warst du besoffen, als du das notiert hast?«

»Nur müde.«

»Wie sicherst du das Geschriebene. Via Cloud oder nur im Gerät?«

»Cloud?«

»Du hast keine Ahnung, wovon ich spreche?«

»Nicht wirklich. Ich weiß zwar was Cloud bedeutet, ist eine Art Datenwolke, aber so was brauche ich nicht.«

»Manchmal bist du ein Schaf.«

»Was soll passieren? Zur Arbeit nehme ich es nicht mit und hier ist es dank unserer Firma sicher wie in Fort Knox.«

Gregor schüttelte ungläubig den Kopf. »Wie ich dich kenne, lässt du sämtliche Türen auf, damit du an deine Dateien ohne Passwort dran kommst.«

»Passwort? Für mein Pad, das nur ich benutze?«

»Weißt du was, ich sichere dir das jetzt.« Gregor grabschte nach dem Gerät.

David resignierte. Es war zwecklos seinem Bruder etwas auszureden, wenn es um Sicherheitsfragen ging.

»Ich richte es so ein, dass alle Dateien auf der Festplatte und in der Cloud gesichert werden. Die Autospeicherung setze ich auf zehn Minuten. So verlierst du im schlimmsten Fall nur Eingaben aus den letzten Minuten«, erläuterte er.

»Mach einfach. Offenbar kommst du mehr nach Vater, als ich dachte.«

»Wie meinst du das?«

»Deine Daten- und Sicherheits-Paranoia.«

»Paranoia?«, Gregor mustert ihn ungläubig. »Und du bist zu vertrauensselig. Die meisten wollen was von dir. Deine Daten, deine Kohle, deine Identität.«

Diesmal schüttelte David den Kopf.

»Soll ich es so einrichten, dass du alle Dateien auch über iPhone oder ein andres Gerät nutzen kannst?«

»Wenn das geht?«

»Gib mir fünf Minuten.« Gregors Hände jagten in einem Tempo über die Bildschirmtastatur, bei dem David weder mitbekam, was er machte noch welche Einstellungen er festlegte.

»Ich habe die vorhandene iCloud Mailadresse eingerichtet«, erklärte er und notierte sie auf einem Zettel, den er David hinhielt, ohne aufzublicken. »Ist alles im Gerät. Aber für alle Fälle.«

»Schon mal dran gedacht, das beruflich zu nutzen?«

»Als Hacker oder was?«

»Blödsinn, in der Firma?«

»Hab ich«, brummelte Gregor. »Aber das kriegt jeder hin, der nicht so ein Newbie ist wie du.«

»Newbie?«

»Noob, Neuling, technisches Baby ... halt jemand, der keine Ahnung hat«, grinste Gregor. »Hast du noch ein Bier?«

David beeilte sich, das Gewünschte zu holen, als sein iPhone klingelte. Suse fragte in einem akuten Fall um Rat. Eine vertrauliche Unterhaltung, die er nicht vor Gregors neugierigen Ohren führen wollte.

»Sekunde«, entschuldigte er sich. »Bin sofort zurück.«

Fünf Minuten später war er wieder bei Gregor, der ihm einen weiteren Zettel reichte. »Heb dir die Codes auf. Soll ich dir zeigen, wie du sie ändern kannst?«

»Irgendwann mal. Lass uns jetzt bitte über Vaters Beerdigung sprechen.«

***

Auf Davids Zeichen hin, glitt der Sarg in die Erde. Die Band, die er im Gedenken an seines Vaters Lieblingsmusik engagiert hatte, spielte: ‚Born to be free.'

Nach der letzten Note bemerkte er, dass Gregor fort war. Er blickte sich um und sah ihn am Ausgang. Kurz drauf hörte er seine Maschine aufheulen. Er wunderte sich: *Warum lief Gregor vor allem davon? Jetzt flüchtete er sogar von der Beerdigung ihres Vaters.*

Aber er beneidete ihn auch ein wenig. In diesem Moment wäre er am liebsten mit ihm auf das Motorrad gestiegen und davongerast. Frei sein!

Er bat den Bandleader, ein Abschiedslied anzustimmen.

Es war: ‚Time to say goodby'.

***

Die Beerdigung hatte Gregor mehr aufgewühlt, als er sich selbst eingestand. Selbst als er seine Maschine auf einem öffentlichen Parkplatz in der Innenstadt parkte, fühlte er sich noch wie unter einer Dunstglocke - paralysiert, alleingelassen und belastet mit allem, worüber er mit niemandem reden konnte. Noch nicht.

Es war Zeit, Antworten zu finden.

Korn erwartete ihn bereits und lotste ihn mit einem kurzen Aufblitzen der Scheinwerfer zu seinem dunklen Fahrzeug.

Gregor sicherte seine BMW, nahm den Helm ab und ging sich umsehend in seine Richtung. Er nahm auf dem Beifahrersitz Platz und sah den Mann in der dunklen Kleidung, die weit besser zu einer Beerdigung gepasst hätte als seine eigene Lederkluft, gespannt an. »Was hast du für mich?«

»Mehr als ich per Mail verschicken wollte, du weißt doch, Cash gegen Auskünfte oder soll ich es über ein Firmenkonto laufen lassen?«

Das Erschrecken im Gesicht des Jüngeren schien Korn zu amüsieren.

»Nein, das ist privat.« Gregor holte einen Umschlag aus der Brusttasche und reichte ihn weiter. »3.000 Euro, wie vereinbart.«

Im Gegenzug erhielt er einen zigarrengroßen Speicherstick. »Lückenlos recherchiert, bis zum fünften Lebensjahr.« Korn stockte. »Ähm, mir ist da was aufgefallen.«

»Ja?«

»Auf dem Hof lungerte eine Tusse rum. Hat einen auf harmlose Radlerin gemacht. Als ich ihr Bild durch unsere Suchkanäle schickte, hatte ich einen Treffer. Sie arbeitet für ‚MainLife'.«

»Kannst du überprüfen, wonach die suchen?«

Korn zuckte mit den Schultern. »Legst du was drauf?«

»Mal sehen. Schildere, was du gesehen hast?«

»Die Kleine hat sich mit einem Typ auf dem Hof gestritten.«

»Was für einem Typ.« Gregor bemühte sich, gleichgültig zu wirken.

»Nennt sich Rick. Brutaler Typ mit leerer Birne ...«

»Und?«, unterbrach Gregor ihn schroff. »Was sonst noch, du hast ihn doch wohl überprüft?«

»Immer langsam, Kleiner. So gut bezahlst du auch nicht, dass ich jeden Schlägertypen, der mir bei den Recherchen unterkommt, überprüfe.«

»Okay. Ich lege einen Tausender drauf. Finde heraus, wo dieser Rick seine Schwachstelle hat, den knöpfe ich mir selbst vor.«

»Keine gute Idee. Seine zweibeinigen Punchingballs sind übel zugerichtet. Der wird erst heiß, wenn es rot spritzt.«

»Also hast du ihn doch überprüft, was ist mit ihm?«

»He, ich geb dir jetzt schon mehr als du bestellt hast. Ich bin doch nicht die Wohlfahrt.«

»Vergiss es.« Gregor verließ den Wagen und knallte die Tür wütend zu.

Geldgieriger Scheißer dachte er, als er den Ausgang, in Richtung seiner Lieblings-Currybude ansteuerte. Der Typ mochte ein Ass im Recherchieren sein. Menschlich war er eine Niete. Für Geld verkaufte der seine eigenen Kinder, von denen er ein paar zu viel hatte.

Korns Schwachstelle hatte Gregor bei seinem Praktikum in der Firma herausgefunden. Fünf Minuten intensive Recherche im Internet und einigen leicht zu knackenden Behördennetzen hatten genügt, um Korns finanzielle Misere bis auf die Ziffern hinterm Komma aufzuzeigen. Korn zahlte Unterhalt und Alimente für zwei gescheiterte Ehen, aus denen fünf Kinder im Schulalter zu versorgen waren. Ehe Nummer drei stand auf der Kippe und wurde von der weiblichen Seite mit neuen Unterhaltszahlungen beklagt. Korn brauchte Geld. Mehr, als er mit normalen Jobs verdiente.

Am Kiosk angekommen, bestellte Gregor eine Currywurst und grübelte weiter. Nach der Rückkehr aus Italien hatte er weder ein noch aus gewusst und Korn, der bei Frensen als Sicherheitsmann angestellt war, engagiert. *Keine gute Idee.* Der Typ behandelte ihn, den Junior, respektlos.

Gierig nahm Gregor die dampfende Wurst entgegen und reichte dem Verkäufer wahllos einen Schein. »Stimmt so«.

Der Mann musterte den Zwanziger und steckte ihn kopfschüttelnd ein. »Na vielen Dank auch.«

Gregor beachtete ihn nicht. Er schlang die Wurststücke in sich hinein und marschierte zurück zum Parkplatz. *Gut, dass er sich bedeckt gehalten hatte.* Was Korn ihm aufgetischt hatte, war lückenhaft, vage und merkwürdig.

»Die Geschichte stinkt zum Himmel«, grummelte er vor sich hin.

»Pass auf, Alter.« Ein Typ wie ein Schrank rammte ihm seine Pranke vor die Brust. »Wach auf Penner oder du stinkst selbst zum Himmel, wenn ich mit dir fertig bin.«

»Spinnst du.« Gregor japste nach Luft. Ein Stück der Currywurst steckte in seinem Schlund. Er hustete.

»Lass das Hemd, der ist es nicht wert, Erich«, mischte sich der Kumpel des Rammbocks ein.

Beide schienen aus einem Hells-Angel-Film entsprungen zu sein. Ihre abgetragene Motorradkluft korrelierte mit dem verwilderten Haarbewuchs, der sich vom Kopf über das Bartgewucher bis zur Brustbehaarung erstreckte. Aufgeplusterte Armmuskeln waren mit einem Mix aus kunstvollen Tattoos und Stechübungen ungeübter Hände übersät. Und sie sahen nicht aus, als sei ihre Kluft Nostalgie. Sie waren echt, bis hin zur bedrohlichen Körperhaltung, mit der sie sich vor dem einen Kopf kürzeren Gregor aufbauten: »Pass auf, wo du hin trampelst, sonst ...«

»Was sonst?« Gregor betrachtete den Typen, den er angerempelt hatte. »Bist du nicht Erich? Erich Hoch? Linas Neffe?«

Verblüfft musterte der Genannte den schmalbrüstigen Gregor, der nicht die Spur von gewohntem Respekt zeigte.

Dann prustete er los und nahm ihn in den Schwitzkasten: »Wenn das nicht der kleine Hosenscheißer Frensen ist?«

Bei Gregor war die Luft raus. Er keuchte und versuchte hustend Nachschub in seine gequetschten Lungen zu pumpen.

»Frensen Junior ist erwachsen geworden.«

»Lass gut sein oder willst du mich umbringen?« Gregor massierte sich übertrieben die Rippen. »Puh, hast du die letzten Jahre Sandsäcke gestemmt?«

»Freu mich auch dich zu sehen, Hosenscheißer.«

»Wusste gar nicht, dass du zurück bist. Tante Lina erzählte, du wärst im Ausland?«

»Ausland ist gut«, lachte der Kumpel. »Nennt man das jetzt so?«

»Halt die Klappe. Aber egal. Bin jetzt sauber, sozusagen auf Bewährung.«

»Du warst im Knast?«

»Schnellmerker, wie eh und je. Ja, ich hab zwei Jahre auf Staatskosten neue Freunde wie den da kennengelernt. Und du, Muttersöhnchen? Bist groß geworden. ... Sag mal, stellt ihr noch ein? Ich könnte einen Job gebrauchen. Frag doch mal deinen Alten.«

Gregor musterte den Zweimetermann. »Was machst du im Moment?«

»So eine Art Sozialdienst. Unbezahlt. Im Tierheim. Ist ganz in Ordnung, ich mag Tiere.«

»Jaja, unser Erich wird bei Vierbeinern zum Softie«, griente sein Kumpel.

»Im Ernst, du arbeitest da? Mistest du Ställe aus?«

»Ja, auch. Bin Tierpfleger. Die haben ja keinem was getan, die armen Viecher«, druckste Erich verlegen in seinen Bart. »Haste `nen Job oder haste keinen?«

Kopfschüttelnd musterte Gregor ihn. »Erich als Kuscheltierwärter?«

Er erinnerte sich an den Knaben, den die Haushälterin eines Tages mitgebracht hatte. Von seiner Existenz hatte Lina erst erfahren, als er nach dem Tod der Halbschwester bereits bei Pflegeeltern untergebracht war. Erich war neun, als er zu Lina kam, und hatte ständig Schwierigkeiten in der Schule. Sie musste mehr als einmal beim Schuldirektor antanzen, weil er in eine Schlägerei verwickelt war.

Wie ein Schlägertyp wirkte er immer noch. Aber das schüchterte Gregor nicht ein, Erich war ein Kumpel aus Kindertagen. »Ich melde mich«, versprach er.

»Das sagen sie alle, vergiss es.«

»Ich sag das nicht nur. Gib mir deine Nummer.«

»Erreichst mich bei Tante Lina. Kann mir keine eigene Butze leisten. Oder ruf auf dem Handy an.« Er kramte aus der Hosentasche eine alte Quittung und notierte seine Nummer.

Gregor musterte ihn nachdenklich. »Warum warst du im Knast?«

Erich fingerte verlegen an seiner zum Pferdeschwanz gebundenen Matte herum. »Warum willst du das wissen?«

»Ich denke, du willst einen Job?«

Erich druckste herum, bevor er wütend herausplatzte: »Ich habe einem Typen, der seinen Hund halb totgeschlagen hat, die Fresse poliert. Ist unglücklich gefallen, der Dreckskerl.«

»Dafür bist du in den Knast gewandert?«

»Hab den Arsch liegengelassen. Musste mich ja um das wimmernde Bündel kümmern. Der Typ hat es nicht geschafft.« Erich stierte ins Leere. »Der arme Köter auch nicht. Er ist in meinen Armen verblutet.« Er wischte sich eine Träne aus den Augenwinkeln. »Deshalb mach ich freiwillig Dienst im Tierheim. Irgendjemand muss sich um die Tiere kümmern, die keiner will.«

Gregor nickte. »Ich schau, was ich für dich tun kann«, versprach er. »Aber das kann ein paar Tage dauern. Mein Vater ist heute beerdigt worden, ein Unfall. Derzeit ist in der Firma einiges im Umbruch.«

»Mensch, das hat mir Tante Lina gesteckt. Und da labere ich dich zu.«

»Kein Ding«, entgegnete Gregor und fragte beiläufig: »In welchem Knast warst du eigentlich?«

»In Frankfurt Preungesheim, in der JVA I. Einer von der Presse hat die Anstalt als deutsches Alcatraz beschrieben, war ein Riesenartikel in der Zeitung«, grummelte Erich. »Eine Hochsicherheitsanstalt.« Er lachte bitter. »Da drin lernst du, was du noch nicht drauf hast.« Er streichelte sich über den Solarplexus und plusterte die Armmuskeln auf. »Ich hab volle fünf Jahre trainiert.«

Gregor nickte anerkennend. »Dann hatte es ja ein Gutes. Du bist deine Pausbacken losgeworden.«

»Sei froh, dass du der Hosenscheißer bist«, grinste Erich gutmütig. »Was ist jetzt mit dem Job? Ich möchte Tante Lina nicht länger auf der Tasche liegen.«

»Melde dich in ein paar Tagen in der Firma bei Dr. Ross. Er vertritt meinen Vater. Kräftige Kerle für den Personenschutz suchen wir immer. Vermutlich musst du einige Kurse besuchen, die von der Firma bezahlt werden. Und was dein polizeiliches Führungszeugnis angeht ...?«

»Mist. Ich bin noch auf Bewährung.«

»Mach dir keinen Kopf, da lässt sich was drehen.«

»Wie meinst du das? Ich will nix Gefälschtes.«

»Wer redet davon? Aber deine ehrenamtliche Tätigkeit wird wahrscheinlich anerkannt. Wärst nicht der Erste, dem Frensen eine zweite Chance gibt. Das hat mein Alter so gehandhabt und ...«, er stoppte im Satz und korrigierte sich zögernd. »Melde dich halt, dann sehen wir weiter.«

»Danke Hosenscheißer, ich schulde dir was.«

Gregor sah Erich lauernd an: »Sag mal, kannst du für mich privat einige Nachforschungen anstellen, sozusagen als Probejob?«

Das Büro des verunglückten Firmenchefs von Frensen Security war im gleichen Stockwerk wie die Überwachungs- und Kommandozentrale. Das Allerheiligste lag am Ende eines Ganges, auf dem Gregor als kleiner Junge Rennen mit seinen funkgesteuerten Autos gefahren war.

Die gespenstische Stille machte ihm das Fehlen seines Vaters hier noch deutlicher bewusst und ihm war mulmig zumute, »Auf geht's«, sprach er sich selbst Mut zu, um die Stille zu durchbrechen. Seine Stimme klang hohl.

Die holzgeschnitzte Flügeltür zum Chefbüro hatte er stets mit einem Frösteln geöffnet. Auch jetzt verharrte seine Hand vor dem Eingabeknopf für den Sicherheitscode. Er lauschte und blickte sich erneut um, bevor er den komplizierten Code aus Buchstaben, Zahlen und Sonderzeichen eingab.

Mit leisem Schnarren öffneten sich die Flügeltüren.

Gregor hielt den Atem an, als er den lichtdurchfluteten Raum betrat. Die bodentiefe Fensterfront gaukelte ihm vor, über der Frankfurter Bankenskyline zu schweben. Ehrfürchtig ließ er sich auf dem Stuhl seines Vaters nieder, den Blick auf das in der Nachmittagssonne glitzernde Citypanorama gerichtet.

Auf sein künftiges Reich?

Das Fragezeichen im Kopf machte ihm zu schaffen. Nichts ersehnte er mehr, als hier an der Schaltstelle zu arbeiten, als rechtmäßiger Erbe. Wieder gönnte er sich einen Blick über die Bankentürme. Das half. Er fühlte sich wie der König der Welt in seinem Reich - und ertappt, als es klopfte.

Erschrocken meldete er sich: »Ja bitte?«

»Ach, Sie sind es, Gregor.« Die Assistentin seines Vaters steckte den Kopf herein. »Ich habe mich gewundert, die Türe war entsichert.«

»Hallo Britta, ich möchte ein paar persönliche Dinge meines Vaters nach Hause holen.«

»Natürlich. Ich wollte Sie heute auf der Beerdigung nicht belästigen.« Sie zögerte. »Aber jetzt, da Sie hier sind ...«

»Ja? Um was geht es?«

»Doktor Ross bat mich, einen Termin mit Ihnen und Ihrem Bruder abzustimmen.«

»Wofür?«

»Ihr Vater hat ein Testament hinterlassen.«

Gregor schluckte. »Ist er im Haus?«

»Nein, er kommt erst morgen wieder ins Büro.«

»Danke Britta, ich melde mich bei ihm. Würden Sie mich bitte einen Moment alleine lassen. Ich möchte auf meine Art Abschied nehmen.«

Die Assistentin verharrte unentschlossen in der Tür. »Mein herzliches Beileid, das war eine ergreifende Beerdigung ...«

»Ja«, unterbrach Gregor sie. »Falls ich etwas brauche, rufe ich.« Ungeduldig wies er zum Ausgang und wartete, bis sie die Tür hinter sich geschlossen hatte. Von außen.

Zum Knacken des Passworts seines Vaters brauchte er nur Sekunden, er wusste, wo er suchen musste. Jetzt hatte er Zugriff auf die Zentrale und den Rechner von Doktor Ross.

Nach weiteren sechzig Sekunden hatte er drei infrage kommende Dokumente auf dem Bildschirm. Erstellt zu unterschiedlichen Zeiten, geschützt mit einem Kopierschutz, um Manipulationen auszuschließen. »Wenigstens daran habt ihr gedacht«, brummelte er vor sich hin und klickte auf die Datei vom 1. Februar 2010. Damals absolvierte er ein Praktikum in der Firma. Ralf Frensen hatte ihn als Erben eingesetzt, unter der Prämisse, dass er seine Ausbildung erfolgreich abschließen würde.

»Verdammt, das hab ich wohl vermasselt.«

Gregor starrte zur Tür. Sie war mit einem schalldämpfenden Schutz ausgestattet. Er hastete zur Tür, überzeugte sich, dass sie geschlossen war. Beruhigt ließ er sich erneut auf den Stuhl seines Vaters fallen und betrachtete die Datei mit dem Namen ‚gültiges Dokument.‘

Seine Hände huschten auf dem Tisch hin und her, bevor er Luft holte, die entscheidende Datei öffnete - und seine Träume platzten.

Die Lust auf den geplanten Spaziergang durch geheime Behördennetze war ihm fürs Erste vergangen. Er musste nur einen getarnten Zugang zum Frensen Netzwerk freischalten, um von zuhause aus weiterzumachen.

Gregors Reich lag im umgebauten Gartenpavillon des Frensen Anwesens. Vom achtzig Quadratmeter großen, offenen Wohnraum führte eine Treppe zur rundumlaufenden Galerie, auf der er schlief und arbeitete. Die lichte Höhe der Kuppel betrug sechs Meter. Die durchsichtigen Glaswände waren durch ein UV-resorbierendes, intelligentes Material ersetzt worden, das je nach Einstellung transparent bis undurchsichtig schien. Duschbad und Kochnische vervollständigten das ungewöhnliche Appartement.

Auf der Empore, wie Gregor seine Technikzentrale nannte, verbrachte er die meiste Zeit. Dass seine Wohnung ein architektonisches Juwel war, interessierte ihn nicht. Ihm war nur der separate Eingang wichtig. Hier redete ihm niemand rein, wenn er online in seine Welt eintauchte.

Die Recherchen, die er nach seinem Besuch im Frensen Sicherheitstrakt nachholte, waren für ihn eine Fingerübung. »Wollen wir mal sehen, was Rick auf dem Kerbholz hat.«

Wenn er mehr über seinen Bruder wissen wolle, sei er womöglich eine Schlüsselfigur, hatte ihm Korn gesteckt.

Gespannt sah Gregor auf den Monitor, während die Suche durchlief - und war bitter enttäuscht. Außer einer einstweiligen Verfügung wegen tierquälerischer Hundezucht gab es keine Einträge. Das Delikt wurde einem Mann namens Otto Schanz angelastet. Kopfschüttelnd scrollte Gregor durch die Schriftstücke. Er fand nur einen Hinweis auf Unterlagen, die aufgrund des Jugendstrafrechts unter Verschluss waren.

Er steckte den Datenträger von Korn in ein separates 13 Zoll Mac Powerbook und überprüfte ihn auf Schädlinge. Das Speichermedium war sauber und enthielt ein Dokument und ein Dutzend JPG-Bilder.

Auf den meisten Aufnahmen war ein alter Bauernhof zu sehen. Ihn interessierten speziellere Fotos, die mit Rick 1 bis 5 beschriftet waren. Gregor erkannte eine ungehobelte Gestalt. Eine wütende Gestalt mit ungepflegter Matte und einem Bart, der das halbe Gesicht verdeckte. Den Grund für seine Wut entlarvte das letzte Foto. Die Gestalt blickte in die Kamera und erhob die Fäuste gegen den Mann dahinter.

»Lusche«, grummelte Gregor. »Da schick ich einen erfahrenen Detektiv los und er lässt sich beim Fotografieren erwischen.«

Auf einem der Fotos entdeckte Gregor eine kleine, quirlige Person mit schwarzen Locken, die dem Riesen furchtlos gegenüberstand. Gregor vergrößerte den Bildausschnitt und stutzte. *Moment. Irgendwoher kenne ich dich? War das die Journalistin, von der Korn gesprochen hatte?*

Kopfschüttelnd schloss er die Dateien und klickte auf das Dokument mit dem Namen R. Dossier. Die Aufstellung war dürftig. Interessant war nur ein Eintrag. Blum hatte angeblich Schulden beim Gericht für Schmerzensgeldzahlungen an ein Opfer, das er rollstuhlreif geschlagen hatte.

Wieso stand davon nichts in den Akten?

»Korn, du bist entweder ein Genie oder ein Zocker. Wahrscheinlich hast du das erfunden, um mehr Kohle zu bekommen. Für wie blöde hältst du mich?«

Unwirsch öffnete er eine Dose Cola, leerte sie in einem Zug und zerdrückte die Dose. Dann loggte er sich auf seinem Klon von Davids Dropbox ein, den er selbst eingerichtet hatte. In Echtzeit konnte er mitlesen, was sein Bruder im iPad schrieb und speicherte. Die Datei war inzwischen doppelt so umfangreich.

Stunden später sah er sich irritiert um. Das Flimmern des Bildschirms tauchte den Raum in ein gespenstisches Licht. »Verdammt Dave, was für eine gequirlte Scheiße ist das denn?« Er schüttelte sich.

In Gedanken versunken, ging er in die Küche und stellte ein Fertiggericht in die Mikrowelle. Dazu nahm er zwei frisch gekühlte Dosen Cola mit nach oben, um wach zu bleiben.

Gegen Morgen hatte er auch diese Dosen geleert und zusammengedrückt. Von dem Fertiggericht fehlten nur wenige Bissen. Augenreibend streckte er sich und las die jüngsten Notizen. Eine Reflexion zum Tod ihres Vaters »Du weißt es wirklich nicht«, flüsterte er in die Stille und las mit brennenden Augen den letzten Eintrag:

Was bedeuten die Flashs? Gestern hatte ich das Gefühl, ich muss nur lockerlassen, um die Szenen abzurufen. Dann kam Gregor. Es dauerte ewig, bis ich registrierte, dass sein Klingeln real war. Ich versuche diese Rückführungen bewusst zu forcieren, ohne jedes Mal ohnmächtig zu werden.

»Vielleicht kann ich dir dabei helfen. Und mir auch«, murmelte Gregor. »Du hast üble Sachen einstecken müssen, für die ich mich rächen würde.«

Ihm lief ein Schauer über den Rücken.

War es recht, was er vorhatte?

Seine Bedenken waren vergessen, als er am nächsten Tag David im Penthouse besuchte. »Wir müssen reden«, platzte er ohne Vorwarnung heraus und holte aus Davids Kühlschrank eine Flasche Pellegrino für David und für sich ein Bier. »Du hast doch Zeit, oder?«

David blickte ihn irritiert an. »Ja, sicher. Was ist los?«

Gregor trank sein Bier direkt aus der Flasche und schenkte David aus der Flasche ein. Er musterte seinen Bruder aufmerksam, dann gab er sich einen Ruck: »Willst du immer noch erfahren, warum es kein Foto von dir aus der Vorschulzeit gibt?«

David stellte das Wasserglas ab. »Ja natürlich.«

»Es kann sein, dass du eine Weile bei Pflegeeltern gelebt hast.« Gregor fühlte sich beschissen. Aber jetzt konnte er nicht mehr zurück. Er drückte den Knopf des Aufnahmegeräts in der Tasche seiner Sweatjacke, wo es alles aufzeichnete.

David starrte ihn schockiert an. Seine Stimme klang heiser. »Was weißt du? Und woher?«

»Ich habe nachgeforscht«, antwortete Gregor.

»Warum? Warum jetzt?«

»Sorry Großer«, Gregor verhaspelte sich. »Du erinnerst dich, dass ich dein iPad eingerichtet habe?«

»Ja?«

»Ich las einige Zeilen, eher unbewusst.«

»Was hast du gelesen?«

»Ziemlich krankes Zeug.«

David starrte ihn an. Schwieg. Minutenlang. Er nahm einen Schluck aus dem Glas, das Gregor wieder aufgefüllt hatte. Öffnete den Mund, schloss ihn wieder, blickte umher, als suche er im Raum nach Worten, bevor er mit leiser Stimme redete. Statt Fragen zu stellen, antwortete er auf Stichworte. Zuerst stockend. Dann hastig und wirr.

Er beschrieb Szenen, die weder eine Chronologie hatten, noch seiner natürlichen Sprechweise glichen.

Nach einer Stunde, die selbst Gregor wie eine Ewigkeit vorkam, blickte er in die Ferne. Er nippte wieder an dem Getränk, das Gregor nachgefüllt hatte - und verschüttete die Hälfte. Erneut murmelte und brabbelte er vor sich hin, bis er mitten in der Beschreibung einer Szene abbrach. Er wischte sich den Schweiß von der Stirn und sah sich um, als würde er aufwachen. »Geh, lass mich bitte alleine.«

Gregor stand auf. »Du weißt, was das bedeutet?«

»Was?«

»Du bist wahrscheinlich adoptiert.«

David sah ihn flehend an. »Hast du das gewusst?«

Gregor schüttelte den Kopf. »Nein, das habe ich erst jetzt …«, er zögerte und platzte dann doch heraus: »Ich habe deine Adoptionspapiere entdeckt.« Er ertrug es kaum, David anzusehen, der sich auf die Sessellehnen stützte, bis seine Knöchel hervortraten.

David schwieg. Auf seiner Stirn standen Schweißtropfen.

»Melde dich, wenn du reden willst«, forderte Gregor ihn auf.

Bevor er ging, notierte er etwas auf einem Zettel und drückte ihn David in die Hand. »Deine Pflegeeltern waren vermutlich Josef und Maria Briechert, hier ist die Adresse der Pflegestelle.«

9

SCHULDEN UND SÜHNEN

19. Mai

Weder die vermoderten Möbel noch die verstaubten Bücher oder Andenken interessierten ihn. Er hatte in den letzten Tagen alles gefilzt und nichts Bedenkliches gefunden. Jetzt ging es um die Rechner, die Ordner und Aufzeichnungen, die den Dachboden füllten, um das Archiv, wie sie es großkotzig genannt hatten. Kram, der weg musste, wenn sein Doppelleben nicht auffliegen sollte.

Die meisten Akten steckten in Umzugskartons, beschriftet mit Jahreszahlen, die bis ins Jahr 1970 reichten. Achtlos warf er einen Karton nach dem anderen durch das Fenster hinaus. Er wollte alles in einem Rutsch verbrennen.

Nur drei Holzkisten machten ihm Probleme, sie waren zu stabil, zu schwer, zu prall gefüllt. Im Schuppen fand er ein Stemmeisen. Er nahm es mit nach oben und brach die erste Kiste auf. Zu den Tonbändern und alten Videokassetten gab es kaum noch Abspielgeräte. »Müll«, wütete er vor sich hin. »Technikschrott, der nicht zum Verfeuern taugt.« Er suchte nach Verwertbarem und stieß mit den Händen auf eine

Ledermappe. Sie war dunkelrot, mit Prägung und kunstvollen Lettern, die das Wort Familienstammbuch ergaben.

Neugierig öffnete er das Buch und fand, was er nie gesucht hatte. Es war Zeit, Schulden einzutreiben.

***

Tonis Telefon klingelte um 10.00 Uhr. Luca fragte nach Mario. »Sollte er bei dir auftauchen, schick ihn weg. Er hat Hausarrest. Was er sich diesmal geleistet hat, geht zu weit.«

»Sei nicht so streng. Was ist überhaupt passiert?«

»Toni, er hat einen Stammgast bearbeitet, bis er seine Grillplattenbestellung zurückgehen ließ.«

»Wie hat er das denn geschafft?«

»Er hat ihm Filme auf seinem Handy gezeigt. Von geschächteten Lämmern. Hast du eine Ahnung, wie er an die Aufnahmen kommt?«

»Vielleicht hat er im Netz gesurft?«

Toni fasste sich an die Stirn und rief die zuletzt geöffneten Dateien ihres Rechners auf. Mehrere Links waren unter dem Stichwort ‚Tierische Opferrituale', aufgelistet. Nicht von ihr. Sie klickte eine der Filmsequenzen an und unterdrückte einen Schrei. Der Film zeigte zwei brutale Typen, die ein Lämmchen auf den Boden drückten, während ein Dritter ihm den Kopf hochriss, um ein verdrecktes Messer anzusetzen. Die nächsten Sequenzen zeigten das qualvolle Sterben des Jungtieres.

Hastig stellte sie den Ton ab.

Gut, dass sie nicht gefrühstückt hatte.

»Hast du aufgelegt? He Toni? Bist du noch da?«

»Ja, Entschuldigung. Da kam ein Gespräch auf der anderen Leitung rein«, schwindelte sie.

»Na jedenfalls hat der Gast alles zurückgehen lassen. Ich fürchte, der kommt so schnell nicht wieder.«

»Nee, oder ...!« Tonis Kichern war hysterisch nicht lustig.

»Du lachst, ich höre es doch.«

»Ich habe mich nur verschluckt.«

Sie schluckte noch immer und realisierte, dass sie eine weitere Pille schlucken musste - und was sie bedeutete. *Ohne Marios Besuche gab es kein Essen aus dem Amato.*

Luca setzte nach, gab ihr einen Zeitrahmen vor. »Es bleibt dabei. Acht Wochen Hausarrest, keinen Tag weniger.«

»Du übertreibst.«

»Er lernt es sonst nicht ...«

»... was denn, ein Ja-Sager zu sein?«

»Komm schon Toni, du weißt, dass ich privat die Zügel lockerlasse. Aber wir leben von unseren Gästen.

Sag Bescheid, falls er bei dir auftaucht.«

»Mache ich.« Toni kreuzte ihre Finger für dieses falsche Versprechen und schloss nachdenklich ihr Handy, das noch nicht gesperrt war. Die Rechnung hatte der Anbieter durch eine Mahnung ersetzt; mit einer Zahlungsfrist von vier Wochen.

Mit Bauchschmerzen setzte sie sich an den Rechner und verfasste eine Mahnung für ausstehende Honorare. Die Antwort aus der MainLife-Buchhaltung kam umgehend:

Frau Brecht ist erkrankt. Bei dringenden Fragen wenden Sie sich bitte an die Redaktionsleitung.

»Das mach ich garantiert nicht«, sagte Toni leise, bevor sie in die Küche schlurfte, auf der Suche nach Trost und Schokolade.

Gegen 11.00 Uhr saß sie immer noch vor dem Rechner und knabberte abwechselnd an einem Schokoriegel und ihren Fingernägeln.

Was jetzt?

Sie wählte Lucas Nummer.

»Kann ich ein paar zusätzliche Schichten Lieferdienst übernehmen? Gleich heute?«

10

DIE GEFANGENEN

21. - 25. Mai

»Toni, kannst du den Artikel übernehmen?« Im Vorbeigehen drückte ihr Schulz eine Pressemitteilung der Kripo in die Hand und eilte weiter zur Kaffeeküche.

Nach einer Nachtschicht als Pizzabotin hatte sie ab 9.00 Uhr den Telefondienst in der Redaktion übernommen. Pro Stunde bekam sie sieben Euro, die sie wie ein Registrierautomat notierte. Inzwischen war es 15.00 Uhr, sie hatte 32.00 Euro verdient. Der Job, den Schulz ihr anbot, kam ihr gelegen. Hastig überflog sie die ersten Sätze der offiziellen Pressemeldung der Kripo.

Das vermisste Ehepaar Briechert fand man heute auf einem alten Bauernhof. Das Paar war in einem verdreckten Käfig eingesperrt und wies Folterspuren auf …

Schulz kam mit zwei Kaffeebechern zurück. Er reichte ihr den rosa eingefärbten Becher, violett beschriftet mit ‚Redaktionszicke'. »Schwarz, oder?«

»Danke.« Toni musterte den Becher » ... für die Zicke.«

»War keine andere sauber«, nuschelte Schulz zwischen zwei Schlucken. »Kommst du klar?«

»Mit der Zicke? Ja. Mit dem Artikel auch. Wenn du mir sagst, was ich damit machen soll.« Toni wies auf die Pressemitteilung.

»Hast du sie gelesen?«

»Wann denn. Ich kenne niemanden, der so schnell Kaffee zapft wie du.«

»Habe sie jemandem abgeschwatzt.«

»Ja, mir.« Mit ärgerlich hochgezogenen Brauen balancierte Anna ein Tablett zum Konferenzraum. »Du schuldest mir was.«

»Abendessen?« Schulz grinste wie ein Honigkuchenpferd.

»Träum weiter.« Anna verschwand im Konferenzraum.

Toni wedelte mit den Händen vor Schulz Augen. »Huhu, ihr Freund ist Bodybuilder.«

»Was?« Unwillig nippte Schulz am Kaffee, bevor er auf die Pressemeldung wies. »Du weißt, um was es geht?«

»Da war wohl jemand mächtig sauer auf zwei alte Leute. Was ist mit Fotos?«

»Schicke ich auf deinen Rechner. Kannst du die Meldung etwas aufpeppen?«

»Klar, wie viele Wörter?«

»Für die Online-Ausgabe 300. Für Print die Hälfte. Komm gleich zur Sache. Wenn du darunter bleibst, können wir die Schlagzeile größer setzen.«

»Bis wann?«

»Bis 16.00 Uhr, in einer Stunde.«

Toni nickte und überflog die Meldung:

In den frühen Morgenstunden meldete ein anonymer Anrufer, dass zwei ältere Menschen in einem Aussiedlerhof gefangen gehalten würden. Es handelt sich um die Eheleute Briechert. Sie waren in einem verkoteten Hundezwinger eingepfercht und mit kurzen Ketten an die Stäbe gefesselt.

Ihre Körper wiesen zahlreiche Brandwunden auf. Sie waren stark dehydriert und fieberten. Auf dem Oberschenkel trugen beide ein frisches Brandzeichen.

Grübelnd betrachtete Toni die Fotos des Ehepaares. Auf der Nahaufnahme der gebrandmarkten Hautflächen erkannte sie eine flach liegende 8, das Zeichen für Unendlichkeit.

Verdammt, wo habe ich das schon mal gesehen?

Sie studierte weitere Aufnahmen des Geländes, auf dem das Paar gefangen gehalten wurde und stutzte. »Das ist doch schon wieder der Briecherthof.«

»Du kennst den Ort?« Schulz verharrte auf dem neuerlichen Weg zur Kaffeeküche an ihrem Schreibtisch.

»Ja, klar.« Sie klatschte sich an die Stirn. »Auf dem Hof hat man doch die Welpen beschlagnahmt, die derzeit im Fellnasen aufgepäppelt werden.«

»Kann das miteinander zusammenhängen?«

»Der Name der Gefolterten ist auch Briechert, sie sind wahrscheinlich die ursprünglichen Besitzer des Hofes.«

»Überprüf das.«

Toni vergrößerte die Fotos und dachte laut nach. »Ob sich da jemand für die misshandelten Hunde rächt? Womöglich stecken die Alten mit dem Rübezahltypen unter einer Decke?«

»Was für ein Typ?«

»Ich hab ihn da rumlungern gesehen.«

»Geh dem nach, und versuch einen Zuständigen bei der Kripo zu befragen.«

Das Redaktionstelefon klingelte. Toni hob ab und meldete sich mit der offiziellen Ansage der Redaktion. Schulz schüttelte den Kopf. »Kann das nicht jemand übernehmen?«

»Stell es auf mich um«, bot Viktor an. »Danke«, formte Toni lautlos, während sie dem Anrufer lauschte und ihm anbot: »Augenblick ich verbinde Sie mit dem Spezialisten für Hundekotfragen auf den Bürgersteigen unserer Stadt.«

Den entsetzten Blick Viktors ignorierte sie ebenso wie Schulzes Lachanfall. Sie wählte die im Presseartikel angegebene Telefonnummer des Polizeisprechers, nannte ihren Namen und kam zur Sache: »Welchen Zusammenhang gibt es zwischen dem Entführungsfall Briechert und dem kürzlich bekannt gewordenen Welpenzuchtskandal auf dem Briecherthof?«

Toni fluchte, als sie den Hörer wenige Sekunden später aufknallte. »Arroganter Schnösel, geh in die Politik, da gibt es Typen wie dich zuhauf.«

Viktor grinste. »Was hat er dir getan?«

»Macht mich an, von wegen rumspekulieren und mich an die Fakten halten. Würde ich ja gerne ...«

Mit Blick auf die tickende Uhr winkte sie ab. »Immerhin habe ich es versucht.« Nach einem Schlag auf ihre unschuldige Tischplatte hämmerte sie ihre Hypothese in den Rechner:

»Briecherts von radikalen Tierschützern gefoltert und auf dem eigenen Hof zum Verhungern verurteilt.«

»Mm?« Toni starrte auf den Bildschirm und versetzte ihrem Tisch einen weiteren Hieb.

Viktor sah besorgt hoch. »Alles in Ordnung mit dir?«

»Mit mir schon, aber das passt nicht. Ich habe so ein Gefühl«

»Gefühl?« Grinsend nahm Viktor das nächste Gespräch entgegen.

Toni löschte den Aufmacher und musterte mit gerunzelter Stirn das Foto des Paares.

Ihr schauderte, als sie die Gesichter vergrößerte. »Euch möchte ich nicht im Dunkeln begegnen«, murmelte sie und erinnerte sich schlagartig an Erichs Andeutungen und Hinweise des anonymen Anrufers.

Gab es da einen Zusammenhang?

Sebastian Schulz tauchte erneut neben ihrem Schreibtisch auf. »Wie weit bist du?«

»Fast fertig«, schwindelte sie. »Gib mir zehn Minuten. Muss noch jemanden anrufen.«

Schulz tippte mit hochgezogenen Augenbrauen auf die Uhr.

Das Redaktionsbüro war heute voll besetzt. *Zu viele Ohren.* Toni flitzte zum Telefonieren in die Toilette. »Geh schon dran«, murmelte sie, während sie alle Kabinentüren öffnete, sie war alleine. Nach dem vierten Klingeln meldete sich eine genervte Stimme. »Wer stört.«

»Erich, nicht auflegen, hier ist Toni. Ein Ehepaar wurde auf dem Briecherthof gefoltert und halbtot in einem Käfig entdeckt. Es sind offenbar die früheren Besitzer namens Briechert. Kennst du sie? Haben sie früher Kinder missbraucht?«

Toni hörte einen tiefen Seufzer. »Ich will die alte Scheiße vergessen. Hört das nie auf?«

»Bitte, hilf mir.«

»Die Briecherts?« Wieder ein Seufzer. »Diese widerlichen Alten.«

»Was ist mit ihnen? Haben sie was mit diesen Kinderschändern zu tun? Was weißt du?«

»Zu viel!«

»Rede endlich, Erich.«

»Ich war auch da. Die Alten waren unsere Pflegeeltern und daran beteiligt.«

Toni schluckte. Sie brauchte einen Moment, bis sie in das Schweigen am anderen Ende hinein eine weitere Frage stellen konnte. »Darf ich deine Aussage benutzen?«

»Ich kann mir nicht leisten, in die Presse zu kommen.« Erichs Stimme klang schroffer als üblich.

»Dann frage ich anders. Könnte dieser Kindesmissbrauch ein Motiv sein für jemanden, der sich rächen will?«

»Ja. Und ich verstehe, dass da einer durchknallt. Selbst nach Jahren noch.«

»Ich melde mich nochmal bei dir.«

»Kann ich dich davon abbringen?«

»Nein,« gestand Toni und verabschiedete sich. »Bis bald und danke Erich.«

Eine halbe Stunde später ließ Toni ihren Artikel vom Hausjuristen freigeben. Die Überschrift war spekulativ und der Artikel endete mit offenen Fragen:

Späte Rache an Pflegeeltern?

... Haben missbrauchte Opfer sich an ihren Peinigern gerächt? ...

... Die zuständigen Stellen haben Zeugenaussagen ehemaliger Pflegekinder bislang nicht bestätigt. Sollte sich der Verdacht erhärten, gibt es viele Tatverdächtige und zwei Fragen: Welches der missbrauchten Kinder hat sich zum Racheengel aufgeschwungen? Warum erst jetzt?

***

Eine brüllende Hitze lähmte ihn, sein Mund war ausgetrocknet, sein Kopf hämmerte. Er tastete nach der Wasserflasche, die er beim Schlafengehen stets auf den Tisch stellte und fasste ins Leere. Auch das orangefarbene Licht, das den Raum durchflutete, fühlte sich falsch an.

Müde rieb er sich die Augen und fuhr entsetzt zurück. Seine Hände waren schwarz, stanken nach Asche, Ruß und einem unbestimmbaren Etwas. Sein Gehirn empfing Schmerzblitze, lodernd wie das Rot, das sich in Runen durch den Dreck fraß. Es roch verbrannt, metallisch, nach geschmortem Fleisch. Ein durchdringender Gestank von Exkrementen verstärkte seine Übelkeit.

Zögernd stemmte er sich mit den Ellenbogen auf, versuchte den Oberkörper hochzuwuchten, kippte seitlich weg und stürzte auf die weißen Teppiche, die übersät waren mit braunen Fußspuren.

Hilflos blieb er liegen.

Später hangelte er sich hoch, schleppte sich an den Wänden haltsuchend ins Bad. Der Druck auf seine Blase war unerträglich.

Bis zur ebenerdigen Dusche schaffte er es, klammerte sich an die Armaturen und aktivierte die Regendusche - während der Urin ihm an den Beinen herunterfloss. Er durchdrang seine Shorts und vermischte sich mit dem von Rußpartikeln durchsetzten Staub, der seine Füße umspülte und im Abfluss versickerte.

David sackte zusammen und verharrte auf dem Duschboden. Erst als das kalte Wasser seine Haut blau färbte, kam er wieder zu sich. Erneut versuchte er sich aufzurichten, zog sich an den Armaturen hoch, stellte den Wasserregler auf warm und blieb reglos stehen, bis sich das Wasser unter ihm klärte. Er drehte den Duschregen ab und betrachtete die aufgeplatzten Brandblasen an seinen Händen, von denen eine wässrig-blutige Flüssigkeit auf den Duschboden tropfte.

Gegen 22.00 Uhr wickelte er sich in einen weißen Bademantel. Durchgefroren, zitternd und benommen schlurfte er ins Wohnzimmer und sank auf die Couch. Er glaubte zu vertrocknen, noch schlimmer war dieser faulige Geschmack. Mühsam schleppte er sich zur Küche und holte sich eine Flasche Wasser aus dem Kühlschrank. Er leerte sie, das meiste landete auf dem Bademantel. Augenblicklich setzte ein loderndes Ziehen in seiner Leibesmitte ein. Er knickte zusammen und blieb gebeugt auf dem Barhocker sitzen. Einfach nur verharren, warten, bis das Zerren aufhörte, bis die pochenden Schmerzen in seinen Händen nachließen.

Der digitale Zeitanzeiger seiner Kaffeemaschine blinkte auf 22.34 Uhr, auf 22.35 Uhr ... Unmöglich. Es war doch erst Vormittag. Träge verfolgte er die Zifferanzeige: 22.38 Uhr, 22.39 Uhr ... *welcher Tag war heute?*

Ein leises Schnurren seines iPhones schreckte ihn hoch. Auf dem Display erkannte er das verschwommene Abbild von Gregor. Er wirkte aufgeregt. *Was wollte der denn?*

»Ich versuche seit Stunden, dich zu erreichen. Warum antwortest du nicht?«

David räusperte sich: »Habe nichts gehört.«

»Weißt du, wie spät es ist?«

Fahrig wies David auf die blinkenden Zeitziffern. Dabei streifte sein Blick die Fensterfront. *Wieso war es so dämmrig?*

»Du bist ja vollkommen neben der Spur. Ich komme vorbei und ich bringe dir eine Zeitung mit. Wir müssen reden.«

***

Die Straßenbeleuchtung warf vage Schatten in den Raum, als Gregor gegen 23.30 Uhr durch die Fahrstuhltür kam. Er betätigte den Lichtschalter und betrachtete mit gerunzelter Stirn die Schmutzspuren auf Böden und Wänden. In einem Bogen näherte er sich der zusammengesunkenen Gestalt auf dem Barhocker. Sanft berührte er David an der Schulter und sprach ihn an.

David rührte sich nicht, sein Atem war kaum hörbar. Mit Blick auf den hilflos Daliegenden ging Gregor zum Kühlschrank, nahm eine Flasche Wasser heraus, schenkte ein Glas voll und drückte die eiskalte Flasche in seinen gebeugten Nacken. »David, wach auf. Mach keinen Scheiß, alter Junge.«

»Was ist«, nuschelte David.

»Puh, wird auch Zeit. Komm, sprich mit mir. Du machst mir Angst.« Er klopfte ihm leicht auf die Wangen.

Langsam fuhr David hoch. »Was machst du hier?«

Gregor setzte ihm das Glas an die Lippen. »Trink.«

»Warst du das?« Gregor hielt ihm einen Zeitungsausschnitt unter die Augen. »Sag's mir. Hast du dich an deinen Pflegeeltern gerächt?«

Kopfschüttelnd las David die Meldung.

Briecherts gefoltert und auf dem eigenen Hof zum Verhungern verurteilt

David starrte auf das Zeitungsfoto. »Wer ist das?« Die zerlumpten Gestalten im Käfig hoben sich kaum vom verdreckten Hintergrund ab. »Wovon sprichst du?«

»Von den Briecherts.« Gregor wies mit dem Zeigefinger auf die Schlagzeile. »Das sind deine ehemaligen Pflegeeltern.«

»Maria und Josef Briechert?«, allmählich begriff David. »Um die geht es hier?«

»Ja.«

»Du denkst, ich habe die Alten gequält und eingesperrt?«

»Hast du?«

Gregor wies auf die Rußspuren und die Brandblasen an Davids Handflächen.

***

David wachte am nächsten Morgen um 6.00 Uhr auf. Noch immer trug er den Bademantel, in dem er eingeschlafen war, nachdem Gregor ihn ins Schlafzimmer geführt hatte. Es war ihm peinlich gewesen, das sein Bruder das verschmutzte Bettzeug gesehen und ausgetauscht hatte.

Dann hatte er ihn erneut gefragt: »Woran erinnerst du dich?«

Er hatte keine Antworten. Da war nichts.

Ihm fehlten etliche Stunden und er wusste nicht, woher der Schmutz kam und wie er sich die Brandblasen zugezogen hatte.

Der Zeitungsbericht, in dem von der Folter der Alten die Rede war, hatte ihn entsetzt. Entführung? Einsperren, foltern, diese alten Menschen halb verhungert und hilflos in einem dreckigen Verschlag zurücklassen?

Hatte er ihnen das angetan?

»Es sieht alles danach aus«, gab er sich selbst die Antwort und zwang sich, ein Glas kalte Milch zu trinken, das er mit einer Banane und einer Handvoll Erdbeeren zusammen mixte. Dann telefonierte er mit einer Reinigungsfirma, die Teppiche und Wände von den Ruß- und Dreckspuren befreien sollte und mit seiner Putzfrau.

Das Gespräch mit Suse dauerte nur Sekunden, sie war auf dem Weg zu einem Meeting. Auf seine Frage nach weiteren Urlaubstagen reagierte sie verständnisvoll. »Du hast Urlaub aus zwei Jahren angehäuft, nimm ihn.«

Dann wählte er Gregors Nummer. »Weißt du, in welcher Klinik die Briecherts liegen?«

»Nein, warum?«

»Ich will sie besuchen.«

»Bist du bescheuert, Mann, bleib da weg. Falls du dich wirklich an ihnen gerächt hast, ist es dumm da aufzutauchen.«

»Ist mir egal, ich muss sie sehen. Sag mir, wo sie liegen oder ich bekomme es selbst heraus.«

»Schon gut, ich brauche ein paar Minuten.«

»Danke, ich schulde dir was.«

David zog achtlos eine Jogginghose über und machte sich einen zweiten Milchmix. Wider Erwarten bekam er Appetit und röstete sich zwei Scheiben Toast, die er trocken hinunterschlang. Er verschluckte sich an den Brotkrumen, als er den Anruf nach dem dritten Klingeln annahm. »Ja?«

»Die Briecherts liegen im St. Marienkrankenhaus. Aus der Intensivstation sind sie raus, man hat sie in die chirurgische Abteilung verlegt, Zimmernummer 36.«

»Danke.«

»Ich bleibe dabei, es ist eine dumme Idee, sie zu besuchen.«

»Mag sein, aber wenn ich mehr über meine Vergangenheit erfahren will, muss ich mit den Menschen von damals sprechen.« *Ehe mich der Mut verlässt.*

David hatte die Jogginghose gegen Jeans, Shirt und Lederjacke getauscht und machte einen Umweg über den Schweizer Platz. Seinen Wagen parkte er in der Gartenstraße und lief zu Fuß zu einem neu eröffneten Blumengeschäft.

Es war exklusiv ausgestattet, im Stil einer Boutique. Dennoch haftete ihm bereits der typische Duft nach frischgeschnittenen Blumen und satter Erde an. Er schnupperte und blickte sich um. *Was wollte er hier?*

Verlegen griff er nach einem der gebundenen Billigsträuße, als die Verkäuferin ihn entdeckte. Auf ihrem Namensschild stand Lena Braun.

Sie lächelte beflissen: »Darf ich Ihnen helfen?«

Er nickte, assoziierte ihren Nachnamen unbewusst mit der braunen Erde, in der sie vermutlich wühlte, um ihre Blumen zu ernten. »Haben Sie Lilien?«

»Ich kann Ihnen Züchtungen aus eigenen Treibhäusern zeigen. Draußen blühen Lilien erst später. Die weiße Königinnenlilie oder eine der rosafarbenen Sorten?«

»Nichts Rosafarbenes, etwas Schlichtes, mit Grün dazu, ist perfekt.«

»Ja, die weißen Königinnenlilien eignen sich wunderbar für Solitärsträuße. Darf ich fragen für wen und für welchen Anlass Sie ein Gebinde möchten?«

Er überlegte. Für wen waren die Blumen? Bilder und Szenen drängten sich in sein Bewusstsein. Er sah einen Mann, den er Vater Josef nennen musste. Neben ihm eine kleine hagere Frau, die ihn anbrüllte, er solle sich nicht so anstellen. *Woher kamen nur diese Erinnerungsfetzen …?*

Er griff nach der Theke, als ihn ein Schwindelgefühl überkam. Wie durch einen Schleier starrte er auf die Verkäuferin, die erwartungsvoll zu ihm aufblickte.

»Entschuldigen Sie, ich will nicht indiskret sein.«

David erinnerte sich an ihre Frage und versuchte höflich zu lächeln. »Es ist so etwas wie ein Begräbnis.« *Das Begräbnis einer heiteren Kindheit.*

»Da sind Lilien eine passende Wahl.« Lena Braun werkelte geschäftig hinter dem Tresen und zeigte ihm ein Bouquet aus drei langstieligen, weißen Lilien, angerichtet auf Bananenstaudenblättern. »Ist das recht?«

Er nickte. Es war ein majestätischer Strauß, kein Gebinde, das zu einem Krankenbesuch passte.

Die Verkäuferin schlug das Arrangement in cremeweißes Seidenpapier ein.

Er nahm es entgegen und beeilte sich, den Laden zu verlassen. Der Akzent von modriger Erde vermischte sich mit Kellermief, der ihm Schauer über den Rücken jagte.

»Moment, Sie müssen noch bezahlen.« Lena Braun baute sich resolut zwischen ihm und der rettenden Türe auf. »Macht 34 Euro und 80 Cent.«

Wortlos kramte er aus seiner Brieftasche einen Fünfzigeuroschein hervor.

»Ich hole Ihnen das Wechselgeld.«

David winkte ab und hastete aus dem Geschäft.

Minuten später legte er die Blumen achtlos im Kofferraum ab und drehte die Klimaanlage auf, um den Moder zu vertreiben. Dann fuhr er zum Mainufer und bog rechts ab, befolgte dumpf die Anweisungen seines Navigationsgerätes bis zur Richard-Wagner-Straße und parkte seinen Wagen.

In der Eingangshalle steuerte er auf eine Reihe von Aufzügen zu, bis ihm einfiel, dass er nicht wusste, wo die Chirurgie untergebracht war. Er drehte sich um und reihte sich in die Schlange vor der Rezeption ein. Die Verwaltungsangestellte gab allen Besuchern geduldig Auskunft. Wie in einem Hotel für Kranke, überlegte er. Fehlte nur ein Page, der die Geschenke zu den jeweiligen Zimmern trug und dafür die Hand aufhielt.

»Guten Tag, wohin möchten Sie?« ...

... »Sie sind dran, kann ich helfen?«

David erschrak und begegnete dem Blick der Angestellten, der Klartext sprach: *Beeil dich, ich habe gleich Feierabend!*

»Das hoffe ich«, antwortete er hastig. »Ich möchte das Ehepaar Briechert in Zimmer 36 besuchen.«

Augenblicklich wich der ärgerliche Ausdruck vom Gesicht der jungen Frau. Sie musterte ihn neugierig. »Sind Sie ein Verwandter?«

David zögerte. »Ihr Pflegesohn.«

»Ich denke, das geht in Ordnung«, nickte sie. Flüsternd fügte sie hinzu: »Sie wissen ja, was passiert ist?« Mit Scannerblick musterte sie David und schien zufrieden. »Aber ich muss Sie um Ihren Namen bitten.«

»David Frensen. Möchten Sie meinen Ausweis sehen?«

»Ja bitte.« Verschwörerisch flüsterte sie ihm zu. »Die Kripo will, dass wir alle Besucher prüfen. Als ob das so einfach wäre, meldet sich ja nicht jeder bei mir an.«

»Verstehe«, unterbrach David sie und wollte sich auf dem Absatz umdrehen und davonlaufen. Stattdessen zeigte er seinen Ausweis.

Sie notierte sich den Namen auf einer Liste, die sie aus einem Ablagekästchen fingerte. »Bitte hier unterschreiben.«

David krakelte seinen Namenszug in das dafür vorgesehene Kästchen. Er konnte es nicht besser, feinmotorige Bewegungen schmerzten an seinen verletzten Händen.

»Station C. Mit dem Fahrstuhl in den dritten Stock, Zimmer 36 am linken Ende des Ganges. Es ist als unbelegt gekennzeichnet.« Leise fügte sie hinzu: »Zur Sicherheit, Sie verstehen?«

David überlegte erneut, ob er nicht verschwinden sollte, atmete tief ein, richtete sich kerzengerade auf und blickte sich um. Er war der letzte Besucher in der Schlange. Wenn er sich nicht verdächtig machen wollte, musste er weiter gehen. Also eilte er in die angegebene Richtung.

Der Lift hielt ruckelnd, die Tür öffnete sich. Zögernd betrat er die winzige Kabine. Als sich die Türe hinter ihm schloss, roch er die Ausdünstungen Fremder und glaubte zu ersticken, fühlte, dass die Ohnmacht nach ihm griff. Statt des dritten Stockwerks drückte er den Knopf für die erste Etage.

Sekunden später stürzte er aus der Kabine in einen leeren Gang. Seine Atmung beruhigte sich. Zügig folgte er den Pfeilen zum Treppenhaus, hetzte weiter zum gläsernen Anbau und nahm jeweils zwei Stufen auf einmal. Unterwegs kam ihm ein junger Mann in Jeans und Laufschuhen entgegengeeilt. Er konnte ihm gerade noch ausweichen und vergaß ihn sofort wieder. In Gedanken war er bei seinem Besuch.

Die Tür zum Krankenzimmer war nur angelehnt.

Er klopfte, bevor er sie aufdrückte.

In den Raum hineinhorchend bemerkte er ein Röcheln, begleitet von einem Gurgeln.

Hastig eilte er zu dem nächstgelegenen Bett und blickte auf das blau angelaufene Gesicht der alten Frau. Er beugte sich über sie, sie hatte aufgehört zu atmen. Ohne nachzudenken, versuchte er sie zu beleben. Aus dem Augenwinkel nahm er ihren freigelegten Arm wahr; er war überdeckt mit groben Einstichen an den Venen.

Aus dem Nachbarbett hörte er ein ähnliches Röcheln. Automatisch drückte er den Notrufknopf, stob hinüber und beugte sich über den alten Mann, der ihm seinen letzten Atemzug ins Gesicht blies. Er presste auf den schmächtigen Brustkorb, hauchte dem Alten seinen Atem ein - und überwand eine Abscheu, die er noch nie in seiner ärztlichen Laufbahn bemerkt hatte. Der Mann stank nach Fäulnis, seine Ellenbogenbeuge war förmlich perforiert.

Eine Schwester betrat den Raum und wollte ihn wegzerren.

»Ich bin Arzt«, gab er sich zu erkennen und fuhr fort mit seinen Wiederbelebungsversuchen.

Die Schwester alarmierte ein Notfallteam.

Zehn Minuten später gab das Team auf. Die Schwester notierte den Todeszeitpunkt um 12.45 Uhr.

David stand abseits und betrachtete die herabhängenden Mundwinkel des Toten, aus dem ein Rinnsal von Spucke einen Fleck auf dem Kissen hinterlassen hatte. Er würgte, und nur zögernd kehrte sein Zeit-Raum-Gefühl zurück.

»Alles in Ordnung mit Ihnen?«

Irritiert wandte sich David dem Fragesteller zu. Es war der diensthabende Arzt, der den Tod festgestellt hatte. Er nickte und wies auf die blau angelaufenen Einstichstellen an den Armen der Leichen hin. »Ihnen wurde etwas gespritzt. Vielleicht war es nur Luft, wenn sie keine fremden Substanzen finden.«

»Wer sind Sie? Gerichtsmediziner?«

»Mein Name ist David Frensen«, stellte er sich vor.

Der Arzt mit dem Namensschild Doktor Kulig sah ihn fragend an.

»Ich arbeite als Kindertherapeut, habe aber auch Medizin studiert. Die Anzeichen traten bei beiden fast zeitgleich auf und das war kein natürlicher Tod.«

»Das glaube ich auch nicht. Aber was machen Sie hier, sind Sie ein Angehöriger?«

»Ich kannte das Ehepaar von früher.«

Der Mediziner musterte ihn skeptisch. »Bleiben Sie bitte, die Polizei will Sie bestimmt befragen. Warten wir in meinem Büro.«

Die Kriminalkommissarin stellte sich David als Christina Kante vor. Ihre Haltung war straff, ihr Blick wachsam, während sie andeutend lächelte, ohne dass eine Regung zu ihm durchdrang. Sie schien ungeschminkt zu sein und selbst ihre kurzen, dunklen Haare wirkten, als wären sie nur mit den Händen zurechtgezupft.

Ein Kumpeltyp mit mehr Tiefgang, als sie outen wollte. Sie als Freundin zu haben, schien ein Gewinn, sie sich zur Feindin zu machen, nicht angeraten. David fühlte sich von ihrem Blick durchleuchtet und versuchte unbeteiligt zu wirken, während er Fragen zu seiner Person beantwortete. Das war leicht, er stand noch unter Schock. Sachlich wiederholte er alle Beobachtungen. »Die Einstiche an den Venen sehen aus, als habe jemand geübt, der das noch nie gemacht hat.«

Kante sah ihn aufmerksam an und wartete ab.

Er ergänzte seine Erklärung. »Darf ich eine Vermutung äußern?«

»Nur zu«, ermunterte Kante ihn knapp.

»Die Person hat mehrfach versucht, die Vene zu treffen, bis es klappte.«

»Also kein Arzt, keine Schwester?«

»Auf keinen Fall. Die Einstiche wurden sehr dilettantisch ausgeführt, von einer Person ohne praktische Erfahrungen.«

»Praktische Erfahrungen?«, hakte die Kommissarin nach.

»Theoretisch wusste derjenige, was er tun musste.«

»Eine Spritze in die Vene verabreichen?«

»Ich vermute, das war Luft, eine effektive nicht nachweisbare Methode, die fast augenblicklich zum Atemstillstand führt.«

»Das hat diesen Effekt?«

»Ja, genau diesen.«

»Sind Sie jetzt Kriminaler, oder lesen Sie zu viele Krimis?«

»Frau Kante, ich beschreibe nur die wahrscheinlichste Möglichkeit aufgrund dessen, was ich beobachtet habe, als ich das Zimmer betrat.«

»Erklären Sie es mir. Was geschieht, wenn man Luft in die Vene spritzt?«

»Der Luftpropfen gelangt durch die Vene in die rechte Herzhälfte. Dort vermischt sich die Luft mit Blut zu einem Schaum, den das Herz nicht transportieren kann. Die vergeblichen Pumpversuche führen zum Herzversagen.

Das gurgelnde Geräusch, das ich hörte, war ihr letzter verzweifelter Atemzug.«

Kante machte sich Notizen. »Ist Ihnen jemand auf dem Gang begegnet?«

David schüttelte den Kopf. »Niemand Unbefugtes.«

»Pflegepersonal, Ärzte?«

»Ein Pfleger auf dem Gang und ein Arzt. Den Arzt habe ich nur von hinten gesehen. Er verschwand in einem der Personalräume.«

»In welchen genau?«

»Schräg gegenüber, ‚nur für Personal', steht auf der Tür.«

»Gut, Herr Frensen. Wir überprüfen das.«

Kante reichte David die Hand. Irritiert sah sie auf, als er das Gesicht verzog, und bemerkte die Brandblasen an den Handinnenflächen.

»Ein Grillunfall«, schwindelte er.

Sie sah genauer hin. »Sieht übel aus.«

»Halb so wild«, winkte er ab.

Sie hielt seine Handfläche fest und begutachtete seine Verbrennungen. »Die sind ganz frisch. Sicher, dass Sie sich die beim Grillen zugezogen haben?«

David zuckte mit den Schultern. »So was passiert ...«

»... Auch, wenn man ein Brandeisen unsachgemäß benutzt.«

»Was bitte?«

»Ein Brandeisen, wie es bei dem verstorbenen Paar Briechert benutzt wurde.« Sie sah ihn herausfordernd an.

»Ich weiß nicht, worauf Sie hinaus wollen.« David hielt ihrem Blick stand und ignorierte die Bilder von Feuer und verbranntem Fleisch, die sich vor sein Bewusstsein schoben.

Unbewusst schüttelte er den Kopf.

Kante beobachtete ihn weiter. »Woher kannten Sie das Ehepaar Briechert?«

David rieb sich müde über das Gesicht, die Bilder vor seinen inneren Augen verschwanden. Er seufzte. »Ich weiß nicht mal, ob ich sie kannte. Ich erfuhr erst kürzlich, dass ich vielleicht als Pflegekind bei ihnen gelebt habe.«

»Sie erinnern sich nicht daran?«

»Nein, ich war noch sehr jung. Ich kam her, weil ich mehr darüber wissen wollte.«

»Warum fragen Sie nicht Ihre ...«, Kante zögerte. »Ihre Eltern, oder die Menschen, die Sie aufgezogen haben?«

»Mein Vater ...«, er zögerte, »... der Mann, den ich für meinen Vater hielt, ist vor kurzem verunglückt. Meine Mutter, oder Adoptivmutter ...?, liegt im Koma.«

»Das tut mir leid.« Sie reichte ihm eine Karte: »Melden Sie sich, wenn Ihnen noch etwas einfällt.«

Er nickte.

»Noch was, bitte verlassen Sie die Stadt nicht.« Ihre Stimme wurde schärfer. »Da Sie als Erster am Tatort waren, müssen wir ausschließen, dass Sie mit dem Mord etwas zu tun haben.«

»Verstehe«, David steckte die Karte in seine Brieftasche und stand auf. »Kann ich gehen?«

»Ja, aber halten Sie sich zu unserer Verfügung.«

Auch diesmal nahm David die Treppe. Dabei erinnerte er sich, dass die Lilien noch oben im Krankenzimmer lagen. *Lilien, die Blumen des Todes.* Nur langsam realisierte er das Geschehen in voller Tragweite. Seine vermeintlichen Pflegeeltern waren tot. Warum fühlte er nichts?

Auf dem Weg zu seiner Wohnung sah er immer noch die blau angelaufenen Gesichter der Alten. Faltige, im Todeskampf verzogene Fratzen, die ihm vage vertraut waren. Aber was hieß das? Er hatte sie auf dem Foto in der Zeitung gesehen und er konnte jedes Wort des Artikels, den ihm Gregor unter die Nase gehalten hatte, zitieren.

Er betrat seine Wohnung. Ein Reinigungsteam beseitigte letzte schwarze Spuren an Wänden und Teppichen, beaufsichtigt von seiner Reinigungsfrau.

Wenn es nur so leicht wäre, den Schmutz, der sich in seine Seele eingegraben hatte, zu entfernen.

11

STUMME FRAGEN

25. Mai - 27. Juni

Marissa lag seit sechzehn Tagen im Koma. Gestern war sie zum ersten Mal ‚aufgewacht'. Blind, bewegungsunfähig, sprachlos. Sie hatte vergeblich versucht, mit David, der ihre Hand hielt, zu sprechen.

Sie ahnte nicht, dass inzwischen ein weiterer Tag vergangen war. Zeit war für sie noch eine flüchtige Empfindung, messbar in Sprachschnipseln, in Störungen, die sie weckten, so wie die kreischenden Stimmen der Frauen.

Sie lauschte ihnen.

»Für kein Geld der Welt möchte ich in ihrer Haut stecken.«

»Mann tot, der eine Sohn ein Junkie, der andere ein Streber.«

»Der ist kein Junkie.«

»Doch, da war mal was.«

»Tratschnudel. Kümmere dich gescheiter drum, dass die Laken glatt sind.«

Von wem sprachen die Stimmen? Und wo war sie?

Sie spürte einen leichten Druck, als die Schwestern sie umbetteten.

»Der andere Sohn ist ein Psychodoktor. Ein echter Traummann. Den würde ich nicht von der Bettkante schubsen.«

»Rosi, du schubst keinen von der Bettkante. Wenn einer mit `nem Kondom winkt, hältst du das für einen romantischen Heiratsantrag. He, pass auf, dass du die hier nicht aus dem Bett schubst.«

Marissa fühlte eine weitere Erschütterung, als drehe man sie unsanft zur Seite.

»Boah, wie hässlich, wenn diese Halbtoten zucken«, sagte die hellere der beiden Stimmen.

Kurz darauf spürte sie erneut eine Bewegung und nahm wahr, dass ihr zweiter Sohn Gregor auf dem Bett Platz nahm.

Gregor? Was war da noch? Sie konnte nicht greifen, was ihr Unbehagen auslöste und bemühte sich, seinen Worten zu folgen. *Was hatte er gesagt?*

Sie spürte etwas Feuchtes auf ihrer Hand, die er an sein stoppliges Gesicht drückte.

»Warum musstet ihr auch mit dem Auto fahren? Mama, es tut mir so leid.«

Was tat ihm leid? Sie tastete nach seiner Hand. Spürte er nicht, dass sie bei ihm war?

Marissa bemerkte, wie sich ihre Matratze bewegte, fühlte die darauf folgende Leere und lauschte den davoneilenden Schritten.

***

»Warst du endlich bei Mutter in der Klinik?« David verbesserte sich. »Bei Marissa.«

»Ja, heute. Schwer zu sehen, wie sie daliegt.«

»Doktor Lorenz glaubt, dass ihr Zustand sich jeden Tag bessert.«

»Ach ja?« Gregor sah ihn verblüfft an. »Woran macht er das fest?«

»Spezielle Messungen weisen wohl auf eine stärker werdende Gehirntätigkeit hin.«

Gregor rutschte unruhig auf der Couch hin und her. »Ich weiß nicht. Was ist, wenn sie bleibende Schäden davonträgt.«

»Was ist, wenn sie mit unserer Hilfe, vollständig genesen kann?«, setzte David dagegen. Gregors fehlender Enthusiasmus störte und verletzte ihn.

»Hoffen wir das Beste«, stimmte Gregor zu.

David registrierte seine verschränkten Arme und beobachtete, wie der Jüngere die Mundwinkel nach unten zog. Den Gesichtsausdruck kannte er, Gregor machte wieder komplett dicht. Er wechselte das Thema. »Was will Doktor Ross von uns? Ich habe einen Anruf auf der Mailbox, ich solle mich mit dir wegen eines Termins abstimmen.«

Gregor zuckte mit den Schultern. »Es geht um den Nachlass.«

»Ich rufe ihn morgen an.« David sah auf die Uhr. Es war fast Mitternacht.

Gregor blieb sitzen. »Hast du noch ein Bier für mich?«

»Hast du keine eigene Wohnung? Ich möchte paar Stunden schlafen.«

»Schmeißt du mich raus?«, nörgelte Gregor. »Nach allem, was in den letzten Tagen passiert ist, kannst du einen Wachhund brauchen. Nicht, dass du nochmal losziehst und Menschen aus deiner Kindheit Brandzeichen aufdrückst.«

David stutzte. »Deshalb machst du dich hier breit?«

»Irgendwie schon«, gestand Gregor. »Bist du sicher, dass du die Alten nicht doch in der Klinik ...«

David unterbrach ihn. »Ich bin nicht mal sicher, dass sie meine Pflegeeltern waren.«

»Doch. Du hast bei ihnen gelebt. Ich konnte interessante Papiere lesen, weiß es sozusagen schwarz auf weiß.«

»Ich frage besser nicht, wo du gestöbert hast.«

»Frag ruhig.« Gregor kratzte sich an der Schläfe. »Ich habe auch Unterlagen von deinem Klosteraufenthalt gesehen.«

»Moment, jetzt machst du mir Angst.« David erinnerte sich an dazu passende Sequenzen aus seinen Alpträumen, schwieg, sah seinen Bruder abwartend an.

»Ein Nonnenkloster. Man hatte dich in eine spezielle, christliche Kindergruppe gesteckt. Du warst ungefähr fünf, als sie dich hinbrachten.«

David griff nach dem nächstbesten Stuhl, ihn schwindelte. »Wovon sprichst du?«

»Von deiner Zeit im Klosterkinderheim.« Gregor sah ihn forschend an. »Alles in Ordnung? Du siehst fertig aus, soll ich weitermachen?«

»Ja ... natürlich.«

»Jemand hat an deinen Eintragungen herumgepfuscht. Das war etwas kniffliger rauszukriegen.«

David räusperte sich. »Worauf spielst du an?«

»In den Akten ist ein Vermerk.«

»Was für ein Vermerk? Mann, lass dir nicht jede Information einzeln entlocken.«

»Man müsse dich intensiv betreuen. Sonderschule, spezielle Nachhilfe, was weiß ich?«

»Bist du sicher, dass es um mich ging?«

»Ich kann dir sogar einen Screen von der Akte erstellen. Sie ist digital erfasst.«

David war aufgewühlter, als er zeigte. Gregors Schilderungen passten zu Schreckens-Szenen, für die er bislang vergeblich nach einer Erklärung gesucht hatte. Und warum interessierte sich Gregor dafür? Das passte nicht zu ihm. Er hatte sich nie für jemand anderen engagiert. Warum jetzt?

Er fragte nach. »Wieso machst du das für mich?«

»Was meinst du?«

»Du recherchierst für mich, bietest von dir aus deine Hilfe an und knackst Behördennetze, um rauszukriegen, wer ich bin.«

»Mir liegt was an dir, deshalb. Mann, an deiner Stelle würde ich durchknallen.« Gregor wirkte trotzig. »Was ist, willst du den Rest auch noch hören?«

Davids Gefühle fuhren Achterbahn, alles, was Gregor herausgefunden hatte, war zugleich befremdend wie vertraut.

»Was weißt du über das Kloster?«

»Es nennt sich ‚Zur Gütigen Mutter.‘«

»Okay?«

»Deine Betreuerin war eine Schwester Ariadne, bürgerlich hieß sie zuvor Ariadne von der Höhe. Verarmter Adel. Sie lebt noch in dem Kloster.«

»Wo ist das?«

»Das kann ich im Internet nachsehen.«

»Benutz den Rechner im Arbeitszimmer.« In Gedanken ging David durch, was sein wissbegieriger Bruder auf dem Computer ausschnüffeln konnte. Ihm fiel nichts ein, seine Notizen waren verschlüsselt. Er gab ihm das Passwort. »Und ich will nicht wissen, wie du das rauskriegst.«

»Keine Sorge, nix Illegales. Das schaffe ich auch so.«

»Brauchst du mich dafür?«

»Nö, hol mir nur ein Bier.«

»Hol es dir selbst. Und wenn du fertig bist, geh ins Gästezimmer, das Bett ist frisch bezogen.«

»Du kannst seelenruhig schlafen gehn, während ich in deinem Leben wühle?«

David schüttelte den Kopf. »Nicht wirklich. Das muss ich nur erst einmal verdauen«, gab er zu. »Gute Nacht. Und danke!«

»Wofür?« Gregor grinste, öffnete am Kühlschrank eine Bierflasche und wollte nach seinem Löwenglas greifen. Dann überlegte er es sich und nahm einen tiefen Schluck aus der Flasche.

Sein sattes Rülpsen brach Davids Gefühlsbann, er lachte. Da war er wieder, sein Bruder, wie er ihn kannte. »Lass die Bude heil.«

»Musst du gerade sagen, geh schlafen oder was immer du machst, wenn du alleine bist. Gute Nacht.«

Es war früher Morgen. Gregors gelber Notizzettel klebte am Badezimmerspiegel.

Habe die Adresse vom Kloster mit Fotos aus dem Internet im Rechner in deinen Favoriten gespeichert. Legale Recherchearbeit! Bis dahin:-)

Von 1983 bis Ende 1984 wirst du im Kloster ‚Zur Gütigen Mutter' als Pflegekind geführt. Die Adoption erfolgte Mitte 1985.

Keine Ahnung, was in der Zeit dazwischen war. Auf der ursprünglichen Akte steht Angelo Bern. Später taucht eine Zweitausfertigung auf, mit deinem heutigen Namen.

Und frag nicht, woher ich das habe! Das willst du als gesetzestreuer Bürger nicht wissen.

CU. Schneide dich nicht beim Rasieren!

Wo das Kloster lag, hatte David noch in der Nacht selbst herausgefunden, die anderen Informationen musste er erst verarbeiten und mit inneren Bildern abgleichen.

Unbewusst schüttelte er sich, rieb sich Rasierschaum über die Kinnpartie und las den letzten Satz der Nachricht erneut. »Schneide dich nicht beim Rasieren.«

Merkwürdig, seit wann sorgte sich Gregor um ihn?

Routiniert schabte er die Haarspuren am Kinn ab. Er benutzte dazu ein altmodisches Rasiermesser. Und er schnitt sich tatsächlich an seiner empfindlichsten Stelle, da wo eine haarfeine Narbe war.

Die Wunde pochte schmerzhaft.

Unvermittelt setzte sein bewusstes Sein aus.

Er brach zusammen.

Etwas schubste, drängte ihn Richtung Abhang und versetzte ihm einen Stoß.

Er fiel ins Leere.

Die dunkelgewandete Frau erwartet ihn, schnallt ihn an Armen und Beinen fest, beugt sich über ihn und tätschelt seine Wange. »Es muss sein, kleiner Angelo. Das siehst du doch ein?«

Dann fixiert sie sein eiterndes Kinn mit Lederriemen, die tief in sein verletztes Fleisch schneiden, und hält ihm eine geöffnete Bibel vor die Augen. »Lies das, mein Junge. Laut und deutlich.«

David sieht die Zeilen. Er kann noch nicht lesen, aber er murmelt die Worte, die sie ihm vorsagt. So gut er kann.

1. Buch Petrus - Kapitel 4, vom Leiden und Leben des Christen.

Weil nun Christus im Fleisch für uns gelitten hat, so wappnet euch auch mit demselben Sinn; denn wer am Fleisch leidet, der hört auf von Sünden, dass er hinfort die noch übrige Zeit im Fleisch nicht der Menschen Lüsten, sondern dem Willen Gottes lebe.

Es ist ihr nicht gut genug. Er kann es nicht besser. Seine verletzte Kinnpartie verweigert die Lautbildung einiger Buchstaben.

Sie zieht die Lederschnüre an. Er versucht es erneut.

Irgendwann lassen die Schmerzen nach.

Die Bibelworte, die aus seinem Mund sprudeln, ergeben keinen Sinn.

An der Tür rüttelte es. »David? Führst du Selbstgespräche? Komm raus, es gibt frische Croissants.«

Benommen rappelte er sich vom Boden des Badezimmers auf und betrachtete im beschlagenen Spiegel die blutige Fratze eines kleinen Jungen.

Mechanisch wischte er darüber.

Erst jetzt bemerkte er das eingetrocknete Blut auf seinem Shirt. Auch die Blutkruste an seinem Kinn trocknete bereits.

Auf den Fliesen lag das Rasiermesser. Mit zitternden Händen legte er es auf dem Badewannenrand ab.

12

STIMMEN

29. Juni bis 1. Juli

Marissa träumte. Grazil tanzte sie auf einem spiegelnden Boden, der jede ihrer Bewegungen vervielfachte. Alles war fließend und schwerelos. Sie dachte nicht daran zurückzukehren, in diesen nichtsnutzigen Körper. Wollte nicht dahin, wo man ihre Schläuche und Behälter säuberte, in die ihre Notdurft hineinfloss, ohne dass sie darüber eine Kontrolle hatte. Sie war es satt, hilflos dazuliegen wie ein Gegenstand. Und sie mochte dieses Ding an ihrem Gesicht nicht, dass sie zum Zuhören zwang. Es steckte in ihrem rechten Ohr, während die Stimme aus dem Raum kam.

»Hör nur zu, Mama. Hör dir an, wie es deinem Lieblingssohn erging, bevor du ihn gerettet hast.«

Das Kichern aus dem Raum vermischte sich mit einer weiteren Stimme. Sie kam aus dem Ding in ihrem Ohr.

»Wen haben wir denn da?«

Neugierig beugt sich die schwarzgekleidete Nonne zu mir herunter. Sie zerrt mich nach vorne, wo sie mich anstarren.

Warum mich? Seit dem Unfall übersehen sie mich oder wenden sich ab, als müssten sie was Widerliches essen. Etwas Schleimiges, wie die Suppe, in der Reste der Woche schwimmen.

Sie mustert mich, schaut nicht weg.

Ich schaue grimmig. Ich will älter aussehen. Je älter und abstoßender ich aussehe, desto weniger beachten sie mich. Die niedlichen Kleinen müssen immer mitgehen. Erst seit dem Unfall lassen sie mich in Ruhe. Nur manchmal fragen sie: »Was wollt ihr mit der Missgeburt?«

Die schwarze Frau sieht aus wie eine Hexe aus den Märchen. So ein Wesen habe ich erst einmal gesehen, damals, als sie Jonas holten. Er kam nie wieder.

Die schwarze Hexe hat ihn verschlungen, erzählen die Älteren.

Ich höre auf zu atmen, versuche, ‚weg zu sein'.

Sie erlaubt es nicht und spricht mit einer quietschenden Stimme auf mich ein. »Du wirst doch deinen Namen kennen.«

Ich kenne meinen Namen. Soll ich ihr den sagen? Dann muss sie fragen. Richtig fragen. ‚Du wirst doch deinen Namen kennen', ist keine Frage. Es ist eine Falle. Genau wie: ‚Du wirst doch nicht in die Hose machen. Du wirst doch aufessen …', es endet immer gleich. Danach sagen sie: »… oder willst du, dass ich dich bestrafe?«

Auch darauf darf man nicht antworten. Besser man wartet auf die Schläge.

Die Schwarze schlägt mich nicht. Sie schiebt ihre Hand an meinen Hals, fasst unter mein Kinn, hebt mein Gesicht. Sie kneift noch fester, da, wo mich der Hund gebissen hat. Ich weine. Leise.

»Du bist gezeichnet mein Kind. Ein Chirurg könnte das korrigieren. Aber wir wollen dem Herrgott nicht ins Handwerk pfuschen. Das wäre unrecht.«

Was ist ein Chirurg? Was für ein Handwerk hat der Herrgott? Der tut doch nichts. Trotzdem sollen wir mit ihm sprechen.

Sie nennen es beten.

Ich kann das nicht, deshalb bewege ich nur meinen Mund. Ich muss aufpassen, dass ich keinen falschen Ton von mir gebe. Ich kann nur falsche Töne.

Also bleibe ich stumm.

Manchmal spreche ich stumm mit dem Herrgott. Es heißt, er könne Wünsche erfüllen, wenn man lieb ist. Ich war lieb, habe vor meinem Bett gekniet vor dem Schlafengehen. »Gott halt mich wach, damit ich mein Bett nicht nass mache.«

Er hat mir nicht geholfen, kein einziges Mal.

Wahrscheinlich mag er mich nicht, weil ich mit dem nassen, stinkenden Bettzeug über dem Kopf in der Ecke stehen muss.

Ich bin durcheinander. Was will die Hexe? Ich folge ihrem Blick zu Vater Josef und Mutter Maria. Sie grinsen böse. Da weiß ich: Sie wird mich verschlingen. Doch vorher will sie etwas von mir. Das ist immer so, wenn die Großen ihren Kopf schräg über einen beugen und freundlich tun.

»Nun sag endlich, wie heißt du mein Junge?«

Das ist eine Frage. Endlich darf ich reden. Stolz sage ich meinen Namen, so, wie ihn mir die älteren Jungs beigebracht haben: »hellische Grete.«

»Was sagst du da?« Entsetzt sieht die Nonne zu unseren Pflegeeltern. Dann funkelt sie mich an: »Hat man dir hier beigebracht, Gottes Dienerinnen zu beleidigen?«

Warum ist sie böse? Ich habe doch alles richtig gemacht.

Später greift sie nach meiner Hand und flüstert mir ins Ohr: »Gott hat dich auserwählt.«

Als Gregor die Kopfhörer wegnahm, glaubte Marissa sterben zu müssen. Vor Mitleid, Scham und Entsetzen. Sie erhob sich und stellte Gregor eine einzige Frage: »Woher hast du das?«

Doch das geschah nur in ihrem Kopf.

***

Gregor blickte auf Marissas reglose Gestalt und sein Hochgefühl schwand. Die Wirkung der Energydrinks, mit denen er sich die letzten Nächte wachgehalten hatte, um das ursprüngliche Gebrabbel zusammenzuschneiden, ließ nach. Die Mittel, die er zusätzlich eingeworfen hatte, waren weniger legal gewesen.

Er musste hier weg, bevor die Entzugserscheinungen einsetzten, bevor er die Flecken auf dem wachsbleichen Gesicht für real hielt, bevor Marissas zuckende Hände ihn packten.

***

1. Juni. ... Heute haben die Ärzte bei der Visite über sie gesprochen. Die Stimuli-Behandlungen zeigten von Tag zu Tag bessere Resultate. Es gäbe Hoffnung.

Gab es die?

Die täglichen Übungen langweilten Marissa. Sie führten sie aufs Glatteis mit widersinnigen Tests. Als ob sie nicht wüsste, dass eine Tomate rot und nicht blau ist. Sie konnte bis drei zählen und fühlte, ob ein Eisen heiß oder kalt war. Und sie wiederholte ihren Protest; war genervt, ungeduldig und fühlte sich gefangen in ihrer Stille.

Dass sie dabei ihre Stirn krauste, was die Schwestern als Muskelzucken interpretierten, empfand sie als ignorant.

Marissa befahl ihren Händen zuzupacken und sandte dem Mund Laute, die auf alles antworteten. Irgendwann resignierte sie und zog den für sie einzig logischen Schluss: Ihre Worte blieben im Kopf stecken, als gäbe es ein Stoppschild. Sie sollten es endlich fortschaffen.

Seit Gregor ihr Davids Stimme vorgespielt hatte, waren weitere Erinnerungen zurückgekehrt.

Sie waren gerade sechs Monate verheiratet gewesen, als der Detektiv endlich den Jungen gefunden hatte. Sie sah noch vor sich, wie sie ihrem Mann die Geschichte von dem kleinen Jungen ihrer verstorbenen Freundin erzählt hatte. Sie habe ihr auf dem Totenbett ein Versprechen abgenommen. Marissa möge sich um ihren Sohn kümmern.

Marissa flehte Ralf an, den Jungen zu adoptieren.

Ralf mochte im übrigen Leben ein Kontrollfreak sein. Im Privaten vertraute er Marissa, ohne ihre Angaben zu überprüfen. Stattdessen besorgte er ein typisches Jungengeschenk, ein knallrotes Mountainbike.

»Frau Frensen, wenn Sie mich verstehen, drücken Sie meine Hand.« Auch heute prüfte Doktor Lorenz Marissas vitale und mentale Funktionen mit diversen Reaktionstests.

Mit wenig Resonanz. Die stupiden Übungen lenkten Marissa ab, von allem, was sie wie ein Sturm aus der Vergangenheit einholte. Sie fühlte sich wie ein Rennpferd, dass man in einen engen Pferch gesperrt hatte; verdammt dazu, ihre Energien und Erinnerungen in sich selbst kreisen zu lassen.

***

»Warum Angelo«, fragte Schwester Ariadne und nahm Marissa von oben bis unten ins Visier.

Sie wiederholte ihre Geschichte. »Er ist der Sohn einer verstorbenen Freundin. Wir möchten ihm ein Zuhause geben.«

Immer noch fixierte Schwester Ariadne die elegante Erscheinung auf cremefarbenen High Heels, die perfekt mit dem körpernah geschnittenen Chanel Kostüm aus Naturseide harmonierten.

Marissa spürte ihre Feindseligkeit; las in ihren Blicken Abscheu und ahnte, dass ihr Äußeres nicht in das weltabgewandte Bild von Schwester Ariadne passte. Dabei fühlte sie sich ertappt für etwas weit Tiefergehendes.

Widerstrebend stimmte die Nonne zu, ihr den Jungen zu zeigen. »Der braucht viel Schliff und Gebete, bis er ein gottgefälliges Kind ist. Aber ich bringe es ihm bei.«

»Bitte, ich möchte ihn sehen.«

»Folgen Sie mir«, befahl die Nonne und hastete schweigend vor Marissa über den weitläufigen Kiesweg durch den Klostergarten. Auf dem unebenen Boden fanden Marissas Schuhe keinen Halt. Sie stöckelte zwei Schritte hinter der winzigen, schwarz verschleierten Frau einher. Hin zu einer einfachen Klosterkapelle, die Schwester Ariadne mit einem riesigen, altmodischen Schlüssel aufsperrte. Sie wies ins Halbdunkle. »Da ist er. Da hinten bei den Erstklässlern.«

Wieso sind die Kinder eingesperrt?, schoss es Marissa durch den Kopf. Sie schwieg, sah ins Halbdunkel, in das die Nonne eintauchte wie ein Geist. Sah zu, wie sie aus einer Gruppe von Jungen den Kleinsten auswählte und in ihre Richtung schubste.

»Sehen Sie sich den Knaben genau an. Wollen Sie den jetzt immer noch haben?«

»Ihr könnt alle gehen, die Dame will unsere Missgeburt«, scheuchte sie die anderen Kinder mit wedelnden Handbewegungen fort.

Jeweils zwei Jungen fassten sich mit stoischem Gesichtsausdruck an den Händen und marschierten mit gesenkten Köpfen aus der Kapelle. In der Mitte des Klosterschiffs griffen sie in das Weihwasserbecken und bekreuzigten sich. Der letzte Junge warf einen hastigen Blick zur Nonne und spuckte verächtlich in das Becken. Sie bemerkte es nicht, war mit ihren Blicken nur bei der eleganten Gestalt. Misstrauisch und lauernd.

Marissa hatte nur Augen für Angelo. In sich zusammengesunken stand er vor ihr wie eine leere Hülle. Abgetragene Heimkleider, eine graue Hose und ein gestopfter, gleichfarbiger Pullover schlackerten um seine schmale Statur. Sie bemerkte seine ungewöhnlichen, braungoldenen Augen und dunkle Locken, die in allen Himmelsrichtungen von seinem Köpfchen abstanden. Das Gesicht ließ ahnen, dass er ebenmäßige, klassische Gesichtszüge hatte - trotz der klaffenden, roten Wunde am Kinn.

Marissa schluckte. Tränen schossen in ihre Augen. Sie wollte zu ihm eilen, sich vor ihm hinwerfen ... Sie konnte sich nicht bewegen und sah zu, wie er einen Knicks machte und seinen Mund öffnete, um zu sprechen.

»udendach.«

»Guten Tag, Angelo.« Ihre Starre löste sich. Sie ging in die Hocke, nahm die Hände des Jungen in ihre und berührte sanft das wundervollste Gesicht, das sie je gesehen hatte.

Die Nonne zwängte sich dazwischen. »Angelo sage der Dame den Satz auf, den wir heute lernen. Aus Psalm 27: Sprich mir nach:

‚Verbirg nicht dein Gesicht vor mir; wenn mich auch Vater und Mutter verlassen, der Herr nimmt mich auf.‘«

Tapfer versuchte der Junge, die Silben nachzuahmen: »Ver... g nich dein gesich vor...chhh«

»Streng dich an. Nochmal!«, befahl die Nonne und hastete nach vorne, Richtung Sakristei.

»Angelo, mein kleiner Angelo, alles wird gut«, flüsterte Marissa dem Kind zu, dass sie mit riesigen Augen anschaute. »Hab keine Angst, ich hole dich hier raus, nach Hause.«

Die Nonne war viel zu schnell zurück. In der Hand trug sie einen Becher, gefüllt mit säuerlich riechendem Inhalt, der Marissa Tränen in die Augen trieb.

»Versprechen Sie dem Nichtsnutz keinen Unsinn. Der Junge bleibt, bis er was gelernt hat. Also nochmal.«

Erneut nuschelte Angelo den Text herunter, unfähig die Laute korrekt zu bilden.

»Bitte, er kann das doch nicht«, flehte Marissa.

»Er muss nur wollen«, bemerkte die Nonne eisig. Sie hielt ihm den Becher hin. »Los spül deinen Mund damit aus. Das wird dich lehren, Gott anzurufen wie ein Christenkind.«

Großäugig zwischen den beiden ungleichen Frauen hin und her huschend, nippte Angelo an der gelben Flüssigkeit, gurgelte und spuckte sie wieder in den Becher.

»Was geben Sie ihm da?«

»Wasser mit altem Messwein. Das lehrt ihn, gottgefällig zu sprechen.«

»Lassen Sie das, wie soll der Junge mit seinen Verletzungen korrekte Laute bilden. Das ist unmöglich.«

Marissa drückte den Kleinen an sich, der sich in ihren Armen versteifte und zitterte. Hastig wühlte sie in ihrer Tasche nach einem sauberen Taschentuch und tupfte ihm sanft die Flüssigkeit von den Lippen.

»Lassen Sie Angelo los. Sofort«, befahl die Nonne und zerrte das Kind weg von Marissa. »Das ist nur eine zusätzliche Prüfung, die den Lernerfolg umso wertvoller vor den Augen Gottes macht.«

»Bitte Schwester Ariadne, hören Sie auf ihn zu striezen. Was muss ich tun, damit ich den Jungen mitnehmen kann?«

»Beten Sie zu Gott, vielleicht schenkt er ihnen ein eigenes Kind. Dieser Junge ist auserwählt, er trägt ein Mahnmal Gottes und ist im Schoß der Kirche besser aufgehoben als in der sündigen Welt.«

»Ich flehe Sie an, unterstützen Sie mich. Ich lasse Ihrem Kloster eine großzügige Spende zukommen, sagen Sie mir eine beliebige Summe.« Marissa bettelte, flüsterte, damit der Junge nicht hörte, wie sie um ihn schacherte.

»Warum nehmen Sie nicht ein anderes Kind, eins, das man nicht vor der Welt verstecken muss?«

»Ich will kein anderes Kind. Ich möchte Angelo als unseren Sohn mit nach Hause nehmen, wir werden ihn liebhaben und es wird ihm an nichts fehlen.«

»Das wollen wir doch mal sehen.« Die Nonne zockelte am Armgelenk des Kindes. »Wenn Sie mich entschuldigen. Komm Angelo.«

»Schon gut. Bloß zwingen Sie Angelo nicht, etwas zu tun, was er körperlich nicht kann. Bitte.«

Die Nonne blickte Marissa mit harten Augen an. »Gott segne Sie.« Sie presste die Hand des Jungen wie einen Schraubstock und zog ihn hinter sich her.

Als er stolperte, schleifte Schwester Ariadne ihn weiter, mit einer Kraft, die man nie und nimmer in ihrer winzigen Gestalt vermutete.

***

Marissas Therapeutin, die nach den wenig befriedigenden Testergebnissen von heute beschlossen hatte, eine neue Art von Reiztherapie auszuprobieren, war entsetzt. Die Schweißtropfen auf dem Gesicht der Patientin erschreckten sie zutiefst.

Sie klingelte nach den Schwestern, rügte sie und verlangte, dass man die nasse Bettwäsche austauschte, damit sie keine wunden Stellen bekam.

Sie verlor nicht eine Minute. Noch während die zusammengestauchten Schwestern die Wäsche wechselten, baute sie Geräte auf, die Abwechslung in Marissas einsamen Zustand bringen sollten. Es war Zeit, dass sie zurückkam.

13

VERGANGENHEIT UND ZUKUNFT

3. - 5. Juni

Doktor Ross leitete die Verkündung des letzten Willens von Ralf Frensen mit einem Nachruf auf den Firmenchef ein.

»Verlesen Sie einfach seinen Willen«, unterbrach David ihn leise.

Doktor Ross nickte. Schnörkellos, in der gebotenen Amtssprache, abgemildert durch seine feuchten Augen, mit denen er zwischen den Absätzen zu den Anwesenden aufblickte, verlas er das Testament.

Ralf Frensen hatte David zum alleinigen Erben ernannt.

Die Pause, die nach der Verlesung im Raum hing, war fast schon peinlich.

David reagierte als Erster. Er schüttelte den Kopf, sprang auf, stützte sich mit beiden Händen auf dem Tisch ab und sah abwechselnd Doktor Ross und seinen Bruder an. »Das ist nicht richtig. Ich werde das Erbe nicht antreten.«

Endlich erwachte auch Gregor aus seiner Starre und blickte ihn mit offenem Mund an.

Davids Blick blieb an ihm hängen. »Ich habe kein Interesse meinen Beruf zu wechseln, unterstütze dich aber, wenn du Hilfe brauchst.«

»Du willst, dass ich die Firma ...?«

David unterbrach ihn. »Ja, du bist der leibliche Sohn von Ralf und viel besser geeignet als ich.«

Er bat Doktor Ross, eine juristisch einwandfreie Übergangsregelung aufzusetzen. Dann setzte er sich wieder und diktierte die Bedingungen.

Nicht er, sondern Gregor solle künftig Frensen Security & Investigation leiten. Er stünde bei allen wichtigen Entscheidungen zur Verfügung, um rechtsgültige Unterschriften zu leisten, bis Marissa gesund sei.

»Es ist dein Erbe«, sagte er nach dem offiziellen Teil. »Solltest du Hilfe brauchen, bin ich da, falls du fachliche Unterstützung benötigst, hast du hier die besten Leute.«

Gregors Blick war von Tränen verschleiert, als er ihn umarmte. »Verzeih mir«, murmelte er fast unhörbar.

»Was soll ich dir verzeihen?«

Gregor blieb ihm die Antwort schuldig, vermied den Augenkontakt und senkte den Blick.

David reichte Doktor Ross die Hand. »Melden Sie sich, wenn etwas anliegt, Gregor erreicht mich jederzeit, wenn Unterschriften erforderlich sind.«

Nach dem Termin fuhr David nach Hause. Er war traurig und erleichtert zugleich, dass er die Bürde, die sein Adoptivvater ihm anvertraut hatte, weitergeben konnte. Weitergeben musste. Er hätte nicht in den Spiegel sehen können, wenn er das Erbe angenommen hätte.

Er lenkte sich ab, surfte im Netz ... und blieb in den Opferforen ehemaliger Klosterschüler hängen.

Gegen 14.00 Uhr las er immer noch die Kommentare. Las, wie sich frühere Heimkinder unter ihresgleichen das Herz ausschütteten. Gezielt suchte er nach Namen und fand nur Nicks, hinter denen sich vermutlich Leidensgenossen versteckten, die er kannte. Sie alle verband die bittere Erinnerung an das Kloster ‚Zur Gütigen Mutter'.

Jo.Ha.: *Wir bekamen Stromschläge auf nackte Genitalien, wenn wir uns auch nur zufällig berührten.*
Sven: *Wenn wir uns erbrachen, mussten wir die eigene Kotze essen.*
Hannes H.: *Ich musste in der Ecke stehen, bis meine eingenässte Bettdecke trocken war.*
Carlie: *Monatelang schlief ich auf dem nackten Boden ohne Zudecke. Es war Winter, ich bekam eine Lungenentzündung. Man vertuschte das.*

David loggte sich aus, zog sich um und ging zu Fuß zum Boxclub. Er brauchte einen Kanal für seinen Zorn.

Zwei Tage später wachte er um 5.00 Uhr auf, schlüpfte in Jogginghosen und Shirt und trank hastig ein Glas Milch. Nach einigen Dehnübungen fuhr er mit dem Fahrstuhl nach unten und joggte durch die menschenleeren Straßen Richtung Stadtwald. Er lief fast drei Stunden, absolvierte auf dem Waldweg mehrere Durchgänge mit jeweils einem

Dutzend einarmiger Liegestütze. Gegen 8.30 Uhr trottete er gemächlich zurück. Eine eiskalte Dusche reinigte ihn zumindest äußerlich.

In der Küche briet er sich Spiegeleier, trank frischgepressten Orangensaft und einen Espresso. Seine Reisetasche bestückte er mit legeren Freizeit-Outfits und legte im letzten Augenblick einen Anzug und ein weißes Hemd dazu. Obenauf packte er sein iPad und die Ladestation für das Handy. Die Joggingschuhe stopfte er in eine Seitentasche. Im Rausgehen aktivierte er die Alarmanlage und setzte sich die Sonnenbrille auf.

Gegen 9.30 Uhr bestieg er seinen Wagen und gab die Adresse ins Navigationsgerät ein. Das Kloster ‚Zur Gütigen Mutter' lag laut Homepage in einem idyllischen Waldstück in Oberbayern. David hatte für drei Tage eine der Gästeklausen gebucht, die als originalgetreu beschrieben waren.

Gerüchten zufolge suchte man einen Käufer oder einen Investor für die Klosteranlage zum Verhandlungspreis von zwei Millionen Euro. Zum Kloster gehörten mehrere Tausend Hektar Wald. Die Makler priesen es als ein Kleinod in himmlischer Abgeschiedenheit an.

Die Offerte bot David eine perfekte Tarnung, sich gründlich umzusehen.

14

DIE ENTBLÖSSTE

6. - 11. Juni

»Man entdeckte die alte Dame gestern Vormittag in einem Waldstück in Oberbayern. Sie war unbekleidet, ihr Schädel, die Augenbrauen und ihre Scham waren rasiert.« Der Pressesprecher beendete seine Zusammenfassung im Rahmen der hastig einberufenen Pressekonferenz. »Wenn Sie Fragen haben, beantworte ich sie gerne.«

Leicht geneigt war sein kantiges, vierzigjähriges Gesicht besonders fotogen. Stoisch behielt er diese Haltung bei, während er mit dem Finger die einzige weibliche Besucherin aus den armwedelnden Journalisten herauspickte: »Ja, die Dame von MainLife?«

»War die Frau verletzt, trug sie Folterspuren oder Brandmale?«

»Ja, sie hatte Wunden. Ob diese allerdings auf Fremdeinwirkung basieren, können wir noch nicht beantworten.«

»Ist die Wunde oder das Wundmal identisch mit dem Zeichen des Ehepaar Briechert?«

»Diese Untersuchung steht noch aus«, wiegelte der Pressesprecher ab.

»Weisen die Verletzungen auf Folter hin?«

»Das können wir zum derzeitigen Zeitpunkt noch nicht sagen. ... Ja, der Kollege von der Rundschau?«

»Gibt es sonstige Parallelen zwischen den Fällen Briechert und diesem?«

»Auch dazu möchte ich nicht spekulieren. Wir müssen vorrangig die Identität des Opfers feststellen.«

»Was können Sie uns denn sagen zu dem Zustand der offenbar gefolterten Frau?«

»Sie war stark dehydriert und schien geistig verwirrt zu sein. Vermutlich eine Folge von Flüssigkeitsentzug.«

»Wer hat sie entdeckt?«

»Spaziergänger. Sie riefen über ihr Handy einen Krankenwagen und die Polizei.«

Der Pressesprecher beamte etliche Aufnahmen hoch. Die unbekannte Frau lag auf einer Krankenbahre im Wald. Sie war vollständig nackt, ihre Geschlechtsorgane mit schwarzen Balken verdeckt. Einige Fotos zeigten das Umfeld des Fundorts. Im Anschnitt war ein halbhoher angekokelter Baumstamm zu sehen und eine Feuerstelle.

»Die Fotos stellen wir Ihnen für Ihre Berichterstattung zur Verfügung. Wir bitten Sie, Ihre Leser um Unterstützung bei der Identifikation der Frau aufzufordern. Weitere Fragen beantwortet Ihnen die ermittelnde Kriminalkommissarin Christina Kante.«

Der Pressesprecher trat zur Seite und überließ Kante den Platz am Mikrophon. Die Fragenden schossen sich auf sie ein.

»Gehen Sie von einem Serientäter aus?«

»Das einzige Indiz, das diese Annahme unterstützt, ist das Zeichen.« Sie wies mit einem Zeigestock auf die betreffende Stelle des hochgebeamten Fotoausschnitts. »Es ist nicht zwingend mit dem gleichen Werkzeug aufgetragen.«

»Es könnte demnach auch ein Nachahmungstäter das Eisen benutzt haben, und sich an den Fall Briechert dranhängen?«, fragte Toni zweifelnd.

»Wir gehen davon aus, bis zum Beweis des Gegenteils.«

»Also ist zumindest Folter in beiden Fällen erwiesen?«

»Wir untersuchen die Wunden noch.«

»Wunden? Ist ein Brandzeichen nicht eher eine typisch mittelalterliche Folter? Oder ist das inzwischen ‚IN' wie ein schickes Tattoo?« Toni hatte keine Lust, sich an die Frageregeln zu halten. »Sagen Sie wenigstens, ob die Male Kratzer oder Folterspuren sind?«

»Die Charakteristik der Verletzungen zeigt Abweichungen. Daher die Annahme, dass es nicht zwingend der gleiche Täter war.«

»In beiden Fällen handelt es sich um ältere Opfer. Ist das nicht ungewöhnlich für Serientäter, deren Wahl doch wohl eher sexuell motiviert ist?«

Kante sah Toni aufmerksam an. »Noch einmal: Wir wissen zurzeit noch nicht, ob es sich um die Tat eines Einzelnen oder eines Serientäters handelt.«

Toni ärgerte sich. Kante ließ sich nichts entlocken, sie stellte die nächste Frage. »Hat das Opfer etwas gesagt?«

»Sie wiederholte einen einzigen Satz. ›Ich habe ihn gesehen. Den Teufel, der das Licht stahl.‹«

Auf ein Handzeichen des Pressesprechers überließ Kante ihm erneut das Pult. Er rückte seine tadellose Krawatte zurecht, wartete eine Minute und nickte zufrieden in die Kameras. »Auf ihren Tischen finden Sie die Pressemappe mit

Fotos und einer CD mit digitalem Text und Fotos. Danke für Ihre Aufmerksamkeit.«

»Wenn das kein Serientäter war, rasiere ich mir den Schädel.«

»Du kannst das tragen«, grinste Viktor.

Toni schüttelte unwillig den Kopf. »Lass stecken, hilf lieber beim Nachdenken.«

»Über was?«

»Eine Jane Doe taucht im bayrischen Wald auf. Also, eine Unbekannte, die sich nicht daran erinnert, wer sie ist ...«

»Erzähl mehr?«

»Sie war nackt, rasiert ...«

»Schamhaare auch?«

»Da stehst du drauf, was?«

»Wer nicht? Also? War sie komplett rasiert?«

»Ja. Sogar die Augenbrauen.«

»Lecker.«

»Spar dir deine überschüssigen Hormone.«

»Für dich?«

»Boah, kommt es dir schon aus den Ohren raus. Also, unsere Unbekannte ist extrem abgemagert, dehydriert und desorientiert aufgefunden worden. Und sie ist alt, sie könnte deine Großmutter sein. Sie wiederholte ständig: ‚*Ich habe ihn gesehen. Den Teufel, der das Licht stahl ...* ‘«

»Wie alt?«

»Um die Siebzig.«

»Dann war‘s nichts sexuell Motiviertes?«

»Kennst du dich da aus?«

»Ich habe alle Folgen von Criminal Minds, die Gerichtsreporter und CSI intus. Ich bin so etwas wie ein autodidaktischer Profiler.«

»Nee, oder?« Toni prustete los. »Du erinnerst mich immer mehr an Mario.«

»Ein berühmter Detektiv?«

»Mein Neffe. Also gib mal weiter den Sherlock.«

»Klingt nach einer Sekte oder nach geistiger Verwirrung.«

»Sekte?«

»Irgendwas Religiöses. Vielleicht war sie in den Fängen einer Sekte, hat eine Teufelsaustreibung überlebt ...«

»... oder hat sich auf ihre alten Tage in einen Sado- Maso-Club verirrt.«

»Da fallen mir noch andere amüsante Möglichkeiten ein«.

Toni stocherte mit dem Zeigefinger Richtung Viktor. »Willst du mir ernsthaft helfen, was rauszufinden?«

»Heißt der Pope Franziskus und bringt die römischen Tattergreise mit Fußwaschungen in Rage? Sitz ich hier und hör ich dir zu? Natürlich helfe ich dir.«

»Wir müssen rausfinden, ob es im Oberbayrischen vermisste Ladys um die Siebzig gibt.«

»Das untersucht die Polizei doch längst?«

»Richtig. Und sie ist nicht weiter gekommen. Sonst hätte sie uns nicht um Mithilfe aus der Bevölkerung gebeten.«

»Worauf willst du hinaus?«

»Was, wenn die alte Lady zwar verschwunden ist, aber niemand sie zurückhaben will ...«

»... und erleichtert ist, dass die Alte endlich weg ist?«

»Exakt.«

»Wer jagt so eine alte Dame nackt und rasiert durch den Wald? Und vor allem, wieso?«

»Vikie, ich könnte dich knutschen. Du stellst mal wieder die richtigen Fragen.«

»Machs, ich warte seit Ewigkeiten darauf, dass mich eine entjungfert.«

»Entjungfert? Du bist ...«

»Blödsinn, aber im Ernst. Warum stellt man eine alte Dame nackt in den Wald?«

»Symbolisch steht das für Entblößen, etwas Verborgenes zur Schau stellen.«

»‚Sie hat den Teufel gesehen, der ihr das Licht stahl'? Was kann das bedeuten?« Viktor machte sich Notizen.

Toni auch. »Hm? Sind im Oberbayrischen derzeit irgendwelche Sektenaktivitäten im Gange?«

»Ich schau im Netz.«

Toni knabberte kurz an den mickrigen Resten ihres Zeigefingernagels und checkte nebenbei eingegangene Mails. Eine Mail enthielt nur eine Bilddatei als Anhang.

Sie starrte auf den Bildschirm.

»Was ist das denn? Viktor, das musst du dir ansehen.«

Das Foto auf dem Bildschirm zeigte die Rückenansicht einer Frau; übersät mit frischen, roten Striemen und alten Narben von früheren Verletzungen. Die schwarzen Buchstaben hoben sich deutlich ab und bedeckten die gesamte Rückenfläche.

Ich quäle Kinder im Namen des Vaters, des Sohnes und des Heiligen Geistes.

Der Rücken war frontal aufgenommen. Der Kopf der Frau kahlgeschoren. Viktor beugte sich mit ihr über den Bildschirm. »Meinst du, das ist die alte Dame?«

»Warte.« Toni zog das von der Kripo bereitgestellte Foto auf den Bildschirm und verglich die Aufnahmen. »Der Hintergrund ist fast identisch, mit verschobener Perspektive.«

Viktor nickte. »Der Körper auch. Siehst du unten rechts im Bild, das angeschnittene blutige Mal.«

»Frischer als auf der Polizeiaufnahme, sauber gesetzt, anders als bei den Briecherts, wo man das Zeichen kaum erkennen konnte, als sei das Eisen abgerutscht.«

»Würdest du stillhalten, wenn dir jemand ein heißes Eisen aufdrückt?«

»Ich würde um mich schlagen und schreien wie am Spieß.«

Toni wies mit dem Cursor auf die Zeichen und vergrößerte den Bildausschnitt. »Sieh mal genau hin. Insgesamt ist die Lady recht pfleglich behandelt worden.«

»Was ist mit den Striemen auf dem Rücken?«

»Da sind sowohl ältere wie neue Striemen. Fraglich, ob die vom Täter sind.«

Toni zoomte erneut in die Aufnahme. »Mit der Botschaft stimmt auch was nicht.«

»Was meinst du?«

»Zu akkurat«, überlegte sie.

»Du hast Recht. Das muss ein Künstler tätowiert haben. Entweder hat er sie betäubt oder stark fixiert, um das so exakt hinzubekommen.«

»Sieh mal genauer hin«, forderte Toni ihn mit gerunzelter Stirn auf.

»Ja und?«

»Das ist weder aufgebrannt noch tätowiert ...«

»Was dann?«

»Aufgemalt. Mit einem Stift.« Toni kramte in ihrer Tasche und förderte einen Kajalstift zutage. »Pass auf.« Sie schrieb sich mit der rechten Hand ein Wort auf den Arm. »Das ist eventuell mit einem ‚Schmink- oder Kohlestift' aufgetragen. Mach mal ein Handyfoto davon.«

Viktor reichte Tony das Gerät mit dem geöffneten Bildschirm. »Du hast Recht, aber was soll das?«

»Das ist eine Botschaft. Für uns. Vielleicht nur für uns, damit wir sie verbreiten.« Wieder starrte Toni auf die Schriftzeichen und glich sie kritisch mit dem Handybild ab.

»Ist wahrscheinlich Asche, es hat in den letzten Tagen stark geregnet, und das Wasser hat die Botschaft runtergewaschen, bevor man sie entdeckte.«

»Aber was bedeutet sie?«

»Könnte sich auf etwas Kirchliches beziehen. So etwas wie eine christliche Erziehung?«

»Wer erzieht Kinder im Namen der Kirche oder einer kirchlichen Institution?«

»Nonnen.«

»Vikie!« Toni rannte um den Tisch herum und gab Viktor einen Schmatzer. »Heute bist du mein Held.«

Viktor lief puterrot an.

Toni fuhr völlig ungerührt fort: »Nonnen leben meistens in Ordensgemeinschaften und in Klöstern. Jetzt müssen wir nur noch rauskriegen, was in der Nähe ist.«

Zwei Stunden später gab Toni dem Artikel den letzten Schliff. Schulz stand daneben. »Bist du so weit?«

»Klar, ich kann zaubern, schau: Hokuspokus, Hexerei und Texterei. Fertig.« Triumphierend drehte sie den Bildschirm ihres Notebooks in seine Richtung. »Tadaa!«

»Gewöhn dir endlich an, auf unseren Rechnern zu arbeiten, schmeiß diese Krücke weg«, moserte Schulz und scrollte durch den Text. »Wow«, er zog sich einen Stuhl heran, setzte sich und nickte vor sich hin.

»Was meinst du?« Toni und Viktor sahen ihn gespannt an.

»Woher stammen die Informationen?«

»Aus der Pressekonferenz, du weißt doch. Kripo, Konferenz, Bitte um Mithilfe ...«

»Das stand so in der Pressemitteilung?«

»Nö, wir haben recherchiert und ich bekam einen Tipp.« Sie zog die zwei Abbildungen der nackten Dame auf den Bildschirm. »Vergleich die Fotos. Das ist dieselbe Lady.«

»Und wie kommst du darauf, dass sie eine Nonne ist?«

»Recherche. In der Nähe des Fundortes unserer Unbekannten liegt das Kloster ‚Zur Gütigen Mutter'. Vor Jahren gab es dort einen deftigen Skandal. Ehemalige Heimkinder packten aus. Man hatte sie gequält, misshandelt und drangsaliert. Das passt doch zu der Aussage auf dem Rücken der Frau.« Toni vergrößerte den Bildausschnitt des Rückens. »Das Foto bekam ich zugespielt, anonym.«

»Zwei Fragen: Bist du sicher, dass das kein Fake ist, dass die Frau was mit dem Kloster zu tun hat?«

»Si Boss. Habe alles überprüft. Und Sherlock hat mir kräftig geholfen!«

Toni schnippte rüber zu Viktor. »Zeig es ihm Vikie.«

Viktor drehte seinen Bildschirm in Richtung Schulz und hantierte eifrig mit der Maus. »Hier sind Aufnahmen der Nonnengemeinschaft und Fotos, die das entblößte Nönnlein in Montur zeigen. Ich habe die Gesichter abgeglichen.«

Er präsentierte ihm eifrig eine side-by-side-Aufnahme, des Gesichtsausschnitts. »Die Skandalgeschichten hat man seinerzeit versucht zu vertuschen. Die meisten Artikel im Netz hat man gelöscht. Links laufen ins Aus. Nur in unserem Archiv war das Material komplett.«

Schulz musterte abwechselnd Toni und Viktor. »Aus euch wird nochmal ein richtiges Team.«

»Und? Bringen wir's?«

»Zwei Fragen, habe ich gesagt …«

»Ja?«

»Wieso bekommst ausgerechnet du anonyme Tipps?«

»Vielleicht mag mich jemand?«

Schulz schüttelte den Kopf und winkte schließlich ab.

»Soll mir recht sein. Sei sorgfältig bei der Quellenangabe, ich kenne dich. Schludere nicht wieder.«

»Mach ich.«

»Und streich den Satz bezüglich einer Verbindung zu den Briecherts. Über identische Motive können wir spekulieren, wenn wir mehr wissen. Guter Job.«

Um 19.30 Uhr stand der Artikel und wurde online gestellt. Der verantwortliche Programmierer war krank, eine Aushilfe übernahm. Dass sie beide Verfassernamen auf die Anfangsbuchstaben herunterkürzte, um so einen besseren Umbruch zu erreichen, bemerkte niemand. Erst zwei Tage später, in der Printausgabe, nannte man die Autoren.

Die Online-Meldung war reißerisch überschrieben, analog dem Textvorschlag von Toni:

Nonne entblößt

Kinderquälende Nonne aus dem Kloster ‚Zur Gütigen Mutter' vom Racheengel bloß gestellt und gebrandmarkt.

Der Text auf ihrem Rücken war vergrößert und leicht bearbeitet, um ihn besser lesbar zu machen. Auf dem Archivfoto von MainLife war eine jüngere Schwester Ariadne im Ordensgewand erkennbar. Die insgesamt drei Fotos zeigten die gleiche Person. Aus rechtlichen Gründen war das ältere Foto deutlich als Archivmaterial von MainLife markiert. Das Foto des unbekannten Tippgebers war gekennzeichnet, mit der dringlichen Bitte an den Absender, sich zu melden.

Dass die kahl rasierte Frau in den Schlagzeilen eine Dienerin Gottes war, sorgte schon Minuten nach der Veröffentlichung für Furore. Ganz im Sinne von MainLife.

Der erste interessante Anruf kam am nächsten Vormittag gegen 10.00 Uhr. Viktor stellte ihn durch. »Ein Typ namens Bert oder so ähnlich. Er hat unseren Artikel online gelesen und will mit dem verantwortlichen Journalisten sprechen.«

»Warum redest du nicht mit ihm?«, wimmelte Toni ihn ab.

»Bin ich verantwortlich?«

»Keine Ahnung, wovon du faselst, gib mir eine Sekunde.« Unwillig speicherte sie ihren Text und nahm das Gespräch entgegen.

Stunden später sinnierte sie immer noch über das Gespräch nach. »Viktor, mit welchem Namen hat sich der Typ bei dir gemeldet?«

»Welcher Typ?«

»Na der, der mich für einen Mann hält.«

»Sagte ich doch, Bern oder Bert ...?«

»Puh, gewöhn dir endlich an, die Namen richtig zu notieren ...«

»Mach ich doch. Wieso regst du dich auf?«

»Mit dem Typ stimmt was nicht. Zuerst fiel er aus allen Wolken, als ich mich namentlich meldete, als ob er sich verwählt hätte. Dann bekam er eine Persönlichkeitskrise, als ich nach seinem Namen frage. Er hat gezögert, sich korrigiert und Bern, Angelo Bern wiederholt. Wenn du mich fragst, hat der entweder im Auftrag angerufen und war extrem mies gebrieft, oder ...«

»Was, oder?«

»Keine Ahnung, seine Reaktion war merkwürdig.«

»Was wollte er denn?«

»Wissen, wo unser Nönnchen gefunden wurde. Was wir über die Hintergründe der Tat wissen. Der hatte einen Fragenkatalog, als wäre er selbst Journalist.«

»Vielleicht hat dich ja auch der Serientäter angerufen und will ganz dicht dran sein am Ruhm?«

»Spinner.« Toni lachte und legte ihre Telefonnotiz zu den Übrigen mit fetten Fragezeichen, bevor sie weiterarbeitete.

Beim Kürzen des Artikels für die Printausgabe fielen ihr einige kritische Passagen auf. Fieberhaft überlegte sie, wie sie die Thesen besser belegen konnte. Ihre voreilige Sicherheit bezüglich der Identität der Nonne schwand.

Was, wenn sich die vermeintliche Ähnlichkeit mit der Nonne als falsch erwies und die Schwester seelenruhig im Kloster weilte, während MainLife sie als Entblößte outete? Sie brauchte einen sichereren Beweis als den Fotoabgleich.

Sie loggte sich ins Archiv ein und fand einen Anhaltspunkt. Nachdenklich beobachtete sie Viktor und beschloss, ihn einzubeziehen.

»Viktor hast du Bock auf eine Undercover-Mission?«

»Auf was?«

»Recherchieren. Spuren verfolgen.«

»Wenn du mich nicht in ein Nonnenkloster schleppst.«

»Doch, genau dahin.«

»Was soll das bringen?«

»Vielleicht treffen wir ‚Gütige Mitschwestern', die ein paar Hintergrundinformationen ausplaudern?«

»Ich bin ein Kerl, was soll ich bei den Nonnen?«

»Einen ehemaligen Klosterschüler namens Klaus Frieder mimen. Ich habe ihn in unserem Archiv aufgetrieben. Der Knabe hat einiges abgekriegt in seiner Heimzeit und genauso hübsche Engelslöckchen wie du. Und ich tue so, als sei ich dein Weib.«

»Okay, mit allem Drum und Dran, mit übernachten?«

»Träum weiter und pack deine Sachen. Du hast doch ein Auto, oder?«

Toni war weiterhin im Sparmodus. Ihre Bankkarte noch gesperrt und ihr Autotank so trocken wie ihre Zunge. Während sie einen Schluck Wasser aus dem Wasserhahn der Redaktion trank, machte sie sich Gedanken über ihre Garderobe.

Ob die Nonnen einer Frau mit Labberjeans und Turnschuhen eine gesetzte Ehegattin abkauften?

Gegen 12.00 Uhr saß sie gutgelaunt neben Viktor und ließ sich wohlig seufzend von dem ungewohnten Luxus einlullen. Die ledergepolsterte Bonzenschüssel war Balsam für ihre auf Darben heruntergestutzten Sinne. Sie schnupperte den Neuwagengeruch und fühlte sich wie eine Prinzessin. Bloß nichts anmerken lassen, dachte sie. Und nölte rum ...

»Ich wusste gar nicht, dass du so ein Spießerauto fährst.«

»Gehört meinem Alten, er hat sich das neuste Modell zugelegt und merkt nicht, wenn ich mir den Schlüssel nehme.«

Toni lehnte sich zurück, während die Musikanlage sie mit Liedern von Adele beschallte. Die Fahrt nach Oberbayern verschlief sie. Viktors verliebte Seitenblicke hätte sie auch im wachen Zustand nicht bemerkt.

Die zuständige Nonne empfing sie überaus geschäftstüchtig: »Möchten Sie ein Zimmer mieten? Wir können Ihnen eine größere Zelle anbieten, mit Frühstück oder Vollpension. Unser Abendtisch bietet Spezialitäten aus der Region. Heute gibt es Rehbraten mit Preiselbeeren.«

Tonis Gesicht verfinsterte sich. »Wir essen keine Tiere. Haben Sie auch vegetarische Gerichte?«

Die schwarzgewandete Nonne blickt das vor ihr stehende ungleiche Pärchen aufmerksam an.

Toni ließ die Musterung gleichmütig über sich ergehen. Anna, die in der Mittagspause shoppen gewesen war, hatte ihr großzügig das ‚alte Outfit', ein buntes Sommerkleid, überlassen. Es schlabberte an der kleineren Toni und war züchtig knielang statt Mini. Perfekt für den Anlass. Nur die ausgelatschten, knallroten Sneakers passten nicht ins Bild einer reizenden Ehegattin. Viktor glänzte mit dem üblichen ‚Hotel Mama Outfit'. Blaues, messerscharf aufgebügeltes Hemd zu teuren Markenjeans. Das Blau unterstrich seine gleichfarbigen Augen.

Die Nonne schien nach einer langen prüfenden Minute zufrieden. »Ich sage in der Küche Bescheid.«

»Das ist nett. Ob wir übernachten, wissen wir noch nicht, aber zum Abendessen bleiben wir. Was meinst du, Schatz?«

»Selbstverständlich. Ich bin ganz überwältigt ...«

»Wie bitte?« Die Nonne sah fragend zu Viktor hoch.

»Jugenderinnerungen, ich war als Kind hier.«

»Ach ja?«

Viktor strahlte und überhörte den misstrauischen Unterton. »Ist ein Weilchen her.«

»Dann finden Sie sich ja zurecht. Der Speisesaal befindet sich immer noch am Ende des Flurs neben der Küche.«

»Da hat sich doch nicht alles verändert, wie beruhigend.« Viktor blühte in seiner Rolle auf. »Sie waren damals nicht hier, oder? Ich erinnere mich an Schwester Ariadne. Sie hat uns Kinder im Heim betreut, zusammen mit Schwester ...«

Toni fing Viktors verzweifelten Blick auf. Er hatte offensichtlich keinen zweiten Nonnennamen parat. »Schatz, nicht schon wieder die alten Geschichten«, unterbrach sie ihn hastig.

»Seit Jahren liegt er mir in den Ohren und will Schwester Ariadne besuchen und da sind wir nun.« Strahlend blickte sie die Nonne an und legte den Arm um ihren angeblichen Gatten.

»Schwester Ariadne ist im Moment nicht anwesend«, der Ton der etwa vierzigjährigen Nonne kühlte ab.

»Wie schade. Haben Sie eine Adresse, wo wir sie erreichen?«

»Da kann ich Ihnen nicht helfen. Wie war Ihr Name?«

»Oh, entschuldigen Sie, ich bin Klaus Frieder. Das ist meine Gattin Antonia.«

»Ich richte Schwester Ariadne Grüße aus.«

»Können Sie uns nicht doch sagen, wo wir sie finden, es bedeutet mir viel.« Viktor versuchte es mit einem Jungenlächeln.

»Sie steht nicht zur Verfügung«, antwortete die Nonne abweisend.

»Exerzitien, oder was?«

»Das kann ich Ihnen nicht sagen.«

»Schade, ich hatte so gehofft, sie zu sehen …«, Viktor schaute bedrückt. »Dürfen wir uns dann wenigstens in meinem alten Heim umsehen?«

An Toni gewandt: »Das ist vielleicht ein kleiner Ersatz, was meinst du?«

»Ja. Es wäre toll, wenn ich die Schlafsäle sehen könnte. Klaus hat viel davon erzählt.«

»Die gibt es nicht mehr.«

»Und die alte Kapelle?«

»Sicher. Den Weg kennen Sie ja … als ehemaliges Heimkind.« Wieder ein misstrauischer Blick.

»Den Kiesweg entlang, durch den Klostergarten.«

»Das war knapp. Gut, dass wir uns einen Lageplan angesehen haben«, stöhnte Viktor erleichtert, als sie außer Hörweite der Nonne waren. »Hast du ihren Blick bemerkt, als ich nach Schwester Ariadne fragte?«

»Eisblock, schockgefroren. Aber du machst dich prächtig als ehemaliges Heimkind.«

»Meinst du, die hat mir meine Begeisterung für diese wundervolle Zeit abgekauft?«

»Keine Sekunde«, prustete Toni los und scrollte die Aufnahmen auf ihrem iPhone durch, die sie heimlich geschossen hatte. »Hier, das nette Nonnengesicht von freundlich zur Gewitterziege wechselnd. Und das war, als ich nach den Schlafsälen fragte.«

»Ich hab mir fast in die Hose gepisst.«

»Okay. Das war wohl zu keck. Die dachte, wir möchten da eine Nummer schieben.«

»Und? Wollen wir?«

»Nein! Ab mit dir in die Klosterkirche, Buße tun für deine Gedanken.«

Unterwegs überlegte Toni laut. »Sie hat versucht irgendwas zu überspielen, als wir nach Schwester Ariadne gefragt haben.«

»Womöglich existiert so etwas wie ein Schweigegelübde über Klosterinternas?«

»Sie wirkte eher ertappt.«

»Verständlich, wenn man die aufgebrachten Schlagzeilen wegen der Misshandlungen bedenkt.«

»Und wir kommen daher und säuseln rum.«

»Vielleicht können wir die Nummer bei einer anderen Nonne nochmal probieren.«

»Lass uns erst mal das Kapellchen mit unserer Anwesenheit einweihen.«

»Entweihen gefällt mir besser«, grinste Viktor.

»Ferkel.« Die massive Türe zur Klosterkapelle quietschte, als Viktor sie aufdrückte und Toni den Vortritt ließ.

Ein Schwall feuchter, abgestandener Luft empfing sie. Toni fröstelte. Sie sah sich um und machte mit dem Handy Fotos. Rechts und links befanden sich je sieben Bankreihen. In der Mitte des kleinen Kirchenschiffs waren zwei Weihwasserbecken an schlichten Säulen befestigt. Toni griff, wie sie es im Religionsunterricht gelernt hatte, hinein.

Viktor stoppte sie. »Guck mal rein.«

Sie zog erschrocken ihre Hand zurück und wischte sie angeekelt am Kleid ab. Im trüben Wasser schwamm etwas Schleimiges. »Eklig.«

»Da hat sich wohl jemand seinen Dreck abgespült.«

»Oder reingespuckt.«

Aus einer rechts befindlichen, kleinen Seitentür, tauchte ein hochgewachsener, dunkelhaariger Mann aus dem Halbdunkel auf. Er steckte ebenso hastig wie Toni sein Handy in die Tasche.

»Ertappt«, lachte er. »Ich tippe auch auf reingespuckt.« Er betrachtete Toni und Viktor aufmerksam. »Hi! Auch auf der Suche nach Ruhe?«

»So ähnlich«, antwortete Toni und blieb an dem ebenmäßigen Gesicht des Fremden hängen. »Kennen wir uns?«

»Keine Ahnung, wo kommt ihr her?«

»Frankfurt.«

»Kann sein, ich lebe da.«

»Und du suchst die Stille?«

»Eher ein Investitionsobjekt. Das Kloster steht zum Verkauf.«

»Ach was?«

»Ich muss weiter. Ist mein letzter Tag hier. Und passt auf, wo ihr hin fasst.« Er wies auf die Weihwasserbecken.

Toni war der Appetit vergangen, als sie gegen 20.00 Uhr den spartanischen Speiseraum betraten. Eine lärmende Schulklasse rückte laut mit den Stühlen. Ihre Betreuerin zählte ab, wer das Reh und wer das Gemüse Risotto essen wollte.

»Ich esse kein Bambi«, beschwerte sich eine sommersprossige Schülerin mit rot gekrauster Mähne lautstark, worauf sich die Anzahl der Gemüsegerichte verdoppelte. Nur zwei der ursprünglichen Wildbestellungen schafften es in die Küche.

»Brave Kinder«, lobte Toni halblaut und zwinkerte dem kichernden Rotschopf zu, der den Proteststurm gegen das Wildgericht ausgelöst hatte. Sie orderte zwei weitere vegetarische Menüs. Den stummen Protest von Viktor übersah sie. Aus der Küche drang ein Disput nach draußen, so viele Gemüsegerichte waren wohl nicht geplant.

Toni nutzte die Gelegenheit und eilte in die Küche. Die Küchenhilfen nahmen die freiwillige Hilfe erleichtert an. Nachdem sie ihre Geschichte vom Ehemann, der hier aufwuchs, zum Besten gegeben hatte, kam eine der älteren Köchinnen ins Schwätzen. »So, bei der Schwester Ariadne war er?«

»Ja, er hat viel von ihr erzählt. Deshalb sind wir hier. Ein bisschen Vergangenheitsbewältigung, er wollte sie wieder sehen.«

»Wie heißt er denn, dein Mann?«

»Klaus. Klaus Frieder.«

»So ein hübscher blonder Bub, mit Löckchen und blauen Augen?«

»Ja. Der ist jetzt ein gutaussehender Mann mit blauen Augen, und mein Mann«, strahlte Toni. »Erinnern Sie sich an ihn?«

»Aber ja. Der arme Bub. Den hatte unsere Nonne ordentlich auf dem Kieker.«

Toni nickte, als erinnere sie sich an derartige Schilderungen. »Ja, aber irgendwann ist es Zeit, alles hinter sich zu lassen und nur die guten Erinnerungen zu bewahren.«

»Naja«, merkte die Köchin mit dem Kopf wiegend an und tratschte, wie sie unter Schwester Ariadnes Regime zu leiden hatte. Sie arbeitete damals als Küchenhilfe. Die kirchlichen

Weihen hatte sie nie empfangen, wodurch sie für die Nonnen eine Außenseiterin geblieben war.

Als Toni mit Risotto Gerichten für Viktor und sich zum Tisch kam, grinste sie zufrieden. »Das hat sich gelohnt.« Sie zeigte auf ihr iPhone, das jedes Wort aufgezeichnet hatte.

»Hast du eine Kurzfassung?«, fragte Viktor leise.

»Ja. Schwester Ariadne gilt als versponnene Eiferin von vorgestern. Mit den Jahren sei es immer schlimmer geworden und niemand habe ernsthaft versucht, sie zu stoppen. Ihre Familie hat wohl viel Geld an das Kloster gespendet.«

»Hast du rausgekriegt, ob sie vermisst wird?«

Toni nickte erneut. »Eine Aushilfe hat beim Essenauftragen im Nonnentrakt was aufgeschnappt.«

»Und?«

»Sie sei von ihrer letzten Wanderung nicht zurückgekehrt. Man wolle das nicht an die große Glocke hängen.«

»Sorgt sich keiner um sie?«

»Eher sorgt man sich um den Ruf des Klosters. Sie war öfter tagelang weg. Danach hatte sie häufig frische Geißelspuren auf dem Rücken.«

»Gruselig, aber es erklärt die Wundmahle auf dem Rücken.«

»Im Kloster flüstert man über solche Praktiken nur hinter vorgehaltener Hand. Unser Küchenmäuschen hat das Erlauschte freimütig kommentiert.«

»Erzähl.«

»Vielleicht sei das ihr schlechtes Gewissen. Wegen der Heimkinder, damals.«

»Volltreffer«, freute sich Viktor.

»Somit ist unser Artikel einigermaßen wasserdicht. Die alte Nonne ist abhandengekommen. Sie hat Dreck am

Stecken. Es gibt ein Motiv für den Racheengel und in Kürze erfahren die übrigen Nonnen auch, wo sie steckt.«

»Da haben wir vorher leicht gepokert, oder?«

Toni grinste schief.

Am nächsten Morgen riss das Telefon sie aus dem Schlaf. Schulz sparte sich den guten Morgenwunsch. »Beweg deinen kleinen Arsch, um 10.00 Uhr hast du einen Termin mit Kriminalkommissarin Christina Kante. Die Soko war nicht erfreut über die Schlagzeile ‚Entblößte Nonne'.«

»Bin fast da«. Toni war schlagartig wach. »Muss nur Duschen und so.«

»Zieh auch was halbwegs Seriöses an«, mahnte Schulz. »Die rücken zu zweit an. Lars Schön kommt mit, er ist Leiter der Sonderkommission. Die Ankündigung ihres Besuchs klang wie eine Kriegsandrohung. Gurgel mit Milch und Kreide, damit die uns keinen Maulkorb verpassen.«

»Okay, sonst noch was?«

»Ja, was hast du mit Krösen angestellt, der strahlt, als hätte er im Lotto gewonnen?«

»Habe ihn eingespannt. Der ist zu schade für den Telefondienst.«

»Stimmt, der macht sich. Ihr beide arbeitet bis auf weiteres als Team für diese Brandzeichenserie.«

»Es bleibt dabei. Wir bitten Sie, nichts Ungeprüftes zum Fall zu veröffentlichen.«

»Was nicht mit der Freiheit der Presse vereinbar ist«, warf Schulz ein.

Nach einer kurzen Vernehmung von Toni und Viktor schlug Kante einen scharfen Ton an. Sie verlangte, über Recherchen und Ergebnisse informiert zu werden.

»Wir arbeiten gerne mit Ihrer Dienststelle zusammen.« Schulz bauschte sich auf, verschränkte die Arme vor seiner Brust, bevor er weitersprach. »Dafür erwarten wir einen Informationsvorsprung vor anderen Medien.«

Die beiden Soko-Beamten verständigten sich mit Blicken.

Schön seufzte und nickte. »Unter einer Bedingung.«

»Die wäre?«, in Schulzes Augen blitzte es auf.

»Sie stimmen fallweise den Zeitpunkt der Veröffentlichungen ab, um die Fahndung nach dem Täter nicht zu gefährden.«

Kante ergänzte: »Das betrifft auch Veröffentlichungen zu den Opfern. Wir müssen die Angehörigen informieren, bevor sie es aus der Zeitung erfahren.«

Schulz rieb sich bereits die Hände, als Toni sich einmischte.

»Was ist mit unseren Leserbriefen?«

Den misstrauischen Blick von Schön übersah sie ebenso wie die warnende Mimik von Schulz.

»... können wir die nicht ankurbeln?«

»Wie?«, fragte Kante.

»Bei mir melden sich ehemalige Pflegekinder, die zum Teil krasse eigene Erlebnisse schildern. Was, wenn wir einen offenen Aufruf starten?«

»Damit kommen Sie offiziellen Ermittlungen ins Gehege«, wehrte Schön ab.

Kante blickte um einiges interessierter und wartete ab.

»Wieso in die Quere? Von den Antworten profitieren auch Sie, wenn wir nach dem Prinzip, ‚die Brauchbaren in vorbereitete Listen, die Schwadroneure in den Papierkorb' verfahren.«

Schulz kratzte sich im Nacken. »Weißt du, was das für ein Aufwand ist?«

»Viktor und ich können die Zuschriften gemeinsam bearbeiten.«

Kante schien den Vorschlag ernsthaft abzuwägen. »Kann einer unserer Ermittler beim Sichten helfen?«

»In der Redaktion?« Schulz runzelte die Stirn und suchte Blickkontakt zu Toni. Sie schüttelte unmerklich den Kopf.

Das Einschleusen eines Soko-Beamten blieb nur eine Option. Kante hinterließ eine private Handynummer, unter der sie auch außerhalb der Dienstzeiten erreichbar sei.

Über ihren Ausflug zum Kloster ‚Zur Gütigen Mutter' verloren Toni und Viktor vor der Kommissarin kein Wort.

»Basti einweihen?«, fragte Toni, als die Besucher weg waren.

»Wozu?«

»Wir brauchen Rückendeckung.«

»Okay. Weih ihn ein.«

»Du kommst mit.« Toni schob den unwilligen Viktor Richtung Glaskasten, in dem Schulz alle im Blick hatte.

»Was habt ihr verschwiegen?«, empfing er sie.

»Woher weißt du ...?«

»Ich kann Gesichter lesen. Raus damit.«

Toni spielte das Band aus der Klosterküche vor und erläuterte das Hauptergebnis ihrer Recherchen: »Schwester Ariadne ist im Kloster wegen ihrer vorsintflutlichen Praktiken und ihrer fanatischen Art unbeliebt.«

»Hörensagen und Tratsch, aber das bringt uns weiter«, kommentierte Schulz. »Damit wird die Frage nach Tatmotiven und Tätern um einiges interessanter.«

»Infrage kommen ehemalige Heimkinder, Mitschwestern bis hin zu den Küchenhilfen, denen sie bis heute das Leben schwer macht.«

»Die alte Nonne muss Nummern ausgeben, wenn sie alle Leute empfängt, denen sie in ihrem Leben zugesetzt hat«, ergänzte Viktor.

Nachdenklich nickte Schulz. »Bleibt dran, aber sprecht bitte künftig alles mit mir ab.«

»Ein zweiter Besuch im Kloster?«, fragte Toni.

»Da dürfte heute die Soko eintrudeln. Kommt denen nicht in die Quere.«

Schulz musterte Toni, die eine Schnute zog. »Toni? Keine Alleingänge!«

»Ja, aber ...«

»Kein aber. Versucht über andere Quellen an Informationen zu kommen. Vielleicht ist deine Idee mit dem Aufruf ja doch nicht so schlecht«, wandte er sich an Toni. »Aber wie stellst du dir das Sortieren vor? Das kostet zu viel Zeit.«

»Wir brauchen Hilfe beim Filtern.«

»Von einem Soko-Typen?«

»Nö«, grinste Toni. »Wir sieben vor.«

»Wie?«

»Als Erstes stellen wir die Kommentarfunktion im Content-Managementsystem um. Nur wer eine echte E-Mail angibt, und sich mittels Code verifiziert, gelangt in unsere engere Wahl.«

»Okay, überrascht mich«, entließ Schulz sie.«

Toni hatte über die Mittagspause hinweg verbissen auf die Tastatur ihres Rechners eingehackt.

»Was machst du da eigentlich?«, fragte Viktor, der so lange Schweigezeiten von ihr nicht gewohnt war.

»Bin gleich so weit«, wimmelte sie ihn ab.«

Zehn Minuten später blickte sie endlich auf. »Fertig.«

»Womit?«

»Sieh es dir an«, forderte Toni ihn auf. »Wir schicken allen, die mit Heimkindern in Verbindung stehen oder sich als Betroffene auf unseren Artikel melden, diesen Fragenkatalog. Ich habe die Fragen an deine Mailadresse geschickt.«

»Warum so umständlich? Entweder sie sind Heimkinder, Spanner oder wollen sich wichtigmachen.«

»So einfach ist das nicht. Die meisten outen sich nicht. Einige werden uns von Bekannten erzählen, um sich selbst zu schützen. Diese Projektiven«, Toni malte Anführungszeichen in die Luft, »sind wahrscheinlich Betroffene, die noch nicht verarbeitet haben, was ihnen passiert ist. Womöglich schämen sie sich. Es kann sein, dass ihr Umfeld bislang keine Ahnung von ihren Kindheitserlebnissen hat. Wir helfen ihnen, sich zu outen, ob projektiv oder direkt. Aber dazu müssen wir sortieren.«

»Wie?«

»In den Fragen sind Fallen eingebaut, die nur echte Heimkinder oder Briechertzöglinge erkennen.«

»Gib mal ein Beispiel.«

»Nur Insider, die im Kloster gelebt haben, wissen, wo sich die Weihwasserbecken befinden. Die sind in der Klosterkirche nicht wie üblich im Eingangsbereich, sondern in der Mitte des Kirchenschiffs angebracht. Nur Heimkinder werden den Namen der Köchin kennen. Verstehst du, worauf ich hinauswill?«

»Okay.« Viktor überlegte. »Und wieso fragst du nicht direkt, ›wo war das Weihwasserbecken?‹«

»Zu plump. Sie sollen sich öffnen und nicht über investigative Fragen ärgern. Die müssen wir vertuschen.«

»Wie?«

»In Anekdoten, die wir notfalls erfinden und einstreuen, verknüpft mit Fragen an eigene Erinnerungen.«

Viktor blickte skeptisch. »Kapier ich nicht.«

»Erinnerst du dich an diesen gutaussehenden Typen in der Kapelle?«

»Gutaussehend?« Viktor zog die Stirn kraus.

Toni fuhr ungerührt fort. »Sah der aus, als würde er seine manikürte Hand in so ein Becken schieben? Der hat sich als Investor ausgegeben, aber er wusste, dass da Spucke oder sonst was drin schwamm. Woher weiß er das?«

»Weil er reingespuckt hat oder jemanden beobachtet hat, der das tut?«

»Genau. ... Und hier, die Anzahl der Bänke in der Kapelle.« Sie öffnete das Handyfoto, das sie geschossen hatte. »Guck es genau an. Ich frage, auf welcher der zwanzig Bankreihen die Kinder in der Kirche sitzen mussten.«

»Wieso zwanzig, das sind nur sieben Reihen?«

»Richtig, das weiß jedes Heimkind. Und jedes Kind, das dort gelebt hat, weiß, dass es keine Sitze gibt. Sie hatten vermutlich alle Schwielen vom Knien auf den Bänken.«

»Langsam verstehe ich.«

»Nebenbei fragen wir nach Erfahrungen in weiteren Institutionen oder bei Pflegeeltern.«

»Wozu?«

»Um rauszufinden, ob eines der ehemaligen Kinder sowohl im Kloster als auch bei den Pflegeeltern war.«

»Wegen des Brandzeichens bei den Opfern?«

»Exakt.«

»Meinst du wirklich, dass ein ehemaliges Pflegekind jetzt plötzlich anfängt, sich an Pflegern und Erziehern zu rächen?«

»Das erklärt eine Verbindung.«

»Wieso erst jetzt?«

»Es gab einen Auslöser. Der Täter war im Knast, im Ausland? Er macht endlich eine Therapie? Hört mit dem verdrängenden Trinken auf oder nimmt Drogen? Alles Mögliche kann eine späte Reaktion verursachen.«

Viktor nickte zustimmend. »Was machen wir mit den Rückläufen?«

»Sortieren, auf den nächsten Fall warten und hoffen, dass wir den Täter und seine Opfer gelistet haben«, grinste Toni entschlossen.

»Ein Exklusivinterview mit dem Rächer wäre genial.«

»Ja, wäre es«, nickte Toni. »Aber vorher haben wir noch paar Fleißaufgaben. Wir fragen unsere Erstkontakte nach Besuchern, Betreuern, Ärzten, anderen Pflege- und Heimkindern.«

Am gleichen Tag trudelten erste bestätigte Mailantworten ein. Weniger als ein Dutzend Heimkinder hatten unter den Schikanen von Schwester Ariadne gelitten. Es waren ausnahmslos Jungen und keiner hatte zuvor bei den Briecherts gelebt.

»Sackgasse«, ärgerte sich Toni, als ihr Handy klingelte.

Lustlos meldete sie sich. »Toni Amato, MainLife.«

»Toni?«

»Entschuldigen Sie, ich habe es einige Male versucht und war darauf gefasst, eine Nachricht zu hinterlassen.«

»Na dann. Hier spricht die automatische Anrufannahme von Antonia Amato, sprechen Sie nach dem Pieps. Piep!«

»Sie sind eine Frau?«

»Jahaa?«

»Also, das ist nicht leicht für mich. Es geht um diese Heimkinder und das ermordete Ehepaar ...«

»Die Briecherts?«

»Ja, sie waren meine Pflegeeltern.«

Toni fuchtelte mit den Händen in Viktors Richtung und wies auf das Telefon.

»Vielen Dank, dass Sie anrufen. Wären Sie bereit, uns ein Interview zu geben?«

Viktor bedeutete ihr, laut zu stellen. Stattdessen stöpselte Toni den Kopfhörer ein und übergab ihm einen der Ohrstöpsel.

»Nur, wenn Sie meinen Namen raushalten.«

»Wie kann ich Sie nennen?«

»Sagen Sie einfach Jon. Ohne Nachnamen. Aber mit Einzelheiten, die Sie benutzen dürfen.«

»In Ordnung, Jon, darf ich Ihnen ein paar Fragen stellen?«

»Fragen Sie.«

»Wurden Kinder während Ihrer Pflegezeit bei den Briecherts missbraucht?«

»Ja.«

»Von den Pflegeeltern?«

»Nein, sie haben uns verkauft. Sex gegen Geld.«

»Wie alt waren Sie damals?«

»Zwischen vier und acht Jahren. Ich kam mit vier Jahren zu ihnen.«

»Was passierte, als sie acht waren? Warum hörte es auf?«

»Ich kam ins Kloster ‚Zur Gütigen Mutter'.«

Toni stieß triumphierend eine Faust in die Luft. Ihre Stimme blieb unverändert höflich und ruhig. Nur ihre Miene passte zu ihrer Begeisterung. »Gab es dafür einen Grund?«

»Die Briecherts machten die besten Geschäfte mit kleinen Jungen, ich war wohl zu alt. Und ich … darüber kann ich nicht reden.«

Viktor notierte auf einem Zettel. ‚Treffen'.

Toni nickte. »Jon, sagen Sie, können wir uns persönlich treffen. Egal wo, zu Ihren Bedingungen?«

»Nein. Das bringt nichts. Ich will nur, dass sie aufhören, dass man sie fasst und bestraft.«

»Wen meinen Sie, die Leute im Heim, die Nonnen? Die Pflegeeltern.«

»Alle, alle Erwachsenen, die Kindern das antun.«

»Möchten Sie nicht selbst eine Entschuldigung, eine Entschädigung, eine Therapie?«

»Ich will einfach nur leben und vergessen. Aber das wird nie passieren.«

»Jon. Wollen Sie, dass wir das schreiben? Wollen Sie uns helfen, alles aufzudecken, was damals geschehen ist?«

»Damals? Es passiert doch immer noch …«

»Wie meinen Sie das? In Ihrem Kopf, in Ihren Träumen, in Ihren Gedanken?«

»Ja, das auch.«

»Wissen Sie, ob die Menschen, die Sie missbraucht haben, weiteren Kindern Gewalt antun?«

»Ja, das weiß ich.«

»Können Sie das beweisen?«

»Folgen Sie den Spuren, die in die Achtziger führen.«

»Zu den Pflegeeltern und Betreuern?«

»Ja. Und zu deren Umfeld.«

Toni notierte sich ‚Briecherthof' und ergänzte die Ortsangabe mit derUnterzeile: ‚Erwachsene in den Achtzigern'. »Was war im Kloster. Hörten die Übergriffe da auf?«

»Nein, es war nur anders. Was da im Namen des Vaters, des Sohnes, des Heiligen Geistes geschah, war fast noch schlimmer.«

»Was hat man Ihnen angetan?« Toni hörte Tumult. »Ich muss aufhören.«

Sie starrte auf ihr Handy.

Viktor sah zu ihr herüber: »Er hat den Satz wiederholt, der auf dem Rücken der Nonne stand.«

»Das kann jeder gewesen sein, das Foto ist veröffentlicht.«

Zwei Minuten später ging eine SMS ein.

Sucht nach den Tätern von damals. Das sind die Opfer von heute. Sie haben es verdient. Jeder Einzelne von ihnen. Die, die zugesehen haben, die, die geschwiegen haben. Viele machen bis heute weiter.

Toni zeigte sie Viktor und wühlte nachdenklich in ihren Locken. »Sag mal, ist bei den aussortierten Mails jemand dabei, der sich Jon oder einfach nur J. nennt?«

»Moment.«

Nach zwei Minuten runzelte er die Stirn. »Ja, ein Jon, mit echt gruseligen Geschichten. Den hätte ich auch mit gültiger Mailadresse aussortiert.«

»Wieso?«

»Zu krank, was er beschreibt. Unglaubwürdig.«

Toni las den Text und musste an sich halten. »Der ist echt. Ich habe gerade mit ihm gesprochen.«

Sie beantwortete seine SMS und bat ihn, sich zu melden.

15

DIE GEBLENDETE

11. - 13. Juni

Karlotta Schwans Lebensgewohnheiten hatte er tagelang ausgekundschaftet, ihr nachgesetzt, sie beobachtet und sich angeschlichen. Das Erste, was ihm auffiel, missfiel ihm. Sie war fett geworden. Der Beat ihrer Schritte, der einst Musik in seinen Ohren war, klang dumpf, müde und schwer. Nur ihre Augen erinnerten an die frühere Karlotta, die ihm wie ein Rettungsengel erschienen war, wenn sie ihn aus einer Hölle rettete und in die nächste ablieferte. Sie war aufgetaucht, wenn es am heftigsten war; wie damals in der schäbigen Wohnung, in der es nach Alkohol, Erbrochenem, nach Blut und Scheiße stank. Nach Ausscheidungen des Paares, das ihn angeblich gezeugt hatte.

Mutter hatte er nur unter dem Namen gekannt, den sein Vater ihr gab, ‚Schlampe'. Vater war der Mann mit dem schlechten Atem und den Flaschen in der Hand. Die Schlampe hatte mitgetrunken oder ihn weggetreten, wenn er um Essen bettelte. »Mach dir selbst was. Ich bin nicht deine Dienerin.«

Er hatte gehorcht. Hatte nach Essen gesucht. Meistens fand er nichts. Nur wenn das Geld vom Amt kam, war was im Schrank. Am Ersten, dem rot angestrichen Tag in seinem Kopfkalender, dem er entgegenfieberte. Je größer der Hunger, desto näher war er und er durfte ihn nicht verpassen, musste schneller sein als sie. Spätestens am Zehnten des Monats war das Geld weg. Sie gaben es aus für Zigaretten und für ‚ihr flüssig Brot'. In frommen Anwandlungen hatte die Schlampe den Dank für das ‚flüssige Brot' in ihre Gebete eingeschlossen und ergänzt. »... und befreie mich von allem Übel, von dem alten Säufer und seiner hässlichen Brut.«

Die blonde Karlotta war auch vorbeigekommen, wenn einer der Nachbarn sich über ‚das Pack' in Nummer 16 beschwerte. Das waren Lichtblicke in seinem Dasein.

Aber dann hatte sich alles geändert. Es war der 1. April, sein Geburtstag, und er war so hungrig, dass er freiwillig in die Schule ging, weil es da etwas zu essen gab. Wie immer schaute er hinüber zum Sportplatz, statt nach vorne. Da war er jemand. Der Beste, der Schnellste, der Stärkste.

Heute vermasselte ihm die Lehrerin sogar das. Sie wollte, dass seine Mitschüler ein Lied für ihn sangen.

»Hoch soll er leben, dreimal hoch ...«

Weiter kamen sie nicht. Sie kicherten, wahrscheinlich über ihn.

»Na gut, fahren wir fort«, gab die Lehrerin nach.

Ungestört schaute er erneut auf den Sportplatz und stellte sich vor, wie er einen Pokal nach dem anderen holte - für die Klasse, für die Jungs, die sich um ihn drängten und mit ihm befreundet sein wollten.

Nach dem Pausenklingeln war er nach Hause gelaufen, um Essen zu kaufen. Doch diesmal waren die Schlampe und der Säufer flinker gewesen. Sie hatten ihr ‚flüssig Brot' und Zigaretten gekauft und feierten auf ihre Art.

Hungrig setzte er sich ans Fenster und sah zu, wie sie sich volllaufen ließen. Er beobachtete, wie sie anfingen zu streiten und wartete ab, bis es dunkel wurde. Meistens war dann Ruhe und die beiden verschwanden im Schlafzimmer.

Heute nicht.

Der Alte torkelte auf seinen dürren Beinen zu ihm herüber. »Komm mein Sohn, sei mein kleines Mädchen.«

Er blieb sitzen und hoffte, dass er erneut unsichtbar war.

Dieses Mal hatte er Pech.

Der Betrunkene zerrte ihn an den Haaren vom Fenster weg, warf ihn bäuchlings auf den klebrigen Küchenboden, riss an seinen Hosen und drückte ein Knie auf seinen nackten Rücken.

»Guck zu, Schlampe. So sieht Frischfleisch aus«, forderte er die Mutter auf, schlug mit dem Schüreisen auf ihn ein oder versuchte seinen nach Pisse stinkenden Schwanz in ihn zu stecken.

Weder das eine noch das andere gelang ihm. Immer wieder traf er daneben, traf seine Mutter, die ihm zum ersten Mal beistand und sich neben ihn gekauert hatte.

»Lass den Jungen, nimm mich. Ich bin deine Frau, nicht er«, lallte sie, bevor ein Schlag mit dem Eisen sie verstummen ließ.

Der Säufer hielt inne.

Endlich.

Er nutzte die Pause, erhob sich, zog seine Hose hoch und folgte dem stieren Blick des Alten. Sah auf die Frau herunter, die immer nur Schlampe hieß. Ein schmaler Blutstreifen floss aus ihrem Mundwinkel, der sich mit dem Blut, das aus ihrem Kopf sprudelte, zu einer zähglänzenden Lache vermischte.

Was später passiert war, dämmerte ihm am nächsten Morgen. Die Frau mit dem Namen eines weißgefiederten Tieres besuchte ihn wieder. Diesmal kam sie in Begleitung von zwei uniformierten Beamten. Die Nachbarin hatte sie alarmiert. Nicht wegen der Schreie, sondern wegen der Stille danach.

Der Säufer lag immer noch neben der Schlampe. »Erschlagen mit einem schweren Gegenstand. Die haben sich gegenseitig abgemurkst«, kommentierte der Größere der Uniformierten den Tathergang.

»Das ergibt keinen Sinn, sieh dir die Verletzungen mal genauer an«, entgegnete der zweite Beamte.

Auch er sah hin. Vom Fensterplatz aus, wo er bis zum Hellwerden ausgeharrt hatte. Er sah die scharfkantigen Flaschen, deren Zacken die Haut des Säufers aufgeritzt hatten. Die braunen Scherben steckten zum Teil noch in seinem Fleisch. Er wusste, dass die letzte Bierflasche auf seinem Schädel zerborsten war, bevor er aufhörte zu schreien, bevor er aufhörte zu zucken, bevor der alte Säufer seine Klappe hielt. Endlich.

Genau wie er. Er sprach keinen Ton.

Karlotta Schwan drängte ihn aus dem Zimmer und nahm ihn in den Arm. Es fühlte sich gut an, wie sie ihn an ihren weichen Busen presste.

Sie fuhr mit ihm fort, brachte ihn in ein riesiges graues Haus, schubste ihn in einen wunderschönen Raum und übergab ihn an ein lächelndes Wesen, das fast so hübsch war wie sie selbst. »Das Kind braucht therapeutische Hilfe und eine starke Hand.«

Dann ließ sie ihn zurück in dem dunklen Haus, in dem andere Kinder waren, mit denen er nicht sprechen durfte.

Er sagte überhaupt nichts. Er bekam ein Einzelzimmer, das Erste in seinem Leben. Das erste eigene Bett, auf dem eine starke Hand ihn festhielt. Nacht für Nacht, wenn sich eine massige Gestalt über ihn beugte und mit ihm machte, was er seinem Vater verwehrt hatte.

Erst als sie ihn dort wieder abholte und zu den Briecherts brachte, weil er ‚austherapiert' sei, hörte das Pochen in seinem Kopf auf.

Er sprach immer noch nicht und lernte nur langsam, sich zu wehren.

»Hier gehörst du hin, hier kannst du bleiben«, redete sie auf ihn ein und riet dem Paar: »Gebt ihm sein altes Zimmer, dann ist er bald wieder der Alte.«

Karlotta Schwan irrte sich. Es brauchte einen anderen Anstoß.

Einer der Onkel sagte den gleichen Satz wie der Säufer: »Komm, sei mein kleines Mädchen.«

Der Onkel überlebte das nicht. Er hingegen begann, erneut zu leben. Sogar sein Engel erschien wieder. Karlotta Schwan sah ihn mit strahlend blauen Augen an, während die Alten sich beschwerten. »Der ist verdorben, grundverdorben.«

»Kümmert euch um ihn. Er gehört euch«, waren ihre letzten Worte gewesen, bevor sie ihn im Stich gelassen hatte.

Er hatte sich damals geschworen: »Das zahle ich dir heim.«

Heute war Zahltag!

Als sie zu sich kam, hatte sie geschrien, bis er ihr das Maul mit einem schmutzigen Lappen gestopft hatte. Sie hatte gezuckt, gestrampelt und sich gewehrt, und er hatte mehrfach ansetzen müssen, um ihr das Brandzeichen zu setzen.

Den Stoff schüttete er mit einem Trichter aus Papier direkt in seine Bierflasche, auch wenn er das Zeug sonst verabscheute. Das betäubte die Schmerzen in seinen Genitalien. Er trank aus der Flasche, streckte seine Beine auf dem Tisch aus, ließ sich auf das Sofa zurücksinken und erinnerte sich - wohlig rülpsend.

Er kicherte vor sich hin, während er sich berührte, die gebrochenen blauen Augen von Karlotta Schwan vor sich. Eingeschlossen in einem Einmachglas.

***

Biobauer Karl-Heinz Hof hatte Agrarwissenschaft studiert. Seit zwei Jahren bewirtschaftete er den Hof seines Vaters und setzte Methoden durch, die dank staatlicher Subventionen die Feld-Bewirtschaftung ertragreicher machten.

Als er am 11. Juni in aller Früh zu einem seiner abgelegenen Gehöfte aufbrach, freute er sich wie ein kleiner Bub, der ein Spielzeug testet. Eine seiner Jauchegruben war voll und er wollte den Inhalt absaugen und in das Silo transportieren - das jüngste Vorzeigeprojekt der landwirtschaftlich geprägten Ortschaft.

Im riesigen Silo sammelte er die tierischen Endprodukte seiner Rinder ebenso wie Bioabfälle wie Gras, Rapsstroh und Mais. Der kreisrunde Durchlauf-Fermenter war sechs Meter hoch und hatte den stolzen Durchmesser von vierzehn Metern. Sein Mischinhalt aus flüssiger Gülle und festen Bioabfällen wurde auf 38 °C bis 42 °C erwärmt und permanent bewegt. Dabei sanken die organischen Bestandteile nach unten, sie zersetzen sich und erzeugten Faulgase. Am Ende bestanden sie zu 54 bis 60 Prozent aus Methangas, ein hochaktives

Treibhausgas, das einem Blockheizkraftwerk zugeführt wurde, dort verbrannte und einen Stromgenerator antrieb. Den überschüssigen Strom speiste man in das öffentliche Netz, den Reststrom und die entstehende Abwärme nutzten bereits drei Höfe zur Energieversorgung.

Endlich konnte man den seit Jahren schwelenden Kleinkrieg mit den im Luftkurort angesiedelten Übernachtungsbetrieben beilegen. Die geplante umweltfreundliche Stromerzeugung aus regenerativen Energiequellen in Verbindung mit kreisläufiger Düngung der Felder ohne Geruchsbelästigung, überzeugte die Gemeindeväter. Sie gaben Bauer Hof grünes Licht für den Bau der kostspieligen Anlage und einen auf Jahrzehnte abzahlbaren, zinslosen Kredit aus den Gemeindekassen. »Der Bub hat es drauf, der bringt uns alle nach vorne«, hieß es in der Dorfsitzung.

Heute war also der große Tag, er wollte seine neue Pumpe einweihen und damit den Kreislauf starten. Tatkräftig klatschte er sich in die Hände. Ihm zur Seite war Schäferhund Karl, der schon als Welpe gelernt hatte, auf dem Traktor mitzufahren. Vor sich hin pfeifend, setzte er den Saugrüssel am Grubenrand auf. Es gluckerte und das am Saugstutzen angebrachte Zählwerk zeigte die abgepumpten Liter an. In Gedanken rechnete er die Energie-Ersparnisse der kommenden Jahre aus. Mit den Geldern konnte er sein nächstes Großprojekt angehen. Einen luftigen Winter-Laufstall für seine Mädels, wie er die Milchkühe nannte. »Das haben wir richtig gemacht, was Karl«, sprach er den braunschwarzen Schäferhund an, der heute aufgeregter schien als er selbst.

Als der Hund vor dem ein Meter ~~im~~ Durchmesser messenden Zugang zur Grube hin und herlief, lachte er. »Nix da mein Lieber, die Zeiten der offenen Misthaufen in denen du dich als Welpe gewälzt hast, sind vorbei. Bleib weg.«

Der Schäferhund gebärdete sich immer verrückter. Dabei kam er dem Abgrund auf dem rutschigen Gelände gefährlich nahe. Hof lockte ihn weg und leinte den inzwischen hysterisch jaulenden Hund am Traktor fest. »Tut mir leid Dicker, einen stinkenden Hund aus der Grube retten, ist das Letzte, was ich brauche. Bleib und Sitz!«

Das glucksende Geräusch hatte sich verändert, als er zurückkam. Nach zwei Minuten hörte er nur noch ein Röhren, die Tankanzeige stand still. »Verfluchte Scheiße.«

Er stellte die Pumpe ab und startete sie neu. Wieder nur ein Glucksen. Wütend trat er mit seinen Stiefeln gegen die Traktorreifen. Karl ging in Deckung.

Stunden später wünschte er sich, er hätte sofort Hilfe geholt. Die Ärzte hatten ihm etwas gegen den Schock gespritzt und nötigten ihn Wasser zu trinken, während er in der heißen Junisonne zitterte.

Den Schäferhund hatten die Feuerwehrleute bereits weggebracht, damit er von der Leiche weg blieb.

***

In der Redaktion von MainLife war nach dem Aufruf an frühere Heimkinder des Klosters ‚Zur Gütigen Mutter' die Hölle los.

Neben persönlich betroffenen ehemaligen Pfleglingen meldeten sich Eiferer, Kirchenbefürworter und Gegner, die das Thema bis hin zu Kreuzzügen und Hexenverbrennungen im Namen der Kirche ausdehnten. Tonis Informant Jon hatte ein Interview abgelehnt.

Alle Versuche, Marian aus Hamburg anzurufen, endeten bei seiner streitbaren Partnerin. Sie wollte nicht, dass ihr Partner sich mit dem Schmuddelkram von früher befasste. »Ich bin froh, wenn der einen Tag lang trocken bleibt. Da braucht der keine sensationslüsternen Journalisten, die ihn erneut runterziehen.«

Toni fahndete nach weiteren Mitpfleglingen. Immer neue Namen tauchten auf, die Zahl potentieller Täter und Opfer stieg. Keine der Aussagen brachte sie dem Racheengel näher. Schulz wurde ungeduldig, verlangte eine abgesicherte Story, am liebsten in Form eines Interviews mit dem Täter.

Toni versuchte, ihm eine andere Idee zu verkaufen.

»Was hältst du von einer Story über die wahren Opfer; einer Miniserie oder einem Special über die missbrauchten Kinder von damals?«

Schulz musterte Toni nachdenklich. »Passt nicht in unser übliches Format, aber als Spezialausgabe?« Er wiegte den Kopf. »Verfass ein Exposé, damit ich mir Gedanken machen kann. Wenn's gut ist, bringen wir es.«

»Ich komme auf dich zu.«

»Noch was, Toni, wenn du mir brauchbaren Stoff lieferst, reden wir ernsthaft über einen Vertrag.«

Toni strahlte und formulierte in Gedanken mehrere Titel.

»Aber der aktuelle Racheengel-Fall hat absolute Priorität«, schob Schulz nach.

»Geht klar«, antwortete Toni. »Ich habe einiges angeleiert und nutze nur die Leerzeiten für die Hintergrundstory.«

Schulzes Nicken entging ihr, sie vertiefte sich in Notizen, die sie Leserbriefen entnommen hatte. Speziell eine

Zuschrift hatte sie tief angerührt. Die Texte mit dem Titel ‚Kinderbeichte' kamen von einem anonymen Informanten. Die kindlich klingenden Satzfragmente enthielten Anmerkungen eines Erwachsenen. Beides fehlergespickt und unbeholfen.

Auf der Suche nach einem brauchbaren Aufhänger trommelte Toni mit den Fingern auf ihre Tischplatte. Mit der Zeit gewöhnte sie sich an die Schreibweise und las ebenso viel zwischen wie innerhalb der Zeilen. Schwierigkeiten machte ihr die Form. Nach einigen Versuchen schrieb sie ihren Text sachlich wie einen Geschäftsbericht. Der Inhalt erschien ihr aufreibend genug - da wirkte die übliche, reißerische Zeitungssprache peinlich. Die Einleitung verfasste sie in Form eines fiktiven Interviews.

‚Beichte eines verlorenen Kindes'

»Ich wurde zum ersten Mal sexuell missbraucht, als ich zwei Jahre alt war.«

Toni kamen Zweifel. Konnte sich jemand so genau daran erinnern, wie alt er damals war? Sie durchsuchte die Notizen und fand einen Hinweis. Das erste Mal war ‚passiert' kurz, nachdem man den Jungen in den Schlafsaal der Zweijährigen umquartiert hatte. Sie wischte ihre Bedenken weg und schrieb weiter an ihrem Entwurf in ihrem privaten Notebook.

Bis zu meinem vierten Lebensjahr wurde ich fast jeden zweiten Tag in der Woche von Männern und Frauen zu sexuellen Handlungen genötigt. Insgesamt mehrere Hundert Male.

Erinnern Sie sich, was man Ihnen angetan hat?
Ja, auch wenn es nur Erinnerungsfetzen einzelner Szenen sind. Das Vergangene kehrt langsam zurück, nachdem ich bis vor kurzem nicht wusste, wer ich bin.

Wer sind Sie?
Ich bin ein gebranntes Kind, mein Leben lang.
Als sichtbares Zeichen trage ich ein Brandmal wie alle, die dort waren. Aber das ist nur äußerlich, die inneren Brandzeichen machen mich zum Außenseiter.

Wie äußert sich das?
Ich fühle mich unwert, schuldig, versuche es allen recht zu machen, weiß, dass ich dennoch nie dazugehören werde.

Was ist das Schlimmste, was man Ihnen angetan hat?
Man hat mir mein Ich geraubt. Ich bin leer.

Ich erinnere mich an Papa Josef

»Los, ihr dürft duschen«, trieb er uns in den Keller.

Die Duschen waren in den Boden eingelassene Vertiefungen aus Stein. Darüber hingen rote Wasserschläuche an der Wand. In die Vertiefungen mussten wir uns zu zweit stellen und bekamen ein Stück Seife, mit dem wir uns kräftig abreiben sollten. Einer den anderen. Dabei sahen sie uns zu und lachten, »da unten fest reiben, das macht Spaß.« Dann spritzten sie mit eiskaltem Wasser die Seife herunter.

Der Wasserstrahl ließ sich einstellen. Sie mochten es hart. Einmal hat mich der Wasserstrahl umgeworfen und ich fiel auf die Steine. Sie lachten. »Lass mich auch mal«, stritten sie um das Vorrecht, den Schlauch zu halten. Einer versuchte, mich mit dem Wasserstrahl zum Aufstehen zu bewegen. Ich bekam keine Luft mehr, japste, schrie.

»Hör auf, sonst krepiert der uns«, hörte ich.

Sie stellten den Strahl endlich ab.

Nach dem Duschen hatte ich oft blaue Flecken. Ich fror. Handtücher gab es nicht. »Die kosten Geld«, hieß es.

Danach schickten sie einige von uns ins Haupthaus. Zu den Besuchern, um das Schlimme mit ihnen zu machen. Die Besucher schlugen gerne zu. Manche, wenn man alles tat, was sie forderten. Manche, wenn man nicht tat, was sie verlangten. Nur wenn man so tat, als wäre das Schlimme ganz toll, ließen sie uns gehen und wollten ein anderes Kind. Einen Jungen wie mich. Weil ich mich immer fürchtete und weinte. Das mochten sie besonders.

Ich sei ein passabler Junge, sagte Vater Josef, »ein Top-Pferdchen im Stall.«

In den Kellerräumen war das Studio. Als ich zum ersten Mal dorthin musste, versprach er: »Heute bist du ein Filmstar, also spiel artig mit, du wirst berühmt.«

Er schubste mich in einen riesigen Raum mit vielen Apparaten. Die hellen Lampen wärmten ein wenig. Das Licht war grell und blendete in den Augen. Schließen durfte ich sie nicht. Das war verboten. Er sagte: »Mach die Augen auf, damit du alles genau siehst.«

Ich habe die Augen aufgerissen, damit sie zufrieden waren.

Oft hieß es: »Guck hin, sonst …«

»Sonst«, hieß, dass man der Nächste war.

Ich lernte rasch, worauf es ankam. Ich musste tun, was Vater Josef und die Männer verlangten.

Die Männer nannten es ‚Liebe.'

Sie sagten: »Das ist das einzig Wahre. Wahre Liebe, von der diese Spielverderber da draußen null Ahnung haben.«

***

»Toni, Viktor, in mein Büro.«

Toni schreckte hoch, schloss hastig die Datei und atmete tief aus, bevor sie Viktor in Schulz gläsernes Büro folgte.

»Wie weit seid ihr mit der Opferliste?«, empfing er sie.

»Wir haben Nonnen aus dem fraglichen Zeitraum, Jugendamt-Mitarbeiter, einen Arzt, Lehrer und etliche Besucher«, begann Viktor.

»Wir können sie zeitlich abgleichen mit Pflegekindern, die sich gemeldet haben. Wenn der Täter erneut zuschlägt, sind wir vorbereitet«, ergänzte Toni.

»Vielleicht hat er das bereits.« Schulz schob eine Pressemeldung über den Tisch.

Kindsforst: Am 12. Juni fand Biobauer Karl-Heinz Hof in seiner Jauchegrube eine weibliche Leiche. Todesursache und Identität der Frau werden noch ermittelt. Das Alter der Frau wird auf sechzig Jahre geschätzt.

»Da steht kein Wort über ein Brandzeichen.«

»Braucht es nicht, die Meldung kommt aus Wiesbaden vom Bundeskriminalamt.«

»Ein weiteres Opfer?« Toni untersuchte den Text auf Hinweise. »Das ist mager. Haben wir nicht einen Deal mit der Soko?«

»An den die sich offenbar nicht halten«. Schulz schaute grimmig.

»Die ist nicht freiwillig in die Jauchegrube gesprungen«, überlegte Toni, »vielleicht war es ein Unfall?«

Viktor schüttelte sich. »Igitt, alleine die Vorstellung. Kann man in so eine Grube versehentlich fallen? Ich dachte, die Sickergruben sind unterirdisch?«

Toni nickte. »Stimmt, aber sie haben einen Schacht, damit man die Brühe absaugen und zum Reinigen reinklettern kann. Ich las neulich einen Artikel über die Rettungsaktion eines Pferdes, das in der Jauche landete.«

»Wie haben sie es rausgeholt?«, wollte Viktor wissen.

»Mit der Feuerwehr.«

»Wahrscheinlich war die auch involviert bei der Bergung der Leiche«, grübelte Toni laut.

»Ihr habt den Namen des Fundorts und den Namen vom Bauern. Worauf wartet ihr?« Schulz sah sein neues Team abwartend an.

»Auf eine Idee, wie man an Vermisstenmeldungen kommt«, antwortete Toni.

»Wofür?«

»Um abzugleichen, welche Frauen um die Sechzig vermisst werden.«

»Ich habe einen Kumpel, der mir noch was schuldet«, mischte sich Viktor ein.

Schulz sah ihn schräg von unten an.

»Bei einer zentralen Meldestelle?«

»Ja, ein IT-ler, mit dem ich zocke.«

»Zapft ihn an. Und denkt daran, ein Vorsprung vor den polizeilichen Ermittlungen bringt uns Klicks und euch weiter.«

»Sag nur, du rückst mit einem Festvertrag rüber, wenn wir schneller sind als die Polizei …«

»… erlaubt!«, beendete Schulz händereibend den Satz.

»Und?«

»Was und?«

»Einen Arbeitsvertrag, eine fette Prämie?«

»Doppeltes Veröffentlichungshonorar, falls ihr die Identität der Frau aus der Jauchegrube feststellt. Für jeden von euch volles Zeilenhonorar.«

»In der Umgebung von Kindsforst gibt es keine vermissten Frauen in dem Alter?«

Toni beobachtete gespannt Viktors Telefonat, das er nicht auf den Lautsprecher legte, um seinen Spitzel zu schützen.

»Versuchs national.«

»Hast du mitgehört«, fragte Viktor in den Hörer. »Ich warte.«

»Um die Sechzig, plus minus fünf Jahre.«

»Meldezeitraum?« Viktor sah fragend zu Toni hinüber.

»Mitte April bis heute.«

»Du hast jemand? ... Okay. Schick mir die statistischen Angaben. Hast was gut bei mir. Danke Hugo.«

Viktor grinste zufrieden. »Zwei Namen. Eine fünfzigjährige Britta Schönfeld aus Hamburg. Vermisst seit 1. Mai, gemeldet von ihrem Mann.«

Toni schüttelte den Kopf. »Zeitraum ist unwahrscheinlich. Wer noch?«

»Eine 58-jährige Karlotta Schwan. Vermisst seit 8. Juni. Gemeldet von ihrem Sohn, wohnhaft in Frankfurt, Bornheim.«

»Karlotta Schwan? Moment mal.« Toni öffnete eine Liste, in der sie potentielle Opfer aus dem Umfeld der Heimkinder gesammelt hatte.

»Treffer! Karlotta Schwan war vor dreißig Jahren Jugendamt-Mitarbeiterin. Zwei unserer Informanten wurden von ihr zu den Briecherts als Pflegekind vermittelt.«

»Ich wette, dass sie ein Brandzeichen trägt.«

»Ich wette nicht, das glaube ich nämlich auch.«

»Lasst euch den Namen bestätigen«, warf Schulz ein.

Toni wählte Kantes Nummer, nannte ihren Namen und kam zur Sache: »Wissen Sie, wer die Tote in der Jauchegrube ist?«

»Dazu kann ich derzeit keine Angaben machen. Erst müssen wir die Angehörigen verständigen.«

»Also ist bekannt, wer die Frau ist?«, hakte Toni nach.

»Das habe ich nicht gesagt.«

»Was hat die Autopsie ergeben, hat die Frau noch gelebt, als sie in die Jauchegrube gelangte?«

»Ja, es gab Spuren, die darauf hinweisen.«

»Welcher Art?«

»Handabdrücke oberhalb des Jauchespiegels.«

»Woran ist sie gestorben?«

»Die Autopsie ist noch nicht abgeschlossen.«

»Aber Sie können sicher bestätigen, dass der Absturz in die Jauchegrube kein Unfall oder Selbstmord war?«, versuchte Toni es erneut.

»Wie kommen Sie darauf?« Die Kommissarin zögerte. »Frau Amato, wissen Sie Näheres, dann sollten Sie das mit mir besprechen.«

»Ja. Ich bekam einen Tipp, dass das jüngste Opfer nicht das Letzte ist«, schwindelte Toni.

»Ach ja? Wer ist Ihr Informant? Den würde ich gerne selbst befragen.«

»Da muss ich passen«, bedauerte Toni und überlegte fieberhaft, wie es weitergehen sollte. »Ich kenne seine Identität nicht, aber es ist der Gleiche, der uns auch auf die Spur von Schwester Ariadne brachte«, improvisierte sie weiter.

»Solches Detailwissen macht ihn zum Tatverdächtigen, Sie sind verpflichtet, uns alle Informationen weiterzugeben.«

»Ich kann nur zitieren, was er uns mitteilte.«

»Das wäre?«

»Die unendliche Leidensgeschichte der Opfer fordert weiterhin ihren Tribut.«

»Sonst noch was?«, warf Kante ein.

»Ja«. Toni rang nach weiteren Phrasen. »... Für jedes Kind ein Opfer mehr. Für jede Grausamkeit eine Spiegelung. Die Täter von gestern sind die Opfer von heute.«

»Aha, das hat er wörtlich gesagt?«,

Viktors Grinsen und Schulz ungläubiges Stirnrunzeln nahm Toni nur am Rande wahr, während sie das Blaue vom Himmel erfand, um die Kommissarin zu einer Äußerung zu verlocken. »Ja Frau Kante, mein Informant hat mir Einzelheiten der Tat geschildert ... da ist einmal das Brandzeichen.«

Toni schaute verzweifelt zu den schulterzuckenden Kollegen, während sie das Telefon auf Lautsprecher umstellte, damit sie mithören und ihr helfen konnten.

»Falls Ihr Informant nicht mehr weiß, als die Sache mit dem Brandzeichen auf dem Opfer, verrät er uns nichts Neues«, ertönte Kantes Stimme in den Raum, bevor ihre Stimme ärgerlich wurde. »Sonst noch was?«

»Nein, vielen Dank, Frau Kante«, beendete Toni das Gespräch und fuchtelte triumphierend in der Luft herum.

»Gut gemacht«, lobte Schulz. »Sie hat also ein Brandzeichen.«

»Und damit ist die Jauche-Lady Opfer drei bzw. Opfer vier - opfernummerisch betrachtet«, ergänzte Toni.

»Opfernummerisch?« Schulz schmunzelte. »Nette Wortschöpfung. Eine Bestätigung der Opferidentität hast du nicht, oder?«

»Nö, aber unser Schwanenopfer hatte definitiv mit den Briecherts und den Kindern zu tun.«

»Das passt«, nickte Schulz. »Lasst euch das mit dem Brandzeichen noch von einem Zeugen bestätigen und findet heraus, ob die Jauche-Lady der Vermissten ähnlich sieht. Wie war noch ihr Name?«

»Karlotta Schwan.«

»Meinst du, die ist in der Jauche ertrunken?« Toni blickte zu Viktor hinüber, mit dem sie ein Brainstorming veranstaltete, um Ansatzpunkte für die weitere Recherche festzulegen.

»Vielleicht war sie auch vorher tot?«

»Bestimmt war ein amtlich bestellter Pathologe vor Ort und hat seine Untersuchungsergebnisse diktiert, besprochen oder zumindest dem Soko-Team mitgeteilt.«

»Bauer Hof hat vielleicht was aufgeschnappt.«

»Fragen wir ihn?«

»Aber ja. Feldarbeit, ab Marsch.« Toni packte ihre Tasche.

»Das meinst du wörtlich?«

»Stimmt, wir besuchen Bauer Hof. Aber vorher lass uns ein wenig telefonieren.«

»Mit wem?«

»Mit der freiwilligen Feuerwehr.«

»Was bringt das?«

Toni grinste Viktor an. »Bäuerchen Hof und die Feuerwehrleute bekamen von der Kripo garantiert ein Redeverbot. Aber wir tricksen sie aus. Wenn Bauer Hof denkt, dass wir ‚alles' wissen, erzählt er freimütig, was wir nicht amtlich wissen. Wirst sehen.«

»Und was wissen wir, außer dass die Leiche in der Gülle oder Jauchegrube lag?«

»Ich weiß nicht mal, ob es da einen Unterschied gibt?«

»Gülle oder Jauche?«

»Was weiß denn ich? Beides ist flüssig.«

»Scheiße aber auch.«

»Auch das.«

Karl-Heinz Hof hatte sich vom ersten Schock erholt, als Toni und Viktor sich bei ihm als Vertreter von MainLife vorstellten. Sie waren vorbereitet. Franz Mohn, der Leiter der freiwilligen Feuerwehr hatte zur Leichenbeschau vorschriftsmäßig geschwiegen, aber Einzelheiten zu Bauer Hof hatte er sich entlocken lassen.

Mit stolzgeschwellter Brust führte Bauer Hof die Journalisten aus der Stadt zu den Rinderställen: »Der Mensch braucht Fleisch und wir Bauern liefern es zu erschwinglichen Preisen, die ohne Massentierhaltung nicht möglich sind.«

Toni verkniff sich jede Bemerkung und nickte beifällig, bevor sie mit ihrem frisch gegoogelten Wissen über Biokraftanlagen zum Thema kam. »Und die Hinterlassenschaften der Rinder sind ein Teil der Kreislaufwirtschaft?«

»Die Jauche ist ein wichtiger Teil davon«, nickte Hof.

»Ich habe gehört, Sie wollten die Jauchegrube erstmals ausschöpfen, als Sie das Opfer fanden?«

»Ja, das war schon was ...«

Toni nickte mit ihm zusammen. »Und dann passiert so etwas. Das muss ja schrecklich gewesen sein, als sie die Tote in der Jauche fanden.«

»Da sagen Sie was.«

»Sie haben sich vorbildlich verhalten. Wenn ich mir vorstelle, wie andere bei einem Leichenfund in der eigenen Jauchegrube durchgedreht wären.«

»Ja, wundert mich selbst, wie ruhig ich geblieben bin«, antwortete Hof. »Wer macht so was mit einer hübschen Frau?«

Viktor stimmte ein. »Sie soll ja für ihr Alter noch fantastisch ausgesehen haben, selbst nachdem sie eine Zeitlang in der Brühe gelegen hat.«

»Höchstens einen Tag. Da richtet die Jauche noch nicht so viel an, hat der Gerichtsmediziner gesagt.«

Viktor und Toni nickten mit, als wären sie dabei gewesen.

»Sogar die blonden langen Haare sahen noch gut aus, nachdem die Feuerwehr die Jauche abgespült hatte.«

»Sie war unbekleidet ...«, stocherte Toni und hoffte, dass Bauer Hof auch diese Finte ergänzte.

»Ja, wie Gott sie schuf.«

»Was fiel Ihnen zuerst auf? Das Brandzeichen an der Hüfte oder ...?«

»... das mit den Augen hab ich erst später gesehen, die haben den Körper zuerst abgespült, und da war es.«

»Das Brandmal«, ergänzte Toni.

»Ja. Rot entzündet war es.«

»Jetzt, wo die Jauche abgespült war, konnte man das Symbol erkennen«, insistierte sie weiter.

»So sah es aus.« Hof malte mit den Schuhen eine querliegende Acht in die Erde. »Da oben hat sie es gehabt«, er wies auf seine rechte Hüfte.

»Und erst das Gesicht ...«, gab Toni das frisch aufgeschnappte Stichwort.

»Das war das Schlimmste. Ich hab nur kurz hingucken können wegen der Augen ...«

»Ja ...«, half Toni nach.

»Zugenäht waren sie. Mit einem Bindfaden.«

Die Bandaufnahme, die Toni als Grundlage für den Artikel nutzte, enthielt genug Details, um die Tote als Karlotta Schwan zu identifizieren. Es gab keine weitere Vermisste in der Umgebung.

Die Details, die Bauer Hof beigesteuert hatte, brachten Toni ins Grübeln: Karlotta Schwan hatte man also die Augen geschlossen. Warum wohl? Eine Frage, mit der ihr Artikel endete:

Hat Karlotta Schwan die Augen verschlossen vor den wahren Missbrauchzuständen? Oder hat sie zu viel gesehen und soll für immer schweigen?

16

GEISTER, DIE ICH RIEF

14. - 17. Juni

Wenige Stunden nach Erscheinen des Onlinebeitrags auf MainLife berichteten auch nationale Medien wortreich über das ‚Schwanenopfer'. Der Tenor glich sich: Das Opfer wurde passend zu ihrer stinkenden Todesart durch die Medienlauge gezerrt, der Täter verherrlicht oder mit beifälligen Kommentaren bedacht.

Spekulationen um eine Mittäterschaft von Karlotta Schwan am Kindesmissbrauch in den Achtzigern übernahmen die Medien wortgetreu zitiert aus Tonis Artikel; angereichert mit Zitaten ehemaliger Heimkinder aus den Leserkommentaren von MainLife. Nicht immer mit Quellenangabe, was Toni in Rage brachte.

»Elstern sind das, keine ehrenwerten Journalisten«, ereiferte sie sich und fertigte heimlich eine Liste der Zitatendiebe an und benannte sie ‚NoGo-Kollegen'.

Die Tiraden gegen christliche Kinderheime wertete sie offiziell aus. »Da steckt viel berechtigte Wut drin«, meinte sie und ergänzte ihr ‚Gruselnonnen-Dossier', in der Hoffnung auf ein paar Körnchen Wahrheit.

Kopfschmerzen bereitete allen die Fanseite des Serientäters, die wenige Stunden nach Erscheinen des Artikels im Netz auftauchte. Die dahinter steckende militante Opfergruppe ‚Angels of Shadow‘ war bekannt für grenzwertige Gewaltaufrufe.

***

Vergleichbar mit dem Mediensturm, prasselte ein Wortsturm auf die Verantwortlichen des Soko-Teams Brandzeichen herunter.

»Woher hat die Amato diese Details?«, fragte Lars Schön.

»Nicht von uns«, beteuerte Kante. »Wir wissen erst seit drei Stunden, dass die Gebissabdrücke mit der Vermissten Schwan übereinstimmen.«

»Wir haben ihre DNA, ihre Fingerabdrücke und Zugriff auf den Such-Zentralrechner. Schlaft ihr oder was läuft schief?«

Schöns Blick verharrte auf dem Soko-Kern-Team. Die beiden Neuen, Marcel Wüst und Ulrich Schwarz, zwei Kripo-Anwärter, die man zur Verstärkung aus anderen Revieren abkommandiert hatte, zuckten mit den Schultern. Ihre glänzende Karriere bei der Soko, die sie vor einer Woche vorfreudig gefeiert hatten, rückte in weite Ferne. Ulrich Schwarz, der Ältere, ein 26-jähriger Fastzweimetermann, der in der Freizeit Baseball spielte, klappte zwischen 180 und 190 zusammen. Ebenso dünn klang seine Erklärung: »Der zuständige Zahnarzt hat sich quer gestellt. Erst nach richterlicher Verfügung hat er uns Einsicht in seine Unterlagen gewährt.«

»Die Amato muss Hilfe gehabt haben«, mutmaßte Kante.

»Wie kommt sie auf Querverbindungen zwischen den missbrauchten Kindern und den Betreuern vom Jugendamt? Oder hat einer von euch herausgefunden, dass die Schwan seinerzeit Kinder zu den Briecherts vermittelt hat?«

»Sie hat mich angerufen«, überlegte Kante, »sie köderte mich mit angeblichen Tipps eines anonymen Informanten.«

Schön schüttelte den Kopf. »Befrag sie. Ich will jedes Wort wissen, dass dieser Tippgeber von sich gibt.«

»Sie schützt ihren Informanten«, verteidigte Kante sie. »Wenn wir Druck auf sie ausüben, vergeben wir eine Chance, Einfluss zu nehmen.«

Schön seufzte versöhnlich. »Es ist mir egal, wie du es anstellst, aber komm gefälligst an ihre Quellen ran, lass dir was einfallen.«

»Dazu brauche ich Spielraum.«

Schön nickte. »Den hast du. Nur sei auf der Hut, nicht dass die uns am Ende an den Pranger stellen.«

»Auf der Seite von MainLife ist bereits jetzt die Hölle los und die Kommentare aus der Öffentlichkeit sind nicht sonderlich schmeichelhaft für uns.«

»Was ist damit?«

»Ein Shitstorm, losgetreten von dem Artikel, in dem Jugendämter und kirchliche Institutionen mit Kindesmissbrauch in Verbindung gebracht werden.«

»Was ist ein Shitstorm?« Schön blickte ratlos.

»Nutzer werfen verbale Scheiße auf Einrichtungen, die durch sexuelle Übergriffe auf Kinder bekannt sind. In dem Fall auf das Klosterheim ‚Zur Gütigen Mutter', und auf uns, weil wir jahrzehntelang die Täter davonkommen ließen.«

»Das hat uns noch gefehlt.«

»Richtig, vielleicht ist das die Quelle, die uns weiterbringt. Lasst uns die Kommentare filtern und auf Substantielles untersuchen. Das sind vermutlich auch die Informationen, die MainLife anzapft.«

Nach kurzem Zögern fügte Kante hinzu: »Ich denke, es ist Zeit, unseren Teil des Deals mit MainLife einzuhalten. Vielleicht hören wir auf zu mauern, wenn Fragen kommen. Unser Täter jongliert mit der öffentlichen Meinung, und wir sollten uns darauf einstellen, indem wir anfangen, eigene Bälle ins Spiel zu bringen.«

Schön kratzte sich seinen kurzgeschorenen Haarschopf und beendete die offizielle Besprechung.

Kante wartete, bis sie mit ihm alleine war. »Wir wuppen das nicht mit zwei Neulingen. Wir brauchen unser angestammtes Team.«

Schön nickte. »Ich kümmere mich darum.«

»Lars, wir müssen noch etwas berücksichtigen ...«

»Ja?«

»Unser Täter ist kein typisches Monster, das guten Menschen Schreckliches antut. Wir haben einen Rächer, der die zur Rechenschaft zieht, die uns durch die Lappen gingen.«

***

In der Redaktion von MainLife war man fieberhaft damit beschäftigt, diesen Unterschied zu verarbeiten. Anna verstärkte das Brandzeichen Team, was bitter nötig war, weil der losgetretene Kommentarsturm ausuferte. Neben Betroffenen meldeten sich Aufwiegler und stachelten zu Racheaktivitäten an. Toni, Anna und Viktor steckten die

Köpfe an zwei Rechnern zusammen und filterten die ärgsten Kommentare.

Anna hatte bereits einige Statements vorsortiert. »Ein Typ, der sich Feuerteufel nennt, fordert: ›Brennt allen Pädos das Zeichen auf.‹«

»Taucht sein Nick bei den missbrauchten Pflegekindern auf?«, fragte Toni.

»Nein«, antwortete Viktor.

»Nicht relevant, unter ‚Sonstiges' ablegen«, empfahl sie.

»Hier sollen sich Bekenner outen, um durch gefakte Geständnisse dem echten Racheengel Straffreiheit zu sichern.«

»Potentiellen Tätern zuordnen, Untergruppe: ‚Bekenner.'«

»Was machen wir mit Aufwieglern, die sich gegenseitig bedrohen?«, fragte Viktor. »Ich habe einige markiert, alle aus einem einzigen Thread.«

»Zeig mal«, Toni beugte sich hinüber zu Viktors Bildschirm und las laut mit: »Fresse halten, Dir sollte man die Eier abschneiden und sie dir in den Schlund stopfen.«

»Das ist verbale Scheiße. So kommen wir nicht weiter. Pack es in die Sparte: ‚Dreck und nutzlose Kommentare.' Vielleicht antworte ich pauschal darauf mit einem bissigen Statement. Haben wir etwas Beispielhaftes, auf dass ich mich beziehen kann?«

»Was ist damit?« Anna wies auf eine markierte Kommentarbox, die spiegelte, wie sich Diskussionen hochschaukelten.

Wie soll man die Täter bestrafen? Das sind kranke Menschen, die selbst einmal Opfer waren. Wäre nicht eine Therapie oder vorbeugende Hilfe sinnvoller?

Schwachsinn. Mitleidiger Schwachsinn!

Schieb dem Nächsten einen Riesen-Böller in den Arsch!!

Schnipp schnapp, Schwanz ab

Zu harmlos. Todesstrafe! Schööööön langsam & qualvoll.

… du behinderte Schlampe. Was ist zu harmlos? Du kannst dir nicht vorstellen, was für eine Qual nur ein Tritt in diesen Bereich für uns Jungs ist. Stell dir vor, jemand greift in deine Eingeweide und reißt sie raus. So fühlt sich das an, du behinderte, geistig gestörte Bitch.

… du primitives Minuskind. Du weißt nicht, was es für eine Frau bedeutet, vergewaltigt zu werden, abgesehen von den körperlichen Schmerzen …

»‚Primitives Minuskind‘? Wow!«, staunte Toni. »Die beschimpfen sich auf einem sprachschöpferischen Niveau. Wenn es nicht so bitter wäre, würde ich Beifall klatschen. Aber der Thread ist perfekt für einen Kommentar von uns, bevor wir ihn schließen. Genau das Gleiche passiert mit anderen ausufernden Strängen, die von einer sachlichen Auseinandersetzung wegführen. Wir müssen das zensieren und auf unsere AGB und Vorgaben für Kommentare verweisen.«

»Dann kriegen wir Zunder«, warf Anna ein.

»Deshalb sollten wir Schließungen sanft begründen und auf die Missbrauchsopfer hinweisen, ich übernehme einige beispielhaft. Vielleicht genügt die Signalwirkung.«

Viktor schüttelte den Kopf: »Lies das.« Er drehte den Bildschirm zu Toni. »Der nennt sich Schattenkämpfer und wirbt für sein Tattoo Studio. Er bietet Brandzeichen zum reduzierten Preis für alle, die ein Zeichen für die Missbrauchten setzen lassen wollen.«

»Krank«, fasste Toni zusammen.

Das Telefonschrillen unterbrach sie. Sie meldete sich. »Toni Amato, MainLife.«

Mit Handzeichen bat sie Anna und Viktor still zu sein.

»Moment, ich schalte auf Lautsprecher, wir beschäftigen uns mit dem gleichen Phänomen.«

»Christina Kante von der Soko«, stellte sie ihre Gesprächspartnerin vor.

»Nein, Frau Kante, wir schüren den Shitstorm nicht. Im Gegenteil, wir versuchen, ihn einzudämmen.«

»Vielleicht sollten wir zusammenarbeiten.«

»Wie soll das laufen?« Toni verzog den Mund. »Tauschen wir Informationen aus, oder werden wir nur befragt?«

»Wenn es nach mir geht, beides«, antwortete Kante. »Ich kläre das intern und melde mich.«

***

Schön war übelst gelaunt. »Shitstorm«, brummelte er vor sich hin und rieb sich seine Magengegend. »Wie soll man so eine Massenhysterie stoppen?«

»Lars, damit werden wir nicht alleine fertig.« Kante war nach dem Telefonat mit MainLife direkt in sein Büro gestürmt, um ihm erneut eine Zusammenarbeit mit den Medien schmackhaft zu machen. »Wir brauchen Hilfe.«

»Ich habe beantragt, dass uns Wolfs Truppe verstärkt. Was ist mit Marcel Wüst, können wir ihn stärker einbinden? Der studiert Verhaltenspsychologie.«

»Der ist noch an der Uni?«

»Ja. Im fünften Revier macht er ein Praktikum in den Semesterferien.«

Kante schüttelte skeptisch den Kopf. »Wir benötigen Profis, keine Jungs, die Erfahrungen sammeln müssen.«

»Gib ihm eine Chance. Der Junge ist dichter dran an diesen Internet Phänomenen als einer von uns Älteren.«

»Danke für das Ältere.«

»Du weißt, wie ich das meine. Hauptsache, ihr stopft denen irgendwie das Maul.«

»Druck bewirkt das Gegenteil, besser wir lenken den Sturm kontrolliert in die richtigen Bahnen.«

»Wie? Mach einen Vorschlag.«

»Eben habe ich mit der Amato telefoniert ...«

Schön's Augenbrauen zogen sich argwöhnisch zusammen. »Ich trau den Pressefuzzies nicht.«

»Ja, ich weiß, du hast schlechte Erfahrungen gemacht. Aber die Amato ist ein anderes Kaliber.«

»Weil sie unsere Arbeit macht?«

»Was stört dich daran?«

»Dass die den Scheiß überhaupt erst losgetreten haben.«

Kante ließ sich nicht beirren. »Das sind unberechenbare Massenphänomene.«

»Die bewusst forciert wurden«, grummelte Schön.

»Richtig, um potentielle Opfer und Täter aus der Reserve zu locken, was wir auch nutzen können.«

»Mm, schwierige Situation.« Schön kratzte sich am Kopf, bevor er sich ein Nicken abrang. »Du meinst, um Goldnuggets zu finden, muss man den Schmutz aufs Sieb schaufeln?«

»So ist es, und gemeinsam geht das schneller. Vor allem, wenn wir die Siebmacher zu unseren Verbündeten machen.«

»Die Amato?«

Kante nickte. »Ja. Sie ist ein wenig übereifrig, aber sie hat Reaktionen bei den Betroffenen ausgelöst.«

»Einen Shitstorm?« Schön spuckte das Wort aus.

»Lass das mal außen vor. Konzentrieren wir uns auf ihren Einfluss. Als Artikelautorin kann sie die aufgewühlten Emotionen auch runter kochen und beeinflussen. Warum nutzen wir das nicht?«

»Wie stellst du dir das vor?«

»Ich bin keine Medienfrau, weiß aber, dass neue Fakten und gegensteuernde Argumente einiges bewirken.«

»Mir reicht es, wenn der verbale Mist nicht vom Kern wegführt.«

»Was ist? Füttern wir MainLife?«

»Mit was?«

»Mit gezielten Informationen.«

»Konkret?«

»Wir tun, was der Racheengel macht, mit legalen Mitteln. Wir verfolgen die Pädophilen, die Mitwisser und die Kinderquäler. Damit nehmen wir dem Racheengel seinen ‚Job'.«

»Willst du auch gleich unseren Pressesprecher arbeitslos machen?«, schmunzelte Schön halbwegs besänftigt.

»Habe ich dein Okay?«

Schön wog seinen Kopf hin und her. »Einen Versuch ist es wert. Die Amato schuldet uns Antworten. Lass es wie Geben und Nehmen aussehen.«

Kante schüttelte energisch den Kopf, »das sollten wir nicht nur so aussehen lassen, sondern auch tun.«

»Von mir aus«, winkte Schön ab. »Halte mich auf dem Laufenden, ich muss los. Doktor Moos, der Laufbursche des Innenministers, hat um ein Gespräch ersucht.«

»Was will der Schleimer schon wieder?«

Schön seufzte. »Ich habe eine üble Vorahnung. Halte hier die Stellung, wir sehen uns morgen.«

Kante blickte ihm nach und las das Zitat, das seit der letzten Begegnung mit dem ‚Schleimer' aus dem Innenministerium auf einem Zettel hinter dem Schreibtisch ihres Vorgesetzten klebte.

Die Kurie ist ein Raumschiff, das den Bodenkontakt zu verlieren droht.

*Klaus Mertes (*1954), Pater / Rektor*
d. Berlin. Canisius-Kollegs

Damals ging es um einen Priester, der seinen Messbuben richtiges Verhalten mit Stock und Ohrfeigen einbläute.

Einer der Jungen stürzte und fiel unglücklich auf eine Steinstufe, er bekam eine Hirnblutung und starb. Moos hatte Schön klar gemacht, dass es ‚unklug' sei, gegen einen Priester der Kirche wegen Totschlag zu ermitteln.

Sie befürchtete, das Zitat passte auch diesmal.

Besorgt wählte sie Schön's Handynummer. »Warte Lars, ich komme mit. Dann hast du eine Zeugin, falls Moos wieder was vertuschen will.«

Die rechte Hand von Innenminister Doktor Münzen entsprach wenig dem üblichen Typus eines Staatssekretärs. Selbst in seiner eigenen Abteilung witzelte man über den nur 165 Zentimeter messenden ‚Frettchenmann', dessen Ausdünstungen ihm ein Einzelbüro verschafft hatten. Doch die Häme geschah nur hinter seinem Rücken.

Doktor Moos hatte, was sein Name besagte: genug Geld, um sich überall einzukaufen. Seine Familie war mit Schweinemastanlagen und einer Billiglebensmittelkette reich geworden. »Stinkend reich«, wie Schön ihr seinerzeit bestätigt hatte. In der dritten Generation war es dem Moos-Clan gelungen, den Betrieb zugunsten einer vermeintlich sauberen Fleischproduktion zu verkaufen. Heute produzierte die Mooskette Geflügelprodukte. Weitergeführt von den beiden ältesten Söhnen.

Doktor Moss war der jüngste Spross. Er hatte studiert und sein Erbe genutzt, um sich bei einflussreichen Studienkollegen beliebt zu machen. Kante hatte nach den vertuschten Todesfällen heimlich recherchiert und herausgefunden, dass er seinen Posten im Innenministerium exzellenten Verbindungen und großzügigen Spenden an öffentliche Einrichtungen verdankte; eingekleidet in soziale und somit erlaubte Spenden, für Einrichtungen, die für Sicherheit und Gemeinwohl standen. Dazu zählten Selbstverteidigungskurse für die Bevölkerung, Antiaggressions-Trainings für Jugendliche in sozialen Brennpunkten und ein Sozialfonds für im Dienst verletzte und frühzeitig pensionierte BKA-Ermittler. Das Einzige, was Moos nicht kaufen konnte, war ein Gefühl für Ethik und Taktgefühl.

Sein fehlendes Gewissen prädestinierte ihn für eine Sonderstellung im Politgeschäft, verbunden mit dem

Titel ‚Leiter der Abteilung für Spezialaufgaben'. Eine Umschreibung für alles, was in einer Schattenzone passierte, um das Getriebe aus Machtspielen und Postengeschachere in Gang zu halten.

Die Warnleuchten, die bei ihr angesichts der Einladung von Moos aufgeleuchtet hatten, bestätigten sich bei der kühlen Begrüßung. Ohne Umschweife machte Moos klar, worauf das Gespräch abzielte. Das zuständige Bistum des Klosters ‚Zur Gütigen Mutter' machte Druck.

»Sorgen Sie dafür, dass die Soko aufhört, Dreck gegen kirchliche Institutionen aufzuwirbeln«, lautete die kalte Anweisung, mit der Moos seine Einführungsrede schloss.

Erst dann bot er den Soko-Beamten mit einer Handbewegung an, sich zu setzen.

Kante blieb stehen und sah sich in dem protzigen Büro um. »Gemütlich haben Sie es hier«, sagte sie im Plauderton und wies auf das Gemälde hinter Moos. »Ein echter Monet?«

Moos musterte Kante mit einem süffisanten Grinsen. »Wen haben Sie denn da zur Verstärkung mitgebracht, Schön? Ist unsere Nachwuchskraft mit dem harten Schlaghändchen auch noch eine Kunstkennerin?«

Kante betrachtete interessiert Moos gescheitelte Frisur von oben. »Ja, Herr Moos, ich mag Monet tatsächlich, aber an Sie kann ich mich nicht erinnern. Sind wir uns schon einmal persönlich begegnet? Vielleicht während meiner Undercoverzeit bei der Sitte?«

Moos fuhr von seinem Stuhl hoch und fauchte Schön an. »Halten Sie ihr Pferdchen an der Leine. Ihr Schützling ist noch nicht vom Haken der Inneren.«

»Sie irren sich«, antwortete Kante lächelnd und ließ sich endlich auf dem zweiten Stuhl neben Schön nieder. »Die

Untersuchungen sind abgeschlossen, der Fall wurde als berechtigte Notwehr im Dienst eingestuft.«

»Frau Kante ist völlig rehabilitiert«, bestätigte Schön. »Um was geht es also konkret, Herr Doktor Moos?«

Moos faltete seine Hände zu einer Pyramide und betrachtete angelegentlich seine Fingernägel. »Vielleicht sollten wir das Gespräch doch besser unter vier Augen führen.«

Nach einer Schweigesekunde sah er auf. »Besser für Sie, Schön.«

»Kommissarin Kante ist die leitende Ermittlerin in dem Fall, deshalb möchte ich, dass sie anwesend ist«, antwortete Schön im gleichen ruhigen Tonfall wie zuvor.

»Ihre Entscheidung, Schön.«

Nach einer weiteren Kunstpause fuhr er fort: »Wie Sie wollen. Das Bistum, zu dem auch das Kloster ‚Zur Gütigen Mutter' gehört, hat sich an uns gewandt mit einer offiziellen Stellungnahme, die Sie bei Ihren Ermittlungen berücksichtigen sollten.«

»Die lautet?« Schön's Stimme war unverändert.

»Die Kirche leugnet jede Verbindung zu einem Psychopathen, der mal einen auf die Finger bekommen hat. Hier geht es um höhere Ziele, als um das Aufrechnen und Abrechnen mit längst verjährten Vorkommnissen.«

Kante warf einen Blick auf Schön. Seine mahlenden Kieferknochen zeigten, dass es in ihm brodelte. Ihr eigener Zorn verwandelte sich in ein heftiges Bauchgrimmen. Sie kämpfte mit jeder Faser ihres Herzens darum, dass die Opfer von früher endlich beachtet und gehört wurden. Klammerte man kirchliche Institutionen von den Untersuchungen aus, bräche die Hölle über ihnen zusammen. Zu Recht.

Sie räusperte sich, bevor sie betont leise nachfragte: »Wie stellen Sie sich das vor, Herr Moos?« Den Doktor schenkte sie sich. »Wir ermitteln in einem schweren Kapitalverbrechen und verfolgen einen Täter, der vor Mord nicht zurückschreckt.«

Schön ergänzte: »Und wir gehen von einem äußerst gefährlichen Serientäter aus, der immer brutaler zuschlägt. Um ihn zu stoppen, müssen wir ihm zuvorkommen und herausfinden, wer seine nächsten Opfer sind. Es ist unumgänglich, dass wir alle bisherigen Taten und Motive lückenlos analysieren.«

Mit aufgesetzt besorgtem Blick sagte Moos: »Mensch, Schön, wir sitzen doch in einem Boot.« Wieder blickte er nur den Oberkommissar an. »Es bleibt Ihnen überlassen, wie Sie die kirchlichen Verbindungen raushalten und schützen. Lassen Sie sich was einfallen.«

»Wie sollen wir den Fall der Schwester Ariadne von den anderen Fällen trennen?« Schön's Fassung schien zu kippen. Er ballte seine Fäuste so fest, dass die Knöchel hervortraten. »Es gibt zweifelsfrei einen Zusammenhang. Wir müssen untersuchen, ob es sich in allen Fällen um denselben psychopathischen Täter handelt.«

»Na sehen Sie. Da kommen wir der Sache näher. Ihr Täter ist geistesgestört.«

»Sind Sie jetzt Hellseher und Profiler in einer Person?«, platzte Kante heraus.

»Ach Kleine, halten Sie mal die Füße still, wenn sich Ihr Vorgesetzter und ich unterhalten, Sie wollen doch Ihren Job behalten, oder?«

Moos abfälliges Grinsen wurde breiter, als er sich erneut Schön zuwandte. »Und Ihnen muss ich hoffentlich nicht

Ihren Job erklären. Seien Sie kreativ. Die Lösung liegt auf der Hand. Ihr Täter ist geistesgestört, er ist ein kranker Mensch. Kranke Menschen haben kranke Fantasien und leiden unter Realitätsverlust. Sie sind nicht zurechnungsfähig, verstehen wir uns?«

Schön schnappte nach Luft. »Was wollen Sie andeuten?«

Kante legte beruhigend ihre Hand auf Schön's Arm, während sie in Moos Gesicht las.

Seine aufgesetzte Jovialität wechselte zu einem abfälligen Grinsen, bevor er ‚Kraft seines Amtes' eine Weisung rausbellte: »Es hat nie einen nachweisbaren Überfall oder Racheakt auf eine unserer Nonnen gegeben. Weil es nie einen Grund gab, sich an einer unserer Nonnen zu rächen. Das entsprang alles nur den kranken Fantasien eines kranken Menschen. Deshalb gibt es auch keinen Grund, Dreck aufzuwirbeln.«

Schön schnaufte.

Kante war schneller. »Soll jeder Täter, der im Umfeld einer kirchlichen Organisation mordet und foltert einen Freibrief bekommen, damit wir in der heiligen Kirche keinen Schmutz aufwirbeln?« Ihre Stimme war eiskalt und leise.

»Habe ich das behauptet?«

Schön und Kante nickten gleichzeitig.

Moos beachtete auch jetzt nur Schön, der seine Arme wütend vor dem Bauch verschränkte.

»Herrgott, Schön, Sie sind mit Ihren 55 Jahren nicht mehr der Jüngste. Entweder beenden Sie in allen Ehren Ihre Dienstzeit mit besten Aussichten auf den Posten von Doktor Fichten, der demnächst aus Altersgründen ausscheidet ...«

Er hob seinen Zeigefinger und richtete ihn auf Schön, bevor er fortfuhr. »... Oder Sie können vorzeitig gehen, mit gekürzten Pensionsbezügen. Wie Sie davon Ihre Ex-Geliebte nebst unehelichem Balg, Ihre Ehefrau und die zwei Jungen durchbringen, ist Ihre Sache. Ihr nettes Haus am Stadtrand müssen Sie wohl verkaufen. Aber eine Dreizimmerwohnung in einem Wohnblock tut es ja.«

»Drohen Sie mir?«

»Keineswegs. Ich serviere Ihnen eine Beförderung auf einem Silbertablett und erläutere fairerweise die Alternative. Lösen Sie diesen Fall elegant, und Sie haben meine Stimme und einen besseren Posten.«

Kante stand auf und beugte sich von oben über Moos Tisch. »Und was versprechen Sie mir?«

»Ist da jemand gierig?« Moos grinste und lehnte sich zurück. »Wie wäre es mit Schön's Posten?«

Fünf Minuten später winkte Kante den Dienstwagen, der mit einem Chauffeur vor dem Eingang der Behörde wartete, fort. »Ich brauch einen Drink, kommst du mit?« Sie wies auf die Leuchtreklame einer Bar.

Schön folgte ihr schweigend.

Nach dem dritten Drink übernahm Kante erneut die Regie und bestellte für sich und ihren Vorgesetzten Kaffee. »Besser?«

»Ja, es geht wieder. Du hast recht, wir brauchen einen Plan, keinen Kater.«

Kante sah ihn besorgt an und beschloss, ihm vorläufig nichts von der Bandaufzeichnung zu beichten, die sie heimlich gemacht hatte. Ihr Vorgesetzter war zu korrekt, um einen nicht genehmigten Mitschnitt einer ‚vertraulichen' Unterhaltung zu benutzen. Im Gegensatz zu ihr.

Aber noch gab es andere Wege.

»Was ist wenn wir zweigleisig fahren?«, schlug sie vor. »Mit offiziellen Ermittlungen und verdeckten Nachforschungen, ohne dass Letztere in den Berichten auftauchen.«

»Wie soll das konkret gehen?«

»Wir machen weiter wie bisher, lassen aber sämtliche Untersuchungsergebnisse ohne Intranet und offizielle Berichte bei mir als operative Leiterin auflaufen. Protokolle ausfüllen ist nicht die Lieblingsbeschäftigung unserer Truppe. Ich übernehme das und halte den Schreibkram knapp. Sehr knapp.« Sie lächelte verschmitzt.

Schön deutete ein Nicken an und schob seine Kaffeetasse angewidert fort. »Wenn das Wasser je eine gemahlene Bohne getroffen hat, gebe ich eine Runde für alle.«

Kante grinste. »Es reicht, wenn du meine Zeche mitbezahlst.«

»Bist eingeladen.«

»Und?«

»Das könnte funktionieren, wenn wir uns offiziell zunächst auf die anderen Fälle konzentrieren. Moos hat seine Spitzel überall. Momentan traue ich niemand.«

»Mir kannst du bedingungslos trauen, Lars.«

»Das weiß ich. Übrigens danke, dass du mitgekommen bist.«

»He, wir sitzen ja wirklich in einem Boot, aber nicht zusammen mit diesem miesen Typen.«

Schön blickte verbissen. »Ehe ich so tief sinke ...«

»Du? Niemals. Also, trinken wir noch einen oder überlegen wir den nächsten Schritt?«

»Beides, allmählich komme ich auf den Geschmack von diesem hervorragenden Spülwasser.« Er winkte dem Kellner und zeigte auf die Kaffeetassen. »Ich habe mir auch was überlegt. Du wolltest ja ohnehin mit der Amato sprechen. Setz dich morgen mit ihr zusammen und stoppt den verdammten Shitstorm. Diesbezüglich hat die Kirche ausnahmsweise das gleiche Ziel wie wir. Danach gehen wir unseren ursprünglichen Plan an und machen den Racheengel arbeitslos, indem wir in der Vergangenheit rumstochern.«

»Was ist mit der Nonne?«

»Läuft nebenher, unterhalb des Radars.«

Kante nickte. »Wie weit darf ich gehen?«

»Überlasse ich dir und deinem Instinkt.«

»Zu mir«, trommelte Schön am nächsten Morgen seine Truppe zusammen. »Wo stehen wir?«, fragte er in die Runde, verlangte von jedem Einzelnen einen mündlichen Bericht und briefte sie.

»Konzentriert euch auf das Umfeld der Schwan. Heimkinder, die sie zu den Briecherts vermittelt hat, sind potentielle missbrauchte Kinder ...«

»... und sie haben Gründe, sich zu rächen«, ergänzte Kante. »Nehmt Kontaktpersonen der Briecherts unter die Lupe und erstellt eine Zeitschiene, die wir mit dem Aufenthalt der Pflegekinder abgleichen können.«

Schön wandte sich an Wüst. »Benutz deine psychologischen Kenntnisse. Frag dich, was hat den Täter nach so vielen Jahren zu den Taten veranlasst?«

»Was ist mit dem Shitstorm?«, gab Kante das Stichwort.

Schön parierte. »Kooperiere mit der Amato, wenn nötig. Diese Internetauswüchse bringen zu viele Trittbrettfahrer auf den Plan, das macht den Fall unlösbar.«

»Dabei kann ich helfen«, schlug Wüst vor. »Ich promoviere über Schwarmeffekte und kann die Flamer nach bestimmten Rastern rausfiltern.«

17

FREMDE ZUNGEN

19. - 24. Juni

Punkt 14.00 Uhr wurde es eng in Schulzes Glaskabine. Alle drängten sich um eine geöffnete Holzkiste, die ein Fahrradkurier um 13.55 Uhr an Toni ausgeliefert hatte. Kante reagierte als Erste: »Nichts anrühren, alle zurücktreten.«

Der Körperteil lag in einem nachlässig zugeklippten Plastikgefrierbeutel, drapiert auf einem blutgetränkten Bett aus Holzfasern. Es sah aus wie eine menschliche Zunge.

Kante rief zwei Kriminaltechniker herbei und veranlasste, dass der Fahrradbote zurückbeordert wurde zur Vernehmung. Erst dann begutachtete sie das mysteriöse ‚Geschenk'.

Anna spendierte ein Paar Einmalhandschuhe aus einer Packung Blondierung, die sie in der Mittagspause erstanden hatte. Kante streifte sie vorsichtig über, zog den linierten Zettel unter dem blutigen Beutel hervor und fluchte leise.

Die Schrift war durch die eindringende Feuchtigkeit kaum noch lesbar. Mit einer Pinzette fasste sie das blutgetränkte Papier an der Ecke an und rief nach einem Plastikbeutel.

Anna brachte ihr Gefrierbeutel aus der Redaktionsküche und half ihr Papierkügelchen zu formen, um einen Hohlraum zwischen Papier und Plastikhülle zu schaffen. Mit einer geliehenen Kamera machte sie Aufnahmen von der Botschaft, die mit roten, ungelenken Großbuchstaben geschrieben war:

»Du hast aus Gier geschwiegen. Dafür verurteile ich dich zum ewigen Schweigen.«

Auf den zweiten Blick erkannte Toni, dass in dem Text Fehler enthalten waren. Im Original hieß es:

DU HASST AUS GIRR GESCHWIGEN. ICH VERURTEILLE DICH ZUM SCHWEIGN.

»Er hat eine Rechtschreibschwäche und drückt sich merkwürdig gestelzt aus«, überlegte sie laut. »Entweder ist er Ausländer, hat die Schule geschwänzt oder ist Legastheniker.«

Das Spurensicherungsteam war nach sechzig Minuten vor Ort. Kante stellte die Kriminaltechniker als Reich und Mohn vor. Sie untersuchten die Beweisstücke mit einem Instrumentarium, über das Toni mehr wissen wollte. Neugierig drängte sie sich vor und versuchte, mit ihrem Handy die Beweissicherung zu filmen. Dass sie alle behinderte, sorgte für Tumult.

»Weg da! Kann mal jemand die Zeugen rausschaffen«, brummelte der Mann im grauen Zwirn, den Kante als Reich vorgestellt hatte. Toni merkte sich seinen Namen mit der

Erinnerungskrücke »reich-lich borniert« und verzog sich mit Viktor und Schön maulend in das Großraumbüro.

Weitere fünf Minuten später brachte ein Beamter den eingeschüchterten Fahrradboten in die behelfsmäßig eingerichtete Kommandozentrale.

Christina Kante stellte sich vor und erklärte dem Nervenbündel, dass man ihn als Zeugen befragen müsse. Der junge Mann drehte seinen Fahrradhelm in den Händen und sah sich scheu um. Sie bot ihm einen Kaffee an und winkte Anna herbei.

»Nein danke«, antwortete der Zeuge sichtbar eingeschüchtert. »Aber wenn ich ein Glas Wasser haben könnte?« Den angebotenen Stuhl lehnte er ab.

Anna reichte ihm das Glas, das er unangerührt auf den Tisch stellte. »Ich habe nichts Verbotenes getan«, stammelte er und schielte auf die Holzkiste, die ein Techniker in einen Beweissicherungsbeutel steckte. »War da eine Bombe drin?«

»Nein«, beruhigte ihn Kante und geleitete ihn mit einem hilfesuchenden Blick nach draußen. »Gibt es irgendwo einen freien Schreibtisch, etwas abseits?«

»Ja, gleich neben der Kaffeeküche«, dirigierte Anna sie an einen Tisch außerhalb des Gewusels. Sie stellte zwei frische Gläser und eine neue Flasche Wasser hin.

Nach Aufnahme seiner Personalien ließ sich Kante die bekannten Fakten bestätigen. »Hat ihre Zentrale Sie zu diesem Auftrag beordert oder bekommen Sie auch direkte Aufträge?«

»Die Zentrale hat mich in den Hainerweg zu Hansen & Partner geschickt.«

»Wann war das?«

»Um 13.00 Uhr, ich wollte gerade Mittag machen ...«

»Ist es üblich, dass Sie über Mittag Aufträge annehmen müssen?«

»Es war einer dieser Eilaufträge für Kunden, die einen höheren Tarif bezahlen. Deshalb musste ich meine Pause verschieben. Die Sendung sollte um spätestens 14.00 Uhr in der Redaktion sein. Und bei dem Verkehr ...«

»Hansen & Partner? Was ist das für ein Unternehmen?«

»Eine Werbeagentur.«

»Wann nahmen Sie die Sendung entgegen?«

Er reichte Kante einen Lieferschein, die genaue Uhrzeit war 13.15 Uhr.

»Von wem erhielten Sie die Sendung?«

»Gewöhnlich übergibt die Empfangsdame die Sendungen. Eher selten bekomme ich sie von den Mitarbeitern selbst.«

»Diesmal war es ein Mitarbeiter?«

Er nickte.

»Kannten Sie ihn?«

»Nein.«

»Wo übergab er das Paket?«

»Er kam mir draußen entgegen.«

»Wo genau?«

»Direkt neben der großen Glastür, da wo der Fahrradständer ist.«

»Konnte das jemand von innen beobachten?«

Der Kurier überlegte einen Moment, zuckte unsicher mit den Schultern.

»Sahen Sie, woher er kam?«

»Nein, er hat mich überrascht. Bin richtig zusammengezuckt ...«

Kante beobachtete den Boten genau, der endlich seinen Helm auf dem Tisch ablegte und sich hinsetzte. Sein Shirt zeigte feuchte Flecken unter den Achselhöhlen. »Jetzt doch ein Wasser?«, fragte sie und schenkte ihm erneut ein Glas ein.

Diesmal trank er es in einem Zug leer. »Danke ...«

»Bei der Hitze«, schmunzelte sie. »Können wir weitermachen?«

»Ja, klar«, nickte er eifrig.

»Hat er Ihnen eine Unterschrift geben müssen?«

»Ja, er hat im Auftrag unterschrieben. Hier i. A., und Name.«

Kante nahm den Auftragszettel, an der Ecke anfassend, entgegen und sicherte ihn in einen Beweismittelbeutel. Die Unterschrift war ein unlesbarer Krakel. »Sie bekommen eine Kopie davon, das Original werden wir untersuchen und behalten.«

Der Bote biss sich unsicher auf die Unterlippe.

»Keine Sorge, wir informieren Ihre Firma darüber. Und wir sind auch gleich fertig. Versuchen Sie sich bitte an die Übergabe zu erinnern, an jede Kleinigkeit.«

»So genau habe ich nicht hingesehen, ich wusste nicht, dass das wichtig ist.«

»Was fiel ihnen auf? Wirkte Ihr Auftraggeber männlich oder jungenhaft?«

»Eher jungenhaft, jung ...«

»Sie machen das gut. Wie groß war er? Größer als Sie?«

»Ja, etwas. Und recht schlaksig.«

»Sportlich oder ein Stubenhockertyp?«

»Nee, nicht sportlich, eher dünn, aber braungebrannt. Kein Stubenhocker ...«

»Wie alt?«

»Schätze um die Zwanzig. Höchstens.«

»Fiel Ihnen etwas auf an ihm, eine Körperbewegung, ein besonderer Geruch ...?«

»Ja, genau! Der muffelte. Nicht nach normalem Schweiß. Eher so, als hätte er eine Weile nicht geduscht. Der passte nicht zu den Typen in der Agentur.«

»Weil er muffelte?«

»Auch. Aber vor allem wegen seiner Kleidung.«

»Was trug er?«

»Schirmmütze, abgerissene Jeans, graues Shirt.«

»Haarfarbe, Augenfarbe, sonst etwas, was Ihnen auffiel?«

»Nö eigentlich nicht.«

»Welche Augenfarbe hatte er?«

»Blau, irgendwie ...«

»Ein ungewöhnliches Blau?«

»Naja, ich trage ja Kontaktlinsen. Manchmal auch blaue, abends im Club, die Frauen stehen drauf.«

»Trug er etwa auch Kontaktlinsen, eine unnatürliche Farbe vielleicht?«

»Ich dachte, der hat eine farbige Kontaktlinse verloren. Nur das eine Auge war blau, das andere war eher grau. Wie meine, ohne Linsen.«

Wieder nickte Kante und notierte etwas. »Was hat er zu Ihnen gesagt?«

»Nicht viel. So etwas wie. ›Bitte direkt an die Adressatin liefern.‹«

»Er hat Adressatin gesagt?«

»Ja, das weiß ich genau. Wer sagt so was schon? Die meisten sagen Empfänger.«

»Fiel Ihnen etwas an seiner Stimme auf, ein Dialekt, eine Sprachfärbung, hell, dunkel?«

»Mm? Ich weiß nicht. Er sprach Hochdeutsch, also kein hessisch, aber etwas stimmte nicht.«

»Ein ausländischer Akzent?«

»Nee, anders. Ich dachte, der hat bereits ordentlich was intus. Der nuschelte irgendwie?«

»Alkohol? Drogen?«

»Schon möglich.«

»Trauen Sie sich zu, unseren Polizeizeichner für ein Porträt zu instruieren?«

»Keine Ahnung, ich habe so genau nicht hingeguckt.«

»Im Gegenteil«, lobte Kante ihn. »Sie machen das hervorragend.«

Zufrieden bemerkte sie, dass sich ihr Zeuge reckte. Schließlich nickte er eifrig. »Ich versuche es.«

»Warten Sie bitte einen Augenblick. Ich veranlasse das.«

Sie winkte Wüst herbei: »Marcel, begleite unseren Zeugen zum BKA. Ich alarmiere den Polizeizeichner Ohlsen, das ist der Beste. Hast du ihn schon kennengelernt?«

Wüst schüttelte den Kopf. »Noch nicht«.

»Er ist ein Künstler, der Mann kann noch richtig zeichnen und nicht nur Computerprogramme bedienen. Er sitzt in Zimmer Nummer 332 im dritten Stock. Bleib dabei, wenn Ohlsen die Zeichnung anfertigt. Benutz deine psychologischen Kenntnisse in Bezug auf Gesichtsmimik.«

»Was meinst du damit?«

»Körpersprache, Mundwinkel, Augenbrauenstellung, Blickart. Je exakter du diese Details bei der Befragung beachtest, desto naturgetreuer wird das Zeugenporträt. Ein Detail ist besonders wichtig: Der Überbringer hatte vermutlich zweifarbige Augen, grau und blau. Versucht, die Farbnuance möglichst genau einzufangen.«

Sie reichte ihm ihre Notizen. »Darauf kannst du aufbauen.«

»Gut, was machen wir mit der Zeichnung?«

»Kopien an alle Reviere im Gebiet. Stell sie ins Netzwerk. Und leg sie dem Personalchef und der Empfangsdame der Agentur vor. Ich glaube zwar nicht, dass unser Gesuchter ein Angestellter ist, aber vielleicht erkennt ihn jemand.«

»Wenn nicht?«

»Veröffentlichen wir die Zeichnung.«

Nachdem Wüst mit dem Zeugen verschwunden war, ging sie zu den Kriminaltechnikern. »Nehmt zum Abgleich die Fingerabdrücke von Anna Brand und Antonia Amato.« Sie winkte durch das Glasfenster Toni herbei.

»Danach bitte alles ins Labor.« Leise fragte sie nach: »Gibt es etwas, was ihr mir bereits sagen könnt? Wie frisch ist das Gewebe, stammt es von einem Menschen oder einem Tier? Wurde es postmortal entnommen?«

»Es ist mit großer Wahrscheinlichkeit eine menschliche Zunge, das Zungenbein ist genau erkennbar. Bei Entnahme hat das Opfer noch gelebt. Dafür spricht die starke Blutung.«

Toni beobachtete das Abziehen des Soko-Teams und wandte sich an Viktor. Er schien ähnlich paralysiert zu sein, wie sie sich fühlte. »Was war das denn? Mieser Scherz oder ein Teil vom nächsten Opfer?«

Viktor schüttelte sich. »Boah, ekelhaft. Aber warum schickt dieser Perverse dir so was?«

»Möchte ich auch gerne wissen«, mischte sich Kante ein. Sie rückte einen Stuhl heran und setzte sich so, dass sie Toni im Visier hatte.

»Keine Ahnung.« Toni versuchte, das Zittern ihrer Hände zu verbergen, das mit Verspätung einsetzte.

Kante bemerkte und ignorierte es. »Wieso traf das Beweismittel fast zeitgleich mit unserem Besuch ein? Absicht oder Zufall?«

Toni knetete ihre Hände und betrachtete die abgeknabberten Fingernägel. Ihr Gehirn war auf Sparkurs. »Von dem Treffen hat niemand von außerhalb gewusst«, antwortete sie lahm.

»Wirklich nicht?« Kante musterte die Anwesenden der Reihe nach. Ihr Blick blieb erneut an Toni haften. »Frau Amato, können wir uns irgendwo unterhalten? Ungestört?«

»Soll ich rausgehen«, bot Viktor pikiert an.

Kante schüttelte den Kopf. »Nicht nötig. Wir gehen. Gibt es in der Nähe ein Café, einen Imbiss, ein Restaurant?«

»Das Palmen Café«, schlug Toni halbherzig vor, als sich Schulz zu ihnen gesellte.

Er blickte abwechselnd die beiden Frauen an. Die große durchtrainierte Kriminalkommissarin mit den kurzgeraspelten, dunklen Haaren schien die Situation voll im Griff zu haben. Toni hingegen zappelte wie ein Irrwisch und durchwühlte ihre Locken.

»Was ist mit dem Palmen Café?«

»Kann ich mir Ihre Redakteurin für eine Vernehmung ausleihen?«, antwortete Kante.

»Was, wenn ich nein sage?«

Kante zuckte ungerührt mit den Schultern.

»Nehmen Sie sie mit. Kann wenigstens ich jetzt weiterarbeiten, oder müssen Ihre Leute noch mehr Wirbel veranstalten«, fragte er misslaunig. »Die nächste Ausgabe muss raus und dazu brauche ich auch ...«, er zögerte, »Ihre Zeugin. Sie hat nämlich einen Job.«

Kante gönnte ihm ein unwilliges Kopfschütteln. »Ihre Sensationsmeldung von der gruseligen Sendung an Frau Amato kann sicher ein Kollege verfassen.«

»Was ist, können wir?« Fragend blickte sie zu Toni, die etwas auf Italienisch grummelte.

Das Palmen Café war auf eine spießige Art gemütlich. Zweiersofas, Bistrotische und ein Stühlemix schafften eine fast private Atmosphäre. Die raumhohen Palmen sollten ursprünglich ein südliches Flair vermitteln, passend zur einst exotischen Speise- und Getränkekarte. Erst der jetzige Inhaber Cicero fand heraus, warum das lässigere Ambiente mit selbstgebackenen Kuchen und einem Dutzend Kaffee, Tee- und Kakaosorten mehr Umsatz brachte. In dem gemischten Wohnviertel war die anvisierte Nobel-Kundschaft, die für einen Drink zwölf Euro hinblätterte, in der Minderheit. Dank Ciceros Umstellungen galt das Palmen Café als Geheimtipp, wo man für seine drei Euro ein Kuchenstück wie bei Muttern bekam. In den Stoßzeiten am Vormittag und abends ab 19.00 Uhr war es rappelvoll, gegen 16.00 Uhr waren sie die einzigen Gäste.

Tonis Nerven lagen blank, als sie mit der Kommissarin auf ihren Lieblingstisch in der Ecke zusteuerte. Sie setzte sich auf das Zweiersofa und knodderte ihre Unsicherheit verbal heraus. »Na los! Was brauchen Sie? Meinen Pass, ein polizeiliches Führungszeugnis, eine Bescheinigung, dass ich deutsche Staatsangehörige bin?«

Die Kommissarin lächelte verständnisvoll. »Wütend, weil ich Sie um den Artikel gebracht habe? Oder Nervenflattern, wegen dieses amputierten Körperteils?«

Toni biss sich ertappt auf die Lippen und winkte schließlich versöhnlich ab. »Ich weiß eh nicht, ob ich momentan nur eine gerade Zeile schreiben könnte.«

»Ging mir ähnlich, als ich zum ersten Mal so ein grausiges Indiz ansehen musste. Was ist, können Sie was essen?«

Toni nickte. »Ich habe abartigen Hunger, pervers, oder?«

»Im Gegenteil, Ihr Körper braucht Nervennahrung und Sie haben einen gesunden Magen, ich übrigens auch. Also, was essen wir.« Sie sah in die Karte. »Darf ich Sie zu einem Kakao mit Schlagsahne einladen? Dazu ein Stück Kuchen?«

»Mm«, Toni nickte. »Apfelkuchen mit Vanillesahne.«

Ein androgyner junger Mann begrüßte Toni mit Luftküsschen und zückte abwartend seinen Stift »Hi Prinzessin, Magermilch oder Fett?«

»Hallo Cicero. Fett, doppelte Portion.«

»Das Gleiche für mich«, schmunzelte Kante. »Stammcafé?«

»Ja, mit Familienanschluss. Cicero ist der aktuelle Lover meines Mitbewohners.«

»Klingt nach einer interessanten Dreierbeziehung.«

»Klingt nur so. Pietro wohnt die meiste Zeit bei Cicero. Ich bin die Alibifreundin fürs Offizielle.«

»So jemanden hätte ich auch gerne.« Kante lachte trocken.

Toni sah sie fragend an. »Ach nichts, kommen wir zu unserem Fall. Sie wundern sich, warum ich mit Ihnen sprechen will?«

»Ja, was soll das bringen?«

»Ich möchte Sie ein wenig besser kennenlernen.«

»Muss ich das verstehen?«

Kante nickte nachdenklich. »Zunächst bin ich schlicht neugierig. Wie kommt eine Toni Amato an brisante Informationen, an denen sich unsere Soko die Zähne ausbeißt?«

»Okay. Der gute Cop schmeichelt, was will der böse Cop aus mir rausprügeln?«

Cicero balancierte zwei Teller mit Kuchen umständlich in Richtung Tisch und versprach: »Kakao kommt gleich.«

»Danke Cicero.« Toni beobachtete, wie die Kommissarin ihren Kommentar grinsend wegsteckte, mit einem Finger in die Sahne löffelte und ihn genüsslich ableckte.

»Dafür könnte ich morden.« Sie wechselte den Tonfall und sagte drohend: »Und das Wesen umbringen, das den Genuss mit Fettwülsten auf den Hüften bestraft.«

Als der Kakao auf dem Tisch stand, hatte sich Toni noch nicht von ihrem nervösen Kicheranfall erholt. »Entschuldigung, ich weiß auch nicht, was mit mir los ist.«

»Schocknachwirkungen«, erklärte Kante. »Und ich will weder guter und böser Cop spielen, noch den Bullen rauskehren.«

»Was dann?«

»Einen Deal.«

»Ich sage Ihnen alles, nenne Ihnen meine Quellen und Sie sagen nichts? Das hatten wir bereits.«

»Stimmt. Ich entschuldige mich dafür. Können wir noch mal von vorne beginnen?«

Toni ließ sich Zeit. Sie zog die Augenbrauen hoch und fixierte ihr Gegenüber, während sie sich das letzte Stück Kuchen in den Mund schob. Sie schloss die Augen, während das Gemisch aus Fett, Zucker und Fruchtaromen in ihrem Mund eine Geschmacksexplosion an ihre ausgedörrten Sinne meldete. »Mehr davon.« Sie kaute, schluckte und betrachtete bedauernd den leeren Teller.

Kante winkte Cicero herbei. »Nochmal das Gleiche.« Sie wartete, bis die zweite Ladung Apfelkuchen auf dem Tisch stand und sah zu, wie Toni sich über den Kuchen hermachte. Nach dem letzten Bissen deutete sie ein zufriedenes Nicken an und streckte ihr eine kräftige, unberingte Hand hin. »Wollen wir uns duzen? Ich bin Chris.«

Toni musterte sie unverhohlen, bevor sie den Teller von sich schob und die angebotene Hand annahm. »Okay. Ich bin Toni, eigentlich Antonia Riccarda Amato. Aber den Namen hasse ich.«

»Familiengeschichten?«

»Italienischer Clan mit vorgefertigten Lebensplänen. Ich passe da nicht rein, deshalb nenne ich mich Toni. Ist geschlechtsneutral und assoziiert nicht gleich eine italienische Gebärmaschine mit breitem Becken und im Fruchtwasser ersäuftem Verstand.«

»Klingt nach turbulenten Familientreffen und ausgesprochen einladend.«

»Ich nehm' dich beim Wort, komm zum nächsten Amatotreffen mit. Naja, ich liebe meine Familie - auch wenn die meine Art zu leben nicht liebt.«

»Könnte lustig werden.«

»Was ist mit deinem Namen, du nennst dich Chris, nicht Christina«, fragte Toni, als das Schweigen anhielt.

»Mein Name?« Kante seufzte. »Dazu gibt es eine lange Geschichte, die indirekt mit unserem Fall zu tun hat.«

»Ich kann schweigen, wenn es privat ist.«

»Ja, es ist etwas Persönliches«, antwortete sie zögernd und musterte Toni aufmerksam, bevor sie fortfuhr. »Heute heiße ich Christina Kante. Ich bin 36 Jahre alt und eine leitende Kriminalkommissarin bei der Soko.«

»Heute? Hast du den Namen von deinem Mann angenommen?«

»Kein Mann. Ich habe meinen Namen ändern lassen.«

Toni pickte mit den Fingern die letzten Krümel vom Teller. »War er so ätzend?«

»Ätzend? Das ist das passende Wort für alles, was ich damit assoziiere.«

Sie schwieg, ließ ihren Blick ziellos durch den leeren Caféraum gleiten, bevor sie wieder auf Tonis Gesicht verharrte.

Toni wartete.

»Dass ich mich ausfragen lasse, ist ungewöhnlich ...«

»Der Fall ist ungewöhnlich«, murmelte Toni. »Wenn deine Geschichte damit zusammenhängt, darfst du mir vertrauen.«

»Das tut sie. Indirekt. ... Meine leibliche Mutter gab mich weg, als ich drei war, sie war krank. Krank vor Sehnsucht nach dem wahren Leben, in dem ein Kleinkind keinen Platz hatte. Ich kam zu einer Pflegefamilie.« Kante hielt inne. Schätzte Tonis Mimik ab. »Alles was ich jetzt sage, ist nicht für die Öffentlichkeit bestimmt.«

»Ich kann schweigen, das wissen auch meine Informanten, sonst verliere ich sie.«

»Ich weiß«, lächelte Kante und fuhr leise fort: »Mit vier Jahren adoptierten mich meine Pflegeeltern. Meine leibliche Mutter gab ihre Zustimmung und lebte los, ohne mich ...«

Toni reagierte auf Kantes innere Anspannung und beugte sich nach vorne.

»... Mit zwölf Jahren hat mich mein Adoptivvater zum ersten Mal angefasst. Nicht zärtlich wie ein Vater, sondern wie ein Mann oder wie ein Freier eine Hure. Die Besuche in meinem rosa angemalten Kinderzimmer fingen früher an. Zuerst bekam ich Geschenke. Kleidung, aufreizende Kleidung, die ich unter keinen Umständen in der Schule tragen durfte. Ich verstand anfangs nicht, dass niemand diese tollen Fummel sehen sollte außer ihm. Als ich es endlich begriff, schämte ich mich. Ich hatte die Geschenke genommen, ich hatte mich kaufen lassen.«

Kante atmete heftig aus. »Ich trug bewusst alte, reizlose Kinderkleider, aus denen ich rausgewachsen war. Das schien ihm noch besser zu gefallen. Also hungerte ich, damit mein Busen aufhörte zu wachsen. Er wollte mich dennoch. Mit sechzehn Jahren wog ich vierzig Kilogramm und war so fertig, dass mich ein Schulpsychologe zu sich bestellte. Nach Wochen brach ich mein Schweigen. Ich schob sein Verhalten auf meine Miniröcke, meine langen aufreizenden Haare, auf die nicht verschlossene Badezimmertür, durch die er hereinkam und mich in die Dusche presste. Danach war ich wenigstens körperlich sauber. Anders als in meinem Bett.

Du siehst, ich kenne einiges, was diesen missbrauchten Wesen in deinem Internetartikel widerfahren ist, aus Erfahrung.«

Toni löste ihre verkrampften Hände und räuspert sich. »Wie kamst du da raus?«

»Ich hatte eine psychologisch geschulte Betreuerin, die sich mit den Behörden auseinandersetzte und für mich kämpfte. Sie besorgte mir einen Anwalt und ich kam in einer geführten Wohngemeinschaft statt in einem Kinderheim unter. Das war damals nur in Ausnahmefällen möglich und ein Glücksfall, so lernte ich früh, ein eigenes Leben aufzubauen. Sie war absolut ehrlich zu mir und sagte: ›Aufhören wird es nie. Du bleibst ein Leben lang ein missbrauchtes Mädchen. Aber du kannst entscheiden, ob du auch ein Leben lang Opfer sein willst.‹«

»Wie ging es mit dir weiter?«

»Gar nicht. Ich musste mehr tun, als nur innere Schalter umlegen.«

»Andere Frisur, Operation?«

»Etwas subtiler. Ich suchte nach meinem Weg. Zuerst las ich jedes psychologische Buch, dass man in der öffentlichen Bücherei ausleihen konnte. Geholfen hat es wenig.«

Ihr Blick war in die Ferne gerichtet, als sie weitersprach. »Es war Fasching, überall liefen kreischende Menschen umher. Ich machte mir tiefschürfende Gedanken um ihre Masken, fragte mich, was ist Schein, was Wahrheit? Ich war damals oft am Mainufer, mochte die dort aufgereihten Museen. Vor allem das Museum für Völkerkunde, in dem Masken primitiver Urvölker ausgestellt waren, faszinierte mich. Ich sah mir die Exponate etliche Male an.

Eine der Masken fesselte mich weit mehr als die anderen. Sie war primitiv, eine einfache Eiform, mit Schlitzen für Augen, Nase und Mund. Ich stand da und sah sie an. Den alten Herrn im altmodischen Streifenanzug mit der Fliege bemerkte ich erst, als er mich ansprach.

›Zehn Minuten‹, sagte er.

›Was?‹ Ich fuhr herum.

›Zehn Minuten hast du jetzt auf die Geburtsmaske gestarrt. Was sagt sie dir?‹

›Nichts. Sie ist ein Ei. Nur ein Ei.‹

›Und was fasziniert dich daran?‹

›Sie ist leer, täuscht nichts vor, sie ist, was ich in sie hinein interpretiere.‹

›Gut! Eine treffendere Interpretation über die Geburtsmaske kann ich selbst nicht geben.‹

›Was ist eine Geburtsmaske? Wozu dient sie?‹

Der alte Herr lächelte und reichte mir eine Hand mit auffallend langen Fingern.

›Ich bin Professor Adam. Einer von den Männern, die in den fernsten Winkeln der Erde nach unseren Ursprüngen suchen, um das Leben zu verstehen. Manche sagen, ich sei Anthropologe.‹

Ich weiß noch, dass ich seine Hand nahm und dankbar war, dass er mich nicht fragte, wer ich sei, sondern weitersprach.

›Diese Maske gehörte vermutlich einst einem mächtigen Medizinmann.‹

›Woraus schließen Sie das?‹

Er nickte bedächtig. ›Medizinmänner mussten in allen Stämmen verschiedene Stufen der Weisheit erklimmen, bevor ihre Entwicklung abgeschlossen war. Dafür zogen sie sich zurück und meditierten, fasteten und unterzogen sich speziellen Prüfungen. Oft erreichten sie mit Hilfe von Kräutern und Drogen, die wir kaum erforscht haben, einen erweiterten Bewusstseinszustand.‹

›Sie waren high?‹ Ich war ehrlich verblüfft.

Er lächelte nachsichtig. ›Nicht im populären Auslegungssinn. Sie begaben sich in diesen Zustand, um Klarheit und Sehen zu erlangen, nicht um sich zu berauschen. Die Masken verstärkten den erwünschten Traumzustand, in dem sie in der Anderswelt auf ihre Ahnen und weise Männer und Wesen trafen. Sie verbündeten sich mit ihnen, um wiedergeboren zu werden und kamen als weiterentwickeltes Wesen zurück. Sie erhielten einen jungfräulichen Namen und verbannten den verbrauchten. Sie bauten eine Hütte und verbrannten ihr früheres Zuhause. Sie kleideten sich mit neuen Gewändern ein und vergruben die alten. Nur die Geburtsmaske blieb und begleitete die Transformation. Die damit einhergehende Namensänderung war besonders interessant.‹

›Eine Namensänderung?‹ Ich horchte auf und konnte den Blick nicht von der Maske wenden.

›Der Klang des eigenen Namens ist der häufigste Laut, den wir in Beziehung zu anderen hören. Eine Schwingung, die einen Widerhall in uns auslöst, verbunden mit allem, was war. Wird dieser Name nicht mehr benutzt, ist eine Loslösung und Neugeburt möglich. Nur dann.‹«

Kante stoppte, sie verließ ihre innere Welt nur zögernd.

Toni ließ ihr Zeit, bevor sie leise nachfragte. »Deshalb hast du deinen Namen geändert?«

»Ja, ich habe mich quasi selbst geschaffen. Vielleicht ist es nur der Placebo-Effekt, der mich das Glauben machte. Aber es befreite mich. Letztendlich half mir der neue Name sogar in meiner Laufbahn. Die alten Geschichten vom Missbrauch sind unter meiner früheren Identität erfasst. Bislang hat sich noch keiner die Mühe gemacht, tiefer nachzuforschen.«

»Wie kamst du auf Christina Kante?«

»Christina mochte ich, weil meine Betreuerin so hieß. Und es ist ein Name, der, wie deiner auch, geschlechtsneutral verwendet werden kann. Freunde nennen mich meist Chris.«

»Und Kante?«

»Ich wollte was Maskulines, etwas Starkes. Kante war das Erstbeste, was mir in den Sinn kam. Abgeleitet von Handkante, die ich in vielen Trainingsstunden lernte einzusetzen. Notfalls tödlich.«

»Du beherrschst Karate?«

»Schwarzer Gürtel, ich trainiere auch andere und gebe Kurse. Aber nur für Frauen.« Sie reichte Toni die Karte eines angesehenen Sportclubs in Sachsenhausen. »Jeden Montag und Freitag von 20.00 bis 24.00 Uhr. Du bist eingeladen.«

»Danke.« Toni steckte die Karte ein. »Und wie kamst du zur Kripo?«

»Statt mich weiter als Opfer zu fühlen, wollte ich die Täter hinter Schloss und Riegel bringen. Meine legitime Form der Rache. Nach der Grundausbildung wollte ich unbedingt zur Sitte. Ich war eine der erfolgreichsten Nachwuchskräfte und wäre dabei geblieben, wenn ...«

»Was ist passiert?«

»Ich lernte mich besser kennen. Die Seite von mir, die auch mit dem frischen Namen nicht verschwand. Ich hasste Männer mit einer Inbrunst, die mich ausflippen ließ, wenn wir so einen Scheißkerl in die Finger bekamen. Irgendwann schlug ich zu. Die Dienstaufsicht leitete ein Verfahren gegen mich ein. Das hat mich fast meine Karriere gekostet.«

Toni schob den halbleeren Kakaobecher, auf dem eine Fettschicht schwamm, angewidert zur Seite. »Krass.«

»Und heilsam. Lars Schön, mein jetziger Vorgesetzter, gab mir noch eine Chance und das Vertrauen in Männer zurück. Ich schulde ihm viel, was ich jetzt einlösen kann.«

»Ich bin beeindruckt von deiner Offenheit, frage mich aber auch wieso ...«

»Wieso ich mich buchstäblich oute?«

»Ja?«

»Ich will, dass du meine Beweggründe verstehst, warum ich bei diesem Fall von allem Gebotenen abweiche. Dazu gehört meine Geschichte ebenso wie das besondere Verhältnis zu Lars Schön, der mir freie Hand lässt. Er hat mir vor unserem Gespräch geraten, vertrau auf deinen Instinkt. Das tue ich, indem ich dich um Hilfe bitte.«

»Okay?« Toni wartete ab.

»Mir ist klar, das ist ungewöhnlich und ich kann es nur ansatzweise erklären. Es gibt einige hohe Stellen, denen es egal ist, wie es den Opfern von damals und dem Täter von heute geht. Sie fürchten nur um ihre weiße Weste. Da spiele ich nicht mit, muss aber den Schein wahren.«

»Und die Presse darf im Dreck stöbern, ihn quasi für euch aufstöbern?«

Kante zuckte mit den Schultern. »Das trifft es annähernd, ja. Ich habe keine Ahnung, wie ich dich dazu bringen kann, mit uns zusammenzuarbeiten.«

»Das glaube ich dir nicht.«

»Was?«

»Dass du nicht weißt, wie man mich rumkriegt.« Toni lächelte. »He, die Ehrlichkeitsnummer zieht bei mir.«

»Tut sie das?«

»Si. Aber leg ruhig noch ein paar Informationen obendrauf.«

»Das war bereits meine Absicht, bevor dieser Irre dir ein Stück Fleisch geschickt hat. Es ist übrigens, wie vermutet, eine menschliche Zunge. Näheres wird unser Labor herausfinden.«

»Darf ich das in einem Artikel nutzen?«

»Ja. Nur bitte nicht sofort.«

Toni nickte. »Was wolltest du konkret von uns, ehe diese Lieferung kam?«

»Dir anbieten, gemeinsam den Shitstorm im Internet zu kanalisieren, bevor irgendwelche Hitzköpfe auf jeden verdächtigen Pädophilen einschlagen.«

»Macht Sinn, einverstanden. Aber ich verstehe immer noch nicht ...«

»Dass ich dir meine persönliche Geschichte und meine Karriere auf dem Silbertablett serviere?«

»Genau. Hast du keine Angst, dass ich eine Soko-Kommissarin als befangen diffamiere, weil man sie als Kind missbraucht hat und eine Behörde entblöße, auf die Druck ausgeübt wird? He, das ist eine großartige Story, mit der man mich in sämtliche Talkshows einladen würde.«

Kante rührte gedankenvoll in ihrem Kakao. »Stimmt. Damit hast du mich in der Hand. Streng genommen dürfte ich mit meiner Vergangenheit auch nicht an so einem Fall arbeiten.«

»Trotzdem leitest du die Untersuchung?«

»Ja, niemand kennt meine Geschichte. Außer meinem Vorgesetzten.«

»Mm, hast du keine Angst, dass ich das zu einer deftigen Skandalstory verwurste?«

»Doch. Aber weit mehr fürchte ich, dass Weiße-Kragen-Männer mit ihrer verlogenen Moral durchkommen und eine saubere Aufklärung der Fälle verhindern. Da spiele ich nicht mit. Ich will, dass die Täter von damals ihre Strafe bekommen, und werde alles tun, damit ich die Hintermänner, die Schweiger, die Vertuscher drankriege. Alle. Und da ist auch noch ein durchgeknallter Typ, der Selbstjustiz betreibt. Wer weiß, was diese gequälte Kreatur durchmacht? Ich möchte es wissen, und ihm gerecht werden. Soweit es möglich ist, innerhalb der Gesetze.«

»Wir verfolgen die gleichen Ziele«, sagte Toni leise.

»Deshalb vertraue ich dir. Und in Bezug auf meine eventuelle Befangenheit: Ich habe das im Griff und ich bringe etwas mit, was uns hilft, den Kerl zu fangen.«

»Das wäre?«

»Ich kann mich in den Täter und die Zeugen hineinversetzen. Ich kenne ihre Gefühle, weiß, was sie antreibt, wie sie ihr Leben lang gegen die alten Gespenster ankämpfen und was es mit ihnen macht.«

»Willst du den Täter überhaupt fassen?«

Kante nickte gedankenverloren. »Die Frage stelle ich mir bei solchen Fällen jedes Mal.«

»Die meisten missbrauchten Kinder bewundern den Racheengel, der stellvertretend für sie Selbstjustiz betreibt. Sie wollen ihn verstecken, ihm einen Anwalt bezahlen. Verraten oder bestrafen möchte ihn keiner von ihnen.«

»Früher wäre das auch mein Weg gewesen. Heute weiß ich, dass Rache um jeden Preis die Zahl der Opfer nur erhöht, aber niemanden befreit. Das muss gestoppt werden.«

»Ich versteh nicht? Täter gefasst, alles gut, oder wie?«

Kante schüttelte den Kopf. »Jeder Missbrauch, jeder Gewaltakt, jeder Schmerz, jede Erniedrigung ist ein Stein auf der Seele, der entweder zu einer Mauer heranwächst, hinter der man sich verschanzt und selbst einsperrt. Oder man nutzt diese Steine ...«

»Zum Werfen?«

»Das wäre ein Fortsetzen der Gewalt. Nein, man kann die Steine auch zum Hochsteigen und Weitersehen nutzen.«

»Wo stehst du? Kraxelst du noch hoch oder überblickst du dein Leben?«

»Mein Leben überblicke ich. Aber um das Leben des Racheengels, seiner Opfer und der Opfer von damals zu betrachten, brauche ich jede Hilfe, die ich bekommen kann.«

»Meine Hilfe?«

»Ja, sehr gerne.«

Toni schwieg und musterte ihr Gegenüber prüfend. »Wie soll das praktisch ablaufen?«

»Sag es mir.«

»Ich bekomme Vorab-Informationen?«

»Ja. Und wir nutzen den Draht, den unser dunkler Engel zu dir aufbaut, gemeinsam.«

»Das beschäftigt mich. Warum schickt er mir zum Beispiel diese Zunge? Welche Rolle spiele ich in seinem Plan?«

»Er benutzt dich als Draht zur Öffentlichkeit. Am Anfang war es ihm vielleicht nicht bewusst, dass er mit seinen Taten auf Beifall stößt. Das hat sich geändert.«

»Du meinst, er fühlt sich bestätigt in seiner Mission?«

»Ja, es kann sein, das jeder Bericht ihn anspornt. Er will mehr davon. Mehr Ruhm, mehr Bestätigung.«

»Okay, wie kriegen wir ihn?«

Kante lächelte. »Wenn du keine Lust mehr aufs Schreiben hast, komm zu uns, du bist eine Jägerin.«

»Das sind alle ehrgeizigen Journalisten«, winkte Toni ab. »Ich sollte was schreiben, was ihn aus dem Konzept bringt.«

»Etwas, was er richtigstellen muss, weil es nicht zu seiner Mission passt?«

»Ja, was Provozierendes.«

»Das ist zweischneidig ...«

Toni überhörte den Einwand und fuhr begeistert fort: »Ich verfasse einen Artikel, der ihn als Spinner darstellt.«

Kante zögerte. »Wir müssen aufpassen, dass du nicht in sein Fadenkreuz gerätst. Kannst du ein Pseudonym verwenden?«

»Nein!« Toni wehrte heftig mit den Händen ab. »Ich unterschreibe jeden Artikel, der mich nach vorne bringt, mit meinem Namen.« Leise fügte sie hinzu. »Das ist bei mir eine Frage des Überlebens. Ich bin blutige Anfängerin und habe nicht mal einen Vertrag. Aber ich muss endlich von meinem Beruf leben können.«

Kante sah sie aufmerksam an und nickte. »Hol dir Rückendeckung von uns. Er soll seine Wut nicht auf dich übertragen. Und wir sollten den verfluchten Shitstorm in den Griff bekommen, ehe weitere falsche Racheengel auftauchen.«

»Mm, was wollen die falschen Bekenner?«

»Ein Stück vom Ruhm?«

»Was wollen sie garantiert nicht?«

»Als kranke Spinner dastehen.«

Als Cicero nachfragte: »Kann ich euch noch was bringen?«, antworteten beide: »Wir haben, was wir brauchen.«

Kante ließ sich die Rechnung bringen. Sie bezahlte bar und gab Toni die Quittung. »Kannst du abrechnen, oder?«

***

21. Juni. ... Wütend zerknüllte er das Zeitungsblatt, mit dem er sich mangels Toilettenpapier eigentlich den Hintern abwischen wollte. Ihn anhand der Zeichnung zu finden, dürfte leicht sein. Falls der Junge nicht völlig hinüber war, konnte er ihn identifizieren. Sicherheitshalber hatte er ihn

beobachtet und sich schwarz geärgert. Der Junkie hatte sich nicht an seine Anweisungen gehalten und die Sonnenbrille aufgesetzt, um seine verräterischen Augen zu tarnen.

Der Polizeizeichner hatte einen brillanten Job gemacht. Die Phantomzeichnung glich dem Vorbild bis hin zu den hellen, zweifarbigen Augen. Selbst die jungenhaften Grübchen saßen an der richtigen Stelle. Er strich das zerknüllte Papier wieder glatt und buchstabierte den dazugehörenden Artikel. Dazu brauchte er volle zehn Minuten und las das Geschriebene noch einmal. »Ist der Brandzeichen-Racheengel ein Psychopath, der seine kranken Triebe auslebt?«, stand da und verhöhnte ihn.

Die sachliche Passage, in der die Umstände der Paketauslieferung beschrieben waren, überflog er.

Aus dem nächsten Absatz triefte erneuter Spott und traf ihn, wo es am meisten schmerzte. An seinem Ego:

Das Abschneiden und Zeigen der menschlichen Zunge ist typisch für einen geisteskranken Serientäter, der nach Aufmerksamkeit für seine Taten giert.

Die nachfolgenden Seitenhiebe auf Bewunderer und Tatbekenner las er mit zusammengekniffenen Lippen.

Seine Anhänger sind um keinen Deut besser als der Täter. Die Bekenner verhindern mit ihren Gewaltaufrufen nur, dass die missbrauchten Kinder gehört werden.

Er zerknüllte die Zeitung ein weiteres Mal und trat den Papierballen in die Ecke.

Sein Handy klingelte. Er stand auf, stolperte über seine heruntergelassene Hosen, fluchte, zog sie notdürftig hoch und tapste ins Wohnzimmer, wo er nach dem Gerät griff. »Was gibt's?«

»Du kranker Idiot, hör mit dieser Scheiße auf oder deine eigene Zunge landet bei der Presse.«

Er erkannte die Stimme und sein Zorn hatte endlich ein reales Ziel. »Was geht dich das an? Arschloch. Ich kann tun und lassen was ich will, mit wem ich will. Und wenn du mir ans Bein pinkeln willst, nur zu. Wenn die mich kriegen, steckt ihr mit drin. Alle ...«

Keine Antwort.

Er starrte auf das Display, der Akku war leer. Mit einem lauten Schrei schmetterte er das Handy in die Ecke, plumpste auf das verdreckte Sofa und griff sich eine Bierflasche aus dem Kasten. Er öffnete sie an der Tischkante und leerte sie in einem Zug.

Danach ging es ihm besser. Rülpsend erinnerte er sich, wie er den Doktor überlistet hatte. Nach der zweiten Flasche ging es ihm prächtig.

Er kicherte.

Da hatte der alte Sack geglaubt, dass er ihm nur ein bisschen Kohle abknöpfen wollte und war ihm in die Falle getappt. Die Scheine hatte er in einem Koffer dabei, draußen an der Waldlichtung, wo er ihn hinbestellt hatte, wenige Schritte von der Hütte entfernt. Ein Kinderspiel. Nur das Draufhieven des Fettsacks auf den Leiterwagen war eine Schinderei gewesen.

Nach der dritten Flasche Bier war sein Pegel auf Normallevel. Der Druck im Kopf ließ nach.

Er erhob sich, schnappte in der Diele nach den Autoschlüsseln und betrat die Garage vom Haus aus. Nicht einmal über den Hof musste er laufen, um zu dem ehemals weißen Transit zu gelangen, zu dem es mehrere Sätze Autokennzeichen gab.

Er entsperrte den Rahmen, auf dem die Werbung eines Autohändlers aufgedruckt war, ersetzte ihn durch einen Neutralen und tauschte das aktuelle Kennzeichen gegen eine Münchener Nummer aus. Es war auf einen baugleichen Wagen zugelassen, der in einer Garage in München stand. Ersatzschilder mit einem Offenbacher Kennzeichen nahm er mit.

Das Auto säuberte er nur notdürftig. Die hinteren Fenster beließ er im zugeschmierten Zustand. Mit Blick auf den Monitor, der mit der Außenkamera verbunden war, überprüfte er den Zufahrtsweg und rollte langsam zum Feldweg, der in einen privaten Waldweg mündete.

***

Der Strom der falschen Täter, die etwas vom Ruhm abbekommen wollten, ebbte zwei Tage nach dem Erscheinen des Artikels ab. Dafür machte sich Unmut in den Reihen der Racheengel-Fans breit, der sich auf Toni entlud. »Hirnlose Bitch« war einer der harmloseren Angriffe, die sie für ihre bewusste Provokation des Rächers einstecken musste.

»Mach dir nichts draus«, tröstete Schulz sie und rieb sich angesichts der steigenden Klickzahlen die Hände.

»Hauptsache Umsatz«, moserte Toni und kaute auf einem Schokoriegel herum. Laut Annas Flurklatsch war er um gute hundert Prozent in die Höhe geschossen. Eine Entwicklung, die auch die Geschäftsleitung in die Niederungen der Redaktion trieb.

»Ein Typ namens Doktor Goldesel hat nach dir gefragt«, gab Viktor an Toni weiter.

Als sie laut in die Runde fragte. »Wer ist Doktor Goldesel?«, erntete sie schallendes Gelächter.

Dann ein kollegiales »Pst, nicht so laut.«

»Wieso?«

»Doktor Schnorr-Bilgen ist dein oberster Boss, Goldesel ist nur sein Spitzname.«

Die Art, wie man die neuen Stars Viktor und Toni aufs Glatteis geführt hatte, sorgte in der Redaktion für Getuschel und bei Schulz für eine trockene Binsenweisheit: »Spott gibt es gratis. Neid muss man sich verdienen. Weitermachen.«

Toni fühlte sich wie von einer Dampfwalze überrollt und versuchte, sich auf die Folge-Artikel zu konzentrieren. Bevorzugt auf einen Artikel, bei dem sie ihren angeknacksten Ruf bei den Lesern wiederherstellte. Dafür musste Sie den Täter entlarven und sauber abtrennen von den echten Opfern. Den missbrauchten Kindern. Sie hoffte, dass der Bösewicht möglichst böse war. Grundböse, damit die Welt wieder in Schwarz und Weiß aufgeteilt war.

Davon war sie weit entfernt. In dem Wust an Kommentaren fanden weder sie noch Viktor einen brauchbaren Hinweis auf den Täter. Die Provokation schien ins Leere zu laufen.

»Übersehen wir was?«, fragte Viktor.

»Vielleicht ist er sauer und plant den nächsten Racheakt gegen uns Schmierfritzen«, nörgelte Toni mit einem mutwilligen Unterton. Wenigstens behielte sie dann recht mit ihrem eigenen Täterprofil.

»Du hast Nerven. Ich würde mir vor Angst ...«

»Was? In die Hose machen?«

»Nee, aber ich bin froh, dass unter dem Artikel nur dein Name steht. Andernfalls hätte mir mein Vater bereits gestern eine Leibwache zugeteilt«, antwortete Viktor.

»Echt jetzt?«

»Ja, er wollte mir heute verbieten, in die Redaktion zu fahren. Zumindest sein Chauffeur solle mich begleiten.«

»Cool, und der begleitet Sohnemann Krösen jetzt auf allen Wegen?«, lästerte Toni.

»Habt ihr nichts zu tun?«, Schulz ließ sich auf Tonis Schreibtischkante nieder.

»Die Kante versucht, dich zu erreichen. Dein Handy sei im Schlafmodus. Sie will es gleich nochmal versuchen. Und ich möchte wissen, warum sie nicht auf dem Redaktionstelefon anruft.« Streng musterte er Toni.

Toni konnte inzwischen treffend in seinen Andeutungen lesen. Wahrscheinlich kratzte ihr direkter Draht zu Kante an seinem Ego. »Hat nichts zu bedeuten, wahrscheinlich sind unsere Leitungen dicht, siehst ja, was hier abgeht.«

Schulz Augenbrauen blieben oben. »Stell dein Handy an, oder ruf zurück, vielleicht gibt es ja ein nächstes Opfer.«

»Hättest du wohl gerne«, hetzte Toni.

»Was?«

»Ach nichts.« Verlegen griff sie nach dem Gerät, das seit gestern mausetot war. »Ich kümmere mich darum.«

Nachdem Schulz außer Hörweite war, wartete sie, bis Viktor ein Telefonat beendet hatte. Das eingehende Gespräch drückte sie auf Warteschleife. »Warte, Vikie. Kann ich mir dein Handy ausleihen?«

»Willst du sie anonym anrufen? Dann unterdrück halt deine Nummer.«

Toni druckste rum. »Es ist nur so ...«

»Ach weißt du was? Ich will auch nicht wissen, was du mit der Kante am Laufen hast.«

Toni schüttelte den Kopf und gab sich einen Ruck. »Nicht, was du denkst. Ich habe die Mobilfunk-Rechnung nicht bezahlt. Irgendwas ist schief gelaufen.«

»Brauchst du Geld?«

Toni hob abwehrend die Hände und mied seinen forschenden Blick: »Ich habe Außenstände, die noch diese Woche auf dem Konto sein müssten«, gestand sie leise und blickte sich vorsichtig um. Als sie seine besorgte Miene bemerkte, blaffte sie ihn an. »Nicht jeder hat einen Papa, der einem alles bezahlt!«

»Entschuldige Prinzessin. Ich habe mir meine Eltern nicht ausgesucht. Mach halt den Mund auf, wenn du was brauchst.« Er griff in seine Aktentasche und fingerte ein Kästchen heraus. Nach kurzem Überlegen schob er es quer über die Schreibtische. »Ladegerät, Zubehör und ein Ausdruck mit der Pin-Nummer sind drin. Rechnung wird bezahlt. Behalte es, solange du es brauchst. Ich hab zwei davon.«

Das iPhone steckte in einem rehbraunen Ledercase von Versace. Ehrfürchtig klappte Toni es auf und wählte aus dem Kopf Kantes Handynummer. Sie gab ihre neue Nummer durch und hörte zu.

»Wir haben erste Ergebnisse der Laboruntersuchungen über das Brandzeichen an den Opfern. Das Werkzeug, mit dem der Täter das Unendlich-Zeichen setzte, muss ein altes Brandeisen sein. Vermutlich hat man damit früher Tiere auf dem Hof markiert.«

»Wie alt?«

»Mindestens vierzig Jahre. Unsere Techniker fanden auf den Opfern identische Schmutzpartikel.«

»Und das Brandzeichen ist bei allen gleich? Auch bei der Nonne?«

»Wir können ihr Brandzeichen nicht weiter untersuchen. Sie wird in einem kircheneigenen Sanatorium behandelt.« Kantes Stimme klang misslaunig. »Wir müssen uns auf die anderen Fälle konzentrieren und dafür brauche ich eine Aussage deines Informanten. Wir vermuten, dass bereits in den Achtzigern Menschen mit den Brandzeichen gekennzeichnet wurden und dass unser Täter daran anknüpft.«

Toni dachte sich ihren Teil. Laut versprach sie: »Ich melde mich.«

Sie sprang auf und klopfte im Weggehen Viktor leicht auf die Schulter. »Danke. Ich bin kurz weg.«

»Gerngeschehn. Wieso, wie lange?«

»Will was überprüfen. Paar Minuten.«

In Wahrheit fuhr sie nur mit dem Fahrstuhl zur Dachterrasse. Außerhalb der Pausenzeiten war sie hier ungestörter als auf der Toilette. Oben angekommen schaute sie sich um, während sie Erichs Nummer wählte. Ungeduldig zählte sie vier Klingelzeichen, bis er sich meldete.

»Ja, wer stört?« Er war offensichtlich drauf wie immer. Brummig.

»Toni. Hast du einen Moment Zeit?«

»Du? Habe mich über die Nummer gewundert und wollte erst nicht drangehen. Neues Handy?«

»Ja, notier sie dir«, schwindelte sie.

»Schon passiert. Was gibt es?«

»Weißt du was über das Brandzeichen, dass die Opfer tragen? Und hast du eine Ahnung, mit welchem Eisen der Täter es aufbrennt?«

»Dieses verfluchte Brandeisen.« Erich stöhnte auf.

»Du kennst es?«

»Ja, wir kennen es alle«, knurrte er.

»Wir? Du meinst die Pflegekinder vom Briecherthof?«

»Ja.«

»Moment mal, ich habe das Zeichen auch auf dem Arm eures blonden Tierpflegers bemerkt. Gibt es da eine Verbindung?«

Erich fluchte. »Verdammt ich hab ihm schon hundertmal gesagt, er soll was drüberziehen.«

»Gehört er auch dazu? Ist er auch ein Briechert-Pflegekind?«

»Ja, er hat mir hier den Job besorgt. Jetzt kocht diese alte Scheiße wieder hoch. Ich dachte, das sei vorbei.«

Toni versuchte sachlich zu bleiben, auch wenn sich ihre Gedanken und Gefühle überstürzten. »Wo trägst du das Brandzeichen?«

»Eins davon auf dem Oberarm, unterm Shirt. Da haben es die meisten ...«

»Haben die Briecherts euch gebrandmarkt? Als Eigentum?«

»Anders. Es war anders«, antwortete Erich. »Die Alten hatten nichts damit zu tun.«

»Wer dann?«

»Da war dieser ältere Junge, einer der länger bei den Briecherts war. Als ich hinkam, wusste niemand mehr, wie alles anfing. Es gehörte halt dazu.«

»Was?«

»Das Brennen. Zuerst hat er es selbst gemacht. Später zwang er die Jüngeren es nachzumachen.«

»Dich auch?«

»Ja. Ich weigerte mich und bekam zur Strafe drei Zeichen aufgebrannt, die anderen zwei sind rechts und links auf meinen Oberschenkeln.«

»Erich würdest du deine Brandzeichen untersuchen lassen?«

»Wozu?«

»Um abzugleichen, ob sie mit den Brandzeichen der Racheengel-Opfer übereinstimmen?«

»Und wer soll das machen?«

»Wahrscheinlich Techniker von der Soko.«

»Mit den Bullen will ich nichts zu tun haben.«

»Du bist Zeuge. Die wollen nichts von dir.«

»Ich bin vorbestraft und auf Bewährung, nein.«

»Das interessiert keinen. Und bitte gib mir auch den Namen deines Kollegen. Helft uns.«

»Uns?«

»Ich habe so eine Art Zeugenschutzabkommen mit der Kripo«, improvisierte Toni und hoffte, dass sie sich damit nicht zu weit aus dem Fenster lehnte.

»Was ist? Helft ihr uns?«, bohrte sie, als keine Antwort kam. Am anderen Ende hörte sie ein Schnaufen.

»Muss ich mir überlegen.«

»Danke ...«

Sie beendete das Gespräch und wählte erneut die Nummer von Kante. Ohne Vorrede kam sie zur Sache. »Mein Informant trägt drei identische Brandzeichen.«

»Ist er eins der missbrauchten Kinder? Hat er das bestätigt?«

»Ja, und er hat mich auf die Story gebracht.«

»Ist er bereit, als Zeuge auszusagen und sein Brandzeichen kriminaltechnisch untersuchen zu lassen?«

»Er hat persönliche Bedenken.«

»Welche?«

Toni druckste herum. »Er hatte mal was mit der Polizei zu tun, ist aber jetzt sauber.«

»Bewährung?«

»Ja.«

»Sag ihm, dass uns nicht interessiert, was früher war. Wir müssen nur den Täter stoppen.«

»Ich versuche es weiter.«

»Sekunde Toni, da kommt gerade eine neue Meldung von einem Frankfurter Revier rein. Bleib dran ...«

Nach einer Minute meldete sich Kante erneut: »Ich schicke dir eine Mail mit Informationen, die du zitieren kannst.«

»Eine offizielle Presse-Info?«

»Ja, die geht an den Verteiler, morgen gegen 19.00 Uhr.«

»Um was geht es?«

»Wir haben einen Zeugen gefunden, den Jungen, der das Kästchen mit der Zunge liefern ließ. Ein Junkie. Er ist tot.«

»War das unser Brandzeichentäter?«

»Es kann auch ein Unglücksfall gewesen sein. Ich gebe dir Einzelheiten, sowie ich mehr weiß. Steuere es bitte so, dass eure Veröffentlichung nicht vor morgen 14.00 Uhr rausgeht.«

»Mach ich. Darf ich orakeln bezüglich des Täters?«

»Mutmaßen, ja. Aber mir wär's lieb, wenn ich es absegnen dürfte.«

»Ich dichte nichts dazu«, entgegnete Toni verwundert.

»Darum geht es nicht. Falls er dem Jungen etwas angetan hat, schreckt er nicht davor zurück, unschuldige Beteiligte auszulöschen. Du bist in Gefahr.«

»Ich hab ihn weder gesehen noch drohe ich ihm.«

»Solange du ihm und seinen Gottgefühlen huldigst, bist du vermutlich geschützt.«

»Seit ich ihn als Psycho darstelle nicht mehr?«

»Wahrscheinlich nicht mehr.«

»Puh, da dachte ich, Viktor spinnt, von wegen Leibwächter und so …«

»Dein Kollege?«

»Ja.«

»Er hat Recht. Sowie dir was verdächtig vorkommt, melde dich. Und keine Alleingänge. Was ist mit deinem Mitbewohner, kann er ein Auge auf dich werfen?«

»Klar«, schwindelte Toni und schüttelte den Kopf.

Jetzt war sogar die Kante paranoid. War das ansteckend?

18

ZWEIFEL

24. - 26. Juni

Auf dem Nachhauseweg stieg David mitten auf der Brücke vom Rad und starrte auf den Fluss. Schwindelgefühle drohten ihn zu verschlingen. Inzwischen kannte er die Anzeichen für einen weiteren Flash.

Er versuchte sich auf das Jetzt zu konzentrieren und dachte an Marissa, die bald aufwachen würde. Diesem Augenblick hoffte und bangte er gleichermaßen entgegen. Hoffte, endlich zu erfahren, wer er war, fürchtete sich vor dem Moment, wo sie von Ralfs Tod erfuhr. Und er fragte sich, ob seine Entscheidungen bezüglich der Firmennachfolge in ihrem Sinne waren.

Reale Sorgen, die ihn erdeten.

Er stieg wieder auf sein Rad, fuhr über die Brücke und sann über Motive und Taten des Racheengels nach. Für alle Taten des Rächers hatte er ein Motiv, es gab Indizien, die gegen ihn sprachen oder er war in der Nähe der Tatorte gewesen. Nur zu dem Fall der in der Jauche ertrunkenen Karlotta Schwan, hatte er anfangs keine Verbindung gesehen. Bis er dieses Foto in einer Zeitung entdeckte, dass sie im Kreis ihrer früheren Kollegen zeigte. Blitzartig hatte er sich an auffallend blaue Augen erinnert, die ihn anstarrten, während sie den Pflegeeltern einen Tipp gab. »Vielleicht nimmt Schwester Ariadne das hässliche Ding zu sich.«

Unbewusst bog er am Sachsenhäuser Mainufer ab und ließ auch die gestrige Vernehmung von Kante noch einmal Revue passieren. Sie hatte ihn nach Alibis für die Tatzeiten gefragt. In seinen eigenen Augen waren sie zu vage, um ihn wirklich zu entlasten. Aber Kante hatte ihn nicht verhaften lassen. Warum nicht? Ließ sie ihn womöglich beobachten? Vielleicht wollten sie ihn inflagranti erwischen?

Unbewusst sah er sich um und strauchelte, dann strampelte er schneller, als könne er allem entkommen. Auch möglichen Verfolgern. Minuten später kam er an einem übersehenen Bordstein ins Torkeln. Er stieg vom Rad und sah sich verblüfft um. Was wollte er hier im Biergarten am Fluss?

Er nahm sein Handy und wählte die Nummer eines alten Freundes. »Hallo Peter, hast du Lust auf ein Bier? Ich bin draußen auf den Mainterrassen.«

Sein Rad lenkte er an einen der äußeren Tische, mit Blick auf den Main und wartete auf seinen Freund.

Später erzählte er ihm von den Symptomen, die ihn immer heftiger heimsuchten: »Ich habe zeitweise Sehstörungen, Halluzinationen, plötzliche Koordinationsstörungen. Manchmal wache ich auf dem Fußboden oder an anderen ungewöhnlichen Orten auf, und weiß weder wie ich dahinkam, noch was inzwischen geschehen ist. Das macht mir Angst, es ist, als ob ich vollkommen weggetreten war. Ich habe nur Erinnerungsfetzen, die ich nicht zuordnen kann.«

Kleinmann sah ihn besorgt an, hinterfragte die einzelnen Symptome genauer und wartete mit seiner Einschätzung ab, bis die Bedienung sein Bier abgestellt hatte.

»David, das sind ernsthafte Anzeichen und mir fällt spontan nur eine Erklärung dafür ein: Drogen.«

»Ich nehme keine Drogen?«

»Was anderes, eine unbekannte Substanz, ein starkes Beruhigungsmittel?«

»Nichts dergleichen. Nur ein leichtes Schlafmittel.«

»Hast du es dabei?«

»Ja«, er reichte ihm ein Pillenröhrchen. Es war laut Etikett ein sanftes Mittel, rein pflanzlich.

»Bist du einverstanden, dass ich es im Labor untersuchen lasse?«

»Natürlich.« David fühlte sich unwohl. Durfte er Peter in diese Sache reinziehen? Nur mit halbem Ohr hörte er seinen Ermahnungen zu.

»Komm bitte nochmal vorbei, ich möchte dein Blut erneut untersuchen lassen, am besten gleich morgen. Nimm das nicht auf die leichte Schulter.«

David nickte, in Gedanken bei seinem nächsten Problem. Mechanisch reagierte er. »Danke Peter.«

»Ist doch selbstverständlich. Ist sonst noch etwas? Etwas, was dich bedrückt?«

»Alles in Ordnung.« David mied Peters prüfenden Blick und starrte in die Ferne.

Wie sollte er dem Freund und Kollegen gegenüber bekennen, dass er vielleicht Menschen folterte und tötete? Er lenkte ab, sprach über gemeinsame Fälle, überbrückte die Zeit, bis er, ohne unhöflich zu sein, wegradeln konnte.

Gregor besuchte ihn abends wegen einiger Unterschriften für die Firma und musterte ihn aufmerksam. »Du siehst müde aus, hast du noch diese Schlafstörungen?«

»Ja. Entweder das, oder ich schlafe wie ein Toter und mir fehlen etliche Stunden.«

»Immer noch die Briechertsache? Denkst du immer noch, du steckst da drin?«

David zuckte mit den Schultern. »Ich weiß nicht, was ich glauben soll. Vielleicht sollte ich mich der Polizei stellen und einen DNA-Test machen lassen?« Dass Kante ihn bereits mehrfach vernommen hatte, ohne ihn zu verhaften, verschwieg er seinem Bruder.

»Bist du wahnsinnig«, Gregor sprang auf. »Ist dir klar, dass du ein 1A-Verdächtiger bist?«

»Ja, vielleicht bin ich wahnsinnig«, sagte David. »Zumindest bin ich wahnsinnig verunsichert. Ich passe ins Bild, auch wenn ich mich an keine der Taten erinnere.« Leise fügte er hinzu: »Die wenigen Erinnerungsfetzen an meine Vergangenheit sind so gruselig, dass sie ein hervorragendes Motiv für Rachetaten darstellen. Deine Worte.«

»Hör auf damit.«

»Im Gegenteil, ich sollte anfangen, das zu klären. Ich brauche Gewissheit. Verstehst du das, Gregor?«

»Spiel nicht den Sündenbock für etwas, was kranke Typen dir angetan haben und erst recht nicht für diesen Rächer. Ich glaube nicht, dass du das bist.« Leise ergänzte er: »Nicht mehr.«

Erstaunt blickte David zu Gregor hoch, der sich mit verschränkten Armen vor ihm aufbaute. »Du hattest mich im Verdacht, oder?«

»Naja, du warst gespenstisch drauf nach dieser Briechertsache.«

»Stimmt«, nickte David ... und korrigierte in Gedanken: *Ich bin immer noch gespenstisch drauf.* »Und jetzt setz dich, du machst mich verrückt, wenn du wie ein Richter vor mir stehst.«

Gregor packte nebenbei die Reste der Pizzen zusammen, von denen David nichts angerührt hatte. »Willst du nicht doch was?«

»Mir ist übel.«

»Na gut«, Gregor nahm die Kartons und warf sie in den Müllschlucker, der die Essensreste direkt in einen im Keller befindlichen Container entsorgte. Dann öffnete er eine zweite Flasche Bier und schenkte sich langsam ein, bevor er David einen Vorschlag machte: »Was ist, wenn ich mich reinklemme und das Instrumentarium von Frensen nutze? Ich finde heraus, wer da heute noch seine Finger drin hat.«

***

Gregor tat weit mehr. Er überwachte Davids private Mails. Mehrmals täglich scrollte er durch die eingegangenen Nachrichten und langweilte sich zunehmend. Offenbar hatte sein Adoptivbruder nicht einmal interessante private Freunde.

Um ein Haar hätte er in seiner Suchroutine die erste spannende Mail seit Tagen übersehen. Die Betreffzeile erregte seine Aufmerksamkeit:

Ergebnis Drogenscan

Der Absender war Doktor Peter Kleinmann.

Gregor aktivierte die Übersichtsfunktion und las die Nachricht:

Probenuntersuchungen positiv. Blutproben positiv. Nachweis gefährlicher Drogensubstanz gesichert. Bitte melde dich dringend, bevor ich in Urlaub fahre. Bin ab morgen fort.
Peter

Gregor löschte die Mail und entfernte sie auch aus dem Papierkorb.

19

DIE PROVOKATION

24. - 29. Juni

Auf dem Schreibtisch stapelten sich Rechnungen und Mahnungen. Toni wischte sie zur Seite und schielte trotzdem noch darauf. Nichts ging mehr. Außer einer zweiten Zahlungs-Erinnerung an die Buchhaltung.

Dann rang sie um Formulierungen für ihren Artikel zu dem tot aufgefundenen Junkie aus dem Grüneburgpark. Das Brett vor ihrer Denke bestand aus einem Wort: Existenzangst.

Die wichtigsten Eckpunkte standen in Form eines Rohtextes seit gestern. Sie hatte sie als Notiz in ihr Notebook geschrieben und zugesagt, den fertigen Artikel rechtzeitig abzuliefern. Stattdessen hatte sie Pizzen ausgeliefert bis in die Morgenstunden. Ihr Kopf sank auf den Schreibtisch.

Ein Pling-Geräusch riss sie um 10.30 Uhr aus dem unfreiwilligen Nickerchen. Die Buchhaltung bestätigte per Mail, dass ihre Rechnung beglichen sei, die ausstehenden 2000 Euro müssten in den nächsten Tagen auf dem Konto eingehen.

Sie konnte wieder denken und schreiben.

Um 13.30 Uhr überflog sie ihren Text, fügte Bildunterschriften hinzu und schickte ihn an die Redaktion. Dann rief sie Schulz an und fragte, ob der Artikel in Ordnung sei.

»Ist veröffentlicht«, war seine knappe Antwort.

***

Montag, 27. Juni. ... Die Lettern waren größer gesetzt als üblich, passend zum provokativen Inhalt:

»Killt der Racheengel unschuldige Zeugen, die sein Gesicht gesehen haben?«

Nach einer sachlichen Zusammenfassung der Ereignisse, ging es in die Details. Der Bote, der das Paket mit dem blutigen Inhalt übergeben habe, sei tot aufgefunden worden. Mit einem vermeintlich goldenen Schuss habe sein Mörder einen Unfall oder Selbstmord vortäuschen wollen. Der restliche Text war erneut eine einzige Provokation:

Der Racheengel ist kein Held, er ist ein psychopathischer Serientäter. Seine Motive sind weder edel noch verständlich.

Der Tod des Jungen ist umso tragischer, da er selbst ein Opfer ist. Ein siebzehnjähriges Heimkind. Ermordet von einem falschen Heiligen, der als Rächer der missbrauchten Kinder gefeiert wird.

Mit der Ermordung des Jungen im Grüneburgpark zeigt der Rächer sein wahres Gesicht. Er benutzt die Täter von damals, um niederen Mordgelüsten nachzugehen. Er ist ein Heuchler. Toni Amato

»Du kranke Schlampe.« Fassungslos starrte der Mann auf den Artikel. Ein Foto des toten Jungen, namens Alex Krohn, deckte er mit seiner Pranke zu und las weiter. Das Schicksal des Siebzehnjährigen glich dem der Briechertkinder. Auch er war als Kleinkind abgegeben worden, wuchs in Heimen auf und versuchte auf der Straße zu überleben.

In einem sachlichen Nachsatz waren die Ergebnisse der gerichtsmedizinischen Untersuchung aufgelistet. Der Siebzehnjährige war mit einem Elektroschocker betäubt worden, bevor der Täter ihm Sauerstoff in die Venen spritzte. Er starb den gleichen Erstickungstod wie die ermordeten Briecherts. Die Nadel steckte noch in der Vene und sollte wohl einen Unfall mit einer Heroinspritze vortäuschen.

***

36 Kilometer Luftlinie entfernt knüllte noch jemand den Artikel zu einem Papierknäuel und warf ihn quer durch den Raum. Toni kochte vor Zorn und griff nach dem Handy.

»Anna Brand, Apparat Sebastian Schulz, MainLife«, meldete sich die Assistentin.

»Wo ist er?«

»Basti? Bist du das Toni?«

»Ja, wo ist Schulz?«

»In einer Konferenz, was ist los?«

»Anna, wer hat diesen Artikel freigegeben?«

»Welchen meinst du?«

»Den Artikel über den ermordeten Junkie im Grüneburgpark. Wer hat den frei gegeben?«

»Ich denke Basti, wie immer?«

»Wie kommt ihr an diesen Text? Der war auf meinem Rechner und ist nur ein Entwurf.«

»Toni, ich weiß es nicht. Ich weiß nur, dass vorgestern hier ziemliche Hektik herrschte ...«

»Ich weiß, ich war mittendrin, arbeitete an diesem Artikel, war am Lesertelefon und habe mich um die Kommentare im Internet gekümmert. Einen Artikel abgegeben habe ich nicht. Ich hatte ihn für gestern um 14.00 Uhr angekündigt und habe die Bestätigung, dass er um 13.55 Uhr von Bastis Rechner abgerufen wurde. Punkt 14.00 Uhr bestätigte er die Veröffentlichung.«

»Hat er das. Ich ...«

Toni unterbrach sie: »Ich habe meinen Artikel hier und er stimmt nicht mit dem veröffentlichten überein.«

»Ich kenne nur den veröffentlichten Artikel ...«

»Das sind Ideenfragmente, die ich in meinem privaten Notebook notiert hatte.«

»Ach-du-kacke. Jetzt wo du es sagst ...«

»Was? Was ist passiert, Anna?«

»Du warst nicht am Platz.«

»Anna?«

»Ich muss das erst sortieren, da war eine Mordshektik ...«

»Wie. Kommen. Meine. Notizen. In. Die. Ausgabe?«

»Versuche ich ja zu erklären. Also, der Jens Klave von der Sportredaktion platzte rein. Ein Spiel sei ausgefallen, für das die erste Seite in der Printausgabe reserviert war ...«

»Anna, sprich endlich.«

»Du kennst doch Jens. Der ist für das Sportressort verantwortlich, obwohl er wahrscheinlich den Gang zum Klo bereits für eine sportliche Herausforderung hält. Dieser Fettkloß quatscht einem das Ohr ab ...«

»Was ist passiert?« Toni trommelte ungeduldig mit ihren Fingerspitzen auf der Tischplatte herum, legte zur Sicherheit das iPhone neben sich und stellte es auf Lautsprecher. Es wäre nicht das erste Gerät, das sie im Zorn in die Ecke pfefferte. »Komm zum Punkt.«

»Jens fragte, ob wir was Aktuelles hätten. Die Ausgabe sollte in zwei Stunden raus ...«

»Ich höre?«

»Viktor sagte, du arbeitest an einer Meldung zum nächsten Mord des Racheengels, was Exklusives ...«

»Ohgott ...«

»Nein, ich. Ich habe den Artikel überflogen, den du bearbeitet hast. Ich fand den super. Und weil der so gedrängelt hat ...«

»Anna? Sag, dass du ihm nicht meine Notizen als Artikel verkauft hast? Das hast du nicht gemacht?«

»Ich habe ihn ausgedruckt. Aber ich habe ihn nicht frei gegeben, das darf ich doch gar nicht.«

»Und wie kommen meine Notizen in diese Ausgabe?«

»Da ist was schief gelaufen«, antwortete Anna kleinlaut.

***

28. und 29. Juni. ... In der robust gezimmerten Waldhütte loderte trotz Sommerhitze ein Feuer im offenen Kamin. Ein schmales Feldbett, ein primitiv geschnitzter Holztisch und zwei Hocker nebst einem alten Bauernschrank kämpften um die kleine Fläche. Den Kühlschrank hatte der Mann kürzlich hinzugefügt. Schließlich wollte er nicht leben wie ein Hund. Ein Gedanke, der ihm seit Tagen zu schaffen machte.

Es passte ihm nicht, dass er wegen des Drecksacks, der zusammengekrümmt auf dem Lehmboden lag, ausharren sollte. Er mochte die Einsamkeit auf dem Land, die Stille im Wald hingegen war ihm unheimlich. Die nächtlichen Geräusche fürchtete er, sie gaukelte ihm Gespenster und Gnome vor, die er in jedem Schatten verfolgte. Zuweilen real bewaffnet, mit jedem Gegenstand, den er greifen konnte. Dabei hatte er sich einmal fast mit einem Spaten aufgespießt, der ihm in die Brust fuhr, als er gestolpert war. Nur die dicke Lederkluft hatte ihn gerettet. Das musste ein Waldgeist gewesen sein, einer von den Kerlen, die in den Schatten lauerten.

Gegen die Schatten gab es nur einen Schutz. Er musste die Kontrolle behalten, alles planen und abspulen. Aber wie sollte er die Kontrolle behalten? Jetzt, wo sie seine Pläne durchkreuzten, ihn verhöhnten, statt ihn zu würdigen.

Auch einen Tag nachdem er die Zeilen in den Medien gelesen hatte, rumorte es noch in ihm. Er sah, wie sie ihn umzingelten, verhöhnten und mit Unrat bewarfen. Er musste das richtigstellen, musste sich reinwaschen. Musste dieser Schreibtusse zeigen, dass sie Unrecht hatte.

Wenigstens die Schwärze versuchte er auszutricksen. Nachts schob er die Riegel vor die Fensterläden und ließ Kamin und Taschenlampen brennen, ganze sechs Stück, für die er einen Vorrat an Batterien mitgebracht hatte.

Es war hart, an diesem Ort zu überleben, ohne meschugge zu werden. Weit schwerer war das nicht ‚meschugge' werden für sein Opfer.

Sein Wimmern und Stöhnen ging ihm gehörig auf den Sack. Es war noch abstoßender als der Gestank.

Er musste es aushalten. Der Plan war, den Doktor am Leben zu erhalten, was er sich leichter vorgestellt hatte. Sein aufgedunsener Gefangener hatte ein arges Handicap: Er blutete wie Sau aus dem Schlund, obwohl er ihn verarztet hatte.

Zeit, ihm das erneut unter die Nase zu reiben.

Er kniff ihn in die fahlen Wangenlappen, versetzte ihm ein paar kräftige Ohrfeigen, bis sie rosig durchblutet vor ihm lagen. »So ist es fein. Da staunst du Doktorchen, was? Hast es überlebt, weil ich mich um dich gekümmert habe.«

Zufrieden registrierte er, wie sich die Atmung seines Opfers veränderte, wie das Schnaufen und Wimmern lauter wurde. Er beugte sich über ihn, soweit, wie er seinen Gestank ertrug: »Merkst du endlich, wie es ist, wenn man sich nicht wehren kann? Das ist Scheiße, was? He, ich rede mit dir, nick wenigstens und schau mich an.«

Er zeigte mit gespreiztem Zeigefinger und Ringfinger auf seine Augen. Dahin sollte der Wanst mit seinen Schweinsäuglein gucken, nur dahin. Das verquollene Gesicht zuckte zusammen. Die halboffenen Augen starrten ihn an.

»Kapierst du's? Jetzt bin ich am Zug.«

Kichernd trat er gegen den Wanst, der längst blau und grün war. »Lass uns spielen, das kennst du doch. Hast doch so gerne zugeguckt ..., naja, weggeguckt trifft es eher«, schob er mit wildem Blick nach.

Er griff nach der halbvollen Flasche Wasser und schüttete sie gemächlich über das Gesicht des Mannes, der gierig den Mund öffnete. Einen Schlund, der schlucken lernte - ohne Zunge.

Das Abkneifen war eine einzige Sauerei gewesen. Das Blut floss nur so aus ihm heraus. Er hatte den Fettkloß zur Seite drehen müssen, damit er nicht daran erstickte. Dann war er zum Dorfhaus gefahren, hatte den Rechner angeworfen und im Netz nachgeforscht, wie man Amputationswunden effektiv versorgte.

Der Schreck, der ihn dabei durchfuhr, war allgegenwärtig: *Wer bezahlte eigentlich die Stromrechnung und die Kosten für die Internetverbindung? Die Briecherts waren seit Wochen tot.* Da war ihm klargeworden, dass er nicht mehr in das Haus der Alten zurückkehren durfte.

Den Computer nebst Zubehör hatte er kurzerhand im Transit verstaut. Es war Zeit, sich einen neuen Unterschlupf zu suchen. Aber erstmal musste der Fettkloß überleben.

Auf der Rückfahrt ließ er die verschiedenen Methoden der Blutstoppung Revue passieren. Am besten gefiel ihm die Brandmethode aus dem Mittelalter. Ein Glüheisen auf die blutende Stelle drücken, war weitaus befriedigender, als die neuzeitliche Variante mit einem heißen Bügeleisen.

Beim Betreten der Hütte hatte ihn ein bestialischer Gestank aus Fäulnis, Urin und Scheiße empfangen. Mit Blick auf den bewusstlosen Mann auf dem Lehmboden hatte er alle Türen und Fenster aufgerissen und jeden Winkel der Hütte mit einem Desinfektionsmittel besprüht. Erst danach tastete er nach dem Puls des Verletzten. Er lebte noch. Gerade so. Er beeilte sich, stocherte im glimmenden Kaminfeuer, bis das Eisen glühte und der Wanst aus seinem Märchenschlaf erwachte.

Es dauerte fast zu lange, während das verdammte Blut floss und floss. Zum Spaß testete er eine Blutstillmethode aus dem Mittelalter mit erhitztem Öl, das er auf den blutenden Stumpf tröpfelte. Der Effekt war grandios. Es zischte, wie beim Braten eines Steaks.

Wenigstens war der Alte jetzt wach und gab Laute von sich, die übler waren als das Geheul von Höllenhunden. Er strengte sich an, ihn zu übertönen. »Halt die Fresse und hör zu.«

Als das Schreien in ein Stöhnen überging, stellte er in normaler Lautstärke die entscheidende Fachfrage an den Mediziner: »Wie sollen wir es machen?« Er las von seinem Notizblock ab: »Paré empfiehlt die Wundversorgung mit sauberen Bandagen und Salben aus Ei, Rosenöl und Terpentin. Aber daraus wird nichts mein Lieber, so viel Zeit haben wir nicht.«

Aufmerksam beobachtete er den Doktor, dessen Augen im Raum herumirrten, als wolle er erneut wegtreten. »Nix da. Bleib wach, wenn du nicht krepieren willst. Was meinst du, für wen ich solchen Aufwand betreibe?«

»Richtig, für dich. Also hör zu, du bist der Arzt.«

Kichernd fügte er hinzu: »Du bist der Arzt und zugleich Patient, ist das nicht komisch?«

Er belauerte sein Opfer mit gierigen Augen. Trank die Angst, das Entsetzen in sich hinein. *Mehr davon.*

»Wir können die Zunge auch in Pech tunken, der Brandschorf verschließt die Blutgefäße, cool was?«

»Ach kacke, die ist ja ab«, gackerte er los, verschluckte sich und bekam einen Hustenanfall. »Na fein, uns bleiben zwei weitere Methoden, such dir eine aus: Bügeleisen oder Brenneisen?« Er hielt ihm beides hin. »Du bist der Doktor, sag, was dir genehm ist.«

Er bekam einen weiteren Lachanfall und zählte: »ene-mene-muh, aus bist du.« Abwechselnd zeigte er auf Bügeleisen und Brandeisen: »Also, das Brandeisen.«

Der Wanst rollte sich zusammen, wendete sich ab, statt das lebenserhaltende Brandeisen in seinem Schlund willkommen zu heißen. Kopfschüttelnd besah er sich den Berg Mensch, der vor ihm lag wie eine fette Made. »Doktor, Doktor. Ohne die Säuberung mit dem Eisen krepierst du am Wundbrand oder am Blutverlust.«

Am Ende war er gnädiger mit ihm, als er es verdiente und wartete, bis er erneut weggetreten war. Dann öffnete er mit Holzstäbchen den Schlund, streifte sich Schutzhandschuhe über, nahm das glühende Eisen aus dem Kamin und drückte es für drei Sekunden auf den Zungenstumpf. Es zischte, qualmte und brodelte - und war nichts im Vergleich zu dem Feuer in ihm.

Er zitterte, als er die Prozedur wiederholte. Dieses Mal hielt er einen Hauch länger drauf, bis er nicht mehr stillhalten konnte, bis er abrutschte und auch die linke Wange mit dem Eisen erwischte. Erst da dachte er wieder klar und war enttäuscht, wie jedes Mal.

Das war vor acht Tagen gewesen.

Der Wanst heulte jetzt nur noch, wimmerte und bepisste sich wie ein Baby. Er musterte ihn vom lichten Schopf bis zu den verdreckten Fußnägeln und unterdrückte den aufkommenden Würgereiz. Den miesen Geschmack im Mund spülte er mit einem kräftigen Schluck aus seiner Bierflasche herunter. Das Getränk kam frisch aus dem auf Maximum eingestellten Kühlschrank, eiskalt, wie er es mochte. Genüsslich rülpsend plante er die folgenden Schritte. Der Transit wartete auf seinen Passagier, sauber ausgelegt mit Plastikfolien aus dem Baumarkt, vollgetankt für den Ausflug ins Grüne.

Die geleerte Bierflasche stellte er in dem Leergutkasten ab. Nur nichts umkommen lassen und Pfand einsammeln, das hatte er früh gelernt. Genau wie den Umgang mit der Digitalkamera. Er schoss und umtanzte den riesigen Fleischberg auf der Suche nach der perfekten Perspektive. Auf den Aufnahmen fehlte nur ein Fitzelchen, aber das hob er sich auf für das Finale.

Es war höchste Zeit, ihm stank der Fettkloß, physisch und psychisch. Jetzt musste er nur noch aufwachen und wählen, zwischen abkratzen und krepieren.

Nach einer halben Stunde war es so weit. Die verquollenen Mauseaugen starrten ihn an, als sei er der Messias persönlich. Das Betteln in den Augen machte ihn an, weit mehr als die anfängliche Wut. Die Unterwürfigkeit, mit der er ihm gehorchte, gab ihm einen Kick. Das wollte er schüren - bis das Eisen heiß war. »Doktor hör genau zu. Ich frage dich jetzt, wie es weitergehen soll. Du hast die Wahl. Nicken und Kopfschütteln kannst du ja wohl noch.«

Das Nicken war unmerklich, die Augen des Opfers zeigten erneut diesen selten dummen Hoffnungsschimmer.

»Möglichkeit eins: Ich mach mich ohne dich aus dem Staub und lass dich langsam verrecken und darum beten, dass dich zufällig jemand findet.«

Kopfschütteln und die entsetzt rollenden Augen im Fokus, nickte er schief grinsend. »Dachte ich mir. Wollen wir stattdessen einen Ausflug machen?«

Ein weiteres Nicken des Fetten verbreiterte sein Grinsen. »Brav Doktor. Dann lasse ich dich irgendwo draußen raus, wo sie dich finden. Im Freien, in einem hübschen Waldstück. Gefällt dir das?«

Wieder ein Nicken, diesmal heftiger.

Aufmunternd nickte er ihm zu. »Los. Wälz deinen Wanst auf das Rollbrett.«

Dann sah er zu, wie der Doktor schnaufend seinen an Armen und Beinen gefesselten Körper auf das Brett mit den Rollen wälzte.

Es regnete leicht, als er ihn über eine Rampe ins Innere des Transits zerrte. Durch die verschmierten Fenster fiel ein Lichtschimmer, gerade genug für seine Operation.

Ein letztes Mal eilte er ins Innere der Hütte, um das Brandeisen aus der glühenden Asche zu holen, dem Moment entgegenfiebernd, wo er sich auf das schwammige Fleisch seines Opfers setzte. Seine Stimme krächzte, als es so weit war, »halt still, sonst muss ich zu häufig ansetzen, bis das Zeichen sitzt«, mahnte er. Nach drei Anläufen schaffte er es. Beim letzten Brennen hielt er drauf, bis sein Opfer hinüberglitt.

Den holpernden Waldweg fand er ohne Scheinwerfer im Dunkeln. Er bewegte das Gefährt im Schritttempo, darauf gefasst, dass jederzeit etwas Unheimliches aus dem Gebüsch hervorschießen könne.

Nach zwanzig Minuten erreichte er den Zubringer zur A9 und bog links ab. Mit steigendem Tempo kehrte er zurück, dahin, wo seine Transformation begonnen hatte.

Er war der Neue gewesen. In einem katonischen Zustand, in dem er sich nicht gewehrt hatte. Zu traumatisiert von dem Ende seiner angeblichen Erzeuger, um die Lektion seines Lebens zu verinnerlichen:

‚Schlag zuerst, dann überlebst du.'

Damals hatten sie ihn als Punchingball benutzt, und er erinnerte sich nur vage an Einzelheiten. Doch ein Satz hatte sich in sein Gedächtnis eingebrannt: »Wir rufen den Doktor.«

Sie flüsterten es und wandten sich ab von dem Jungen, der geprügelt worden war, bis die Wunden platzten, bis sie sich entzündeten und eiterten. Dass er dieser Junge gewesen war, konnte er bis heute kaum glauben. Aber er zwang sich, ließ Erinnerungen daran aufleben, wie er den Doktor mit Blicken um Hilfe angefleht hatte.

Angesichts der Tränen und Wunden eines kleinen Jungen hatte der Doc damals die Wahl gehabt.

Doch er hatte die falsche Wahl getroffen.

»Halb so wild«, hatte er gesagt und weggesehen. »Gebt ihm Tabletten und streicht Salbe drauf.« An ihn gewandt hatte er hinzugefügt: »Hör auf, dich mit deinen Kumpels zu schlagen.«

Tage später war der Doktor wieder da. Er hatte gelacht, als er seinen Kopf grob untersuchte und ihm in das Gesicht sah. »Bist wohl mit dem Kopf gegen den Türrahmen gelaufen?«

Dass der Türrahmen eine Männerfaust gewesen war, wusste der Doktor zwar nicht. Aber das riesige Veilchen auf seinem Auge hatte er sich nicht selbst verpasst. Ebenso wenig wie die Wunden in seinem Intimbereich, die von Bissen menschlicher Zähne herrührten. Auch dass er infolge dieser unbehandelten Verletzungen zeitlebens an Erektionsstörungen leiden würde, hätte den Doktor vermutlich nicht interessiert. Der Junge hatte es ihm gezeigt, als man noch etwas heilen konnte.

»Lass den dreckigen kleinen Pimmel, wo er ist«, hatte er ihn angezischt und laut zu den Alten gesagt. »Zwei Tage Bettruhe, danach ist er wie neu.«

Warum hatte er keinen der Vorfälle gemeldet? Warum hatte es nie einen Bericht an die Behörden gegeben? Warum?

Die Antwort stand in den zurückgelassenen Unterlagen. Und dafür zahlten sie jetzt. Alle. Auge um Auge.

Die schmerzhafte Erektion ließ ihn heftig auf das Gaspedal treten. Zahltag. Zahltag für den Doktor. Die Sterne, die er sah, machten ihn rasend und trieben ihn auf der holprigen Landstraße voran.

Das Wort Racheengel, das sich während des Einfädelns auf die A9 in seinem Kopf nach vorne drängte, verunsicherte ihn, seit die Pressetusse ihn verhöhnt hatte. Hatte sie die Botschaft mit der Zunge nicht verstanden?

Unbewusst richtete er seinen Oberkörper auf und ließ vor seinen Augen Revue passieren, was er erreicht hatte. Doch die Erregung hielt nicht an. Sie schrumpfte in sich zusammen wie sein Ego. Der Nachhall der Spottexte stieß in ihm auf wie ein Schluckauf.

Um ein Haar streifte er das dahintuckernde landwirtschaftliche Gefährt beim Überholen. Er ging runter vom Gaspedal, bis der Tacho unter der vorgeschriebenen Höchstgeschwindigkeit im Strom des dahinfließenden morgendlichen Verkehrs unterging. Unauffällig, seiner Mission folgend.

20

BLUTIGER MONTAG

1. Juli, 9.00 - 17.00 Uhr

»Sein Wille geschehe«, war die Mail überschrieben, die Toni aus ihrem SPAM-Ordner im Mailkästchen fischte.

Der Anhang enthielt Fotos, die sie routinemäßig auf Viren überprüfte. Sie legte sie in einem frisch angelegten Ordner ab, ehe sie zum Öffnen draufklickte und aufschrie ...

»Cazzo! Mammina ...«, wild gestikulierend winkte sie in Richtung Schulzes Glasbüro. »Viktor, Basti, herkommen, sofort!«

»Knallst du völlig durch?« Viktor ließ vor Schreck seine Kaffeetasse fallen und eilte los, um die braune Lake auf dem Fußboden mit einem Lappen zu beseitigen. Beim Aufsammeln der Scherben schnitt er sich in den Daumen und verarztete sich mit einer Lage Papier, bevor er Tonis Ruf folgte. Demonstrativ streckte er ihr den blutgetränkten Verband hin.

Erst jetzt bemerkte er das leichenblasse Gesicht, mit dem sie zwischen ihm und dem Bildschirm hin und her blickte. »Kannst du kein Blut sehen?«

»Da, sieh dir das an ...«, sie würgte. Hielt sich die Hand vor den Mund, presste heraus: »Wir haben ihn, den Typ ohne Zunge.«

Sie sprang auf und stolperte Richtung Toiletten.

Viktor starrte ihr verdutzt hinterher. »So schlimm hat es mich auch nicht erwischt.« Er ließ sich in Tonis Stuhl fallen und fluchte: »Scheißenochmal.«

Toni kam zurück, grau im Gesicht. Setzte sich vor ihm auf ihren Schreibtisch.

»Boah, meinst du das lebt noch?«, krächzte Viktor und wies mit der blutenden Fingerspitze auf den Bildschirm.

»Das?« Toni betrachtete ebenfalls das letzte Foto. »Das ... das ist ein Fleischberg. Ein verflucht fetter Fleischberg!«

Toni saß wieder halbwegs gefasst an ihrem Schreibtisch. Viktor hatte seinen Drehstuhl zu ihrem Tisch herangezogen und sie studierten die Bilder, bis Toni sich mit der Hand an die Stirn klopfte. »Verdammt, den habe ich schon mal gesehen?«

»Sicher?«

»Ja, ich komme nicht drauf, lass uns weitermachen. Was meint der mit ‚sein Wille geschehe?'«

»Keine Ahnung, ich glaub kaum, dass der Typ darum gebettelt hat, so zu sterben.«

»Vielleicht hält er sich für so eine Art Gottesrichter?«

»Kann sein«, murmelte Toni. »Irgendwas ist anders.« Sie starrte auf den Bildschirm und wies mit dem Finger auf die Hüfte des Fleischbergs. »Da ist kein Brandzeichen.«

»... knallt ihr zwei jetzt völlig durch«, mischte sich Schulz ein. »Was war das eben? Blutsbrüderschaft?« Er wies auf Viktors blutdurchtränkten Notverband. »Geh in die Küche, da hängt ein Erste-Hilfe-Kasten, verbinde das ordentlich.«

Viktor wies im Weggehen auf Tonis Bildschirm. »Wir haben ihn, bin sofort wieder da.«

»Wen habt ihr?«

»Den Typ zu der abgeschnittenen Zunge«, Toni zoomte in eins der Fotos hinein und drehte den Bildschirm in Schulz Blickrichtung. »Nur das Brandzeichen fehlt.«

»Noch«, ergänzte Viktor Sekunden später, mit einer zugeschweißten Packung Verbandmaterial in der Hand. »Da, auf den letzten Bildern ist es drauf.«

Er scrollte mit seiner unverletzten Hand durch die Bilder, vergrößerte die letzte Aufnahme und streckte Toni das Verbandspäckchen hin. »Ich kriege das nicht auf.«

Toni hantierte mit einer Papierschere, während Schulz auf das Foto starrte. Seine Stirn krauste sich in Falten, ebenso wie Tonis, die den blutigen Schnitt an Viktors Hand verarztete. »Boah, ich kann da nicht hinsehen.« Sie schüttelte sich, ließ sich Zeit mit dem Verbinden, legte mehrere Lagen Mullläppchen auf und wickelte die Hand von Viktor ein. Doppelt, bis er sie stoppte.

»Ich glaube, das langt jetzt ...«

»Das langt tatsächlich ...« Schulz hielt sich die Hand vor den Mund, »... um einen Kotzanfall zu kriegen.«

Er klickte zurück auf den ursprünglichen Fotoausschnitt und betrachtete die Waldlichtung. In der morgendlichen Dämmerung wirkte der aufgeplusterte Körper unwirklich. Der Fokus war exakt auf das frische Brandmal ausgerichtet. Er kniff die Augen zusammen. »Der sieht aus wie eine aufgeplusterte Made, an der einer rumgestochert hat. Die Wunde blutet noch.« Er zoomte auf die frisch ausgehobene Grube neben dem Körper.

Die Aufnahme trug einen Untertitel:

Findet ihn. Findet heraus, wessen er schuldig ist. Auge um Auge

Und für dich, Schmiertusse: Ich habe dem Junkie kein Haar gekrümmt. Ich bestrafe nur die Täter. Stell das klar oder friss Dreck!

»Wir haben ein Problem«, murmelte Kante, nachdem sie über den Fotos und der Nachricht des Racheengels gebrütet hatte. »Dein Artikel hat ihn gegen dich aufgebracht.«

»Das waren nur Notizen«, motzte Toni in Richtung Anna.

Die Assistentin zuckte mit den Schultern. »Nicht meine Schuld, dass der Artikel ungeprüft rausging.«

»Okay, das ist nicht zu ändern«, bog Schulz bei. Den giftigen Blick, mit dem ihn Toni und Kante bedachten, übersah er.

»Er outet sich und zeigt, wie er tickt«, nickte Kante nach einer weiteren Schweigepause. »Du scheinst Teil seines Plans zu sein, und wenn du nicht so spurst, wie er will ...« Sie zögerte, sah Toni besorgt an. »Ich versuche, Personenschutz für dich zu organisieren.«

»Auf keinen Fall.« Toni schüttelte heftig den Kopf.

»Toni, das ist ernst.«

Ihr Blick auf Toni war es auch. Sie reichte ihr eine Notiz mit Adresse und Trainingszeiten. »Komm dahin. Wir trainieren jeden Montag und Freitagabend. Du kriegst eine Schnellunterweisung, mit der du dich gegen wesentlich kräftigere Typen wehren kannst.«

Toni steckte sie wortlos ein. *Ich habe ja nichts Besseres zu tun, als einer Strohpuppe in die Eier zu treten?*

Kante nickte ihr zu, als würde sie in ihrem Kopf lesen. »Kommenden Freitag. Und wir üben nicht mit Strohpuppen, sondern mit männlichen Trainingspartnern.«

»Können wir jetzt weitermachen?«, motzte Toni in die Runde. »Was haltet ihr von diesem schleimigen Pathos? ›Sein Wille geschehe‹?«

»Da steckt etwas Persönliches dahinter.« Kante wirkte zunehmend besorgt.

»Es ist, als ob zwei Personen die Botschaft geschrieben hätten«, ergänzte Wüst ihre Einschätzung.

Kante nickte. »Momentan hält ihn nur seine Mission zusammen. Aber da steckt noch mehr dahinter. Er distanziert sich von den direkten Morden. Ich vermute, die Ermordung der Briecherts geht ebenso wenig auf sein Konto, wie die des Jungen.«

»Wer hat dann hinter ihm aufgeräumt?«, überlegte Toni.

»Diese Aktionen in seinem Schatten machen mir Angst, und ihm womöglich auch.« Kante wies auf die Botschaft. »Er distanziert sich davon.«

»Stimmt«, Toni biss sich auf die Lippen. »Könnte es sein, dass er sich nicht als Killer sieht?«

Viktor kratzte sich am Kopf. »Er hat sie sich selbst überlassen, zwar riskiert, dass sie sterben, aber er hat sie nicht getötet, bis auf den Mann ohne Zunge.«

»Er könnte auch noch leben.« Toni zeigte auf das Foto und zoomte in das Foto hinein. Sie vergrößerte den Bildausschnitt mit dem Gesicht und kniff die Augen zusammen. »Verdammt, ich wusste, dass ich ihn irgendwoher kenne. Das ist einer der Knauser.«

»Du kennst ihn?« Kante blickte sie alarmiert an.

»Sekunde.« Toni tippte eine SMS ein.

»Wer ist das?«

»Das weiß ich selbst noch nicht, aber vielleicht Mario. Das ist einer seiner Geizkragen.«

Ihr iPhone meldete den Eingang einer MMS. Toni öffnete sie, starrte auf die beigefügte Aufnahme und reichte das Gerät an Kante weiter. »Das ist er.«

»Wie kommt dein Neffe an das Foto? Ach vergiss es, ich sollte das besser nicht wissen, oder?«

»Nichts Schlimmes, Mario hat so eine Theorie, sein Hund wedelt mit dem Schwanz, um anzuzeigen, wie viel Trinkgeld ein Gast gibt. Der war knausrig.«

»Okay? Knausertypen sind die Bösen, oder?«

»Ja so ähnlich«, antwortete Toni. »Aber er kennt den Namen nicht.«

»Vielleicht weiß einer der Kellner seinen Namen? Hat er mit Kreditkarte gezahlt?«

»Ich habe eine bessere Quelle.« Erneut tippte Toni eine Mailnachricht und fügte Marios Aufnahme als Anhang dazu. Sie schickte sie an eine gespeicherte Adresse, mit der Frage: »Wer ist das, kennst du ihn?«

»Warte, gib mir eine Minute.«

»Toni, wenn du was weißt, sag es ...«

Tonis iPhone meldete eine neue Mail. Sie überflog die Nachricht und zeigte sie Kante. »Genügt das?«

Könnte Doktor Kinnert sein. Ein Quacksalber. War früher hager. Muttermal am Hals und Augenpartie passen.

»Danke«, hauchte Kante lautlos, während sie eine Nummer wählte. »Der Gesuchte ist vermutlich ein Doktor Kinnert. Wie weit seid ihr mit der Analyse der Fotos? Der Suchtrupp soll Standby bleiben, bis wir das Gebiet eingrenzen können. Wir brauchen Hunde, Wärmebildkameras, Hubschrauber.«

Dann hastete sie davon, mit einem dankbaren Handschlag an Toni. »Ich meld‘ mich, wenn wir mehr wissen.«

***

Die Suche nach dem Opfer lief auf Hochtouren. Das letzte Foto des gebrandmarkten Doktors zeigte genug Umfeld, um die Suche eingrenzen zu können. Die Reifenspuren auf der feuchten Erde identifizierten den vermutlichen Wagentyp als Lieferwagen. Die Reifen waren Massenware, aber noch recht neu. Im Hintergrund sah man amerikanische Kiefern in einer eingezäunten Schonung mit einem Schild des Betreibers. Es handelte sich um eine spezielle Baumschule, die nur in einem abgegrenzten Waldgebiet in Franken vorkam.

Die Identität von Doktor Kinnert, der heute als Professor Doktor Kinnert ein Institut für frühkindliche Förderung betrieb, gab Kantes Team Rätsel auf.

»Der Professor ist verreist«, wimmelte eine Assistentin seines Instituts die Fragenden ab.

Kante wies Marcel Wüst an, Recherchen über das vermutliche Opfer einzuholen. »Achte drauf, ob er in Pädophilenkreisen verkehrt. Überprüfe, ob wir den Richtigen haben, oder ob es nur eine Namensgleichheit mit dem Professor gibt. Wenn er es ist, brauchen wir eine Genehmigung für eine Durchsuchung. Beeil dich, damit nichts weggeschafft werden kann.«

Fünf Minuten später meldete sich Wüst. »Der Professor hat gestern ein Flugzeug in die USA bestiegen. Er ist gelandet und hat im gebuchten Seminarhotel eingecheckt.«

»Keine Verwechslung möglich?«

»Nein, er twittert, schau her, mit Foto des Hotels und werbewirksamen Floskeln über das Seminar mit dem Titel: ‚Fördere das Potential deines Kindes oder es verkümmert.' Was ist das denn für ein seltsamer Professor?«

»Sein Institut kümmert sich um ‚frühkindliche Förderung' «, erklärte Kante. Ihr Telefon klingelte.

Der Einsatzleiter der Suchtrupps meldete, einer der Hunde habe angeschlagen.

***

In der Redaktion brütete Toni über dem Artikel zum letzten Opfer des Racheengels. Unruhig rutschte sie auf ihrem Stuhl hin und her. Zum Abfassen der Grundstory fehlten ihr Informationen zu Doktor Kinnert. Eine Nachfrage im Restaurant Amato hatte nichts gebracht. Kinnert war kein Stammgast. Außer Mario, der ihn heimlich gefilmt hatte, erinnerte sich niemand an ihn. Selbst Mario erzählte nicht viel.

Toni hatte das Gefühl, ihm habe der fette Mann Angst eingejagt. Als sie nachfragte, redete er sich heraus.

»Der war nur blöd.«

»Wieso«, fragte Toni nach.

»Der war schmierig, hat mich angeglotzt«, platzte er heraus.

Toni beendete das Gespräch und schüttelte sich. So nah war sie den Opfern des Racheengels noch nie gewesen. Nervös knabberte sie an ihren Fingerkuppen, argwöhnisch beobachtet von Viktor.

»Ich spendiere dir eine erstklassige Maniküre und falsche Fingernägel, wenn du damit aufhörst.«

»Was?«

»Lass gut sein, Prinzessin. Wer nicht will ...«

»Sorry Viktor, ich habe nachgedacht. Wenn das der Typ ist, den Mario aufgenommen hat, wird es schmutzig. Mario hat was angedeutet.«

»Was denn?«

»Er fühlte sich von ihm angestarrt, fand ihn schmierig. Mein Neffe hat zwar ein wenig zu viel Fantasie, aber er verfügt über ein feines Gespür für Menschen.«

»Du meinst, das ist einer von den Widerlingen, die Kinder angrabschen?«

»Ja, bis heute. Sag mal, würdest du die Stellung halten, ich will was überprüfen.«

»Kann ich helfen?«

»Nee, lass mal. Bin gleich zurück. Muss telefonieren.«

Viktor wies auf das Redaktions-Telefon. »Oder hast du wieder Geheimnisse?«

»Na sicher. Ich rufe jetzt den Racheengel an und frage ihn, ob er Lust hat, mich zu treffen. Blödmann ... Wenn jemand fragt, ich bin auf dem Klo.«

Viktors Kopfschütteln ignorierend stürmte sie Richtung Fahrstuhl und drückte den obersten Knopf. Noch im Fahrstuhl wählte sie eine eingespeicherte Nummer. »Du bist mir was schuldig«, überfiel sie ihren Informanten.

»Bitte?«

»Ich habe schon wieder deinen Namen rausgehalten.«

»Na und. Dafür habe ich dir die Identität dieses Kerls gegeben. Das ist unser Deal, ich halte mich dran.«

»Ich bin dir extrem dankbar, von mir aus musst du auch nicht mit der Kripo reden, aber was kannst du mir über den Doktor sagen.«

»Welcher Doktor?«

»Doktor Kinnert, du hast mir eine Nachricht geschickt, hallo ...? Gedächtnisschwund?«

»Ich kenne den nicht, aber mein Kollege.«

»Kann ich ihn sprechen?«

»Nein, der ist schon weg.«

»Verflucht ...«

Toni versicherte sich auf der Dachterrasse hin und herlaufend, dass keiner ihr Gespräch mithörte. Als sie einen Schatten auf dem Boden sah, erschrak sie. »Du?«

Ohne sich zu verabschieden, beendete sie das Gespräch und steckte das iPhone weg. »Schnüffelst du mir nach?«

»Ich hab mir Sorgen gemacht«, murmelte Viktor schuldbewusst.

»Und wie hast du mich gefunden?«

»Auf dem iPhone ist die Standortfunktion und die App ‚Freunde finden' aktiviert. Sorry, war keine Absicht. Alle meine Geräte sind synchronisiert.«

»Grazie Mille! Du weißt also immer, wo ich gerade bin?«

»Sorry, ich hatte nicht mehr dran gedacht, aber du hattest Besuch, angeblich ein Bekannter.«

»Name?«

»Hat er nicht dagelassen.«

»Super, ich liebe Versteckspielchen. Boah, Mann. Hat er wenigstens eine Nachricht hinterlassen?«

»Hat er, ich hab's notiert.«

»Zeig her!«

»Nur, wenn du versprichst, dass du dich nicht alleine mit ihm triffst.«

»Madonna! Red schon ...«

Viktor las die Nachricht vor:

Ich weiß vermutlich, wer der Gesuchte ist und melde mich bei dir.

***

Er war mit einer düsteren Innenschau beschäftigt, während er das Redaktionsgebäude beobachtete. Ohne Reue würde er sein scheinbar aufregendes Leben gegen das eines Familienvaters tauschen. Er sehnte sich nach Normalität, nach allem, worüber sich die Kumpels im Sportclub beschwerten. Ein Spießerleben, eine Frau, Kinder und Schwiegereltern, die man sonntags besuchte.

Sein Aussehen, sein Ansehen in Sportlerkreisen, sein gefülltes Bankkonto bedeuteten ihm nichts. Einzig seine Tätigkeit als Tierpfleger verschaffte ihm die begehrte Befriedigung und Bodenhaftung.

Vor drei Jahren hatte er seinen Trainerschein als Personaltrainer gemacht. Seine ersten Kunden waren gelangweilte Hausfrauen aus dem Sportclub gewesen. Er hatte ihnen geholfen, Fettpolster effektiv abzutrainieren und arbeitete ein persönlich abgestimmtes Programm aus, dass ihre Ernährung und Bewegung so auslotete, dass sie in Form kamen und blieben. Über Empfehlungen war sein Kundinnen-Stamm gewachsen. Eine Stunde bei dem blonden Fitnesstrainer galt als Geheimtipp. Zu seiner Klientel, die ihn für mindestens 200 Euro pro Stunde buchte, gehörten B- und C-Sternchen, die ihn eifrig weiterempfahlen. Der Job war eine Gelddruckmaschine.

Von dem Geld hatte er sich die Dachwohnung im Frankfurter Stadtteil Fechenheim gekauft. Sie war sein einziger Luxus. Er besaß nur ein altersschwaches VW-Cabrio, das meist abgedeckt in der Garage stand. Unterwegs war er mit dem Tierschutzbus, dem Fahrrad oder mit öffentlichen Verkehrsmitteln. Er ernährte sich gesund, trieb viel Sport und verband seine Outdooraktivitäten mit Gassirunden für die Hunde des Tierheims.

Heute war er alleine unterwegs, ein Single, der abhing oder auf der Jagd nach einem Abenteuer war. Dass er keinen Wert auf Gesellschaft legte, kaschierte er hinter einem charmanten Lächeln, an dem seine Augen nicht beteiligt waren. Er gestattete sich weder Affären mit den Ehefrauen, noch mit den männlichen Kunden, die ihm Avancen machten. »Nicht im Job«, war seine Entschuldigung.

Was hinter seiner strahlenden Fassade rumorte, ahnte niemand. Sogar er hatte es verdrängt. Bis die Meldung von den Briecherts auftauchte. Bis Erich ihm Fragen stellte. Bis ihn die Vergangenheit wie ein Bumerang zurückwarf.

Er hatte die vertrauten Schauplätze aufgesucht und war am Ende durch die klosterumgebenden Wälder gestreift. Abstand haltend zu dem Gemäuer, vor dem ihm graute.

Dort lauerte die Dunkelheit. Erst nach Jahren war ihm aufgegangen, wieso seine Erlebnisse im Kloster ihm mehr zu schaffen machten, als die Zeiten auf dem Aussiedlerhof. Es war der Raub seiner einzigen Zufluchtsstätte, die er im Glauben an ein göttliches Wesen gefunden hatte. Die dunkle Frau hatte ihm selbst das genommen, ersetzt durch ein Trauma, das ihn jetzt einholte.

Als der Inbegriff des Bösen ihm bei seinen Streifzügen unvermittelt gegenüberstand, rissen alte Wunden auf. Die gebeugte, verschrumpelte Gestalt hatte sich wie eine Zecke in seinem Gemüt festgebissen.

Ihn fröstelte in der warmen Julisonne. Das trügerische Abbild der heilen Welt verschwand.

Er war dort. Sah sie auf dem abgelegenen Waldweg. Sie schlug ein Kreuz, schlug weiter auf sich ein. Die Rute hatte er ihr abgenommen, hatte versucht, mit ihr zu reden, sie zu konfrontieren mit allem, was ihm auf der Seele lastete.

Sie hatte geschrien: »Weiche von mir, Satan ...«, bevor er sie packte und schüttelte.

Mit heruntergerissenen Gewändern hatte sie sich ihm dargeboten. Nachdem er sie zurückgestoßen hatte, warf sie sich auf die Erde, zuckte in Ekstase, bot sich mit obszönen Sprüchen dem Teufel an, bevor sie reglos liegenblieb.

Sie war weggetreten, als er den Ast in die Asche der Feuerstelle tauchte, um Buchstaben für Buchstaben ein Schuldbekenntnis auf ihr nacktes Fleisch zu schreiben. Ihre Gewänder loderten im Feuer, als sie zum ersten Mal ihren Schrei losließ, den man inzwischen in den Medien zitierte.

»Ich habe den Teufel gesehen, den Teufel, der mir das Licht gestohlen hat ...«

Nach der Rückkehr aus Bayern hatte er sich in den Tierheimalltag gestürzt und halbherzig seine reichen Kundinnen durch den Trainings-Parcours gescheucht. Die Bilder der zuckenden Nonne verfolgten ihn weiter.

»Verflucht Erich, warum hast du mich aufgetrieben und alles wieder aufgewühlt«, murmelte er und erklärte sich der Blondine am Nachbartisch. »Entschuldigung, manchmal rede ich mit mir selbst.«

Dass sie ihm demonstrativ den Rücken zuwandte, war ihm lieber als ihre vorigen Flirtversuche. »Spinner«, fauchte sie. »Zahlen bitte.«

Wortlos wechselte er den Tisch und setzte sich auf ihren verlassenen Stuhl. Von hier aus hatte er einen besseren Blick auf das Redaktionsgebäude. Er ließ seine Gedanken weiter schweifen, während er aus dem Augenwinkel beobachtete, was drüben passierte.

Erich hatte ihm heute ein Foto am Bildschirm gezeigt. »Kennst du den?«

Seine Antwort hatte er kommentarlos ins Handy getippt. Vermutlich hatte die Journalistin sie längst.

Das war jetzt zwei Stunden her.

Die Nachfragen Erichs: »Warum rennst du weg?«, hatte er ignoriert. Nichtwissend, wohin er floh, bis er in der Nähe des Redaktionsgebäudes von seinem Rad gestiegen war.

Jetzt war er hier, direkt vor dem Gebäude von MainLife.

Nach der zweiten Kaffeebestellung zögerte er immer noch. Wollte er wirklich mit der Journalistin reden?

»Möchten Sie dazu ein Stück Kuchen?« Die Bedienung mit dem raspelkurzen Pixieschnitt sah ihn fragend an.

Dankbar lächelte er. »Einen Früchtekuchen.«

»Erdbeertorte?«

Er nickte und sah auf seine Uhr. Der Zeiger rückte auf 16.00 Uhr vor.

Er blickte wieder hoch, schweifte zum wolkenlosen Sommerhimmel und blieb an einer Gestalt auf der Dachterrasse hängen. Als sie sich über die Brüstung beugte, erkannte er sie.

21

DER SCHWEIGENDE

2. - 4. Juli

Tonis Artikel erschien exklusiv, etliche Stunden vor den anderen Veröffentlichungen.

Dass der ursprüngliche Artikelentwurf, den sie am Vorabend geschrieben hatte, der Zensur zum Opfer gefallen war, wurmte sie. Er war überschrieben mit dem Titel: »Gekaufte Schweigepflicht für Doktor Kinnert« und enthüllte die zugrundeliegenden Schrecknisse aus der Vergangenheit ehemaliger Pflegekinder, die von einem Quacksalber verraten, statt behandelt worden waren.

»Der Artikel ist kastriert«, beschwerte sich Toni, als sie das zensierte Ergebnis überflog.

»Er ist sachlich«, beschwichtigte Kante sie am Telefon. »Und er gefährdet weder unsere Fahndung noch dich«. Dann erinnerte sie Toni eindringlich an ihre Verabredung: »Wir sehen uns Freitag um 20.00 Uhr im Club. Freu dich auf ein intensives Einzeltraining.«

»Geht klar«, antwortete Toni und grübelte: *Wie kann ich mich davor drücken?*

***

Kante blieb nach dem Telefonat regungslos an ihrem Schreibtisch sitzen. Irgendein Detail am Fall Kinnert störte sie. Sie rief erneut die Akte auf, studierte die vorangegangenen Ereignisse, stöberte in den Protokollen und ließ versuchsweise den Namen Kinnert und sein Foto durch ein spezielles Suchprogramm laufen. Nach wenigen Minuten plingte es und zeigte beim Namen wie beim Foto Treffer.

Stirnrunzelnd sah sie auf den Bildschirm. »Verflucht, wieso gibt es dich doppelt?« Sie wählte eine Nummer, die sie Tage zuvor eingetippt hatte.

Wieder wartete sie die unverschämt lange Ansage der Telefonistin ab: »Institut für frühkindliche Förderung und Analyse und Potenzierung hochbegabter Kinder. Professor Doktor Kinnert, hier spricht Luise Schmitt-Posen, Assistentin der Institutsleitung. Was darf ich für Sie tun?«

»Kante, BKA, verbinden Sie mich mit Professor Kinnert.«

»In welcher Angelegenheit?«

»In dringender Angelegenheit«, sie war kurz davor durch den Hörer zu springen.

»Bedaure, ohne triftigen Grund, darf ich Herrn Professor nicht stören.«

»Liebe Frau Luise Schmitt-Posen, wenn Sie mich nicht augenblicklich mit dem Professor verbinden, bin ich in dreißig Minuten mit zwei Kollegen in Uniform bei Ihnen.«

Die Assistentin blieb ungerührt. »Ich kann sie nicht verbinden, Herr Professor Kinnert ist in einer wichtigen Familienangelegenheit unterwegs.«

»Ich rufe auch in einer Familienangelegenheit an.«

Kante drückte einen Knopf, der das Gespräch aufnahm. Streng genommen musste sie den Teilnehmer darüber informieren, aber sie stocherte im Dunkeln, nur von ihrem Instinkt geleitet.

Das Erste, was ihr Gerät aufzeichnete, war ein knappes:

»Ich verbinde.«

Die Warteschleife bescherte ihr etliche Takte einer Opernarie, bei der ihre Geduld sich endgültig verabschiedete. Sie hasste klassische Musik, die im Haus ihrer Adoptiveltern die sonntäglichen Essen und andere Rituale begleitet hatten. Die Stimme, die sich schroff mit Professor Kinnert meldete, erlöste sie nicht wirklich.

»Freut mich, dass Sie wohlauf sind, Professor. Vor wenigen Stunden glaubten wir, nur Ihre Leiche bergen zu können«, schoss sie ins Blaue.

»Wie bitte?«

»Hat Ihre Mitarbeiterin nicht ausgerichtet, dass wir nach Ihnen gefragt haben in Verbindung mit dem neuesten Opfer des Racheengels?«

»Wovon sprechen Sie?«

»Herr Professor, haben Sie einen Zwillingsbruder? Einen eineiigen Zwillingsbruder?«

»Ja, was ist mit ihm, wissen Sie etwas von ihm?«

»Er ist hier bei uns, im unteren Stockwerk.« Kante verschwieg vorerst, dass sich im besagten Untergeschoss die Gerichtsmedizin befand und dass die Überreste des zweiten Kinnert vermutlich gerade untersucht wurden.

»Die Detektei hat keine Spur von ihm, wo war er?«

»Aha? Sie suchen ihn? Wieso haben Sie ihn nicht als vermisst gemeldet?«

»Was geht Sie das an?« Der Ton des Professors war ruppig.

»Ihr Bruder ist in einen Fall, in dem es um Kindesmissbrauch geht, verwickelt«, bluffte Kante und hielt den Atem an.

»Unterhalten Sie sich mit meinen Anwälten. Das ist ein schwebendes Verfahren und ich gestatte nicht, dass Sie versuchen, über meinen Bruder mein Institut weiter zu verunglimpfen.«

Kantes Gesicht erstarrte, da war sie, die Bestätigung. Sie schoss erneut ins Blaue. »Wie tief stecken Sie drin in den pädophilen Spielchen, derentwegen man Ihren Bruder drangekriegt hat?«

»Wofür hat man ihn drangekriegt?«

»Das untersuchen wir derzeit gründlich. Die Spuren führen direkt zu einem Fall, dem wir den hübschen Namen ‚Racheengel' geben.«

Verzückt lauschte sie dem Schnaufen am anderen Ende, bevor sie das verbale Messer drehte: »Er hat ihn drangekriegt. Wir konnten nur noch seine Leiche bergen.«

Den Fluch am anderen Ende der Leitung wartete sie ab, ebenso wie die heisere Frage: »Er ist tot?«

»Ja. Er wurde ermordet.«

»Ermordet?«

»Ermordet vom Racheengel, der sich systematisch an den pädophilen Schweinen aus den Achtzigern und ihren Helfern rächt.«

Stille. Das Schnaufen vertiefte sich.

»Haben Sie keinen Verdacht geschöpft? Das ging durch alle Medien?«

»Nein, ich war im Ausland, bin erst seit wenigen Stunden zurück.«

»Aha! Könnten Sie bitte nach Wiesbaden kommen und Ihren Bruder identifizieren?«

»Geben Sie meiner Assistentin die Adresse.« Kinnert's Stimme war gekippt.

Es klickte. Schmitt-Posen meldete sich erneut.

»Lars, es gibt zwei von denen. Kinnert hatte einen Zwillingsbruder. Hast du einen Moment?«

»Ja, ich bin auf dem Weg zu dir. Kaffee?«

»Immer.«

Drei Minuten später betrat Schön ihr Büro.

»Selbstgebacken, von Uta«, platzierte er einen Teller voller Kuchenstücke neben den Kaffeebechern. »Schieß los.«

»Du erinnerst dich an unsere Anfrage im Institut von Professor Kinnert?«

»Ja, es hieß, er sei verreist, wir suchten nach dem Opfer, dachten das sei ein Irrtum.«

»Der war tatsächlich verreist. Der Professor ist nicht identisch mit unserem Doktor.«

»Und wer liegt in der Pathologie?«

»Doktor Kinnert, der eineiige Zwillingsbruder des Professors.«

»Wie ähnlich sehen sich die Zwei?«

»Zum Verwechseln. Das haben sie sich zunutze gemacht. Es gibt nur einen Arzt namens Kinnert, der je ein Arztstudium absolviert hat.«

»Moment? Einer davon ist ein Quacksalber?« Schön beugte sich vor ...

»Ja. Ich habe keine Ahnung, welcher. Ich weiß nur, dass dieser Mann«, sie wies auf ein Foto, »Professor Doktor Kinnert ist.«

Er griff nach dem Foto. »Was ist das für ein Aktenzeichen?«

»Es gehört zu einem Fall von Kindesmissbrauch, der im Mai aufgedeckt wurde. Dabei sind mir zwei Sachen aufgefallen. Zum einen ist auch David Frensen als Zeuge und Therapeut benannt, zum anderen der Professor. Sie sind sich also womöglich kürzlich begegnet.«

»Könnte das der Auslöser für die Taten gewesen sein?«

Kante zuckte mit den Schultern. »Frensen passt nicht in das Täterprofil eines brutalen Killers, aber vielleicht lässt er einen anderen die meiste Dreckarbeit machen? Ich lasse ihn unauffällig beschatten. Bislang ohne Erfolg.«

»Und Kinnert? Ist er unser Opfer?«

Kante schüttelte den Kopf. »Er ist sein Zwillingsbruder, der Leiter des Instituts für frühkindliche Förderung, dem auch Frensen begegnet ist.«

»Ein Löwe im Lämmerstall?«

»Passender Vergleich.«

»Und welcher von beiden ist jetzt wer?«

»Unser zungenloser Doktor ist vermutlich der Quacksalber, den die Pflegekinder kennengelernt haben. Welche Rolle dabei sein Bruder spielte, weiß ich noch nicht.«

»Setz dich mit den Kollegen zusammen, die diesen Fall bearbeiten. Womöglich ist der überlebende Professor weder Arzt noch Professor, noch darf er Gutachten ausstellen und auf Kinder losgelassen werden. Und bleib weiter an Frensen dran.«

Die Ergebnisse lagen bereits als Zündstoff bei den Akten der Staatsanwaltschaft, die den Fall Claudio Richter betreute. Der Staatsanwalt plante, die Glaubwürdigkeit des Zeugen der Gegenpartei in Grund und Boden zu stampfen.

Er teilte Kantes Verdacht in allen Punkten. Kinnert's Institut war auf gefälschten Zulassungen aufgebaut, seine Gutachten nicht das Papier wert, auf dem sie geschrieben waren. Eine persönliche Begegnung zwischen dem Professor und David Frensen hatte es offenbar bislang nicht gegeben, diese stand noch für den Prozess aus.

»Können wir das unter Verschluss halten, bis zur Verhandlung?«, bat der Staatsanwalt im Zwiegespräch mit Kante. »Ich habe beantragt, dass wir die im August anberaumte Verhandlung vorziehen.«

»Ich vermute, Kinnert hat weit mehr auf dem Kerbholz als Amtsmissbrauch«, warf Kante ein.

»Ich brauche Beweise. Sonst kann ich ihn nur wegen Amtsmissbrauch belangen.«

»Wir bleiben dran, ich melde mich. Vielen Dank.«

Auf dem Rückweg zu ihrem Büro rief Kante in der Pathologie an. »Holt mich dazu, wenn Professor Kinnert auftaucht, um seinen Bruder zu identifizieren.«

Sie wollte sich den falschen Professor ansehen, bevor sie ihn drankriegten. Vielleicht konnte sie ihm bei der Gelegenheit auch entlocken, ob er David Frensen nicht doch persönlich kannte.

***

Der 3. Juli war ein schwarzer Tag für ihn. Irritiert starrte er auf den sachlich gehaltenen Zeitungsartikel.

Verstanden sie seine Botschaft nicht?

Dass die Pressetusse ihn zuvor als Typen mit niederen Motiven angeprangert hatte, passte ihm nicht. Die neutrale Berichterstattung ertrug er noch weniger. Ruhelos suchte er Antworten, während er sein nächstes Opfer im Visier hatte.

Einen Typen, der bis heute auf kleine Jungs stand. Sie waren jünger als seine Enkel.

22

ALLEINGANG

Toni hatte sich den 5. Juli im Kalender angestrichen, um ein Versprechen einzulösen - und dachte, sie habe sich in der Adresse geirrt.

Obwohl der Boxclub Frankfurts größtes und angesagtestes Sportcenter war, machte er von außen wenig her. Die rote Backsteinfassade glich einer Hinterhoffabrik.

Neben dem namengebenden Profi-Boxclub hatten sich unterschiedliche Sportanbieter und Trainer eingemietet. Die Mieten waren so unverschämt, wie die Mitgliedspreise für Dauergäste und Kursteilnehmer. Nur so ließen sich von Wohlfahrtsverbänden gesponserte Sonderkurse finanzieren.

Auch Kantes Selbstverteidigungskurs für Frauen gehörte zu diesen speziellen Angeboten. Opfer und potentiell gefährdete Berufsgruppen wie Frauen, die im Rotlichtmilieu, bei der Polizei oder im Personenschutz arbeiteten, trainierten im Boxclub kostenlos.

An der Saft- und Snackbar im Eingangsbereich hielten Letztere sich kaum auf. Zu aufgesetzt, zu viel Testosteron und zu hoher Silikonanteil, kicherten sie abfällig hinter vorgehaltener Hand.

Über Geld hingegen sprach niemand. Entweder, weil man kostenlos trainierte, weil man genug davon hatte oder weil das Kreditlimit reichte, um hochstapelnd mit der Schickeria zu schwitzen. Ausnahmen von diesen Gruppierungen erkannte man am suchend eingeschüchterten Blick.

Umgucker, Schnupperer und begehrte Beute aller Trainer.

Letztere schoben freiwillig Bardienst, um ihre Gutscheine für eine kostenlose Probestunde an die Neulinge loszuwerden. Wer eine halbe Stunde gratis trainierte, war zu eingeschüchtert, um die damit verbundene Abonnement-Bindung abzulehnen, auch wenn es im Kleingedruckten erlaubt war. Die Gutscheine und Prospekte lagen in Fächerform griffbereit vor jedem Barstuhl.

Toni war zum ersten Mal hier und mehr ruppig als eingeschüchtert drauf. Das Ambiente glich in ihren Augen eher dem Empfang eines Wellness Tempels, in dem sich ein spinnerter Feng-Shui Meister ausgetobt hatte, als einem Sportclub. Selbst die Drinks an der Saftbar waren farblich auf die Ausstattung abgestimmt. Wahrscheinlich saugten die hier den Schweiß mit High-Tech-Geräten aus dem Weltall von den windschnittigen Figuren, überlegte sie, und kletterte auf einen der hohen Barhocker, die für Menschen mit Gardemaß, nicht für 155 cm kleine Italienerinnen ohne Bergsteigerausrüstung, konstruiert waren.

Unwillig sah sie sich um und ließ den Werbespot zu ihrer Schweißabsaugmethode vor dem inneren Auge ablaufen. Sie sah winzige Tentakel aus Platinröhrchen über das Sixpack eines sonnengebräunten Adonis flitzen, untermalt von Technoklängen, endend mit dem obligatorischen Schlusssatz für medizinisch fragwürdige Mittel. ‚Zu Risiken und Nebenwirkungen fragen Sie Ihren Arzt oder Apotheker.'

»Klappe«, murmelte sie zufrieden.

Den misstrauischen Blick der Frau hinterm Tresen ignorierte sie. Sie war beschäftigt mit dem Ambiente. Vorsichtig strich sie mit der Hand über die abgerundeten Kurven der Bar. »Hat es einen tieferen Sinn, dass es hier keine Ecken und Kanten oder geraden Linien gibt?«, fragte sie die erstbeste Schönheit, deren Blick sie einfing. Es war erneut die Frau hinterm Tresen.

»Was meinst du?«

»Die Innen-Architektur.«

»Die ist großartig, nicht wahr«, antwortete die Blondine. »Kann ich dir was bringen?«

Sie bestellte einen Powermixdrink, der angeblich nur so von Spurenelementen und Vitaminen von A bis Z strotzte.

»Kommt sofort.« Die Blondine hantierte mit Saftflaschen herum, die sie abmaß und über exakt vier Kiwi-Scheiben in einen Mixer schüttete. Das Ergebnis blieb grün, von eher sämiger Konsistenz.

Vorsichtig nippte Toni an dem Inhalt und schmeckte nur Kiwis und Orangen. Der Strohhalm verstopfte und sie leckte ihn ab, während sie ihren Blick über die durchtrainierten Typen und Frauen gleiten ließ, allesamt passend zur Einrichtung getunt.

Mit Verspätung meldeten sich ihre Minderwertigkeitskomplexe. Bis zu ihrem achtzehnten Lebensjahr hatte sie zu den Fetten gehört, angefüttert mit Pasta und Süßem. Der Stress und die Existenzängste der letzten Wochen hatten erneut angeschlagen. Ihr Stoffwechsel lief in kargen Zeiten auf Sparmodus und speicherte jede Kalorie dreifach. Die ehemals zu weiten 36er-Hosen kniffen, ähnlich wie ihr Ego.

Ein blonder Adonis schwang sich auf den Barhocker neben ihr. Sie vermied es, ihn genauer anzusehen. Allein seine Silhouette schüchterte sie ein und ihre Instinkte schalteten auf Flucht. »Kann ich zahlen«, rief sie der blonden Bedienung zu.

»Bin gleich bei dir. Sieh dir inzwischen die Prospekte für unser Turbo-Fettweg-Training an. Ich spendiere die erste Stunde, wenn du den Kurs buchst. Um 20.00 Uhr geht's los.«

»Danke. Und nein danke. Kann ich meinen Saft bezahlen?«

»Macht zehneurofünfzig.«

»Zehn? Was bitte ...?«

»... fünfzig, für Nichtmitglieder«, lächelte das dünne Wesen so, wie der Powerdrink nachschmeckte, säuerlich.

Toni musste aufstoßen und hielt sich die Hand vor den Mund.

»Lass gut sein, Karen, Toni ist mein Gast«, winkte der Adonis ab und schob sich in ihr Blickfeld.

»Du? Hier?« Verblüfft starrte Toni zwischen den beiden hin und her.

Karen wandte sich angesäuert ab. »Jag mir ruhig meine Kundinnen ab. Kriegst den Rachen wohl nie voll.«

‚Passt auch zum Ambiente', stichelte Tonis Unterbewusstsein, während sie protestierte: »Ich bin keine Kundin. Und du bist ...«

»Stimmt, ich bin spät. Entschuldige, aber ich freu mich, dass du meiner Einladung gefolgt bist.«

»Was? Ich bin nicht ...«

»Doch du bist zu Recht sauer.« Ihr Gegenüber verzog ein jungenhaft einnehmendes Gesicht.

Toni zappelte protestierend auf dem Barhocker herum, der gefährlich schwankte.

Seine Lachfalten vertieften sich, als er sie am Ellenbogen unterfasste, um ihr zu helfen. »Komm, wir setzen uns an einen Tisch oder magst du lieber woanders hingehen?«

Toni erstarrte und überließ sich seiner Führung wie eine Stoffpuppe. Aus dem Augenwinkel bemerkte sie Augenpaare, die interessiert den Disput verfolgten.

Es war genau 19.50 Uhr, als sie ihm nach draußen folgte.

***

Christina Kante betrat sieben Minuten später den Sportclub. Sie wartete bis 21.00 Uhr vergeblich auf ihre derzeit wertvollste Zeugin, die sie diskret überwachte. Ihre Behörde hatte den angeforderten Personenschutz für die Journalistin nicht genehmigt. Auf ihren Anruf meldete sich die Mailbox. »Der Teilnehmer ist zurzeit nicht erreichbar.«

Sie bestellte ein Mineralwasser an der Saftbar.

Das Power-Fettweg-Training der Blondine würde erst gegen 22.00 Uhr eine Welle von schwitzenden Frauen und Männern an die Bar spülen, die Tonis Gastspiel und ihren Abgang mit dem Adonis in der Bar beobachtet hatten. Bis dahin hatte Luis Bardienst.

Eine Frau, die auf Chris Beschreibung von Toni passte, hatte er heute Abend nicht bemerkt.

23

DEN LETZTEN BEISSEN DIE HUNDE

6. - 7. Juli

Man setzte Nager auf die frischen Wunden der Kastrierten, stülpte einen Blechbehälter darüber und befeuerte das Gefäß von außen. In ihrer Panik flohen die Tiere in die einzig verbliebene Richtung und fraßen sich in die blutenden Wunden der Folteropfer hinein. Er ergötzte sich daran, bevor er eine Variante ersann, die ebenso hässlich war, nur um einiges länger währte. Hoffte er.

Mit Stromschlägen hatte er den Mann ruhiggestellt, nachdem er mit der Brandmarkung fertig war. Auf der Fahrt über öffentliche Straßen sollte niemand von seinem Geschrei alarmiert werden.

Am Zielort angekommen, lockerte er die Fesseln, damit das Blut ungehindert zirkulierte. Den Körper schleifte er auf den Karren, legte den Werkzeugkasten dazu und kurvte auf den zugewachsenen Pfad zu. Nach fünfzehn Minuten Fußweg blickte er sich um, und lenkte den Karren auf die

Lichtung. Selbst in der Einöde gab es Wanderer, die nichts Besseres zu tun hatten, als über Wurzeln zu stolpern und sich Zeckenbisse einzufangen. Doch kein Lufthauch, kein Vogelzwitschern, kein Blätterrauschen durchbrach die Stille, als er den Bewusstlosen für seine letzte Strafe präparierte.

Sorgfältig breitete er eine Plastikfolie neben der Grube auf dem Erdreich aus. Mit verächtlichem Blick setzte er zu einem weiteren Stromschlag an, um den ausgemergelten Körper noch eine Weile ruhig zu stellen. Nicht, dass der ihm mit seinem Geschrei den Plan vermasselte.

Später konnte er losplärren, soviel er wollte. Später, wenn er damit seine letzten Gefährten herbeilockte. Von oben würde das keiner hören. Er hatte es ausprobiert mit den Hunden. Das Erdreich hatte ihr Bellen, ihr Heulen, ihr Jaulen und ihr Wimmern verschluckt.

Die Einmalplastikhandschuhe und die Schürze, mit denen er sich präparierte, stammten aus dem Sanitätshandel. Die Kneifzange aus dem Fachhandel für Sanitärwerkzeuge. Er grinste über sich selbst, weil er das bei der Bestellung verwechselt hatte. Hatte er doch bei den Sanitätssachen vergeblich nach der perfekten Zange gesucht und umgekehrt. Aber so was passierte ihm nur einmal, er lernte rasch. Auch wie man sich effektiv vorbereitete.

Die Kneifzange hatte besonders lange Griffe, damit er ordentlich Druck auf die messerscharfen Enden ausüben konnte. Sicherheitshalber streifte er über die Plastikhandschuhe ein Paar Arbeitshandschuhe. Trotzdem kostete es ihn Überwindung, den Hodensack des Mannes anzufassen. Er verzog das Gesicht und schluckte die gesammelte Spucke herunter. Nur keine DNA-Spuren auf dem Körper hinterlassen. Er atmete kräftig aus, bevor er die Zange ansetzte und mit einem heftigen Ruck die Hoden abkniff.

Die blutige Zange legte er in einen Plastikbeutel, damit sie keine Schweinerei im Werkzeugkasten hinterließ. Er konnte sie später säubern oder sie blutbesudelt seiner Sammlung beifügen, für die auch der linke Hoden bestimmt war. Er ließ ihn in ein mitgebrachtes Glas mit Spiritus gleiten. Den rechten Hoden mit dem umschließenden Gewebe gab er in ein einfaches Einmachglas.

Dann schob und rollte er den Körper in das vorbereitete, zwei Meter tiefe Grab. Die blutbespritzte Plastikfolie und seine Handschuhe warf er hinterher, bevor er die unterirdisch eingelassene Holztür zu dem Zwinger zuklappte und mit Erde bedeckte. Ein schnaufendes Geräusch mahnte ihn zur Eile. Der Mistkerl schien aufzuwachen.

»Schrei ruhig, dann kommen die Nager schneller.« Sein keckerndes Lachen übertönte das Blätterrascheln und Ästekrachen in seinem Rücken. »Friss Dreck und lass dich fressen.«

Als er sich auf der Schaufel aufgestützt umsah, bemerkte er ein Aufblitzen im Untergehölz. Mit einem Satz sprang er in die verdächtige Richtung und stolperte über ein Fahrrad, bevor er neben der zusammengekauerten Gestalt aufkam. Er drosch einmal kräftig auf den silberfarben blinkenden Fahrradhelm ein. Erst dann musterte er den Störenfried.

Er war eine Sie - und hatte ihn schon einmal überrascht.

Die Zornesader an seiner Stirn schwoll an. Hilflos hieb er auf den nächsten Baumstamm ein, der Schmerz half ihm beim Denken; er musste die kleine Gestalt verschwinden lassen, genau wie sein Opfer.

Fluchend befreite er eine zweite Falltür vom Erdreich. Sie lag nur fünf Meter vom Grab des Kinderschänders entfernt und war gleichfalls kürzlich von früheren Bewohnern geräumt worden. Er schulterte die bewusstlose Gestalt und schleppte sie zur Grube. Um einiges vorsichtiger als zuvor, ließ er sie hineingleiten.

Aus der Werkzeugkiste holte er ein frisches Paar Gummihandschuhe, streifte sie über und untersuchte die knallrote Tasche und das Mountainbike. Der Mädchenkram in der Tasche interessierte ihn nicht. Warum brauchten Frauen so viel Kram und zwei Schminktäschchen? Er öffnete eines davon und starrte verständnislos auf Spiegel und Stifte. Die Brieftasche mit den Ausweispapieren filzte er genauer. Sie enthielt Eurostücke, Führerschein, einen Ausweis und einen Presseausweis, ausgestellt auf Antonia Riccarda Amato. »Verfluchte Pressetusse, du bist das?«

Die Ausweise behielt er, den Rest ihrer Sachen packte er in die Tasche und warf sie ihr hinterher. Die am Fahrrad befestigten Wasserflaschen ließ er folgen, ergänzt durch eine weitere Flasche aus eigenen Vorräten.

Die Einstiegslöcher für die Zwingeranlage im Kriechkeller waren Bausätze aus dem Baumarkt, bestehend aus drei Wänden und einer Türe. Er hatte sie vor Jahren in liegender Position in die Erde eingelassen, um die Gänge des Kriechkellers zu erweitern. Über die flachliegenden Türeingänge konnte er bequem die unterirdischen Zwinger mit Muttertieren bestücken und Welpen entnehmen. Sie würden auch die neugierige Pressetusse so lange festhalten, bis das Schwein seine Strafe abgebüßt hatte und er in Sicherheit war.

Mit zusammengekniffenen Augen begutachtete er die Gläser mit den Hoden des Kinderschänders. Eines davon war für die Journalistin bestimmt gewesen. Wem sollte er sein Geschenk stattdessen kredenzen?

»Was schnüffelst du auch hier rum?«, brummelte er vor sich hin.

Dann schloss er sorgfältig die primitive Tür zur einzigen Zeugin, die ihn je bei einer Operation beobachtet hatte.

Zwei Luftschächte aus Rohren mit einem Durchmesser von sieben Zentimetern inspizierte er auf Durchlässigkeit und achtete darauf, dass beim Zuschütten keine Erde hineinfiel. Er war kein Killer. Er war der Rächer!

Es war Samstag 15.45 Uhr, am 6. Juli, als er das Grab von Frank Mies von oben betrachtete. »Dreckskerl«, schimpfte er und spuckte doch noch. Dahin, wo er den Kopf vermutete. Zur Tarnung schichtete er herumliegende Bretter darüber und kicherte: »Den Letzten beißen die Ratten.«

Zufrieden belud er den Karren mit den benutzten Werkzeugen und karrte das Mountainbike obendrauf. Unmelodisch vor sich hin pfeifend, schob er ihn zurück zum Transit. Er hatte wieder alles unter Kontrolle.

***

Das Erste, was Toni spürte, war Feuchtigkeit. Sie fror und tastete nach einer Decke. Mühsam öffnete sie die Augen. Es war stockfinster, es gab keine Decke, nur die Erde über ihr - und es stank erbärmlich. Also kann ich atmen, registrierte ihr Unterbewusstsein. Sie versuchte, ihre Füße zu bewegen. Es schien zu funktionieren, obwohl das überall gegenwärtige Erdreich darauf lastete. Den Kopf konnte sie drehen, ihn anzuheben, gelang nicht.

Sie unterließ die kräftezehrenden Versuche; befahl ihren Augen sich an das Dunkel zu gewöhnen. Irgendwann erkannte sie vage einen Hohlraum und lauschte in die Stille.

Ein sich näherndes Fiepen führte zwei schemenhafte Kreaturen mit sich. Sie produzierten leichte Trippelgeräusche auf dem Untergrund.

***

»Verdammt Toni, wo steckst du?«

Viktor sprach zum dritten Mal auf Tonis Mailbox. Ihre letzte SMS hatte sie gestern gegen 11.00 Uhr abgeschickt. Sie müsse was prüfen. Seither war Funkstille. Er ärgerte sich. Warum hatte er so bereitwillig die Freunde-Suchfunktion auf dem Zweithandy abgestellt?

Hoffentlich baut die keinen Scheiß, dachte er und starrte auf sein iPhone.

Dann fiel ihm ein, wie er sie immer noch finden konnte.

Sein Rechner war gleichfalls mit dem iPhone vernetzt, für den Fall, dass es verloren ging. Der Hersteller hatte ein Ortungsprogramm für verlorene Handys installiert. Er aktivierte das Programm und erhielt eine Meldung des letzten Standorts, er lag im südlichen Hessen, in einem beschissenen funkmastarmen Bereich. Der angezeigte Suchradius betrug um die zwanzig Kilometer und bewegte sich nicht. Da konnte er suchen, bis er dusselig wurde.

Frustriert erstellte er ein Screen, um einen Ortungsabgleich zu machen, sowie sich Toni und das Gerät rührten.

Er musste los zum sonntäglichen Familienbrunch, der Auftakt zum Firmenjubiläum des Krösen Verlagshauses war, für den er sich bis Dienstag Urlaub genommen hatte. Misslaunig schickte er Toni eine SMS:

Melde dich. Ich dachte, wir sind Partner.

***

Unterm Glasdach herrschten bereits um 10.15 Uhr tropische Temperaturen. Jonas öffnete die Tür zum Dachgarten, machte die Fenster auf und sorgte für Durchzug, damit der Rest der Wohnung nicht auch zu einem Bratofen wurde. Die Klimaanlage anzuwerfen, fiel ihm im Traum nicht ein. So schlimm konnte es nicht werden, dass er seine Umweltschutzgrundsätze über den Haufen warf. Nicht mal, wenn er Besuch erwartete.

Er deckte auf der Terrasse. Nur die Früchte bereitete er drinnen vor, es gab Melonenscheiben und frische Beeren auf Eis. Die Croissants waren im Backofen, Toni konnte kommen.

Es war lange her, dass er Damenbesuch hatte. Und er wunderte sich über sich selbst. Warum hatte er seinen Grundsatz ‚nie bei mir' für sie gebrochen?

Die kleine Journalistin irritierte ihn. Sie hatte kaum von sich erzählt, ihn hingegen geschickt ausgefragt. Er blickte auf die Uhr, noch dreißig Minuten bis zur verabredeten Zeit. Prüfend schnüffelte er unter seinen Achseln, für eine Dusche reichte die Zeit noch.

***

Was waren das für Tiere? Sie wühlten in der Erde und buddelten ihre Hände frei. Vorsichtig tastete Toni nach ihnen und befühlte ihr kurzes struppiges Fell. Es waren kleine Hunde, die aufgeregt um sie herumwuselten. Sie streichelte sie, bis sie sich auf den groben Holzlatten an sie kuschelten und ihre Wärme teilten.

Die Übelkeit kam plötzlich, sie würgte und musste sich übergeben. Instinktiv hob und wendete sie den Kopf, um ihre provisorische Liegestatt nicht zu beschmutzen. Sie hörte, wie einer der Hunde ihr Erbrochenes aufschleckte und versank erneut in eine gnädige Ohnmacht.

»Ich weiß jetzt, wer du bist«, war ihr erster Gedanke, als sie aufwachte. Dass ihr das verflucht wenig nutzte, begriff sie später. Sie würde ihr Wissen mit ins Grab nehmen und kicherte unwillkürlich. »Scheiße, da liege ich ja bereits.« Die Hunde schreckten auf, als hätten sie nie eine menschliche Stimme vernommen. »Tut mir leid, ihr Süßen. Aber wenn ihr mich hier nicht rausbuddelt, sieht es düster aus.«

Wieder gluckste sie los. »Ehe ich verhungere und verdurste, verliere ich den Verstand.«

Sie horchte ihrer Stimme hinterher und korrigierte sich. »Nein, als Erstes versagt meine Stimme.« An die kleinen Hunde gewandt: »Kein Wunder, dass ihr einen Schreck kriegt, ich klinge wie eine verrostete Gießkanne ...«

Die feuchten Schnauzen an ihrer Hand trösteten sie für einen winzigen Augenblick.

»Ihr seid nett, aber ich bin am Arsch«, murmelte sie leiser als zuvor. »Besser, es klingt besser, wenn ich leise spreche, nicht wahr?«

Ein zweistimmiges Wuff bestätigte ihre Annahme.

Zumindest glaubte Toni das und bemerkte eine Veränderung. »Die Kopfschmerzen haben nachgelassen, ich kann denken. Und ich habe Durst. Verdammt großen Durst.«

Sie entdeckte, dass zwei der am Rad befestigten Wasserbehälter mit ihr vergraben waren. Die dritte Plastikflasche ertastete sie daneben. »Du willst wohl nicht, dass ich krepiere?«, überlegte sie laut.

Der imaginäre Typ, dem sie so viel Umsicht zugestand, hätte genickt.

Sie trank einige Schlucke aus der Plastikflasche, mäßigte sich, ihr Instinkt riet: »Spar dir genug auf.«

Ihr Verstand lief noch in einem untertourigen Bereich und nötigte sie zum Reden, um wenigstens ihre eigene Stimme zu hören. Die Hunde lauschten aufmerksam. »Ich weiß also, wer du bist. Und was fange ich mit meinem Wissen an? Es aufschreiben und irgendwie nach oben befördern, wo irgendwer in hundert Jahren draufstößt?«

Sie streichelte abwechselnd mit der linken Hand die beiden Hunde, da wo sie sich an ihrer Seite eingerollt hatten. Tastend stellte sie fest, dass es zwei Mädchen waren. »Ihr braucht einen Namen. Irgendwas Großes. Licht, Sonne, Wärme - Essen ...?« *Mist, wann hört der Magen auf zu kneifen, wenn er nichts mehr bekommt?* »Ihr seid jetzt ‚Pizza' und ‚Pasta'. Gefällt euch das?«

Das Hin und Her der Ruten ihrer tierischen Begleiter antwortete.

Oberhalb ihres Kopfes machte Toni zwei Punkte aus, durch die so viel Helligkeit in ihre Höhle drang, dass sie Umrisse ihrer Umgebung erkannte. »Du legst also Wert drauf, dass ich frische Luft bekomme? Warum?«

Dass sie erst wenige Stunden lebendig begraben war, ahnte sie noch nicht.

Ihr Körper erholte sich von der leichten Gehirnerschütterung und ließ sie ein weiteres Mal kräfteschonend wegdämmern.

24

FRISS DRECK UND ÜBERLEBE

6. - 10. Juli

Montagmorgen, 8. Juli. Es war kalt, feucht und der Gestank wurde immer schlimmer. Sie gewöhnte sich daran. In ihrem Kopf sah sie Bilder und setzte zusammen, was zuvor geschah.

Zwei Tage früher. ... Das Buschwerk war so dicht, dass sie den versteckten Waldpfad nur anhand der Radspuren entdeckt hatte. Sie schob Pietros Rad langsam hinein, den Kopf gebeugt, um nicht von den überwuchernden Ästen gestreift zu werden. Als sich die Äste in ihren Locken verfingen, stülpte sie den Fahrradhelm über. Die vorstehende Stirnkappe blendete das Sonnenflirren weg, besser als ihre Sonnenbrille. Die sicherte sie in einem Etui und schob sie in ihre King Size Tasche.

Nach einer gefühlten Ewigkeit kam der vermeintliche Lichtblick auf eine heruntergekommene Rodung. Die Scheune, die sie gesucht hatte, war baufällig, das Dach vergammelt, der Blick hinein zum Teil offen. Eine Scheunentür gab es nicht mehr. Die verstreuten Holzbalken und das Gerümpel bargen wahrscheinlich Reste davon. Von der Natur noch nicht gänzlich überwuchert, boten sie bestimmt Ameisenvölkern und Igeln ideale Unterschlupf- und Fressbedingungen. Oder auch nicht. Toni hatte von Flora und Fauna weniger Ahnung, als sie ihre Umwelt glauben machte. Wozu gab es Google und Bücher zum Nachschlagen?

Das wilde Gras wies hellere Stellen mit frischem Grün auf. Irritiert sah sich Toni um und näherte sich einem frisch aufgeworfenen Erdhügel. Auf den zweiten Blick erkannte sie, dass er neben einer nachlässig abgedeckten Grube lag. *Also kamen Menschen her, die etwas zu vergraben hatten?*

Zögernd schob sie das Fahrrad in Richtung Scheune und sah sich um. Ein Astknacken und Blätterrascheln lenkte ihre Aufmerksamkeit in Richtung des Pfades, durch den sie gekommen war. Sie sah sich nach einem Versteck um, hörte jetzt auch ein schleifendes Geräusch. Es kam näher. Hastig eilte sie auf die entgegengesetzte Waldseite des Pfades und verkroch sich im Unterholz.

Flach an den Waldboden gepresst, wartete sie. Das Schleifen begleiteten Schritte und ein schrilles Pfeifen. Sie nahm die Umrisse eines Karrens wahr. Vorsichtig hob sie den Kopf und blickte auf einen nackten Männerkörper. Er war gefesselt und blutete aus einer Wunde am Bauch. Von der Gestalt, die das Gefährt schob, sah sie nur die untere Hälfte, sah Arbeitshosen und Wanderstiefel, bis sie sich über den Männerkörper beugte. Sie atmete scharf aus, sie kannte ihn.

Bemüht, kein Geräusch zu machen, kroch sie rückwärts ins Unterholz. Sie wagte kaum zu atmen, während sie aus dem Gehölz lugte und zusah, wie der massige Mann in Gerätschaften wühlte. Er griff nach einer zusammengefalteten Plastikfolie, eine von der kräftigen Sorte für hohe Beanspruchungen. Als Toni vor der letzten Renovierung im Baumarkt die billigen, dünnen Folien einpacken wollte, war ein Verkäufer herbeigeeilt. »Die reißen, und du hast die Farbkleckse auf dem Boden«, hatte er gewarnt und sie gedutzt, wie alle Fremden, die sie ungeschminkt für einen halbwüchsigen Jungen hielten. Er hatte ihr eine dreimal so teure Folie verkauft. »Nimm die. Darauf kannst du ein Farbhappening veranstalten, und nichts geht daneben.«

Der herumwerkelnde Mann plante wohl Ähnliches, so sorgsam, wie er die Folie exakt neben dem Karren platzierte. Er band sich eine Schürze aus dünnerem Plastik um, zog Plastikhandschuhe über und streifte ein zweites Paar derbe Arbeitsschuhe darüber. Dann schob er den Karren dicht heran, kippte den Körper des Mannes darauf.

Du magst ihn nicht anfassen? Nur gucken, was?

Genau wie sie.

Im Zeitlupentempo fingerte sie nach ihrem iPhone und richtete die Kamera in seine Richtung, eingestellt auf Autozoom, ohne Blitz.

In ihrem Kopf schrillte es, *hau ab*. Stattdessen starrte sie auf das Display, das die Szene einfing, die sich fünf Schritte vor ihrem Versteck abspielte.

Mit einem hämischen Grinsen holte der Kerl eine riesige Zange aus seiner Werkzeugkiste. *Was hatte er vor?*

Den hysterischen Lacher, der sich aus ihrer Kehle freimachte, schien er nicht gehört zu haben. Mit zittrigen Fingern fokussierte sie das Kameraobjektiv auf die Hände des Mannes. Er griff dem Nackten zwischen die Beine. Toni würgte, sah weg. Nur das iPhone streckte sie in seine

Richtung. Die andere Hand presste sie auf ihren Mund und hoffte, dass jemand das Slash-Movie abstellte.

So was passierte niemals in echt, nicht vor ihren Augen.

Fünf Sekunden hielt sie durch. Dann sah sie erneut zu, wie die finstere Gestalt den mit Blut besudelten Körper in die Grube schob. Er zuckte und sie erkannte oberhalb der blutenden Wunde zwischen seinen Beinen das Brandzeichen des Racheengels.

Sie hatte genug. Genug gefilmt. Genug von dieser Slash-Kacke. Sie musste hier weg. Sich vom Acker machen, hätte Rübezahl gesagt.

Ohne nachzudenken, stellte sie das Handy ab, schloss die Lederklappe, ließ es in die Tasche ihrer Cargo Hose gleiten und kroch rückwärts. Richtung Fahrrad. Guck nicht in meine Richtung, war ihr letzter Gedanke, bevor ihr aufging, dass die Gestalt fort war.

Das war mein letzter Blick auf die Welt da oben, beendete sie ihr Erinnerungsbuch und dachte, dass sich dieser Satz gut machte in einer Erzählung.

Wenn man sie nach Jahren endlich fand ...

»Gequirlte Schreibfantasien«, brabbelte sie und checkte ihre Wasservorräte. »Ich überlebe das hier und lache darüber. Irgendwann.«

Die erste Flasche war leer, den Inhalt der zweiten Flasche hatte sie mit viel zu zittrigen Händen zur Hälfte verschüttet. Es war nur noch eine Flasche übrig. Die Einliterflasche, die ihr der Racheengel zusätzlich dagelassen hatte. Sie musste haushalten, schluckte ihre Spucke herunter anstelle des kostbaren Wassers.

Immer nur einen winzigen Schluck nahm sie sich vor und nur in den Pausen, in den Buddelpausen.

Sie hatte begonnen, sich auszugraben und bedeckte ihre Ausscheidungen mit Erde, damit der Gestank sich nicht verschlimmerte. Er tat es trotzdem.

Nach ersten Grabversuchen hatte sie festgestellt, dass sie nicht in einer geschlossenen Kiste steckte. Vielmehr schien es Gänge zu geben, die man sowohl an der Kopfseite, wie auch an der Fußseite erreichen konnte. Die Bretter über ihr bewegten sich keinen Millimeter, als sie dagegen trat. Also grub sie nur in der Richtung, aus der die Hunde kamen. Zentimeterweise vergrößerte sie den schmalen Schacht, der schräg nach oben führte.

Das Erdreich hatte sie hinter sich geschafft. Am Anfang mit Hilfe des Helms, aber dann bröckelte ihr die Erde auf den Kopf. Sie setzte den Helm auf und schützte ihre Augen mit der Sonnenbrille, wenn sie die gelockerte Erde mit Händen und Schminkspiegel über sich wegschaufelte. Ihre Arbeitsstelle leuchtete sie aus mit Hilfe der winzigen Taschenlampe, die als Türschlossfinder an ihrem Schlüsselanhänger hing. Ein Geschenk von Mario.

»Cool, was?«, hatte er sich das Mitbringsel bestätigen lassen.

»Sehr cool, Kurzer«, murmelte Toni, als sie sich daran erinnerte, und befestigte die Lampe mit Fahrradflicken an der Stirnseite des Helmes.

Die Flicken hatten nebst Schraubenzieher im zweiten violetten Täschchen gesteckt, dass sie mit sich rumschleppte. Es sah aus wie ihre Schminktasche, war aber ein typisches Pietro-Geschenk. »Auch eine Lady braucht Werkzeug, wenn sie mit dem Rad unterwegs ist«, hatte er erklärt. »Es muss nur stylish verpackt sein.«

»Pietro, du fehlst mir«, flüsterte Toni. »Du und deine nervige Fürsorge. Vielleicht rettet ihr mir hier den Arsch. Du und Mario.«

***

8. Juli. ... *Da bist du wohl scharf drauf, Kleiner.* Zufrieden grinste er hinter seinem kunstvoll bandagierten Kopf und beobachtete weiter heimlich den Jungen, der seit Minuten um ein PC-Game im Schaufenster herumschlich. Dann versperrte er ihm gewollt tapsig mit seinen Krücken den Weg.

»Mach Platz, du Krüppel«, pöbelte der Junge und versuchte vergeblich, ihm mit seinem Skateboard auszuweichen.

»Ich brauch deine Hilfe«, flehte er und streckte ihm ein gelbes Postpaket und einen Zwanziger hin.

Der Junge ließ seinen rechten Fuß auf dem Skateboard stehen, während er auf den Schein starrte. »Wobei?«

»Kannst du das Paket für mich aufgeben?« Mit dem Krückstock wies er auf die Treppe zur Poststation, die in dem Elektronikgeschäft mit den Games untergebracht war. »Da komme ich nicht hoch.«

»Gib schon her«, schnappte der Junge nach dem Schein, steckte ihn in die Jeanstasche und nahm mit spitzen Fingern auch das gelbe Paket entgegen. Dabei achtete er darauf, dass er nicht seine mit Mullbinden umwickelten Hände berührte.

»Warte«, stoppte er den Jungen und reichte ihm einen roten Filzstift und einen weiteren Zehner.

»Was noch?«

»Schreib bitte noch ‚persönlich' über die Adresse.«

»Das war‘s aber dann mit den guten Pfadfindertaten«, grummelte der Junge, steckte auch den Zehner weg und kritzelte das Wort quer über das Paket.

»Vergelt‘s Gott«, flüsterte er kaum hörbar aus seinen Verbänden hervor, wandte sich um und humpelte davon, hin zu seinem weißen Transit.

Hinter verschmutzten Scheiben beobachtete er das Ladengeschäft, bis der Postkurier mit der heutigen Ladung unterwegs war. Dass der Junge noch nicht wieder aufgetaucht war, beunruhigte ihn nicht. Wahrscheinlich gab er das Trinkgeld sofort aus.

Sein Plan ging auf.

Bis auf die zeitliche Abfolge.

Der Junge hatte das Spiel gekauft - bevor er das Paket an der Poststelle abgegeben hatte. Fünf Minuten zu spät.

Das Paket würde erst morgen befördert werden.

***

9. Juli, 7.25 Uhr zeigte Tonis iPhone an. Gerade noch so.

Um den Akku zu schonen, ließ sie das Gerät meistens abgestellt, es hatte ohnehin keinen Empfang und in Kürze auch keine Energie mehr, ihr zu zeigen, was die Stunde geschlagen hatte.

Ihr ging das Wasser aus und ihr Galgenhumor.

Sie steckte das Handy in eine der unteren Taschen ihrer Cargo-Hose. Sie brauchte es nicht, um die Tage zu zählen. Tag und Nachtwechsel zeigten ihr Lichtreflexe, die durch die Luftrohre in das Verlies eindrangen. Das Gerät plumpste nach unten und traf auf einen Gegenstand.

Toni stutzte und erinnerte sich an den Artikel zum Prototyp eines Akkuladegeräts für die Technikrubrik. Zu Testzwecken hatte sie das Gerät in der Hosentasche verstaut, um es im Alltag zu testen. »Auf den Testbericht müsst ihr warten«, entschuldigte sie sich in Richtung des breiter werdenden Tunnels. »Aber den Alltagstest mache ich.«

Krampfhaft versuchte sie, sich an die Briefingdetails zu erinnern. Irgendetwas mit Körperbewegungen, die zwanzig Prozent Ladung für ihr Handy produzierten. Sie entfernte die Lederhülle vom Handy und stülpte stattdessen das Gerät darüber. Dann fixierte sie das Konstrukt mit Schnürsenkel und Fahrradflicken am Oberarm, wo es am wenigsten behinderte beim Graben. Ihrer wichtigsten Beschäftigung, neben den Kontrollausblicken auf ihr Ziel.

Sie hatte sich aus einem der schmalen Holzbretter unter ihrem Verlies und dem Schminkspiegel eine Spionagelatte gebastelt. Mit dem zweiten ihrer Schnürsenkel und Fahrradflicken hatte sie die Spiegelfläche so justiert, dass sie im rechten Winkel zur Latte hielt. Zum Graben benutzte sie nur noch den Plastikrahmen des Spiegels.

Die Latte reichte bereits weit in die nächste Höhle hinein. Sie konnte auf den Boden sehen, auf dem vergessene Blechnäpfe standen, in die unentwegt Wasser tropfte.

Ehrfürchtig nahm sie den letzten Schluck aus der letzten Flasche, kostete ihn wie Wein, stellte sich vor, dass jeder Tropfen Leben bedeutete. Bald würde sie mehr davon haben. Wasser satt, aus den Hundenäpfen. Sie musste nur graben, einfach weitergraben - und grub oder schlief. In wachen Zeiten suchten Pasta und Pizza, ihre Gesellschaft. Auch jetzt hörte sie ihre trippelnden Pfoten und schob die Spionlatte durch den Schacht, um nachzusehen.

Die Hunde schleppten ein kleines Beutetier heran. Sie hoffte, dass sie ihr Frühstück im Freien gefangen hatten. Dann gab es einen Gang nach draußen, dem sie nur folgen musste.

Das Graben ging ihr zu langsam, sie brauchte bessere Grabewerkzeuge. Ihre Hände waren wund und mit Blasen übersät. Sie beäugte die stabilen Blechnäpfe in der vor ihr liegenden Höhle und lockte die Hündinnen herbei. »Pizza, Pasta, wollen wir apportieren spielen?«

Ein doppeltes aufgeregtes Schwanzwedeln antwortete. Die Hündin mit dem hellen Fell gesellte sich als Erste zu ihr. Sie wühlte in der Tasche nach ihrem Schminktäschchen und warf es von sich fort. »Bring.«

Dass sie nur einen halben Meter Platz hatte, schien der Hündin nichts auszumachen. Sie apportierte das Täschchen. Toni lobte und streichelte sie. Die zweite Hündin brachte ihr ohne Aufforderung ein kleines Stöckchen, um belohnt zu werden. Toni intensivierte das Spiel und schob einen Stein durch den Schacht, den Pasta apportierte, gefolgt von Pizza, die einen Knochen aus der oberen Höhle anschleppte.

»Pasta, bring mir lieber den Napf«, bat Toni.

Dabei dachte sie wehmütig an ihre zurückgelassenen Haustiere. Wie es ihnen wohl ging? Ob Pietro bemerkt hatte, dass Emil kein Futter mehr hatte? Oder Mario? Krampfhaft rechnete sie nach, wann sein Stubenarrest endete.

Stunden später erwachte sie aus einem erschöpften Kurzschlaf. Pasta leckte ihr über das Gesicht und schob ihr mit der Pfote apportierte Schätze hin. Ein angeknabbertes

Kaninchen, einen Knochen, eine tote Ratte - und einen der Blechnäpfe.

***

Am Mittwoch, dem 10. Juli um 8.20 Uhr lieferte der Paketbote ein Paket in die Zentrale der Kripo in Wiesbaden. Da es mit dem Hinweis ‚persönlich' an Christina Kante adressiert war, gelangte es ungeöffnet in den fünften Stock. Der Hausbote hatte es auf ihrer Anrichte abgelegt.

Der nächste Postschwung landete oben drauf.

Kante hätte es so oder so nicht beachtet, da dringende Post vorsortiert auf ihrem Tisch abgelegt wurde. Der Hinweis PERSÖNLICH degradierte die Sendung zu allem, was warten konnte.

Die Kommissarin war mit einer Zeugin beschäftigt. Conny Löhr vermisste ihren Lebensgefährten seit dem 4. Juli.

***

Das spärliche Licht zeigte den nächsten Tag an und Toni grübelte, was Jonas über die Balken in der Scheune gesagt hatte.

Um wenigstens eine menschliche Stimme zu hören, wiederholte sie seine Worte: »Es muss in der alten Scheune Abdrücke vom Brandeisen geben. Er hat sie in die Balken gebrannt, jedes Mal, wenn er einen von uns gezeichnet hatte.«

Die Worte hallten in ihren Ohren nach, während sie sich zentimeterweise durch den Tunnel grub. Sie konnte sich bereits wie ein Wurm hindurchzwängen. Die geräumigere Höhle lag jetzt unmittelbar vor ihr. Sie beeilte sich, durchzubrechen. Ihr Wasser war seit Stunden aufgebraucht. Doch es gab Nachschub, es regnete unentwegt, wenn sie das Trommeln der Tropfen auf die Blechnäpfe richtig deutete. »Hab also genug Wasser«, brabbelte sie in einem Anflug von Galgenhumor. Wahrscheinlich hatte sich über ihr ein verfluchter Bach ein Bett gesucht und ihre ursprüngliche Höhle gefunden, die inzwischen nur noch ein Schlammloch war.

In der Nachtschwärze war sie daraus geflohen und hatte gegraben. Blind. Die kleine Lampe an ihrem Helm schonend.

Während sie sich mit Hilfe des Schraubenziehers durch die festgebackenen Erdklumpen und Wurzeln kämpfte, versuchte sie, die Sorge um ihre Tiere zuhause auszublenden. Nur Gedanken an ihren letzten Gast ließ sie zu.

Nach dem Dinner, bei dem sie beide keinen Bissen anrührten, waren sie zu ihr gefahren, hatten in ihrem Erker gesessen, geschwiegen, geredet, gewartet, bis die Sonne die Schatten vertrieb.

Schade, dass sie seine Einladung zum Brunch am Sonntag verpasst hatte. Ob er sie vermisst hatte, sie auf dem Handy angerufen und nach ihr gesucht hatte?

Aber wo? *Diesmal hatte sie ihren Job richtig gemacht.*

Hatte ihn reden lassen und auf keine seiner Fragen nach ihrem Leben reagiert. Er kannte weder Namen, noch Personen, die er nach ihr fragen konnte. Und zur Polizei würde er kaum gehen.

Manchmal war das Richtige genau das Falsche.

Verbissen arbeitete sie weiter an ihrer Story, reihte Satz an Satz, verwarf Formulierungen, fand treffendere. Kernigere Schlagzeilen und elegantere Übergänge. Sie musste abgleichen, ob die ‚Brandkerben' in den alten Balken der Scheune zu den Brandmalen auf den Opfern passten.

Sie war dicht dran.

Es fehlten nur noch Zentimeter bis zum Durchbruch zur großen Höhle - und ein Indiz, zu dem sie sich gleichfalls durchkämpfen musste. Jonas hatte ihr alles verraten. Auch, dass er sich zuvor bei ihr gemeldet hatte, als Jon. Sie hatte nachgefragt, bemerkt, dass er auf der Hut war. Das war, als er diesen rhetorischen Schlenker zu ihrem Leben machte. Einem von vielen. »Hast du nicht auch mal geschwindelt, weil du zutiefst verunsichert warst?«

»Es geht nicht um mich«, hatte sie leise geantwortet. »Ich bin nur die Journalistin, die endlich die Wahrheit schreiben möchte. Deine Wahrheit.«

Sein Blick hatte auf ihr verharrt, während sie in Gedanken durchspielte, was sie von den Folterspuren an der Nonne wusste. Es war erbärmlich wenig. Warum gab es kaum Informationen über sie? Sie hatte gefragt: »Was weißt du über Schwester Ariadne?«

Er hatte versucht abzulenken, aber sie hatte weiter gefragt: »Hast du mir das Foto mit der aufgemalten Nachricht geschickt? ‚Ich quäle Kinder im Namen des Vaters, des Sohnes und des Heiligen Geistes ... '«

»Spielt das eine Rolle?«, hatte er sie unterbrochen. Abweisender, unfreundlicher als zuvor.

Ein besonders festgebackener Erdabschnitt erschwerte ihr Fortkommen. Toni fummelte nach dem Schraubenzieher, um die Erde zu lockern, die Augen geschützt mit der Sonnenbrille, auch wenn das ihre Sicht zusätzlich einschränkte. Das meiste bewältigte sie blind, dem Lufthauch entgegen, der einen Schwall stickiger Luft zu ihr herübertrug, intensiver, infernalischer als zuvor.

Sie kehrte zurück zu Jonas und formulierte offene Fragen. Wenn sie keine Lösungen hatte, erfand sie welche. Zusammengedichtet aus dem Stoff, den sie vor Augen hatte. Sie grub und schrieb. Das blendete die Gerüche aus, half den Durst zu vergessen, machte das Bohren in ihren Eingeweiden erträglicher. Den kleinen Wurm, der sich über ihre Hand schlängelte, setzte sie vorsichtig ab. Noch war sie nicht so weit, Lebendiges zu essen. Noch lange nicht.

Sie hatte zu tun.

Sie musste den Namen des Mannes entlarven, der sie und den gebrandmarkten und kastrierten Körper vergraben hatte. Vermutlich in ihrer Nähe.

Toni schauderte. »Ich werde hier nicht verrotten«, schwor sie trotzig und stocherte unermüdlich vorwärts. Mit mehr Elan, als ihren geschundenen Händen guttat. Sie malte sich aus, wie sie in der Scheune Detailaufnahmen von dem Brandzeichen machte. Zuerst einzeln, dann in einer Totale, die Dutzende von Brandkerben zeigte, die er für jeden weiteren Jungen, den er unterwarf, im Holzgebälk hinterlassen hatte.

Sie stellte sich vor, wie er mit dem Eisen nach jeder Initialisierung den richtigen Platz für die nächste Kerbe gesucht hatte. Vermutlich setzte er sie sauber nebeneinander, so dass er sie leicht zählen konnte. Sie übertrug die Szene auf viele Fotos. Die Interessantesten wählte sie aus, formulierte Bildunterschriften und freute sich über das zustimmende Grinsen von Schulz, der ihr den Festvertrag auf den Tisch legte. »Das hast du dir verdient Toni.«

Sie unterschrieb den Vertrag mit ihrem vollen Namen. Jetzt konnten sie stolz auf sie sein. Mama Amato würde sie in die Arme schließen und der gesamten Sippe verkünden: »Ich habe es immer gewusst. Meine Tochter Antonia Riccarda Amato schafft alles.«

Ein leises Kläffen riss sie aus der Wunschszene, in der es nach Pasta und Pizza duftete; in der ein munteres Gläserklingen und überbordendes Familien-Geplänkel den Raum erfüllte.

Das Dauerzittern ihrer klammen Finger holte sie vollends zurück in die Realität.

Mit schwarzverkrusteten Händen verwischte sie die dunklen Schlieren auf ihrem Gesicht, um für eine Sekunde das Jucken abzustellen. »Wenigstens sieht mich hier keiner ... außer den Hunden«, murmelte sie. Sie tauchten vor ihrem Gesicht auf und begrüßten sie nach Wolfsmanier. »Ich freue mich auch, Pasta und Pizza.«

Toni sah ihnen hinterher, wie sie später im toten Sichtwinkel der Höhle verschwanden. »Ich komme nach, gleich.«

Sie formulierte weitere Sätze in ihrem bildhaften Kopfkino. Gesetzt in der Typografie, die der Programmierer für die Online-Ausgabe von MainLife, im Template festgelegt hatte. In der Schrifttype ‚Times', die jeder gängige Rechner sauber anzeigte: ‚Er benutzte ausschließlich das Größere der beiden Brandeisen. Das Eisen, das er bereits als Pflegling der Briecherts eingesetzt hatte.

Später legte sie ihm Sätze in den Mund, die er mit herablassendem Grinsen von sich gab. »Das Größere für den Größten. Merkt euch das.«

Nicht einen Gedanken verschwendete sie darauf, dass es auch anders gewesen konnte. Damals, bei den Kindern vom Briecherthof.

‚Dass ihn seine Eitelkeit einst entlarven würde, ahnte er nicht', schrieb sie weiter. Löschte den Satz, er war zu pathetisch. Ersetzte ihn durch einen anderen. Strich das Kapitel komplett. Tauschte es aus gegen ein Interview, das man ihr, Antonia Riccarda Amato gewährte, der gefeierten Journalistin, die den Fall des Racheengels gelöst hatte.

»Boah, du hast doch eine Schramme«, kicherte sie in einem Anfall von Klarheit und starrte auf ihre Hände, die mehr als eine Schramme hatten. Dann buddelte sie weiter, und schrieb. Hackte Zeile um Zeile in ihr Notebook mit dem windschiefen Deckel, auf das nur sie Zugriff hatte. Sie kicherte. Es gefiel ihr, wie sie ohne Konsequenzen zwischen der schrägen Rohfassung und dem veröffentlichten Online-Artikel hin und her switchte.

Irgendwann war sie des Schreibens müde. Begann ein Gespräch mit Chris und teilte ihr mit: »Ich kenne den Namen von Rübezahl. Von dem Mann, der mich lebendig begraben hat.«

Erschöpft hielt Toni mit dem Graben inne, als beide Hündinnen erneut in das Erdloch vor ihren Augen tapsten. Sie schloss ihren Fantasiecomputer und lächelte. Ihre Gefährtinnen waren klatschnass und schüttelten sich. Die sprühenden Wassertropfen bedeuteten Überleben, genau wie das Sickerwasser in den Blechnäpfen vor ihren Augen.

Sie gönnte sich eine kurze Pause, um das Blut in ihren geschundenen Händen zirkulieren zu lassen. Sie lockerte sie und ignorierte die stechenden Schmerzen, die von immer neuen aufgeplatzten Blasen herrührten. Bestaunte einfach nur das Fell ihrer Gefährtinnen, das durch den Regen sauber gespült war. Pasta schien fast weiß zu sein. Pizza so bunt wie eine echte italienische Pizza.

»Weitermachen«, ermahnte sie sich. In der großen Höhle konnte sie trinken, sich hinlegen, ausruhen. Sie kicherte. »Eine Schreibpause einlegen.«

Am späten Mittwochvormittag schaffte sie den Durchbruch. Nichtahnend, dass ein Paket, dass sie heute retten sollte, zu spät ausgeliefert und geöffnet wurde.

Erschöpft sank sie in einen Halbschlaf.

***

Frank Mies sollte wie alle potentiellen Kinderschänder und Opfer des Racheengels in den nächsten Tagen diskret überprüft werden. Den oberen Platz in den Listen, die sich Kripo und MainLife inzwischen teilten, verdankte er ehemaligen Pflegekindern. Sie beschrieben ihn als einen der brutalsten Onkel auf dem Briecherthof.

Was er heute trieb, durchleuchtete Kante mit Hilfe seiner besorgten Lebenspartnerin Conny Löhr. Die 38-jährige Frau mit den leicht verhärmten Gesichtszügen hatte arglos zugestimmt, dass Beamte ihr Haus durchkämmten und den Computer für weitere Untersuchungen mitnahmen.

Der Mailverkehr des Frank Mies mit Gleichgesinnten und Minderjährigen schockte selbst die abgeklärten Spezialisten. »Warum hat er den Dreck auch noch gespeichert?«, wunderte sich einer der jüngeren Fahnder.

»Um sich daran aufzugeilen«, erklärte einer der erfahrenen Kollegen. »Das machen sie alle. Die Scheißkerle fühlen sich unantastbar.«

Als die Ermittler auf ungewöhnliche Kontenbewegungen stießen, informierten sie Kante. »Frank Mies hat in den letzten Tagen Girokonto und Sparkonten geräumt. Zusätzlich hat er eine Hypothek auf das Haus aufgenommen. Insgesamt ließ er sich rund 50.000 Euro auszahlen.«

Kante konfrontierte die Zeugin Löhr mit der Zahl. »Wussten Sie davon?«

»Nein.«

»Haben Sie eine Ahnung, wofür er das Geld brauchte?«

Das Gesicht von Löhr verzog sich. Der Schreck ließ nach, die Information kam in voller Tragweite bei ihr an. »Wenn er abhauen will mit `ner andren, drehe ich ihm den Hals um.«

Kante überhörte den Einwand. »Hat er sich anders verhalten in den letzten Tagen? Wurde er unruhig, wenn es an der Tür schellte, wenn das Telefon klingelte oder Post kam?«

Löhr knabberte auf ihrer Unterlippe herum.

»Was ist ihnen aufgefallen?«

Die Befragte schüttelte den Kopf. Zu heftig, als wolle sie sich selbst beruhigen. »Er hat nur nicht gewollt, dass ich so viele Klamotten bestelle. Geld für den Friseur war auch keins da. Er hat ein bisschen rumgeplärrt deswegen. Wo er sich doch selbst nichts gönnt, nicht trinkt und nicht in Kneipen geht. Stattdessen kümmert er sich liebevoll um Tim, obwohl er nicht sein leiblicher Sohn ist.«

Kante wurde hellhörig. »Ihr Sohn?«

»Ja, ich habe Tim bis vor einem Jahr alleine großgezogen. Bis ich Frank im Netz kennenlernte, in einer Partnerbörse für alleinerziehende Mütter.«

»So etwas gibt es?«

»Ja, ‚Mom sucht Dad' heißt sie.«

»Und da fanden Sie Frank?«

»Ja, endlich einer, der Kinder mag, dachte ich. Wer nimmt schon eine, die den Braten eines anderen ausgetragen hat?«

»Wie alt ist Tim?«, unterbrach Kante sanft.

»Acht. Da braucht ein Junge ein männliches Vorbild.«

»Haben Sie viel zusammen unternommen?«

»Ja, er hat Tim gleich mit eingeladen. Zu einer Urlaubsreise, als Familie. Welcher Mann macht das schon?«

»Waren sie immer zu dritt, oder unternahmen die beiden in letzter Zeit auch viel zu zweit?«

Die Lebenspartnerin von Frank Mies nickte. »Sie waren wandern und schwimmen. Das ist ja nicht so mein Ding.«

»Er kümmerte sich also rührend um Ihren Jungen?«

»Ja«, bestätigte Löhr mit einem versonnenen Lächeln. »Sie spielten stundenlang zusammen im Kinderzimmer. Er brachte ihm ständig was mit. Richtig teure Geschenke.«

»Welcher Art?«

»Computerspiele und Technikkram.«

»Wissen Sie, was für Computerspiele das waren?«

»Jungen- und Männerspiele halt. Er hat Tim sogar einen Fernseher und einen Computer gekauft, damit sie mich nicht mit ihrem Gedudel stören.«

»Mag Tim diese Games?«

»Naja, am Anfang ...«

»Jetzt nicht mehr?«

Kante wartete ab, sah, wie es im Gesicht der Mutter arbeitete.

»Ich weiß auch nicht, was in den Jungen gefahren ist«, platzte sie schließlich heraus. »Statt Frank dankbar zu sein für die Geschenke, reagiert er patzig. Ich hoffe, Frank sucht sich nicht doch noch eine andere, ... der Junge macht es ihm arg schwer.«

»Haben Sie Tim gefragt, warum er patzig reagiert?«

»Wozu?«

»Vielleicht hat Frank die Spiele als Vorwand benutzt, um mit Ihrem Sohn ungestört zu sein?«

Der ahnungslose Blick, mit dem die Lebenspartnerin von Mies reagierte, brachte Kante in Rage. Sie atmete einige Male tief ein und aus, bevor sie konkreter wurde. »Frau Löhr, ich muss Sie etwas fragen und bitte Sie, nachzudenken, bevor Sie antworten. Ist das in Ordnung?«

Löhr musterte sie mit alarmiertem Blick. »Worauf wollen Sie hinaus?«

Kante griff nach der hin- und herhuschenden Hand der Frau. Sie war schweißnass. Offensichtlich war die Lebenspartnerin von Frank Mies doch nicht so ahnungslos. »Frau Löhr, wie war Ihr sexuelles Verhältnis zu Frank Mies?«, setzte Kante nach.

Löhr zuckte zusammen und entzog ihre Hand. »Was geht Sie das an?«

»Sein Interesse an sexuellen Handlungen ist seit geraumer Zeit gering, nicht wahr?«

Die Röte, die der Frau ins Gesicht schoss, war Kante Antwort genug. Sie wartete ab, während Löhr auf ihre verknoteten Hände starrte.

»Hat Frank mehr Zeit mit Tim verbracht, als mit Ihnen? Kann es sein, dass er sich in Wahrheit mehr für Ihren Sohn interessierte, als für Sie?«

Ihr heftiges Kopfschütteln stand im krassen Gegensatz zu den erschrockenen Augen. »Was unterstellen Sie Frank?«

Auch jetzt beachtete Kante nur ihre Körpersprache und fuhr leise fort. »Ich möchte Ihnen etwas zeigen.«

»Was soll das sein?«

»Bei der Überprüfung des Rechners Ihres Mannes sind uns Fotos aufgefallen.« Sie wählte die Durchwahl eines IT-Kollegen. »Könnt ihr alles, was mit Tim beschriftet ist, filtern und überspielen?«

Kante drehte das Tablet so, dass sie zusammen die Bilddateien betrachten konnten. In kurzer Folge zeigte sie der Mutter Aufnahmen, auf denen ihr achtjähriger Sohn Tim in eindeutigen Posen zu sehen war. Sauber beschriftet, mit dem Namen des Jungen und dem Aufnahmedatum.

Nach den ersten Fotos presste Löhr beide Hände vor ihren Mund. Stumm betrachtete sie Bilder, die Tim unbekleidet oder in Unterwäsche zeigten. »Warum hat er nichts an, ich versteh das nicht?« Sie wischte sich die Hände am verschwitzten T-Shirt ab.

Die Kommissarin beobachtete sie schweigend und öffnete einen weiteren Ordner, der mit ‚LoveWithTim' beschriftet war. Er enthielt Filmsequenzen, die Frank Mies und den achtjährigen Jungen in sexuellen Posen zeigten.

»Das waren in Wahrheit die Spiele, die Ihr Lebenspartner im Kinderzimmer Ihres Sohnes gespielt hat.«

Das starre Abwehren der Frau brach auf. Weinend senkte sie ihren Blick. »Nehmen Sie das weg.« Sie zeigte auf den Bildschirm.

Kante reichte ihr ein Taschentuch, schloss die Dateien und wartete, bis sich Tims Mutter gefangen hatte.

»Haben Sie nicht mitbekommen, was da passierte ... und was Ihren Jungen so verstört hat?«

»Ich dachte, der ist nur verstockt und faul, weil er keine Schulaufgaben mehr machte«, stammelte sie. »Ich nahm an, er braucht eine strenge Hand. Das habe ich auch Frank gesagt, dem schon mal die Hand ausrutschte, wenn Tim nicht spurte.«

Erneut brach sie weinend zusammen und stimmte zu, Tim von einem Kinderpsychologen befragen zu lassen. »Wenn es Tim hilft.«

Ihre Verzweiflung wich einem Wutausbruch: »Dieses Schwein! Sperrt den Kackstiefel ein und werft den Schlüssel fort.«

»Erst mal müssen wir ihn finden.«

Kante veranlasste, dass ein Beamter in Zivil das Kind in der Schule abholte. Der Beamte bekam ein von der Mutter unterschriebenes Formular und sollte Tim unverzüglich nach Wiesbaden bringen.

Um 12.30 Uhr ließ sie Löhr einen Snack bringen. »Marcel Wüst, mein Kollege bleibt bei Ihnen«, versprach sie ihr. »Sowie Tim da ist, sprechen wir weiter.«

Die Frau nickte tonlos.

Kante verließ das Vernehmungszimmer. Dankbar für die kurze Unterbrechung, eilte sie in die Kantine. Nach einem Blick auf die abgegrasten Platten vom Mittagstisch, nahm sie sich einen Apfelkuchen mit einem Klecks Sahne, der sie an Toni erinnerte. Sie hatte seit Tagen keinen Ton von ihr gehört, nicht einmal eine Entschuldigung für die geplatzte Verabredung im Sportclub. Auf ihre Anrufe hatte sie nicht reagiert. Sie schwankte zwischen Sorge und Ärger, als sie noch einen Orangensaft auf ihr Tablett stellte.

Gegen 13.00 Uhr öffnete sie die Tür zu ihrem Büro und ließ sich auf ihren Stuhl fallen. Müde fuhr sie mit ihren Fingern durch die kurzen Haare, legte die Beine auf den Tisch und lehnte sich zurück. Ohne etwas zu schmecken, knabberte sie an ihrem Kuchen.

25

DIE VERLORENEN UND DIE ERWACHTEN

9. - 10. Juli

Wehmütig studierte David Marissas bleiche Gesichtszüge, bevor er seinen Blick aus dem Fenster schweifen ließ und sein Gespräch mit ihr fortsetzte.

»Weißt du noch, was ich dir über Professor Kinnert, den Gutachter, erzählt habe? Das ist der Sachverständige, der einem meiner kleinen Patienten ein falsches Gutachten erstellt hat. Er beschrieb Claudio als autistisch. Ein Kind, das vor Lebensfreude sprudelt, nachdem wir es aus einer Familie geholt haben, in der es missbraucht wurde.

Mama, ich habe ihn wiedererkannt, er ist einer der Männer, die mir als Pflegekind bei den Briecherts begegnet sind.«

David unterbrach seine Schilderung, als er ein leichtes Zucken an seiner Hand spürte. »Mama? Du hörst zu? Danke.«

Sanft streichelte er über das Gesicht der Frau, die er mehr liebte als sein Leben, auch wenn sie nicht seine leibliche Mutter war. Das Zucken unter seiner Hand wurde heftiger.

Was wollte sie ihm sagen? Dass sie ihn dennoch liebte?

Er fuhr fort. »Kinnert war ein schlechter Arzt. Er kam nach diesem Unfall zu mir.«

David stellte sich vor, wie sie nachfragte: »Der Arzt, der dich in der Klinik behandelt hat, nach dem Unfall?«

»Nein, Mama. Ich war noch bei den Pflegeeltern.«

David schwieg. Wischte sich eine Träne ab. Ihm entging das neuerliche Zucken im Gesicht seiner Mutter, bevor er weitersprechen konnte. »Sie hatten mir das Blut mit einem Wasserstrahl abgespült und mich auf ein paar Lumpen gebettet. Abseits vom Haupthaus, in der alten Scheune, wo die übrigen Hunde in ihren Käfigen jaulten. Der Hund, mit dem sie mich zusammengesperrt hatten, war bereits fort. Erschossen. Er war tot, als sie ihn wegschleiften.

Ich lebte weiter, blutend, schmutzig. Der Doktor sah mich nur kurz an, griff nach einer Flasche und schüttete eine ätzende Flüssigkeit auf die Wunden. ›Das muss man reinigen, halb so wild.‹ Später hörte ich die anderen Jungen über ihn sprechen. ‚Scheißquacksalber', nannten sie ihn.

›Kinnert ist schlimmer, er ist ein Schlachter, der Kinder eher abmurkst als heilt‹, hetzte einer der Jungen.

Abgemurkst hat er mich nicht. Geheilt auch nicht. ›Haltet sie einfach sauber‹, riet er den Eltern. Er sprach von der Wunde. ›Und gebt ihm die Pillen, zehn Tage lang. Dann schau ich nochmal nach ihm.‹ Damit meinte er mich.

›Muss das nicht genäht werden?‹, fragte einer der Jungen.

›Bist du hier der Arzt?‹, blaffte ihn der Mann an, den wir Vater nannten.

Später flüsterte der Doktor dem Alten was zu. Es klang wie: ›Nähen kostet extra, ich mach's, wenn du drei Hunderter drauflegst.‹

›Nimm dein Schweigegeld und tu, wofür du bezahlt wirst. Halt die Klappe und halt die Kinder am Leben. Aus dem Rest halt dich raus.‹«

Ein Geräusch ließ David innehalten. Die Tür öffnete sich und Schwester Rosi kam herein. Sie hatte Lippenstift aufgetragen und ein süßliches, nach Veilchen duftendes Parfüm. Die feinen Spritzer auf dem Kragen ihrer blauweiß gestreiften Schwesternuniform waren noch zu sehen. Der Lippenstift schien leicht überzeichnet.

»Soll ich Ihnen einen Tee bringen?«

»Vielen Dank Schwester Rosi, ich trinke lieber mein Wasser.« David wies auf die Flasche, die er vorsorglich auf dem Tisch platziert hatte. Dass sie ihn etwas zu zärtlich an der Schulter berührte, ignorierte er.

»Klingeln Sie, falls Sie was brauchen. Ich habe Bereitschaft«, antwortete sie und entschwand hüftschwenkend.

»Ist die Gute ebenso hilfsbereit, wenn du Hilfe brauchst?«, seufzte David der geschlossenen Tür hinterher.

Auf dem Gesicht von Marissa bemerkte er eine leichte Bewegung zwischen Nase und Mund. Es sah aus wie ein Lächeln.

Nach einer Weile fuhr er fort. »Der Doktor ist tot. Und ich sehe ihn immer noch vor mir, so, wie er früher aussah. Mager, mit einem Blick wie ein Wiesel.«

David schwieg, bevor er zögernd weitersprach.

»In meinen Träumen erscheinen weitere Ärzte an einem anderen Ort.

Ich trage einen Verband am Kopf und über mein Gesicht, so dass ich hervorlugen und atmen kann. Anstelle von normalem Essen erhalte ich eine Flüssigkeit. ‚Nährlösung', nennt eine der Pflegerinnen sie. ›Da ist drin, was du brauchst, um zu Kräften zu kommen‹, beantwortet sie meinen fragenden Blick und verspricht: ›Bald wirst du richtig essen. Alles, was du gerne magst.‹

Alles? Ja alles, verrät ihr Nicken. Und alles ist anders. Unwirklich. Heiter. Es ist sauber, hell, ich fühle keine Schmerzen mehr. Niemand lacht mich aus und spuckt auf mich. Sie lächeln mich an, statt wegzusehen.«

Leise beschrieb David eine Pflegerin.

»Sie heißt Clarisse und ist ein bisschen tapsig, genau wie Rosi. Sie erzählt Geschichten von einer Lichtgestalt, die alleine durch Berühren heilen kann.«

Er streichelte über das wachsbleiche Gesicht der Kranken und erinnerte sich an diese Lichtgestalt, die an seinem Bett verharrt und seine Hand gehalten hatte.

***

Marissa antwortete. »Das war ich, ich war bei dir. Ich habe auf einem Notbett geschlafen, bis deine Wunden geheilt waren.« Dass er sie nicht hören konnte, wusste sie. Ihr Drang aufzuwachen und zurückzukehren war heftig. Aber es war noch nicht so weit. Sie musste sich gedulden und blieb ein weiteres Mal alleine zurück. Gefangen in Erinnerungen.

Es war kein Tag vergangen, an dem sie nicht an ihn gedacht hatte, während die Behörden ihren Adoptionsantrag bearbeitet hatten. Jede Woche war sie in das Kloster gefahren, jede Woche hatte man sie abgewiesen.

Sie bettelte, steckte der Nonne an der Pforte Geld zu. Sie betete in der kleinen Kapelle, dem einzigen Ort, den man ihr nicht verwehren konnte. Sie hoffte auf eine zufällige Begegnung. Vergebens.

Erst als der Anwalt sich einschaltete und darauf pochte, dass sich künftige Adoptivmutter und Sohn kennenlernen mussten, durfte sie zu ihm. Sie mietete sich in einem Gasthof ein und besuchte ihn täglich für eine Stunde, in der Schwester Ariadne sie mit Argusaugen belauerte.

»Hören Sie auf, ihm Flausen in die Ohren zu setzen, er bleibt hier«, drohte die Nonne in immer neuen Wortvarianten.

»Das Adoptionsverfahren läuft, bald nehme ich dich mit«, setzte Marissa, an den Jungen gewandt, entgegen. Sie vergaß die Nonne, sah nur die abgemagerte kleine Gestalt, die sie mit riesigen Augen flehend anstarrte.

Angelo sprach nur mit ihr, wenn die Nonne es erlaubte. Ihr Kopfnicken oder Kopfschütteln entschied, ob er Marissa antwortete oder schwieg.

Die Nachricht, dass sie ihn zu sich nehmen dürfe, erreichte Marissa unterwegs. Sie fuhr an den Straßenrand, um das Gespräch entgegenzunehmen und wartete, bis ihr Herzklopfen aufhörte. Via Handy organisierte sie die nötigen Schritte. Als sie nach dreißig Minuten den Wagen startete, war alles geregelt.

Später rief sie Ralf an, der derzeit bei einem Auslandseinsatz war. »Ich hole ihn heim«, versprach sie und hielt Wort, bepackt mit weiteren Lügen.

Der angebliche Verkehrsunfall, dessen Folgen in der Schweiz diskret ausgeheilt und korrigiert wurden, war eine davon. Ein vertrauliches Gespräch mit dem Klinikchef und eine Geldspende unterstützten ihre Bitte um Diskretion.

Der leitende Chirurg empfahl Marissa, das Kinn des Kindes rekonstruieren zu lassen. Er setzte Implantate ein, um die Kinnpartie kosmetisch nachzubilden. Nach Abheilen der Operationswunden sah man nur noch einen schmalen Strich. »Das ‚wächst' sich aus«, versprach der Arzt.

Seine seelischen Wunden waren nicht so einfach zu beseitigen. Marissa suchte einen Trauma-Spezialisten auf. Er arbeitete mit einer speziellen Art von Hypnose, die Missbrauchsspuren löschen sollte durch eine Abspaltung vom Bewusstsein des Kindes. Ein umstrittenes Verfahren mit ungewissem Ausgang. Statt den Missbrauch zu verarbeiten, verdrängte Angelo sein früheres Leben. Es war, als habe er zuvor nicht existiert. Die Namensänderung, die Marissa veranlasste, machte die Täuschung komplett.

Kurz bevor Ralf von seinem Auslandsaufenthalt zurückkehrte, war der Junge mit dem Namen David Frensen körperlich wieder hergestellt. Er durfte nach Hause. In ein neues Zuhause, auch für Marissa und Ralf.

Da die Firma Frensen eine Dependance in Rhein-Main plante, schlug Marissa vor, umzuziehen. Die Villa im Frankfurter Westend, die ein Makler vermittelte, schien perfekt für eine Familie zu sein. Von der Schweiz aus ließ sie alles für die Heimkehr in das neue Zuhause herrichten.

In Frankfurt wunderte sich niemand über den sechsjährigen Sohn der Frensens. Mit ihren eigenen Eltern hatte sie schon lange gebrochen, Ralfs Eltern lebten nicht mehr. Lina, die neue Haushälterin wusste nur, dass David nach dem vorgetäuschten Verkehrsunfall alles neu lernen musste. Marissa engagierte einen Logopäden und einen Privatlehrer, der den Jungen auf die Einschulung in eine Frankfurter Schule vorbereitete.

Vier Wochen später kehrte Ralf zurück. Er liebte David vom ersten Augenblick an wie sein eigenes Kind. Nur das rote Fahrrad blieb noch eine Weile in der Garage stehen, es war Herbst, als er ‚seinen Jungen' zum ersten Mal sah.

An Davids siebtem Geburtstag schenkte er ihm das rote Fahrrad und versprach: »Ich bringe dir das Fahren bei.« Im Frühling löste er sein Versprechen ein. Die Familie wuchs zusammen - und David kannte nur diese Familie.

Im gleichen Frühjahr wurde er eingeschult, in der Klasse, die seinem Alter entsprach. Um seine Alpträume kümmerte sich ein Therapeut.

Nur mit dem Sprechen ließ er sich Zeit. Er konnte die Worte lesen, erfasste ihren Sinn und antwortete viele Wochen lang nur nickend und auf Gegenstände zeigend, um zu signalisieren, dass er alles verstand. Alleine in seinem Zimmer formulierte er zaghaft einzelne Worte, übte Phrasen und Sätze, dem Klang seiner Stimme erstaunt nachhorchend.

Marissa beobachtete ihn. Eine Kamera übertrug die Bilder seiner Sprachübungen auf ihren Rechner.

Sie hatte sie ebenso heimlich entfernt, wie sie das Gerät installiert hatte. Nicht einmal Ralf hatte davon gewusst.

In ihrer Koma-Isolation erinnerte sich Marissa an seine ersten Worte: »Mama, ich hab dich lieb.«

***

»Mama, ich hab dich lieb«, flüsterte David und legte seine Hand an den Bildschirm. Die Fotos, die er vor Jahren digitalisiert hatte, zeigten ältere Aufnahmen, auf denen er mit Marissa zu sehen war. Beide lächeln sie den Fotografen an. Marissa war hochschwanger mit Gregor. Zwei Wochen später kam sein Bruder zur Welt.

Er scrollte weiter zu einer der letzten Fotografien, aufgenommen einen Tag vor dem Unfall in der Toskana. Marissa hatte nicht bemerkt, wie er dieses seltene Porträt von ihr mit der Handykamera machte. Es zeigte sie in Gedanken versunken. Ihr Blick war in die Ferne gerichtet und sie hatte Tränen in den Augen. »Was siehst du Mama, wenn du alleine bist?«

Er zoomte in das Foto hinein, bis er nur noch ihre Augen sah. Sie hatten die gleiche Farbe wie seine eigenen Augen. Ein helles Braun umrandet von einem dunkleren Kreis. Ob sie ihn deshalb unter allen Waisenkindern ausgewählt hatte?

»Verzeih Mama, du hast wohl einen Mörder gewählt.«

Er schloss die Bilder, öffnet eine neue Datei. Es war Zeit, Fragen zu beantworten. Seinen Text überschrieb er mit:

‚Rachemotive'

In einer zweiten Datei notierte er die jüngst verübten Serientaten des Racheengels, ergänzt um zwei Fragen:

‚Was spricht dafür, dass ich der Täter bin?

Was entlastet mich?'

David versuchte Christina Kante zu erreichen und hinterließ eine Nachricht mit seiner Nummer. Er müsse eine Aussage machen.

Es war Dienstag, der 9. Juli 14.00 Uhr, als er zum dritten Mal darauf bestand, mit der Kommissarin zu sprechen.

Zwei Minuten später klingelte es. Er nahm das Gespräch entgegen: »David Frensen. Danke, dass Sie zurückrufen.« Er räusperte sich, spürte, dass seine Stimme krächzte.

»Guten Tag Herr Frensen, wir haben wunderbare Nachrichten. Ihre Mutter ist vor einer Stunde aus dem Koma erwacht.«

Er brach sofort auf, sie zu besuchen.

David war aufgewühlt nach dem Besuch, hatte die Nacht wachgelegen, gegrübelt, versucht eine Entscheidung zu treffen. Er blieb dabei. Er musste sich seiner Vergangenheit stellen und dem, was er getan hatte.

Erneut versuchte er, die leitende Ermittlerin anzurufen. Wieder hieß es, Kommissarin Kante ist nicht erreichbar. Er hinterließ, dass er vermutlich der gesuchte Racheengel sei und eine Aussage machen wolle.

Man wimmelte ihn ab wie Dutzend andere, die seit Tagen die Behörde mit Bekenneranrufen bombardierten. Ihr Wunsch, sich mit dem Täter zu solidarisieren, erschwerte es substantielle Anrufer auszufiltern. Es waren zu viele, die sich zu den Taten bekennen wollten; für ein Quäntchen Ruhm die einen, aus reiner Sensationsgier die anderen.

Bei Davids nächstem Versuch war es Mittwoch, 16.00 Uhr. Dieses Mal blieb er eisern. »Geben Sie ihr meinen Namen, sie hat mich bereits mehrfach vernommen. Ich bin einer der Tatverdächtigen.« Er wartete eine Stunde lang auf den Rückruf, bevor er das Handy abstellte. Fünf Minuten später zeichnete seine Sprachbox den Anruf von Kante auf.

David wollte Marissa noch einmal sehen, bevor er nicht mehr selbst über sein Leben entscheiden durfte. Auf dem Weg zu ihr war die Stereoanlage seines Jeeps auf einen Oldie-Sender eingestellt. Zu jeder vollen Stunde wurde das Musikprogramm für die aktuellen Nachrichten unterbrochen. Er drehte die Lautstärke herunter.

Die Suchmeldung nach dem Vermissten Frank Mies übertönte der Regen, der auf das Wagendach trommelte.

Nach den Wetternachrichten und Verkehrsmeldungen stellte David wieder laut. Selbstvergessen lauschte er den Songs, die seinen Vater - er korrigierte sich in Gedanken, seinen Adoptivvater - ein Leben lang begleitet hatten.

Die Nachricht von seinem tödlichen Unfall hatte Marissa gelassen aufgenommen. Mit Tränen in den Augen hatte sie geflüstert: »Ich weiß, dass er tot ist. Die Schwestern haben darüber gesprochen.« Dann hatte sie ihn lange angesehen und versucht, sein Gesicht zu streicheln. Er erinnerte sich, dass er es neben sie auf das Kissen gebettet hatte und daran, wie ihre goldbraunen Augen leuchteten, als sie weitersprach: »Aber du lebst, ... mein Junge. Mein Engel.«

Der Platzregen, der ihm die Sicht beim Aussteigen auf dem Parkplatz der Klinik nahm, passte zu seiner Stimmung.

Er übersah die grüßenden Schwestern, ignorierte die bewundernden Blicke von Schwester Rosi. Heute hatte er nicht einmal ein nettes Wort übrig für die Pfleger, die ihn namentlich grüßten. Stur geradeaus blickend eilte er in Marissas Krankenzimmer.

Statt tickender Überlebensinstrumente empfingen ihn Unmengen von Blumen. Die meisten hatte er selbst mitgebracht. Die Vorhänge waren weit geöffnet, der Blick auf die verregnete Sommerlandschaft frei. Marissa Frensen lag in einem Zimmer mit Blick auf den Park. Aus dem Augenwinkel nahm David einen jungen Mann wahr, der eine Frau im Rollstuhl schob, geschützt durch einen riesigen Schirm. Ja, das würde er jetzt auch gerne mit Marissa tun, der Frau, die ihm fast ein Leben lang eine Mutter war.

Leise trat er ans Bett und tastete vorsichtig nach der Hand der Schlummernden.

Marissas Worte klangen noch fremd, die Silben verschwammen ineinander, die Betonungen der Worte waren flach, ohne Höhen, Tiefen und Modulation. Aber David verstand jedes Wort. Auch wenn er den Sinn nicht begriff.

Noch nicht.

»Du bist mein leiblicher Sohn, ich habe dich gleich nach der Geburt fortgegeben. Verzeih mir ... ich war erst fünfzehn. Du warst von Geburt an mein Engel, mein Angelo ...«

David schluckte und spürte, wie sich etwas in ihm löste. Die Wand vor seiner Vergangenheit stürzte ein. Sein Lebenspuzzle vervollständigte sich.

Zu spät, um ihr davon zu berichten.

Nach ihrem Geständnis konnte er nicht beichten, dass er wahrscheinlich alle büßen ließ, die ihm seine Kindheit gestohlen hatten.

Er weinte mit ihr. Er schwieg. Und verzieh ihr. Sie war seine Mutter und sie lebte. Eine Mutter, die genesen sollte, bevor sie erfuhr, dass ihr erster leiblicher Sohn eben kein Engel auf Erden war.

Warum hast du es mir nicht gesagt? Warum? Vielleicht wäre alles ganz anders gekommen.

»Gregor wird dir beistehen, falls ich es nicht mehr kann«, flüsterte er zum Abschied.

Sie hörte es nicht, war eingeschlafen.

Er küsste sie auf die Stirn, bevor er das Krankenzimmer verließ und leise die Tür hinter sich zuzog. Auf dem Weg zu seinem Auto stellte er das Handy an und sah, dass Kommissarin Kante zurückgerufen hatte.

Er drückte auf Rückruf und erreichte wieder nur die Zentrale. Wieder fragte er: »Ich möchte eine Aussage machen, soll ich dazu nach Wiesbaden kommen?«

Nachdem er seinen Namen und seine Frage konkretisiert hatte, nickte er. »Ich bin auf dem Weg.«

Den Brief an Gregor warf er in den Briefkasten im Klinikum. Er wurde erst am Folgetag geleert.

Der Tempomat war auf die erlaubte Geschwindigkeit eingestellt, als er auf die Autobahn Richtung Wiesbaden auffuhr. Alles Nötige hatte er bei sich, verstaut in einer Reisetasche. Als sein Handy klingelte, stöpselte er den Ohrhörer ein, um Kante besser zu verstehen. Er wiederholte seinen Verdacht und teilte ihr mit, dass er auf dem Weg sei.

»Wir erwarten Sie«, antwortete Kante knapp. »Wenn Sie einen Anwalt dabei haben wollen, veranlassen Sie das bitte.«

»Ich brauche keinen Anwalt.«

Es war 20.25 Uhr.

***

20.30 Uhr. ... Kante war erschöpft und erleichtert, dass sie die Vernehmung der Frau des vermutlichen Kinderschänders hinter sich hatte. Der Pflegesohn von Frank Mies hatte alles bestätigt. Zuerst widerspenstig und wütend, dann weinend.

Kante war es zunehmend schwergefallen, Conny Löhr gegenüber professionell zu bleiben. »Soll sie ruhig dran knabbern«, dachte sie und bedauerte den kleinen Tim. Er war das wahre Opfer einer Beziehungstragödie, die von Anfang an darauf ausgelegt war, Mies ein Missbrauch-Opfer frei Haus zu verschaffen.

Lars Schön gegenüber offenbarte sie ihre Gefühle: »Man sollte der Frau den Mutterschein entziehen.«

Die Suche nach Frank Mies lief indessen weiter, mit einer erweiterten Zielvorgabe. Es galt, einen Missbrauch-Täter zu fassen und einen weiteren Bekenner zu verhören.

Seufzend bereitete sich Kante auf das Gespräch mit David Frensen vor und durchforstete frühere Aktennotizen mit seinen Aussagen. Beginnend mit der ersten Vernehmung in der Klinik, nachdem die Briecherts durch eine Todesspritze ermordet aufgefunden worden waren. Sie druckte die Protokolle, breitete die Papierdrucke aus und suchte nach einem Marker, um relevante Aussagen für die anstehende Befragung hervorzuheben. Da ihr Schreibtisch überquoll, hatte sie ihre Utensilien teilweise auf dem Sideboard abgelegt. Ihr suchender Blick entdeckte auch dort keinen Stift, dafür sah sie das gelbe Postpaket.

Um 20.45 Uhr schnitt Kante das Paket an den verklebten Seiten mit einer Schere auf und öffnete die Klappe. Ein beißend, süßlicher Gestank stieg in ihre Nase ...

... sie sprang auf, öffnete das Fenster und reagierte wie ein Automat. Der Geruch, der aus dem halbgeöffneten Paket aufstieg, war eindeutig. Die Stirnfalte zwischen ihren Augen vertiefte sich, als sie den Telefonhörer nahm und eine Reihe von Anweisungen durchgab. Als Erstes bat sie, David Frensen in das Vernehmungszimmer 8 zu bringen, weit weg von dieser Etage, in der gleich ein Team von Kriminaltechnikern seinen Job erledigen musste.

Gegen 21.00 Uhr untersuchte ein Spezialist der technischen Spurensicherung das gelbe Paket auf Fingerabdrücke. Erst dann öffnete er es vollständig, ohne die restlichen Klebekanten zu beschädigen. Die Suche nach versteckten Fingerspuren an den Klebeflächen war Aufgabe des kriminaltechnischen Labors.

Genau um 21.20 Uhr lag ein Teil des vermissten Ralf Mies vor ihnen. Ein Hoden, eingeschlossen in einem Einmachglas. Dass es tatsächlich von dem Vermissten stammte, musste ein Gerichtsmediziner bestätigen, sowie der Rest des Vermissten aufgetaucht war. Tot oder lebendig. Aber die Botschaft des Racheengels war klar und alarmierend, ebenso wie die beigefügten Ausweispapiere von Toni.

Kante sicherte sie, als ihr Telefon erneut klingelte. David Frensen wartete auf seine Vernehmung.

Sie warf einen Blick auf die Nachricht und winkte Lars Schön herbei: »Kannst du mir einen Gefallen tun?«

»Ja, sicher?«

»Bitte Frensen, einen bestimmten Satz zu notieren. Am besten auf einem ähnlich linierten Blatt Papier.« Sie wühlte in ihrer Schreibtischschublade und reichte ihm einen roten Filzschreiber. »Damit.«

Sie zeigte ihm den Brief des Racheengels, der auch mit einem Filzstift geschrieben war und wies auf ein geeignetes Satzfragment.

Dann wandte sie sich wieder an ihr Team. »Fotografiert das handgeschriebene Wort ‚persönlich', das scheint eine Kinderschrift zu sein. Gebt ein Foto davon an die Presse. Vielleicht meldet sich ja das Kind, das ihn gesehen und ihm geholfen hat.«

»Was ist mit der Botschaft selbst?«

»Nein, die ist nur für uns bestimmt.«

Die digitalisierte Aufnahme des Textes warf sie über einen Projektor an eine weiße Wand. Nur wer sie genau kannte, merkte, wie es in ihr brodelte.

Ihr Blick irrte umher, blieb unvermittelt hängen, bevor der nächste Befehl kam. Sie reagierte auf jedes Anzeichen von Fragen. Wies mit dem Finger auf die Sprechenden, lenkte und leitete das Team mit ihrer Körpersprache, veranlasste sie, mit ihr gemeinsam zu analysieren, nachzudenken und zwischen den Zeilen zu lesen.

Ihr findet den Rest von dem Schwein da, wo auch die kleine Pressetusse begraben ist.

Sie lebt. Noch.

Ihre Wasservorräte sind aufgebraucht.

Er ist inzwischen Rattenfraß. Beispielhaft für alle, die ihm folgen werden.

Auge um Auge, für alle, die mich verraten, benutzt und weggeworfen haben.

Die kleine Pressetusse wird euch berichten, wie es ist, lebendig begraben zu sein.

Wenn ihr sie rechtzeitig findet!

26

WICHTIGE ZEUGIN VERMISST

10. Juli, 19.00 - 24.00 Uhr

»Was ist mit dem Artikel über diesen Akku-Prototypen fürs Smartphone? Toni sollte ihn testen. Wo ist der Prototyp, und wo zur Hölle ist Toni? Die hat sich seit Tagen nicht blicken lassen.« Schulzes Blick huschte zwischen Krösen und Brand hin und her.

Anna zuckte mit den Schultern. »Sie geht nicht ans Handy.«

»Hat sie keinem von euch Bescheid gesagt, was ist mit dir Viktor? Ihr seid doch inzwischen so was wie ‚Best Buddies'?« Er drückte seine Zeigefinger aneinander. »Wo steckt sie?«

»Mm, Mm.«

»Ist das ein Nein?«

»Ja.«

»Mann, da gibt man einer Anfängerin eine Chance ...!«

Viktor wartete, bis Schulz in seinem Glasverschlag verschwunden war, bevor er zum zigsten Mal versuchte, sein Zweithandy neu zu orten. Seit Samstag war das Handy off und er hatte den Such-Befehl: ›Benachrichtigung wenn gefunden‹ markiert. Vergeblich.

Lange genug hatte er Toni den Rücken frei gehalten und dicht gehalten. Vielleicht zu lange. Dass er von Sonntag bis einschließlich Dienstag vor seiner Familie geflohen und zu einer Game-Convention nach London gereist war, entschuldigte das nicht. Dass er alles andere vergessen hatte, erst recht nicht. Dafür pochten seine Schuldgefühle jetzt umso heftiger.

Er hastete zu Tonis Schreibtisch, mit einem Auge den Glaskasten beobachtend, in dem Schulz hektisch telefonierte. An Tonis Lampe entdeckte er den Post-it-Zettel mit Kommissarin Kantes Nummer. Er tippte sie ein und hörte mit halbem Ohr, wie Schulz auf Tonis Anrufbeantworter sprach. Jeder im Raum konnte alles mithören, inklusive der Kraftausdrücke. Zwei Kollegen, die sich noch nicht davongeschlichen hatten, um ihren Feierabend zu genießen, zogen grinsend die Köpfe ein.

»Da kannst du lange draufbrüllen«, artikulierte Viktor tonlos und wartete, bis sich Kante meldete. Doch nur der Anrufbeantworter schaltete sich ein. Er schickte eine SMS und bat um Rückruf. Dann suchte er weiter an Tonis Schreibtisch. Die zweite Nummer, die er auf einem Zettel an der Lampe fand und anrief, war eine mit Buntstiften gemalte Visitenkarte mit Marios Handynummer.

Nach dem zweiten Klingelton meldete er sich.

»Hi Mario, ich bin Tonis Kollege Viktor Krösen. Ich suche Toni.«

»Du bist der Zockertyp, oder?«

Viktor schluckte.

»Toni sagt, du bist in Ordnung. Ihr jagt doch zusammen diesen Engel.«

»Ja, bist du bei ihr?«

»Nee, ich hab Stubenarrest. Und sie geht nicht ans Handy, da ist immer nur so eine komische Ansage drauf. Der Anschluss ist gesperrt.«

»Ja, sie hat eine andere Nummer, hast du sie nicht?«

»Nö, die steckt wahrscheinlich mit Papa unter einer Decke, wegen des Hausarrests.«

»Das glaube ich nicht Mario. Wo bist du gerade?«

»Ich hänge zuhause rum, warum?«

»Mm, tust du mir und Toni einen Gefallen, eine Geheimsache sozusagen?«

»He klar, ich langweile mich hier zu Tode.«

»Kannst du raus?«

»Ja, zum Gassigehen mit Lassdas.«

»Das ist gut. Ich glaube, Toni braucht unserer Hilfe, können wir uns im Loft treffen?«

»Papa hat mir den Schlüssel abgenommen. Wenn Pietro und Toni nicht da sind, komme ich nicht rein.«

»Pietro? Wer ist das?«

»Der wohnt auch da.«

»Kannst du ihn anrufen? Sag, dass wir unterwegs sind.«

»Klar, wenn er nicht im Loft ist, ruf ich in der Klinik an, der arbeitet da. Was ist denn jetzt mit Toni?«

»Ruf einfach Pietro an, wahrscheinlich hat sie nur verschlafen. Nicht, dass sie Ärger kriegt«, schwindelte Viktor.

»He, ist was mit Toni? Sag schon.«

»Besprechen wir gleich, bis nachher, Mario.« Viktor beendete das Gespräch und sah sich weiter suchend auf Tonis Schreibtisch um. Dabei entdeckte er das Briefing für ein technisches Gerät. »Mist, das muss für den Akkulader sein.«

Er hastete aus dem Redaktionsbüro. Am Ausgang begegnete er Schulz, der eine Aushilfe in Empfang nahm.

Schulz rief ihm was nach. Viktor verstand es nicht, dachte nur still: *Auch dir einen schönen Feierabend.*

***

Kante überhörte das Surren der eingehenden SMS. Sie war mit ihrem Team darauf fokussiert, die Nachricht des Racheengels zu analysieren. »Beginnen wir mit dem Offensichtlichen«, leitete sie die Besprechung ein. »Wir wissen, dass unser Paket mit Hoden und Nachricht am Dienstag in einem Ort, nahe der österreichischen Grenze aufgegeben wurde.«

»Kann man feststellen, wann der Hoden entfernt wurde?«, wandte sie sich an einen anwesenden Gerichtsmediziner.

»Nach erster Schätzung vor fünf Tagen.«

»Dann hat man den Mann letzten Samstag kastriert.«

»Irgendwann zwischen Freitag und Dienstag muss er Toni erwischt haben«, grenzte Kante den Zeitpunkt der Gefangennahme ein. »Mies wurde von seiner Partnerin am Dienstag zum letzten Mal gesehen. Er frühstückte, verließ das Haus und kam nicht wieder.«

»Wann hat man die Amato zuletzt gesehen?«

Kante nickte, wählte die Nummer der Redaktion MainLife. »Sekunde, das versuche ich gerade herauszufinden.«

Endlich meldete sich jemand. Sie nannte ihren Namen, fragte nach Toni Amato.

»Die kenne ich nicht. Ich bin nur die Aushilfe, eingesprungen für eine Mitstudentin, die eine Grippe hat.«

»Was ist mit Viktor Krösen, mit Sebastian Schulz, können Sie mich verbinden?«

»Ich bin alleine, Herr Schulz hat mich eingewiesen. Viktor Krösen kenne ich nicht.«

»Versuchen Sie, mich durchzustellen, zu einem von beiden.«

»Sekunde.«

Es dauerte etliche Minuten, bis sie die Durchwahl von Krösen fand und sich endlich wieder meldete. »Da geht keiner dran.«

»Und seine private Nummer?«

»Die habe ich nicht.«

»Was ist mit Schulzes Nummer?«

»Der erzählt mir sonst etwas, wenn ich die jedem gebe. Wer sagt mir, dass Sie echt sind?«

»Und wie echt ich bin.« Kante hatte genug. »Geben Sie mir die Nummer von irgendjemandem, der mit Herrn Krösen oder Toni zusammenarbeitet. Was ist mit Anna Brand?«

»Augenblick, da muss ich erst nachsehen.«

»Tun Sie' s.«

»Ah, Viktor arbeitet im Team mit einer gewissen Toni Amato«, schob die Studentin nach. »Soll ich nach ihrer Handynummer suchen?«

»Nach Toni Amato frage ich Sie die ganze Zeit, Himmel nochmal, gehen Sie besser gleich zum Arbeitsamt, das darf doch nicht wahr sein.«

»Wie dämlich ist die denn?« Kante starrte auf den Hörer. Dann wählte sie die Nummer der Auskunft, fragte nach dem Restaurant Amato und ließ sich verbinden.

»Restaurant Amato, Luca Amato am Apparat«, meldete sich eine beflissene Stimme. Im Hintergrund hörte sie Küchengeräusche.

»Christina Kante von der Soko. Sind Sie der Vater von Antonia Amato?«

»Der Bruder. Was ist mit Toni?«

»Ich suche sie, wann haben Sie zuletzt mit ihr gesprochen?«

»Ist eine Weile her, mein Sohn Mario ist oft bei ihr, er hat aber momentan Stubenarrest. Sekunde, ... ist Mario schon zurück?«

»Was ist mit dem Hund?«

»Seit wann?«

»Was ist los?«, fragte Kante dazwischen.

»Der Bengel ist jetzt über eine Stunde weg mit dem Hund. Wenn der wieder ausgebüxt und bei Toni ist, setzt es was. Versuchen Sie es in Ihrem Loft, ich gebe Ihnen die Handynummer und ihre Adresse.«

»Danke Herr Amato. Melden Sie sich bitte, sowie er nach Hause kommt.«

Was war mit ihrem Mitbewohner? Kante ließ sich mit dem Palmencafé verbinden. Pietro sei seit zwei Wochen auf Dienstreise, teilte ihr Cicero mit.

Hannes Harm war IT-Spezialist. Im Team stach er durch seinen lässigen Look hervor. Auch in der Nachtschicht trug er seine ureigene Uniform: ein Kapuzenshirt, weite Jeans und Turnschuhe ohne Schnürsenkel. Er konnte es sich erlauben. Die Codes auf Frank Mies Computer hatte er schneller geknackt, als das IT-Stammteam. Doch jetzt ging es um eine kritischere Aufgabe. Er versuchte, Tonis Standort aufzuspüren und da stieß selbst er an seine Grenzen.

Kante hastete zum dritten Mal zu seinem Schreibtisch. »Erklär's mir. Warum finden wir das Handy nicht?«

»Es ist offline, abgestellt, Akku leer, liegt zuhause, was weiß ich.«

Kante knetete ungeduldig ihre Finger.

»Augenblick, ich fahre einen weiteren Versuch.« Er klopfte mit der flachen Hand auf den Tisch. »Mist, ich krieg das Gerät auch via GPS nicht rein.«

»Was heißt das?«

»‚Global Positioning System'. Die Ortung läuft über Satelliten und lässt sich bis auf wenige Meter genau lokalisieren.«

»Ich weiß, was GPS bedeutet, ich will wissen, warum du es nicht orten kannst.«

»Die naheliegende Erklärung ist, dass es keinen Sichtkontakt hat und deshalb keine Positionsdaten empfangen werden.«

»Funktioniert GPS auch, wenn sie die Ortungsdienste nicht angestellt hat?«

»Ja, falls sie das Gerät nicht abstellt, finden wir sie.«

»Und wenn sie es nur ab und an anstellt ...«

»Dann erwische ich sie, wenn ich dranbleibe.«

»Bleib dran ...«

»Nutzt nichts, wenn sie sich zum Beispiel in einem Tunnel befindet. Es muss Sichtkontakt zu den Satelliten haben, wenigstens zeitweise. Und das macht mich stutzig, das Gerät ist wie vom Erdboden verschwunden.«

»Vielleicht ist es da ja auch?«

»In einem Tunnel?«

»Ich hoffe nicht, bleib einfach dran.«

»Okay, welches Handymodell hat die Amato?«

»Spielt das eine Rolle.«

»Nicht für die Suche, jedes Smartphone ist zu orten.«

»Aber?«

»Ich mach mir Sorgen um den Akku.«

»Sie hat ein iPhone, das neueste Modell. Macht das einen Unterschied?«

»Ja, in der Akkukapazität. Beim Neuen ist sie verbessert, je nach Nutzerverhalten, aber ...«

»Aber? Wie lange hält der Akku durch?« Kante fuhr sich ungeduldig durch die Haare.

»Angeblich über 200 Stunden im Standby-Modus. Sie sollte weder telefonieren, noch Ortungsdienste und Push up's aktiviert haben, sonst war sie nach einem Tag draußen.«

Kante wandte sich an den Rest ihres Teams: »Informiert die Kollegen der Einsatztruppe Wolf über den Status. Mich erreicht ihr auf dem Handy. Bin gleich zurück.«

Auf dem Weg zu ihrem Vorgesetzten Schön scrollte sie halbherzig durch die eingegangenen SMS und entdeckte Viktors Nachricht. Sie fluchte und versuchte ihn zurückzurufen. Die Nummer war nicht erreichbar.

***

Der überquellende Briefkasten verschärfte Viktors Ängste. Alarmiert hastete er um das ehemalige Fabrikgebäude herum und hörte das klägliche Maunzen, bevor er den rotbraun gestreiften Kater mit dem buschigen Schwanz sah. Toni hatte ein Bild von dem Main Coon auf ihrem Schreibtisch. Auf seinem Kopf entdeckte Viktor zwei fette Zecken. Er entfernte sie und nahm den Kater auf den Arm. Das Tier fühlte sich abgemagert an unter dem dicken Fell und leckte ihm dankbar die Hände. Mit dem Kater auf dem Arm versuchte er, durch die Fenster einen Blick ins Innere zu erhaschen. Innen bewegte sich nichts.

Zurück an der Straßenseite, bemerkte er einen einparkenden schwarzen Mini. Ein Junge, der Toni wie aus dem Gesicht geschnitten war, stürzte aus dem Auto, gefolgt von einem dreifarbig gezeichneten Terrier.

»Bist du Viktor?«

Er konnte gerade noch nicken, bevor ihn auch der Mann im Arztkittel, mit Fragen bestürmte. Auf seinem Namensschild stand Doktor Pietro Manetti.

»Was ist mit Toni?«

»Pietro?«

»Ja, was ist mit ihr? Mario hat was gefaselt, dass Toni weg sei, verschwunden?«

»Davon habe ich nichts gesagt.«

»Also, wo ist Toni? Und wer bist du?«

»Keine Ahnung, zu Frage eins. Ich bin ihr Kollege von MainLife, Viktor Krösen. Wir arbeiten zusammen an einer Story.« Mit einem Blick auf den umherwuselnden Mario, der sich um den aufgeregten Lassdas bemühte, flüsterte er leise. »Toni hat sich seit Freitag bei niemandem gemeldet.«

»Kommt rein«, Pietro nestelte mit dem Schlüssel herum. Erst im dritten Anlauf gelang es ihm, die Türe aufzusperren.

Der Kater befreite sich aus Viktors Armen, hechtete quer durch den Raum, stürzte sich auf die leeren Näpfe, bettelte, klapperte, schepperte sie über das Parkett.

Sogar der Wassernapf war blitzblank.

»Scheiße«, kommentierte Mario. »Warum hat der Kater kein Futter?«

Er hastete in den Küchentrakt, holte eine Tüte Trockenfutter aus einem der Schränke, schüttete beide Näpfe randvoll und füllte den Wassernapf. Er befahl den beiden Männern. »Sucht Toni, der muss was passiert sein, die lässt Emil niemals hungern.«

Der Kater schlang das Futter viel zu schnell herunter. Pietro reagierte, nahm es ihm weg, tauschte es aus gegen eine hastig aufgezerrte Packung Frischfutter. Der Kater schleckte den Inhalt der Portionspackung herunter, dann machte er sich über die Wasserschüssel her und maunzte nach mehr.

»Gleich Emil, gleich bekommst du mehr.« Pietro fütterte ihm bröckchenweise Trockenfutter hinterher, darauf achtend, dass er langsam fraß.

»So, und jetzt der Reihe nach, wo ist Toni?«

»Das frage ich dich, ihr wohnt doch zusammen?«, fragte Viktor.

»Ich kam erst heute früh von einem zweiwöchigen Fortbildungskurs zurück und bin gleich in die Klinik gefahren, ich hatte Dienst.«

»Sie würde Emil und Emma nie verhungern lassen.« Marios Augen waren riesengroß, während er einem Goldfisch Futter ins Aquarium streute.

»Wann hast du sie zuletzt gesehen, Mario?«

»Vor zwei Wochen. Sie hat mich weggeschickt, sie wollte nicht, dass ich Ärger kriege.«

»Am letzten Freitag war sie kurz in der Redaktion«, murmelte Viktor. »Später hat sie noch eine SMS geschickt.«

»Durchsucht ihren Schrank«, übernahm Mario das Kommando. »Seht nach, was fehlt.« Er selbst eilte zu Tonis Schreibtisch im Erker. »Hey, wieso hat sie ihr Notebook dagelassen? Hier stehen Gläser, sie hat Besuch gehabt.«

»Im Schrank fehlen nur eine grüne Cargo Hose und die roten Turnschuhe«, meldete Pietro.

»Was ist mit dem Fahrrad?«

»Sekunde,« Pietro sah in einem abgeteilten Kämmerchen nach. »Ist weg.«

»Und ihr Auto?«

»Steht draußen. Der verbeulte Honda. Sie fährt nicht damit«, antwortete Mario abwesend. »Ich glaub, sie hat keine Kohle für Benzin.«

Dann tippte er weiter in das Notebook, riss die Arme kurz hoch, als er mit einem längst geknackten Passwort reinkam. Er grummelte vor sich hin, während er durch die Dateienstrukturen flitzte, auf der Suche nach den neuesten Einträgen. »Au, das ist nicht gut, sie hat es gemacht.«

»Was?«

»Sie hat sich als Kostreier angeboten. Und jetzt geht es ihr wie dem Typ im Film, der hat auch zu viel gewusst.«

»Was für ein Film?«

»Kostreier ...«

»Ghostwriter?«

»Was hat der Film mit Toni zu tun?«

»He, rafft ihr das nicht? Der Racheengel hat sie engagiert, sie ist ihm auf die Schliche gekommen und jetzt bringt er sie um die Ecke - genau wie im Film.«

»Du schaust zu viele Krimis.«

»Sieh doch selbst. Da! Sie will für andere schreiben, als Kostreier.«

Viktor blickte ihm über die Schulter, erkannte die Jobbörse für freie Textaufträge und überflog die Angaben auf Tonis Profil: »Klick mal in die Antworten, da ist was eingegangen.«

Toni hatte tatsächlich eine Anfrage erhalten. Jemand mit dem Nick ‚Angel' bat um ein Angebot.

»Das ist der Racheengel. Und er hat sie.« Mario zappelte noch mehr rum als sonst.

Viktor schüttelte den Kopf. »Beruhige dich Mario, die Anfrage ist vom letzten Samstag, 14.00 Uhr. Das muss ein Zufall sein, sie ist seit Samstag unterwegs.«

»Sie hat die Mail nicht mal geöffnet. Schau bitte, an welcher Datei sie zuletzt gearbeitet hat!«

Mario nickte tapfer. »Sekunde.«

Viktor überlegte fieberhaft, was an Marios Beobachtungen und Schlüssen brauchbar war und was auf seiner überbordenden Fantasie beruhte.

Auch bei ihrer ersten großen Story war Toni tagelang nicht erreichbar gewesen und kam zurück mit Informationen, deren Quelle sie keinem mitteilte.

Pietro gesellte sich zu ihnen. »Ich habe im Bad nachgesehen. Zahnbürste ist staubtrocken, Handtücher auch. Es fehlt nichts.«

Mario starrte auf das Notebook und schimpfte vor sich hin. »Mist, ich vertippe mich ständig, weil hier kein ‚N' mehr drauf ist.«

»Was fehlt?«

»Toni hat das ‚N' durchgehackt, dabei hat sie nicht mal mehr Fingernägel, weil sie die ständig abknabbert ... ah, ich bin drin.«

Er überflog ein paar Zeilen und drehte den Bildschirm in Viktors und Pietros Blickrichtung. »Boah, das ist vollkrass. Heftiger als bei Criminal Minds.«

»Ähm, die Sendung ist ab sechzehn, oder ...«

»Ich guck's heimlich. Jetzt lest schon.«

Die geöffnete Datei war vom Freitag, 19. Juli. Toni hatte eine Anmerkung vorangesetzt:

Geschrieben nach der Bandaufzeichnung einer Aussage von Jonas Kutscher. Er war als Pflegekind bei den Briecherts und schilderte eine Begebenheit aus dem Jahr 1987. Er bat mich, sie aus neutraler Perspektive zu erzählen.

‚Die Mutprobe'

»Ich bin eine hässliche Kröte. Sprich es mir nach, du Wurm.«

»Hällische Räte.«

»Wisch dir den Rotz ab. Hör auf zu jaulen und lies es mir von den Lippen ab: Ich bin eine hässliche Kröte.«

»Hellische Rete.«

»Verarschst du mich?«

»Komm, der kann es nicht besser, lass ihn raus aus dem Zwinger«, bettelte Jonas. Flehend sah er zu dem hochaufgeschossenen älteren Pflegebruder auf, der seit Stunden versuchte, dem eingesperrten Vierjährigen diesen Satz einzutrichtern.

»Stimmt, nachdem der Köter ihm das Gesicht angeknabbert hat, nuschelt der nur noch.«

»Mm. Muss schlimm gewesen sein.«

Der Ältere krauste die Stirn, gaffte auf den Jungen im Käfig. »Der Zwerg hat sich anscheinend bepisst, während die Onkel ihn rangenommen haben. Es war Besuchstag und die Säcke bevorzugen Frischfleisch. Sauberes Frischfleisch. Wer sich einsaut, kommt in die Kiste, und falls grad keine frei ist …« Richard stoppte und sah Jonas durchdringend an.

»Kennst das ja.«

Der Junge, mit den blonden Locken zuckte zusammen. Ja, das kannte er. Nicht nur die Erwachsenen sperrten sie ein, auch die älteren Pflegekinder taten es. Einfach so. Zum Spaß. Um zu zeigen, wer das Sagen hatte. Oder um zu testen, wer zuerst losheulte. Aber der Kleine in der Kiste tat ihm leid, er war fast noch ein Baby … und wie dumpf er schaute. Als sei er weit weg. Vielleicht war er das auch? Vielleicht schaffte er es, sich wegzuträumen? Dahin, wo er nicht mitbekam, wenn sie über einen herfielen. Abwechselnd, sich anfeuernd. Nach Bier und Schweiß stinkend. Einem Gemisch, bei dem einem die Kotze hochkam.

Er selbst hatte sich oft die Seele aus dem geschundenen Leib gereihert. Zur Strafe prügelten sie ihn windelweich. Oder sie sperrten ihn in die Kiste. Manchmal beides.

Jonas beäugte Richard misstrauisch. Der Ältere durfte nie erfahren, dass er alles mit angesehen hatte.

Er hatte einen der Welpen aus dem Verschlag befreit und spielte mit ihm auf dem Heuboden in der abgelegenen Scheune. Irgendwann schlief er ein, mit dem winzigen Wollknäuel im Arm. Das Grölen der Männer weckte ihn und er verkroch sich tief im Heu, damit sie ihn nicht entdeckten. Durch ein Guckloch beobachtete er, wie die Männer einen der kleinsten Pfleglinge reinschleppten.

»Pah, der wiegt mit seiner bepissten Hose doppelt. Komm, du darfst das Stinkpaket auch mal schleppen. Fass wenigstens mit an. Eben hast du dich auch nicht geziert.«

»Klappe. Du warst zuletzt mit ihm zugange. Denkst du, ich rühre den jetzt nochmal an?«

»Seht zu, dass wir ihn zum Auslüften loswerden«, knurrte der Dritte. Er torkelte an der Wand entlang, stützte sich mit einer Hand ab und schwenkte mit der anderen eine halbvolle Bierflasche. Ihr Inhalt ergoss sich schluckweise auf den Lehmboden. Der einzig halbwegs Nüchterne suchte den Stall ab. Lief von einem Zwinger zum nächsten, jeden Einzelnen

abklopfend: »Nix frei. Frank bring das bepisste Ding hier rüber …

… Scheißköter, mach Platz.«

Er öffnete den Verschlag und fasste das schlaffe Menschlein an den bloßen Füßen. Sein Kumpel hielt ihn an den Armen. Sie schwangen ihn hin und her. Zählten bis drei und schmetterten seinen Körper in den winzigen Hundezwinger. In Blackies Zwinger. Der acht Monate alte Schäferhund kroch in die hinterste Ecke. Dahin, wo die Männer ihn nicht erreichten.

Jonas hatte ihn Blackie genannt, weil das Fell des Tieres unter der Schmutzschicht schwarz war. Nachts hatte er ihn manchmal herausgeholt, ihm das juckende Fell gebadet und ihn gefüttert.

Zweimal hatte er versucht, mit ihm wegzulaufen. Sie fingen ihn wieder ein. Jedes Mal. Bei der letzten Hetzjagd hatten sie die Hundemeute auf ihn losgelassen. Die Hunde entdeckten ihn und schnüffelten an ihm. »Geht, lauft weg«, hatte er sie fortgescheucht. Sie hatten sich im Wald versteckt, ihre kurze Freiheit auskostend.

Einer der Kerle hatte ihn dennoch aufgetrieben und mit Stockschlägen zurück auf den Hof gehetzt. Es war der Mann namens Frank, der mit Karacho die Tür des Hundezwingers zuwarf. »Bäh, du Stinktier, sieh zu, dass du stubenrein wirst.«

Dann torkelten sie davon, klopften sich auf die Schultern, als hätten sie eine Heldentat vollbracht.

Jonas wartete, bis er sie nicht mehr hörte. Erst viel später kroch er aus seinem Versteck und beobachtete, wie der Schäferhund an dem reglosen Kind schnüffelte, es mit der Schnauze schubste, ihm die nackten Füße leckte und sich ankuschelte.

»Guter Blackie«, flüsterte er. »Ich komm jetzt zu euch.«

Wieder näherten sich schwere Tritte. Er zögerte, verkroch sich hinter den Heuballen. Als er sah, dass Richard und nicht einer der Männer die Scheune betrat, atmete er auf und bettete den in seinen Armen schlummernden Welpen ins Stroh. Vielleicht konnte er dem Älteren helfen, den Kleinen aus dem Zwinger zu befreien?

Im letzten Moment stoppte er. Was machte Richard da? Wieso starrte er in den Zwinger, warum grinste er?

Er wartete ab.

Richard kratzte sich am Kopf, grinste noch breiter. Legte seine Hände an die Gitterstäbe und rüttelte den Käfig mit aller Kraft hin und her, bespuckte den ängstlichen Hund und trat mit seinen Schuhen gegen die Stäbe. Der Kleine rührte sich nicht. Der Hund jaulte.

Jonas sah lautlos weinend zu, wie Richard mit einer Eisenstange zuerst auf die Käfigstäbe eindrosch, und am Ende auf den Hund einstocherte. Immer heftiger, wütender, ungestümer. Das Jaulen des Hundes ging in ein Knurren über, am Ende winselte er nur noch.

Dann die Schmerzensschreie.

Er hatte sich damals geschworen, alles zu tun, damit ihm und dem Welpen, den er heimlich weiter fütterte, nicht das Gleiche passierte. Egal was Richard von ihm verlangte. Daran hielt er sich. Bis heute.

Richard schlenderte nach draußen. Vor der Scheune flackerte das Feuer auf der selbstgebauten Feuerstelle. Er stocherte kräftig nach, schnappte sich eine Bierflasche, die er sich im Lager ‚besorgt' hatte, legte sich aufs Stroh und belauerte seinen unfreiwilligen Gehilfen. »Jetzt hol ihn schon raus?«

»Dein Ernst?«

Richard grinste boshaft. »Frag' nicht so blöd. Mach, was ich dir sage. Und zeig, was ich dir beigebracht habe.« Er wies mit der Bierflasche auf die Feuerstelle vor der Scheune.

»Nicht das Eisen«, flehte Jonas tonlos. Er starrte Richard nach, der laut rülpsend nach draußen stapfte, um das glimmende Feuer ein weiteres Mal mit dem Schüreisen anzufachen. Der beißende Rauch trieb Tränen in seine Augen, die den Blick eines Hundertjährigen spiegelten. Augen, die ihr Leuchten bereits verloren hatten, bevor Richard ihm das Zeichen mit dem Eisen eingebrannt hatte. An seinem achten Geburtstag, vor knapp einem Jahr.

»Ich zeig's dir nochmal, hast ja noch einen Arm frei.« Richard lachte dröhnend, während er die zwei Eisen im Feuer begutachtete. »Er? Oder ihr beide? Entscheide dich.«

Wie in Trance zerrte Jonas den Jungen aus der Kiste. Dass er sich wie ein nasser Sack hängen ließ, machte es ihm schwer. Alle Muskeln des Kleinen versagten, auch sein Schließmuskel. Wie kann ein winziger Mensch nur so scheußlich muffeln? Jonas hielt den Atem an. Dann schleifte er den Vierjährigen über den verdreckten Scheunenboden ins Freie.

Richard pfiff schrill vor sich hin, als er auf das kleinere der Brandeisen wies. »Mach schon.«

Beide Eisen trugen das Zeichen für Unendlichkeit.

»Zeig, dass du keine Memme bist.«

»Nein, eine Memme wollte ich nicht sein«, flüsterte Jonas mit abwesendem Blick und rieb über seinen Abdruck des Brandzeichens inmitten der Drachenmotive, die mir bei unserem ersten Treffen so gefallen hatten.

Ich stoppte die Aufnahme. Die kaltgewordene Hauptspeise schoben wir beide fort.

Als Jonas mich im Boxclub angesprochen hatte, war ich zunächst baff und sprachlos gewesen. Später fiel mir ein, wo ich ihn zum ersten Mal gesehen hatte. Ich hatte Pizzen an das Studio im Erdgeschoss unter seiner Wohnung geliefert und ihn durch das Fenster gesehen. Das zweite Mal begegnete ich ihm im Tierheim Fellnasen, wo er sich seltsam verhielt.

Mario würde sagen, er ist ein Alien und irgendwie unheimlich.

Stimmt, er ist ein Alien, wenn auch ein völlig anderer Typus, als es mir mein Kopfkino anfangs vorgaukelte.

***

»Seht ihr, sie hat ihn getroffen.« Mario wies mit dem Finger auf den Bildschirm und sprang auf. »Wir müssen sie suchen. Lassdas komm.«

»Stopp, Mario. Wo sollen wir denn suchen?«

»Wir müssen los, Toni befreien, der hat sie, da gehe ich jede Wette ein.«

»Beruhige dich, wir helfen dir«, versprach Pietro, »aber such weiter nach Hinweisen.«

Mario nickte, zappelte herum, suchte weiter. Die nächste Datei, die er fand, war überschrieben mit:

‚Reflexionen, bearbeitet am 20. Juli.'

Es ist Samstag, die Dämmerung setzt ein. Jonas ist vor zehn Minuten gegangen und ich weiß nicht mehr, ob ich den Racheengel schützen oder jagen möchte.

Emil stolziert gerade herein und macht sich über die frischgefüllten Näpfe her. Das ist gut. Ich stelle ihm gleich noch einen vollen Napf Trockenfutter dazu. Ich werde wohl länger unterwegs sein.

(Ich muss dran denken, diesen Bericht im neuen Account zu sichern ...)

Viktor wies auf den Bildschirm, »Das sieht für mich nach normalen Recherchen aus.«

Mario schüttelte den Kopf: »Nee, da stimmt was nicht. Er hat sie, ich spüre das. Kommt, wir müssen los, sie suchen.«

»Mario, wo sollen wir denn suchen?«

Viktor fischte sein Handy raus, winkte Pietro hinter Marios Rücken zur Seite und wollte ihm den Screen von Tonis letztem georteten Aufenthalt zeigen. »Kacke, der Akku ist leer.« Er suchte in seiner Tasche nach dem Ladegerät, stöpselte es ans Stromnetz, um einen Blick darauf zu werfen. »Hier hatte ich zuletzt eine Ortung von ihrem Handy. Wenn wir einen genaueren Hinweis finden, dann ungefähr da.«

Pietro studierte die Karte. »Ein Radius von mehr als zwanzig Kilometern in einem Waldgebiet? Wie sollen wir sie da finden?«

»Keine Ahnung«, Viktor raufte sich die Haare.

»Sucht weiter«, bat Viktor. »Falls wir in den nächsten zehn Minuten nichts im Rechner finden, fahren wir los.« Er sah Mario über die Schulter. »Moment! War da nicht eben ein Vermerk von Toni bezüglich Sicherung in einem extra Account?«

»Richtig, was meint sie damit?«

»Seit ein Rohartikel von Tonis Rechner aus Versehen veröffentlicht worden war, versteckt sie ihre Artikel-Rohfassungen. Ich vermute, dass sie dafür einen Account erstellt hat«, antwortete Viktor. »Such nach dem zuletzt eingerichteten Benutzer«, bat er.

Dann sah er es selbst, tippte mit dem Zeigefinger auf das Icon mit dem Namen: ‚NURICH'.

»Mist, der hat höchste Adminrechte«, grummelte Mario.

»Kannst du ihn knacken?«

»Hat sie was gesagt beim Einrichten?«

»Ja, sie war stinksauer und hat vor sich hingebrabbelt, irgendwas mit ‚Tresor'.«

Pietro ahnte, worauf Mario anspielte. Tonis Passwörter waren einfach zu knacken, wenn man ihre spontanen Gedankengänge und Reaktionen kannte.

»Versuchs.«

Mario probierte es mit verschiedenen Kombinationen, von denen er bereits etliche heimlich geknackt hatte. Er brauchte zehn Minuten.

Das Passwort lautete *RiccisGeheimerTresor*, eine Mischung aus ihrem zweiten Vornamen und dem, was sie mit ihrem Versteck erreichen wollte. Mit fliegenden Händen öffnete Mario den Account und klickte auf die einzige darin gespeicherte Datei. Sie war am Samstag erfasst.

Zusammen mit Viktor und Pietro überflog er den Text:

***A)** Herkunft und Bedeutung des Brandzeichens: In den Achtzigern entwickelten einige der Jungen auf dem Briecherthof eine eigene Hierarchie, angeführt von dem Stärksten unter ihnen. In einem Ritual mussten die Unterlegenen ihren Mut und ihre Ergebenheit beweisen.*

Man zwang sie, jüngeren Kindern das ‚Zeichen' aufzubrennen. Ein Unendlichkeits-Motiv.

***B)** Heutige Bedeutung des Brandzeichens: Die Brandmarkung setzt der Racheengel fort. Sein Motiv ist ebenso unklar wie der auslösende Faktor.*

‚Unendlich' könnte bedeuten, dass auch das Leiden der ‚Gebrannten Kinder' niemals endet. Sie sind dadurch, dass man sie als Pflegekinder missbraucht hat, ein Leben lang gekennzeichnet.

Ich muss herausfinden:

***1.** Wo befindet sich die alte Scheune, in der die Jungen ihre Brandrituale durchführten?*

***2.** Befinden sich in der Scheune Abdrücke der Brandeisen?*

Es ist Samstag, 7.00 Uhr

Ich packe einige Flaschen Wasser ein und spendiere mir paar Schokoriegel aus Marios Vorräten.

Der Akku vom iPhone ist voll. Ich nehme das Ladegerät mit, falls ich unterwegs an eine Steckdose komme.

Mist, dass ich die Autoversicherung immer noch nicht bezahlen konnte. Mit Pietros Fahrrad sind die 28 km eine Herausforderung. Auf geht's ...

... herausfinden, wer die wahren Bösen sind. Tschakaa!

(Dannazione! Wieso texte ich hier eigentlich mein Notebook voll, als wär's das letzte Mal. Strani presentimenti?)

»Mario, was heißt das?«, fragte Viktor.

»Verdammt nochmal«, murmelte Mario.

»Strani presentimenti?, bedeutet ‚Seltsame Vorahnungen' «, übersetzte Pietro die zweite italienische Phrase.

Viktor las die letzte Notiz ein zweites Mal und patschte sich mit der Hand an die Stirn. »Jetzt weiß ich, wo wir suchen müssen. Zum Briecherthof sind es exakt 28 Kilometer, sie war schon mal da und hat mir erzählt, dass die Fahrt eine Tortur ist. Wir nehmen mein Auto, das ist größer und bequemer. Falls wir Toni finden. ...«

Er ließ den Satz unvollendet. Verständigte sich mit Pietro und wies auf Mario, schüttelte den Kopf.

Pietro verstand »Ich hole nur rasch meinen Notfallkoffer.« Dann wandte er sich an den umherwuselnden Jungen, der Lassdas einfing und Emil alle Näpfe füllte. »Mario, wir fahren dich erst nach Hause. Du kriegst sonst Ärger.« Er tippte auf die Uhr. »Mitternacht vorbei, ich schätze, den Ärger kriegst du so oder so.«

»Bist du bekloppt, ich komme mit und Lassdas auch. Der ist ein prima Spürhund.«

»Schick wenigstens eine SMS, dass du bei Toni bist.«

»Mach ich«, demonstrativ nestelte er an seinem Handy. Die SMS, die er absetzte, war kryptisch: »Bin bei Toni, die braucht mich megadringend.«

***

Toni erreichte die größere Höhle, als es dämmerte. Endlich konnte sie aufrecht stehen. Beim ersten Versuch knickten ihre Beine weg. Erschöpft blieb sie vor den schmutzigen Blechnäpfen hocken, in die unermüdlich brackiges Wasser tropfte. Sie trank davon, blieb liegen. Später robbte sie ein Stück weiter, versuchte erneut sich aufzurichten, verharrte eine Weile kniend, stützte sich an der erdigen Wand ab und suchte nach dem Ausgang.

Sie entdeckte nur einen schmalen Schacht nach oben, durch den die Hunde bequem laufen konnten. Für sie war er zu eng, auch wenn ihre verdreckten Klamotten inzwischen am Körper schlackerten.

»Wenigstens muss ich mir keine Diätsorgen mehr machen.« Das Kichern blieb in ihrer Kehle stecken. Der Dreck, den sie mit dem Wasser zu sich genommen hatte, kratzte wie Reibeisen. »Friss Dreck«, wiederholte sie den Fluch, mit dem sie der Racheengel bedacht hatte. Das tat sie jetzt. Und falls sie nicht sterben wollte, musste sie vermutlich noch viel mehr Dreck fressen.

»Ich denk nicht dran, du Spinner«, beschimpfte sie das Phantom, das sie bedrängte. Ihr Eigenes und das Phantom des Rächers. »Wenn ich es bis hierher geschafft habe, komme ich auch nach oben.«

Dass sie nur noch knappe 50 Zentimeter unter der Erde war, ahnte sie nicht. Sie grub weiter, verbreiterte den Durchlass mit bloßen Händen, angetrieben von letzten Reserven und einem Fieber, das die Grenzen zwischen Realität und Wahn verwischte.

Einmal kroch sie zurück aus dem schmalen Durchlass, hin zu den Näpfen. Wenige Zentimeter vor dem ersten halbvollen Wassernapf blieb sie liegen. Sie musste ausruhen. Lange. Irgendwann schaffte sie es, schlabberte die Brühe wie die Tiere, auf allen Vieren, mit dem Mund eingetaucht. Später rappelte sie sich nochmal hoch und kühlte die pochenden Hände in einem anderen Napf.

Ihre Wunden waren infiziert, die Brühe machte es nicht besser. Der Schüttelfrost setzte ein, abgelöst von Fieberschüben.

In einem der helleren Momente sah Toni, dass sich eine der Wunden stark entzündet hatte. Sie schaltete die Taschenlampe hinzu, blickte auf das brandige Fleisch und brabbelte vor sich hin: »Ich bin ein verfluchter, verschütteter Grubenarbeiter.«

Sie gönnte sich einen letzten Blick auf das Handy. Die Uhr zeigte 22.05 Uhr an, der Akku stand auf Rot, noch knappe drei Prozent.

Stunden später lag sie immer noch da. Ihr Akku war leer, genau wie der Akku ihres geliehenen Smartphones. »Muss selbst smart sein«, kicherte sie und versuchte eine bequemere Liegeposition einzunehmen.

Mit lahmen Bewegungen tastete sie nach dem Kästchen an ihrem schmerzenden Handgelenk. Sie nestelte es herunter, begutachtete das Handy mit der unbequemen Hülle darüber, auf der eine grüne Diode blinkte. Irgendwas war damit? Wegdämmernd las sie den Namen des Dings, entzifferte die Worte ... ‚Kinetic Charger'. »Ich schreib den Artikel später, Basti. Nicht gleich ... bin müde ...«

Zehn Minuten später murmelte sie immer noch. »Muss testen ... ob's funktioniert. Zwanzig Prozent ... Akku Reserve.«

Es war inzwischen stockfinster, ihre kleine Taschenlampe hatte aufgegeben. Einzig das grüne Licht an ihrem Handy flackerte.

»Verbinden, ich muss es verbinden«, erinnerte sie sich. Sie grabschte danach, ertastete die Form, suchte nach Knöpfen und Tasten, und unterdrückte den Schmerz, während sie das Handy aktivierte. Es hatte zwanzig Prozent

Akkuladung. Genug für einen letzten Versuch. Sie fügte eine SOS-Nachricht ein.

Tunnel. Schuppen. Briecherthof. Begraben. Hilfe. Toni

Sie tippte die Adresse von Christina Kante an, lockte Pasta herbei und band das Gerät nebst Charger mit dem Schnürsenkel um ihren Hals.

»Lauft Mädchen, bringt das Ding nach oben ...«

Mit Tränen, die auf ihrem Gesicht schmierige Schlieren hinterließen, sah sie ihren Gefährtinnen nach, »... ehe ich hier unten krepiere.«

27

VERDÄCHTIG, VERSCHOLLEN, VERZWEIFELT

10. - 11. Juli, Nacht

Christina Kante musterte das linierte Blatt Papier, das Schön ihr reichte, und schüttelte irritiert den Kopf.

IHRE WASSERVORRÄTE SIND AUFGEBRAUCHT

»Das hat niemals der Gleiche geschrieben.«

Schön stimmte Toni zu. »Frensens Schrift ist ausgewogen und fehlerfrei. Sowohl die Handschrift wie die Großbuchstaben. Zudem weisen die Druckbuchstaben eine Besonderheit auf, die man nicht spontan vortäuscht.«

»Was meinst du?«

»Er benutzt Kapitälchen.«

»Was?«

Schön legte ein Blatt Papier an der Oberkante der gedruckten Buchstabenreihe an. Sowohl das ‚I' als auch das

‚W' des zweiten Wortes waren größer. »Der Mann hat eine ungewöhnlich ausgewogene Schrift. Du sagtest, er ist Arzt?«

»Und Therapeut. Er arbeitet mit gestörten Kindern.«

»Kaum zu glauben, dass er Menschen lyncht.«

»Ich denke auch nicht, dass er unser Mann ist. Ich habe ihn das erste Mal in der Klinik vernommen, gleich nach dem unnatürlichen Tod der Briecherts. Der war allenfalls überfordert, weil er erst kürzlich erfahren hatte, dass er adoptiert ist. Nur seine Brandwunden an den Händen haben mich irritiert. Ich habe ihn sogar eine Zeitlang überwachen lassen, aber rausgekommen ist nichts. Spätere Vernehmungen brachten auch keine Ergebnisse.«

Schön zuckte mit den Schultern, dachte nach.

»Welchen Eindruck macht er auf dich?« Kante sah Schön gespannt an.

»Auf den ersten Blick wirkt er wie der Wunsch-Schwiegersohn und Traummann. Wäre ich jünger, würde ich ihn hassen.«

»Warum das?«

»Ich wäre eifersüchtig auf ihn. Der schnappt allen die Frauen weg ...«

»Nur gut, dass männlicher Charme mein Urteilsvermögen nicht beeinflusst.«

»Von Ausnahmen abgesehen.«

»Erinnere mich nicht dran«, frotzelte Kante. »Aber wir wissen beide, dass die schlimmsten Typen sich zuweilen hinter einer gutaussehenden Fassade verbergen.«

Schön schüttelte den Kopf. »Die Botschaft ist nicht von ihm. Es sei denn, er ist ein Psychopath.«

»Denkst du an eine Form von Persönlichkeitsstörung? Das würde erklären, dass ich ihm die Taten nicht zutraue.«

»Zeig ihm das Blatt beim Verhör, ich beobachte euch. Und hol dir die Erlaubnis, dass wir alles mit der Kamera aufzeichnen dürfen. Ich möchte seine Reaktionen analysieren lassen.«

Kante nickte.

»Wie weit seid ihr mit der Suche nach der Amato?«

»Wüst sagt Bescheid, sowie sich Anhaltspunkte für die Suche ergeben. Die Suchstaffel steht bereit. Das Einzige, was wir noch brauchen, ist ein persönlicher Gegenstand von Toni.«

»Für die Suchhunde?«

»Ja, wenn wir Glück haben, finden wir etwas in ihrem Schreibtisch, das wir für die Suche benutzen können?«

»Um die Zeit ist doch keiner mehr in der Redaktion.«

»Doch, ich habe mit einer Aushilfe telefoniert. Sie wirkt etwas beschränkt. Besser wir schicken einen unserer gutaussehenden Jungs.«

»Wie wär‘s mit unserem Zweimetermann, Ulrich Schwarz?«

»Perfekt. Sie sollen in Tonis Schubladen wühlen, vielleicht finden wir da etwas mit ihrem Duft.«

»Guten Tag, Herr Frensen. Kann ich Ihnen etwas bringen lassen, einen Kaffee, ein Wasser?« Kante ließ sich auf dem zweiten Stuhl im Verhörzimmer nieder und musterte den Geständigen unauffällig.

»Vielen Dank, ich brauche nichts, ich möchte vernommen werden.«

»Sie wissen, dass alles, was Sie aussagen, gegen Sie verwendet werden kann? Und Sie verzichten wirklich auf einen Anwalt?«

»Ich brauche keinen Anwalt, wenn ich schuldig bin, dann nehme ich jede Strafe an.«

»Sind Sie einverstanden, dass wir das Gespräch aufzeichnen?«

»Das ist in meinem Sinne. Ich habe Notizen vorbereitet, vielleicht erleichtert Ihnen das Ihre Arbeit.«

»Ja, natürlich.«

David Frensen griff in seine Tasche, die zuvor von einem Beamten untersucht worden war. Sie enthielt Kleidung, Hygieneartikel und eine Mappe mit Ausdrucken. Er breitete die Papiere säuberlich auf dem Tisch vor Kante aus.

»Ich habe die bekannten Taten des Racheengels im Hinblick auf meine vermeintliche Schuld untersucht.«

Kante blickte verblüfft zwischen den Papieren und Frensen hin und her. »Wieso vermeintliche Schuld? Sind Sie der Täter oder sind Sie es nicht?«

»Es ist etwas komplizierter.«

»Ich höre?«

»Ich möchte herausfinden, ob ich der Täter bin und hoffe, dass Sie mir dabei helfen können. Als Grundlage für Ihre Untersuchungen habe ich die bekannten Taten analysiert, im Hinblick auf meine Motive, auf Gelegenheit und Alibis. Das sind die Ergebnisse.«

»Okay.« Kante sah ihn zweifelnd an. Dann überflog sie die Liste. Sie war unvollständig, Frank Mies fehlte.

»Wie kommen Sie darauf, dass sie der Racheengel sind?«

»Es gab einen ersten Verdachtsmoment, nachdem die Briecherts gefunden wurden. Ich wachte auf in meinem Penthouse, meine Hände waren blasenübersät, ich hatte einen kompletten Blackout. Mir fehlten mehr als zwölf Stunden.«

Kante runzelte die Stirn. »In der Klinik sprachen Sie von einem Grillunfall. Haben Sie gelogen?«

David nickte. »Dafür entschuldige ich mich. Ich hatte keine Ahnung, woher die Brandblasen kamen.«

»Und jetzt wissen Sie es?« Sie blickte ihn skeptisch an.

»Ich versuche immer noch, eine Erklärung zu finden.«

»Sie haben keine Erinnerung?«

»Nein, auch als mein Bruder mir die Zeitungsausschnitte zeigte, konnte ich mich nicht erinnern. Ich kannte den Namen der Briecherts zwar. Mein Bruder behauptete, sie wären meine Pflegeeltern gewesen ...«

»Ihr Bruder?«

»Mein Halbbruder Gregor, er hatte recherchiert und einiges herausgefunden über meine Vergangenheit.«

Kante machte sich eine Notiz: *Warum stochert Gregor Frensen in der Vergangenheit seines Bruders herum?*

»Sie sagten aus, Sie seien nicht sicher, ob die Briecherts ihre Pflegeeltern waren. Wissen Sie jetzt mehr?«

»Bis vor kurzem hatte ich tatsächlich keine Erinnerungen an meine ersten Lebensjahre.«

»Trotzdem glauben Sie, dass Sie sich für Vorfälle aus Ihrer Kindheit rächen? Ist das richtig?«

»Seit kurzem erinnere ich mich wieder an vieles.«

»Gab es dafür einen Auslöser?«

»Es gab zwei Auslöser. Der Erste war ein Therapiefall. Ein Vierjähriger kam in unser Institut. Es bestätigte sich ein Missbrauchsfall. Wir wiesen nach, dass die künftigen Adoptiveltern darin verstrickt waren.«

»Ist das Ihre Arbeit? Arbeiten Sie mit missbrauchten Kindern?«

»Ja, auch. Hauptsächlich mit Kindern aus schlechten Verhältnissen. Im Dropout unterstützen wir sie, versuchen ihre Lebensumstände rechtzeitig zu korrigieren, damit sie nicht auf die schiefe Bahn geraten. Aber das geht oft einher mit Missbrauch in unterschiedlichster Ausprägung.«

Kante ließ Frensens bewusst Einzelheiten aus seiner Sicht erklären, die sie bereits recherchiert hatte. Sie beobachtete ihn, während er sprach. »Und einer dieser Fälle war der Auslöser für Ihre Erinnerungen? Der Fall des Vierjährigen?«

»Ja, es begann Ende April mit Alpträumen, die ich nicht in Verbindung bringen konnte mit meinen Fällen. Später kamen Flashs hinzu, teils in Verbindung mit heftigen körperlichen Reaktionen.«

»Welcher Art?«

»Ohnmachtsanfälle, Schüttelfrost, Händezittern, Erinnerungslücken.«

»Wissen Sie noch genau, wann es anfing?«

»Die Alpträume begannen Ende April. Ich brach am 2. Mai in einer Konferenz zusammen.«

»Und was träumten Sie, was passierte in diesen ..., wie sagen Sie dazu ...?«

»... Erinnerungsflashs. Ich sah unzusammenhängende Bilder, manchmal abgerissene Szenen eines kleinen Jungen.«

»Szenen aus Ihren Therapiefällen?«

»Nein, ich erlebte sie selbst.«

»Als Opfer?«

»Ja.«

»Sie sprachen von einem zweiten Auslöser?«

»Marissa Frensen, meine Mutter, erwachte vor zwei Tagen aus dem Koma. Sie beichtete mir, dass ich Ihr leiblicher

Sohn sei, sie habe mich als Baby fortgegeben. Jahre später adoptierte sie mich unter einem neuen Namen.«

»Also ist Ihre vermeintliche Adoptivmutter, ihre leibliche Mutter, die Sie weggegeben hat, um Sie dann wieder zu adoptieren?«

»Ja, so ist es.«

»Sie hatten eine komplette Amnesie?«

»Rund 25 Jahre lang.«

»Und seit wann genau erinnern Sie sich an die Zeit davor?«

»Seit zwei Tagen erinnere ich mich weitestgehend, so wie andere Kinder etliches aus dieser frühkindlichen Zeit als Erinnerungen mitnehmen und auch vieles vergessen.«

»Und davor?«

»Bis zum Frühjahr überhaupt nicht. Seit dem Therapiefall nur in Erinnerungsfetzen, die ich kaum zuordnen konnte.«

Kante trank ihr Wasser in einem Zug aus und sah ihn aufmerksam an. »Wieso glauben Sie auf einmal, dass Sie der Racheengel sind? Bei unserer letzten Vernehmung haben Sie das recht überzeugend geleugnet.«

»Das tut mir leid, ich kann mich tatsächlich an keine der Taten erinnern.«

»Aber? ...«

»Meine Erinnerungsflashs könnten zeitlich übereinstimmen mit den Taten des Rächers. Ich kann es nicht genau belegen, da ich Einzelheiten der Taten nur aus den Medien kenne.«

»An die Taten selbst erinnern Sie sich immer noch nicht?«

»Nein.«

»Sprechen wir über die Zeitungsmeldungen. Kennen Sie Toni Amato, die Journalistin?«

»Dass sie Journalistin ist, wusste ich bis vor kurzem nicht.«

»Sie kennen Sie?«

»Ich kannte sie, trifft es eher.«

»Können Sie das erläutern?«

»Meine Familie ist Stammgast im Restaurant Amato. Früher war die Tochter öfter im Restaurant, da war sie fast noch ein Kind.«

»Wann haben Sie Toni Amato zum letzten Mal gesehen?«

Er überlegte. »Vielleicht vor 14, 15 Jahren. Ich muss etwa 17 gewesen sein.«

»Sie haben seither keinen Kontakt zu ihr?«, hakte Kante weiter nach.

David zögerte. »Doch, ich habe mit ihr telefoniert, wegen des Racheengels. Ich rief sie in der Redaktion an. Unter einem anderen Namen ...«

»Ja?«

»Als Angelo. Angelo Bern ist mein Geburtsname. Das behauptet jedenfalls mein Bruder Gregor.«

»Was wollten Sie von ihr?«

»Ich fragte nach Schwester Ariadne, um abzugleichen, ob ich zur Tatzeit in der Nähe war.«

»Waren Sie in der Nähe?«

»Ja, aber ich weiß nicht, ob ich ihr begegnet bin.«

»Aha?« Kante musterte David mit hochgezogenen Brauen. »Und was ist mit den Nachforschungen Ihres Bruders, haben Sie ihn darum gebeten?«

David zögerte. »Er hat von sich aus damit begonnen.«

»Sie wussten davon nichts?«

»Anfangs nicht.«

»Warum forschte er nach?«

»Das habe ich mich auch gefragt. Er sorgte sich wohl um mich.«

»Ist das ungewöhnlich?«

David zuckte mit den Schultern. »Früher war ich der große Bruder. Um den sorgt man sich nicht.«

»Was hat sich verändert?«

»Wir sind zusammengerückt, jetzt da Vater tot ist und Mutter lange im Koma lag.«

»Wie war Ihr Verhältnis zuvor?«

»Ähnlich wie bei anderen Brüdern.« David lächelte leicht. »Ich bin ihm auf den Geist gegangen. Ständig musste er sich anhören: ›Nimm dir ein Beispiel an David ...‹, wir sind mehr als sechs Jahre auseinander, eine Menge, für einen Heranwachsenden. Inzwischen haben wir wohl die Rollen vertauscht.«

»Inwiefern?«

»Früher passte ich auf ihn auf. In den letzten Wochen übernachtete er häufig bei mir, sorgte sich ...«

Kante nickte, fügte ihren Notizen eine weitere Anmerkung hinzu: ‚Gregor Frensen: ungewöhnliches Verhalten. Auslöser? Motiv?'

»Und was ist mit Ihrer Mutter, weiß sie, dass Sie sich für den Racheengel halten?«

»Nein, ich habe es nicht übers Herz gebracht, darüber zu sprechen. Sie könnte glauben, dass ich mich auch an ihr für meine verlorene Kindheit rächen will.«

»Immerhin hat Ihre Mutter sie im Stich gelassen.«,

David blickte wehmütig. »Ich liebe meine Mutter und ich werde sie irgendwann fragen, wie alles anfing. Ich hege keinen Groll, noch weniger Rachegefühle, es ist jetzt einfach so, dass mein Erinnerungspuzzle komplett ist.«

»Hegen Sie Rachegefühle gegenüber den Personen, die Ihnen etwas angetan haben, die Sie missbraucht haben?«

»Nein, ich möchte nur begreifen, wieso Menschen Kinder verletzten. Um einen Ansatz für Heilung zu finden, auch für die Täter.«

»Keine Wut auf sie?«

»Doch, das bleibt nicht aus in meiner täglichen Arbeit. Aber ich kann mich nicht erinnern, jemals mit Gewalt oder Rache reagiert zu haben.«

»Und trotzdem glauben Sie, dass Sie jetzt brutal foltern und morden?«

»Die Fakten sprechen gegen mich.«

Kante beobachtete ihn nachdenklich.

»Wie kanalisieren Sie ihre Gefühle?«

»Ich mache Sport: Boxen, Kickboxen, Laufen, Fahrradfahren. Ich trainiere, powere mich aus.«

Sie nickte, ließ ihm Zeit, seine Anspannung loszuwerden, bevor sie zu einem unverfänglichen Thema wechselte.

»Wie geht es Ihrer Mutter nach den Wochen im Koma?«

Kante achtete auf seine Mimik, ebenso wie Schön vom Nachbarraum aus.

David lächelte versonnen. »Sie ist noch geschwächt, aber nur körperlich. Geistig ist sie wieder voll bei uns. Sie wird hoffentlich vollständig genesen.«

Kante nahm ein Blatt Papier aus der Mappe. »Sie haben eine sehr ausgewogene Handschrift.«

»Ja?« David sah sie erstaunt an. »Wollten Sie Fingerabdrücke? Die hätte ich auch freiwillig gegeben.«

»Was bedeutet dieser Satz?«

»‚Die Wasservorräte sind aufgebraucht?' Keine Ahnung. Eine generelle Aussage bezüglich der Wasserressourcen? Ein beliebiger Satz, mit dem Sie meine Handschrift testen wollen, ich weiß es nicht.«

Ohne Übergang wiederholte Kante eine Frage: »Wann haben Sie Toni Amato zum letzten Mal gesehen?«

Er wirkte irritiert. »Ich verstehe den Zusammenhang nicht?«

»Wann?«

Seinem Schulterzucken folgte ein nachdenkliches Stirnrunzeln. »Vor mehr als zwölf Jahren, ich weiß es nicht mehr genau. Ich weiß nicht einmal, wie sie heute aussieht.«

Kante besprach sich im Nebenraum mit Schön, der unwirsch den Kopf schüttelte. »Mit David Frensen verschwenden wir unsere Zeit. Er weiß nicht einmal von Mies und ist bemüht, alles richtig zu machen, sich selbst zu beweisen, dass er schuldig ist. Das passt nicht zusammen. Warum sollte er uns die Rache an Mies verschweigen?«

»Ganz ehrlich, der macht mich kirre, der ist mir fast zu gut und abgeklärt. Unter seiner Oberfläche muss es doch brodeln.«

»Was war das mit den Brandblasen an seinen Fingern nach dem Fund der Briecherts?«

»Ich habe so ein Gefühl, als könne uns sein Bruder Gregor mehr dazu sagen, als Frensen selbst. Ich will ihn überprüfen. Vorgeschichte, Brüche im Lebenslauf, anderes.«

»Ja, sprich mit ihm.«

»Was machen wir mit David Frensen?«

»Behalten wir ihn vierundzwanzig Stunden da. Sowie wir Anhaltspunkte über sein wahres Verhältnis zu dem Bruder haben, sehen wir weiter.«

01.10 Uhr. ... Kantes Handy klingelte, Harms war dran. »Wir haben Amatos Handy geortet, kannst du kommen?«

»Wo?« Sie lauschte kurz und nickte dann eifrig. »Bin unterwegs, gib Wolfs Suchtrupp die Koordinaten, sie sollen aufbrechen. Schaltet die Videoleitung, ich brauche Kontakt zu ihm.«

An Schön gewandt: »Wir haben sie.«

»Lebt sie?«

»Ich hoffe es, ihr Handy ist online.«

»Wo?«

»In der Nähe des Aussiedlerhofs, wo wir auch die Briecherts gefunden haben.«

»Verdammt, das weicht von seinem bisherigen Muster ab. Er hat seine Opfer nie am gleichen Ort hinterlassen. Wieso dieses Mal?«

Kante zuckte mit den Schultern.

»Was ist mit den Spürhunden, haben wir einen persönlichen Gegenstand aufgetrieben?«

»Tonis Wollmütze. Sie lag in ihrer Schreibtischschublade in der Redaktion. Das Teil trägt sie wie eine Tarnmütze.«

»Sag Bescheid, wenn ihr sie findet. Ich knöpfe mir David Frensen noch einmal vor.«

Kante blickte Harms über die Schulter. Auf dem Screen erschien ein blinkendes Signal über dem Zielgebiet. Er zoomte auf eine Reihe von ländlichen Gebäuden.

»Ist das Signal konstant?«

»Ja, jetzt. Da war eben noch eine schnelle Bewegung. Den ersten Kontakt hatte ich hier«, er zog ein Screen auf den Bildschirm und zeigte zum Abgleich die aktuelle Ortung.

***

Toni lauschte gebannt den näherkommenden Trippelgeräuschen ihrer tierischen Mitbewohner. Sie erwartete sie sehnsüchtig. Pasta und Pizza drängten sich an ihren durchgefrorenen Körper und leckten ihr über das Gesicht. Es dauerte, bis das Mondlicht ihr zumindest Schemen zeigte. Sie tastete nach den Hunden.

Ihre Hände fühlten sich taub an, bis auf das schmerzhafte Pochen. Pasta trug noch den leeren Schnürsenkel um den Hals. Toni entfernte ihn mit lahmen Bewegungen und malte sich aus, wo das Handy sein könnte. Ob es die SOS Nachricht an Kante gesendet hatte?

Die Binsenweisheit, dass die Hoffnung zuletzt stirbt, die ihr durch den Kopf ging, ließ sie kichern. Es klang so jämmerlich wie ihr gemurmeltes Fazit: »Zuletzt krepieren die Dussel.«

Ihr Kichern ging in ein Schluchzen über. Sie weinte - zum ersten Mal, seit sie lebendig begraben war.

Gefrustet versuchte sie, in den nach oben führenden Schacht zu krabbeln. Mit wunden Händen und Blechnapf grub sie unbeirrt weiter. Den Schüttelfrost, der sich mit Fieberschüben abwechselte, ignorierte sie. Die zunehmende Übelkeit verdrängte sie, bis sie bewusstlos und zitternd außer Gefecht gesetzt war. Dass ihr Ziel zum Greifen nah und sichtbar war, bemerkte sie nicht. Der frische Luftzug vom nahen Ausstieg streichelte über ihre erhitzten Gesichtszüge, die so schwarz waren, wie die Erde, auf der sie liegenblieb.

***

»Wir werden Sie vorläufig dabehalten, aufgrund eines Tatverdachts. Haben Sie Ihren Aussagen aus freien Stücken etwas hinzuzufügen?« Schön blickte David fragend an.

»Nein, ich habe alles gesagt, was ich weiß.«

»Das ist mager. Als Täter müssten Sie paar Einzelheiten mehr auf Lager haben, als wir ...« Schön ließ den Satz im Raum hängen.

»Fragen Sie mich nach Einzelheiten, ich antworte.«

David hielt Schön's Blick stand, der ihn aus einem Abstand von weniger als zwanzig Zentimetern fixierte. Er wartete auf die nächste Frage, die unangenehm lange auf sich warten ließ.

»Wo haben Sie Toni Amato versteckt?«

Dreißig Minuten später blaffte Schön ihn erneut an. »Während wir hier plaudern, versuchen wir eine Zeugin zu retten, die der Täter gefangen hält. Falls Sie nicht der Gesuchte sind, verschwenden wir kostbare Zeit.«

Schön winkte nach dem Beamten, »Zurück in die Zelle.«

»Warten Sie«, hielt David ihn zurück. »Wenn die kleine Amato vermisst wird, lassen Sie mich helfen. Vielleicht kann ich beantworten, wo ich oder ein anderer Täter sie versteckt halten könnte.«

Schön betrachtete ihn kopfschüttelnd, ging aber auf seinen Vorschlag ein. »Gut rekonstruieren wir, was Sie über ihr Verschwinden wissen.« Er korrigierte sich. »Wissen könnten.«

»Einverstanden.«

»Wo würden Sie die Journalistin verstecken, wenn sie Ihnen in die Quere gekommen wäre?«

»Vielleicht an einem Tatort, an dem sie womöglich aufgetaucht ist.«

»Wo wäre das?«

»Haben Sie an dem Ort gesucht, wo Sie Doktor Kinnert fanden?«

Schön's Kopf schoss nach vorne und fixierte ihn. »Oder da, wo Sie Frank Mies versteckt haben?«

»Frank Mies?«

»Ja, wo haben Sie Frank Mies versteckt, begraben, beseitigt, gefangen gehalten?«

»Ist dieser miese Typ der Nächste?«

»Sie kennen ihn?«

»Ja, seinen Namen.«

»Wann haben Sie Mies zum letzten Mal gesehen?«

»Ich war vier Jahre alt, als er mich mit zwei anderen Männern nach dem Missbrauch in einen Käfig warf ...« David war irritiert und fuhr fort. »... Aber ich verstehe nicht, was Toni mit Mies zu tun hat?«

»Das wäre eine gute Frage, wenn ich sie gestellt hätte. Also geradeheraus: Wo ist Frank Mies, wo ist Toni Amato?«

»Ich weiß weder das eine noch das andere.«

»Gut, dann versuchen wir was anderes. Wo würde der Racheengel Mies entsorgen, wenn er ihn hätte?«

»Ich würde ihn da bestrafen, wo er uns missbraucht und gequält hat.«

»Wo?«

»In der alten Scheune, in den Zwingern der Hunde.«

»Wo ist die alte Scheune?«

»Zehn bis fünfzehn Minuten Fußweg vom Briecherthof entfernt. Es gab da einen schwer zugänglichen Schleichweg.«

28

IN LETZTER SEKUNDE

11. Juli, Morgengrauen

Mit einer Hand schirmte sie das Licht ab und versuchte, auf ihren steifgewordenen Beinen in die befohlene Richtung zu gehen. Dann roch sie das Feuer.

Feuer?

Vorsichtig öffnete sie die Finger. Die weißglühenden Flammen verschluckten auch die Gesichter, die sich ihr verzögert als das offenbarten, was sie in Wahrheit waren. Sie sah den Hünen und seinen gutaussehenden Begleiter nicht zum ersten Mal. Aber sie sah die beiden zum ersten Mal zusammen; in ihrer wahren Gestalt. Das charmante Lächeln des Jüngeren geriet daneben.

»Muss das sein?«, fragte er den Riesen, der nur verächtlich mit dem Mund zuckte.

»Das ist der Preis dafür, dass ich deine Drecksarbeit erledige. Willst du zugucken?«

»Du bist abartig.«

»Deswegen hast du mich doch ausgewählt.« Der Hüne grunzte unwillig, stieß den zweiten Mann beiseite. »Hilf mit oder zieh Leine.«

»Krankes Arschloch! Verarzte sie hinterher, nicht dass sie Wundbrand bekommt.«

»Machs selbst, wenn dir das Herzchen was bedeutet.«

Toni starrte entsetzt auf das Feuer, in dem ein Eisen weiß aufglühte. Passend zu der Szene, die sie sich bisher geweigert hatte zu schreiben. Weil sie nicht zu ihren versponnenen Theorien passte, weil sie nur einem kranken Hirn entsprungen sein konnte. Niemand murkste Menschen grundlos ab, versetzte sie in Todesangst, folterte und brandmarkte sie. Niemand, der nicht ein verflucht gutes Motiv hatte. Und das hatte der zweite Mann nicht. Nicht der.

Da hatte sie sich wohl getäuscht.

Der Zweite ließ sie mit dem Hünen alleine, zusammen mit dem glühenden Eisen, dass er mit verschlagenem Grinsen aus dem Feuer hob. Ihm hatte sie einen viel zu netten Märchennamen verpasst. Der echte Rübezahl war harmlos gegen diesen Koloss, dem der Sabber aus den Mundwinkeln floss, als er das Eisen in Positur brachte.

Das wunde Fleisch an ihrer Schulter eiterte. Genau wie ihre Hände, mit denen sie versucht hatte, das Brenneisen abzuwehren. Notdürftig reinigte sie die Wunden im brackigen Wasser der Metallnäpfe.

Daneben gab es aber auch lichte Augenblicke.

Sie wartete darauf.

Lauschte in die dunkle Stille, fieberte seinem Poltern entgegen, lauerte darauf, dass er die Tür öffnete, die über ihr lag. Er trieb sie grummelnd an. Wenn sie nicht schnell genug aus dem Loch kroch, zerrte er sie an der rostigen Kette wie einen Hund hinter sich her. Hin zu dem Kellergewölbe, in dem er eine ‚Luxussuite‘ eingerichtet hatte, groß wie eine Gefängniszelle.

Zumindest glaubte Toni, dass eine Zelle nicht mehr als zwei Meter breit und drei Meter lang war. Und dass es besser war, wenn sie in den altersschwachen Rechner eintippte, was er diktierte: Lobeshymnen auf den Rächer, den Racheengel, der es ihnen heimzahlte. Abstruse Sätze in gestelztem Deutsch, angelehnt an Bibelzitate, verfälscht und auf seine Taten zugeschnitten.

Ihre Hände hatte er so verbunden, dass die Finger noch die Tasten trafen. Buchstaben für Buchstaben drosch sie auf die alte klapprige Tastatur ein, auf der anstelle des ‚N‘ nur eine Lage Tesafilm klebte. Manchmal verfehlte sie das Zeichen und setzte mehrfach an, bis sie den Kontaktpunkt erwischte. Irgendwie schaffte sie es und schrieb alles nieder. Mit Fehlern, die er ihr befahl.

Um ihr Missbilligen zu verbergen, senkte sie den Kopf. Schrieb, bis sie ihre Hände und Finger nicht mehr bewegen konnte und von dem Holzstuhl, den er ihr hingestellt hatte, herunterfiel.

Ungebremst stürzte sie auf die festgetrampelte schwarze Erde, durchdrang sie mit ihrem Körpergewicht, rutschte in bodenlose Gänge, Geräuschen entgegen, die eine Botschaft enthielten: Es geht zu Ende.

Sie hörte ihre Schritte, sie kamen näher. Es waren mehr als zwei.

***

Noch immer durchforsteten sie jeden Winkel der Scheune. Sie fanden nur leere Zwinger, Müll und Gerümpel aus

Jahrzehnten. Das einzig Interessante war ein Stück Klebefolie mit dem Aufdruck der Kripo.

»Was ist hier passiert?« Pietro sprach leise mit Seitenblick auf Mario.

»Hier haben sie die Briecherts gefunden, die ersten Racheengel-Opfer«, flüsterte Viktor.

Pietro nickte und sah sich fröstelnd um. Er sorgte sich um Mario, der in jeden Winkel fegte und abwechselnd nach Toni und Lassdas rief. Statt wie versprochen Spürhund zu spielen, hatte sich der Rüde davon gemacht, einem entfernten Bellen hinterherjagend.

»Was jetzt?« Viktor zog Pietro beiseite, damit Mario nichts mitbekam. »Ich habe eine Scheißangst ...«

Pietro nickte. »Und ich erst.«

»Ich rufe jetzt Hilfe.« Viktor wühlte nach seinem Handy und fluchte. »Mist, das liegt im Loft, ich habe es nach dem Aufladen liegengelassen.«

»Nimm meins«, Pietro reichte ihm sein Gerät. »Wen rufst du an?«

»Christina Kante von der Soko.«

»Weiß sie, dass Toni verschwunden ist?«

»Noch nicht, es ist Zeit, dass sie es erfährt.«

Pietro schüttelte verzweifelt den Kopf. »Mach das, wir brauchen Hilfe. ... He, wo ist Mario hin?«

Viktor unterbrach die Nummerneingabe. »Das fehlt uns gerade noch, such ihn bitte.«

Pietro hastete nach draußen und versuchte vergeblich, sich zu orientieren. Der Mond war hinter einer Wolke verschwunden oder untergegangen, genau wie sein Mut.

Er war Großstadtmensch. Dunkelheit plus Wildnis und dazu die Sorge um Mario, um Toni und um sich selbst, waren zu viel für seine Nerven. Schnell verhedderte er sich im Gebüsch, bekam Panik, befreite sich, kehrte um und lief zu Viktors Auto. Das Fahrzeug war nicht abgeschlossen. Aus dem Kofferraum nahm er seinen Notfallkoffer, hastete nach vorne, wühlte nach einem Gegenstand, den er notfalls als Waffe gebrauchen konnte. Zwischen den Sitzen entdeckte er eine Taschenlampe, groß und schwer genug, um damit einen Gegner niederzustrecken. Pietro grinste mutwillig, obwohl ihm der Arsch auf Grundeis lief.

In der Rechten die sperrige Lampe, in der Linken seinen Arztkoffer, eilte er in Richtung des Hundebellens. Er trug noch immer den weißen Arztkittel, der sich im Mondlicht gegen das umgebende Dunkel abhob.

Das Bellen kam aus Richtung Waldrand. Pietro glaubte, Marios Stimme rauszuhören, die nach Lassdas rief.

Er richtete den Strahl der Taschenlampe auf die Baumgrenze und ließ den Lichtstrahl über den Waldboden huschen, fahndete im Unterholz nach einem Pfad, einer Lücke, durch die er eindringen konnte.

Etwas Helles auf dem Boden stoppte seine Suche. Er fokussierte den Strahl, bückte sich, hob es auf und rief nach Viktor.

Viktor wartete darauf, dass sich Christina Kante meldete und sah auf die Uhr. Es war 2.10 Uhr, Donnerstagnacht. »Geh endlich an dein Handy, deinen Schönheitsschlaf kannst du halten, wenn wir Toni gefunden haben ...«

»... Wie bitte?«

»Entschuldigung, hier ist Viktor Krösen. Toni ist verschwunden, wir suchen sie auf dem alten Briecherthof. Möglicherweise hat der Racheengel sie.«

»Herr Krösen?«

»Ja, wir brauchen Hilfe ...«

»Ich versuche, Sie seit Stunden zurückzurufen.«

»Akku war leer, sorry.«

»Schon gut. Ein Suchtrupp müsste jeden Moment bei Ihnen eintreffen. Sie kommen mit Hunden, verständigen Sie sich mit Kommissar Wolf, dem Leiter des Suchtrupps.«

»In Ordnung.«

»Sind Sie alleine da draußen?«

»Mario, Tonis Neffe, und Pietro, ihr Mitbewohner, sind auch hier.«

»Gottseidank«, seufzte Kante. »Marios Vater macht mir bereits die Hölle heiß. Er hat um Mitternacht eine mysteriöse SMS bekommen.«

Viktor hörte Pietro rufen, eilte nach draußen, das Handy mit Kante weiter am Ohr haltend. Bei Pietro angekommen, identifizierte er das gefundene Handy als seines. Auch das merkwürdige Kästchen, das es umschloss, erkannte er. »Das ist der Akku-Auflade-Prototyp.«

»Frau Kante, wir haben Tonis Handy gefunden.« Mit einem Blick auf die Anzeige nickte er aufgeregt. »Noch neunzehn Prozent Akkuladung, dann hat sie es erst vor kurzem aufgeladen und aktiviert.«

»Ich verstehe nicht ...«

»Sekunde Frau Kante ...«

»Los, such weiter nach Mario«, befahl er Pietro. »Ich bleibe hier mit dem Handy, ein Suchtrupp der Kripo ist unterwegs. Ruf einfach, wenn du was findest.«

Pietro nickte, eilte erneut in Richtung Waldrand.

Viktor sah ihm nach. »Frau Kante? Haben Sie das mitbekommen?«

»Ja, wo genau lag das Handy?«

»Am Waldrand einige Meter hinter der Scheune. Sie muss es kürzlich aufgeladen haben, es hat fast die höchstmögliche Nachladekapazität.«

»Dann hatte sie Zugang zu einem Stromnetz?«

»Nein, sie hat es mit einem Sensor aufgeladen, er funktioniert über Körperbewegungen.«

»Demnach lebt sie! Das sind gute Nachrichten. Kann ich Sie unter dem angezeigten Anschluss erreichen?«

»Ja.«

»Ich gebe Wolf Bescheid, dass Sie vor Ort sind.«

Viktor verabschiedete sich und untersuchte weiter das Handy. Dabei fand er Tonis letzte SMS, die sie um 23.55 Uhr eingetippt hatte - vor über zwei Stunden. Sie war noch nicht versendet. Kopfschüttelnd hastete er zurück zur Scheune und wählte erneut Kantes Nummer. »Sie hat eine Nachricht an Sie verfasst.«

»Wortlaut?«

Tunnel. Schuppen. Briecherthof. Begraben. Hilfe. Toni

»Gibt es da einen Tunnel?«

»Wir haben nichts gefunden.«

»Moment, ich stelle auf Lautsprecher. Oberkommissar Schön weiß, wo Sie suchen müssen.«

Schön gab die Ortsbeschreibung weiter, die ihm David Frensen gegeben hatte.

»Es gibt eine zweite Scheune, etwas abgelegen, fünfzehn Minuten zu Fuß. Erreichbar über einen Schleichweg. Unser Suchtrupp ist instruiert und müsste in Kürze eintreffen.«

***

Ihre Gefährtinnen leckten ihr das Gesicht ab, säuberten ihre Hände. Und sie waren nicht alleine. Aus dem Hundeknäuel löste sich eine größere Kreatur, lauter kläffend, saubergewaschen und so bunt wie Marios Lassdas. Sie trug sein Halsband. Das Halsband mit den Lettern ‚Lassdas', das sie ihm geschenkt hatte.

Der Himmel war wundervoll, jetzt fehlten nur noch Pietro und Mario ...

... sie hörte sogar seine Stimme, Marios Stimme:

»Lassdas, wo bist du? Komm aus dem Loch raus, verflucht nochmal. Du stinkst vielleicht ... Cazzo Toni, sembri un mostro!«

Mario, du sollst nicht fluchen, dachte sie und wunderte sich wegdämmernd, dass italienische Flüche im Himmel erlaubt waren.

***

»Lassdas, wo bist du? Komm aus dem Loch raus, verflucht nochmal. Du stinkst vielleicht ...«

Mario starrte in die Öffnung hinein, in die Lassdas erneut verschwand. Dann sah er auf einmal drei Hunde. Einer davon war Lassdas. Die beiden kleineren Hunde wuselten um eine reglose, verschmutzte Gestalt herum. Leckten ihr schwarzes Gesicht frei, schubsten sie an, bellten, versuchten sie zu einer Bewegung zu animieren. Vergeblich ...

»Cazzo Toni, sembri un mostro!«

Mario beeilte sich, die losen Ziegelsteine, die den Eingang zum Tunnel teilweise versperrten, wegzuräumen. Und er rief leise nach Toni. Dann schrie er nach Viktor und Pietro. Schrie um Hilfe.

***

Pietro sah ihn im Schacht jenseits des Mauerdurchbruchs. Mario kniete neben den drei Hunden und starrte auf eine dunkle Erhebung auf der Erde. Er leuchtete hinein und unterdrückte einen Schrei, als er die schwarzverdreckte, reglose Gestalt erkannte. Danach schaltete er um in einen einstudierten Autofokus, ausgerichtet darauf Leben zu retten.

Er zog Mario mit sanfter Gewalt von Tonis Körper weg. »Ich helfe ihr, Mario, ich muss ihr eine Spritze geben, bitte mach Platz. Hilf mir, die Hunde von ihr weg zu drängen.«

Mario gehorchte, hielt ihm die Taschenlampe, sah mit verstörten Augen zu, wie er Tonis Arm säuberte, um einen Venenzugang zu legen und Flüssigkeit zuzuführen. Er sah immer noch stumm zu, als der Arzt Toni eine Sauerstoffmaske aufsetzte und eine Spritze mit einem starken Breitbandantibiotikum verabreichte. Danach sammelte er, wie von Pietro befohlen, etwas von dem umliegenden Erdreich in eine Plastiktüte.

Tonis Sepsis war weit fortgeschritten. Die Flüssigkeit, die in ihren bewusstlosen Körper tropfte, war lebensnotwendig, genauso wie der Sauerstoff. Pietros Sofortmaßnahmen erhöhten und stabilisierten ihren Blutdruck. Doch das genügte nicht.

»Bleib bei Toni«, bat Pietro den Jungen. »Ich rufe einen Rettungshubschrauber, hier habe ich keinen Empfang. Leih mir dein Handy.«

Wortlos fingerte Mario das Gerät aus der Hosentasche und ließ sich zeigen, wie er den Beutel halten musste, aus dem Flüssigkeit in Tonis Venenzugang tropfte.

»Gut so. Beobachte Toni. Wenn sich was verändert, ruf mich. Ich bin vor der Scheune.«

Pietro krabbelte ins Freie, wählte die Nummer seiner Klinik, ließ sich mit dem Leiter der Helikopter-Rettungsstaffel verbinden und gab Einzelheiten durch. »Fortgeschrittene Sepsis, 28-jährige Patientin ohne Bewusstsein. Erstversorgt mit Antibiotika und Infusion. Wir sichern eine Erdprobe zur Feststellung der Erreger.« Er beschrieb seinen Standort. »Haltet Ausschau nach einer Lichtung. Ich zünde ein Feuer an. Der Platz reicht für die Landung.«

Dann rief er laut nach dem nahenden Suchkommando. Minuten später brachen die Suchhunde durch das Unterholz, gefolgt von dem Hundeführer. »Sie lebt, Rettungsheli ist unterwegs.«

Wolf gab die Meldung weiter an Kante und die Zentrale. Das Leitfeuer für den Rettungshubschrauber zündeten die Männer des Suchtrupps an. Pietro eilte zurück zu Toni, maß ihren Blutdruck und kontrollierte die Transfusion.

Der Helikopter traf zwanzig Minuten nach seinem Notruf ein. Viktor und Kommissar Wolf mussten Mario festhalten. Er wollte mitfliegen. Erst als Viktor ihn bat, sich um die herrenlosen Hunde und Lassdas zu kümmern, gab er nach.

»Wir müssen auch die Hunde untersuchen«, flüsterte Wolf Viktor zu. »Es gibt vermutlich einen Toten hier auf dem Gelände, die Hunde hatten Zugang zu ihm ...«

Er ließ den Satz in der Luft hängen und verständigte sich mit Kante, die ihm per Video zugeschaltet war. »Was machen wir mit dem Jungen?«

»Sein Vater ist unterwegs.«

Um 3.25 Uhr Donnerstagmorgen traf Marios Vater an der Fundstelle ein. Erleichtert schloss er seinen Sohn in die Arme und versuchte über Tonis Zustand Näheres zu erfahren. Viktor beruhigte ihn. »Toni ist über den Berg, ich habe mit Pietro telefoniert.«

»Wenn Lassdas sie nicht gefunden hätte, wäre sie tot«, fügte Mario hinzu.

Luca Amato sah fragend zu Viktor.

»Ja, Lassdas hat die Hündinnen aufgestöbert, die bei Toni in der Höhle waren.«

Einsatzleiter Wolf trat zu ihnen. »Hallo Herr Amato, können Sie bitte den Jungen wegbringen. Wir suchen noch einen weiteren Vermissten. Ich weiß nicht, in welchem Zustand wir ihn finden.«

Mario wehrte sich, riss sich von seinem Vater los. »Und die Hunde? Das sind Tonis Hunde.« Er zeigte auf die beiden Hündinnen, die sich jetzt, da Toni weg war, dicht an ihn drängten.

»Was passiert mit den Tieren?«, fragte Luca leise.

»Wir untersuchen sie nach Spuren, dann kommen sie in ein Tierheim und wir versuchen Besitzer zu ermitteln, vielleicht haben sie einen Chip.«

»Nein!«, protestierte Mario.

»Mario beruhige dich, wir sprechen morgen mit Toni. Wir lassen sie nicht im Tierheim, versprochen.«

Wolf wandte sich an den Rudelführer der Suchhunde. »Das ist Daniel Graf, er kümmert sich darum, dass es ihnen gut geht.«

Sein Handy klingelte. Kante, die den Disput via Videoleitung mitbekommen hatte, bat Wolf, sie mit dem Jungen zu verbinden.

»Hier, für dich. Unsere leitende Kommissarin möchte mit dir sprechen.«

»Ja?«

»Hallo Mario, ich bin Chris von der Soko, ich habe gerade erfahren, dass es Toni besser geht. Danke, dass du sie gefunden hast. Du und dein Hund, ihr habt ihr wahrscheinlich das Leben gerettet.«

»Und was ist jetzt mit Tonis Hunden, die gehören doch jetzt zu ihr?«

»Ich besuche Toni, dann klären wir das.«

***

Die ersten Sonnenstrahlen blitzten verhalten durch die umliegenden Baumwipfel, als man Frank Mies Körper fand. Die Fundstelle war abgeschirmt mit Planen. Der Fund wurde bezeugt von Kante, die mit dem Pathologen am Tatort eingetroffen war und eine erste Untersuchung des Opfers vornahm. Der Pathologe nahm auch Proben von den Lefzen und den Barthaaren der Hunde.

Die Hündinnen wurden zusammen mit den Suchhunden von Daniel Graf weggebracht, gebadet, untersucht und gefüttert. Dass man in ihrem Kot Reste unverdauter

Knochenbestandteile von Frank Mies Fingerknöcheln fand, behandelte man als Verschlusssache. Es genügte, dass die Mitglieder des Soko Teams hinter vorgehaltener Hand tuschelten: »Den Letzten beißen die Hunde. Nicht die Ratten.«

Das war der einzige Irrtum, der dem Racheengel unterlaufen war. Verstorben war Frank Mies so, wie er es geplant hatte: am Blut- und Flüssigkeitsverlust. Eine üble Kombination, zu der bei längerem Überleben auch eine Sepsis hinzugekommen wäre.

Zu welchem Zeitpunkt die Hunde angefangen hatten, an dem Kinderschänder zu knabbern, war nicht Gegenstand der Ermittlungen.

***

Kante suchte Frank Mies Lebensgefährtin gegen 7.00 Uhr persönlich in ihrem Frankfurter Wohnhaus auf.

Statt des verheulten Wesens, das sich um den vermissten Partner sorgte, öffnete ihr eine Frau mit harten Gesichtszügen. Conny Löhr war um zehn Jahre gealtert.

»Kann ich einen Moment hereinkommen«, fragte sie vorsichtig.

Löhr blieb stehen und versperrte ihr den Eingang. »Habt ihr das Schwein?«

»Können wir vielleicht reingehen und uns unterhalten?«

Löhr wich keinen Millimeter. »Also, was ist? Ist der Typ krepiert oder soll ich ihm eigenhändig seinen verfluchten Schniedel abschneiden?«

Kante ersparte sich jede weitergehende Erklärung. »Wir haben ihn gefunden und werden sehen, was wir für ihn tun können.«

Sie verabschiedete sich, ging. Die Tür knallte hinter ihr zu.

Kante spann einen Gedankengang weiter:

Warum sollte man Frank Mies nicht ein wenig länger geistern lassen?

29

WER OHNE SCHULD IST

11. - 13. Juli

Kante rief Schön auf seinem privaten Handy an. »Hast du schon einen Bericht weitergegeben?«

»Nein, um 8.00 Uhr bin ich mit dem Pressesprecher verabredet.«

»Bist du offen, für eine korrigierte Version?«

»Was meinst du?«

»Lass uns die Suche nach dem Racheengel beschleunigen, nach dem Motto: Mit Speck fängt man Mäuse, selbst wenn das Verfallsdatum überschritten ist.«

»Sprich Klartext.«

»Wir stellen ihm eine Falle.«

»Wie?«

»Wir lassen durchsickern, dass Frank Mies schwer verletzt überlebt hat und auf einer Intensivstation liegt. Wir reizen ihn, kratzen so heftig an seiner Ehre, dass er zurückkommt, um seine Rache zu beenden ...«

»... und wir erwarten ihn?«

»Das ist der Plan.«

»Könnte klappen. Falls er nicht bereits einsitzt, weil er sich freiwillig gemeldet hat.«

»Du meinst Frensen? Wenn der schuldig ist, beginne ich wieder Männer zu lieben.«

»Das kratzt jetzt an meiner Ehre.«

»Lass stecken, dich werde ich immer lieben. Wie einen Bruder.«

»Geschenkt. Aber ich halte Frensen auch für unschuldig. Zumindest an den Morden.«

»Wie gehen wir vor?«

Schöns müde Gesichtszüge glätteten sich, als er antwortete. »Mit einem eingeschworenen Team, mit Wolfs Truppe. Die Kriminaltechniker und den Pathologen müsstest du um Stillschweigen bitten.«

»Macht Sinn. Kriminaltechniker und Einsatztruppe sind noch am Fundort mit der Spurensicherung beschäftigt. Ich komme von Mies Lebenspartnerin und bin erneut auf dem Weg dahin.«

»Wie hat sie es aufgenommen?«

»Sie faselte was von Kastration, etwas drastischer ...«

»Hui. Weiß sie, dass er tot ist?«

»Nur dass wir ihn fanden. Als sie mit ‚Schniedel ab' loslegte, habe ich mir den Rest geschenkt.«

»Okay, also müssen wir nur die Jungs einschwören?«

»Ich geh später mit ihnen eine Kleinigkeit essen, komm dazu und wir besprechen alles.«

»Ich weiß was Besseres. Gib den Männern ein erstes Briefing, schlaft euch aus und wir treffen uns morgen zum Frühstück bei mir. Utas Waffeln sind unschlagbar.«

»Perfekt.«

»Ich korrigiere die Zusammenfassung für den Pressesprecher. Er erfährt: ‚Mies hat knapp überlebt, befindet sich in einer Klinik, wird intensiv behandelt.'«

»Gib ihm die Information so spät wie möglich, ich muss MainLife was bieten, damit sie Tonis Rettung verschweigen«, bat Kante.

Am nächsten Vormittag servierten Uta und Lars Schön neben den versprochenen Waffeln Kuchen und gegrillte Spezialitäten. Das Einzige, was es nicht zum Brunch gab, war Alkohol. Ein unausgesprochenes Gesetz in der Truppe lautete: Gefeiert wird, wenn der Fall gelöst ist.

Schön übernahm die Verkündung des Schlachtplans. Mit verbissenem Grinsen nannte er ihn: »Operation Rattenfalle.«

Pietro Manetti kam gegen 10.00 Uhr mit Neuigkeiten aus der Klinik hinzu. »Toni ist bei Bewusstsein und will dringend mit Chris sprechen.«

»Ich besuche sie am späten Nachmittag«, versprach Kante.

»Lassen Sie ihr bisschen Zeit. Sie wird bis morgen früh durchschlafen, wenn Mario, ihr Bruder Luca und Mama Amato sie bis dahin nicht totgeknutscht haben.«

»Sie sind alle bei ihr?«

»Ja, Mario hat die Schule geschwänzt und Lassdas ins Zimmer geschmuggelt. Der Stationsarzt fiel fast in Ohnmacht, als der Terrier unter Tonis Decke hervorkroch.«

»Nee, oder?«

»Doch, und ich soll nicht ohne Pizza und Pasta wiederkommen.«

»Wenn sie schon wieder nach Pasta und Pizza verlangt, hat zumindest ihr Appetit nicht gelitten«, warf einer der Männer ein.

Pietro lachte. »Die beiden Hündinnen. Toni hat sie Pasta und Pizza getauft. Sie möchte sie behalten, falls sie keinem gehören.«

»Spricht nichts dagegen. Sie sind nicht gechipt, viel zu dünn und verwurmt«, warf Hundeführer Daniel Graf ein. »Ich habe die Hündinnen von einem Veterinär untersuchen lassen. Der Arzt schätzt, dass sie etwa acht Monate alt sind.«

»Sind ihre Lungen in Ordnung?«, fragte Pietro.

»Wieso?«

»Die Erde in den Tunneln ist kontaminiert mit Bakterien, die auch Tonis Sepsis auslösten. Wir verabreichen ihr ein spezielles Mittel. Durch die offenen Wunden an den Händen konnten die Bakterien in ihren geschwächten Organismus eintreten. Ihre Lunge ist angegriffen, aber die Heilungschancen stehen gut. In zwei Wochen dürfte das Schlimmste überstanden sein.«

»Kann ich eine Spezifizierung der Bakterien bekommen, damit wir die Tiere gezielt behandeln können?« Graf wirkte besorgt. Für ihn waren Tiere Kameraden auf einer Stufe mit Kollegen.

»Ich kümmere mich darum.« Pietro griff zum Handy. »Wo sind die Tiere?«

»In der Tierklinik Ost, in Frankfurt«, Graf gab ihm eine Telefonnummer und den Namen des zuständigen Veterinärs.

»Dann wäre das Wichtigste geklärt«, grinste Schön, der zugehört hatte. »Kommen wir zu unserem kleinen Nebenjob. Chris willst du unserem Tier- und Menschendoktor erklären, wie wir dem Täter eine Falle stellen wollen?«

»Solange Toni nicht erneut in Gefahr gerät, bin ich dabei, was kann ich tun?«

»Prima«, antwortete Kante. »Wie gut verstehen Sie sich mit Ihrem Klinikchef?«

»Sehr gut, aber können wir uns duzen? Ich bin Pietro.«

»Gerne, Chris.«

»Was braucht ihr?«

»Einen Raum in der Klinik. Vielleicht könnten Sie Ihren Chef um Mithilfe bitten ...«

Pietro unterbrach sie. »Okay, das dürfte gehen, ich habe vielleicht eine Idee. Reicht euch ein Zimmer?«

»Noch besser wäre ein abgegrenzter Gang, um den Klinikbetrieb nicht zu gefährden.«

»Wir renovieren derzeit den Nordflügel. Eine Etage ist fast bezugsfertig, in dieser Woche werden die Klimaanlagen eingebaut. Die Station hat sechs Zimmer, Schwesternzimmer, Ruheraum und Wäschekammer. Der Flur ist mit einer Glastür vom Fahrstuhl und Treppenhaus abgetrennt.«

»Ideale Überwachungsbedingungen, hoffentlich stimmt der Klinikleiter zu.«

»Wir können dort ohnehin noch keine Patienten unterbringen, ich sag Bescheid.« Pietro verabschiedete sich.

Kante begleitete ihn nach draußen. »Weiß Toni, das Mies tot ist?«

»Bisher nicht, sie steht unter starken Medikamenten.« Pietro sah Kante erstaunt an. »Warum?«

»Sie wird Fragen stellen. Besser, sie erfährt nicht, dass wir anstelle von Mies einen Dummy unter den Schläuchen liegen haben.«

»Sie hält dicht, ist das nötig?«

»Ja, Pietro. Auch Viktor Krösen kennt nur die offizielle Version. Toni könnte unter Medikamenteneinfluss versehentlich plaudern. Ich will nicht, dass unsere Finte durchsickert.«

Kante erläuterte dem Team die weitere Strategie: »Für die Öffentlichkeit und das Klinikpersonal ist das ‚Überleben' des letzten Opfers unseres Racheengel ein Wunder. Es soll gemunkelt werden, das Mies seinem Rächer entkam. Das dürfte unseren Freund aufwühlen und herausfordern, seinen Plan zu Ende zu führen.«

Ein böses Lachen lag auf Kantes Gesicht, als sie weitersprach. »Aus Sicherheitsgründen lassen wir Frank Mies von einem Beamten in Uniform bewachen.«

»Damit schrecken wir ihn doch ab?«, warf einer der Männer ein.

Kante nickte. »Und er findet ihn leichter. Für den Job brauchen wir einen von euch, einen passablen Schauspieler, der eine Lusche in Uniform mimt. Der Beamte wird mehr Zeit im Schwesternzimmer verbringen als auf dem Stuhl vor Mies Krankenzimmer. Der Racheengel soll ihn bemerken, aber feststellen, dass der Uniformierte seinen Job vernachlässigt. Er muss ins Zimmer huschen können, wenn der Beamte nicht auf seinem Posten ist.«

»Was ist mit dem Pflegepersonal?«

Schön antwortete: »Offiziell haben wir ein Spezialistenteam vor Ort.«

»Es besteht aus euch«, ergänzte Kante. »Ihr seid schichtweise Pfleger, Ärzte, Schwestern und Handwerker, die an der Klimaanlage arbeiten. In Overalls der Klimatechniker stecken wir Nahkampfspezialisten. Handwerker dürfen durchtrainiert wirken, ohne dass man sie beachtet, anders als das Pflegepersonal. Wir werden übrigens auf Schusswaffen verzichten.«

»Und wenn es kritisch wird?«

»Soweit lassen wir es nicht kommen. Wir riskieren nicht, dass jemand verletzt wird. Auch nicht unser Verdächtiger. Der Mann weiß viel über die Machenschaften in der Vergangenheit. Wir wollen ihn befragen und nicht in der Obduktionshalle neben seinen Opfern wiederfinden.«

»Wer mimt die Schwestern?«

»Willst du dich freiwillig melden?« Kante grinste den jungen Beamten aus Wolfs Team an.

»Ähm? Nein.«

»Ich übernehme das, zusammen mit einer Karatefreundin. Sie ist zwar noch in der Grundausbildung, hat aber bereits den schwarzen Gürtel.«

Sie griff nach ihrem Handy. »Hi Leo, hast du am Wochenende was vor?«

»Perfekt, ich instruiere dich später. Ich brauch dich für einen Undercover-Einsatz.«

»Leo wird in der Klinik bleiben, getarnt als Schwesternschülerin. Ich selbst übernehme als Schwester Tine die Nachtschichten.«

»Und wer darf sich in das Bett unseres Köders legen?«

»Da das Opfer stark verletzt ist, muss es künstlich genährt werden. Wir können einen Dummy so präparieren, dass der Täter den Schwindel erst aus der Nähe bemerkt.«

Marcel Wüst schüttelte unwirsch den Kopf. »Kann ich das machen?«

»Das kann gefährlich werden«, warnte Kante.

»Ach was«, winkte Wüst ab. »Ich lasse mir doch nicht die Gelegenheit entgehen, einem echten Serientäter in die Augen zu sehen. Und wenn es kritisch wird, seid ihr ja da. «

Viktor war verärgert, dass er Toni nicht als überlebende Heldin des Racheengels darstellen durfte. »Das hat sie verdient«, beschwerte er sich und zählte auf, was Toni durchlitten hatte.

Kante unterbrach ihn und erläuterte, warum es für Tonis Sicherheit besser war, ihre Rettung und ihren Aufenthaltsort geheim zu halten, bis der Täter gefasst war. Dass ihr vermeintlich unklares Schicksal Teil der aufgestellten Falle war, verschwieg sie.

Wenn nur Mies überlebt hatte und von der Journalistin kein Wort in den Medien erschien, könnte das den Täter zusätzlich aus der Reserve locken. Sollte er zum Tatort zurückkehren, um Toni zu suchen, warteten Zivilbeamte in Waldarbeiterkluft auf ihn.

Kante beendete das Gespräch mit MainLife. Sie war zufrieden. »Presse läuft.«

»Was machen wir mit Frensen, um auszuschließen, dass er ...«

»Ein psychopathischer Killer mit zwei Persönlichkeiten ist«, vervollständigte Kante den Satz. »Vergiss es, Frensen ist nicht unser Killer. Ich habe mit den Männern gesprochen, die ihn beschattet haben. Für die fragliche Zeit, in der Mies und Toni in den Tunneln vergraben wurden, hat er ein Alibi, er war im Dropout.«

»Wieso hält er sich dann für schuldig?«

Kante zuckte mit den Schultern. »Ich fühle seinem Bruder auf den Zahn, bevor er sich mit David absprechen kann.«

»Und wenn Frensen jemanden mit den Morden beauftragt hat?«

»Behalte ihn sicherheitshalber noch paar Stunden da. Ich möchte auch noch mit Toni reden.«

Schön stimmte zu. »Ruf durch, wenn du was Konkretes hast.«

»Mach ich.« Kante erhob sich und blickte sich um. Als sie Marcel Wüst in einem Korbsessel entdeckte, wo er genüsslich ein Stück Kuchen nach dem anderen in sich reinstopfte, winkte sie ihn herbei. »Marcel ...?«

Er verschluckte sich, »Ja ...?« Hustete. »Entschuldigung.«

»... bist du satt?«

»Mmh!«

Er nickte, immer noch kauend.

»Komm mit.«

Schön begleitete Kante und Wüst zum Ausgang. »Wann fährst du zu Toni Amato?«

»Nachdem wir mit Gregor Frensen gesprochen haben.«

»Apropos Klinik«, sie blickte auf das Display ihres klingelnden Handys und nahm das Gespräch entgegen. »Hallo Pietro, was gibt es Neues?« Sie nickte erleichtert. »Wir haben unseren Klinikflur für die Operation Rattenfalle.«

Während David wie ein hochgewachsener Norditaliener wirkte, entsprach der mittelblonde Gregor mit seinen blauen Augen eher dem norddeutschen Typ seines Vaters. Er war kleiner als David, weniger durchtrainiert, dafür mit blitzgescheiten Augen, denen nichts entging. Aufmerksam beobachtete er seine Besucher.

Was verbirgst du?, überlegte Kante. Sie sah sich um, ließ Umgebung und den Menschen Gregor auf sich wirken. Im ehemaligen Büro seines Vaters wirkte er verloren.

Betont lässig winkte er sie zu den zwei Besucherstühlen vor dem riesigen Schreibtisch aus dunklem Granit und Glas. Der Tisch war gigantisch, schien eine Spezialanfertigung zu sein. Die Tischplatte bot locker Platz für drei 40 Zoll große Monitore, auf denen technische Schaltpläne aufgerufen waren. Neben technischem Equipment fielen Kante eine Reihe von Familienfotos auf. Passend zum Ambiente waren sie in Chromrahmen gefasst. Zweckmäßiges Understatement, geschmackvoll aber leicht unterkühlt, lautete Kantes stilles Resümee.

Sie ließ sich neben Wüst auf einem hellgrauen Ledersessel nieder. Ihre Form erinnerte an frühe Stuhldesigns von Philipp Starck und war bequemer als sie aussahen. Kante beobachtete Gregors Reaktion, als Wüst ihm den Grund ihres Besuches mitteilte.

Ein kurzes Aufflackern in den Augen zeigte seine Überraschung. »Was hat er?«

»Er hat sich gestellt. Er hält sich für den Racheengel«, wiederholte Wüst.

»Blödsinn.« Gregor verlor seine aufgesetzte Fassung.

»Ist es das? Er hat doch mit Ihnen darüber gesprochen«, bluffte Wüst.

Wieder ein aufgebrachtes Kopfschütteln.

Kante schob dazwischen: »Gleich, nachdem Sie ihm eröffnet hatten, dass er nicht der leibliche Sohn Ihrer Eltern sei, hat man die Briecherts entführt und gefoltert. Sie verdächtigten ihn der Tat, war es nicht so?«

»Behauptet David das?« Gregors Blick schweifte zwischen seinen uneingeladenen Besuchern hin und her.

»Warum haben Sie in seiner Vergangenheit herumgestochert? Gab es dafür einen konkreten Auslöser?«, schob sie nach.

Gregor zögerte. Zwar nur einen Bruchteil einer Sekunde, aber weder Wüst noch der Kommissarin entging der unbewusst suchende Blick, während er sich eine Antwort zurechtlegte. »Der Tod meines Vaters hat alles verändert.«

Kante wiederholte die Frage: »Warum haben Sie in der Vergangenheit Ihres Bruders rumgeschnüffelt?«

»Warum ...?« Gregors Lachen war bitter. Sein Gesicht vermochte die Emotionen nicht länger zu verbergen. Aber er versuchte, Zeit zu schinden. »Tja, ich könnte jetzt das Gleiche antworten, was ich auch David gesagt habe.«

»Sagen Sie uns einfach die Wahrheit?«

Gregor zog verächtlich die Brauen hoch. »Und wenn es nicht nur eine Wahrheit gibt?«

»Erzählen Sie uns Ihre Version.«

»Auch das ist nicht einfach. Das habe ich in den letzten Wochen wieder und wieder erfahren.«

»Was hat sich in der letzten Zeit für Sie verändert?«

Gregor blickte aus dem Fenster auf die Bankenskyline, während er vor sich hinsprach. »Da wachse ich mit einem großen Bruder auf, den ich für meinen leiblichen Bruder halte. Dann entdecke ich, dass er adoptiert ist.« Er wandte sich seinen Besuchern zu, mit einem bitteren Zug im Gesicht. »Gestern gesteht mir Mutter, dass der vermeintliche Adoptivbruder ihr Erstgeborener ist ...«

Gregor schwieg eine Weile, bevor er den Satz beendete.

»... den sie nach der Geburt weggab und mit sechs Jahren adoptierte, ohne jemandem seine Herkunft zu verraten.«

Er räusperte sich, blickte auf einen der Fotorahmen, auf dem David zu sehen war. »Darüber hätte ich verdammt gerne mit meinem Adoptivbruder gesprochen. Aber Moment mal«, er lachte höhnisch auf, sah erneut an seinen Besuchern vorbei, als wären sie nicht im Raum. »Er ist ja sogar mein Halbbruder. Happig, was? ... Ich versuche, ihn seit Mittwoch vergeblich zu erreichen. Jetzt erfahre ich, dass er sich gestellt hat. Warum zum Teufel macht er das?«

Kante zuckte mit den Schultern, beugte sich nach vorne. »Ihre Mutter hat ihnen mitgeteilt, dass David Ihr Bruder ist?«

»Mein Halbbruder«, korrigierte Gregor. »Ja, sie hat es mir gesagt.«

»Was bedeutet das für Sie?«

»Alles und nichts.«

»Herr Frensen, seit wann wissen Sie, dass David die ersten Jahre bei Pflegeeltern gelebt hat?«

»Nur einen Hauch länger als David selbst«, Gregors Gesicht glättete sich, offenbar fühlte er sich wieder auf sicherem Terrain. »Ich sah Notizen in seinem Rechner, er hatte wirres Zeug notiert, was nicht zu ihm passte. Ich habe mehr oder weniger im Dunklen herumgestochert und stieß dabei auf Akten aus seinen ersten Lebensjahren.«

»Wie?«

»Es ist einfach, wenn man weiß, wo man nachforschen muss, das ist Teil des Geschäftes von Frensen Security & Investigation. Mich wunderte nur, dass David nicht von sich aus nachgeforscht hat.«

»Hatte er einen Grund dazu?«

»Ja, ihm fehlten die ersten fünf oder sechs Jahre, er hatte keinerlei Erinnerungen an diese Zeit.«

»An diese frühe Kindheit erinnern wir uns alle nur bruchstückhaft.«

Gregor schüttelte ärgerlich den Kopf. »Das meine ich nicht.«

»Sondern?«

»Er erinnerte sich an nichts. Als wäre er mit sechs Jahren vom Himmel gefallen.«

»Unterhielten Sie sich darüber?«

»Ja, es hieß, dass er vieles vergessen habe durch einen Unfall, den er angeblich mit sechs hatte.«

»Angeblich?«

»Jede Familie hat ihre Geheimnisse, auch meine. Das war wohl das Heftigste überhaupt ... « Er zögerte, blickte in die Ferne, bevor er sich wieder seinen Besuchern zuwandte »Es gab nie diesen Unfall, dessentwegen er in der Klinik lag und operierte wurde, dahinter steckte etwas ganz anderes.«

»Was war das?«

»Ich denke, man hat ihn kosmetisch operiert, um die Narben, die durch einen Hundebiss im Gesicht verblieben waren, zu beseitigen.«

»Das mit dem Hundebiss haben Sie herausgefunden?«

»Mehr oder weniger.«

»Ja oder nein?«

»Ja.«

»Das sind Äußerlichkeiten. Was ist mit den seelischen Verletzungen?« Kante beugte sich nach vorne, fixierte Gregors Blick.

»Die sind eher das Fachgebiet meines Bruders, ich kann nur was über Geheimnisse und vertuschte Tatsachen sagen.« Gregor wich zurück.

Kante nickte aufmunternd.

Wüst übernahm. »Lassen Sie uns darüber sprechen, wie die Geheimnisse zutage kamen?«

»David, den es am meisten betraf, ahnte nichts. Sie haben nie auf seine Fragen geantwortet.«

»Wie erfuhr er davon?«

Gregor schwieg, zuckte mit den Achseln.

Kante zwang ihm ihren direkten Blick auf, beugte sich nach vorne. »Glauben Sie, dass Ihr Halbbruder sich an seinen Pflegeeltern und den anderen Opfern gerächt hat? Ist Ihr Bruder der Racheengel?«

Gregor fuhr zurück. »Ich habe keine Ahnung.«

»Was wissen Sie?«

»Dass sein Gedächtnis stückweise zurückkam, dass ihm das zu schaffen machte ...«

»Wie kamen die Brandblasen an seine Hände, nachdem man die Briecherts gebrandmarkt hatte?«

»Das weiß er ja selbst nicht einmal.«

»Wo waren Sie in der Nacht, bevor man die Briecherts fand?«

»Keine Ahnung, wahrscheinlich zuhause.«

»Haben Sie die Brandblasen an den Händen bemerkt, die ihn zum Verdächtigen machen?«

»Wie kommen Sie jetzt darauf?«

»Ich frage anders, haben Sie etwas mit der Brandmarkung zu tun, haben Sie Ihrem Bruder Schuldgefühle eingeredet?«

»Ich?« Gregor knüllte wütend ein Blatt Papier zusammen. »Ich glaube, Sie gehen besser, ich werde nicht für etwas gradestehen, was mein Bruder gestanden hat. Der Idiot, Mann, wie kann man nur ...«

»Was?«

Er schüttelte den Kopf. »Was hat David eigentlich gestanden? Der weißt doch nichts.«

»Offenbar wissen Sie mehr.«

»Dürfen Sie das überhaupt? Mich provozieren, als wäre ich Ihr verdammter Killer.«

»Wir befragen Sie als Zeugen, aber wir können auch gerne die Taktik ändern.« Kante lehnte sich zurück, blätterte in ihren Notizen. »Stellen wir fest, dass Ihr Bruder in Untersuchungshaft ist. Und Sie sind in den Fall verwickelt. Haben Sie etwas inszeniert und ihm Schuldgefühle eingeredet?«

»Was habe ich?«

»Haben Sie?«

»Ich wollte ihn davon abhalten, dass er sich stellt«, schoss es bitter aus Gregor heraus.

»Lassen wir die Spielchen, was wissen Sie?«

»David hatte üble Erinnerungsflashs und fühlte sich danach schlecht. Er weiß nichts. Was will er gestehen?«

»Dann sagen Sie uns, was er nicht weiß.«

»Ich habe nichts mit diesen Racheaktionen zu tun, die da irgendwer abzieht.«

»Sprechen wir über das, worin Sie verwickelt sind. Sie haben in Davids Vergangenheit geschnüffelt, was haben Sie entdeckt?«

Gregor biss sich auf die Lippen, schwieg.

»Reden Sie, Herr Frensen«, befahl Kante, schärfer als zuvor.

»Verdammt nochmal, ja, ich habe in seiner Vergangenheit geschnüffelt. Ich habe jemanden beauftragt, Bekannte und Orte aus der Vergangenheit meines Halbbruders ausfindig zu machen, sie zu überwachen.«

»Warum taten Sie das?«

Gregor knetete seine Hände. »Verstehen Sie denn nicht? Ich wollte wissen, wer mein Bruder ist, woher er kam ...«

Kante registrierte, dass Gregors Blick ihrem auswich, dass er versuchte, seine wahren Gründe auszuloten. Sie schoss die nächste Frage direkt hinterher. »Wie erfuhren Sie, dass Ihr Bruder adoptiert ist?«

»Ich fand Adoptionspapiere, in unserem Haus in der Toskana.« Diesmal kam die Antwort direkt.

»Wann war das?«

»Kurz vor dem Unfall unserer Eltern.«

»Gibt es einen Zusammenhang?«

»Nein, der Unfall passierte aufgrund von technischem Versagen, wir haben es untersuchen lassen.«

»Wir?«

»Wir Brüder, ja.«

»Wusste Ihr Bruder zu dem Zeitpunkt von seiner Adoption?«

»Nein, ich sagte es ihm später.«

»Daraufhin bekam er Flashs?«

»Die kamen früher. Ich sagte ja, ich las Notizen in seinem Pad. Ich habe keine Ahnung, was das bei ihm ausgelöst hat. So eng waren wir zu der Zeit nicht.«

»Haben Sie ihm deshalb nichts von der Adoption gesagt?«

»Das hatte einen anderen Grund.«

»Welchen?«

»Ich hatte es Mutter versprochen, sie wollte es ihm selbst beichten, dann passierte der Unfall, sie fiel ins Koma.«

»Warum haben Sie ihr Versprechen doch gebrochen?«

»Verdammt, ich ...« Gregor rang wieder nach Worten, schüttelte hilflos den Kopf. »Es kam so viel zusammen. Als ich diese Eintragungen in seinem Pad las - zufällig ...«

»Ja?«

»Ich musste es ihm sagen. David hatte keine Ahnung, dass er unbewusst in der Wahrheit herumstocherte.«

»Was sagten sie ihm?«

»Dass er adoptiert ist.«

»Was noch?«

»Dass er bei den Briecherts als Pflegekind war und später im Kloster ‚Zur Gütigen Mutter' gelebt hat.«

»Haben Sie von der Entführung der Briecherts gesprochen?«

»Keine Ahnung, wahrscheinlich.«

Kante blätterte angelegentlich in ihren Papieren, blickte auf. »War Ihr Bruder am Tatort auf dem Aussiedlerhof, bevor man die Briecherts fand?«

Gregor schwieg, an seiner Schläfe pochte eine Ader. Er griff nach irgendeinem Stift, legte ihn harsch auf die Tischplatte zurück, dann murmelte er leise: »Ich habe David nach Hause bringen lassen, nachdem er da draußen versucht hatte, ein Feuer mit bloßen Händen zu löschen. Er war wohl völlig neben sich.«

»Also war er am Tatort und Sie wussten davon?«

»Ja.«

»Was ist da draußen passiert?«

»Das weiß ich nicht.«

»Sagen Sie uns, was Sie wissen.«

»Dazu muss ich ein wenig ausholen ...«

»Nur zu.«

»Ich bat einen unserer Männer, sich auf dem Gelände umzusehen. Erich recherchierte ins Blaue hinein. Ich hatte ja keine Ahnung von den Gefangenen.«

»Wer ist Erich? Ein Vertrauter, ein Angestellter?«

»Ein alter Bekannter, wir sind quasi zusammen aufgewachsen. Er kennt auch David von Kindheit an. Ich traf ihn kürzlich zufällig und er bat mich um einen Job. Er arbeitet inzwischen hier.«

»Hat Erich Ihren Bruder da draußen gesehen?«

»Ja, er rief mich in der Nacht an, bevor Sie die Briecherts fanden. ... Er hat Sie übrigens verständigt, damit die Alten gerettet werden konnten.«

»Er war der anonyme Anrufer?«

»Ja.«

»Erich rief auch Sie an?«

Gregor nickte. »Er sah sich auf meine Anweisung hin da draußen um. Er kannte sich ja aus, war wohl selbst mal als Pflegekind bei den Briecherts.«

»Moment, Erich ist ein ehemaliges Pflegekind?«

»Ja, ich wusste das auch nicht. Er ist der Neffe unserer Haushälterin Lina. Er lebte später bei ihr und kam manchmal zum Essen zu uns.«

»Was heißt, er lebte später bei Ihrer Haushälterin?«

»Nachdem die Behörden sie als lebende Verwandte ausfindig gemacht hatten, holte Lina ihn zu sich. Davor war er einige Wochen bei den Briecherts. Davon hat er mir erzählt, nachdem die Sache mit David passiert war.«

Kante notierte: *‚Verbindung: Erich > Toni > Tierheim‘* ... sie blickte wieder auf zu ihm.

»Kann es sein, dass David und Erich zur gleichen Zeit bei den Briecherts waren?«

»Möglich. Aber Erich ist vier Jahre älter als David. Mein Bruder sah später anders aus und hieß anders.«

Kante nickte und sah auf ihre Notiz. »Hat Erich etwas mit einem Tierheim in Fechenheim zu tun? Fellnasen oder so ähnlich?«

Gregor blickte Kante verblüfft an. »Ja. Er hat da gearbeitet. Ehrenamtlich. Wieso?«

»Es gab kürzlich einen Tierschutzfall, bei dem das Tierheim geholfen hat«, wiegelte Kante ab und malte ein Ausrufezeichen auf den Zettel.

»Kommen wir zurück zur fraglichen Nacht. Was genau geschah auf dem Briecherthof.«

»Direkt vor der Scheune loderte ein Feuer. Erich sah einen Mann, der sich daran zu schaffen machte. Er näherte sich und erkannte David. Er habe das Feuer mit bloßen Händen löschen wollen. Erich zerrte ihn weg, nahm ihn in den Schwitzkasten, versuchte ihn zu beruhigen. David wurde ohnmächtig. Er schleifte ihn in die Scheune. Dort entdeckte er die Alten im Käfig, rief mich an und fragte, was er tun solle. Ich bat ihn, David nach Hause zu bringen.«

»Ist Erich so stark, dass er Ihren Bruder da wegzerren konnte? Ihr Bruder ist durchtrainiert und kräftig.«

»Ja, Erich ist größer und um etliches schwerer als David. Er macht bei uns eine Ausbildung zum Bodyguard. Der Mann ist zwei Meter groß und wirkt genauso breit. Ja, der konnte David überwältigen.«

»Wohin brachte er David? In Ihre oder in seine Wohnung?«

»In Davids Wohnung. Ich erwartete ihn dort, öffnete die Türe mit dem Code. Wir verfrachteten ihn ins Bett.

Gegen Morgen hat Erich angeblich die Polizei alarmiert, damit die Alten befreit wurden.«

»Tat er das von sich aus, oder baten Sie ihn darum?«

»Das war seine Entscheidung.«

»Waren Sie damit einverstanden?«

»Er hat nicht gefragt.«

»Haben Sie sich darüber geärgert?«

»Ja, verflucht nochmal! Es wäre klüger gewesen, wenn er sich da draußen auf die Lauer gelegt hätte. Das war sein Job.«

»Warum?«

»Vielleicht hätte er jemanden entdeckt. Jemanden, der involviert und schuldig war. Was weiß denn ich? Nachdem er Sie verständigt hatte, war es dafür zu spät. ... Aber er muss ja den Retter spielen, statt der Wahrheit eine Chance zu geben.«

»Was weiß David über diese Nacht?«

»Nichts.«

»Er hat daran keine Erinnerung?«

»Nein.«

»Stellten Sie ihn zu Rede?«

»Das war zwecklos. Er war völlig hinüber und brabbelte nur vor sich hin.«

»Riefen Sie einen Arzt?«

Gregor zuckte mit den Schultern, »vielleicht hätte ich das tun sollen, unter anderen Umständen ...«

»Warum taten sie es nicht?«

»Verdammt, ich wollte ihn schützen, falls er was damit zu tun hatte.«

»Mit der Folter an den Briecherts?«

»Immerhin war er da draußen.«

»Wussten Sie, dass das die Briecherts waren?«

»Nein. Erst als die Presse Bilder veröffentlichte, ging mir ein Licht auf.«

»Inwiefern? Dachten Sie, dass er seine ehemaligen Pflegeeltern entführt, eingesperrt und gequält hatte?«

»Ich hätte das wahrscheinlich getan. Wissen Sie überhaupt, was die den Kindern angetan haben?«

»Das wissen wir, Herr Frensen.«

»Haben Sie David gesagt, wo und in welchem Zustand Erich ihn gefunden hat?«

»Nein.«

»Warum nicht?«

Gregor zuckte mit den Achseln, mied den Blick der Ermittler. »Keine Ahnung, es war irgendwie nicht der richtige Zeitpunkt, es ging ihm wirklich mies.«

»Glauben Sie, dass David fähig war, die Alten zu quälen und zu brandmarken?«

Gregor zuckte unentschlossen mit den Schultern.

»Er ist nicht der Typ, der sich rächt.«

»Im Gegensatz zu Ihnen?«, setzte Wüst nach.

»Ich hätte die Alten wahrscheinlich mit dem Kopf zuerst in die Erde gerammt.«

Wieder übernahm Kante den Fragepart, diesmal mit einer direkten Frage: »Haben Sie Ihres Bruders Rächer gespielt?«

Gregor blickte verblüfft zwischen Kante und Wüst hin und her. »Das ist ein Witz, oder?«

»Nein. Haben Sie sich an seiner Stelle an den Briecherts gerächt?«

Gregors Lachen klang verächtlich. »Wenn einer von uns für den anderen den Kopf hinhält, dann David, das Schaf. Der hat mehr als einmal für mich den Sündenbock gespielt.«

Kante musterte den Mann vor sich genau. »Eine letzte Frage, Herr Frensen: Wissen Sie, wo Ihr Bruder zwischen letztem Samstag und Dienstag war?«

»Ja, er hatte am Wochenende bis einschließlich Dienstag Dienst im Dropout. Nur um die Mittagszeit nahm er sich zwei Stunden frei, um Mutter in der Klinik zu besuchen; er hat da einen ganzen Blumenladen hingeschleppt.«

»Woher wissen Sie, dass er Dienst hatte?«

»Ich muss die Zeiten mit ihm koordinieren, weil er formal die Geschäfte bei Frensen führt und Unterschriften zu leisten sind. Dafür muss er erreichbar sein. Im Dropout darf ich nur übers Festnetz anrufen und muss in der Zentrale fragen, ob ich keine Therapiesitzung störe. Handy ist während seiner Dienstzeiten reserviert für Dringendes. Unterschriften gehören in Davids Welt nicht dazu.«

Kante beobachtete ihn. »Gut, das war's vorerst. Können wir noch mit Ihrem Angestellten reden? Mit Erich?«

»Der ist sauber, machen Sie sich keine Mühe.«

»Ich würde dennoch gerne mit ihm sprechen, ist das möglich? Jetzt gleich?«

Gregor telefonierte kurz. »Holst du Erich Hoch für ein paar Minuten aus dem Training? Er soll ins kleine Konfi im Erdgeschoss kommen.«

»Herr Hoch, ich bin Christina Kante von der Soko ‚Racheengel'. Vielen Dank, dass Sie mit uns sprechen. Ich weiß, dass Sie Tonis Informant sind, und respektiere, dass Sie sich nicht offiziell mit uns austauschen möchten.«

Erich nickte. »Dann wissen Sie auch, dass meine Bewährung aufgehoben und meine Akte sauber ist?«

Kante traf Erich alleine in dem Besprechungszimmer. Wüst hatte sie vorausgeschickt zum Wagen. Erich trug einen Trainingsanzug. Sein nervöses Gehabe nötigte Kante ein beruhigendes Lächeln ab. »Darum geht es nicht, Herr Hoch. Es geht auch nicht um Ihre Aktivitäten im Tierschutz. Sagen Sie mir nur, wie Sie auf die Verbindung zwischen dem illegalen Welpen-Handel und den früheren Missbrauch-Taten auf dem Briecherthof kamen?«

»Bevor wir den Behörden die Missstände in der Hundehaltung meldeten, haben wir das Gelände beobachtet. Ich wusste, dass auf dem Hof früher Kinder verschachert wurden, hab es ja selbst erlebt. Also sah ich mich ein bisschen um.«

»Wo genau?«

»In den oberen Räumen, da wo wir hin mussten, wenn Besuchstag war. Es war leer bis auf ein paar Regale mit Schundromanen. Da kann man gut was verstecken.«

»Was gefunden?«

»Ja, Katalogseiten. Sind wahrscheinlich aus einer Akte gerutscht. Nur drei Seiten und eine zerrissene vierte Seite. Mit Bildern von Kindern, sehr kleinen Kindern. Mädchen und Jungen mit Preisen, Nummern und Geburtsjahr. Die Kinder sind alle zwischen 2003 und 2005 geboren.«

»Haben Sie das jemandem gemeldet?«

»Der Ortspolizei von Seligenstadt.«

»Und?«

»Nichts, und.« Erich ballte die Fäuste.

»Was ist passiert?«

»Sie fragten, wie ich da drangekommen sei, haben mich wie einen Verbrecher behandelt.« Erich biss sich auf die Lippen. »Wir waren ja illegal auf dem Gelände, ich durfte nicht ins Haus. Da hab ich Schiss gekriegt, hab den Kram genommen und bin gegangen.«

»Sind die Katalogseiten noch in Ihrem Besitz.«

»Ja.«

»Würden Sie sie uns überlassen, wenn ich Ihren Namen raushalte?«

Erich nickte. »Ich hab die Seiten zuhause, wusste ja nicht, wem ich sie zeigen sollte.«

»Weiß jemand davon?«

Erich zögerte. »Ich möchte niemandem Schwierigkeiten machen.«

»Es bleibt unter uns, wer weiß davon?«

»Nur Jonas, mein Kollege im Fellnasen.«

»Wieso er?«

»Er war Pflegekind wie ich und hat mir den Job besorgt.«

»Wie hat er reagiert?«

»Entsetzt. Er sagte, da müssen wir was machen.«

»Hat er was gemacht?«

Erich zuckte mit den Schultern. »Ich gab ihm Tonis Nummer, er weiß mehr als ich, war viel länger da und kennt Namen.«

»Ich spreche mit ihr. Ach ja, wie hieß der Beamte, dem sie sich anvertraut haben?«

»Klotz, Fred Klotz. Ein Arsch erster Güte.«

»Das Gefühl habe ich auch. Und keine Sorge, niemand will Sie drankriegen. Herzlichen Dank für Ihre Offenheit. Falls Ihnen noch was einfällt, rufen Sie mich an.« Kante reichte ihm ihre Karte und kritzelte ihre private Handynummer darauf. »Kann ein Kollege die Katalogseiten morgen bei Ihnen abholen?«

»Ja.«

»Lebt da draußen auf dem Hof eigentlich noch jemand?«

Erich runzelte die Stirn. »Da lungerten zwei abgerissene Typen rum. Der eine könnte identisch sein mit dem, den sie später wegen des illegalen Welpen-Handels verhaftet haben. Den Größeren sah ich nur kurz von hinten. Grober Typ, niemand, dem man alleine im Dunkeln begegnen möchte. Und es war dunkel.«

»Würden sie ihn wiedererkennen?«

»Eher nicht. Wir waren nur nachts da, haben Fotos gemacht und den Rest dem Veterinär und den Behörden überlassen.«

Kante drückte Wüst die Autoschlüssel in die Hand. »Wir fahren jetzt in die Klinik.« Sie schmunzelte. »Genieß deine letzte Fahrt, bevor wir dich mit Schläuchen ans Bett fesseln.«

Sein Grummeln überhörte sie in sich hineinlächelnd und rief in der Dienststelle an. Sie fragte nach Tonis persönlichen Sachen, die sie in den Tunneln gefunden hatten. Die Handtasche und die Ausrüstungsgegenstände, mit denen sie sich durch die Erde gebuddelt hatte, waren auf Fingerabdrücke untersucht worden.

»Wenn der Täter diese Gegenstände angefasst hatte, trug er Handschuhe«, teilte ihr der zuständige Kriminaltechniker mit.

Auch auf dem iPhone befanden sich nur Abdrücke von Toni, Viktor und Pietro. Die Untersuchung der Näpfe und Wasserflaschen, die man in den unteren Tunneln entdeckt hatte, war noch im Gange.

Sie bat um Abzüge der Fotos aus dem Smartphone Speicher. »Schickt jemanden aus Wolfs Team damit zur

Uni-Klinik nach Frankfurt, er soll auf mich im Empfang warten.«

»Hat das nicht Zeit bis morgen?«, wollte der Kriminaltechniker wissen. »Wir sind hier ziemlich dicht.«

»Nein, ich brauche das iPhone und den Akkulader sofort.«

»Na geht doch«, drückte sie das Gespräch weg.

Dann rief sie Schön an. »Lars, ich habe eine etwas pikante Aufgabe. Ich brauche einen Zivilbeamten, der einen Umschlag bei einem Informanten abholt, ohne dass dessen Name in den Akten auftaucht.«

»Das Material muss mit verschwundenen Kindern abgeglichen werden.«

Sie lauschte, nickte. »Ich schick dir die Adresse per SMS.«

Endlich gab Wüst sein leises Grummeln auf. »Kann ich doch machen, oder?«

Kante grinste. »Nur, wenn du dich klonen lässt. Wir brauchen dich in der Klinik, vergessen?«

Wüst biss sich auf die Lippen.

»Was ist?«

»Weihst du mich ein, was dieser Erich gestanden hat?«

»Ach das«, wiegelte Kante ab, um Erich wie versprochen aus den offiziellen Untersuchungen raus zu halten. »Das war eine Sackgasse, der weiß nichts.«

»Mm«, brummelte Wüst und bog ab Richtung Gartenstraße, wo Kante ihn bat, kurz anzuhalten.

Sie stieg aus, eilte über die Straße und verschwand in einem Café, dessen Eingang mit Palmen gesäumt war. Nach fünf Minuten kam sie mit einem in rosa Einschlagpapier verpackten Paket zurück.

»Stopp! Meine Patientin braucht Ruhe, Ihre Geschenke können Sie da lassen. Aber Sie kommen da jetzt nicht mehr rein, versuchen Sie es morgen.«

Die resolute Schwester mit dem Namensschild Theodora baute sich vor Kante auf, die sie um einen Kopf überragte.

»Nur ganz kurz, ich bin sicher, Ihre Patientin möchte mich gerne sehen.«

Schwester Theodora musterte sie von oben bis unten und griff ihr mit grimmigem Blick unter die Jacke.

»Was ist das bitte? Wollen Sie hier jemanden abknallen?« Kante staunte. Die Schwester hielt ihr die Dienstwaffe mit dem Knauf zuerst hin.

»Nichts da Herzchen, so haben wir nicht gewettet.«

In dem Moment kam Pietro aus dem Krankenzimmer. »Schwester Theodora, darf ich vorstellen, das ist die leitende Kommissarin Christina Kante von der Soko.«

»Das kann man ja nicht wissen. Die Frau Kommissarin trägt ja nicht mal eine Uniform. Passen Sie das nächste Mal besser auf die Knarre auf.« Missbilligend schüttelte sie den Kopf und beobachtete, wie Kante ihre Waffe wieder im Holster verstaute. »So was will Kommissarin sein. Im Fernsehen laufen die nicht so schlampert rum.«

Erst dann gab sie Eingang zu Tonis Krankenzimmer frei. »Ich komme in zehn Minuten nachsehen. Wenn meine Patientin bis dahin nicht schläft, werfe ich Sie eigenhändig raus.«

»Wollen wir die abwerben für unsere Aktion Rattenfalle?«, lachte Kante perplex, nachdem Theodora im Schwesternzimmer mit grimmigem Tippen auf die Uhr verschwunden war.

»Theodora ist ein Unikum, ich hatte darum gebeten, dass sie ein Auge auf unsere Patientin hat.«

»Gute Idee. Kann ich zu ihr?«

»Ja, sie wartet schon.«

»Was ist damit?« Sie wies auf ihr Kuchenpaket. »Darf sie das essen?«

»Wenn es ihre Diätpläne nicht über den Haufen wirft.«

»Diätpläne?«

»Sie hat sich heute mit seligem Blick auf die Waage gestellt. Oder besser, stellen lassen. Wir mussten ihr helfen. Sie bestand darauf, ihr Federgewicht zu bestaunen.«

Kopfschüttelnd betrat Kante ein Zimmer voller Luftballons, Blumen und italienischer Spezialitäten. Offenbar war der Amato Clan bereits vollständig da gewesen. Toni war an einen Tropf angeschlossen, ihre Augen lagen in tiefen Höhlen und wirkten riesengroß in dem blass gewordenen Gesicht. Sie erschrak, riss sich zusammen und lächelte breit, als Toni den Kopf müde zu ihr drehte: »Hi Toni, wie viel Pfund hast du abgenommen?«

»Acht. Ich passe jetzt locker in meine engsten Jeans. Wenn ich das nicht alles wegnasche.« Sie wies lahm auf die vollgestellte Anrichte.

»Was ist mit Nervennahrung, garniert mit Früchten?« Kante öffnete das Kuchenpaket. »Mit lieben Grüßen von Cicero.«

»Hast du auch eine Kuchengabel?«

»Ja, liegt dabei.«

»Her damit«, bat Toni und griff mit zitternden Händen zu.

Kante half ihr dezent und fragte vorsichtig: »Darf ich dir einige Fragen stellen oder soll ich morgen wiederkommen?«

»Bleib bitte, ich habe einiges herausgefunden. Und ich brauche dringend das iPhone. Pietro sagte, ihr habt es mitgenommen zur Untersuchung?«

»Ich habe es dabei, mit Ladekabel.« Kante nahm vorsichtig den Kuchenteller weg, Toni hatte nur zwei Bissen gegessen.

»Kannst du auch mein Notebook reinschmuggeln?«

Kante nickte. »Ich spreche das mit Pietro ab.«

Toni zog ein Gesicht. »Der hält davon nichts, ich solle erst gesund werden.«

»Sehe ich auch so. Wozu brauchst du es?«

»Da sind Notizen drin. Ich will schreiben ...«

»Über den Racheengel?«

»Auch. Vor allem über die ‚Gebrannten Kinder.'«

»Wenn ich es nicht schaffe, dir dein Notebook reinzuschmuggeln, bekommst du einen adäquaten Ersatz. Du musst es nur vor Theodora verstecken.«

»Auweh. Hast du sie kennengelernt?«

»Sie hat mich entwaffnet.«

»Nee?«

»Doch. Und gleich wirft sie mich raus.« Kante zeigte Toni die Fotoausdrucke der Aufnahmen von ihrem Handy. »Beeilen wir uns besser. Ist einer von denen der Racheengel? Der gutaussehende Blonde oder der Riese?«

Toni wies auf den Mann, der auf dem Foto Frank Mies nacktem Körper mit einer Zange die Kronjuwelen abknipste.

»Hast du einen Namen?«

»Ich nannte ihn Rübezahl. Sein richtiger Name ist wahrscheinlich Richard. Den Nachnamen kann dir der blonde Adonis sagen. Das ist Jonas Kutscher. Ich habe ein Brunch-Date mit ihm verpasst.«

»Du kennst ihn näher?«

»Er hat mich im Boxclub getroffen. Wir verbrachten die Nacht zum Samstag miteinander.«

»Aha?«

»Redend. Wir haben die ganze Nacht geredet. Er hat nicht mitbekommen, dass ich Fotos machte, er war vertieft in seine Geschichte.«

»Ich kenne Jonas Kutscher«, wunderte sich Kante. »Jonas hat dich im Boxclub getroffen, als wir verabredet waren?«

»Sorry, ich hätte warten sollen.«

»Darüber reden wir ein andermal. Was hast du rausgefunden?«

»Ich weiß, wie ihr den richtigen Täter identifizieren könnt. Sein Brandzeichen unterscheidet sich. Und er hat Buch über die Brandopfer geführt.«

»Aufzeichnungen?«

»Viel markanter. Er brannte für jeden Jungen, dem er persönlich das Brandzeichen gesetzt hatte, mit dem Eisen Kerben in das Gebälk.«

»Sekunde.« Kante rief Schön an. »Lars, unsere Männer sollen auf dem Hof in der alten Scheune nachsehen, ob es Brandkerben an den Balken gibt. Lass sie Abdrücke nehmen und mit den Brandwunden der Opfer abgleichen.«

Toni gestikulierte, »Ich habe noch einen Tipp.«

»Moment Lars, ich stell auf Lautsprecher, ich bin bei Toni Amato, sie hat noch was Wichtiges für uns.«

»Hallo Frau Amato, Schön hier«, meldete er sich.

»Hallo Herr Kommissar, wenn die Größe des Unendlichkeits-Motivs übereinstimmt, heißt euer Täter Richard. Er hat das größere Eisen niemals aus der Hand gegeben. Ich schätze, es misst etwa elf bis zwölf Zentimeter.

Sollten die Brandmahle an den Opfern deutlich kleiner sein, gibt es mindestens zwei Täter.«

»Danke Frau Amato, das hilft uns enorm.«

Kante beendete das Gespräch und überlegte laut. »Falls sich das bestätigt, wäre David Frensen entlastet.«

»David Frensen, was hat der damit zu tun?«

»Er hat sich gestellt.«

»Als was?«

»Als vermeintlicher Racheengel.«

»Dave? Niemals! Der kann nicht mal einer Fliege was antun.«

Schwester Theodora betrat das Zimmer. »Schluss jetzt.« Mit den Armen wedelnd, scheuchte sie Kante hoch.

»Raus jetzt Frau Kommissarin, meine Patientin braucht Ruhe.«

»Noch eine Sekunde«, bat Kante.

Theodora tippte auf die Uhr, verschränkte die Arme vor ihrem Busen und baute sich abwartend auf.

»Toni, wie gut kennen sich Erich und Jonas?«

»Sie arbeiten zusammen im Tierheim Fellnasen.«

»Danke, und jetzt schlaf und werde gesund. Ich komme morgen wieder. Und wenn dir noch was einfällt ...« Sie wies hinter Theodoras Rücken auf das eingepackte iPhone.

»Warte, was ist mit dem Mann, du weißt schon?« Toni blickte verschwörerisch auf Theodora und zurück zu Kante.

»Wir konnten ihn bergen, er wird intensiv bewacht und betreut.«

»Auch hier in der Klinik?«

»Raus jetzt«, fuhr Theodora dazwischen.

***

Schön und Kante beobachteten David, geschützt durch einen Einwegspiegel. David sah übernächtigt aus. Aber seine Augen waren klar. Er hatte sich rasiert, frische Kleidung angezogen, wirkte gepflegt wie zwei Tage zuvor.

»Der Mann braucht einen Kaffee und was Besseres als unseren Anstaltsfraß«, beschloss Kante.

Schön blickte sie fragend an.

»Lass uns die Scharade beenden. Tonis Aufnahmen zeigen einen völlig anderen Typen.« Sie tippte auf eine Tüte, die sie mitgebracht hatte. »Füttern wir ihn mit Brötchen vom Bäcker und Informationen, vielleicht gibt er uns den vollständigen Namen des echten Racheengels.«

David rührte die angebotenen Gebäckstücke ebenso wenig an wie den Kaffee, den Kante ihm eingoss.

»Haben Sie die kleine Amato gefunden, geht es ihr gut?«, war das Einzige, was ihn interessierte.

Schön erlöste ihn. »Sie war da, wo Sie vermutet haben.«

»Geht es ihr gut?«

»Ja.«

»Wo genau war sie?«

»In den Tunneln.«

»Tunnel?«

»Direkt neben der Scheune.«

»Ich weiß, dass da ein Kriechkeller ist, aber der war zugemauert. Wir versuchten ein paar Hunde zu verstecken, die sie verkaufen wollten.«

»Die Tunnelanlage kennen Sie nicht?«

»Nein.«

»Woran erinnern Sie sich genau?«

Eine Regung zuckte über Davids Gesicht, er wischte sich irritiert über die Stirn. »An ein Feuer.«

»Bei der alten Scheune?«

David sah auf seine Hände.

»Waren Sie noch einmal dort, Herr Frensen?«

Er zögerte. »Das ist seltsam, ich weiß es nicht. Klar ist nur eine Erinnerung, die ich notiert habe. Ich war noch klein, sie haben mich dahin gebracht. Da ist auch diese Sache mit dem Hund passiert. Ich wachte auf, als er über mich herfiel ...«

»Die Zweite ...?«, er schüttelte den Kopf, auf seiner Stirn erschienen Schweißtropfen, seine Hände zitterten. »Das muss einer dieser Alpträume gewesen sein.«

Kante und Schön warfen sich einen Blick zu. Kante kritzelte etwas auf ihren Block, ließ Schön einen Blick draufwerfen: ‚Schizophren oder Drogen'?

Er ging darauf ein: »Herr Frensen, hatten Sie in letzter Zeit ähnliche Ausfälle, verbunden mit körperlichen Reaktionen?«

»Ja, ich habe sogar mein Blut testen lassen und warte auf den Befund. Doktor Kleinmann müsste Montag aus dem Urlaub zurück sein. Ich hatte ihm auch das leichte Schlafmittel zur Untersuchung mitgegeben, das ich hin und wieder nehme.«

»Dürfen wir die Ergebnisse einsehen?«

»Ich stelle sie Ihnen zur Verfügung.«

Kante übernahm. »Herr Frensen, Sie sagten, dass Sie nicht sicher sind, ob Sie als Täter infrage kommen. Nach jetzigem Kenntnisstand bezweifeln wir, dass Sie der Racheengel sind. Aber vielleicht sind Sie in die Taten verstrickt. Würden Sie uns helfen, das aufzuklären?«

»Selbstverständlich.« David schien verblüfft.

»Wie gut erinnern Sie sich an weitere Pflegekinder?«

David lachte bitter auf. »Einer von ihnen hat sich förmlich in mein Fleisch gebrannt.« Er schob den Ärmel seines T-Shirts hoch und zeigte ihnen ein verblasstes Mal. Es war erheblich kleiner und sauberer eingebrannt als die Wundmale die der Racheengel hinterlassen hatte. Das Motiv war identisch: eine querliegende Acht, das Zeichen für Unendlichkeit.

»Wissen Sie, wer das eingebrannt hat?«

»Ja, und er tat es nicht freiwillig. Richie hat ihn gezwungen. Er war mein einziger Freund, ich nannte ihn Jon. Er hieß nicht so, aber ich konnte seinen Namen nicht aussprechen.«

Kante und Schön warteten einvernehmlich ab.

Davids Gesicht schien weit entfernt. Er rang nach Worten. »Ich wachte durch den Schmerz auf. Die meiste Zeit war ich irgendwie nicht in meinem Körper. Ich bekam zwar mit, dass sie über mich sprachen, aber so richtig realisiert habe ich es, als er mich aus dem Käfig zog ...«

Er schwieg.

»Was passierte danach?«

»Das Brennen tat nur kurz weh, ich war sofort wieder weg. Später sah Jon nach mir. Er hatte eine Creme gestohlen, die den Schmerz linderte. Er entschuldigte sich und erklärte: ›Ich musste es tun, sonst hätte Richie uns beide mit dem Eisen bearbeitet. Und sein Eisen ist viel größer.‹«

»Richie war der ältere Junge?«, fragte Kante.

»Ich glaube, sein richtiger Name war Richard. Ich habe die Pflegeeltern nach ihm rufen hören.«

»Wissen Sie auch seinen Nachnamen?«

David schüttelte den Kopf. »Nein, er war einfach Richie. Er spielte mit uns und stachelte uns gegeneinander auf. Nur Jon nahm mich vor den anderen in Schutz.«

»Haben Sie mehr über Jon erfahren, später?«

»Die Nonne holte ihn, einige Wochen, bevor sie auch mich entdeckte.«

»Wissen Sie inzwischen Jons richtigen Namen, vielleicht sogar seinen Nachnamen?«

»Ja, er sagte ihn mir, bevor Schwester Ariadne sich mit mir in ihrer Zelle einsperrte.«

»Was ist damals passiert?«

»Marissa, meine Mutter, hatte versprochen, dass sie mich abholen würde. Ich wusste nur nicht wann. Jon hat mir Bescheid gesagt, nachdem er ein Gespräch zwischen der Klosterleiterin und der Nonne belauscht hatte.«

»Schwester Ariadne?«

»Ja. Seit sie von der Adoption wusste, kümmerte sie sich noch intensiver um mich. Ich sei auserwählt, gezeichnet, und sie habe den Auftrag von Gott, mich vor der Welt zu retten. Das wiederholte sie ständig. Und ich musste es nachsprechen - so gut ich konnte ...«

Kante und Schön ließen ihn abschweifen, gaben ihm allenfalls ein Stichwort. »Warum konnten Sie nicht richtig sprechen?«

David wies auf sein perfekt rekonstruiertes Kinn. »Ich hatte eine Verletzung, die es mir unmöglich machte, bestimmte Laute zu bilden.«

»Jon sagte ihnen also, wann Ihre Mutter sie abholen wollte.«

»Ja, er kam zu mir in die Kapelle ... er war aufgeregt, kniete sich zu mir und flüsterte mir zu: ›Deine neue Mama bringt dich heute weg von hier. Und wenn ich älter bin, treffen wir uns und sind Freunde, so wie jetzt. Für immer.‹

Ich nickte nur, dachte daran, dass ich Jon verlieren würde, und fragte ihn. ›Und du?‹

›Ich bleibe hier‹, antwortete er. ›Aber ich bin fast elf, bald kann ich auch fort und besuche dich. Merk dir meinen Namen. Ich bin Jonas Kutscher. Sag deiner neuen Mama, dass ich ein Freund bin.‹«

»Dann kam Ihre Mutter?«

David nickte. »Ich hatte meine zwei Hosen und mein Kleiderbündel gepackt und wartete auf sie im Speisezimmer. Ich wusste ja nicht, ob man bei Eltern etwas zum Anziehen bekommt. Ich wollte ordentlich sein, damit sie mich mochten. Die anderen Kinder lästerten. ›Du kommst hier nie weg. Gleich kommt die schwarze Nonne und sagt, dass Gott dich nicht aus den Klauen lässt, solange du ins Bett machst.‹ Ich versuchte nicht hinzuhören, starrte auf die Tür und wartete darauf, dass ich weg konnte.

Dann kam die Nonne. ›Angelo, mitkommen‹, rief sie. Sie packte mich am Arm, riss mich hoch. Ich kam nicht mehr dazu, mein Kleiderbündel zu packen. Sie zerrte mich nach draußen und ich betete stumm: ›Danke Gott, dass du mir eine Mama schickst.‹

... Entschuldigen Sie, dass ich so weit aushole«, wachte er aus der Vergangenheit auf, wischte sich über die Augen und sah verständnisheischend zu den beiden Kripobeamten.

»Wie ging es weiter?«, ermunterte ihn Kante.

»Sie hat sich mit mir in ihrer Zelle eingeschlossen, den Holztisch vor die Tür geschoben und das Fenster verbarrikadiert.«

»Sie ließ sie nicht zu Ihrer Mutter?«

»Nein. Mit meinem heutigen Wissen würde ich sagen, sie war hochgradig schizophren und litt unter einer speziellen

Art von Gotteswahn. Oder wie man früher sagte: Sie war besessen.«

»Erinnern Sie sich, wie Sie freikamen?«

»Bruchstückhaft. Ich sehe Bilder, wie sie sich vor mir geißelte, ihre Gewänder von sich riss, sich mir darbot und rief: ›Sieh hin, ich bin die Dienerin Gottes ...‹

Sie hatte keine Haare, war rasiert vom Kopf bis zur Scham. Ihr weißer Körper war übersät mit blutigen Striemen. Ich hatte nie etwas Schrecklicheres gesehen, außer bei den Hunden, die sie auf dem Hof oft ähnlich zurichteten. Aber die hatten wenigstens ein Fell. Schwester Ariadne war nackt ... nur weißes Fleisch und rote Male. Doch das war nicht das Gruseligste ...«

David sah in die Ferne, bevor er mit leiser Stimme fortfuhr. »... Vor meinen Augen ritzte sie sich mit einem kleinen Skalpell. Sie schnitt damit eine wulstige Narbe, die dem Brandmal auf meinem Arm glich, erneut auf und präsentierte mir mit aufgerissenen Augen die blutende Wunde. ›Sieh her, der Herr befahl mir, ein Zeichen zu setzen. Wir sind verbunden bis in alle Ewigkeit - im Licht.‹«

»Was taten Sie?«

»Ich starrte auf das Messer. Dachte, es ist so weit, jetzt nimmt sie mich mit zu Gott. Zu ihrem schrecklichen Gott.«

»Hat man sie gefunden?«

David schwieg, schien weit weg zu sein.

»Was geschah dann?«

»Ich weiß es nicht, ich kann mich nicht erinnern.«

»Sprachen Sie je darüber?«

»Ich glaube nicht. Nein. Meine nächsten Erinnerungen beginnen an einem anderen Ort, in einer Klinik, wahrscheinlich wurde ich dort behandelt.«

»Haben Sie je wieder etwas von Jonas Kutscher gehört?«

»Nein, niemals mehr.«

In Davids Augen standen Tränen, als er in die Gegenwart zurückkehrte. »Er war der Einzige, der mich so mochte, wie ich geworden war. Hässlich und verunstaltet, scheinbar zurückgeblieben.«

»Herr Frensen, wir haben Jonas Kutscher gefunden.«

Kante verständigte sich mit einem Blick auf Schön und zog aus ihrer Mappe einen Fotoausdruck hervor. Es war eines der Fotos, die Toni aufgenommen hatte.

David starrte auf den Ausdruck. »Das ist Jonas?«

»Erkennen Sie ihn?«

»Ich sah ihn auf der Treppe im Krankenhaus.«

»Wann, in welchem Krankenhaus?«

David zuckte zurück und schüttelte heftig den Kopf. »Nein, ich möchte Jonas nicht belasten, nicht ihn ...«, er raufte sich die Haare. »Das ist nicht der Mann, der die Briecherts mit der Luftspritze getötet hat, nicht er.«

»Was meinen Sie damit?«

»Jonas hätte niemals wie ein Metzger in den Venen der Alten herumgestochen.«

»Wenn er unschuldig ist, wird sich alles aufklären. Aber sagen Sie uns bitte genau, wann Sie ihn gesehen haben.«

David seufzte. »Er kam mir auf der Treppe im Krankenhaus entgegen, als ich auf dem Weg zu den Briecherts war. Ich traf ihn zwischen dem ersten und dem zweiten Stockwerk.«

30

DER WERFE DEN ERSTEN STEIN

13. - 15. Juli

Jonas hatte Gründe abzutauchen. Gründe, für die er sich schämte. Er war gekränkt. Eine Frau hatte ihn dazu gebracht, sich zu öffnen; er hatte ihr mehr offenbart, als irgendeinem Menschen zuvor. Sie hatte ihn verschaukelt, ihn versetzt. Er hatte überlegt, sie anzurufen, sinnierte darüber, Ihr eine SMS zu senden, wie er es zuvor als Jon getan hatte.

Sogar um ihr Wohnhaus war er geschlichen, nachdem er stundenlang vergeblich auf sie gewartet hatte. Er hatte dem maunzenden Kater ein Schälchen Futter hingestellt und sie für oberflächlich und verantwortungslos gehalten, weil sie ihren Kater vernachlässigte für ein vermeintlich nettes Wochenende.

Als man ihn von den Hunden wegrief, es sei Besuch für ihn da, keimte Hoffnung in ihm auf. Vielleicht war sie es ja?

Die vage Bekannte aus dem Boxclub, die ihm stattdessen die Hand reichte, kannte er nur als ‚Karatefrau', die strikt nur Frauen unterrichtete. »Hi, willst du zu mir?«, fragte er lustlos.

»Hallo Jonas. Ja, ich bin dienstlich hier.«

»Wegen eines Kurses?«

»Nein, wegen meines Hauptberufs.«

Er krauste fragend die Stirn.

»Ich bin Kommissarin bei der Soko.« Sie zeigte ihm ihren Ausweis. »Ich muss dich offiziell befragen. Können wir irgendwo ungestört reden?«

»Ja, komm mit.« Jonas Gedanken überschlugen sich. Er versuchte es lässig zu überspielen und winkte eine Kollegin herbei. »Katrin, ist jemand in der Futterküche der Quarantäne?«

Sie schüttelte den Kopf. »Im Moment nicht.«

»Übernimm bitte, ich bin in einer Besprechung.« Er wies zu der Tür, auf der ‚Betreten verboten' stand. »Da lang.«

Er führte Kante zu einem gekachelten Vorraum und reichte ihr einen grünen Plastikkittel und Überschuhe. »Wir müssen darauf achten, dass keine Krankheitskeime von außen eindringen und keine nach draußen getragen werden.« Er streifte sich Einmalhandschuhe über und bot Kante den Entnahmekarton an. »Ist auch zu deinem Schutz.« Er eilte voraus, vorbei an Zwingern, in denen Hunde in unterschiedlicher Verfassung vor sich hindümpelten oder aufgeregt zu den Gitterstäben eilten.

Am Ende des Ganges betraten sie einen Wirtschaftsraum, in dem Futter gestapelt war. Neben den Spülbecken türmten sich Essgeschirr, Aufbewahrungsboxen und Schlafkörbe.

Jonas bot ihr einen der Hocker an, die rechts und links eines Holztischs aufgereiht standen. Die Schneidebretter und

Messer zwischen sich. Sie warf einen unbehaglichen Blick darauf.

»Wir benutzen sie nur zum Futter schneiden«, beruhigte er sie. Sein Lächeln erreichte weder Mundwinkel noch seine Besucherin. »Also, warum bist du hier.«

»Ich leite die Soko Racheengel. Uns ist bekannt, dass du als Pflegekind bei den Briecherts warst. Wir wissen auch, dass du darüber mit Toni Amato gesprochen hast.«

»Hat sie mich verpfiffen?«, kam es bitter aus ihm heraus.

»Was hätte sie ‚verpfeifen' sollen?«

»Sehr Persönliches. Ich habe mich ihr anvertraut, mich ausfragen lassen.«

»Sie ist Journalistin, keine Beichtschwester.«

»Weiß ich. Aber was ich ihr erzählt habe, war nicht für die Kripo bestimmt.«

»Für wen dann?«

»Ich war so naiv zu glauben, dass die Opfer eine Stimme bekommen. Durch Toni.«

»Das werden sie auch.«

»Ja klar, und deshalb ist sie abgetaucht, nachdem sie mich ausgequetscht hatte.«

»Und sie hat eine Verabredung nicht eingehalten«, schmunzelte Kante, die ahnte, was ihn beschäftigte.

»Richtig, sie hat mich versetzt.«

»Hast du eine Vorstellung, wieso?«

Kante ließ ihn zappeln. Sie wusste, er hatte Toni nicht im Erdreich begraben. Unklar war, ob er Kontakt zu dem gesuchten Richard hatte. Sie hoffte es ausschließen zu können. Deshalb reizte sie ihn und beobachtete seine Reaktionen. Im Moment sah sie nur einen Mann, der sich aufführte wie ein zurückgestoßener Liebhaber.

Sie wiederholte ihre Frage. »Weißt du, warum sie dich versetzt hat?«

»Keine Ahnung, manche Frauen gehen über Leichen, um Karriere zu machen. Andere spielen dir Interesse vor, dabei interessiert sie nur der nächste Artikel.«

Sie schüttelte leicht den Kopf. »Du irrst dich.«

Er wirkte erstaunt.

»Was, wenn Toni einem deiner Tipps nachging und da draußen auf dem Gelände dem Racheengel begegnet ist?«

Jonas Augen weiteten sich. »Ist ihr was zugestoßen?«

»Ja.«

»Ist sie ...?«

»Wir haben sie noch rechtzeitig gefunden«, beruhigte Kante ihn. »Sie war eingesperrt in den Tunneln neben der alten Scheune auf dem Briecherthof.«

»Wie lange?«

»Von Samstag bis Donnerstagmorgen.«

Jonas starrte sie an, schlug sich mit der flachen Hand an die Stirn. »Verdammt, ich bin ein Idiot. Wie geht es ihr?«

»Momentan kuriert sie in der Uniklinik eine schwere Sepsis aus, es besteht keine Lebensgefahr mehr.«

»Kann ich zu ihr?«

»Ja, über deinen Besuch freut sie sich bestimmt. Doch zuerst beantworte mir noch paar Fragen.«

»Klar. Tut mir leid, sonst lasse ich mich nicht so gehen.«

»Ich weiß.« Kante schmunzelte leicht. »Der schöne Jonas. Der unnahbare Jonas, ich kenne deinen Ruf.«

Er winkte ab. »Darauf gebe ich nichts, das hier ist mein wahres Leben.«

»Reden wir über deinen Job hier.«

»Ja?« Er sah sie irritiert an.

Sie fragte direkt: »Ist Erich da?«

»Erich?« Er blickte betroffen auf. »Nein, der arbeitet nur noch sporadisch im Fellnasen, er macht eine Ausbildung zum Bodyguard.«

Sie überging seine Reaktion, machte weiter. »Seid ihr Freunde?«

»Ja, er war kurz bei den Briecherts, bevor ich ins Klosterkinderheim kam, danach haben wir uns aus den Augen verloren. Irgendwann stand er in der Anmeldung und fragte nach mir.«

Er zögerte. »Ich sag es dir lieber, ehe du es herausfindest. Es ist ja nicht wirklich illegal, was wir machen.«

»Tierschutzaktionen?«

»Du weißt davon?«

Sie nickte, wartete ab.

»Wir sind oft undercover unterwegs, um Missstände aufzudecken und Tieren zu helfen. Immer noch, obwohl er diesen Job hat.«

Er sah unsicher zu Kante hinüber. »Das ist nicht dein Ressort, oder?«

»Nein, solange ihr dabei niemanden umbringt, foltert oder kastriert.«

Jonas atmete aus, sein misstrauischer Zug glättete sich. »Gut, ich dachte schon ...«

Kante unterbrach ihn. »Ich bin nicht hinter Tieraktivisten her.« Leise fügte sie hinzu. »Im Morddezernat verfolgen wir oft ähnlich fehlgesteuerte Individuen. Meist erst, wenn ihnen Tieropfer nicht mehr genügen ...« Sie zögerte, bevor sie mit normaler Stimme fortfuhr: »Was für ein Mensch ist Erich?«

»Einer der anständigsten und zugleich mutigsten Kerle, die ich kenne.«

Sie nickte leicht. »Kennst du David Frensen?«

»Hat der was mit Erichs neuem Arbeitgeber zu tun?«

»Indirekt, er ist einer der beiden Söhne.«

»Nein, nie gehört. Er sprach mal von einem Gregor Frensen, der ihn eingestellt hat.«

»Was ist mit Angelo Bern?«

Jonas starrte sie mit offenem Mund an. »Angelo, der Kleine?«

»Du weißt, wer er ist?«

»Ja, er war so etwas wie mein jüngerer Bruder, der einzige, den ich je hatte. Was ist mit ihm?«

»Du kennst ihn?«

»Ja.« Jonas Blick war nach innen gerichtet. »Ich musste ihn zurücklassen bei diesen verfluchten Alten. Monate später sah ich ihn in der Kindergruppe, die Schwester Ariadne im Kloster striezte.«

»Ihr hattet wieder Kontakt?«

»Soweit das möglich war, versuchte ich ihm zu helfen. Diese bekloppte Nonne schien auf Angelo fixiert zu sein. Sie nahm ihn härter ran als die anderen Kinder. Sie war - sie ist - das gruseligste Weib, das mir je begegnet ist. Völlig irre.«

»Sie war nicht zuständig für dich?«

Er schüttelte heftig den Kopf. »Nein! Wir Älteren standen unter der Fuchtel von Schwester Johanna. Im Vergleich zu Ariadne war sie ein Engel. Wir mussten bloß den religiösen Wahn mit Beten, Arbeiten, Lernen überstehen. Halb so wild.«

»Wann hast du Angelo zum letzten Mal gesehen?«

Ein Schatten zog sich über Jonas Gesichtszüge, als er erneut in die Vergangenheit abtauchte. »Das war am Tag, als ihn seine Adoptivmutter abholte.«

»Konntet ihr euch verabschieden?«

»Er war in der Kapelle. Musste wieder mal diese blödsinnigen Psalme aufsagen.«

»Du trafst ihn dort?«

»Ja, der Schlüssel steckte außen. Ich schloss auf, kniete mich neben ihn auf die Bank, sagte, dass seine Mutter käme.«

»Das war das letzte Mal?«

»Ich sah ihn noch einmal ...«

Er zögerte und fuhr dann leise fort. So leise, dass sich Kante vorbeugen musste, um ihn zu verstehen. »Ich kam dazu, als sie Angelo aus den blutigen Fängen der Nonne befreiten. Sie hatten die schwere Tür aufgebrochen - und da saß sie auf den alten Holzdielen und presste den blutverschmierten Kleinen an sich. Sie hatte eine Art Skalpell in der Hand. Ihre Hände waren blutig. Sie war nackt, rasiert und voller roter Male und Striemen. Ich habe nie etwas Abstoßenderes gesehen als diese Teufelsbraut.«

Er lachte bitter auf. »Für sie war ich der Leibhaftige. Sie schrie es heraus mit ihrer quäkenden Stimme: ›Du bist der blonde Teufel, ich verfluche dich.‹«

Tonlos fügte er hinzu. »Angelo entkam ihr. Das war das Wichtigste. Ich war stärker und konnte ihre Rache aussitzen. Dachte ich. Danach begann für mich die Hölle auf Erden.«

»Was meinst du damit?«

»Sie hat sich gerächt. An jedem verfluchten weiteren Tag. Nur wenn sie zu einem ihrer Pilgerzüge in den Wäldern verschwand, hatte ich Ruhe.«

»Willst du darüber sprechen?«

»Nein!«

Kante fasste ihn leicht an der Schulter. »Danke Jonas, danke für deine Offenheit.«

Er zuckte zurück.

Sie ließ ihm Zeit. »Geht es wieder?«

»Ja, es ist nur ...«, er fröstelte, ballte die Fäuste.

»Schon gut, Jonas. Nur noch eins. Hast du die Nonne je wiedergesehen?«

»Ich habe ihr nichts angetan, nichts heimgezahlt, wenn du das wissen möchtest«, platzte es aus ihm heraus.

Sie nickte leicht. »Du kannst jederzeit vertraulich mit mir sprechen, außerhalb des Protokolls ... oder mit Toni.«

Sie ließ unausgesprochen, was in dieser Botschaft steckte, gab ihm nur einen Rat: »Rede momentan mit niemandem über die Ereignisse im Kloster. Wir werden den Fall absondern von den Übrigen. Wie es aussieht, hat es keine äußere Gewalteinwirkung auf die Nonne gegeben, verstehst du, was ich sage?«

Er sah sie erstaunt an. Nickte. »Wenn ich helfen kann?«

»Das hoffe ich. Rekonstruieren wir, woran du dich noch erinnerst. Wie alt wart ihr damals, Angelo und du?«

»Angelo war fünf, als sie mich wegholten, ich muss neun oder zehn gewesen sein, als ich zu den Nonnen kam.«

Jonas sah traumverloren aus dem kleinen Fenster, hinaus auf eine Übungswiese, auf der ein junges Mädchen ungeschickt versuchte, sich einem ängstlichen Hund zu nähern. Er öffnete das Fenster, rief ihr zu: »Locke ihn mit Leckerli. Lass ihn kommen, nicht umgekehrt.«

Langsam schloss er das Fenster, wandte sich erneut Kante zu. »Das war eine verfluchte Übersprungshandlung, ich weiß.«

Kante wies mit der Hand auf den Hocker. »Setz dich wieder, ich verstehe das.«

»Ich habe dem Kleinen gegenüber bis heute ein schlechtes Gewissen«, fuhr Jonas fort. »Es war damals, als müsste ich mein Fleisch und Blut quälen, als ich ihm das Zeichen aufbrannte. Das blieb mein ganzes Leben so. Ich fühlte mich für ihn verantwortlich - und schuldig. Trotzdem habe ich nie nach ihm gesucht. Ein Teil von mir wollte vergessen. Der andere ...«, er sprach nicht weiter, blickte ins Nichts.

»Es geht ihm gut«, sagte Kante.

Er wandte sich ihr ungläubig zu. »Was sagst du? Du weißt, wo er ist?«

»Ich weiß sogar, wer er ist. Er ist David Frensen. Die Frensens adoptierten ihn als ihren Sohn.«

»Er lebt bei den Frensens?«

»Ja, aber er erinnert sich erst seit kurzem an früher.«

»Ist er ...? Hat er was mit diesen Racheakten zu tun?« Jonas geriet ins Stottern. »Ich meine, wenn du als Kommissarin nach ihm fragst?«

Kante schüttelte den Kopf. »Er ist genauso wenig der Racheengel wie du. Es gibt aber einen konkreten Namen, den du genannt hast. Wer ist Richard? Wie ist sein Nachname?«

»Richard Blum?«

»Ja, vermutlich. Was weißt du über ihn?«

»Er war so etwas wie der Liebling der Alten und durfte uns alle drangsalieren, quälen und foltern. Sie ließen ihn gewähren.«

»War er der Junge mit dem Brandeisen?«

»Ja. Er zwang mich, Angelo mit dem Eisen zu markieren. Das verkaufte er uns als Mutprobe. Ich hatte die Wahl es zu tun, es vorsichtig zu tun. Andernfalls hätte er uns beide massiv gequält mit seinem verdammten Eisen.« Jonas zog den Hemdärmel hoch, präsentierte ihr ein verunglücktes Brandzeichen, um das herum kunstvolle Drachenmotive gestochen waren. »So sieht es aus, wenn Richie jemanden brandmarkt. Ihm läuft der Sabber aus dem Mund und ihm geht jedes Mal einer ab.«

Kante betrachtete das Brandmahl, ein gut zwölf Zentimeter breites, verrutschtes Unendlichkeits-Motiv. Es war verwachsener als die kürzlich gesetzten Zeichen auf den Opfern des Racheengels. Sie sah zu Jonas auf. »Ich möchte dir etwas zeigen.«

»Ja?«

Kante entnahm einer Mappe mehrere Fotos. Sie zeigte ihm eines, auf dem Toni nur den Kopf von Rübezahl, alias Richard, aufgenommen hatte. »Kennst du den Mann?«

Jonas erstarrte, blickte auf das Bild. »Der sieht aus wie der alte Briechert. Aber das ist er nicht, oder? Der ist jünger, viel jünger.«

»Nein, das ist einer von euch Pflegekindern, erkennst du ihn?« Sie ließ ihm Zeit.

Nach einer Weile schob er das Foto heftig zurück. »Er sieht Richard ähnlich, dem Jungen mit dem Brandeisen. Ist er das?«

»Ja«, bestätigte Kante. »Noch eine letzte Frage: Was hast du im Krankenhaus mit dem Ehepaar Briechert gemacht?«

»Puh!« Er atmete erstaunt aus. »Wundert mich, dass erst jetzt einer danach fragt.«

»Was hast du dort gemacht?«

»Gemacht habe ich nichts, aber ich war da.«

»Was wolltest du von den Alten?«

Jonas zuckte hilflos mit den Schultern. »Nachdem ich das Foto von ihnen in der Zeitung gesehen hatte, ist alles wieder hochgekommen. Ich wollte sie konfrontieren, mit dem, was sie uns angetan haben.«

»Hast du das?«

Jonas schüttelte unmerklich den Kopf. »Sie schliefen beide mit offenstehendem Mund. Er schnarchte. Ihr lief Rotz aus der Nase. Beim Ausatmen hat sie geschnauft, es erschien Speichel in ihrem Mundwinkel. Ich dachte, ich muss kotzen, stürmte raus, stolperte die Treppe herunter. Und ich raste beinahe in einen Typen, der mir entgegenkam.«

»Weißt du, wer der Mann war?«

»Nein, ich sah nicht einmal hin.«

»Es war David, den du als Angelo kanntest«, sagte Kante.

Der Bericht der Kriminaltechniker bestätigte Tonis Zeugenaussage. In den Überresten der Scheune hatten sie weit über dreißig Abdrücke analysiert. Kein Einziger war kleiner als die zwölf Zentimeter messenden Male der Opfer. Und sie stimmten mit den Brandmalen der Opfer überein.

Rätsel gaben Kante nach wie vor die Wundmale von Schwester Ariadne. Es gab nur Protokolle des Gerichtsmediziners, der sie untersucht hatte. Ihr Aufenthaltsort war weiter strikt geheim. Ihr Orden weigerte sich, ihn zu nennen.

Zeugenaussagen zu ihrem Fall stimmten im Wesentlichen überein. David und Jonas hatten unabhängig voneinander beschrieben, dass die Nonne sich geißelte, rasierte und zu Wahnhandlungen neigte. Kante fasste die daraus abgeleiteten Schlüsse für das Protokoll zusammen. »Sie hat sich alle Wunden eigenhändig zugefügt. Das erklärt die merkwürdigen Unterschiede des Unendlichkeitsmotivs. Es ist nicht eingebrannt, sondern vermutlich wiederholt mit einem Skalpell aufgefrischt worden. Von ihr selbst.«

Schön nickte. »Wir haben also eine psychopathische Nonne, die man über Jahre hinweg auf Kinder losgelassen hat.«

»Und es gibt jemanden, der ihr eine Nachricht auf den Rücken gezeichnet hat«, fuhr Kante fort.

»Die Frage ist, wer war es und warum tat er das?«

»Das ‚Warum' kann ich beantworten: Die Botschaft sollte sie entlarven. Sie anprangern.«

»Deshalb hat er das Foto MainLife und Toni zugespielt«, ergänzte Schön.

»Ist das eine Straftat?«

»Außer ihren Persönlichkeitsrechten wurde nichts verletzt.«

Kante zuckte mit den Schultern. »Ist das unser Ressort?«

»Nein.«

»Der einzige Tatbestand, den man dem Absender der Botschaft anlasten könnte, wäre unterlassene Hilfeleistung in Verbindung mit Verletzung ihrer Persönlichkeitsrechte?«

»Wenn die Nonne sich selbst so massiv misshandelt hat über Jahre hinweg ... war ihr da noch zu helfen?«

Kantes Schulterzucken sprach Bände. »Die einzige strafrechtlich relevante Tat sind Misshandlungen an kleinen Kindern ... und die Einzige, die ich in diesem Zusammenhang befragen will, ist das Miststück selbst.«

»Belassen wir es dabei. Blum kann man die Tat«, Schön malte Anführungsstriche in der Luft, »nicht anlasten. Er hat kein Motiv, war nie im Kloster.«

»Wollen wir das so stehen lassen?«

»Lass uns die Akte sauber abschließen, damit wir was in der Hand haben ...«

»Wofür?«

»Für das, was unsere Nonne den Kindern angetan hat, und für das, was die Kirche vertuscht hat.«

Kante griff zum Telefon, wählte die Nummer des IT-Spezialisten. »Harms kannst du in den Unterlagen der Pflegekinder, die zwischen 1980 und 1990 bei den Briecherts gelebt haben, etwas überprüfen?«

»Was brauchst du?«

»Gleiche bitte ab, welche Kinder in das Kloster ‚Zur Gütigen Mutter' wechselten. Gib die Ergebnisse nur an mich oder Schön weiter.«

An Schön gewandt nickte sie. »Läuft. Wie gehen wir vor?«

»Ich setzte mich mit der Staatsanwältin in Verbindung. Vielleicht können wir die Verletzung der Persönlichkeitsrechte als Bagatelle einstufen und einen Zeugendeal durchsetzen. Damit bliebe derjenige, der das Foto inszeniert und an die Presse geleitet hat, unbelangt.«

»Und wir könnten seine Aussage verwenden.« Kante sparte sich den Namen des Zeugen, für den Fall, dass der Deal platzte.

»Richtig, wir könnten seine Aussage verwenden, ohne ihn«, er musterte sie scharf, »zu belangen.«

Kante ignorierte seine ungestellte Frage. Es gab wichtigere: »Was ist mit Moos und dem Maulkorb in Bezug auf die Vorfälle im Kloster?«

»Scheiß drauf«, warf Schön ein. »Wir haben den Namen des Täters für die abgrenzbaren Fälle des Racheengels. Die Fahndung läuft. Und was die Schweine den Kindern angetan haben, untersuchen wir getrennt mit unserem Sonderteam.«

***

David trat aus dem Tor, hinter dem er die letzten Tage eingesperrt gewesen war. Aufatmend warf er einen Blick nach oben.

Freiheit. Und eine seltsame Leere.

Langsam ging er Richtung Parkhaus, in dem er seinen Wagen abgestellt hatte. Er sann darüber nach, dass sein Fahrzeug womöglich längst abgeschleppt war und dass es ihm egal war. Gedanken an die überstandenen Tage und die Tatsache, dass er nicht der Racheengel war, kamen noch nicht in seinem Bewusstsein an. Gierig atmete er die heiße Luft ein, blickte geblendet in die gleißende Sonne und erschrak, als ihn eine bekannte männliche Gestalt ansprach.

»Hallo Angelo, oder soll ich David sagen?«

»Jonas?«

»Ja, Christina Kante hat mir verraten, dass ich dich hier treffe. Hast du Zeit?«

»Ja, für meinen besten Freund, ein Leben lang.«

»Halt, wohin soll es gehen?«

Die massige kleine Schwester mit dem Namensschild Schwester Theodora versperrte Jonas den Weg. »Da kommen Sie so nicht rein, zeigen Sie mir das Ding mal her.«

Das Ding war ein riesiger Frühlingsblumenstrauch, den Jonas ihr verblüfft überließ.

»Sie kenne ich auch nicht, wer sind Sie?«, fragte sie unverblümt und sah abwechselnd zwischen dem blonden Mann in Jeans und T-Shirt und den Blumen hin und her. Dann widmete sie sich ausgiebig seinem Gebinde. »Scheint sauber zu sein«, gab sie es ihm zurück. »Also, wer sind Sie?«

»Wer ich bin?« Jonas fand seine Sprache wieder. Er war überwältigt von so viel Frauenpower. Und verlegen. Es war schwer genug für ihn gewesen, sich nach dem Treffen mit seinem Kindheitsfreund Angelo über die alten Zeiten hinwegzusetzen. Er war noch immer aufgewühlt, hatte sein verborgenes Ich dargelegt. Er war verletzbar, seine Fassade endgültig dahin. Und er wollte genau in diesem aufgelösten Zustand einen Krankenbesuch bei der Frau machen, die er glaubte, im Stich gelassen zu haben. Er hatte massive Schuldgefühle, weil er nicht nach ihr gesucht hatte. Daher war der Strauß um einiges üppiger ausgefallen, als es dieser Wach-Drohne gegenüber gerechtfertigt schien.

»Ich bin ein Freund von Toni«, sagte er.

»Ihr Name?«

»Jonas Kutscher.«

»Sie warten hier«, befahl sie, drückte sich an seiner Gestalt vorbei und knallte ihm die Tür vor der Nase zu.

Er hörte sie von innen durch ein Unterhaltungsgewirr verschiedener Stimmen. »Da draußen ist noch einer. Noch ein Freund.«

Jonas drehte sich auf dem Absatz um, wollte davonschleichen. *Noch ein Freund?*

»Halt Freundchen, sie will sie sehen. Sagt, Sie sollen reinkommen«, stoppte ihn die Stimme von Schwester Theodora. »Nun gehen Sie schon«, winkte sie ihn aufmunternd herbei.

Er gehorchte und betrat unsicher das Krankenzimmer. Die neugierigen Blicke von Mario, von Luca und Mama Amato bemerkte er nicht. Er sah nur die schmale blasse Gestalt mit dem schiefen Grinsen, die ihn vorstellte. »Das ist Jonas.«

»Die sind einschüchternd, ich weiß«, sagte Toni zwanzig Minuten später, als sie mit ihm alleine war.

»Nicht so sehr wie Theodora. Wer hat dir den Drachen zur Bewachung zugeteilt?«

Toni lachte. Ihre Stimme war angegriffen. Sie hörte sich immer noch an wie eine verrostete Gießkanne.

Für ihn klang ihr Lachen wie eine silberhelle Glocke, die ihn aus seiner düsteren Vergangenheit herauskatapultierte. Er lachte mit ihr. Befreit.

»Ich soll dich grüßen von David Frensen und dir ausrichten lassen, dass er nichts mit dem Racheengel zu tun hat. Oder ebenso wenig und so viel wie ich.« Dann erzählte er ihr auch diesen Part seiner Geschichte.

Die nächste Besucherin brachte ein Päckchen mit. »Wir haben zusammengelegt.« Kante überreichte es Toni. »Ein Ultra-Notebook und ein Speicherstick. Deine Notizen hat Viktor überspielt, er meinte, das sei das Neuste auf dem Markt. Du kannst damit auch online gehen.«

***

David tastete nach den Schlaftabletten, die auf dem Nachttisch lagen, betrachtete das Röhrchen und legte es lächelnd zurück.

Während der U-Haft hatte er die Einnahme unterbrochen und auch gestern hatte er darauf verzichtet. Heute war er zum ersten Mal seit Wochen ohne Beschwerden aufgewacht. Er wählte Kleinmanns Nummer in der Klinik.

»Hallo Peter, liegen die Ergebnisse von meinem Drogentest schon vor?«

»David? Endlich! Hast du meine Mail nicht bekommen? Deine Testergebnisse sind positiv. Das Labor fand Spuren von Scopolamin in deinem Blut. Du hast den Stoff vermutlich über dein Schlafmittel zu dir genommen. Das Mittel war präpariert.«

David unterdrückte seine Gefühle zwischen Erleichterung und Entsetzen. Die Erleichterung, dass es eine greifbare Ursache für seine Ausfälle gab, überwog. Er informierte Kante und teilte ihr für Nachfragen Petermanns Nummer mit.

»Wenn ich mich irgendwie revanchieren kann, sagen Sie es bitte. Vielleicht kann Frensen Security Ihnen technisch oder personell bei den Ermittlungen helfen«, bot er an. »Ich bespreche mit meinem Bruder, dass wir Sie in jeder Hinsicht unterstützen.«

31

SCHWARZ, WEISS, GRAU

15. Juli

Nach dem Gespräch mit Petermann duschte Kante ausgiebig. Sie war heute schon im Morgengrauen losgelaufen, nicht gemächlich und bedacht wie sonst, sondern im strammen Laufschritt. Getrieben von ihren Gefühlen - einer willkommenen Erschöpfung entgegen, die es ihr ermöglichte, durchzuhalten.

Sie nahm das, was David Frensen widerfahren war, persönlich und teilte dem Spiegelbild ihren Unmut mit. Kopfschüttelnd.

Ohne Eitelkeit betrachtete sie das Bild einer ungeschminkten Kämpferin mit Schatten unter den Augen. Auch im Leben kämpfte sie gegen diese Schatten. Boxte, lief, raste, und deckte sie zuweilen ab.

Mit einem hellen Concealer retuschierte sie auch äußerlich das Dunkel unter ihren Augen. Die Finsternis vor und hinter ihren Augen konnten nur die Lichtblicke in ihrem Leben vertreiben. Kurz, kostbar und viel zu rar. Sie tuschte sich die Wimpern, zupfte ein paar wuchernde dunkle Brauenhaare weg und legte farblosen Lip-Gloss auf, bevor sie sich zaghaft zulächelte. Bereit, sich dem Tag und dem Licht zu stellen. Wissend, dass beides trügerisch war. Sie sah es, litt und vertuschte es mit einer einstudierten Mimik, die zu ihrem Namen passte.

Das Fassen des Racheengels war für sie eine lästige Pflicht. Sie erfüllte sie, weil eine Belohnung lockte, die gerechte Strafe für miese Typen, die kleine Lebewesen benutzten und als Abfallmenschen hinterließen. Opfer, die sich aus dem Schmutz wühlen mussten, wenn sie nicht selbst zu Abschaum werden wollten. David Frensen war es gelungen, Jonas wahrscheinlich auch. Die Stärke dieser beiden Männer erstaunte und hinterfragte sie. Was unterschied sie von jenen, die sich bis heute wie Opfer gebärdeten oder zu Tätern mutiert waren? An welchem Punkt fiel die Entscheidung? Und welchen Einfluss hatte das Rechtssystem auf die Opfer?

Die Antwort machte sie wütend, wissend, dass sie selbst Teil dieses Systems war. An Tagen wie heute war ihr nach Ausbrechen. Aber sie wusste, dass sie damit die Opfer im Stich ließ. Ihr blieb nur der Kampf, selbst wenn kein Sieg in Sicht war. Das Gefühl von Ausweglosigkeit machte sie zornig. Auch das zeigte sie nur ihrem Spiegelbild.

Ihren Gefühlen ließ sie freien Lauf, indem sie ihre kurzgeschnittenen Haare unwirsch durchwühlte. Sie half mit dem Föhn nach, trocknete sie und strich Gel in die Spitzen, um der Welt wenigstens modisch getarnte Stachel zu zeigen. Eine weiße Bluse, und ihre stets eine Nummer zu großen Jeans, waren ihre private Uniform. Anstelle der üblichen Jeansjacke ergänzte sie diese heute mit einer ihrer drei Jacken in Blau oder Graunuancen. Das entsprach ansatzweise der geforderten Kleiderordnung für eine leitende Kommissarin.

Den Unterschied bemerkte keiner ihrer Kollegen. Für sie sah Kante immer gleich aus.

Zwanzig Minuten später kam sie in der Dienststelle an. Es war 8.30 Uhr. Schön erwartete sie bereits. Auf dem Gang neben ihm herlaufend, informierte sie ihn über die jüngsten Ergebnisse. »Ich habe mit Doktor Petermann wegen Frensens Blutproben telefoniert.«

»Was sagt er?«

»Proben und Blut waren positiv. Man fand Scopolamin.«

»Ist das nicht so eine Art Wahrheitsdroge?«

»Ja, einhergehend mit Gedächtnisverlust. Zeiten, in denen das Opfer unter akutem Drogeneinfluss steht, sind nicht erinnerbar. Die Mengen, die Frensen mit dem Schlafmittel erhielt, waren gering dosiert. Deshalb funktionierte er im Alltag. Falls man ihm zusätzlich einen Schub verpasst hat, war er unzurechnungsfähig, manipulierbar und plauderte unkontrolliert aus, was man ihn fragte. Auch Einzelheiten, die ihm nicht bewusst waren.«

»Nebenwirkungen?«

»Abhängig vom Quantum. David Frensen war vermutlich oft benommen, hatte Halluzinationen, konnte sich kaum konzentrieren und litt wahrscheinlich unter zu hoher Herzfrequenz, gestörtem Harnverhalten bis hin zur Inkontinenz und auffallender Mundtrockenheit.«

»Was ist mit den ersten Flashs im April. Waren da schon Drogen im Spiel?«

»Unwahrscheinlich. Frensen hat zu dieser Zeit sein Blut bereits auf Drogen oder mögliche Erkrankungen untersuchen lassen, die seine Flashs und damit einhergehende Ohnmachtsanfälle erklären könnten. Seine Proben waren seinerzeit sauber, bestätigt Petermann. Die ersten Flashs waren psychischer Natur, ausgelöst durch einen Trigger und das zugrundeliegende Trauma in seiner Kindheit. Seine körperlichen Symptome weichen von späteren Ausfällen ab. Nur Anfälle, die zeitlich mit dem Briechertfall korrelieren, basieren auf Drogenkonsum.

Kleinmann riet ihm übrigens, sich erneut testen zu lassen. Er solle Anzeige gegen ‚Unbekannt' erstatten.«

»Wird er das tun?«

Kante verzog den Mund. »Das bezweifle ich, aber sehen wir mal, was die Analysen des Schlafmittelröhrchens erbracht haben, in dem der Stoff gefunden wurde.«

Sie waren mit dem Leiter der Kriminaltechnik, Doktor Roth, verabredet. Ein Bote hatte das Mittel nebst Behälter vom medizinischen Labor der Klinik in das kriminaltechnische Institut gebracht.

Im Institut des BKA arbeiten Experten verschiedenster Fachrichtungen, darunter Chemiker, Physiker, Phonetiker, Psychologen, IT-Spezialisten, Elektroniker und ein ganzes Heer von technischen Assistenten. Doktor Roth erwartete sie bereits und wies auf einen Bildschirm. »Wir haben drei verschiedene Fingerabdrücke. Die meisten stammen von David Frensen. Zwei fremde unterschiedliche Abdrücke fand ich am Röhrchen und auf einer der Tabletten. Letztere ist besonders interessant. Ich ließ sie durch unseren Computer laufen und hatte einen Treffer. Er stammt vom Zeigefinger eines Detlef Deisen.«

»Weshalb ist er aktenkundig?«

»Er handelt mit Drogen, bevorzugt Designerdrogen und scheint in jüngster Zeit sein bester Kunde gewesen zu sein.

Wir suchen ihn aktuell wegen Beschaffungskriminalität. In der Szene nennt man ihn Doc, weil er im bürgerlichen Beruf Apotheker war. Vermutlich köchelt er in einem eigenen Drogenlabor. Er ist berüchtigt für äußerst pfiffige Beimischungen, wie sie auch in Standardmedikamenten zu finden sind. Seine als Schlafmittel getarnten Tabletten enthalten tatsächlich beruhigende Substanzen und sind perfekt dem harmlosen legalen Mittel nachgeformt - äußerlich. Wir können die vorigen Untersuchungsergebnisse übrigens bestätigen, der Cocktail ist angereichert mit der Substanz Scopolamin.«

»Und der zweite Abdruck?«, fragte Kante nach.

»Ist vom Daumen und Zeigefinger. Übereinstimmend mit den Abdrücken auf dem Wasserglas. Die Fingerabdrücke sind nicht in den Kriminalstatistiken erfasst.« Doktor Roth zeigte sie in starker Vergrößerung.

Schön sah Kante fragend an.

»Gregor Frensen.« Leise fügte sie hinzu: »Ich habe sein Wasserglas ausgeliehen, als wir ihn befragten.«

Die Brauen von Schön zogen sich ärgerlich zusammen. »Gibt es außer Gregor einen Verdächtigen mit hinreichendem Motiv?«

Kante verneinte. »Der Abdruck auf dem Röhrchen kann auch zufällig draufgekommen sein. Sollte er seinem Bruder die Pillen untergeschoben haben, sieht es hingegen schlecht aus für den kleinen Bruder.«

»Falls David Frensen ihn anzeigt.«

Schön zögerte. »Welchen Eindruck machte er auf dich?«

»Er wirkt zerrissen«, antwortete Kante. »Als ob er ständig zwischen zwei Seiten seines Ichs hin und herschwankt. Und er scheint eifersüchtig auf David zu sein. Hinzu kommt die unklare Situation bezüglich der Firmennachfolge. Er muss sich alles per Unterschrift von David genehmigen lassen.«

Als sie später in Schön's Büro saßen, machte er seinem Ärger Luft. »Die Abdrücke auf dem Glas zu nehmen war ebenso widerrechtlich, wie das Mitnehmen des Gegenstandes, das weißt du?«

Kante seufzte genervt. »Notfalls können wir uns auf einen Abgleich mit den personell erfassten Daten für Reisepass und Ausweis berufen. Aber das erfordert mehr Papierkram und Zeit, als wir haben.«

Sie berief sich auf eine Gesetzesgrundlage, die seit November 2007 für Deutschland galt. Jeder, der einen neuen Pass beantragte, musste den Abdruck beider Zeigefinger aufzeichnen lassen. So umstritten diese landesweite Vorschrift war, so hilfreich war sie bei der Fahndung nach bisher nicht kriminaltechnisch erfassten Personen.

»Ich habe nichts gegen die eine oder andere Abkürzung Chris, aber ich kann nicht gutheißen, wenn damit Beweise vor Gericht ungültig werden.«

»Du hast ja recht«, antwortete Kante trotzig.

Schön zog die Augenbrauen hoch. »Ja? Wo ist das aber?«

»Gregor ist ein schräger Charakter und verdient einen Denkzettel, aber ich habe nicht vor, den Beweis vor Gericht zu bringen.«

»Aha?« Ihr Vorgesetzter musterte sie nachdenklich. »Gut. Reden wir über seine Motive, falls die Abdrücke nicht zufällig auf das Tablettenröhrchen kamen.«

»Er wollte seinem Bruder Schuldgefühle einreden. Sein Ziel war vermutlich das beträchtliche Erbe.«

»Er musste nur ein wenig nachhelfen, um den ohnehin verunsicherten Älteren in Schuldgefühle zu stürzen.«

Schön kratzte sich am Kinn. »Die Verabreichung der Drogen ist mehr als grenzwertig, das ist ein Strafdelikt.«

»Können wir vorerst bei dem Begriff grenzwertig bleiben und David überlassen, ob er seinen Bruder anzeigt?«

»Unterhalte dich mit ihm, Chris. Alleine. Dann haben wir Spielraum in der Beurteilung.«

Auf ihre Nachfrage bei Frensen Security & Investigation hieß es, der Junior sei zuhause.

Mittagessen oder Spaziergang?, überlegte Kante. Aus Versehen hatte sie im Parkhaus ein Tagesticket gekauft, konnte sich also beides gönnen. Zeit lassen und bummeln.

In einem Bistro kaufte sie sich ein belegtes Croissant und einen ‚Coffee-to-go', für stolze fünfzehn Euro, die sie auf keiner Spesenabrechnung einreichen konnte. Leicht verärgert machte sie sich auf den Weg. Die zwei Straßenzüge ins Frankfurter Westend genügten hoffentlich, ihren Unmut loszuwerden. Nach zehn Minuten ärgerte sie sich noch mehr. Sie hatte die Entfernung unterschätzt und tat, was sie sich für unverhoffte Leerzeiten angewöhnt hatte. Sie spielte Fragen und Antworten des kommenden Verhörs vor ihrem geistigen Auge ab. Als sie an der Bockenheimer Landstraße abbog, Richtung Grüneburgpark, hatte sie Gregor mit ihren Fragen in die Enge getrieben. Er gestand unter Tränen, er habe die Tabletten David untergeschoben. Sie malte sich aus, wie sie ihm das wahre Motiv mit einer Finte entlockte, indem sie ihm die Antwort als Tatsache präsentierte. So, als könne sie in seinem Kopf lesen. In Wahrheit konnte sie diesen Typus Mann nicht fassen. Seine Gefühlswelt war die eines unausgereiften Halbwüchsigen. Nicht Schwarz, nicht weiß - unentschieden, welche Abzweigung er nehmen sollte. Genau wie ihre momentane Beurteilung.

Die Häuser veränderten sich, wurden herrschaftlicher. Wer hier wohnte, hatte es geschafft. In Momenten wie diesem, meldete sich ihr bescheidenes Kindheits-Ich, mit Komplexen, die ein ungeliebtes Adoptivkind wohl nie loswurde. Von den hässlichen Erinnerungen an den pädophilen Stiefvater und seinen besonderen Kinderspielen abgesehen. Diese lauerten in einem tiefer verschlossenen Kämmerlein ihres Ichs.

An der Adresse angekommen, verschloss sie diese Räume mit einem Universalschlüssel, den die Therapeutin ihr in vielen Sitzungen mitgegeben hatte. Sie sah nur noch das große Haus in seiner einschüchternden Pracht. Sie lächelte in sich hinein, Bilder von unbeschwerten Jungenstreichen vor Augen, die sich in dem parkähnlichen Garten abgespielt hatten.

Zögernd streifte sie das Sakko ab, es schien fehl am Platz zu sein. Zu offiziell, zu sehr Kommissarin im Dienst. Die feinen Schweißperlen, die sich auf ihrer Stirn bildeten, wischte sie mit der linken Hand ab, streifte sie verstohlen an der Jeans ab und streckte sich. Stolze 180 cm hoch, ein Gardemaß für eine Frau. Ihr Schutzschild, wenn sie im Schicksal eines jungen Mannes stochern wollte, der so augenscheinlich auf der Sonnenseite des Lebens geboren war.

Vor ihr öffnete sich das Gartentor. Ein unsichtbarer Geist hatte ihren Videoanblick und die Dienstmarke als vertrauenswürdig eingestuft. Die zweistöckige Gründerzeitvilla erschien ihr wie ein Palast im Zauberpark. Ein Eindruck, der sich verschärfte, als sie den langen Kiesweg von der Gartentür bis zu dem prächtigen Säuleneingang entlangschlenderte. Wenigstens boten die alten

Kastanienbäume etwas Schatten und ihr erhitztes Gesicht konnte abkühlen.

Haushälterin Lina erwartete sie in der geöffneten Eingangstür und ließ sich erneut den Ausweis zeigen. »Zu wem möchten Sie, Frau Kommissarin.«

»Ich würde gerne mit Gregor Frensen sprechen.«

Lina wies ihr beflissen den seitlichen Weg zum hinteren Garten. »Der junge Herr Gregor wohnt im Gartenpavillon.«

Die Tür des Haupthauses verschloss sich vor Christina Kante. Sie zuckte mit den Schultern, derlei Reaktionen war sie gewohnt. Gemächlich spazierte sie in die angegebene Richtung, kostete den Moment aus, bevor sie dienstlich werden musste. So zu leben war ein Traum. Sie verbesserte sich, es musste ein Traum gewesen sein, bevor die Familie von den Schatten der Vergangenheit und von einem Lügengespinst in einen Alptraum katapultiert wurde. Zeit aufzuklären, wie es weitergehen sollte.

Kante betrachtete das ehemalige Gartenhaus, das größer schien als das Dreiparteienhaus, in dem sie eine Gartenwohnung gemietet hatte. Ihre siebzig Quadratmeter, die sie einst auch für einen Palast gehalten hatte, schrumpften zusammen, als sie durch die offenstehende Flügelglastüre den Pavillon betrat.

Von oben vernahm sie Tippgeräusche und blieb im Eingang stehen. »Hallo, Herr Frensen?«

Das Tippen brach ab, ein Drehstuhl rollte über den Boden, kam zum Stehen, sie hörte Schritte. Gregor tappte barfuß die Treppe herunter, blieb auf dem mittleren Treppenabsatz stehen und sprach sie von seiner erhobenen Position aus an. »Sie schon wieder? Was gibt es, David ist doch frei?«

»Das ist richtig, aber solange der Täter nicht gefasst ist, ermitteln wir weiter.«

»Hier?« Er strich durch die ungekämmten Haare, knöpfte sein nachlässig offenstehendes Hemd zu, kam unwillig die letzten Stufen herunter und pflanzte sich vor ihr auf - auf Augenhöhe. »Ich habe keinen Besuch erwartet.«

»Nur keine Umstände, ich möchte Ihnen bloß ein paar Fragen stellen.«

»Aha, wieso mir? Konnten Sie David nicht fragen ... so lange Sie ihn festhielten?«

»Leider nicht. Erst heute erfuhren wir von einer Drogen-Kontaminierung Ihres Bruders. Seine Blutwerte enthielten nachweisbare Spuren einer sogenannten Wahrheitsdroge. Was wissen Sie darüber?«

»Was soll ich wissen?«

»Sagen Sie es mir?«, antwortete Kante. »Sie hatten Kontakte zur Drogenszene. Laut Akten für den Eigengebrauch. Haben Sie Ihre Kontakte aufgefrischt?«

»Was hat das mit Ihrem Fall zu tun?«

»Einigen wir uns darauf, dass ich frage und Sie antworten«, entgegnete sie scharf.

Er wandte ihr den Rücken zu, schlenderte zu einer Sitzgruppe, ließ sich in einen Sessel fallen und sah sie herausfordernd an. »Ziemlich dreist, was Sie hier abziehen.«

Kante folgte ihm. »Darf ich.« Ohne seine Antwort abzuwarten, setzte sie sich ihm gegenüber. Sie blickte sich um, als bewundere sie die Einrichtung und kramte neugierig in Stapeln von Prospekten, in denen Computerzubehör angeboten wurde. Die Angebote lagen unsortiert auf dem kleinen Tisch, der sie von ihrem unwilligen Gastgeber trennte. »Ihr Hobby?«

»Mein Beruf.«

»Computer?«

»Das gehört dazu, wenn man Sicherheitstechnologien entwickelt und anbietet.«

»Da kennen Sie sich aus, oder«, redete sie weiter.

»Ja, verdammt, wollen wir jetzt plaudern oder was?«

»Kommt auf Sie an, und ob Sie weiter ausweichen, wenn ich Fragen stelle.« Ihr Blick war ohne jede Regung.

»Fragen Sie.«

»Wie gut sind Ihre Kontakte zu dem Milieu, in dem sie früher verkehrten?«

»Ich bin clean, brauche die Kontakte nicht mehr.«

Sie registrierte, dass er nicht nachgefragt hatte, um welches Milieu es ging. Er wusste es genau. Sie fuhr fort. »Gut für Sie. Alles andere wäre für den künftigen Junior der Frensen GmbH auch nicht ratsam.«

»Wieso künftig?« Gregor richtete sich im Sessel auf.

»Sind Sie denn bereits Chef? Oder ist es Usus, dass Sie keine Unterschriftsgewalt haben? Die hat wohl nur Ihr Bruder. Ist er der rechtmäßige Erbe?«

»Das ist nur formal. David verzichtet freiwillig auf das Erbe.« Seine abwertende Handgeste passte nicht zu dem lauernden Blick.

»War er als Erbe eingesetzt oder Sie beide?«

Ein Stirnrunzeln und ein finsteres Aufblitzen prallten an Kante ab. Sie nickte zufrieden.

Gregor beugte sich nach vorne. »Was sollen diese Fragen?«

»Smalltalk«, lächelte Kante honigsüß, »nichts weiter.«

»Kommen Sie zur Sache.«

»Wie Sie möchten.« Sie lehnte sich lässig zurück, schlug die Beine übereinander. »Warum haben Sie Ihren Bruder mit dieser Wahrheitsdroge gedopt?«

»Was habe ich?«

»Haben Sie Ihrem Bruder heimlich eine Droge namens Scopolamin verabreicht?«

Gregor starrte sie an.

»Warum haben Sie das getan, Gregor? Seit wann und wie lange?«

»Muss ich darauf antworten?«

»Nein, Sie dürfen einen Anwalt hinzuziehen und sich auf Ihr Recht, die Aussage zu verweigern, berufen.«

»Dann tue ich das hiermit, gehen Sie bitte.«

»Darf ich zuvor noch was sagen?«

»Nur zu«, sein Ton war eisig.

»Wie ich Ihren Bruder kenne, wird er sie nicht anzeigen. Und ich bin bereit, Ihnen aus diesem Dickicht heraus zu helfen.« Sie beugte sich vor, sah ihm direkt in die Augen, die nach links unten wanderten, als suchten sie einen Ausweg.

»Einfach so?«

»Nein, daran sind Bedingungen geknüpft. Die Erste ist absolute Offenheit - vor allem Ihrem Bruder gegenüber.«

»Was noch?«

»Geben Sie uns den Namen ihrer Drogen-Verkäufer.«

»Na klar, und ich kassiere einen Eintrag in einer Akte, die es mir unmöglich macht, unsere Geschäfte zu führen.«

»Nur, wenn Sie nicht clean bleiben. Ich will Ihnen nicht die Zukunft verbauen.« Nach einem nachdenklichen Blick in sein Gesicht, in dem sie jetzt tatsächlich jede Regung ablesen konnte, fügte sie hinzu. »Niemand will Ihnen verwehren, was Sie am dringendsten ersehnen.«

Gregor starrte sie misstrauisch an.

»Ich bluffe nicht. Denken Sie darüber nach.«

***

Sie waren um 16.00 Uhr verabredet. David erwartete Gregor bereits in der Villa.

»Lass uns reden«, bat er ihn in das Kaminzimmer wie einen Gast. Sorgfältig schloss er die große Flügeltür und wies auf den Besuchertisch mit zwei Clubsesseln.

Auf dem Tisch standen Gläser, eine Karaffe Wasser, eine Kanne Tee und Gebäck.

»Kein Bier?«, witzelte Gregor.

David verzog keine Miene. »Die Zeit für Alkohol oder andere zudröhnende Mittel ist vorbei. Für uns beide.«

Gregor nickte. Unbewusst biss er sich auf die Lippen, schenkte zwei Gläser Wasser aus der Karaffe ein, schob seinem Bruder ein Glas hinüber und nahm sich selbst eine Handvoll Eiswürfel aus dem Behälter. David schüttelte verneinend den Kopf, er mochte kein Eis.

Gregor verfolgte die kleinen Luftblasen, die sich in der klaren Flüssigkeit wie Perlen nach oben schraubten und dort mit einem unhörbaren ‚Plopp' explodierten. »Klartext also, passend zum Getränk«, murmelte er zaghaft.

»Ja, Klartext, ich höre dir zu.«

Gregor nickte, den Blick nach innen gerichtet. Erinnerungsfetzen des kleinen Gregors vor sich, der mit allem, was ihn bedrückte, zu seinem älteren Bruder gehen konnte. Da war er wieder. Erwachsen geworden. Beladen mit zu viel Lügenballast, um weitermarschieren zu können.

Als Erstes gestand er David, dass er ihm die Droge verabreicht hatte. Bewusst. Heimlich in sein Glas schüttend und abwartend, wie die Droge Davids Bewusstsein veränderte. Er hatte ihm Fragen gestellt in jener Nacht und David hatte sie beantwortet, ohne Kontrolle, ohne sich daran erinnern zu können. Gregor hatte es aufgezeichnet. Was er mit dem Band geplant hatte, verschwieg er. Was er damit am Ende getan hatte, war ihm selbst zu nebulös, verschwunden in seiner eigenen drogenbelasteten jüngsten Vergangenheit. Daran würde nur Marissa sich vielleicht erinnern. In ihrem Koma war sie seine einzige unfreiwillige Zuhörerin gewesen.

Nach seinem Geständnis fühlte sich Gregor etwas besser, er glaubte, alles gesagt zu haben. Fast alles.

Beide schwiegen. Der eine zerknirscht. Der andere nachdenklich und die Stücke zusammensuchend.

»Sag schon, was für ein Arsch ich bin«, forderte Gregor, als das Schweigen andauerte.

David blickte ihn unbewegt an. Nur das Mahlen seines Kiefers zeigte, wie es in ihm arbeitete. »Nein, das tue ich nicht. War das alles?«

Gregor schüttelte den Kopf, packte den nächsten Lügenpacken aus. Er ging in der Zeit zurück, bis zu jener Nacht, in der Marissa ihn am Tresor überrascht hatte. Er gab zu, dass er Geld genommen hatte, um seine Spielschulden zu bezahlen. Er berichtete von den Adoptionspapieren, die er im Tresor gefunden hatte und dass er Ermittler auf Davids Vergangenheit angesetzt hatte.

»Wen?«, unterbrach David ihn.

»Korn, aber nur kurz, der ist eine Lusche. Und Erich. Er brauchte einen Job.«

»Korn ist ein Wagnis, auch in der Firma, schau ihm auf die Finger. Aber Erich? Wie hast du ihn dazu gebracht?«

»Naja, begeistert war er nicht von dem Auftrag. Und er hat mir die Hölle heißgemacht. Er bestand darauf, dass ich reinen Tisch mit dir mache, andernfalls …«

»Andernfalls?«

»Redet er.«

David nickte. »Ist er ein guter Bodyguard?«

»Einer der Besten, obwohl er seine Ausbildung noch nicht abgeschlossen hat.«

»Das ist das Einzige, was mich neben seiner Loyalität interessiert. Und deiner.«

»Was meinst du?«

»Versprichst du mir, dass du nie mehr Leute von Frensen einspannst in Familienangelegenheiten. Dass du aufhörst, Drogen zu kaufen, zu konsumieren, krumme Dinger zu drehen. Versprich, dass du zu mir kommst und mit mir sprichst, wenn etwas schief läuft.«

Gregor setzte an, hielt inne. Schluckte. »David, ich bin erwachsen.«

»Handle danach, und verdien zurück, was dir zusteht.«

»Was meinst du?«

»Mein Vertrauen. Verdien es dir zurück.«

»Wie?«

»Übernimm Verantwortung, und steh für alles ein, was du tust.« Er schwieg erneut, bevor er eindringlich weitersprach: »Und jetzt erzähl mir, was du ausgelassen hast. Was ist passiert, als du mir zum ersten Mal die Droge verabreicht hast? Was geschah in der Nacht, bevor ich mit den Brandblasen an den Händen aufwachte?«

»Du meinst die Nacht, in der du da draußen warst?«

David antwortete nicht. Es war an Gregor, die Geschehnisse auf den Tisch zu packen.

Er zögerte, dann brach es aus ihm raus. »Ich wollte das alles nicht, nicht so ...«

»Greg, was wolltest du nicht?«

»Zuerst hast du nur geredet, danach warst du aufgewühlt, ich dachte, die Wirkung der Droge lässt nach. Ich gab dir Namen und die letzte Adresse deiner Pflegeeltern und fuhr gegen 23.30 Uhr nach Hause.«

»Was ist später passiert?«

»Erich rief gegen 2.00 Uhr an, er hatte dich auf dem Gelände des Aussiedlerhofes entdeckt. Du schienst nicht zurechnungsfähig zu sein. Brachst in seinen Armen zusammen.«

»Woher hatte ich die Brandblasen?«

»Du hast mit deinen Händen ins Feuer gegriffen, als wolltest du es löschen.«

»Und dann?«

»Erich hat dich nach Hause gebracht, ich öffnete die Tür, wir legten dich auf dein Bett.«

David schwieg, er rührte sich nicht, während er seinen Bruder anstarrte.

»David, ich fühle mich mies! Ich bin schuld daran, dass du da raus gefahren bist. Du warst dort, wo der Racheengel die Alten gefoltert hat ...«

»Waren sie auch dort?« David zögerte. »Als ich mich dort aufhielt?«

»Ja, in der Scheune.«

»Wer war noch dort?«

»Kann sein, dass sich der Racheengel auch dort aufhielt, ich weiß es nicht. Ich weiß nur, dass du es nicht bist.«

»Trotzdem hast du zugelassen, dass ich mich schuldig fühlte?«

»Ja.«

»Warum?«

»Ich war völlig durch den Wind, ich dachte sogar, ich bin schuld, dass unsere Eltern verunglückt sind.«

»Wieso das? Im Unfallbericht steht, dass die Bremsscheiben durch waren?«

»Das wusste ich schon vorher ...«

»Ich verstehe nicht?«

»Ich hatte doch den Wagen genommen, um meine BMW bei Luigi in Florenz reparieren zu lassen. Luigi hat das mit den Bremsscheiben entdeckt und mich gewarnt. Deshalb hatte ich vor meiner Abreise einen Zettel an die Scheibenwischer geklemmt. Ihr solltet in die Werkstatt fahren und sie austauschen lassen.«

»Ein Zettel? Niemand hat einen Zettel gefunden.«

»Ich weiß, ich hätte es einem von euch sagen müssen.«

»Deshalb hast du mich unter Drogen gesetzt?«

»Nein«, wand sich Gregor, »das kam nur hinzu.«

»Zu was?«

»Ich war stinksauer auf dich, deshalb bin ich doch so überstürzt abgereist und hab keinem was von den Bremsscheiben gesagt. Als unsere Eltern verunglückten, gab ich dir die Schuld an allem ... irgendwie. Wenn ich nicht so sauer gewesen wäre, hätte ich euch das von den Bremsscheiben persönlich gesagt, wäre da geblieben. Verstehst du?«

»Gregor, ich wusste von nichts.«

»Ja, schon, aber du, der adoptierte Sohn warst immer der Liebling und ich der letzte Dreck. Und dann solltest du auch noch alles erben ...«

David blickte erstaunt hoch. »Ich habe das Erbe ausgeschlagen.«

Gregor schwieg, biss sich auf die Lippe.

»Moment, du wusstest auch, was in dem Testament stand? Vorher ...?«

»Ja.«

»Wolltest du, dass ich mich für den Killer hielt?«

»Mann, es ging mir echt dreckig.«

»Also ja?«

»Verdammt nochmal, ja. Aber später versuchte ich, es wieder gut zu machen.«

»Was hast du getan?«

»Ich traf mich noch einmal mit diesem Dealer, bat um eine Art Gegendroge, die dich rascher ins Gleichgewicht bringt. Er besorgte mir Pillen, die aussahen wie normale Beruhigungstabletten. Sie würden die Nachwirkungen der Droge aufheben.«

»Das hast du ihm geglaubt?«

»Ich wollte es glauben, David. Wenn ich geahnt hätte ...«

»Und du hast weiter gelogen.«

»Ja, ich weiß, das war Scheiße.«

»Das war weit mehr. Es war die Hölle. Verdammt Greg, warum?« David raufte sich die Haare, seine mühsam aufrechterhaltene Gleichmut brach zusammen.

»Ich fühle mich wie der letzte Dreck, es tut mir leid.«

David fiel ihm ins Wort. »Hör auf zu jammern, wie leid dir alles tut. Das genügt nicht. Nicht dieses Mal, Gregor.«

»Was soll ich sonst tun?«

»Konsequenzen tragen, auch wenn sie dir nicht gefallen.«

»Woran denkst du?«

»Ich will, dass du eine klassische Therapie machst. Und du wirst in deiner Freizeit in einer Suchtentzugsklinik freiwilligen Sozialdienst leisten.«

»Was ist mit der Frensen Gruppe?«

»Du leitest sie weiter, ich sehe dir aber eine Weile auf die Finger, verlange wöchentliche Berichte und möchte in alle Entscheidungen mit einbezogen werden. Sieh es als Bewährungszeit mit besonderen Auflagen.«

David legte ihm zum Abschied die Hand auf die Schulter. »Ruf mich an, wenn du dich entschieden hast. Es liegt an Dir, wie dein Leben weitergeht.«

Dann ging er.

Gregor blieb auf dem Sessel im Kaminzimmer sitzen. Viel später lief er zu seinem Pavillon, in dem er zum ersten Mal seit Monaten nicht nur die Bildschirme seiner Computer betrachtete. Er schaute aus den geöffneten Flügeltüren hinaus in den Garten, in einen Sonnenuntergang, dessen Intensität in seinen Augen schmerzte. Dann starrte er in die Dämmerung und wunderte sich, dass sie ihn nicht verschlang. Obwohl er doch wieder nicht die volle Wahrheit gesagt hatte.

Zumindest hatte er nicht mehr gelogen.

Ein Anfang. Morgen war auch noch ein Tag, an dem er es besser machen konnte. Er freute sich darauf.

Das leise Lächeln auf seinen Lippen fühlte sich fremd an. Es vertiefte sich, als die automatisch anspringende Gartenbeleuchtung einen Besucher ankündigte.

Lina brachte ihm ein Tablett mit einem späten Abendbrot. »David meinte, du hast Appetit auf ein Steak mit Ofenkartoffeln. Ich habe dir deinen Lieblingsnachtisch gemacht. Schokoladenküchlein mit Himbeeren und Vanille-Eiscreme.«

Er küsste die alte Haushälterin auf die Stirn. »Du bist die Beste, Lina.« Sein befreites Lachen schreckte ein Eichhörnchen auf, das hastig auf den nächstgelegenen Kastanienbaum flüchtete.

***

Kante brachte Toni einen Nachtisch aus dem Amato mit, wo sie sich eine Auszeit mit Familienanschluss und einem Abendessen gegönnt hatte. Luca hatte sie auf Marios Drängen eingeladen. Er wollte Zukunftspläne mit der coolen Kommissarin schmieden. Toni kicherte, als Kante ihr das turbulente Drumherum schilderte.

Danach sprachen sie über die Kinder vom Briecherthof. »Ich schreibe in jeder Theodora-freien Zeit«, gestand Toni und tippte auf das Kissen, in dem sie das Tablet vor der besorgten Schwester verbarg. Ihre Bewegungen waren immer noch kraftlos, nur ihre Augen blitzten hellwach wie eh und je. »Wie weit seid ihr mit eurer Rattenfalle?«, fragte sie begierig auf jedes Detail.

»Die Falle ist scharf«, schmunzelte Kante. Dass sie sich gleich in Schwester Tine verwandeln würde, verschwieg sie. Dafür erzählte sie von der raffinierten Überwachungsanlage im Krankenzimmer des angeblich überlebenden Opfers. »Frensen hat sie uns nebst einem Mann aus dem eigenen Team zur Verfügung gestellt. Die Anlage ist vernetzt mit deren Überwachungssystem. Das ist sicherer und vor allem unbürokratischer«, meinte sie nebenher.

Toni sah sie aufmerksam an. »Ihr agiert ohne Rückendeckung eurer Behörde?«

Kante zuckte arglos mit den Schultern. »Kommt auf die Definition an. Wenn was schief läuft, wird‘s ein Bumerang. Sollten wir Erfolg haben, wird sich der eine oder andere Zögerer mit unserem Ruhm schmücken.«

»Ich dachte, dass es innerhalb der Kripo Spezialteams gibt, die weisungsfrei für besondere Aufgabenbereiche operieren dürfen.«

»Theoretisch ist unsere Soko so ein Team. In der Praxis müssen wir uns aufwändige Operationen genehmigen lassen. Dafür fehlt uns die Zeit. Frensen unterstützt uns kostenlos und unbürokratisch mit Equipment, das wir am Wochenende installieren konnten.«

Toni nickte nachdenklich. »Man stellt sich das wie in den amerikanischen Thrillern vor, wo bis zum eigenen Jet alles nur so flutscht.«

Kante lachte. »Auch ohne privaten Jet ist unsere Truppe eine der Besten.«

»Hoffen wir, dass es glattgeht«, wünschte Toni ihr und rückte zögernd mit einer Bitte heraus. »Meinst du, ich kann das Opfer interviewen, diesen Frank Mies?«

Kante verbarg ihren Schrecken, schüttelte bedauernd den Kopf. »Er ist nicht vernehmungsfähig.«

»Sag mir Bescheid, ich möchte gerne mit ihm sprechen.«

Kante nickte. »Wir auch, aber das ist nicht möglich.« Sie blickte an Toni vorbei, sinnierte darüber, ob sie die Journalistin, die ihr inzwischen nah wie eine Schwester war, in die Charade einweihen sollte. Sie entschied sich dagegen. Stattdessen präsentierte sie ihr ein Mandel-Tiramisu. »Dein Bruder Luca will, dass du seine Kreation testest. Was passt besser dazu: Himbeeren, Blaubeeren oder Erdbeeren? Zum Vergleich hat er alles draufgepackt.«

Dann verabschiedete sie sich, unterdrückte ihr Schuldbewusstsein wegen der Notlüge und hastete in den entgegengesetzten Flügel, um ihren Undercoverdienst anzutreten. Den winzigen Elektroschocker, der sich in einem als Stift getarnten Gerät an ihrem Notizblock befand, stellte sie auf Vorstufe Gelb ein. Er war eine von Frensen entwickelte Abwehrwaffe und ein Alarmsystem in einem. Sie setzte Angreifer kurz außer Gefecht, bis Unterstützung vor Ort war. Das Gerät war über eine Infrarotschnittstelle mit dem Überwachungssystem verbunden.

‚Code red' bedeutete Zugriff.

32

FALSCHE RATTENFALLE

15. - 17. Juli

Toni schrieb mit Viktors Unterstützung an einem Artikel über das letzte Opfer. Sie wusste nur, dass er in der gleichen Klinik lag wie sie. Doch weder Kante noch Pietro verrieten ihr, wo sie ihn finden könne. Ihren Ärger übertrug sie auf den Text und spottete darüber, dass die bevorzugte Nahrung von Ratten Körner und Pflanzen seien. Blutmahlzeiten stünden nur in Hungerzeiten auf ihrem Speiseplan. Auch die zweite gewünschte Todesart, das Verdursten, sei eine Fehlplanung des Racheengels gewesen. Sie schrieb:

Der Wettergott hat dem Racheengel einen Strich durch die Todesplanung gemacht. Er ließ es kräftig regnen. Das Opfer hatte genug Regenwasser, an dem es sich laben konnte.

»Laben?«, fragte Viktor kritisch. »Niemand benutzt diesen alten Ausdruck heute noch.«

»Er passt zu den pathetischen Worten, die er in seinen Nachrichten benutzt«, beharrte Toni.

Viktor hatte noch ganz andere Sorgen. Da Tonis Name als Verfasserin nicht erscheinen durfte, stand sein Namenskürzel darunter. »Hoffentlich nimmt der Schwachmat das nicht persönlich und stopft mich in die nächste Grube«, brummelte er vor sich hin.

Seine Angst war verständlich. Für jeden. Außer für Toni.

»Hase, mir hat er auch nichts getan«, meinte sie leichthin.

»Er hat dich nur lebendig begraben.«

»Er kannte meinen Namen und hat mich erwischt, nachdem ich sah, wie er ein Opfer massakrierte. Was hättest du an seiner Stelle getan?«

»Keine Ahnung?«

Sie winkte ab. »Der hat genug damit zu tun, seine Peiniger zu verfolgen. Und jetzt lass uns beeilen, ehe Theodora reinkommt.« Sie diktierte Viktor noch einen letzten hämischen Schlusssatz und kuschelte sich zufrieden grinsend in ihre Kissen.

Lässt der Racheengel nach, oder will er nur weitere lobende Schlagzeilen über sein verwerfliches Tun sammeln? Giert hier ein verletztes Kind im Manne nach Aufmerksamkeit?

***

Das Haus gehörte der Organisation, aber er wusste, dass es in der Feriensaison nicht nutzten. Hier war er sicher, bis Gras über seine letzte Tat gewachsen war.

Folglich hatte er in den Tag hinein gelebt und sich ausgemalt, was fünf Fuß unter der Oberfläche im entfernten Erdreich neben der alten Scheune passierte. Zur Verstärkung seiner grausamen Fantasien hatte er sich Slash-Videos reingezogen und sich an Schmerzensschreien von

Folteropfern ergötzt. Jedes Detail hatte er auf Mies Unterleib übertragen und die Szenen weitergesponnen. Er stellte sich vor, wie die Knopfaugen der Langschwänzer hervortraten, während sie sich am blutüberströmten Körper von Mies bedienten wie an einem Buffet. Der halbtote Körper zuckte, wenn sie in seine Eingeweide eindrangen, um sich zu sättigen.

Die Bilder sättigten auch seine eigenen niedersten Triebe, die ihm eine Dauererektion bescherten. Fast so befriedigend wie bei seiner ersten sexuellen Erfahrung beim Brennen des ersten Opfers.

Nach einer Woche hatte die Euphorie nachgelassen. Täglich rief er die Online-Seiten von MainLife auf, suchte nach der Sensationsmeldung über seine letzte Heldentat. Er besorgte sich Zeitungen, begann die Nachrichten im Fernsehen zu verfolgen und schaltete zwischen seinen privaten Filmvorführungen und den Meldungen hin und her. Er durchblätterte deutsche Zeitungen, klickte bereits am Samstag stündlich auf die Online-Artikel von MainLife, in der Hoffnung, wenigstens die triumphale Rettung der kleinen Schreiberin zu finden. Vergebens.

Erst am Sonntag erschien der ersehnte Startartikel von MainLife. Von da an zappte er durch die Fernsehsender, zog sich jeden Informationsschnipsel herein. Und drehte durch.

Was war schiefgelaufen? Hatten die sein Paket nicht bekommen, hatte seine dringliche Nachricht sie nicht rechtzeitig erreicht?

Mies hatte überlebt? Und kein Wort von der Schreibtusse?

Gegen Ende der Besuchszeit keuchte ein schwergewichtiger, glatzköpfiger Mann mit hochrotem Kopf tief gebeugt über seine Gehkrücken, durch die Flure. Er suchte das Zimmer seiner kranken Frau. Die Schwestern zeigten ihm Plätze zum Ausruhen, wiesen ihm den gesuchten Gang. Auch als er in dem umgebauten Flügel umherirrte, erregte er Mitleid. Die Schwesternschülerin eilte ihm entgegen, fragte, ob sie helfen könne, und wies dem offensichtlich unter Atembeschwerden leidenden Mann den Weg.

Hustend bedankte er sich und speichelte dabei kräftig durch die Gegend.

Angeekelt wandte sie sich ab.

Seine triumphierende Miene verpasste sie, während er nach einem letzten Blick hinter die Glasscheibe schneller davon eilte, als es seine verfettete Gestalt erlaubte.

***

Toni hatte bis zu Pietros Schichtende gewartet, das identisch mit Theodoras Dienstplan war. Beide hatten ihr Bettruhe verordnet. Erst kurz vor Ende der nachmittäglichen Besuchszeit traute sie sich, das Krankenzimmer zu verlassen. Sie tarnte sich mit normaler Kleidung, die ihr Pietro gebracht hatte. Saubere Jeans, Sweatshirt und ihre olivfarbene Mütze, nur Straßenschuhe fehlten.

»Wozu brauchst du die, du bleibst mindestens zwei Wochen hier«, hatte Pietro abgewinkt, als sie danach fragte. Stattdessen hatte er strahlend die Bärchen-Puschen ausgepackt. Sie hätte ihn am liebsten erwürgt, hielt den Mund und versuchte darin halbwegs unauffällig zu laufen.

Mit dem Fahrstuhl fuhr sie unbemerkt nach unten in den Empfangsbereich und erhaschte einen Blick auf den Lageplan, den die Frau am Besucherempfang auf dem

Bildschirm hatte. Sie konnte nichts erkennen, musste warten, bis sie den Platz räumte. Indessen flanierte sie gemächlich zu dem Zeitschriftenständer und legte sich auf die Lauer, in einer Zeitschrift über Angelausrüstung blätternd, die ein Besucher hatte liegen lassen.

Beiläufig nahm sie die Gestalt eines riesigen Mannes in einem Monteuroverall wahr und unterdrückte ein Grinsen. Es gab nur eine Erklärung dafür, dass Erich hier verkleidet herumlief. Jonas hatte erzählt, dass er inzwischen bei Frensen arbeitete. Und Kante hatte von einem Frensen Mann gesprochen, der ihre Aktion unterstützte.

Du bist also der eingeschleuste Mann zur Überwachung des letzten überlebenden Racheengel-Opfers.

Aus dem Augenwinkel musterte sie den neuen Erich. Die lange Matte und der Pferdeschwanz waren ab. Aus dem zotteligen Rockertypen war ein riesiger Schmusebär mit ordentlich Muckis geworden. Ein richtig netter Kerl.

Steht ihm, dachte sie, während sie ihm durch das Treppenhaus, in Richtung des abgelegenen Flügels folgte. Ihr Zimmer lag im gleichen Stockwerk. Auch Toni fiel der Beamte vor dem Zimmer auf. *Hier steckst du also.*

***

Vom Schwesternzimmer aus überwachte Kante jede Bewegung auf dem Flur und im Zimmer des vermeintlichen Überlebenden.

Die kleine Gestalt in Bärchen-Puschen zeichnete die Kamera nicht auf. Sie war auf die Höhe einer mindestens 170 Zentimeter großen Gestalt ausgerichtet.

Der gebückte Glatzkopf auf Krücken hingegen war erfasst. Kante vergrößerte den Bildausschnitt und glich sie mit vorhandenen Aufnahmen von Richard Blums Gesicht ab. Winkend rief sie Wolf hinzu, der als Pfleger getarnt seinen Undercover-Dienst verrichtete. »Was hältst du davon?«

»Wenn er das ist, müssen wir uns vorsehen. Er scheint ganz passabel schauspielern zu können.«

»Vielleicht geht er so gebeugt, um seine Größe zu kaschieren.«

»Lass mal die Sequenz durchlaufen, ich will mir seine Bewegungen in Zeitlupe ansehen.«

Kante verfolgte mit Wolf die Schrittfolge. »Hier, siehst du das«, wies sie auf einen Zögerer hin.

»Richtung Glastür humpelt er langsam, zieht das rechte Bein leicht nach und stoppt davor. Er beobachtet unseren Flur von draußen und klebt mit seinen Blicken förmlich an der Glasscheibe.«

Kante nickte verbissen. »Achte auf seine Haltung, er vergisst fast, dass er einen Buckel hat.«

»Und er bleibt auffällig lange stehen, als präge er sich die Räumlichkeiten ein. ... Da! Er bewegt sich wesentlich hastiger, nachdem Leo als Schwesternschülerin ihn angesprochen hat.«

»Auf dem Rückweg zieht er das falsche Bein nach. Das ist unser Mann!«

Zehn Minuten später war die aktuelle Schicht des Soko Teams eingeschworen auf die heiße Phase. Wolf sprach eindringlich zu seiner Spezialcrew: »Ihr wisst, was zu tun ist. Lasst Marcel Wüst nicht eine Sekunde aus den Augen.«

Kante ergänzte das Briefing: »Wenn Marcel nicht ausreichend geschützt ist, fangt Blum auf dem Flur ab.« Sie reichte Marcel einen der getarnten Kugelschreiber. »Falls was schief läuft, benutz ihn, wir sind binnen von Sekunden da. Achtet auf die kräftige, große Gestalt und auf Verkleidungen wie diese, mit der er geschickt davon ablenkt.« Sie zog die Aufnahmen auf den Bildschirm und vergrößerte einen Ausschnitt, der das Gesicht zeigte.

»Er hat wie ein Lungenkranker im Endstadium losgehustet, so dass jeder normale Mensch angeekelt wegschaut. Damit hat er mich ausgetrickst«, bestätigte Leo.

***

Im entgegengesetzten Flügel grübelte Toni darüber nach, wie sie unbemerkt von den Kameras in das Zimmer des Überlebenden gelangen konnte. Sie formulierte kernige Fragen und erdachte eine sinnvolle Reihenfolge je nach Brisanz. Im besten Fall hatte sie nur wenige Minuten, bevor Kantes Überwachungsteam sie erwischen und achtkantig vor die Tür setzen würde.

Unzufrieden wühlte sie in ihren Locken. Es musste einen besseren Weg geben.

***

Kante kämpfte gegen die Müdigkeit an. Die Nacht war ruhig gewesen, was zu einer trügerischen Lethargie führen konnte. Sie hatte schon oft erlebt, wie die Aufmerksamkeit in den Morgenstunden nachließ, wenn das Licht vorgaukelte, dass die Gefahr gebannt sei. Ihre nächste Schicht begann erst in zehn Minuten um 6.00 Uhr. Sie überwand den toten Punkt, checkte augenreibend die Monitore und ließ die vergangenen

Stunden im Schnelldurchlauf an sich vorbeiziehen. Sie nickte zufrieden. Niemand war auch nur in die Nähe ihres Klinikflurs gekommen.

»Auch im Fahrstuhl alles sauber«, meldete Wolf und wandte sich an Erich. »Was ist mit dem Treppenhaus?«

»Nichts Verdächtiges.«

»Danke Erich, und jetzt leg dich aufs Ohr«, forderte Kante den Mitarbeiter von Frensen auf. »Es ist deine zweite Nacht in Folge. In einer Stunde kommt deine Ablösung. Wenn sich jemand nähert, wecken wir dich und unseren Mann in Uniform.«

»Sicher? Ich bin noch fit.«

»Ja, leg dich hin, mach ein Nickerchen.«

»Gut«, gab Erich mit flatternden Augen nach. Seufzend legte er sich in voller Montur auf die Liege und dämmerte weg. Die an seiner Brusttasche befestigte Namensmarke seiner angeblichen Installationsfirma konnte ihn wahlweise vibrierend oder mit einem auf Zimmerlautstärke gedrosselten Weckton alarmieren. Alle Mitglieder des Teams trugen einen solchen Button, passend zu ihrer Verkleidung.

Kante ließ den Monitor nicht aus den Augen. Beim Zubereiten einer Kanne Kaffee beeilte sie sich und suchte in ihrer Tasche nach Keksresten für ein karges Frühstück.

***

Die Uniform war zu weit, das Häubchen zu klein für ihr Lockengewirr. Ersatzweise fand sie Kopftücher, die zur Uniform der Schwesternschülerinnen gehörten. Ihre Verkleidung war perfekt, bis auf ein Detail: Schuhe gab es auch in der Wäschekammer keine. Schulterzuckend starrte sie auf ihre Bärchen-Puschen. Wenigstens konnte sie sich damit lautlos anschleichen.

Mit Blick auf die Uhr hatte sie sich um 6.20 Uhr davongeschlichen, genug Zeit, um vor Theodoras Schichtbeginn ein Interview zu ergattern. Sie grinste vorfreudig. Das Adrenalin hatte sie die ganze Nacht wachgehalten. Aufmerksam sah sie sich nach nützlichen Utensilien um und entdeckte ein Tablett, das man für medizinische Behälter im OP nutzte. Wahllos bestückte sie es mit Arzneimittelmustern, die sie in einem unverschlossenen Schrank fand. Der Schlüssel steckte. *Schlamperei*, dachte sie. Und freute sich darüber. Sie öffnete die Tür, sah sich im Gang um. Sie war alleine.

Forsch schlurfte sie in die zuvor erkundete Richtung. Ihre Sinne waren hellwach, gefasst darauf, dass eine Schwester oder ein Arzt sie ertappte. Erst knapp vor ihrem Ziel konzentrierte sie sich auf das vor ihr liegende Interview mit dem Kinderschänder. Unbewusst runzelte sie die Stirn und fragte sich zum wiederholten Mal, wie dieser Typ mit seinen scheußlichen Verletzungen die Zeit im Tunnel überlebt haben konnte. Vielleicht war etwas dran an der Theorie, dass das Böse immer siegte. Sie schauderte, wenn sie an die bevorstehende Begegnung mit dem Mann dachte, dessen Kastration sie miterlebt hatte.

Bevor sie um die letzte Ecke bog, stellte sie das schwere Metalltablett ab, zog ihr Kopftuch nach vorne über ihre Stirn. Tief einatmend nahm sie das Tablett wieder hoch, richtet sich kerzengerade auf und marschierte weiter.

An der Glastür angekommen, beugte sie den Kopf, checkte sorgfältig ihre Medikamente, öffnete sie mit dem Ellenbogen und huschte in den Flur. Sie wunderte sich, dass der Beamte nicht vor der Tür des Krankenzimmers saß. Ohne aufzublicken, drückte sie die Klinke herunter, schlüpfte in das Zimmer und eilte auf das Bett zu, in dem der Kranke unter einer Ansammlung von Apparaten lag. Er schien zu schlafen. Mit angehaltenem Atem beugte sie sich über ihn, um ihn leise aufzuwecken.

***

»Was macht unsere übereifrige Leo schon wieder bei Marcel?«, wunderte sich Kante drei Türen weiter. »Man könnte meinen, sie hat sich in ihn verguckt.« Sie goss für sich und Wolf frischen Kaffee aus der Kanne ein.

Wolf bedankte sich, ohne den Blick vom Außenmonitor abzuwenden. »Die Ablösung für Erich ist früh dran.«

Kante blickte auf seinen Bildschirm, stutzte, schüttelte heftig den Kopf. »Nein, das ist er. Das ist unser Mann. Er kommt als Handwerker.«

»Fangen wir ihn ab?«

»Sekunde, lass ihn ins Zimmer eintreten, ich alarmiere Leo.«

Sie sendete Leo im Zimmer des vermeintlich Kranken einen lautlosen Vibrier-Impuls. Es war verabredet, dass sie sich hinter dem Paravent verstecken und den Besucher mit einem Überraschungsangriff überwältigen sollte, bevor er dem Lockvogel nahekam. Gespannt sah sie mit Wolf zusammen auf die Bildschirme, die verschiedene Perspektiven des präparierten Krankenzimmers zeigten. Sie zoomte auf den Paravent ... und fluchte.

»Verdammt, das ist nicht Leo. Siehst du die Bärchen-Puschen.«

Mit Druck auf den Minischocker alarmierte sie alle Agenten.

»Zugriff«, sie stürzte aus dem Zimmer, hastete die sechs Meter Gang entlang - dem Mann hinterher, der soeben das Krankenzimmer betreten hatte.

Wolf folgte ihr.

Sie riss die Türe auf und erstarrte.

Vor ihr lag Richard Blum, der derzeit meistgesuchte Serientäter. Niedergestreckt von einer winzigen Person in Schwesterntracht und Bärchen-Pantoffeln, die zum nächsten Hieb ansetzte, weit mit dem schweren Metalltablett ausholend.

»Schhhh, Toni, ganz ruhig«, stoppte sie die Bewegung. »Lass gut sein, der ist schon K.O.«

»Arschloch, das war dafür, dass du mir eine über die Rübe gebraten hast«, keuchte Toni.

Kante nahm ihr vorsichtig das Tablett ab. Legte es betont langsam auf den Boden neben Marcel, der bei dem Angriff des wütenden Besuchers aus dem Bett gepurzelt war. Sie schüttelte fassungslos den Kopf, während sie auf den Notknopf drückte, um einen echten Arzt zu alarmieren.

»Ich hoffe, wir haben alles auf Band. Das glaubt uns sonst niemand.« Dann holte sie ein paar Handschellen aus ihrer Schwesterntasche und legte sie Richard Blum um. Gerade rechtzeitig, bevor er wieder aufwachte. Sie verlas ihm seine Rechte, bezeugt von Wolf, Erich, Leo, dem uniformierten Zivilbeamten und dem aus seiner Schreckstarre erwachten Lockvogel Marcel Wüst.

Wüst starrte auf die Szene und auf seinen scharf gemachten Schocker. »Habe ich den jetzt benutzt oder nicht?«, fragte er baff.

Eine Frage, die ihm momentan nur einer beantworten konnte.

***

Gregor hatte freiwillig die Nachtschicht übernommen und auf den Frensen Monitoren beobachtet, wie sich die Türe erneut öffnete, nachdem die verkleidete Schwesternschülerin ins Zimmer gehuscht war. Er verfolgte, wie sie sich hastig hinter dem Paravent versteckte, bevor der Mann im Overall sich über den vermeintlich Kranken beugte.

Mit angehaltenem Atem sah er zu, wie Wüst nur das Ohr des Verkleideten mit dem Minischocker erwischte. Es reichte, Blum knickte zusammen. Den Rest besorgte die kleine Schwesternschülerin mit ihrem Tablett aus massivem Stahl. Erst jetzt bemerkte er, wer sich in der Verkleidung der Agentin Leo eingeschlichen hatte.

»Toni, du schon wieder?«

Erleichtert registrierte er den ausgelösten Alarm vor Ort und das Eintreffen des Soko-Teams. Wie knapp es sowohl für Wüst als auch für die falsche Schwesternschülerin gewesen war, dokumentierte er für interne Zwecke und für Kante. Er schuldete ihr einiges.

***

»Nur fürs Protokoll«, kommentierte Wolf vor Ort das Geschehen. »Das war die merkwürdigste Festnahme, die ich in dreißig Dienstjahren erlebt habe.«

Toni war leichenblass. Gestützt von Leo und Wolf ließ sie sich auf das leere Bett von Wüst fallen. Ihre Hände zitterten, als sie sich das Kopftuch von den Locken zerrte. Das Zittern übertrug sich auf den ganzen Körper, ging in ein heftiges Schütteln über.

Der herbeieilende Arzt kümmerte sich zuerst um Toni, die am Rande eines ernstzunehmenden Schocks stand. Erst danach untersuchte er den Gefangenen.

Blum hatte nur eine leichte Gehirnerschütterung und ein ansehnliches Veilchen. Er knodderte vor sich hin. »Scheißbullen, ihr könnt nur draufknüppeln.«

Niemand machte sich die Mühe, ihn aufzuklären.

»Wegen Polizeigewalt kann uns keiner drankriegen«, murmelte Kante leise und wählte die Nummer von Schön.

»Wir haben Richard Blum. Den Rest erzähle ich dir später. Wir bringen ihn erst mal vor der Schwesternschülerin, die ihn niedergestreckt hat, in Sicherheit. Er hat es leidlich überlebt, nichts Ernstes.«

33

EIN KIND NAMENS RICHARD BLUM

18. - 19. Juli

Blum sah sich im Verhörraum um, setzte sich fügsam auf den zugewiesenen Stuhl, suchte sich einen Punkt an der im Einheitsgrau gestrichenen Wand und starrte darauf. Nur seine riesigen Hände, die er abwechselnd zu Fäusten ballte und lockerte, zeigten seine Anspannung. Kante und Schön setzten sich ihm gegenüber, nannten ihm Dienstgrad und Namen.

Blum blieb reglos sitzen. Er blickte nicht auf, als Schön ihm die Rechte verlas. Auf die Frage, ob er alles verstanden habe, antwortete er nicht. Sie hätten auch mit der Wand reden können.

Erst als Kante aufstand und sich über den Tisch beugte, um eine persönliche Frage zu stellten, sah er auf.

Sie wiederholte ihre Frage: »Haben Sie Schmerzen, brauchen Sie eine Tablette oder ein Kühlpad?«

»Wie bitte?«, erwachte er aus seiner stummen Rolle. »Zuerst schlagen Sie mich nieder und dann wollen Sie wissen, ob es wehtut?«

»Das war ein Versehen.« Sie sagte ihm, wer ihn niedergeschlagen hatte. »Frau Amato war zufällig da um Herrn Mies zu interviewen, sie hat nur den Kranken verteidigt.« Erneut machte sie einen Schlenker zu seinem Befinden. »Sagen Sie, wenn Sie etwas brauchen.«

Blum schien irritiert. Er setzte zum Sprechen an, hielt inne.

Kante blieb vornübergebeugt stehen. »Möchten Sie wissen, wie Frau Amato Ihren Schlag auf den Fahrradhelm verkraftet hat, tief eingegraben in den unterirdischen Tunneln?«

»War sie das wirklich? Ich dachte, sie wär ein Geist«, schoss es aus ihm heraus.

»Ja, sie war es«, antwortete Kante zufrieden und lehnte sich zurück, ohne den Blickkontakt zu lösen.

»Dann habt ihr sie rechtzeitig gefunden?«

»Kurz bevor wir Frank Mies fanden.«

»Warum stand nichts davon in der Zeitung?«

Kante zuckte arglos mit den Schultern. »Sie brauchte Schonung, war ziemlich krank.«

In den Augen des Gefangenen blitzte Verstehen auf. »Das war eine verdammte Falle?«

Kante lächelte Blum an, während er ausflippte. Sie hatte ihn zutreffend eingeschätzt. Er verfügte über eine erstaunliche Intuition. Das verband sie mit ihm.

Eine Stunde später hatte sich Blum von seinem Tobsuchtsanfall erholt. Die Nachricht, dass auch der überlebende Frank Mies eine Finte war, hatte Kante nachgeschoben. Dann hatte sie weiter seinem Arsenal an Schimpfwörtern gelauscht. Etliche Ausdrücke waren selbst ihr neu. Manche mundartlichen Beschimpfungen verstand sie nicht einmal. Andere prallten an ihr ab; zu oft gehört, zu verbraucht, um eine Wirkung zu erzielen.

Irgendwann wiederholte er sich und wurde heiser und leiser. Seine Frage grummelte er. »Habt ihr nichts Gescheites zum Trinken? Ich will ein Bier, das Blumenwasser könnt ihr alleine saufen.«

»Darf es auch eine Cola sein«, bot Kante an und unterdrückte ein Grinsen.

»Egal …«

Kante warf einen Blick zu dem Beamten in Uniform. »Können Sie uns eine Cola für unseren Gast bringen lassen?«

Der ‚Gast' lehnte sich zurück, stützte seine Pranken rechts und links auf die Tischplatte, starrte auf Schön. »Kann der verschwinden? Ich rede nicht mit Männerärschen.«

Schön, der sich seiner Rolle als autoritärer Part in der Befragung gemäß zurückgehalten hatte, sah ihn unbewegt an. »Kommt auf Sie an.«

»Auf was?«

»Kooperieren Sie mit uns und wir verhandeln über die Befragungsform. Beginnen wir mit etwas Einfachen, haben Sie Ihre Rechte verstanden?«

Blum schwieg.

»Herr Blum haben Sie alles verstanden?«

»Ja.«

Auch die weiteren Fragen zu seiner Person beantwortete er ohne Emotion mit Ja, mit Nein oder Achselzucken, wenn eine komplexe Antwort erforderlich war. Er schreckte nur zusammen, wenn man seinen Namen nannte. Bei der Frage nach seinem Geburtsdatum zögerte er. »Wollen Sie das richtige Datum oder das gefälschte.«

»Sind Ihre Papiere gefälscht?«

»Nicht von mir.«

Schön notierte sich die Antwort, legte sie so, dass Kante darauf blicken konnte. ‚Was meint er? Übernimm bitte'.

Kante nickte unmerklich. Sie zählte die Taten auf, die Blum zur Last gelegt wurden und forderte ihn auf, Stellung zu beziehen. Wieder schwieg Blum, rutschte unruhig auf seinem Stuhl hin und her. »Warum kriege ich keinen Anwalt?«

Sie wiederholte Schön's vorgeschriebene Eingangsrede mit ihren Worten. »Wenn Sie auf einem Anwalt bestehen, dann dürfen Sie gerne telefonieren. Falls Sie sich keinen Anwalt leisten können, stellt Ihnen der Staat einen Pflichtanwalt zur Seite. Was möchten Sie?«

»Ich hab keinen umgebracht, dass das klar ist.«

»Das untersuchen wir und berücksichtigen, was für und was gegen Sie spricht«, sagte Kante und fügte hinzu. »Sie haben selbstverständlich auch das Recht, sich selbst zu verteidigen und uns und der Welt zu erklären, welche Motive Sie für Ihren Rachefeldzug hatten. Warum sagen Sie uns nicht einfach, was sie nach so vielen Jahren dermaßen erzürnt hat, dass sie zum Racheengel wurden?«

Blum starrte sie an, überging die Frage. Er war noch mit der vorigen Fragestellung beschäftigt. »Was macht ein Anwalt?«

»Er unterstützt Sie, untersucht den Fall, versucht Argumente zu formulieren, die für Sie sprechen. Und er vertritt Sie vor Gericht.«

»Was tut er genau?«

»Er spricht für Sie.«

»Sprechen kann ich selber.«

»Sie verzichten auf einen Anwalt?«

»Mal gucken. Ich will ja reden ...«

Blums Blick irrte im Raum umher. »Kann ich nicht aufstehen und rumlaufen, stillsitzen macht mich wahnsinnig.« Schweißperlen auf seiner Stirn zeigten, dass er tatsächlich litt.

»Das geht leider nicht, es ist vorgeschrieben, dass Sie bei der Vernehmung sitzen. Später können Sie zurück in Ihre Zelle und so viel herumlaufen, wie Sie möchten.«

»Ich will mit der kleinen Schreibtusse reden.« Ein trotzig kindlicher Ausdruck erschien auf dem Gesicht des riesigen Mannes, dessen Körper aufgerichtet über zwei Meter maß. Selbst sitzend war er beeindruckend. Sein Gesichtsausdruck war es nicht. Momentan wirkte er wie ein gescholtenes Kind, das sich aufplusterte. »Die soll endlich die Wahrheit schreiben.«

»Frau Amato ist sehr krank, sie hatte eine schwere Blutvergiftung nach den Tagen im unterirdischen Tunnel, in dem Sie das Mädel eingeschlossen hatten«, antwortete Schön und lehnte sich zurück.

Blums Augen irrten von ihm zu Kante, blieben an ihr haften, heischten um ihr Verständnis. »Das wollte ich nicht.«

»Sie hat es überlebt, knapp.«

»Kann man mich dafür drankriegen?«

»Kommt darauf an, wie Sie kooperieren und ob Frau Amato Sie verklagt, das werden wir getrennt von den Rachefällen behandeln.«

»Und wenn ich mich entschuldige?«

»Unterhalten wir uns zunächst über Ihren Rachefeldzug. Dann setze ich mich dafür ein, dass Sie Ihr Interview bekommen und Sie dürfen sich entschuldigen, wenn Ihnen das wichtig ist«, stellte Kante in Aussicht.

Blum nickte. »Ich wollte nur die Drecksäcke bluten lassen, die mein Leben verpfuscht haben. Das mit der Schreibtusse tut mir leid.« Sein Blick senkte sich, richtete sich nach innen.

Kante nickte verständnisvoll. »Beginnen wir mit dem Ehepaar Briechert. Erzählen Sie uns, wie Sie sich an ihnen gerächt haben.«

»So läuft das nicht. Ich klage zuerst an.« In Blums Gesicht zuckte es. Seine Schultern strafften sich, er richtete sich in voller Sitzhöhe auf. Abwechselnd die beiden Ermittler ansehend, sprach er mit einem Mal akzentfrei. »Ich klage die Alten an, dass Sie mir mein Leben genommen haben als ihren rechtmäßigen Sohn und Erben.«

»Sie glauben, der leibliche Sohn der Briecherts zu sein?« Kantes Brauen zogen sich ungläubig zusammen.

»Ich kann es beweisen.«

»Wie?«

»Ich fand meine Geburtsurkunde auf dem alten Hof.«

»Woher wissen Sie, dass es Ihre ist?«

»Sie haben es schriftlich festgehalten und alle Beteiligten erpresst.«

»An was beteiligt?«

»Am Kindstausch. Sie haben mich gegen das Pflegekind Richard Blum ausgetauscht, das der Mann namens Frank Mies totgeprügelt hat. Er war der beste Kunde der Alten. Sie haben alles vertuscht.«

»Sie? Wer genau?« Kante verbarg ihre Verblüffung hinter direkten Fragen.

»Die Alten, Mies, Kinnert, der Arzt. Karlotta Schwan vom Jugendamt. Die nette Frau mit den wunderschönen blauen Augen.« Er lachte bitter auf. »Ein Teufel war sie.«

Kante zückte ihren Stift. »Damit unsere Befragung korrekt ist, wie lautet Ihr richtiger Name?«

»Ich wurde als Johannes Briechert am 1. März geboren, im Jahr 1972. Ich war ein Jahr und zehn Tage alt, als sie den totgeprügelten Richard Blum unter meinem Namen auf einem Friedhof in Seligenstadt begruben.«

»Woher wissen Sie das?«

»So steht es im Kontrakt, den ich bei den Geburtsurkunden fand. Und ich besuchte mein eigenes Grab, das Grab mit dem echten Richard Blum. Der Name auf dem Kreuz ist mein Geburtsname, Johannes Briechert.«

»Warum hat man Sie vertauscht? Steht das auch in dem Kontrakt?«

»Ja. Um den Totschlag an dem Pflegekind Richard Blum zu vertuschen und weiter Geld vom Staat zu kassieren.«

»Wieso brauchte man alle aufgezählten Personen für diesen ...«, Kante zögerte, »Komplott?«

»Es ging um weit mehr als um das Pflegegeld für Richard Blum und andere Pflegekinder.« Der Angeklagte sprach emotionslos, es schien, als habe er jeden Satz auswendig gelernt und geprobt.

»Um was ging es?«

»Wir Kinder waren ihre Ware, sie verdienten viel Geld mit uns, indem sie uns an Freier verkauften.«

»Sie auch?«

»Ja«, antwortete er knapp. Schwieg.

»Schwer zu glauben, dass so etwas unentdeckt blieb«, nahm Kante den Faden wieder auf.

»Sie steckten alle mit drin. Mit dem Kontrakt haben sie sich gegenseitig abgesichert.«

Schön resümierte: »Frank Mies hat einen Säugling totgeschlagen und das wurde vertuscht, indem man Sie an seiner Stelle als Richard Blum großzog? Ist das richtig?«

»Ja.«

»Können Sie das zweifelsfrei beweisen?«

»Ja.«

»Wie? Ist der Kontrakt in Ihrem Besitz?«

»Ich habe alle Unterlagen gesichert. Von den Geburtsurkunden bis zu dem Kontrakt, der die fließenden Bestechungsgelder festlegte. Frank Mies musste zahlen, Kinnert und Schwan wurden bezahlt. Der eine mit Naturalien, sie mit Geld. Meine Erzeuger bekamen im Gegenzug ungeprüft Pflegekinder, besonders hübsche und junge Pflegekinder.«

»Wo sind die Unterlagen?«

»An einem sicheren Ort. Ich zeige sie euch, wenn ich mein Interview bekomme und meine Anklage veröffentlicht wird.«

»Gehen wir davon aus, dass dies Ihr Motiv für den Rachefeldzug war und sprechen wir über die Taten«, überging Schön den Einwand.

»Erst wenn alles öffentlich richtiggestellt ist. Vorher sage ich dazu keinen Ton.« Blum verschränkte die Arme, lehnte sich zurück, starrte auf die Wand.

Kante öffnete eine Dose Cola, die sie aus dem Sixpack nahm, das der Beamte zwischenzeitlich besorgt hatte, schenkte damit einen Pappbecher voll und schob ihn hinüber.

Blum rührte sich nicht.

Sie kramte aus ihrer Mappe eine Tafel Schokolade heraus, packte sie aus, brach sie durch, reichte Blum die Hälfte. »Mögen Sie? Nuss mit Bitterschokolade?«

Blum starrte sie verwirrt an, nahm die Schokolade, schob sich mehrere Stücke in den Mund und kaute. Er nippte an der Cola, brach einen weiteren Riegel ab und grummelte mit vollem Mund: »Kann er endlich rausgehen?« Er wies mit dem Kopf auf Schön.

»Sie möchten mit mir alleine sprechen?«

»Hab ich vorhin schon gesagt.«

»Das ist leider nicht möglich, Oberkommissar Schön muss bei unserem Verhör anwesend sein.«

»Dann soll er die Klappe halten, ich red mit dem nicht. Ich red überhaupt nicht mit Kerlen.«

Schön nickte gleichmütig. »Einverstanden, ich höre nur zu.«

»Und schaffen Sie mir die Schreibtusse bei, die soll alles notieren und darüber schreiben.«

»Herr Blum ...«

»... ich heiße Briechert, Johannes Briechert.«

»Gut, Herr Briechert, können wir uns darauf einigen, dass wir das Verhör fortsetzen und Sie später in meinem Beisein ein Interview mit Frau Amato bekommen? Sowie sie gesundheitlich dazu in der Lage ist.«

Er nickte, verschränkte die Hände vor der Brust.

»Beginnen wir mit Ihrem letzten Opfer, mit Frank Mies.«

Frank Mies hat das Baby Richard Blum totgeschlagen. Alle Beteiligten halfen, die Tat zu vertuschen. Er selbst hat zeitlebens mit Gefälligkeiten und Schweigegeldern bezahlt. Welcher Art die Gefälligkeiten waren, ist noch unklar.

Doktor Kinnert half beim Ausstellen des Totenscheins und ist schuldig der Vertuschung einer Straftat und der

Dokumentenfälschung. Er ließ sich für seine Beihilfe bezahlen mit pädophilen Dienstleistungen, machte sich unentbehrlich, wurde für ärztliche Hilfeleistungen herbeigeholt und bezahlt. Im Eigeninteresse verschwieg er Missbrauchspuren.

Karlotta Schwan ist schuldig der Vertuschung und Verschleierung einer Straftat in Tateinheit mit Amtsmissbrauch. Sie erhielt Schweigegeld und leistete weiteren Fällen von schwerem Missbrauch Vorschub, indem sie ungeprüft Kinder an die Briecherts vermittelte. Daraus hat sie ein Geschäft gemacht - unter dem Deckmantel ihrer Behörde.

Schön ließ sich schwerfällig auf den Stuhl neben Kante fallen und starrte mit ihr auf die Tafel. »Was für ein Sumpf, ich könnte kotzen.«

Kante führte seine Ausführungen leise fort. »Ich habe recherchiert. Johannes Briecherts Leben besteht aus einer Kette von Lügen, Vertuschungen und Gräueltaten.«

Schön sah sie abwartend an.

»Die Briecherts sind tatsächlich die leiblichen Eltern von Johannes, alias Richard. Sie vertauschten ihr einjähriges Kind gegen ein erschlagenes Baby, das unter dem Namen ihres Kindes begraben wurde.«

»Was ist mit seinen leiblichen Eltern?«

»Ein Junkie Pärchen, beide von Heroin abhängig. Um das Wohl des Kindes sicherzustellen, griff das Jugendamt ein. Man brachte den Säugling mit vier Monaten vorübergehend bei Pflegeeltern unter. Karlotta Schwan sorgte dafür, dass er zu den Briecherts kam. Er war zwölf Monate alt, als Mies ihn erschlug. Man tauschte die

Identität des toten Säuglings gegen den leiblichen Sohn der Pflegeeltern Briechert aus. Johannes war nur einen Monat älter. Er wuchs als Richard Blum auf. Als er knapp drei Jahre alt war, verfügte ein Familiengericht, dass das Paar Blum jetzt in der Lage sei, ihr Kind zu sich zu nehmen. Sie schienen zu diesem Zeitpunkt clean zu sein, hatten eine Wohnung, er arbeitete als Maurer.«

»Und sie bekamen anstelle ihres leiblichen Kindes den kleinen Johannes? Haben sie das nicht bemerkt?«

Kante nickte. »Das habe ich mich auch gefragt und beim Jugendamt nachgefragt. Es gab zuvor begleitete Treffen mit dem Kind. Da hatte man an seiner Stelle bereits Johannes gegen Richard eingetauscht. Sie kannten im cleanen Zustand nur das vertauschte Kind.«

»Das macht es glaubhaft. Die Erinnerungen an den viermonatigen Säugling waren durch den Drogenkonsum vermutlich eher diffus.«

»Richtig. Und beide Jungen hatten braune Augen, dunkles, glattes Haar und keine Muttermale oder andere Kennzeichen.«

»Wieso kam Johannes wieder zurück zu den Briecherts?«

»Er lebte bei den Blums bis zu dieser Tragödie, die durch die Presse ging ...«

»Was ist passiert?«

»Man fand Richard Blum, also unseren Johannes, neben der erschlagenen Mutter und dem ermordeten Vater. Die Mutter war durch einen Schlag mit dem Schürhaken zu Tode gekommen. Der Vater verstarb an den Folgen von Schlägen auf seinen Schädel mit einer Glasflasche. Ringsum lagen Bierflaschen. Braune Scherben steckten noch in seinem Kopf, darüber hinaus war der Körper mit Schnittwunden übersät.

Aber das Gruseligste waren Brandwunden, die mit dem aufgeheizten Schürhaken postmortal aufgebracht waren.

Über den Zustand des Kindes erschien kein Wort in der Presse. Die Jugendamt-Mitarbeiterin, die sich um den Jungen kümmerte, war ...«

»Karlotta Schwan?«

»Ja.«

»Schürhaken, Brandmale ... Feuer?« Schön schrieb die Worte auf die Tafel. Beide starrten darauf, während Kante die weiteren Ergebnisse ihrer Untersuchungen ausführte. »War Schwan beteiligt an der neuerlichen Übermittlung des Jungen an die leiblichen Eltern Briechert?«

Kante blätterte in Ausdrucken. »Ja, aber es gibt eine zeitliche Lücke von ein paar Monaten. Wir versuchen noch herauszufinden, wo sie ihn unmittelbar nach dem gewaltsamen Tod untergebracht hatte.«

»Eine Therapie? Er war bestimmt traumatisiert?«

»Möglich, davon steht kein Wort in den Unterlagen, Schwan hat nichts eingetragen.«

»Stell dir vor, wie es ihm ergangen sein muss, als er die Papiere entdeckte.«

»Das übersteigt mein Vorstellungsvermögen«, sagte Kante. »Lars, mit der Vorgeschichte haut ihn jeder pfiffige Anwalt aus unserer Schussrichtung.«

»Er hat bisher auf einen Anwalt verzichtet.«

»Geben wir ihm wenigstens die Genugtuung, dass sein Fall veröffentlicht wird ...«

»Das Interview, das er fordert?«

»Ja.«

»Was ist mit den Morden an den Briecherts und dem Junkie?«

»Da steckt mehr dahinter. Und jemand anderes.«

»Vielleicht weiß er mehr?«

Kante überbrachte Blum, alias Johannes Briechert, die ersehnte Nachricht: »Sie bekommen Ihr Interview mit Toni Amato.« Der Zeitpunkt blieb offen.

Er nickte. »Einverstanden. Sie soll alles aufzeichnen, ich möchte richtig zitiert werden.«

»Dann wäre das geklärt, kommen wir zu einem Themenkomplex, bei dem wir Ihre Mitarbeit benötigen.«

»Um was geht es?«

»Um die Ermordung Ihrer Eltern und um die Ermordung von Alex Krohn, den sie beauftragt haben, das Paket mit der Zunge dem Fahrradboten zu übergeben.«

»Ich war's nicht!«

Kante nickte zustimmend. »Angenommen, ich glaube Ihnen, wer könnte ein Interesse daran haben, Ihre Eltern und den siebzehnjährigen Alex Krohn, den wir als Zeugen befragen wollten, umzubringen?«

Sein Blick wirkte verschlagen. »Da wüsste ich einige, die nicht wollten, dass die Alten ausgequetscht werden.«

»Was oder wen hätten sie verraten können?«

»Wenn ich darüber rede, bin ich dran. Nee, mit denen lege ich mich nicht an.«

»Mit wem?«

Blum überging die Frage. »Kann ich Zeugenschutz und eine Einzelzelle bekommen?«

»Wir können Sie nur schützen, wenn wir wissen vor wem?«

»Und der liebe Gott ist für alle da, klar.«

Kante musterte Blum eingehend. »Herr Briechert, wir könnten einen Deal erwirken, der Sie schützt, vielleicht sogar mit einer neuen Identität. Aber dafür müssen Sie aussagen. Der Begriff Zeugenschutz bedeutet, dass Sie als Zeuge aussagen, um geschützt zu werden. Andernfalls gehen wir davon aus, dass Sie Ihre leiblichen Eltern und den Jungen aus dem Weg geschafft haben. Verstehen Sie das?« Sie sah ihn eindringlich an. »Wir brauchen Hinweise auf die Täter, sonst kann ich nichts für Sie erwirken und die Mörder kommen ungestraft davon.«

»Die kriegen Sie eh nicht. An die kommt keiner ran. Nicht ohne Beweise.«

»Und die Beweise haben Sie? Waren die auch bei den Papieren, die sie gefunden haben?«

»Nee, so geht das nicht, ich sag nur aus, wenn ich diesen Deal habe. So heißt das doch wohl ...« Blum lehnte sich großspurig zurück.

Kante nickte. Der Vibrationsalarm ihres Handys meldete ein Gespräch. Verärgert sah sie auf das Display. »Ich bin gleich wieder bei Ihnen, Herr Briechert.«

Sie nahm den Anruf von Schön im Flur entgegen. »Was gibt es?«

»Ein Doktor Carlson hat eine einstweilige Verfügung erwirkt und ein Gutachten eingereicht, nach dem Richard Blum verhandlungsunfähig sei.«

»Mit welcher Begründung?«

»Schizophrener Schock in Verbindung mit Wahnvorstellungen und Realitätsverlust. Er soll für weitere Untersuchungen und eine adäquate Behandlung in die

Psychiatrie überführt werden. Wir haben ein Zeitfenster von 24 Stunden zur Prüfung der eingereichten Unterlagen. Werden sie zugelassen, ist Blum unser Ex-Gefangener.«

Kante flüsterte, sich umblickend: »Verdammt, er hat gerade was von Hintermännern, die wir ohnehin nicht fassen, gefaselt. Ich hatte ihn fast so weit.«

»Was machen wir?«

»Blum besteht darauf, mit Toni zu sprechen. Wir müssen das Interview vorziehen. Am besten auf heute Abend.«

»Ist das realistisch?«

»Lass es uns versuchen. Vielleicht ist ein Interview unsere letzte Chance, an mehr Informationen zu gelangen. Da steckt ein Sumpf an Verdächtigen mit drin.«

»Gut, ich rede mit der Staatsanwältin über die Verwertbarkeit der Antworten bei dem Interview. Versuch aus ihm rauszuquetschen, was geht«, stimmte Schön zu. »Halte die Nachricht von seinem Verteidiger zurück.«

»Wo kommt dieser Doktor Carlson so plötzlich her? Blum hat nichts von einem Anwalt erwähnt.«

»Vermutlich weiß er bislang nichts von ihm. Ich kenne Carlson von einem früheren Fall. Er ist so etwas wie ein Staranwalt für schräge Vögel, denen mindestens einmal lebenslänglich droht.«

»Hat er eine spezielle Strategie?«

»Damals tauchte er auch aus dem Nichts auf und verhinderte mit einem zwielichtigen Alibizeugen einen bis dato gesicherten Schuldspruch. Der Angeklagte war ein vorbestrafter Vergewaltiger, wir mussten ihn laufenlassen. Sein nächstes Opfer war eine Zwölfjährige, sie hat seinen Überfall nicht überlebt und wurde schwer misshandelt und von oben bis unten aufgeschlitzt in einem Wald gefunden.

Der Täter hatte sie zuvor eingekerkert und sich mit einem Kumpel tagelang an ihr vergangen. Sein nächstes Opfer war zehn Jahre alt. Man fand sie rechtzeitig, bevor er auch sie auf diese Weise entsorgen konnte. Sie ist bis heute in psychiatrischer Behandlung und nicht vernehmungsfähig. Er ist verschwunden.«

»Verfluchte Kacke«, entfuhr es Kante. »So ein Gesetzesverdreher hat uns gerade noch gefehlt.«

Kante lächelte Blum zu und bluffte. »Gute Nachrichten. Ihr Interviewtermin steht, Frau Amato wird Sie vermutlich heute Abend besuchen.«

Blum grinste. »Na geht doch.« Er lehnte sich zurück und schien entspannt, wie sie ihn noch nie erlebt hatte.

»Nutzen wir die Zeit, ein paar letzte Dinge zu klären, bevor Sie Ihre Botschaft für die Öffentlichkeit verkünden. Sie sagten eben, dass Sie die Hintermänner, die Ihre Eltern ermordet haben, kennen?«

»Habe ich das gesagt?«

Sie nickte.

»Ich rück damit erst raus, wenn ich einen Deal habe, ich brauche Schutz.«

»Das finde ich clever, Herr Briechert. Sagen Sie mir einfach, was Sie in der Hand haben, damit ich den Deal mit unserer Staatsanwältin vorbereiten kann.«

»Alles! Ich weiß so gut wie alles ...«

Kante schoss ins Blaue: »Über die Männer, die hinter den heutigen Geschäften Ihrer Eltern stecken?«

Es blitzte in den Augen von Blum auf. »Sie wissen davon?«

»Ja, wir haben Material gesammelt«, spann Kante den Faden weiter.

»Die kriegen Sie nie. Die arbeiten hier nur mit Schattenmännern. An die Großen kommen Sie nicht dran.«

»Hat einer der Schattenmänner die Briecherts ermordet?«

»Was weiß denn ich? Wahrscheinlich irgend so ein Hilfs-Arsch. Einer von denen hat sogar mir gedroht, ich soll die Schnauze halten. Obwohl ich mit denen nicht arbeite. Hab ja angefangen, aus diesem bescheuerten Tarngeschäft mein eigenes Ding zu machen. Schon längst, aber das hat denen auch nicht gepasst.«

Wieder nickte Kante. »Ihre Hundezuchten?«

»Was wissen Sie denn davon?«

»Keine Sorge, wir wissen, dass man Ihnen nichts nachweisen konnte. Und wenn Sie mit den anderen Geschäften nichts zu tun haben ...« Kante ließ die Andeutung im Raum stehen.

Blum schnappte danach. »Das war eher das Ding der Alten.«

»Aber Sie wussten davon und deshalb hat man auch Sie bedroht. Wann war das?«

»Nachdem man die Alten umgebracht hatte, bekam ich eine Drohung. Was echt Fieses, mit Blut geschrieben.«

»Haben Sie die Drohung aufgehoben?«

»Den Scheißlappen hab ich verbrannt. Später haben sie sogar angerufen, ich solle mit dem Scheiß aufhören, sonst würden sie mir die Zunge abschneiden.«

»Wer hat sie angerufen? Kannten Sie die Stimme?«

»Ja, aber das war nur so ein Hilfsarsch fürs Grobe ...«

»Haben Sie einen Namen?«

»Nur seinen Spitznamen, Brutus. Wer heißt in echt schon Brutus?«

»Sind Sie sicher, dass Sie nicht mehr über ihn wissen?«

»Mehr kann ich Ihnen nicht sagen.«

»Gut, dann sagen Sie wenigstens, warum man nicht nur die Briecherts, sondern auch den Zeugen Alex Krohn umgebracht hat, den Junkie, der Sie kannte?«

»Die haben Schiss«, kam es prompt. »Die haben Schiss, dass man mich kriegt und ich singe.«

»Demnach kennen Sie sich aus mit den Geschäften der Briecherts?«

»Das waren doch nur kleine Fische, aber sie wussten, wie es läuft.«

»Genau wie Sie.« Kante nickte ihm aufmunternd zu. »Um einen Deal für Sie auszuhandeln, muss ich wissen, was Sie uns liefern können.«

»Und ich krieg Schutz und eine neue Identität?«

»Das ist im Bereich des Möglichen. Also, was haben Sie?«

»Bei den Unterlagen auf dem Hof waren jede Menge Transportlisten und Orte. Auf dem Computer sind Aufzeichnungen über das Netzwerk. Einige Decknamen kann ich entschlüsseln, ebenso wie die offiziellen Scheinfirmen und den Vertrieb. Das ist miteinander verschachtelt und nach außen hin sauber.«

»Um was geht es in Wahrheit? Immer noch um Kinder?«

»Pah ...«

Von draußen drang Stimmengewirr herein, eine scharfe Stimme übertönte alle anderen. »Lassen Sie mich zu meinem Klienten durch, sofort!«

Die Tür wurde aufgesperrt und ein kleines Männchen, das ebenso fett wie hoch zu sein schien, füllte in seinem maßgeschneiderten Nadelstreifenanzug den Verhörraum. Er trug zweifarbige Schuhe wie die Gangster aus Vierzigerjahre-Streifen.

Kante starrte verblüfft darauf, war versucht ihn zu fragen, aus welchem Filmausstattungsset er die ersteigert hatte. Als sie nach oben blickte, verging ihr der Anflug von Schalk. Die Augen des Mannes waren annähernd farblos, genau wie seine Augenbrauen und Wimpern. Der Mann schien ein Albino zu sein. Seine gelben Augäpfel waren harmlos im Gegensatz zu den eiskristallfarbenen Augen. Sie spießten sie und den Angeklagten auf. Sie fröstelte, noch bevor er loslegte.

Anklagend stocherte er mit seinem Zeigefinger in ihre Richtung. »Keine Fragen mehr.« Er streckte ihr triumphierend ein Bündel gehefteter Aktenmäppchen entgegen. »Ich habe eine richterliche Anweisung, dass der Gefangene Richard Blum sofort in die Anstalt Schönhausen zur Behandlung zu überführen sei.«

Seine Sprachfärbung war hart, nordisch geprägt.

Kante griff nach dem obersten Schriftstück, las Zeile für Zeile und blieb an dem Passus über den Zeitpunkt hängen: »Binnen 24 Stunden.« Sie blickte zu Blum, zwinkerte ihm unmerklich zu. »Dann wird Ihr Klient Ihnen in 24 Stunden zur Verfügung stehen, wenn er einverstanden ist.«

»Da er unter psychopathischem Schock steht, kann er nicht für sich selbst sprechen: Zu seinem Schutz übernehme ich das.«

Blum suchte hilfesuchend Kantes Blick. Sie nickte ihm leicht zu und wandte sich an den Anwalt. »Darf ich nach Ihrem Namen fragen und in welcher Funktion Sie kommen?«

»Mein Name ist Jens Carlson. Doktor Carlson. Ich bin Anwalt für Strafrecht und vertrete Herrn Richard Blum in der Strafsache Briechert, Kinnert, Schwan und Mies.« Er ratterte Anklagepunkte und Aktenzeichen herunter.

»Sind Sie damit einverstanden, dass Doktor Carlson Sie vertritt, Herr Briechert«, wandte Kante sich süßlich lächelnd an Blum.

Blum blickte verunsichert.

»Herr Doktor Carlson, wir werden das alles klären. Im Zeitraum, der hier festgehalten ist.«

Carlson blieb ungerührt stehen und hielt ihr ein weiteres Dokument hin. »Sie dürfen ab sofort meinen Klienten nicht mehr verhören.«

Kante las sorgfältig auch dieses Schriftstück. Dann wandte sie sich an den Beamten und bat ihn: »Bringen Sie Herrn Briechert in seine Zelle, wir klären indessen die Personalien Ihres Klienten. Mir scheint, da liegt ein Irrtum vor. Nach unserem Wissen ist dieser Mann Herr Johannes Briechert. Eine Person namens Richard Blum existiert nicht, sie verstarb als Kleinkind.«

An Blum gewandt, fügte sie eindringlich hinzu. »Herr Briechert möchte sich sicher frisch machen in seiner Zelle.«

Blum starrte sie verwirrt an. Sie nickte ihm zu. »Herr Briechert, wir werden das klären.«

***

»Meine Patientin bleibt hier«, bestimmte Schwester Theodora, als Kante anfragte, ob Toni zu einem ‚Ausflug' aus der Klinik dürfe. »Sie ist nicht transportfähig«, beharrte sie und rief den Stationsarzt zur Verstärkung. »Sagen Sie es ihr, Doktor Schmitt.«

Der nickte ergeben, alle wolle er es sich mit der resoluten Theodora nicht verderben.

Auf Zureden von Pietro Manetti gab er nur zögernd nach. »Nur wenn Schwester Theodora davon nichts mitbekommt, und Sie weichen mir nicht von ihrer Seite.«

Dass Toni zu einem Interview mit dem Serientäter in die Vollzugsanstalt reisen sollte, verschwieg Pietro ihm wohlweislich. Gegen 17.00 Uhr fuhr er den Transportrollstuhl in ihr Zimmer und brachte ihr ein paar unauffällige Turnschuhe von zuhause mit. »Oder doch lieber die Puschen?«

»Scherzkeks«, grinste Toni und ließ sich helfen. Erst als Pietro nach der Bürste griff und ihre Locken bürstete, protestierte sie. »Gib her, das kann ich alleine. Hast du mein Schminktäschchen dabei?«

Pietro reichte es ihr und beobachtete besorgt, wie Toni mit zittrigen Händen versuchte, sich die Wimpern zu tuschen. Er half ihr, fast so professionell wie ein Visagist. »In Ordnung?«

»Für ein Fotoshooting musst du etwas üben, aber für ein Interview mit einem Serienkiller langt es.«

Pietro nickte. »Ja, finde ich auch.« Dann packte er seine Tasche und drehte sich vor Toni. »Meinst du, ich kann so gehen? Soll ich nicht was Seriöses überziehen, ich habe mein Sakko im Schrank?« Er trug unter dem Kittel eine Jeans und ein einfaches Shirt.

Toni musterte ihn, schüttelte den Kopf. »Nee, so kannst du nicht losziehen.«

»Zu leger?«

»Blödmann«, lachte sie. »Zieh den Kittel aus. Da steht dein Namensschild drauf. Oder willst du, dass man dich für unsere verdeckte Aktion drankriegt?«

Pietro gehorchte.

Ihm fiel keine passende Entgegnung mehr ein, seine Knie zitterten. Er riss sich zusammen und blickte entschlossen auf die Uhr. »Schwester Theodoras Schicht ist zu Ende, wir können.« Vorsichtshalber spähte er in den Flur. Dann rollte er Tonis Rollstuhl in Richtung Aufzug. »Wenn ich auch nur sehe, dass deine Augenlider zucken oder du schwächelst, brechen wir ab«, versprach er.

***

Richard Blum, der sich zunehmend als Johannes Briechert fühlte, fürchtete sich. Sich gegen reale Personen durchzusetzen hatte er gelernt. Im Kampf mit Schattenmännern war er ungeübt. Er musste sie herauszerren ans Licht und ihnen eine angreifbare Gestalt geben. Gleichzeitig musste er genug Wissen in der Hinterhand behalten, um sich vor ihnen abzusichern. Das war seine Lebensversicherung, ohne die er weder im Gefängnis, in einer Anstalt und noch weniger in Freiheit überleben würde.

Jetzt war das von ihm ersehnte Interview nicht nur Teil seiner Rache, es war vielleicht seine letzte Chance.

Zum zigsten Mal fuhr er sich mit den Fingern durch die nachsprießenden Haarspitzen, die ihn seinem vorigen Ich wieder näher brachten.

Die schweren Schritte vor seiner Tür verharrten, vermischten sich mit seinen eigenen. Exakt fünf Schritte bis zur Eisentüre und vier Schritte zurück zu dem schmalen Bett in der Wand, das sich tagsüber hochklappen ließ.

Das knirschende Schloss und das Schieben von Eisen auf Eisen war sein Signal. Wie elektrisiert drehte er sich der Türe zu. Endlich konnte er die anprangern, die ihm sein

Leben gestohlen hatten. Einige hatten bereits gezahlt. Andere sollten folgen. Er musste nur diesen Schattenmann von Anwalt austricksen, der drohte, seinen Plan zu durchkreuzen. Sein Auftauchen hatte Blum keine Sekunde getäuscht. Noch weniger Illusionen machte er sich über die Überführung in die psychiatrische Klinik Schönhausen. Er kannte die Anstalt, sie tauchte in seinen Listen auf, war Teil des Netzwerkes. Der schwarze Teil.

***

»Es tut mir leid«, sagte Rübezahl und Tonis Erinnerungsbilder schoben sich vor das Gesicht des Häufchens Elend, das ihr gegenübersaß. Er wiederholte seine Worte, fügte leise hinzu: »Ich wollte dir nichts tun. Aber ich konnte dich doch nicht laufen lassen.«

Er knetete die mächtigen Pranken verlegen auf seinem Schoß, den Oberkörper darüber gebeugt.

Seine Körperhaltung täuschte Toni nur eine Sekunde. Ihr Mitleid verzog sich, zusammen mit ihrer Unsicherheit. Sie straffte sich, atmete tief durch und blickte hinter die Fassade, sah die Gesichter des Mannes, der unerbittlich war gegenüber ihren Hunden Pizza und Pasta. Sie sah den Mann, der den Tod von Muttertieren und Welpen in Kauf genommen hatte für ein Geschäft. Sah das Monster, dem weder unschuldige Tiere noch Kinder etwas bedeuteten. Sie blickte in die Augen des Mannes, der bereits als Knabe schwächere Wesen unterworfen, gequält und gezeichnet hatte, erkannte die Kreatur, die einen Vierjährigen und eine gequälte Hundeseele so lange drangsaliert hatte, bis das Tier in seinem Schmerz zugebissen hatte. Sie sah Rübezahl. Sie sah Blum, sie sah den gnadenlosen Folterer und Killer - nicht den kleinen Johannes, von dem ihr Kante erzählt hatte. Und es fiel ihr schwer, das zurückzudrängen, während sie ihn mit seinem Taufnahmen Johannes ansprach, so wie Kante es geraten hatte.

Ihre sorgfältig formulierten Fragen, die im Rechner gespeichert waren, vergaß sie. Sie unterhielt sich mit dem Kind in diesem riesigen Mann, dem Kind, dass sie in seine tiefsten Wirrungen blicken ließ. Ungeschützt. Er ließ nichts aus. Nicht den Stolz auf seine Taten, nicht die Befriedigung, die sie ihm verschafften. Er schilderte sie mit einem Blitzen in den Augen, die ihr Übelkeit verursachten. Sie sah, wie sehr er es genossen hatte zu verletzten, bemerkte die Veränderungen, die mit ihm vorgingen, wenn er die Folterungen erneut durchlebte. Er lebte dafür. Lebte auf, wenn er andere quälte. Ihr Mitleid war gänzlich aufgebraucht, als sie ihm endlich die Frage stellte, die alle Taten kennzeichnete.

»Warum hast du allen das Unendlichkeitszeichen aufgebrannt? Zuerst den anderen Jungen, dann den Tätern, an denen du dich gerächt hast? Was verbindet die gebrannten Kinder mit ihren Tätern?«

Blum starrte sie an. »Ist das nicht offensichtlich?«

Toni wartete ab.

»Sie gehören mir. Für immer.« Stolz und Wahnsinn mischten sich in seinem Blick.

»Das ist alles?«

Blum lachte auf. »Das ist das Größte.«

»Wer war der Erste«, fragte sie.

»Der alte Säufer.« Wieder lachte er auf, wild, ungehemmt. »Ich habe ihn besiegt. Am Ende habe ich ihn besiegt.«

Den Zettel, den ihr Kante zuschob, nahm Toni nur aus dem Augenwinkel heraus wahr, sie konnte nicht wegsehen von dem Bild vor ihr. Sie hatte es bereits einmal gesehen, in ihrem Fieberwahn. Lebendig begraben von einem Monster, das wollte, dass es durch sie unsterblich wurde. Endlich begriff sie den Inhalt seiner Signatur. Sie schob die Erklärung beiseite, um sie später zu formulieren und noch tiefer vorzudringen in die Psyche des Mannes, der sie glauben machen wollte, dass seine Taten gerecht waren, dass es sein Recht war, zu strafen. Gott zu spielen. »Möchtest du, dass die Welt davon erfährt. Davon, dass sie alle besiegt sind?«

Blum lachte noch immer, hieb mit der Faust auf den Metalltisch. »Ja verflucht nochmal.«

Toni las endlich die Botschaft auf dem Zettel. »Frag nach dem Namen des Säufers?«

Sie tat es. »Wie hast du den alten Säufer genannt, mit welchem Namen musstest du ihn ansprechen?«

Blum hielt inne, seine Augenbrauen zogen sich zusammen, starrten wütend. »Vater. Er glaubte, er sei mein Vater. Dabei lag sein Balg zwei Meter unter der Erde. Begraben unter meinem Namen. Vater Blum! Pah, ich habe den Drecksack in die Hölle gefickt, damit er mich nicht ficken konnte.«

»Warum? Weil er deine Mutter erschlagen hat?«

»Mutter? Das war eine alte Hure. So hat er sie genannt. Und das war sie. Da bückt sie sich ein einziges Mal für ihren Sohn, tut so, als wolle sie ihn schützen, damit der Alte ihm seinen dreckigen Pimmel nicht reinsteckt ... da erschlägt er sie!« Er schaute verblüfft. »Ist das nicht ein Witz?«

Niemand sagte einen Ton. Die Stille in dem Verhörzimmer forderte den Befragten heraus. Er füllte sie erneut mit seinem verächtlichen Lachen. »Und das Beste ist. Sie tut es nicht aus Liebe zu ihrem Balg, sondern weil sie eifersüchtig ist, die alte Fotze.«

Toni schluckte, machte weiter. »Hat sie das gesagt?«

Blum starrte sie an, als erwache er. Machte dicht. »Reden wir darüber, was die Drecksäcke mir angetan haben?«

»Was war das?«

»Sie haben mich zu dem gemacht, was ich bin.«

»Was bist du?«

»Ein Rächer.«

»Johannes, wofür hast du dich an den kleinen Jungen gerächt, die du mit dem Brandzeichen gefoltert hast?«

»Folter?« Er sah sie verwirrt an, schüttelte den Kopf. »Wieso gerächt? Das war keine Rache. Das war nötig.«

»Warum?«

»Was für eine Frage?« Er schien sich wirklich zu wundern. »Das musste doch sein.«

»Warum?«

»Warum? Das fragst du? Weißt du nicht, dass nur die Stärksten überleben? Das ist ein Naturgesetz. Stärke definiert sich über die Schwächeren, über die, die spuren.«

»Sie haben aus Furcht gespurt, nicht aus Respekt«, warf Toni sanft ein.

»Wo ist der Unterschied?«

Sie wechselte einen kurzen Blick mit Kante, die ihr aufmunternd zunickte. »Wie fühlte es sich an, wenn die Jungs spurten?«

»Geil, es war geil, ich war geil …«, wieder lachte er lauthals los.

»Und warum hast du dafür ein Eisen mit dem Unendlichkeitszeichen benutzt?«

»Ich fand die Eisen im alten Schuppen, hab die Alten nach der Bedeutung gefragt.«

»Die Briecherts?«

»Ja. Sie sagten, damit hätten sie früher das Vieh gebrandmarkt.«

»Ich hab die Tradition fortgesetzt, hab mein Vieh gebrandmarkt. Zuerst die kleinen Schafe auf dem Hof, dann mein Schlachtvieh, bevor ich es in die Hölle schickte. Für immer.« Er lachte erneut auf, bis er sich verschluckte und das Lachen in einem Keuchen endete.

Toni fröstelte, sie zog unbewusst die Schultern an, ging in Lauerstellung. Ihr Impuls draufzuschlagen auf dieses Monster, ließ ihre Hände zittern. Sie ballte sie zu Fäusten, versteckt neben ihrem Körper. Sie ärgerte sich, dass sie nicht fester im Krankenhaus zugeschlagen hatte, als sie die Gelegenheit hatte. Der Blick, den Kante ihr zuwarf besänftigte sie. Sie kehrte zurück in ihre Haut, schob eine Wand zwischen sich und dieses Monster. Diese Grenze durfte sie nicht überschreiben, nicht einmal in Gedanken. Sie atmete tief ein und aus, war wieder Toni, ein Mensch mit Gefühlen. Sie sah den Mann an, der ein letztes Grinsen im Gesicht trug. Sie suchte in seinen Augen nach einem Quäntchen von Gefühl, nach einem Rest von Menschlichkeit. Sie blickte ins Leere. Da war nichts. Sie sah eine Hülle.

Sie versuchte es mit einer Frage: »Hast du je geliebt?«

»Was?« Blum brach ab. Starrte sie an. Sprachlos. Sein Mund stand offen. Sie wiederholte ihre Frage. »Hast du je geliebt, Johannes?«

Er schloss den Mund, starrte auf die Wand, so wie er es zuvor im Verhör gemacht hatte, driftete ab in seine Hölle.

Toni drang nur noch ein einziges Mal zu ihm durch, als sie unbewusst Kantes Strategie nachahmte und sich um ihn sorgte, verbal. »Kann ich noch etwas für dich tun Johannes, gibt es noch etwas, was du der Welt mitteilen möchtest? Was soll ich noch schreiben über dich und dein Leben?«

»Die Wahrheit, nur die Wahrheit«, murmelte er. »Ich habe sie hinterlegt. Du bekommst Post. Nach Hause.« Leise fügte er hinzu. »Benutz es.«

Toni standen Tränen in den Augen, als sie sich von Blum verabschiedete. »Danke Johannes, danke, dass du so offen gesprochen hast.« Sie reichte ihm ihre Hand, die in den riesigen Pranken des Gefangenen verschwand.

Es war der einzige kritische Moment, in dem Kante den Atem anhielt, bereit war sofort einzugreifen. Es passierte nichts. Nichts, was sie befürchtete. Es geschah etwas Unerwartetes. Blum brach zusammen, Tonis kleine Hand loslassend.

Der Riese barg seinen Kopf in den Armen und schluchzte los, mit Geräuschen, die beängstigender waren als sein irres Lachen.

Pietro beeilte sich Tonis Rollstuhl rauszufahren, als wolle er verhindern, dass ihre ausgestreckten Arme ihn ein weiteres Mal berührten. »Der Mann ist ein Monster, vergiss das nicht«, flüsterte er ihr ins Ohr.

Auf der Rückfahrt erzählte sie Pietro von dem Vertrag, der in ihrem Nachtkästchen lag.

»Krösen möchte mein Buch verlegen. Ich bekomme einen Vorschuss und kann schreiben. Zuhause.«

34

GEFANGENER UND VOLLSTRECKER

Am 30. Juli erreichte ein besonders gesicherter Gefangenentransport die JVA I Frankfurt. Der Transporter hatte ein Münchener Kennzeichen und brachte einen Insassen, der nach einem Schusswechsel bei der Gefangennahme in einer österreichischen Bankfiliale schwerste Gesichtsverletzungen davongetragen hatte. Die Chirurgen hatten ihn zusammengeflickt und es würde Wochen dauern, bis die Narben verheilt seien, so die Diagnose. Um eindringende Keime zu verhindern, trug der Patient eine Gesichtsmaske.

Man beförderte ihn in einem Rollstuhl in die Einzelzelle im Krankenflügel. Da bei dem Schusswechsel ein Beamter tödlich verletzt worden war und eine Kundin noch in Lebensgefahr schwebte, lautete das Urteil lebenslänglich mit einer Überprüfung nach fünfzehn Jahren.

In seiner Zelle lugte der Gefangene Hannes Neumann vorsichtig aus seinen Augenschlitzen hervor und blickte aus dem Fenster auf ein saftiges Stück Wiese. Die Gitterstäbe störten ihn nicht sonderlich. Er wartete, bis sich die Schritte entfernt hatten, bevor er sich auf die Liege fallen ließ und in das dünne Kissen hineinlachte. So gut das mit einem frisch operierten Gesicht möglich war.

In wenigen Tagen wären die Schmerzen vergessen. Dann konnte er wie neugeboren, seiner neuen Vita gemäß, ein Mustergefangener sein. Er durfte sein Abitur nachholen und sich als reuiger Gefangener beweisen, der alles tat, um seine angehäuften Schulden loszuwerden. *Ein Bankeinbruch, was für eine dämliche, geniale Idee.* Er dachte sogar ernsthaft über die Zukunftsvorschläge nach, die sie ihm unterbreitet hatten. Mit dem Abitur via Fernstudium in der Tasche konnte er in seinem Gefängnisbüro Sprachen lernen und als Übersetzer arbeiten. Er würde vielleicht ein Jurastudium beginnen, ein Buch schreiben, Arzt werden oder einfach nur Bücher lesend in den Tag hineinleben - mit einem Dach über dem Kopf, einer Fernbedienung für den eigenen Fernseher und drei Mahlzeiten täglich.

Er hatte Zeit. Mindestens fünfzehn Jahre. Und er hatte eine zweite Lebenschance als Hannes Neumann. Mit echten Papieren und besseren Startbedingungen denn je. Er konnte etwas aus sich machen, hinter Gittern, die ihn schützten vor der Welt. In einem bestens kontrollierten Umfeld.

Dass man ihn niemals in einer Mehrbettzelle unterbringen würde, hatte er schriftlich. Eine Bedingung, der die Gegenseite im Eigeninteresse zugestimmt hatte. Ihr Gefangener Hannes Neumann galt bei allen Sonderrechten als gefährlich und unberechenbar. Nur strengstens geprüfte Besucher, die namentlich, mit Fingerabdrücken und Lichtbildern gelistet waren, durften ihn besuchen.

Es waren nur drei Personen.

***

Erst knapp zwei Wochen später war Toni in Freiheit. Weder Ihr Jammern noch ihre Drohungen, die Schwestern jede Nacht dreimal rauszuklingeln, hatten Pietro dazu gebracht, die Entlassungspapiere vor der Zeit zu unterzeichnen. Sie verdonnerte ihn dazu, die Befreiung von Pasta und Pizza aus der Tierklinik und dem drohenden Tierheim zu organisieren.

Dass die Tierzusammenführung im Loft auch ohne sie glimpflich abgelaufen war, glaubte sie ihm nicht.

»Das will ich persönlich sehen«, murrte sie mit jedem Tag ungeduldiger werdend. Sie ahnte noch nicht, dass es doch zu einem Zwischenfall gekommen war.

Pietro hatte den Unfall in einem kitschig gerahmten Foto festgehalten. Zwei grinsende Terrier Mädchen saßen rechts und links von Emil und starrten auf die Reste von Tonis Notebook. Die Klappe war in einem irreparablen Winkel gebrochen. »Ich weiß nicht, wie es passiert ist«, kommentierte Pietro zerknirscht. »Die Attentäter saßen so da.«

Er reichte ihr ein zweites gerahmtes Foto, verziert mit einer Riesenschleife in Violett. »Es war ein stilvolles Begräbnis«, meinte er mit unterdrücktem Grinsen und blickte über ihre Schulter auf das Motiv. Ein frisches Erdloch, neben dem Tonis Allerheiligstes auf einem weißen Tuch ruhte.

In einem gleichfalls violett ausgeschlagenen Kästchen überreichte er ihr einen Stick. »Mario hat die Daten gerettet.«

Dass er das alte Teil in Wahrheit auf der Anrichte mit einer Kerze aufgebahrt hatte, sah sie bei ihrer Heimkehr und lachte so laut, dass sich die tierischen Übeltäter unter ihr Bett verzogen.

Aber sie war noch nicht angekommen. Der Schlüssel, den sie in ihrem Briefkasten zusammen mit einer Adresse gefunden hatte, beunruhigte sie. Weder die Tiere, die ausgelassen um sie herumwuselten noch weniger Pietros übertriebene Fürsorge hielten sie länger als eine Stunde davon ab, nachzusehen, was Blum ihr hinterlassen hatte.

Sie bat Pietro, sie nach Offenbach zu fahren. Zur Bank ging sie alleine. Die Schließfächer befanden sich in einem Seitenflügel, zu dem eine Angestellte sie begleitete. Sie nahm den kleinen Schuhkarton, auf dem ihr Name stand, heraus, steckte ihn in ihre große Tasche und eilte nach draußen.

»Und? Was war drin?«, fragte Pietro.

Toni zuckte mit den Schultern. »Ich weiß es nicht.«

»Willst du alleine sein, wenn du nachsiehst?«

Sie nickte. »Verstehst du das?«

»Ich muss ohnehin noch einkaufen und bin in zwei Stunden zurück. Langt das?«

Wieder nickte sie und sagte keinen Ton, bis sie im Loft ankamen. Pietro verabschiedete sich. »Bis später.«

Toni starrte auf das Kästchen, wartete, bis sie den startenden Motor von Pietros Auto hörte, und öffnete es bedächtig.

Zuerst las sie Blums obenauf liegende Nachricht. Sie war in krakeliger Schrift niedergekritzelt - und voller Fehler.

Hallo Schreibtusse,

ich halt meine Versprechen, jetzt bist du dran.

Schreib die Wahrheit.

Johannes

Im beigefügten Umschlag fand sie acht DVDs mit Datensätzen und Bilddateien. Darunter lagen in Plastikfolie aufbewahrte Diagramme.

Toni sah sich alles flüchtig an. Dann wählte sie die Nummer von Christina Kante. »Ich habe hier so etwas wie ein Testament des Racheengels. Sieht aus wie Informationen zu einem Firmennetzwerk mit Kundendateien.«

Der Seufzer, mit dem Kante antwortete, war ziemlich laut. »Na endlich, kann ich vorbeikommen?«

»Klar, jetzt gleich?«

»Ich bin in einer Stunde bei dir. Schließ die Türe zu, lass keinen rein, warte auf mich. Es gibt Neuigkeiten.«

»Paranoid«, dachte Toni mal wieder. Aber dann fiel ihr ein, dass Blum den Schlüssel für das Schließfach an ihre private Adresse geschickt hatte.

Woher hatte er die?

Hastig durchforstete sie das Material etwas genauer, verriegelte die Tür, rief die Tiere herein und verschloss sogar die Katzenklappe.

Als es klingelte, sah sie durch den Spion, bevor sie öffnete. »Damit kriegt ihr die Drecksäcke«, sagte sie gepresst und ließ ihre Freundin herein.

Kante nickte. Sie wies zur Straße, auf das zweite Fahrzeug, das neben Tonis Haus parkte. »Ich habe Verstärkung mitgebracht. Nenn mich paranoid, aber ...«

Kante checkte die Unterlagen gleich vor Ort, dann verfrachtete sie alles in einen Metallkoffer und rief die Männer über ihr Handy herein.

»Harms und Wolf«, stellte sie die Kollegen vor.

»Bringt den Koffer unverzüglich ins Präsidium, speist das Material ein, speichert es auf einem sicheren Server, der keinen Zugang zum Internet hat, auch nicht zum Intranet. Übergebt eine Kopie an die Staatsanwaltschaft und an die Soko 2. Ich komme später mit meinem Wagen nach. Gebt mir noch einen Moment.«

»Soko 2?«, fragte Toni, als sie alleine waren.

»Unser Aufräumkommando, das sich mit einem Ring beschäftigt, den Blum für uns aufgedeckt hat. In diesem Material sind entscheidende Hinweise.«

»Habt ihr ihn deshalb in Sicherheit bringen lassen, in diese ...« Toni zögerte. »Klinik?«

Kante nickte leicht. »Er ist in Sicherheit, lebenslänglich.«

Toni sah sie aufmerksam an. »Was ist los?«

»Es gibt noch etwas, aber das ist inoffiziell.«

»Du kennst mich, ich veröffentliche nur, was du freigibst. Außerdem bin ich derzeit freigestellt, um an meinem Buch und dem Special über die Hintergründe der gebrannten Kinder zu schreiben, also was ist? Rede bitte.«

»Wir haben den Mörder, der hinter Blum aufgeräumt hat.«

»Den Typen, der den Junkie und die Briecherts mit der Luftspritze umgebracht hat?«

»Ja, ein vierzigjähriger gedungener Killer namens Brutus Schacht. Er hat für die Organisation, die hinter dem Kinderpornoring steckt, die Drecksarbeit erledigt.«

»Wie habt ihr ihn gefasst?«

»Aufgrund eines Hinweises von David Frensen haben wir die Klinikangestellten überprüft. Bei seinem Besuch der Briecherts fielen ihm ein Arzt und ein Pfleger auf. Es gab keinen Pfleger, der zu seiner Beschreibung passte. Daraufhin checkten wir alle neuen Mitarbeiter. Es gab nur einen, der infrage kam, ein Hilfshausmeister. Gleich nach dem Mord an den Briecherts kam er nicht mehr zum Dienst. Er hatte sich mit gefälschten Papieren nach Einlieferung der Briecherts um den Job beworben.«

»Wie kam er in die Station?«

Kante grinste schief. »Ähnlich wie du in das Zimmer von Mies kamst.«

»Als Pfleger verkleidet?«

»Richtig, er ist er einfach in das Zimmer spaziert, nachdem er den Lageplan eingesehen hatte.«

»Hat er gestanden?«

»Ja, nachdem David ihn identifiziert hatte, bekannte er sich zu den Morden. Das war gestern.«

»Und die Hintermänner? Wer hat ihn beauftragt?«

»Hat er nicht ausgesagt. Er erbat sich Anonymität und besonderen Schutz.«

»Bekommt er den?«

Kante atmete tief durch. »Wärter fanden ihn heute Morgen tot in seiner Zelle. Die Spritze mit dem goldenen Schuss steckte noch in seiner Vene. Sie enthielt Heroin, gestreckt mit Rattengift.«

Toni sah sie entsetzt an. »Wer kam an ihn ran?«

»Das untersuchen wir noch. Aber verstehst du jetzt, dass ich mich um dich sorge und warum du auf keinen Fall im Moment was veröffentlichen solltest?«

Toni schüttelte ungläubig den Kopf. »Ja, aber ...«

»Kein aber, Toni.«

»Aber ist es sicher, dass er sich die Spritze nicht selbst besorgt und gesetzt hat?«

»Ja, auf der Zellentür stand das Wort ‚Verräter‘, mit Blut geschrieben.«

»Er hatte doch noch niemand verraten?«

»Noch nicht, die Vernehmung war für heute angesetzt, die Staatsanwaltschaft hatte einem Deal zugestimmt.«

»Scheiße ...«

»Allerdings.«

»Wie geht es jetzt weiter?«

»Wir haben dank dir und Blum genug Beweismaterial, um die Organisation auffliegen zu lassen.«

Sie wies nach draußen. »Siehst du den dunklen BMW auf der anderen Straßenseite?«

»Ja.«

»Die Männer sind zu deinem Schutz abgestellt, Frensen unterstützt uns.«

Einem Kästchen entnahm sie einen Stift. »Das ist dein persönlicher Leibwächter, ein Elektroschocker, der im Notfall deine Wächter alarmiert.«

Sie erklärte, wie er funktionierte. »Benutz ihn.« Dann umarmte sie Toni. »Pass auf dich auf, und jetzt wird es ernst mit deinem Training. Wir beginnen langsam, bis du wieder völlig gesund bist.«

***

Auch das Sichten des Materials fand unter strengsten Sicherheitsmaßnahmen statt. Nur Harms, der IT-Spezialist, Wolf und Schön saßen mit Kante zusammen, um anhand der Informationen die nächsten Schritte zu planen.

Vergeblich glich Harms Namen und Institutionen mit den aktenkundigen Fällen und Tätern ab. »Kein Treffer«, wunderte er sich.

Kante nickte nur verbissen. Blum hatte im Verhör angedeutet, dass die Geschäftsfelder ‚U12' und ‚U10' im Schatten von Scheinfirmen für Spielwaren agierten.

Die Unterlagen entlarvten, dass die Kürzel Vorlieben ihrer Zielgruppe für Kinder unter zwölf und Kinder unter zehn Jahren bezeichneten - aufgeteilt in Mädchen und Jungen. Die Zielgruppe war nochmals gesplittet in Kunden, die Sexdienste, Filme, Fotos von Kindern der genannten Altersgruppen bevorzugten.

Besonders detaillierte Angaben enthielt eine CD, die mit ‚Kk' beschriftet war.

Auf dem Speichermedium befanden sich Lieferantennamen und ‚Hotspots' für Sexdienste von Kindern unter acht Jahren. Sie waren unterteilt in spezielle Dienstleistungsbereiche, die man mit Einlogcodes im Internet zu Schnupperpreisen einsehen und abonnieren konnte. Das Kerngeschäft der Briecherts und weiterer namentlich genannter Lieferanten.

Das Institut für frühkindliche Förderung von Professor Kinnert war ebenfalls als ‚Hotspot' aufgeführt, mit der Spezifizierung: ‚VIP-Kunden', Filmstudio und Dienstleistungen.'

Kundenlisten der Abonnenten mit Kontonummern zur Abbuchung, bzw. Kreditkartennummern und E-Mail-Adressen vervollständigten die Aufzeichnungen.

Als kleines Extra hatte Blum ausgedruckte Diagramme beigefügt. Darauf waren weitere Geschäftsfelder der Organisation aufgezeichnet. Die Stichwörter gaben dem Ermittlungsteam Rätsel auf.

Nur Kante ahnte, was dahintersteckte. »Die Säcke haben ihre Finger in allem drin«, hatte Blum ihr anvertraut. Und dann geschwiegen.

Sie vermutete, dass Blum sich mit dem Hinweis eine Rückversicherung schaffen wollte. Die drei Geschäftsfelder wiesen auf besonders perfide kriminelle Machenschaften hin.

Adoptionsvermittlungen,
Labor Wunschkinder
Forschung IQ

Über die Verhaftungen der Drahtzieher gab es nur eine karge Pressemitteilung, um geplante Folgeaktionen nicht zu gefährden. Diese Verschleierung der Erfolge brachte weit mehr als die ursprünglich geplante, publikumsträchtige Verfolgung der Täter. Sie ermöglichte die Zerschlagung eines riesigen pädophilen Netzwerks.

Die Einzelheiten bekam Toni exklusiv für eine MainLife-Sonder-Edition. Sie würde erscheinen, sobald die Drahtzieher verhaftet und die Opfer in Sicherheit waren.

35

SCHLUSSVORSTELLUNG

4. Oktober

»Hi, Pressemaus, herzlichen Glückwunsch zu deinem Debüt als Buchautorin.«

»Du hier?« Toni fiel Erich um den Hals. »Was machst du hier?«

»Dich retten«, lachte Erich und schob einen allzu aufdringlichen Fan sanft hinter die Absperrung. »Und dich rausbegleiten oder willst du weiter Autogramme schreiben?«

»Um Himmelswillen bring mich raus.«

»Bin schon dabei.« Erich verständigte sich mit Jonas, der Toni zur Frankfurter Buchmesse begleitet hatte.

»Ich komme später nach.«

»He, was geht hier vor?«

Jonas wies auf Erich. »Er weiß Bescheid, wir entführen dich jetzt.«

Erich verständigte sich erneut mit Jonas. »Fährst du mit?«

»Ich komme nach, muss noch zwei Sponsoren abholen.«

Toni blickte zwischen den Männern hin und her. »Klärt ihr mich endlich auf?«

»Gleich«, versprach Erich und bahnte ihr einen Weg durch die Besucherströme, die sich auf dem Stand aufhielten.

Auf dem Parkplatz musterte Toni Erich genauer. »Der Edelzwirn steht dir.« Dann entdeckte sie den dezenten Schriftzug an seinem Kragen. »Wow, Frensen Security! Gratuliere zum Karrieresprung, vom Hundeflüsterer zum Bodyguard einer unbekannten Buchautorin. Du machst dich.« Spielerisch boxte sie ihn in den Solarplexus.

»Autsch. Damit kannst du einen ausgewachsenen Mann unschädlich machen.«

»Ich weiß, ich trainiere zweimal die Woche bei der Besten mit den Besten. Und jetzt sag endlich, was ihr plant.«

»Gleich, wir warten noch auf einen Fahrgast.«

Der Mann, der sich zwei Minuten später neben sie setzte, reichte ihr seine Hand und sie verschluckte sich, bevor sie ihre Sprache wiederfand: »Wolltest du nicht das Kloster ‚Zur Gütigen Mutter' kaufen?«

»Ich habe dich auch nicht direkt erkannt«, gestand er.

Toni runzelte fragend die Stirn.

»Im Amato hast du immer vorher gewusst, was ich zum Nachtisch möchte.«

»Du bist David?«

Toni starrte ihn an. Konnte es nicht glauben.

»Ja, und ich freue mich, dass es dir wieder gutgeht. Wir wollten, dass du bei einer Einweihungsfeier dabei bist.«

»Wir? Ich verstehe nicht?«

»Lass dich überraschen.«

Toni sah von einem zum anderen. Erich zeigte nur sein Pokerface, David lächelte. »Entspann dich, wir sind bald da.«

Das tat sie. Sie hatte die letzte Nacht nicht geschlafen aus Angst, ihr Buch könne zerrissen werden. Den Schlaf holte sie nach. Zwischen Erich und David. Hier konnte ihr ja wohl niemand was antun. Außer, sie aus einem Traum zu reißen, den sie zuletzt geträumt hatte, als sie fünfzehn und unsterblich in einen Jungen namens David verliebt gewesen war.

Dass dieser Junge in Männergestalt sie sanft wachrüttelte, musste ein Scherz sein. Es dauerte, bis sie die Ereignisse wieder in Reihe gerückt hatte. Es waren in Wahrheit nur dreißig Minuten vergangen, seit sie stadtauswärts fuhren. »Wo sind wir?«

»Da wo alles anfing - auch dein Buch.«

Toni blickte sich um, lauschte auf das Knirschen der Reifen. Im Schritttempo fuhren sie über eine Kieseinfahrt. Rechts und links flankiert von einer Reihe bunt bepflanzter Blumentöpfe, mit Ausblick auf ein frisch gestrichenes Fachwerkhaus mit riesigen Glasflächen, die harmonisch in das Gebälk eingelassen waren. »Was ist denn hier passiert?«

»Wir haben renoviert und umgebaut«, erklärte David. »Schau dich um.«

Wo früher düstere Kammern jeden abgeschreckt hatten, empfingen sie helle, offene Schlaf- und Aufenthaltsräume. Die alten Ställe und Scheunen waren geschützten Unterständen mit Zugängen nach draußen gewichen. Schafe, Ziegen und Ponys grasten auf den Weiden.

Im Inneren des ehemaligen Schreckenshauses wuselten Hunde herum. »Wenn du mal einen Ferienplatz für deine Tiere brauchst, bring sie her. Wir haben Tierpfleger ...«

»... und Kinder, die sich gerne um sie kümmern«, ergänzte Marissa, die sich zu ihnen gesellte. Sie sprach wieder in ihrem ganz normalen Tonfall und lief bereits ohne Gehhilfe.

»Willkommen bei Kids & Pets«, sagte David.

»Ein Kinder- und Tierheim in einem?«

»Ja, ein Pilotprojekt, genau genommen eine Stiftung, die Marissa, Jonas und ich gemeinsam gegründet haben. Es ist eine Erweiterung des Dropout. Hier sollen Pflegekinder ein neues Zuhause finden.«

»Und die Tiere?«, fragte Toni nach.

»Waren Jonas Idee. Es sind ausgestoßene, verletzte Wesen wie die Kinder«, antwortete David. »Sie heilen sich gegenseitig.«

»Was Besseres hätte aus diesem Ort des Schreckens nicht werden können«, murmelte Toni. »Das ist, als hätte er seine verfaulte Hülle abgestoßen, um den reinen Kern freizulegen.«

Marissa lächelte. »Damit hast du intuitiv die Wahrheit erkannt. Dieser Hof war einst die letzte Zufluchtsstätte für Menschen, die man im Dritten Reich verfolgte. Möchtest du die wahre Geschichte vom Briecherthof hören?«

»Gerne. Darf ich auch einige Fotos machen? Vielleicht unterstützt ein Artikel euer Vorhaben.«

Marissa strahlte. »Ganz bestimmt.« Dann erzählte sie. »Der Hof gehörte dem Ehepaar Linden. Sie nahmen Waisenkinder auf und kümmerten sich um sie. Als der Krieg ausbrach, versteckten sie Judenfamilien in der abgelegenen Scheune und ließen Hunde dort, die anschlugen, wenn Fremde kamen. So konnten sich die Menschen in den eigens gegrabenen Tunneln verstecken.«

»Was passierte mit dem Ehepaar?«

»Man hat sie hingerichtet, kurz vor Ende des Krieges.«

»Hat man sie verraten?«

»Ja. Eine von vielen Enteignungen auf Art des Dritten Reiches«, erklärte Marissa traurig.

»Wenigstens der Name Linden wird wieder aufleben. Wir haben den Briecherthof begraben und nennen das Anwesen wieder Lindenhof«, ergänzte David.

Dann brachte er sie zu einem gedeckten Tisch im Garten, an dem Jonas sich mit zwei Sponsoren unterhielt. Er sprang auf und begrüßte Toni mit einer Umarmung. »Na, Überraschung gelungen?«

»Hier hast du also die letzten Wochen gesteckt, wenn du keine Zeit hattest?«

Er grinste. »Entschuldige, aber du warst ja auch beschäftigt.«

»Stimmt«, lachte Toni und zwinkerte ihm verliebt zu.

36

NACHSPIEL

Am 2. September entdeckten Spaziergänger unweit der alten Köhlerhütte eine verbrannte weibliche Leiche. Ob es sich um die vermisste Schwester Ariadne aus dem nahen Kloster handelt, konnte man nicht mit Sicherheit feststellen.

Die Polizei geht davon aus, dass ihr Gewand Feuer fing, weil sie dem Lagerfeuer zu nahe kam.

Bisher ungeklärt ist, ob die Geschichten von einem brennenden schwarzen Kobold, die Kinder in Schongau erzählen, damit zusammenhängen.

Ich danke ...

... meiner wunderbaren Lektorin Ines Paliege. Du hast recht, Schlaf wird maßlos überschätzt.-). Danke, dass du mich begleitet hast.

... meinen tapferen Betaleserinnen, Anna Weith-Johnson, Christina Wespi, Melanie Hübel und Sandra Bauer. Ohne euch wäre das Buch wahrscheinlich nie über die ersten drei Kapitel hinaus gewachsen. Danke, dass ihr mich auf etliche Logikfehler aufmerksam gemacht habt und ehrlich wart - auch wenn es manchmal ruckte. Dafür bin ich euch unendlich dankbar.

... meiner halbwilden Katze Shanti. Danke für viele Mäuse, die du mir oft quicklebendig als Wegzehrung mitgebracht hast. Ich hoffe, ich habe sie diskret genug wieder in Freiheit gesetzt.

... meiner Familie, die mir auf der langen Schreibreise den Rücken gestärkt hat. Obwohl ich kein »nettes Buch« geschrieben habe, wie du, liebe Mama, nach einer kurzen Vorlesung meintest. Ich weiß, du hättest mein Buch gerne gelesen, bevor du ‚abgereist' bist. Wahrscheinlich schmunzelst du jetzt hinter deinem Regenbogen.

... meinen Lesern. Auch wenn ich euch noch nicht kenne. Ich hoffe, das ändert sich und ihr mögt meine ‚Gebrannten Kinder'. Ich freue mich über jede Rezension und bedanke mich herzlich dafür.

Die ‚Gebrannten Kinder' gehören jetzt euch.

Inca Vogt, 7. Dezember 2014

5285193R00310

Printed in Germany
by Amazon Distribution
GmbH, Leipzig